P9-BVC-742

El secreto de monna Lisa

El secreto de *monna* Lisa

Dolores García

Rocaeditorial

© Dolores García, 2004

Primera edición: julio de 2004

© de esta edición: Roca Editorial de Libros, S.L.
Marquès de l'Argentera, 17. Pral. 1.ª
08003 Barcelona.
correo@rocaeditorial.com
www.rocaeditorial.com

Impreso por Industria Gráfica Domingo, S.A.
Industria, 1
Sant Joan Despí (Barcelona)

ISBN: 84-96284-25-5
Depósito legal: B. 26.305-2004

Índice

«La búsqueda más noble es saber qué debe hacer uno para convertirse en ser humano.»

I. KANT

A mis hijos Miguel Ángel y Celia.
Y a Miguel Ángel, mi marido, por su
apoyo y paciencia.

A Leonardo y Lisa. Con todos mis
respetos, allá donde estén…

Ad originem

La Historia nos transmite aquello que le han contado de alguien y con Leonardo da Vinci tampoco ha hecho una excepción: se refleja en biografías y estudios sobre el genial florentino, además de lo que el propio Leonardo dejó anotado al margen de sus cuadernos y entre sus dibujos. Incluso ha conservado, milagrosamente, textos manuscritos que nunca llegaron a ser compilados, como hubiera sido su deseo. Por desgracia, la mayoría se han perdido para siempre.

La Historia ha sabido también de su nacimiento en 1452, en Anchiano, una aldea próxima a Vinci (Florencia), fruto de la relación entre un notario y una campesina; de su llegada a Florencia de la mano de su padre, quien enviudaba con la misma facilidad que contraía nuevas nupcias, empeñado en conseguir descendencia legítima; de su aprendizaje junto a Verrochio, la máxima autoridad artística del momento; de su relación con los Medici; de sus avatares en Milán en la corte de Ludovico Sforza, *el Moro*, y de su regreso a Florencia; su estancia en Roma; su vuelta a Milán y, al final de su vida, su marcha a la corte de Amboise (Francia), donde fue espléndidamente acogido por el joven rey Francisco I, gran admirador suyo.

Pero la Historia aún ignora el porqué de llevar siempre consigo, allá donde fuera, su más preciada obra: la *Gioconda*; por qué nunca la entregó a quien se la encomendó; por qué no la vendió pese a las tentadoras ofertas que recibió; por qué tardó más de tres años en completarla; y por qué hizo esto último, después de haber rechazado el encargo anteriormente en numerosas ocasiones. Lo ignora porque no puede conocer el alma de los hombres, sólo sus actos; y éstos casi nunca dejan traslucir aquellos sentimientos que verdaderamente los impulsan. La auténtica historia no la puede contar la Historia; tan sólo intuirla.

Por fortuna, allá donde la Historia duerme y se oscurecen sus límites, la Intuición despierta y nos alumbra una ficción entretejida con hechos fidedignos, que bien pudo ser, la verdadera historia del secreto que unió a Leonardo da Vinci y a Lisa Gherardini.

Capítulo I

El testamento

Castillo de Cloux, Amboise (Francia)
23 de Abril de 1519

*L*a primera luz del día atravesaba el amplio ventanal inundando suavemente la estancia. Pronto la claridad alcanzó el rostro de Francesco Melzi despertándole.

Se incorporó despacio, dolorido, de la silla en la que había terminado de pasar la noche. Un escalofrío le recorrió la espalda de abajo arriba; entonces, supo que la manta con la que se había cubierto hacía rato que había caído al suelo. Se dirigió hacia el ventanal sacudiéndose la frialdad de brazos y piernas, y llevando el cuello hacia un lado y hacia el otro para que perdiera rigidez. Apartó con decisión la espesa cortina que no había quedado del todo recogida y miró a través del cristal. Gustaba de admirar el despertar de Cloux desde las grandes ventanas del castillo: resultaba encantador y atrevido, con sus ladrillos de color rosa y sus ventanales enmarcados por sillares de piedra blanca, cubierto por un tejado de pizarra gris plomo rematado por una torrecilla.

Desde el dormitorio del maestro Leonardo da Vinci podía ver discurrir el Loira apacible y sereno, acariciando la amplia llanura y dándose, con generosidad casi voluptuosa, a cultivos y verdes prados de pasto. Y podía ver desperezarse, como en cada amanecer, a la cortesana villa de Cloux y surgir de entre las brumas las agujas de sus campanarios rasgando el horizonte y sus techos de pizarra gris, dispuestos a atrapar los primeros rayos del manso sol de primavera.

A Francesco Melzi, en esos primeros momentos del día, la contemplación de la Naturaleza en orden le sosegaba, al tiempo que le renovaba las energías. Le hacía sentirse en paz consigo mismo. Los ecos de las campanas de la abadía de Amboise llegaban hasta aquel enorme caserón desde la lejanía.

La primavera ya se había apoderado del paisaje y la tibieza del sol lo confirmaba. Qué distinto panorama encontraron tres años atrás, cuando *messere* Leonardo decidió aceptar el ofrecimiento de Luis XII, rey de Francia, de incorporarse a su corte, allí en Amboise.

Aún revivía la sensación de inquietud y zozobra que le produjo abandonar su Italia natal y seguir al maestro a Francia. De alguna manera los preparativos consiguieron amortiguarlas. ¡Había tanto que empaquetar! Se lo llevarían todo: manuscritos, dibujos, unos pocos cuadros y todas sus pertenencias. Fueron tres meses de duro viaje, durante los que atravesaron los Alpes en pleno invierno.

Melzi sintió un nuevo escalofrío al rememorar las gélidas temperaturas que hubieron de soportar. De repente, se vio reflejado en el cristal de la ventana y se sorprendió. Casi con veintiocho años, había dejado de ser un jovencito. Seguía teniendo una bonita cabellera rubia, larga y ondulada aunque no tan abundante como antaño, y en su frente avanzaban implacables unas incipientes entradas. El rostro, de facciones dulces, ponía de manifiesto el equilibrio de su mente, la sinceridad de su pensamiento y la fidelidad que prodigaba a su maestro. Sus ojos almendrados de color miel seguían siendo los de cuando era un niño y entró de aprendiz en el taller de Leonardo en Milán, fascinado por su aura de sabio maestro. Sólo contaba con quince años y una voracidad insaciable por aprender a dibujar y dominar las técnicas de la pintura. No le importó en absoluto comenzar una vida mucho más dura que la que hasta ese momento había llevado. Tendría que hacer de chico para todo: triturar pigmentos, mezclar, preparar barnices, limpiar... Al principio, sus padres se opusieron a que viviese en el taller, por la humillación que suponía para un muchacho de clase distinguida. Sabía que no se arrepentiría, como supo, unos pocos años atrás, cuando conoció a Leonardo supervisando los planos de la soberbia Villa Melzi, la casa de sus padres, que quería ser de mayor como

Da Vinci. Llegar a pintar como él, en su mente infantil, era tocar el cielo. Admiraba profundamente a ese hombre, su sabiduría, su elegancia natural y su saber estar. Su padre, Gerolamo Melzi, capitán de la milicia milanesa, cuando se apercibió de las cualidades pictóricas que apuntaba el muchacho y la enorme admiración que profesaba al florentino, no dudó en confiar a éste el futuro de su hijo, pues la pintura era lo que le hacía feliz. Podía considerarse muy afortunado, pues no resultaba frecuente que un padre atendiera así el deseo de un hijo, sin reprocharle que no siguiera la tradición familiar. Sólo le pidió que no les olvidara y que acudiera con la frecuencia que le fuera posible a visitar a los suyos y atender su hacienda. Así lo haría siempre. Fue así como Melzi entró a formar parte de la casa de Da Vinci.

Nunca se arrepintió de seguirle y consideraba un privilegio poder atenderle y cuidarle en sus postreros momentos. Seguía aprendiendo de él cada día. Siempre les unió un desmedido afán por comprenderlo todo y por conocer. Continuaba sintiéndose deudor suyo por el saber transmitido, por su trato, por todo. Por eso, no le importaba entregarle su tiempo ni sus bienes, que puso a su disposición para que no le faltara de nada, y también, cómo no, su afecto, con el que le colmaba de atenciones. No era la primera noche que pasaba a la cabecera de la cama del maestro: últimamente su salud —ya delicada desde el invierno anterior— había empeorado.

El espacioso dormitorio de Leonardo ya estaba completamente iluminado. Se dirigió hacia la cama del maestro. Apartó la larga mosquitera que pendía del dosel. Le observó. Aún dormía profundamente. Se le veía cansado, muy cansado. Había pasado la noche inquieto. Quizá porque ese día iba a recibir al notario y a varios testigos para testar. Supuso Melzi que, de alguna forma, eso le forzaba a hacer balance de su vida y, por lo tanto, era comprensible que mostrara desasosiego e incluso hablara en sueños. Llamaba una y otra vez a *donna* Albiera, a Catherina, a *messere* Verrochio, a Lisa… incluso a *ser* Piero.

Alguien golpeó la puerta del dormitorio pidiendo permiso para entrar. Era Maturina, la sirvienta. Ella siempre con su pañuelo en la cabeza, anudado atrás al estilo del país, ocultaba el negro azabache de su pelo apenas surcado por algunas canas. Cara redonda y graciosa. Su boca pequeña y de labios carnosos

Cara redonda y graciosa. Su boca pequeña y de labios carnosos siempre estaba riendo o canturreando. La alegría y la salud que disfrutaba le imprimían grandes rosetones en sus mejillas lustrosas. Los ojillos, pequeños y chispeantes, siempre atentos al detalle. Robusta y diligente. Ella sola gobernaba la casa, cocinaba y atendía a los dos en todo lo que no se ocupaba Battista, el mayordomo de *messere* Leonardo, a quien trataba con cariño y respeto; aunque en su sencillez, llegaba a regañarle como si tratara con un mocoso rebelde.

Entró con decisión en la habitación y se dirigió a Melzi:

—Buenos días, *signore* Francesco. ¿Cómo ha pasado la noche *messere* Leonardo? ¿Y vos cómo la ha habéis pasado? Supongo que mal, porque esta silla tan dura y tan incómoda... si quréis os pasaré otra pieza más cómoda o, mejor, os puedo improvisar una pequeña litera... Bueno, vos me diréis esta noche qué os preparo. Pero ¿cómo?, ¿que el maestro está aún durmiendo? ¡No, no, no...!

Melzi intentaba en vano articular algún monosílabo, al menos para contestar a ese torbellino verbal, pero apenas si era capaz de abrir y cerrar la boca acompasadamente, por lo que optó por callar y esperar a que las turbulencias se disiparan y tuviera una mejor ocasión de responder. Quizá por ello, Maturina prosiguió:

—Además, esta mañana vendrán el señor notario y los acompañantes o como se llamen.

—Testigos, Maturina, testigos —pudo añadir Melzi en un alarde de velocidad de respuesta.

—Pues eso, testigos. Debéis levantaros ya; así mientras os aseo, os visto y tomáis vuestro desayuno... porque hoy sí querréis desayunar, ¿no? Sí, seguro que sí; ayer no lo hicisteis porque estabais malito, pero hoy ¡tendréis que desayunar! —dijo con la solemnidad de una sentencia.

—Sí, Maturina, sí —contestó Melzi entre resignado y divertido.

No dejaba de asombrarle una y otra vez la agilidad del pensamiento de esta sencilla mujer y la gran velocidad que era capaz de alcanzar para reproducirlo. Tanta, que en ocasiones, como ésta, le aturdía. Pero lo daba por bueno, pues lo compensaba con creces su buen hacer y disposición.

Habitualmente, del cuidado personal del maestro se encargaba Battista, su criado, pero cuando éste bajaba con el carro a la ciudad a por el avituallamiento, se ocupaba la siempre dispuesta sirvienta.

Maturina se dirigió con decisión hacia Leonardo despertándole con una suave insistencia en el brazo:

—*Messere* Leonardo, despertad. Despertad, que esta mañana tenéis visita y no tardará en llegar.

Da Vinci despertó y trató de incorporarse, no sin esfuerzo. Una vez ya sentado en la cama, saludó cortésmente mientras Maturina le ayudaba a bajar de ella sujetándole del brazo derecho, inútil desde que un ataque lo paralizó.

Melzi no pudo evitar que le invadiera un sentimiento mezcla de añoranza y ternura, al ver al maestro tan frágil y delicado a pesar de su corpulencia. Fue junto a él y le sujetó del brazo izquierdo, doblemente útil al ser el artista zurdo.

Leonardo, sentado en el borde de la cama, respiraba fatigosamente; la maniobra le había supuesto un gran esfuerzo. Al notar la cálida sujeción del alumno le miró agradecido y, algo emocionado, se dirigió a él:

—Gracias Francesco, pero este brazo no ha seguido el camino de su gemelo y aún lo puedo utilizar. Deja que me apoye en el tuyo, será suficiente... hasta que la gota decida apoderarse del que me queda. —El anciano artista dio un profundo suspiro.

Sin pérdida de tiempo, cuando el maestro tocó el suelo, Maturina le echó por encima una prenda de abrigo y le condujo a una de las dos habitaciones contiguas al dormitorio, a fin de ayudarle en su aseo. De acicalarse se ocupaba él personalmente, pues aún conservaba un punto de presunción. Tenía en gran estima su melena blanca y ondulada, siempre ordenada, al igual que su larga barba. Ambas le conferían ese inconfundible aspecto de filósofo platónico que gustaba ofrecer.

Francesco lo veía avanzar con cierta dificultad, pero con entereza. A cada paso que daba parecía recuperar algo de su antiguo vigor. Nunca se quejaba de sus males, y no eran pocos ni llevaderos. La gota le había dejado paralizado el brazo derecho y desfigurado los miembros. Leonardo aparentaba más edad de la que realmente tenía, pues el quince de ese mismo mes aca-

19

baba de cumplir los sesenta y siete años, y diríase que tenía ochenta. Quizás ese empeño en no querer comer carne o quizás el vivir más de noche que de día, por concentrarse mejor y encontrarse más activo... quién sabe.

Lo cierto es que su mente seguía ideando y creando sin parar. Su vista no era la de antes, pero aun así, levantó planos para el nuevo palacio real del joven Francisco I, quien quedó maravillado con su proyecto, pues, además de llevar empotradas tuberías en la pared para evitar los olores desagradables, las vigas irían recubiertas de mampostería para prevenir el peligro de incendio, y las puertas se abrirían y cerrarían automáticamente, gracias a un ingenioso sistema de contrapesos.

El joven monarca le visitaba con frecuencia cuando se encontraba en su palacio en Amboise, próximo a la residencia de Cloux, a través de los pasadizos secretos que las comunicaban. Sospechaba Melzi, y con bastante sentido, que haber destinado esta residencia como alojamiento de Da Vinci fuese precisamente por este motivo. De esta forma tan discreta, el rey disfrutaba siempre que podía de la sabiduría y del talento incomparable del maestro. Pese a su juventud, el rey francés demostraba tener sinceras ansias de conocer y aprender y sabía apreciar el privilegio de tratarse con un genio vivo. Congeniaban a las mil maravillas: el entusiasmo del muchacho parecía inyectarle nuevas energías al sabio italiano y éste, agradecido —no ya por su generosa pensión vitalicia que le había liberado de toda tiranía y por el excelente recibimiento, sino por su sincero respeto y evidente admiración—, le correspondía con infinita paciencia ante su bombardeo de preguntas, desgranando una a una las respuestas y desmenuzándolas hasta su total comprensión; ofreciéndole sabios y agudos consejos, tanto de índole personal como política.

Da Vinci también diseñó para él un nuevo sistema de canalizaciones, así como un proyecto de desecación de las marismas de Soloña. Pero lo que hacía las delicias del rey era la magistral organización de las fiestas que celebraba en palacio, en las que desplegaba Leonardo todo su exquisito gusto y larga experiencia al servicio de Ludovico Sforza, *el Moro*, duque de Milán.

Desde la habitación contigua Maturina se asomó al dormi-

torio, donde aún se encontraba Melzi ensimismado en sus cavilaciones, y le dijo:

—*Signore* Francesco, os he dejado preparado vuestro desayuno, abajo, en la cocina. Debéis tomarlo ahora que aún está
caliente. ¿Queréis que os lo suba?

—Ah, gracias Maturina —dijo algo distraído Melzi—. No,
no, ahora iré yo.

Reaccionando como si despertara de repente, Francesco Melzi se dirigió hacia las escaleras que llevaban al piso inferior y,
desde allí, a las estrechas escaleras de piedra basta que conducían a la cocina. Le resultaba más cálido y acogedor tomar el
almuerzo en las entrañas de la casa. Sentía el recogimiento del
vientre materno allí abajo, donde el fuego del hogar caldeaba la
estancia, a toda hora vigilado y avivado por la inefable Maturina; donde las paredes de piedra adquirían color anaranjado
con la lumbre; donde las cacerolas y sartenes pulidas, mágicos
espejos colgados, deformaban la realidad en curvos reflejos
cobrizos; donde el olor de los embutidos curándose, el de las
hierbas aromáticas recogidas en el prado y el del pan recién
horneado le reconfortaban y reponían de su fatiga y tristeza.

21

Mientras se tomaba un buen tazón de leche de cabra, Melzi tuvo el pálpito de que aquel día ocurriría algo especial. En
cualquier caso, se hizo el propósito de que averiguaría toda la
verdad. Toda. No podía seguir con esa desazón. Tenía que saberlo. Por él y por las generaciones venideras. El maestro estaba muy delicado y cualquier día... Sí, cualquier día, podía llevárselo el Altísimo y, entonces, ya no habría remedio y se lo
reprocharía a sí mismo toda la vida.

Notó cómo el corazón le palpitaba con fuerza y rapidez.
Respiró hondo y se serenó un poco. Todo esto le excitaba mucho. Había demasiados interrogantes... Oyó un ruido fuerte.
Era el portón que comunicaba la cocina con el patio. Battista
había regresado de la ciudad.

«Le preguntaré a Battista. Quizás él sepa algo», pensó Melzi.

Battista era, después de él mismo, la persona de mayor confianza de Leonardo. Llevaban una eternidad juntos. Habían envejecido a la par. Estaba próximo a cumplir los sesenta, pese a
que no lo aparentara. Aún conservaba buena parte de su fortaleza bonachona; aunque su agilidad había ido mermando al

mismo tiempo que fueron aumentando su peso y la edad. De pequeña estatura, su cabeza cuadrada y su estructura robusta hablaban de un hombre que, aunque de miembros cortos, era capaz de realizar las tareas más duras. En él todo era romo y chato, como su nariz, que luchaba por sobresalir en una piel morena y extremadamente seca. El cabello conservaba algunos vestigios del negro profundo que fue el astracán gris que se aferraba firme a su cabeza.

Francesco Melzi tuvo que dejar para otro momento la consulta, pues el notario y sus acompañantes acababan de llegar. Battista se dirigió con presteza a abrir la puerta principal y, una vez recogidas sus ropas de abrigo mientras les saludaba correctamente, les acompañó hasta las habitaciones del maestro.

El discípulo no sabía muy bien qué hacer mientras se procedía a la redacción del testamento: dedicarse a preparar un lienzo que tenía pendiente o quizá leer un poco, o pasear a caballo...

Sus dudas se disiparon al poco, pues el viejo Battista le llamó desde lo alto de la escalinata de la cocina:

—¡*Signore* Francesco, *signore* Francesco! *Messere* Leonardo quiere que vos y yo estemos presentes. ¡Venga, que os esperan!

Melzi sintió algo parecido a un golpe en la nuca. Hubiera preferido mantenerse al margen, ajeno a todo el proceso. No deseaba presenciar la última voluntad del maestro admirado y compañero querido; suponía admitir la proximidad de su muerte y de algún modo hacerla palpable y cercana. Iría, claro, asistiría con callada emoción, se mantendría en un discreto segundo plano, pero estaría allí. Sabía que con su presencia a Leonardo se le haría más llevadero el trance. No podía fallarle. Y fue.

Una vez recogidas las últimas voluntades del anciano, Melzi acompañó al circunspecto y silencioso grupo. Más que de redactar un testamento, diríase que venían de un funeral. Todos comprendían que eran los días finales de un hombre irrepetible, que perdían a alguien verdaderamente valioso.

Las pisadas sobre las grandes losas de mármol resonaban más huecas que nunca. El rumor de los ropajes dio paso a una correcta, escueta y sombría despedida personal de cada uno hacia el fiel alumno y heredero moral del testador. Uno por uno, Melzi los fue despidiendo mientras Battista sostenía abierta una de las hojas del portón de la residencia y entregaba el correspondiente gorro: a maestre Guillermo Boreau, notario real de la corte de la Bailía de Amboise; a maestre Espíritu Fleri, vicario de la iglesia de San Dionisio; a Guillermo Croysant, capellán; y a dos monjes italianos de la orden de los Hermanos Menores.

Una vez hubieron salido todos, Battista cerró el portón. El fuerte portazo selló definitivamente el acto, haciéndose entonces un terrible vacío. Se miraron y el criado no pudo evitar que una emocionada lágrima desbordara uno de sus ojos y recorriera la mejilla. Sorbió y se secó el lagrimón. Francesco le pasó el brazo por encima del hombro y lo estrechó contra él, dándole ánimos.

—¡Ha sido tan generoso conmigo! —dijo Battista—. Nunca creí que me pudiera apreciar tanto.

—Sabes de su generosidad, y además te lo mereces. Le has servido bien y lealmente. Ven. Vamos a tomar una copa de vino —dijo Melzi, cambiando de conversación—. Nos sentará bien.

Se dirigieron hacia la cocina. Se sentaron en los bancos adosados a la gran mesa de madera que la presidía. Maturina les sirvió unos vasos donde vertieron un poco de vino. Invitaron a acompañarles a la sirvienta, quien, después de haber rechazado la invitación, se lo pensó mejor, hizo un alto en el camino y se sentó con ellos.

—Ha dispuesto para ti —dijo Battista dirigiéndose a Maturina— que se te entregue un traje de recio paño negro, forrado de piel, una pieza de paño y dos ducados.

Maturina asentía con la cabeza y se secó una lágrima en el rabillo del ojo con el extremo del delantal. Antes de que preguntara la sirvienta —quizá por discreción no lo había hecho—, añadió Battista:

—Y, a mí, me ha legado la mitad del viñedo que posee en Milán, la concesión de agua concedida por Luis XII y los muebles de esta casa.

Tomaron un sorbo de vino.

23

—¿Y la otra mitad del viñedo? ¿A quién lo ha dejado? —preguntó Maturina.

—A Salai —respondió secamente Battista y volvió a dar otro sorbo.

Tras cada cata quedaban nuevamente en silencio. Sólo se oía el crepitar del hogar. De repente, Maturina, quizás animada por el vino, le preguntó a Francesco por su parte y éste le respondió:

—A mí…, a mí me ha dejado lo más grande.

La pregunta de Maturina sirvió para que tomara conciencia de la trascendencia de lo que le iba a ser trasvasado y añadió:

—Sus libros, sus manuscritos, sus instrumentos, sus dibujos, su arte.

Tras un sorbetón de nariz, Maturina, a quien le estaba dando por ponerse llorona, preguntó:

—¿Y los cuadros?, ¿a quién ha dejado los cuadros?

Melzi sintió un vuelco en el corazón. Era cierto. Con tantas emociones no había reparado en ello. ¿Cómo era posible? Él, que se estaba devanando los sesos con el cuadro, con ese cuadro, con su origen, no había reparado en su destino final.

Había palidecido de repente. Los demás se percataron y le preguntaron si se encontraba bien. Respondió que sí, pero no les convenció.

Maturina, siempre diligente, se prestó a prepararle una tisana, pero Francesco le contestó que no, que no la necesitaba, sino que lo que necesitaba era hablar con ellos, especialmente con Battista.

—Dime, Battista, ¿dónde está el maestro ahora?

—Pues, en el cuartito.

—Está bien. ¿Dónde se pasa horas y horas al día sin que sepamos realmente qué hace?

—En el cuarto oscuro. —Battista empezaba a preguntarse adónde quería ir a parar el joven.

—¿Y qué hay en ese cuarto oscuro?

—Un cuadro y una silla.

—Exacto. Un cuadro. El retrato de esa extraña mujer. Pero ¿por qué no está junto al de santa Ana y al del Bautista en el taller? ¿Y acaso sabes qué hace el maestro cuando se encierra allí y por qué no permite el paso a nadie? ¿Por qué en mitad de la noche pide que se le lleve allí cuando se encuentra agitado o deprimido? ¿Por qué, Battista? ¿Por qué?

Melzi, en su acaloramiento, no se percató de que se había puesto en pie.

—Os ruego que os calméis, Francesco —intentó tranquilizar el criado al joven Melzi—. Contestaré en la medida que sepa dar respuesta a vuestras preguntas: sí sé lo que hace el maestro en ese cuartito. Pero ¿por qué queréis saberlo?

—¿Por qué, dices? Porque desde que le conozco le he visto venerar a ese cuadro, cuando no lo hace con ninguna de sus otras obras. No permitía verlo a cualquiera, ni tan siquiera a nosotros, sus alumnos, nos dejaba verlo con libertad. Sí, es cierto que nos lo mostraba y dejaba copiarlo y explicaba detalladamente cómo conseguir los maravillosos efectos que logró en él. Pero, acto seguido, lo volvía a cubrir con un lienzo y lo guardaba.

Melzi ya se iba sosegando y relataba sus recuerdos e impresiones con más calma. Se dejó caer en el banco y la sirvienta reanudó sus tareas al tiempo que escuchaba con atención:

—Recuerdo —prosiguió Francesco Melzi— que en cierta ocasión Boltraffio, uno de sus alumnos, llegó a preguntar a Da Vinci, quién era aquella mujer de sonrisa inquietante; y el maestro le respondió algo que nos dejó perplejos: «No es... "una mujer"». Y siguió con los bocetos que estaba trazando sin parpadear ni mover un solo músculo de la cara. Además, a todos los lugares adonde se ha desplazado se ha hecho acompañar de esa tabla. Raro era el día que no le echaba un vistazo. Siempre ha necesitado tenerla cerca. Es más: recordaréis su preocupación, durante el traslado a estas tierras, de que no sufriera ningún tipo de alteración por el intenso frío o que el embalaje no se rompiese por algún lado.

Francesco hizo una pausa y añadió:

—De hecho, pese a las reiteradas ofertas de Francisco I, no se lo ha vendido. Y tampoco atendió a las del emperador Maximiliano, ni a las de otros grandes hombres. Así pues, explícame, por favor Battista, lo que sepas.

—Bueno —comenzó a explicarse el viejo criado evitando sus pupilas las del joven—, como ya os dije antes, señor, sé qué es lo que hace pero no el porqué. Sé que contempla esa tabla durante horas y horas, de una forma incansable, inagotable. Nunca tiene bastante. Pero no como se mira a un cuadro, sino como, como... ¿cómo podría explicarlo? Sí, ya sé: como si hablara interiormente con él. Como si para él la imagen de la tabla estuviese viva. Es su confesor. Es su bálsamo.

—Verdaderamente ha de ser así: pues cuando está triste o algo le preocupa se encierra en ese cuarto oscuro, ¡que más que sala es un santuario! —afirmó Melzi con aire resignado—. Pero ¿por qué no me confía sus penas? Llevo a su lado muchos años, ¿es que acaso no merezco que vuelque en mí su desesperanza o su dolor?

—Querido muchacho, no es cuestión de merecer —le respondió Battista—. A mí tampoco me las confía, sólo en alguna ocasión. Sabéis que es de todo punto reservado en sus cosas y eso nada tiene que ver con el aprecio y el cariño que a buen seguro os profesa, pues sois para él la persona más querida.

—Bueno, Salai y yo —dijo Melzi con cierta pelusa, como si fuera un niño pequeño.

—Pero vos siempre habéis sido bueno y generoso con él. En cuanto a Salai... dejemos aparte a ese endiablado muchacho. Mucho me temo, Francesco, que lo que tenéis son celos al ver que su cariño debéis compartirlo con..., digamos, una extraña.

—Puede que tengas razón. Debo reconocer que se ha clavado en mi mente la pregunta de por qué el apego del maestro a esa tabla. Que, por cierto, nunca vi retrato más hermoso y perfecto. Yo mismo estoy hechizado por ella. Y me gustaría que la compartiese más a menudo conmigo.

—Y digo yo —intervino Maturina mientras desplumaba una gallina, comenzando los preparativos de la comida—, si alguien le encargó ese cuadro, bien la señora del retrato o quien fuera, ¿por qué no se lo entregó a quien hizo tal encargo?

Ante tal razonamiento, quedaron estupefactos Battista y el propio Melzi, ¿cómo no se le había ocurrido antes a él? Era cierto. ¿Por qué lo conservaba él y no quien lo encargara o la propia retratada?

Maturina observaba con íntima satisfacción la reacción de los dos hombres y, animada por el éxito de su cavilación, se atrevió a proseguir:

—Es más: no ha dejado escrito en su testamento su voluntad respecto a esta tabla. ¿A quién pensará entregarla?

—¡Es cierto! —exclamó Melzi irguiéndose de un salto—. ¿Qué destino pensará darle?

Y con el entusiasmo recién recuperado, se dirigió a donde estaba Battista y cogiéndole por los hombros le insistió:

—¡Oh, Battista, Battista! He de conseguir desentrañar todo este misterio, o me volveré loco. Mi mente no encontrará la paz hasta que lo descubra, y debo darme prisa, debo hablar con él antes de...

Los ojos de Battista que hasta entonces estaban dirigidos a Melzi entre divertidos e indulgentes, ahora se mostraban sorprendidos y miraban hacia lo más alto de la escalera de la entrada de la cocina. El criado tragó saliva y trató de incorporarse.

Maturina paró sus ágiles y repetitivos movimientos de desplume y se mordió ligeramente el labio inferior. Dejó su vista clavada por un instante en la escalera.

Melzi, quien había callado de repente al notar la reacción de los dos sirvientes, se giró poco a poco. Dirigió sus ojos hacia donde todas las miradas iban convergiendo. Se topó con la mirada directa de Leonardo tras la oscuridad que proyectaban los arcos de sus espesas y ásperas cejas. Allí se ocultaban unos ojos agudos y profundos; de pupilas azul celeste, de inteligencia afilada y dolorida, cercados por prominentes bolsas. La nariz, en su día recta y de finura helénica, resultaba prominente y abultada. Dos grandes surcos partían de ella hasta hundirse en las comisuras de la boca, trazando un rictus amargo.

Da Vinci comenzó a descender los peldaños ayudándose de su bastón, imponente con su sobretúnica larga y majestuosa de color verde profundo, con bordes de piel de pelo negro, brillante y sedoso. Por la abertura central asomaba una túnica de color amarillo mostaza que le cubría por debajo de las rodillas. Llevaba las calzas de verde suave y los zapatos del mismo paño que la sobretúnica. Vestía de forma anticuada pero con un innegable aire aristocrático que le hacía más hermético y alejado de la vulgar cotidianeidad. La melena, blanca y ondulada, partía de amplias entradas hasta llegarle a los hombros; la barba, también larga y sedosa, perfectamente peinada y acicalada le llegaba al pecho. El gesto, grave y adusto. A su señorial elegancia se sumaba su elevada estatura y su corpulencia física, reliquia del perfecto atleta que fue antaño, contribuyendo a que la impresión aún fuese mayor en los allí reunidos.

Y sosteniendo la mirada de Francesco, con voz profunda, Da Vinci añadió el final a la frase de Melzi:

—Antes de que sea… ¿demasiado tarde?

Capítulo II

El Cuadro

$\mathcal{M}$elzi no supo qué decir. Por su mente pasaron mil interpretaciones que podrían darse a sus palabras y ninguna le dejaba bien parado ante Da Vinci. Ante todo quería dejar claro al maestro que sólo le movía la curiosidad; que no le deseaba nada que no quisiera para él mismo; que el trato que prodigaba al retrato de esa mujer del fino velo y la devoción que le profesaba habían ido esculpiendo su intriga todos estos años atrás; que le había anidado en el pecho y se le estaba descomponiendo allí, allí dentro, haciéndose dura y rígida, atenazándole desde el corazón a la garganta, tensándola hasta el dolor.

Al final, Francesco Melzi, más diestro con el pincel que con las palabras, ante la mirada de un Da Vinci que parecía esperar una explicación, dijo desconcertado y titubeando:

—Yo…, yo sólo quería saber, no penséis que…

Da Vinci levantó una mano para impedir que siguiera hablando. Acabó de bajar la escalera y se acercó a Francesco, le selló los labios presionándoselos suavemente con un dedo, le rodeó los hombros con su brazo útil, lo atrajo hacia él y le besó cariñosamente en la cabeza. Se miraron y todo quedó dicho. Melzi comprendió que había leído todas sus penas, sus tribulaciones, sus angustias, en definitiva, su alma.

Leonardo recorrió con su mirada la enorme cocina del castillo y, con un tono de voz apropiado para indicar que pasaba página elegantemente, dijo a Melzi:

—Francesco, hoy no me apetece estar solo en el cuarto del cuadro. ¿Te importaría hacerme compañía?

A Melzi estuvo a punto de reventarle el pecho de alegría. No sólo le había entendido perfectamente sino que iba a compartir con él sus más íntimos momentos y era toda una invitación a la confidencia. Su presentimiento se estaba empezando a cumplir.

El discípulo ayudó a Leonardo a subir, lenta y pesadamente, las escaleras que llevaban al piso superior, donde se encontraban los dormitorios. Se dirigieron a los aposentos de Leonardo y, una vez allí, éste le indicó a Melzi que cogiera los candelabros, algo que Francesco ya se disponía a hacer, pues conocía la operación por haber observado a Battista en otras ocasiones y tener conocimiento de que esa habitación siempre permanecía a oscuras.

Entraron con sólo una de las velas encendidas. Melzi cerró la puerta con el hombro, puesto que las manos estaban ocupadas con los candelabros, y en el proceso casi acabó con la única fuente de luz. Se encontraron envueltos por una intensa negrura apenas rota por la debilidad de la vela. Francesco empezó a contagiarles el fuego de su bujía a las demás. Eran numerosas y progresivamente iban proporcionando un suave resplandor al repartirlas por todo el habitáculo. Pudo apreciar gradualmente con detalle el interior del cuarto. Las paredes estaban pintadas en negro, igual que el techo y los postigos de madera de la ventana, que no recordaba hubieran sido abiertos nunca. El intenso color negro de los tabiques producía un efecto difuminador. La cara interior de la puerta, también de color negro, desaparecía y se confundía con el tabique: sólo la delataba el pasador que permitía abrirla y cerrarla.

El suelo de losas cuadradas blancas y negras dibujaba un fantasmagórico ajedrez, cuyas verdaderas dimensiones se perdían engullidas en la profundidad de un oscuro universo envolvente. Tan sólo rompía el vacío de la estancia el único mueble: una silla tijera en caoba con asiento y respaldo de cuero y gruesas tachuelas, sencilla pero confortable, situada frente al cuadro.

El retrato estaba sujeto a la pared, sin ningún tipo de marco; aparentaba mantenerse suspendido en el aire, detenido en algún punto del universo.

No pudo evitar una ligera sensación de vértigo. Todo parecía formar parte de un mundo aparte, irreal, extraño y estremecedor, donde los contornos desaparecían, el tiempo no contaba y la realidad era creada por el pensamiento. Sentía cierto temor a pisar a fondo, como si el suelo se fuese a hundir al echar a andar.

Da Vinci se sentó en la silla de tijera y le indicó a su alumno que también lo hiciera. Éste, extrañado, miró en todas direcciones y, no viendo asiento alguno, se encogió de hombros. Leonardo señaló hacia uno de los rincones y hacia allí se dirigió Melzi. Al aproximarse, vio las patas de un taburete de color negro que le había resultado antes invisible. Lo acercó a la silla del anciano y se sentó junto a él con vistas a la tabla. Se hizo un profundo silencio. Ambos miraban ensimismados la figura de la dama del cuadro. Encontró el retrato más atrayente aún que la última vez que lo vio.

—¿Verdad que es hermoso? —le preguntó Leonardo sin apartar la mirada de la imagen.

—A mí se me antoja el más perfecto retrato que jamás se hiciera —respondió Melzi—. Es tan… distinto.

—Dices bien —apostilló Leonardo con acento nostálgico, dirigiéndose hacia el joven—. Es distinto a todo aquello anteriormente logrado por otros pintores e incluso por mí mismo, pero no extraño a lo que he ido concibiendo a lo largo de mi vida; más bien al contrario, querido Melzi, es compendio de todas mis observaciones en cuantas ciencias me adentré y de lo que he dejado expuesto en mi *Tratado de Pintura* para ilustrar a aquellos que se sientan atraídos por este delicado arte, pero dudo de que se le llegue a prestar a este legado mío atención suficiente como para arrancarle los conocimientos en él atesorados. Confío más en que el alma sensible del artista, aun cuando no alcance a leer mi *Tratado*, al menos si sabe observar, descubrirá en este retrato de Lisa los secretos que en el mismo se esconden y sabrá ver cuánto hay de estudio previo del ser humano y del funcionamiento de sus órganos, en especial, amado Melzi, del que más nos atañe como pintores: el ojo.

»Si supieran mirar, Melzi, ¡si supieran! —se lamentó Da Vinci, agitándose impotente y aferrándose con la mano al reposabrazos—, descubrirían… —subrayó sus palabras acercándose

31

al rostro del muchacho con los ojos muy abiertos y brillantes—cómo un artista, valiéndose de la mirada del observador, puede insuflar el hálito de la vida en su creación —afirmaba acompañando sus palabras con un gesto suave de la mano—. Cómo puede convertir una figura plana encerrada en una tabla en ¡un ser tridimensional! —acentuó sus palabras con un gesto envolvente—, lograr que *monna* Lisa permanezca viva mientras es observada a través de los siglos; y, al fin y al cabo, cómo conseguir no perderla del todo.

—No os entiendo, Leonardo —replicó Melzi—. ¿Por qué dais tanta importancia y otorgáis tantas facultades a los ojos de quien observa y no a las manos del artista? ¿Acaso no son ellas las que han de adiestrarse en reproducir lo que los ojos muestran? Tampoco acierto a comprender qué queréis decir con «convertir una figura plana en tridimensional» ni que «*monna* Lisa permanecerá viva mientras es observada»; no sé qué queréis darme a entender...

—Pues es evidente, joven Melzi —interrumpió con firmeza Leonardo—: el retrato se convierte en una imagen tridimensional, si se sabe mirar adecuadamente. —Ante el gesto de perplejidad del discípulo prosiguió—: No basta observarla para que esto ocurra; se hace de todo punto imprescindible saber que nuestra visión es binocular y, por ello, es imposible que una cosa pintada parezca a la vista con tanto bulto y relieve como si se mirara por un espejo... —Da Vinci detuvo la explicación quedando el joven en suspenso—, a no ser... —continuó divertido ante los gestos de impaciencia del muchacho— que se mire con un solo ojo. Pues así la visual nace de un solo punto y se detiene en el primer objeto, resaltándolo de forma que el fondo se aleja. Sabido esto, sólo hay que dotar a la figura retratada de la perspectiva adecuada, un fondo de suaves colores y sombras dulcificadas con *sfumatto* y...

—... Y ser el *messere* Da Vinci, creedme; aun conociendo los secretos de vuestra técnica, me siento incapaz de alcanzaros —remató la frase lastimeramente Melzi.

Sonrió Da Vinci con ternura.

—Puede que así sea, mi buen Melzi, pero ahora aplica lo que te he explicado: tápate con la mano tu ojo derecho, que nada pueda ver. Así, abandónate a la contemplación de la dama del retrato y verás cómo la figura avanza hacia ti y el fondo huye hacia el infinito… hazlo y dime qué ves.

Melzi, tal y como le indicaba su maestro, se tapó el ojo derecho con la mano y comenzó a concentrarse en el cuadro y a fijarse en él con mayor detenimiento. Parecía ejercer un extraño influjo sobre todo aquel que lo contemplaba. Hacía años que no lo había podido admirar tan de cerca. Con la visión de su solo ojo clavada en la dama del retrato, sentía una extraña sensación de huida de sí mismo, de falta de referencias, sin saber con certeza dónde se hallaba, casi de incorporeidad. Lo achacó al ambiente de aquella inquietante habitación.

La extraña mujer seguía en un posado eterno, sobre un fondo de cielo encapotado azul verdoso, roto por montañas azuladas de picos acerados que parecían querer alcanzar el cielo para arañarlo. Desde ellas hasta la figura se extiende un valle calmoso y dulce, de misterioso ensueño. Rodeando la figura de la mujer, a la altura de sus hombros, las montañas se tornan rojizas, de menor tamaño y de contornos pulidos. Dos líneas serpentean por el valle, una a cada lado de la figura, adonde vienen a morir: un estrecho camino de tierra y un caudaloso río cruzado por un puente. Y ella está ahí. Permanente. Imperturbable. Eterna. La cabeza cubierta por un fino y transparente velo negro de mujer casada. Los cabellos, divididos en su mitad por una impecable raya, son finos, ondulados hacia las puntas. Rodean su cabeza pequeña y redonda como un discreto visillo que reposa sobre sus hombros. Las ropas, oscuras, sencillas pero con destellos de seda en los pliegues de las mangas. La blusa plisada, de color berenjena, rematada por una puntilla negra, simple y escueta, dando un neto acabado al escote bajo el que se adivina un pecho maternal, generoso pero discreto. La carnosidad de sus manos, cruzadas, la derecha sobre la izquierda, y ésta apoyada sobre el reposabrazos del asiento, transmiten una ternura exquisita.

Francesco reparó que en su recorrido había saltado de forma casi inconsciente el rostro de la mujer. Siempre le había turbado y ahora se sentía especialmente vulnerable. Notaba batir su corazón más rápido de lo habitual. Su respiración se había hecho más agitada y profunda. No obstante, quiso continuar con la contemplación y examen de su rival. Quizás, estudiando la fisonomía como tenía por costumbre el maestro, podría captar algún dato que le sirviera de pista para saber algo más de esta mujer de aspecto joven. La frente amplia, despejada, denotaba claridad de ideas y conceptos. Las cejas, completamente depiladas a la moda del momento, dejaban adivinar su trayectoria, rectas y levantadas hacia arriba en sus extremos formando una perfecta «T» con la nariz. Mujer equilibrada y de gran dominio de sus pasiones e impulsos. Las mejillas, suaves; la barbilla, destacando sobre una mandíbula ascendente y ligera, casi infantil, cerraba un rostro perfectamente ovalado y armonioso.

Melzi sentía los latidos del corazón en sus muñecas. Comenzaron a golpearle en las sienes fuertes pulsaciones: un casco de hierro se había apoderado de su cabeza y le atornillaba sin piedad. Comenzó a respirar con cierta dificultad. El sudor de su espalda comenzó a enfriarse, haciéndole sentir algo incómodo. Un sabor amargo le invadía la boca.

Se fijó en los ojos de la dama, carentes de belleza por sí mismos, pero dotados de un lenguaje profundo y universal. Le inquietaban. Le hacían sentir que el observado era él. Que le escrutaban e interrogaban. Que sabían el motivo por el cual estaban siendo estudiados. No supo precisar si él se fijaba en ella o eran los ojos de ella los que estaban clavados en él y le seguían en su vaivén en el asiento. Notó como un vahído le sobrevenía. Tragó saliva. Otra vez ese sabor amargo, como a sangre. Las manos. Le llamaron la atención las manos. Los dedos. Parecía que se hubiesen despegado ligeramente de su postura. Como si quisiera llamar la atención del espectador. Era absurdo. Creyó que estaba ido. La sensación de borrachera iba en aumento; había perdido el contacto con el suelo. Ya no sabía muy bien dónde se encontraba, sólo que no podía dejar de mirarla. Su rostro le absorbía de forma poderosa, intensa, invencible. Por un momento los ojos le fallaron. Se encontraba débil, muy débil. Pero no se iba a dejar vencer en este duelo sordo y callado que se había entablado de forma sibilina e inexplicable, pero con un indiscutible sello femenino. La desafió mirándola abiertamente, aceptando el absurdo reto; tragó de nuevo, más hiel, más sudor; con los ojos muy abiertos, le pareció que el pecho de la mujer se llenaba de aire con suavidad; un casi imperceptible movimiento de la cabeza le daba a entender su próxima intención a incorporarse, como si adivinara el estupor de su observante; éste, con los ojos cada vez más abiertos y la respiración jadeante, notaba el aire espeso y sólo habló para repetir una y otra vez:

—No puede ser... no puede ser. ¿Qué demonios está ocurriendo aquí?

Le dolía el pecho. Los latidos eran muy fuertes. Tenía angustia. La garganta tensa le ahogaba al tragar. Ella le miraba. Estaba claro. Era absurdo. Pero le miraba. Él insistía en resistir y le respondía con su mirada. La seguía observando, hechizado, atrapado. Vio, ya lo creo que lo vio, no le cupo ninguna duda, cómo ella con un gesto encantador cerró suavemente los ojos y le sonrió con complicidad. Francesco, impresionado, casi aterrado, contuvo la respiración al tiempo que emitía un sonido gutural, y caía redondo al suelo desmayado.

35

No sabía dónde estaba ni el tiempo transcurrido. Entornó los ojos y notó el peso de un paño mojado con agua fría en la frente. Estaba tumbado. Estaba consciente. Abrió completamente los ojos. Se encontraba fuera de la maldita habitación. Le habían echado sobre la cama de Da Vinci. Maturina fue la primera en darse cuenta que había abierto los ojos y lo comunicó alborozada a los demás. Battista se acercó y le ayudó a incorporarse, preguntándole:

—¿Cómo se encuentra, Francesco, se le ha pasado?

—Sí, sí. Ya me encuentro mucho mejor. No sé qué me ha ocurrido. Pero ya estoy bien, gracias. Y el maestro, ¿dónde está? —inquirió Melzi.

—Ahí, sentado junto a la ventana, esperando que usted se recupere. Acérquese a él y dígaselo usted mismo, le dará una alegría. —Y agregó en voz baja—: Evite que se mueva mucho, está muy debilitado.

—Descuida Battista, así lo haré.

Melzi se levantó completamente recuperado de su desvanecimiento y observó con detenimiento la estampa a contraluz que ofrecía el maestro sentado junto a la ventana, no en vano era pintor y su mirada le proporcionaba instantáneas que retenía como recuerdos plásticos imborrables. Allí sentado, parecía más reducido en tamaño que antes en la escalera. Su actitud era casi de derrota: diríase que capitulaba ante la vida, ante la imposibilidad de conocer su totalidad, de acabar sus intentos de comprenderla, de compilar los conocimientos adquiridos, y sobre todo, de transmitirlos. Resignado a la evidencia de que la humanidad que deja no es mejor que la que encontró. Decepcionado del mundo y de sus habitantes.

Melzi se acercó y se puso en cuclillas ante él. Leonardo le dirigió la mirada, aún impregnada del maravilloso paisaje, y clavando dulcemente las pupilas azul celeste en el muchacho, le dijo:

—Ven, bajemos al jardín. Nos vendrá bien a los dos que nos dé un poco el aire.

—Maestro, le he prometido a Battista que no le haría mover para no fatigarle.

—Battista no se va a morir pronto y yo sí. Deja que me despida de los setos, del verdor, del colorido de las flores y del rumor de la fuente. Vamos, ayúdame.

Francesco tragó saliva y le ayudó a levantarse y a caminar. Bajaron las escaleras y llegaron al patio interior, fresco y luminoso, plagado de plantas exuberantes, continuamente refrescadas por las salpicaduras de la fuente.

—Ven, siéntate conmigo —convidó Leonardo y Melzi se sentó frente al maestro, ambos en sendos bancos de piedra labrada—. Ya lo has visto. Ese cuadro es para mí muy especial. Es de alguien muy especial.

—¿Acaso… —se atrevió a preguntar el joven casi con un hilo de voz, por si resultaba impertinente— estuvisteis enamorado de ella?

—¿Cómo puedes tú preguntarme eso, Francesco? —El discípulo apartó la vista apurado y enrojeció, pues conocía a la perfección la respuesta—. Sólo parece concebirse entre un hombre y una mujer una relación de amantes. Eso puede que sea lo habitual, lo corriente. Pero yo no lo he sido nunca y ella, créeme, tampoco. Ya que la Naturaleza no ha permitido que las mujeres sean de mi gusto, y lejos de poder gozar del amor materno que sólo ellas procuran, me dio la oportunidad de conocer a una de las más exquisitas criaturas que haya producido.

Hizo un alto, suspiró con contrición y siguió diciendo:

—Quizá para darme una gran lección. Una lección de humildad, una lección de audacia, de valor, y ¿por qué no decirlo?: de inteligencia y, sobre todo, de amor. De un Amor con mayúsculas. Amor hacia todas las cosas.

Se removió un poco en su asiento, no le resultaba fácil lo que a continuación iba a confesar a Francesco:

—Tú sabes que he sido indiferente a la belleza femenina. Ni siquiera encontraba en ese género dotes dignas de resaltar especialmente. Pero nunca imaginé que pudiera hallar en una mujer una igual en todos los sentidos, cuando no un ser más fuerte y valeroso. No soy el único que comete ese pecado, pero eso no me excusa de haber infravalorado a las autoras de nuestros días. Si nunca ocupó antes una mujer mi mente, quizá fuera porque nunca antes había tenido yo un lugar en el corazón de una mujer. Apenas conservo algún recuerdo de mi madre, que pronto me entregó a mi familia paterna. No la juzgo mal por ello: debió de creer que era lo mejor para mi futuro. Mi padre contrajo matrimonio tantas veces como enviudó. Fue su primera mujer, *donna* Albiera, la única que me acercó a lo que es el cariño materno. ¡Cuánto la lloré cuando murió!

Aún se emocionaba con el recuerdo de su joven madrastra. Francesco asentía y escuchaba con atención la voz de Leonardo, que iba volviéndose más agria:

—No debes molestarte por lo que te voy a decir y confío en que sabrás ponderar mis palabras; pero es lo que te voy a narrar la razón por la que estoy firmemente convencido de que Lisa, mi Lisa de Giocondo, es el ser más completo y perfecto que haya conocido jamás. Y, gracias a ella, he podido embeberme del afecto más dulce y limpio que pudiera imaginarse; ella fue el compendio de todo lo que me faltaba: serenidad, dulzura, optimismo, constancia, estabilidad, cariño, sí, cariño. No me mires así, Melzi; cuando lo sepas todo, lo entenderás: cariño de mujer, cariño de madre. Incluso, y no te sorprendas, de la más exquisita inteligencia. Sí, la verdadera inteligencia: la inteligencia sutil que sabe entender la vida y leer en sus acontecimientos; la que sabe sonsacar enseñanzas de las contrariedades y sabe mirar; cómo mirar para saber; cómo llevar a cabo los sueños.

Quedó Leonardo algo cabizbajo tras estas palabras, apoyando su mano buena sobre un bastón que Battista le había procurado. El sol estaba ahora en su cénit. Francesco tragó algo de saliva. Temió que pronto les interrumpieran para el almuerzo, y apremió a Da Vinci a que comenzara a contarle el origen de la historia. Y el maestro de tantas artes comenzó su relato:

—¿Recuerdas…?

Capítulo III

Adiós, Milán, adiós

—¿*R*ecuerdas, Francesco, la entrada de las tropas francesas en Milán? Tú serías por aquel entonces muy pequeño. Fue en 1499, el 3 de septiembre, exactamente.

Francesco Melzi se removió un poco en su asiento buscando acomodo en el duro banco de piedra; la impaciencia se empezaba a calmar y se encontraba al tiempo que más sereno más atento, se sentía receptivo.

—Sí —contestó el joven—, sólo tenía siete años; pero sí lo recuerdo.

Leonardo asintió con la cabeza y prosiguió:

ঙ্গ

Ya hacía varios años que me había trasladado a Milán desde Florencia para establecerme bajo la protección de Ludovico Sforza, *el Moro*, usurpador del título de duque de Milán. Resulta lamentable, pero los artistas para desarrollar nuestro arte —y si me apuras para sobrevivir—, hemos de estar a bien con un gran señor que pueda financiar nuestros proyectos y obras. Y en mis comienzos, y deseando abandonar Florencia, no se me ofrecía mejor alternativa que acudir a la corte de Ludovico e intentar ser aceptado en ella, como así fue. Allí fui bien acogido y recibí importantes encargos: la estatua ecuestre del patriarca de los Sforza y el mural de *La Última Cena*.

Pero la ambición de poder de mi señor Ludovico era desmedida y su política de alianzas compleja y peligrosa: lejos de detener la invasión francesa, sólo sirvió para que ésta se aplazara para ser aún más terrible. Nada ni nadie podía detener el ansia de Francia de apoderarse de los tesoros de los turcos con el pretexto de una nueva Cruzada, para lo cual, le era necesario atravesar Italia. Ni tan siquiera detuvo aquella locura la muerte del rey francés, Carlos VIII, pues la continuó el duque de Orleans convertido en Luis XII, quien sumaba a sus títulos el de duque de Milán; y como heredero legítimo del ducado milanés, estaba dispuesto a recuperar lo que era suyo.

Por aquellos días, me encontraba ocupado en instalar en el viejo palacio de los Sforza toda una novedad: un cuarto de baño con agua fría y caliente para doña Isabel de Aragón. Y allí me encontraba, en las habitaciones de doña Isabel dando instrucciones a los operarios, cuando las tropas francesas tomaron la ciudad. Al ver que el viejo palacio estaba siendo rodeado por las tropas francesas y que éstas se disponían a entrar en el mismo, los hombres a mi cargo quisieron abandonar la obra, a lo que me opuse, objetando que una invasión no era suficiente motivo para desatender el aseo de una dama, lo que les debió de parecer una razón de peso, pues permanecieron en el puesto y continuaron con su labor hasta acabarla.

La impopularidad de Ludovico Sforza había allanado el camino a los franceses, creyendo el pueblo que se acabaría con los impuestos abusivos que servían en su mayor parte, para celebrar las fiestas de El Moro, que yo mismo organizaba por expreso deseo suyo. ¡Pobres infelices! ¡Como si cambiar de cadena hiciera libre al perro!

Aquel día de septiembre, las tropas francesas entraron dirigidas por César Borgia, por entonces mano derecha de Luis XII, y ocuparon la ciudad. El rey francés entró en Milán poco tiempo después, a principios de octubre. Su entrada en la ciudad, ya tomada, resultó espectacular: toda una exhibición de fuerza y poder, con el colorido y pompa de una ceremonia de coronación, ya que de alguna manera lo era para Luis XII, quien tantas veces se había manifestado dispuesto a sacrificar varios años de su vida de rey por un año como duque de Milán, pues él era su auténtico heredero.

Todos los habitantes de Milán se asomaron a sus ventanas,

muchas de ellas engalanadas. Luis XII fue recibido por las gentes del pueblo como si de un libertador se tratara, y con ese aire de fiesta era aclamado desde las casas y a pie de calle por la muchedumbre, enfervorecida ante el deslumbrante despliegue de lujo y poderío. El cortejo que le acompañaba camino a la catedral de Milán iba encabezado por el clero ordenado en filas según su categoría: los primeros, de blanco inmaculado, portando largos crucifijos de plata e incensarios que hacían oscilar perfumando y santificando el aire; les seguían otros con sotanas rojas bajo sobrepellices blancos que, en actitud de recogimiento, iban murmurando plegarias; a continuación, una tercera fila compuesta por altas autoridades eclesiásticas —engalanadas para la ocasión con casullas blancas con bordados en oro, que rodeaban pequeños espejos que destellaban a la luz del sol, cubiertos por mitras, igualmente adornadas—, que caminaban con las manos juntas y entonando cánticos religiosos. Les seguían jinetes maravillosamente uniformados en rojo y verde, portando todos ellos en su mano derecha un lanzón, y sujetando con la izquierda las riendas de sus monturas. A corta distancia les seguían los embajadores de Venecia, de Florencia, Bolonia, Siena, Pisa y Génova, acompañados de un séquito compuesto por cientos de jinetes y gentilhombres vestidos con ricas galas. Tras ellos, y montado en un magnífico corcel de guerra, marchaba el rey Luis XII, ahora señor de Milán; con traje blanco bordado en nido de abejas con hilos de oro, tocado con el bonete ducal, aferrado firmemente al cetro y cubierto por un baldaquín. Tras él cabalgaban, ordenados de dos en dos, cardenales, duques y marqueses; y, entre ellos, su preferido: César Borgia. Iban seguidos por sus pajes en carros engalanados para mayor esplendor. Quedé impresionado, como todos los asistentes, por tanto lujo y apostura; pero fue el magnífico porte de César Borgia lo que mayor admiración me despertó, pues no había visto galanura igual en hombre alguno.

Al finalizar la ceremonia en el Duomo, el rey se dirigió al castillo que el gobernador de Ludovico había rendido sin luchar, pese a los juramentos de lealtad hacia el antiguo señor. Días después, se dedicó Luis XII a recorrer la ciudad. En una de sus excursiones fue a la iglesia de Santa María de las Gracias. Una vez allí, el rey visitó el refectorio del convento, en cuya

41

pared principal había yo pintado *La Última Cena*. Fue tan grande su admiración por mi obra que quiso hacerla trasladar a Francia, de lo que desistió al final por impedimentos técnicos. Pero se interesó por mí, como autor de semejante obra, e insistió en querer conocerme y que yo le fuera presentado. No tardó en cumplirse su deseo. Fue amable en extremo y me ofreció unirme a su Corte, cuando yo gustase, donde no me faltarían encargos. En aquella ocasión, estaba acompañado por su inseparable César Borgia.

Tras conocer a su majestad y departir con él, fui presentado a su mano derecha. Si a caballo la apostura del Borgia era magnífica, a pie resultaba impresionante por su fina estampa, su envergadura y sus movimientos envolventes y sutiles. César, completamente vestido de oscuro, apoyando su mano izquierda en un puñal que portaba en su costado y pendiente en todo momento de cada movimiento del rey, me dedicó una encantadora y amplia sonrisa, de finos labios sutiles y rutilantes dientes preciosamente dispuestos y alineados. Sus ojos oscuros y agudos, exageradamente abiertos y de mirada terrible y dura, me traspasaron. Se dirigió a mí con una voz varonil y melosa haciéndome saber que había oído hablar de mí y que ansiaba conocerme para, a continuación, girarse de repente y abalanzarse sobre un lacayo que pasaba por su lado, quien se disponía a acercar una bandeja con bebida y comida a su majestad, lanzando el servicio por los aires de un potente e imprevisto manotazo; después le reprendió hasta la humillación por no haber dispuesto correctamente la vajilla. Quedé fuertemente impresionado por aquella extraña mezcla de animal y ser humano. Había algo salvaje dentro de él; sin embargo, ejercía una verdadera fascinación sobre todo aquel que le conocía. Tuve la impresión de que aquélla no sería la última vez que nos encontraríamos.

Pese a haber sido acogido Luis XII como un libertador, no transcurrieron más que unas semanas para que por su forma de gobernar se hiciera odiar por todos. Se sucedían las persecuciones, las venganzas, los atropellos…, aquellos que tenían oportunidad o medios, escapaban a las aldeas próximas o se refugiaban en los montes.

En un principio no tuve intención de marcharme de Milán, pues confieso que yo también secretamente albergaba la esperanza de ser mejor tratado por los franceses que por El Moro, quien había despachado mis más de quince años a su servicio con un viñedo. Cometí el mismo pueril error que las gentes sencillas de Milán. Pronto descubrí que mi secreta esperanza estaba muy lejos de la realidad. Me fue confiscado el viñedo, que me proporcionaba parte de mis rentas con su arriendo.

Aquello hizo que me percatara del posible cerco del que empezaba a ser víctima. Ello, junto con las advertencias de Bramante y Luca Pacioli del peligro que corríamos todos los que habíamos estado próximos a Ludovico, el hecho de que abandonaran la ciudad sin mí ante mi indecisión, la visión constante de incendios de noche y de día, los gritos desgarradores de las mujeres violadas por las tropas, el sufrimiento del pueblo sometido a mil vejaciones, los saqueos... me empujaron a marcharme, rindiéndome a la evidencia de que no podría culminar mi proyecto de la estatua ecuestre de mayor tamaño y de más difícil equilibrio jamás concebida. Su réplica en barro cocido, que con ocasión de las bodas del sobrino de Ludovico, el duque Gian Galeazzo con doña Isabel de Navarra, expuse en el patio del palacio sólo sirvió para que se entrenasen los arqueros franceses y quedó prácticamente destruida. También abandonaba así mi *Última Cena*, muy deteriorada por la fórmula que utilicé para su elaboración... Otro maldito fracaso.

43

ෆ

Melzi le interrumpió:

—No, Leonardo. No fue otro fracaso. Fue un intento de innovar, de perfeccionar.

—¡Sí, claro que lo fue! —le contestó Leonardo—. ¡Y lo sabía! —afirmó dando un golpe seco en el suelo con el extremo del bastón—. ¡Lo sabía muy bien! No quería admitirlo entonces y ello retardó mi huida poniéndonos a todos en peligro.

Subrayó sus palabras con varios golpecitos de bastón contra el suelo, y añadió:

❧

El rey francés abandonó la ciudad a principios de noviembre; sin su presencia las tropas aún resultaban más peligrosas. Cuando vi claro el peligro que corrían mis alumnos Boltrafio y Salai, y yo mismo, decidí que nos marcháramos apresuradamente: recogimos todas nuestras pertenencias, mis estudios, los instrumentos. Hice llegar mis ahorros a Florencia, pues allí nos dirigiríamos hasta que los tiempos cambiasen. Y en un amanecer helado de diciembre, Boltrafio, Salai y yo nos dirigimos hacia Venecia camino de Florencia. Primero llegamos al pequeño ducado de Mantua: un oasis de paz y civilización. Fuimos recibidos con grandes honores por la totalidad de la corte de Mantua, con la propia duquesa *donna* Isabel d'Este al frente, quien se ocupó personalmente de asegurarse de que todas nuestras necesidades estuviesen cubiertas y los alojamientos fuesen de nuestro agrado. Además, encontré allí, no sólo a las antiguas amantes de Ludovico Sforza, sino a mi buen Attalante Migliorotti, antiguo compañero de mi primer viaje a Milán, músico exquisito y gran cantante de ópera.

La estancia en el ducado fue breve, pues no tenía intención de establecerme en aquel territorio, que además ya contaba con el arte de Mantegna, y la ciudad y sus recursos resultaban demasiado limitados para albergarnos a los dos. (Por otro lado, ante los ruegos de *donna* Isabel d'Este de que le hiciera un retrato, hube de esbozar uno en carbón y le hice promesa de que más adelante lo pasaría a colores.) A todo ello se sumaba que la situación política del pequeño ducado se tornaba inestable. Así, volvimos a emprender nuevamente el camino hacia Venecia.

Pasamos por Fusina y al cabo de unos días llegamos a la Serenísima República de Venecia, convertida en dueña del Mediterráneo, cuyo poderío y opulencia eran envidiados por las otras potencias. A diferencia de Florencia, disfrutaba de una calma política excepcional: el poder se hallaba en manos de la aristocracia y el pueblo gozaba de absoluta libertad, siempre y cuando no se inmiscuyera en las cuestiones de gobierno, claro. En cualquier caso, puedo afirmar que nunca me sentí tan envuelto en oropel y opulencia deslumbradora como cuando entramos en la ciudad de Venecia. El esplendor de Oriente tomaba forma en su característica arquitectura, mezcla de Oriente y Occidente. En su afán de competir con Bizancio, se había hecho levantar edificios semejantes a los allí construidos: el Duomo de San Marcos, a imagen y semejanza de la iglesia de los Santos Apóstoles de Constantinopla; el Palacio de los Dux, en oro y mármoles de colores... las plazas y palacios desbordaban la vista en su intento de aturdir con su lujo al visitante.

Al llegar a la plaza de San Marcos, descabalgamos de nuestras monturas y Salai y Boltraffio quedaron descansando al sol del mediodía, pero yo preferí dirigirme hacia donde se encontraba la estatua ecuestre del Colleoni que mi maestro Verrochio, ya fallecido, levantó en esa ciudad. Él tampoco pudo ver su obra acabada, pues doce años antes había muerto, pero le confió la fundición a Leopardi, un artista de su confianza. Mas yo no contaba con nadie a quien pudiera delegar mi estatua que, pese a ser muy superior en calidad a la de mi querido maestro, no había llegado a ver la luz.

Tras alojarnos debidamente, fuimos a pasear. Por la ciudad no se oía otra conversación que no fuera la del temor a una inminente invasión turca. Diríase que la tierra se abría a nuestros pies a cada paso, pues donde quiera que nos dirigiéramos, los hombres se habían empeñado en aniquilarse o, cuando menos, en intentar apoderarse unos de otros. Por eso no me resultó demasiado extraño que las autoridades venecianas, al saber de mi presencia, hicieran por localizarme y llamarme ante el gobierno de la ciudad. Sabían de mis dotes de ingeniero y me encomendaron misiones de reconocimiento. Yo les presenté ideas y proyectos que no fueron aceptados por el Consejo de los Diez. Desconfiaron de ellos. Les parecían irrealizables, imposibles, demasiado nuevos. ¡Ignorantes! Incapaces de ver más allá de sus narices. Dado que mi visión no era compartida por tan nobles señores, decidí que era el momento de partir hacia Florencia. ¡Florencia! ¿Por qué nunca me has querido? Más que madre... ¡madrastra!

45

CB

En este punto, suspiró y miró hacia donde se oían acercar-se unos pasos rápidos. Era Maturina, que traía una pequeña mesita y encima de ella una bandeja con frutas, queso, una ja-rra de vino y dos vasos. Dispuso la mesita entre los dos hom-bres y una vez hecho esto, sirvió la bebida; a continuación se incorporó y, con aire muy satisfecho, desplegó una servilleta y la puso sobre las rodillas del maestro. Éste cogió el lienzo y apreciando la labor le preguntó:

—¿Lo has hecho tú?

—Sí, sí, *messere* Leonardo, la he bordado yo. ¿Qué le pare-ce? ¿Verdad que queda bonita?

La sirvienta soltó una risita casi de niña traviesa: se sen-tía satisfecha por su aportación al invento del maestro. Él había inventado la servilleta, pero a ella se le había ocurrido deco-rarla con bordados de pequeñas flores. De repente, a Maturi-na se le ensombreció el rostro, pensando que quizás al maes-tro le disgustara. Debería haberle pedido permiso. Se puso las manos en la boca de golpe, casi sin darse cuenta de lo que hacía. Leonardo, imaginando la tribulación de la pobre mu-jer, la tranquilizó y le dejó bien claro la originalidad que apre-ciaba en su iniciativa y que le parecía una gran idea. Al oír tal cosa, Maturina se marchó a cortos y graciosos pasitos que resultaban cómicos en su orondo corpachón. Los dos pinto-res terminaron sonriendo divertidos y comenzaron a picotear el almuerzo.

—Y Leonardo, ¿qué hicisteis después? —preguntó Melzi mientras mordía con fruición una pera jugosa y crujiente.

—Pues, como te dije antes, pusimos rumbo a Florencia —pro-siguió Da Vinci—. Cruzamos los montes Apeninos y nos di-rigimos hacia el sur. Era el comienzo de la primavera, como ahora. Me parece volver a ver aquellos paisajes toscanos: los prados intensamente verdes, de mil tonos de ese color a un tiempo, perfumados por las flores que ya nacen bajo el cálido sol. Olivos y cipreses nos acompañaban y saludaban con el cas-cabeleo de sus hojas sacudidas por la brisa. El zumbido de los insectos en el aire caliente del mediodía, el espeso aroma de flores... me parece estar reviviéndolo. Nada parecía haber cambiado de cuando yo era un muchacho y corría por aquellos parajes que tantas veces dibujé. Incluso a las afueras de la ciudad todo aparentaba estar igual que cuando la abandoné. Las magníficas villas que rodean la ciudad con sus jardines rebosantes de flores, alegradas por las fuentes, enmarcadas por balaustradas de mármol o de forja, también parecían estar igual. Pero sólo era una ilusión. Florencia había cambiado. Su exterior apenas había sufrido daño, pero su alma alegre y desenfadada, liberal y atrevida, osada y arrebatadora había sido sustituida por un pesado manto de miedo y negrura. Florencia ya no era la misma.

Capítulo IV

El regreso a Florencia

*D*a Vinci hizo un alto en su relato, con un suspiro tomó fuerzas y aliento para enfrentarse al sabor amargo de los recuerdos. Rememorarse casi veinte años más joven podría resultar incluso agradable, pero le hacía consciente del tiempo pasado e irrecuperable, adquiriendo un doloroso relieve su vejez y evidenciando su deterioro. ¡Qué extraña paradoja!: tanto luchar mientras fue joven para buscar sentido a la vida, y era ahora, conforme exponía un hecho concreto, cuando todo lo ocurrido en ella comenzaba a tenerlo.

Mientras su mente divagaba en estos y otros pensamientos, un oportuno carraspeo de Melzi devolvió a Leonardo a la realidad y continuó su relato:

ঞ

Como te iba diciendo, hicimos noche no muy lejos de Florencia y poco antes del amanecer reemprendimos la marcha y llegamos a sus proximidades al despuntar el alba. Era el mes de abril de 1500. Nos detuvimos unos instantes antes de bajar las colinas que la rodean para contemplar el maravilloso espectáculo que nos ofrecería desde lo alto al amanecer.

Desde donde nos encontrábamos se dominaba toda la ciudad, aún vestida de negro bajo la noche. Allí estaba Florencia. Única. Orgullosa. El resplandor del amanecer fue ahuyentando la oscuridad, empujando y haciendo retroceder sus sombras asustadizas por encima de los tejados. Una vez retirado por completo el negro velo, quedó al descubierto una gran ciudad amurallada, que se extendía por ambas orillas del Arno, desperezándose coqueta. Cinco puentes, como cinco dedos, unían las dos orillas de la ciudad: creía tener ante mí una gigantesca mano abierta sobre la tierra, en cuya palma se levantaban edificios y palacios; ofreciéndome otra oportunidad para recorrerla, estrecharla y reconciliarme con ella. Las techumbres comenzaban a mostrar su intenso color rojizo al aumentar la claridad de la mañana. La silueta de la cúpula de la catedral, Santa Maria del Fiore, adquiría volumen conforme se elevaba el sol. El perfil afilado del campanario verde y blanco de Giotto se percibía ya con total nitidez, pasando de casi invisible a lucir luminoso y altivo. El Palazzo Vecchio, sede del gobierno de la ciudad, se localizaba fácilmente por su inconfundible torre cuadrada, rematada por almenas como todo el palacio. También se podía apreciar desde allí la iglesia de Santa Maria Novella, cuya fachada fue obra de mi admirado maestro Alberti. Por fin, los tejados de escamas rojizas quedaron totalmente al descubierto; fue la señal que nos hizo ponernos en marcha y descender hacia Florencia.

Antes de llegar a las cercanías del Ponte Vecchio, que habríamos de atravesar para entrar en la ciudad, hice que mis acompañantes, al igual que yo mismo, atendiéramos a nuestro aseo; pues no han de ser incompatibles el viajar y el mostrar buena presencia. Además, ningún amante desea que su amada, por esquiva que ésta sea, le sorprenda con un aspecto que le impulse a apartarlo de sí sino que, por el contrario, prefiere mostrarse agradable a la vista y propiciar de esta forma un buen recibimiento y mejor estancia. En cualquier caso y, en previsión de que ella no desee acogerle, que al menos sepa el valor de lo que pierde.

Así pues, debidamente aseados y correctamente vestidos, nos dispusimos a atravesar la muralla que rodea Florencia por la puerta romana, que conduce a un curioso puente cubierto que todos conocen por Ponte Vecchio. Al cruzarlo sobre nuestros caballos, fuimos avanzando bajo su techumbre de tejas y pudimos disfrutar de una deliciosa vista del ancho cauce del Arno a través de las columnas de los lados; discurría manso bajo la estructura del puente. Sobre los arcos de medio punto, que sostienen las columnas y en los que descansan las fachadas laterales, se abrían pequeñas ventanas cuadradas. Cada ventanuco lanzaba un decidido chorro de luz, entrecruzándose con el de su gemelo de enfrente por encima de nuestras cabezas. Las barandillas que unen las columnas laterales estaban abarrotadas de compradores y de aprendices de carniceros, pues el puente tiene además otra curiosidad: penden de él a los lados y hacia el exterior, a modo de casas colgantes, construcciones que al tiempo sirven de tienda y de vivienda a los carniceros. Éstos pregonaban su género con gritos ensordecedores, que el eco del techo se encargaba de agigantar aún más, confundiéndose todos en un solo y atronador vocerío. Conforme íbamos atravesándolo, observábamos con detenimiento todo lo que allí tenía lugar: el ambiente inesperadamente sombrío que proporciona el techo del puente, muy adecuado para la conservación de la carne; el triste olor a sangre fresca de las piezas recién sacrificadas; la enorme cantidad de animales sanguinolentos que colgaban expuestos en ganchos; el revoloteo torpe y escandaloso de las gallinas, que ayudaba a expandir aún más la pestilencia de sus excrementos; los asnos agitando pastosamente sus colas de un lado a otro, espantando cargantes moscas que todo lo picoteaban. Todo ello, junto al constante ir y venir de la gente, saturaba al visitante.

Una vez lo atravesamos, continuamos cabalgando hacia el interior de la ciudad. Ya dejado atrás el estruendo del mercado de la carne parecía que hubiésemos entrado en un mundo silencioso, en una ciudad enfermizamente callada. El caminar de la gente era diferente al de otros tiempos. Todos, viejos y jóvenes, se movían a paso ligero, sin detenerse, como queriendo evitar ser vistos o detenidos por alguien. Un halo de temor se percibía en sus rostros cuando tenían a bien levantarlos, pues la mayoría procuraban ir cabizbajos como evitando ser identificados. Los colores alegres y desenfadados que acostumbraban a lucir los florentinos en su vestimenta habían dejado paso a vestiduras oscuras y tristes. Los escotes femeninos habían desaparecido: finas telas de gasa cubrían el espacio dejado por el vestido hasta el cuello, delatando una vigilancia en las costumbres de ciudadanos que otrora fueron libertinos y despreocupados. No me gustó. Me hacía sentir extraño en mi ciudad. Mis primeras impresiones me confirmaban las tenebrosas noticias que llegaron a Milán sobre el curso que habían tomado los acontecimientos durante el mandato del agustino Savonarola. Dos años antes de mi llegada, había sido ajusticiado en la hoguera, pero su huella permanecía aún en la ciudad; diríase que las cenizas de su cuerpo quemado la habían impregnado de un ánimo gris y macilento. Habría que tener un especial cuidado hasta conocer mejor la situación política.

Giramos a la derecha al llegar a la segunda para llegar a la plaza del Palazzo Vecchio, sede de la Signoria. El ambiente parecía algo más cálido y ya circulaba gran número de gente. Algunas mujeres cuchicheaban a nuestro paso y sonreían; los hombres murmuraban y muchos de ellos me reconocieron. Pero el auténtico centro de todas las miradas era Salai. Salai... ¡Dios mío, Salai! Se había convertido en un muchacho bellísimo. Extraordinariamente hermoso. De una belleza clásica a la par que salvaje y rebelde, con destellos de ángel maléfico. Su larga y rubia melena rizada junto a la perfección y finura de sus rasgos, la apostura y la exultante juventud que derrochaba levantaban comentarios de admiración y envidia. Y yo me sentía tan orgulloso de él que apenas notaba una pequeña nota de amargura por no ser yo el que despertara más expectación. ¡Le quería tanto!... quizá demasiado.

Giacomo, pues éste era su verdadero nombre, vino a vivir conmigo, el día de la Magdalena de 1490, a la edad de diez años. Le conocí en Milán, cuando ya estaba al servicio de Ludovico; durante un paseo por la plaza del mercado, reparé en un pilluelo cuya actitud alerta y ceño fruncido me hicieron pensar en los sinsabores que le habría tocado vivir pese a su corta edad. La suciedad y los harapos conseguían resaltar más aún el verde esmeralda de sus pupilas y el color rubio de sus cabellos ensortijados. Sus piernas, largas y perfectas, estaban acostumbradas a huir con el botín que obtenía de su pillaje; su cuerpo de niño anunciaba ya las formas adolescentes. No pude evitar que me recordara a mí mismo cuando tenía su edad: no sólo el parecido físico era notable, sino, especialmente, me hizo revivir la sensación de abandono y desamparo que yo mismo había experimentado al ser separarado de mi madre, primero; al morir mi abuela paterna, después; y, por último, al perder a *donna* Albiera, primera esposa de mi padre y un auténtico ángel. Posteriormente, sólo viví el desapego y el menosprecio de las su-

51

cesivas esposas de mi padre. Sabía de lo inerte que puede llegar a estar un corazón que no es regado, aun cuanto apenas, con unas gotas de afecto y cariño.

Antes de que me diera cuenta, inmerso como estaba en mis propias divagaciones, le había hecho un retrato a carboncillo en mi cuaderno de notas. Cuando ya lo iba a terminar, levanté la vista y encontré que aquel muchachito había desaparecido. Le busqué entre la gente, que se arremolinaba y entrecruzaba, yendo y viniendo de un puesto a otro, y no le vi. Al convencerme de que le había perdido definitivamente de vista, decidí regresar al mismo sitio y tomar unos cuantos apuntes más antes de marcharme. Pero no pude hacerlo, pues mi cuaderno había desaparecido de mi bolsillo. Lo lamenté muy de veras y me sorprendió la congoja que me produjo el pensar que había perdido para siempre aquel apunte de su cabeza y de su perfecto perfil. Por unos instantes había creído estar ante mí mismo como un observador ajeno; viéndome vivir otra vida y otra suerte. Hubiera querido abrazar a ese pequeño y darle todo el cariño que yo había deseado recibir de niño. Le hubiera dado todo lo que yo hubiera sido capaz de dar, puesto que las cosas no tienen más valor que el de permitirnos expresar con ellas el alcance de nuestra generosidad o de nuestra mezquindad. Aparté estos pensamientos de mi mente y decidí que sería mejor regresar al Palacio de los Sforza. Antes de que me girara, unos dedos se clavaron con insistencia en mi espalda. Era Giacomo. Me mostraba mi cuaderno de notas abierto por donde estaba su retrato y, con cara recelosa, me preguntó:

—¿Éste soy yo?

—Sí —le respondí.

—¿Cómo lo ha hecho? —preguntó el pequeño.

—Así —le respondí mientras tomaba el cuaderno de sus manos y con el carboncillo realicé una caricatura de un anciano que estaba próximo a nosotros.

Aquello le maravilló. Le hizo reír y apareció en su rostro una blanquísima y perfecta dentadura. La alegría convirtió su cara en un estallido de luz. Quiso imitarme y le dejé garabatear en el cuaderno. No lo hizo nada mal; tenía cierta predisposición para el dibujo. No necesité más; le propuse que se viniera conmigo y que fuera mi ayudante: tendría un techo, comida y ropa y la oportunidad de aprender un oficio.

Me hice la ilusión de que en él volcaría mi experiencia, de que lo conseguido no se perdería vanamente; no quise despreciar aquella ocasión de tener un ahijado. Los hijos no se eligen pero yo sí que escogí a Salai, que resultó ser un cúmulo de decepciones y engaños. Ladrón, embustero, testarudo, glotón. El segundo día, le mandé hacer dos camisas, unas calzas y un jubón, y cuando aparté el dinero para pagar estas cosas, me lo robó de mi escarcela, y nunca me fue posible lograr que me lo confesara, aunque yo estaba completamente cierto de ello.

Todos mis esfuerzos por educarle parecían baldíos: sus marrullerías eran constantes. Tardé años en conseguir de él que se convirtiera en un ser medianamente civilizado. Fue por eso que le apodé *Salai*, de Saladino, el sultán turco que tenía aterrorizado todo el Mediterráneo. Al convertirse en un adolescente, me sentí orgulloso de mi obra, pues conseguí hacer de él un joven medianamente instruido y que alcanzara cierta destreza en la pintura, produciendo obras propias, aunque permanecía en un continuo descontento, siempre esquivo y arisco. Verdaderamente, querido Melzi, esculpir un ser humano es el trabajo más duro e ingrato de cuantos he acometido.

53

No reparé en gastos para él. En cuanto a vestirlo, siempre que pude le procuré las mejores telas y calzados. Una vez más —también en aquella ocasión, mi regreso a Florencia—, Salai parecía un príncipe. Iba envuelto en un espléndido abrigo de tisú de plata, forrado de terciopelo verde, que mandé hacerle tres años antes, al cumplir los catorce. No era, pues, extraño, que las miradas de aquellos con los que nos íbamos cruzando quedaran atrapadas en su arrebatadora belleza.

Una vez llegamos a la amplia explanada de la Signoria no pude menos que emocionarme al tener ante mí la magnífica mole del Palazzo Vecchio y, a mi derecha, formando ángulo recto con el palacio, la Loggia, con sus amplios y elegantes arcos de medio punto. Mi orgullo por mi tierra natal no estaba tan adormecido como creía: no podía dejar de sentirme subyugado ante la colosal belleza del palacio. La mañana límpida y luminosa, de cielo azul celeste y nubes algodonosas, recortaba con nitidez sus contornos, haciéndome su presencia más evidente: una estructura cuadrada y compacta de sillares almohadillados, aligerada por ventanas ojivales geminadas y graciosamente rematada por almenas. De su tejado surgía, orgullosa e inhiesta, su torre cuadrada rematada, a su vez, por dos cuerpos almenados. Su estampa era única para transmitir el poder que en él se albergaba.

En un principio tenía pensado acudir primeramente a entrevistarme con Piero Soderini, a la sazón *gonfalonieri*, el presidente del Consejo de los Diez que sustituyó a Savonarola, tras su ejecución, en el gobierno de la República. El gobierno de la Signoria me había hecho llegar su intención de encomendarme ciertas obras de gran relieve. Puesto que era buena hora, decidí enviar a Salai en busca de alojamiento y lugar donde comer aquel día y, así mientras, dirigirme al Hospital de la iglesia de Santa Maria Novella para retirar quinientos florines de oro de los seiscientos que hice enviar desde Milán a la cuenta que allí tenía abierta. No era una cantidad como para vivir holgadamente durante el resto de mi vida, pero sí por una buena temporada. Así pues, hacia allí encaminé a mi cabalgadura. Poco después, apareció ante mí la magnífica fachada de Santa Maria Novella, en mármol blanco y verde, obra de mi muy querido y más admirado Alberti, en quien siempre vi un verdadero maestro, no sólo en el arte de la arquitectura, sino en el de la vida: su generosidad no tenía límite, como tampoco parecía tenerla su sabiduría.

Una vez retirado mi dinero, monté de nuevo en mi caballo para reunirme con Salai, pero no pude evitar el deseo de visitar la iglesia y deleitarme con las maravillosas obras de arte que alberga en su interior. Entré y comencé a repasar lentamente con la vista sus naves dispuestas en forma de cruz griega, sus capillas planas, sus ágiles pilares y sus arcos ojivales de dovelas verdes y blancas. Continué hacia el interior. Mis pasos resonaban en el suelo de mármol y se agigantaban en las bóvedas. La impetuosa luz del exterior era tamizada por la gigantesca vidriera que se abría en el fondo del ábside, presidiendo el altar mayor e inundándolo de luz. A los lados del pasillo central habían dispuesto varias filas de bancos de madera, a esas horas salpicados de ancianas que rezaban. En los brazos laterales del crucero se encuentran las capillas privadas de las familias más importantes. En una de ellas alguien rezaba: una mujer menuda, arrodillada de espaldas al resto de la iglesia. El runrún de los rezos de las ancianas resultaba cansino. El ritmo aumentaba progresivamente, hasta resultar casi frenético. Ya había visto bastante. Me estaba dando la vuelta decidido a marcharme, cuando me percaté de un detalle que llamó mi atención. Aquella mujer, la que estaba en la capilla rezando, ya no estaba allí pese a que no había ninguna otra salida que la propia entrada y no había habido tiempo material para haberlo hecho sin que yo no la viese salir. Supuse que andaría por algún lado y no le di más vueltas. En aquel momento no lo supe, pero era la primera vez que el destino nos ponía en contacto a Lisa y a mí, por una casualidad. Siempre hay una casualidad crucial en nuestras vidas ¿verdad, Francesco?

Como te decía, querido amigo, no me paré a pensar más en aquel detalle que me resultó extraño pero banal y salí del templo. Subí a mi caballo y fui a reunirme con Salai. Éste se había hecho con la dirección de una buena taberna en la que, al parecer, alquilaban habitaciones a viajeros. Le di algo de dinero para que apalabrara el alojamiento y fui directamente al Palazzo Vecchio, a ver qué había de aquellos encargos.

Una vez me anuncié al cuerpo de guardia que custodiaba la entrada del noble edificio, un criado me condujo hasta el patio. Allí se encontraba Piero Soderini, el *gonfalonieri*, supervisando las obras de decoración del patio. En él bullía la actividad por todas partes: maestros de obras con sus aprendices, artistas, artesanos; todos trabajando atareados en su restauración y ornamentación. Macizas columnas soportaban arcos de medio punto, rodeando un espacio en cuyo centro se erguía alegre una pequeña fuente sobre una breve escalinata; un geniecillo alado con un pez en sus brazos, esculpido por mi maestro Verrochio, servía de surtidor.

Pasé por debajo de los andamios siguiendo las indicaciones del criado hasta llevarme a presencia del *gonfalonieri*. Se acercó a Soderini, quien se hallaba reunido con varios maestros de obra que le mostraban unos planos, y le habló en tono confidencial. El todopoderoso Soderini se volvió rápidamente, desatendiendo a los que le andaban explicando los planos y se dirigió a mí con grandes voces...

—¡Da Vinci! Veo que por fin os habéis dignado a pisar esta

humilde Signoria. Esperábamos vuestra contestación a nuestra oferta hace tiempo. No ignoramos —añadió con cierta sorna— que sois un hombre muy ocupado y que apreciáis vuestro tiempo grandemente. ¿Quizá disponéis de un ratito para respondernos? —dijo esto levantando teatralmente una de sus cejas que dejaban al descubierto un ojo redondo, grande y saltón, envuelto en varios pliegues de párpado, que destacaba en la cara colorada, lustrosa, con doble papada, de gruesos labios y nariz chata: una cara que delataba al comerciante codicioso y vulgar bajo el político de alto cargo. Resultaba grotesco, embutido en vestidos que antaño serían de su talla, pero que ahora pugnaban por reventar. Ricas telas para un pobre hombre.

Hizo con la mano ademán de que le siguiera y así lo hice sin mediar palabra. Me llevó hasta uno de los extremos del patio. Retirando el lienzo que la cubría de un solo y enérgico tirón, descubrió una mole de mármol de Carrara, de un blanco inmaculado. Lo reconocí enseguida: era el célebre mármol en el que cuarenta años atrás Agostino di Duccio, antes de marchar a Perusa, había empezado a esculpir un profeta. En varias ocasiones había yo manifestado mi deseo de terminar dicha obra. Pero me había inclinado más hacia la pintura por ser ésta arte más conforme a mi espíritu y menos artesanal que la escultura, una tarea que entraña suciedad. Además, por aquel entonces, andaba yo muy enfrascado con los cálculos matemáticos que mi amigo Fra Luca Pacioli y yo intentábamos resolver felizmente, amén de otras actividades. Temiéndome lo peor —que pretendieran encargarme una escultura y que si rechazaba este encargo no me ofrecieran otro que pudieran tener pendiente y que fuese más de mi agrado—, urdí un pretexto para hacerle ver que la piedra estaba defectuosa y no podría esculpirse nada en ella que valiera la pena y, menos aún, que reportara gloria a Florencia. Con el ceño fruncido y no muy convencido, Soderini añadió:

—Como gustéis, *messere* Da Vinci —dijo con cierta ironía y prosiguió—: No me equivocaba al pensar que lo rechazaríais. Ya advertí al Consejo de que vos despreciaríais el ofrecimiento.

Y cambiando el tono de voz y adoptando una actitud más amenazante añadió:

—Considero que un encargo así debe dársele al joven Buonarroti, lleno de energía y de vigor. Soy partidario de que sea él y no otro quien esculpa lo que ha de ser la representación de la República de Florencia, de la juventud florentina ¡majestuosa, enérgica, valerosa!, y con un futuro por delante. No creo, querido Da Vinci, que vos seáis el más indicado, ¿no os parece, *messere* Leonardo?

Ante el desagradable resultado de la entrevista estuve casi a punto de decidir abandonar nuevamente la ciudad. ¿Era acaso esto una broma pesada? ¿Hacerme venir sólo para humillarme? El destino parecía reírse de mí. Sin embargo, antes de tomar cualquier decisión preferí que fuéramos a comer.

Una vez en la taberna, el propietario nos condujo a un lugar algo apartado del ruidoso público que comía y hablaba a voz en grito, golpeando las mesas con las jarras y salpicando a todo el que pasaba por al lado, lo que les producía aún mayor alborozo. Casi tanto como cuando alguien se propasaba con las muchachas que servían las mesas.

Por fin nos sentamos y, cuando nos disponíamos a pedir algo de comer, oímos gritar mi nombre. Era Lippi. Filippo Lippi. Magnífico pintor y amigo de juventud. Se alegraba enormemente de verme de nuevo e insistió para que nos sentáramos en su mesa y fuésemos sus invitados. Charlamos animadamente y a lo largo de la conversación hablamos de nuestros proyectos futuros y le conté lo sucedido esa misma mañana.

—No me extraña viniendo de quien viene. Ese maldito Soderini es un indeseable —concluyó Lippi—. Utiliza su poder e influencia a su antojo, favoreciendo a aquellos que saben adularle o simplemente le convienen. No siempre consigue el Consejo pararle los pies. ¡Es como si los tuviera hechizados!

—La seducción del brillo del oro, supongo —añadí yo.

—¡Ojalá volvieran los Medici a gobernar Florencia! Aún cuentan con muchos partidarios en la ciudad. —Y añadió en tono confidencial—: Dicen que están moviendo hilos para su regreso. Al menos —suspiró Lippi—, los artistas estaríamos mejor considerados y no tendríamos que tratar con mercaderes ignorantes e insaciables de poder.

Se hizo un breve silencio y repentinamente espetó:

—Ya sé dónde podrías encontrar un encargo interesante

—concluyó Lippi—. Mira, Leonardo, los monjes de la Annunziata, ya sabes, los del monasterio.

—Sí, lo conozco —respondí.

—Me hablaron de un posible encargo, dijeron que querían algo parecido a tu *Última Cena*; yo les contesté que me lo pensaría, pues prefiero acometer otras empresas más discretas que tengo a la vista. Sin embargo, para una obra de esas características ¿quién más indicado que tú? No se hable más. Ya veréis, os recibirán muy bien, y más si vais en mi nombre: me aprecian muy de veras.

Nos despedimos de Lippi después de agradecerle sus atenciones y nos dirigimos al monasterio. Una vez allí, el Hermano Mayor de los servitas, orden que atendía la iglesia, nos explicó con más detalle en qué consistía la obra. Se trataba de realizar un retablo para el altar mayor de la iglesia. Les expuse que *messere* Lippi me había referido la posibilidad de que yo me hiciera cargo de la obra en su lugar, pues él tenía otros encargos que se lo impedían. Se mostraron encantados, tanto fue así, que sabedores de que estábamos recién llegados a la ciudad y de que no disponíamos de taller ni casa propia, nos ofrecieron con insistencia quedarnos a vivir allí con ellos, corriendo la manutención a su cargo y poniendo a nuestra disposición celdas para alojarnos y lugar apropiado para trabajar; ofrecimiento que aceptamos encantados.

He de decir, que el entusiasmo que mostraron al principio se fue tornando en impaciencia al comprobar que dedicaba más horas al estudio de la geometría y a resolver cálculos matemáticos que al cartón del retablo. Ante su insistencia para que lo acabase y por sentirme extrañamente atrapado por el tema sobre el que querían que tratara —santa Ana, la Virgen y el Niño—, terminé el cartón en breve tiempo. ¡A ver si así les callaba la boca por una temporada!, y me permitían zambullirme en paz en lo que verdaderamente me subyugaba: las matemáticas.

Fue tan intensa la pasión que en mí despertó esta ciencia, que pensé seriamente dejar de pintar. Tanto fue así, que rechacé reiteradamente cuantos encargos me ofrecieron en aquella época tanto *donna* Isabel d'Este, como Francesco del Giocondo, un influyente comerciante florentino, así como los de otros tantos personajes algunos incluso, allegados al propio rey de Francia. No me sentía predispuesto para pintar. Es más: por aquel entonces, me repugnaba. Necesitaba alejarme por una temporada de la pintura y volcarme en el conocimiento matemático.

࿓

Ante la mirada atónita de Melzi por estas últimas frases, Leonardo se vio obligado a dar una explicación:

࿓

Ese cambio de orientación no sólo se debió a mi curiosidad, que no me ha abandonado un instante de mi existencia, sino a que la pintura requiere una paz interior de la que en ese momento carecía. La razón era que poco después de nuestra llegada a Florencia, Salai comenzó a mostrarse esquivo y huraño. Me inquietaba. Su carácter resultaba más propio del rapaz salvaje que era cuando le recogí, que de un aprendiz de pintor. Traté de atraerle y conformarle comprándole ricas ropas y otros pequeños caprichos que se le antojaban, incluso haciendo la vista gorda a sus pequeños hurtos. Cualquier cosa con tal de que estuviese a gusto a mi lado y no me dejara. Temía que buscase en otro la juventud que yo estaba perdiendo. Apenas estaba a mi lado, lo imprescindible para ayudarme en mis tareas y luego desaparecía, sin querer decirme nunca dónde había estado ni con quién. Me preocupé cuando descubrí que manejaba dinero que yo no le había dado ni era producto de ningún robo. Empecé a pensar en lo peor. Comprenderás por qué me resultaba más fácil centrarme en las matemáticas, tarea racional al fin y al cabo, que abrir las puertas del sentimiento, más allá de la razón, como precisa la pintura tal y como yo la entiendo: comencé a sentir la necesidad de marcharnos de allí y cortar con lo que estuviese ocurriendo.

En ese ánimo, y a altas horas de la madrugada, me hallaba enfrascado con mis estudios matemáticos cuando uno de los monjes acudió a mi celda a darme aviso de que unos emisarios preguntaban por mí. No habían querido desvelarle quién les enviaba; sólo me lo dirían personalmente.

Dejé aquello que hacía y seguí al monje, quien me llevó

59

hasta ellos. Eran soldados. Saludaron respetuosamente al verme y, una vez se hubo marchado el monje, dijeron hablar en nombre de su señor el excelentísimo César Borgia, duque de Valencia, quien requería de mis servicios como ingeniero militar y que, en prueba de ello, me enviaba una misiva lacrada de su puño y letra, que una vez leída debía destruir. En la misma me solicitaba que me reuniera de inmediato con él en su campamento: sus hombres me escoltarían y mis servicios serían generosamente pagados.

En aquel momento pareció abrirse ante mí una nueva puerta del destino. Viviría una experiencia absolutamente nueva, radicalmente distinta a lo acostumbrado. Podría desplegar todo mi ingenio en resolver situaciones supuestamente irresolubles. Era una ocasión propicia para desarrollar mis ideas e inventos y además, no podía enemistarme con hombre tan poderoso. Asimismo, alejaba a Salai de —aunque entonces no sabía qué— aquello que no parecía ser un asunto claro.

Así pues, quedé con la escolta en que nos recogieran al amanecer, a fin de poder preparar el equipaje. De vuelta a mi celda, desperté a Salai para que hiciera los preparativos. Yo aproveché para terminar ciertos cálculos antes de partir.

Al alba, cuando ya nos disponíamos a cargar nuestras pertenencias en los animales, el monje de la noche pasada vino corriendo por el claustro y, casi ahogado por la carrera, nos hizo señas para que esperásemos y no montáramos aún...

—¿Qué ocurre? —pregunté—. ¿Ya han llegado los soldados?

—No, no —respondió el monje y se detuvo para tomar un respiro mientras jadeaba—. No. No son los soldados. Estarán a punto de llegar. Os llamaba porque acaban de traer un recado para vos y el enviado volverá esta tarde para darle vuestra respuesta a su señor.

Abrí la nota lacrada que me entregaba. La leí. La tiré. Subí al caballo. Salai, extrañado, me preguntó qué era. Le respondí:

—Nada. Es Francesco del Giocondo, ese comerciante de seda, otra vez; duplica su oferta por el retrato de su esposa. Ni soy pintor de esposas, ni éste es el momento para pintar. Mi destino me conduce hacia otras tareas. Sube a tu caballo Salai y vámonos.

Salai y el monje se miraron y se encogieron de hombros en

un gesto cómplice que mostraba la incomprensión de mi respuesta: Salai, porque no entendía mi estado de ánimo ni parecía importarle demasiado, y el pobre monje, porque ignoraba, al igual que el resto de la congregación, que me marchaba definitivamente, sin acabar el retablo de santa Ana. El cartón sí estaba acabado, pero no pasado a colores. Una vez más, dejaba inconclusa una de mis obras porque empezaba a interesarme algo más novedoso. Golpeamos los estribos y salimos del monasterio al tiempo que llegaba la escolta que nos guiaría al campamento de César.

El frescor de la mañana me aligeraba el camino hacia mi nueva vida. Me sentía transformado en un personaje importante. «Ingeniero militar» sonaba bien; Ingeniero Militar del duque de Valencia, de César Borgia, mano derecha del rey francés Luis XII, hijo del papa Alejandro VI, príncipe de los *condottieri*.

Ahora Salai me tendría en más alta estima, quizá comenzara a admirarme...

Pronto empezaría a purgar mis pecados de vanidad.

Capítulo V

Aut Cesar aut Nihil

—Apenas nos habíamos alejado de la ciudad, cuando el lugarteniente de la escolta hizo que nos detuviéramos. Me entregó una nueva misiva lacrada. Se trataba de un decreto por el que se ordenaba me fuera franqueado el paso a mí y a mi séquito, a fin de inspeccionar las ciudadelas y lugares fortificados. Aún lo conservo por aquí...

Diciendo esto sacó Leonardo de un bolsillo un viejo y amarillento papel, cuidadosamente plegado, y sus anteojos. Se los colocó ayudado por su única mano útil y antes de comenzar a leer, miró por encima de sus anteojos a Melzi y le dijo:

—César Borgia me trataba en aquel mandato de «muy querido y familiar arquitecto e ingeniero».

Leyó esto último y se lo entregó a Melzi para que lo leyera tranquilamente y, guardando en el bolsillo las lentes, que él mismo había pulido y fabricado, siguió explicando a su fiel alumno:

—César deseaba que realizara cuantos cambios y engrandecimientos fueren necesarios en las plazas que había conquistado. Puso bajo mi mando a tantos ingenieros, hombres y medios como fuesen precisos para la inspección, medición, levantamiento de planos y trabajos a realizar —dijo Da Vinci con énfasis y mal disimulado orgullo, acompañándolo de una amplia gesticulación y un contundente golpe de bastón como punto final a su entusiasmo.

Se puso en pie, anduvo unos pasos y se detuvo de espaldas a Melzi. Cerró los ojos y, como si de un acto de contrición se tratara, continuó explicándose.

—De repente me vi encumbrado: nunca antes se me había reconocido mi talento como ingeniero y arquitecto de forma tan franca y directa. Siempre discutidos mis proyectos, cuando no rechazados, por considerarlos imposibles o casi fabulaciones fantásticas, como ocurrió en Venecia. ¡Ahora se me concedía carta blanca para crear cuantos ingenios considerase oportunos a fin de conseguir la seguridad de las plazas que se me encomendaban! Creí estar en un sueño, en una nube. Posteriormente, en agosto de ese mismo año, redactaría otro decreto similar para una nueva misión.

Suspiró profundamente y abrió de nuevo los ojos. Volvió a cerrarlos bruscamente mientras se protegía con la mano del resplandor del sol. Francesco se puso en pie de un salto y le ayudó a ir hacia un lugar más fresco del patio, pues parecía algo mareado. Una vez instalado en otro asiento al abrigo del sol, se sintió mejor. El joven le ofreció un vaso de agua que apenas probó. Era evidente que las fuerzas le iban abandonando a pasos agigantados. Francesco Melzi tragó saliva: algo temido se acercaba y le producía una enorme ansiedad e inquietud, que contrastaba con la calma y serenidad del anciano. Da Vinci le indicó con un gesto su deseo de retirarse a su habitación. El joven le asistió pacientemente a subir las escaleras. Una vez en el amplio dormitorio, le ayudó a instalarse en un asiento de respaldo alto y confortable junto al ventanal. Dejó que reposara y se recuperara antes de apremiarle por saber más datos. Pero el rostro de Leonardo se ensombrecía.

A fin de alejar de su pensamiento negruras y para conocer lo que desconocía de la vida de su admirado Leonardo, Melzi le preguntó qué hizo una vez tuvo conocimiento del poder que le había otorgado César Borgia. Da Vinci respondió:

CB

Sin pérdida de tiempo organicé un trayecto que nos llevaría por los puntos de interés para César Borgia. Pasamos por Piombino, frente a la isla de Elba, donde pude estudiar el movimiento de las olas y las leyes que éstas siguen para romper en la orilla. Posteriormente por Siena y Orvieto. A finales de julio llegamos a Urbino donde nos encontramos con el duque de Valentinois, mi señor César Borgia. Por aquel tiempo corría el año 1502 de Nuestro Señor.

César Borgia se había instalado en el espléndido palacio del duque Guidobaldo da Montefeltro. No me había equivocado en suponer, al ver las ristras de mulas cargadas que conducían sus hombres en dirección a Roma, que César estaría dedicado a despojar la ciudad de todo objeto valioso. Así era. Descabalgamos y entramos en el palacio; allí la actividad era frenética: un enjambre de soldados iban sacando de las habitaciones todo aquello que tuviese algún valor; otros obligaban a los criados de los anteriores señores a embalar los objetos más delicados. En el patio, las mulas eran finalmente cargadas y, en grupo de a diez, iban siendo llevadas a Roma por una pequeña pero bien pertrechada escolta. Todo iba siendo arrancado de su sitio original: tapices, cuadros, antiguas esculturas, vajillas de oro y plata, jarrones, porcelanas, libros... Sí, incluso los libros. No perdonaron ni la magnífica biblioteca de los Montefeltro, que iba a ser repartida entre Césena y la Biblioteca Papal. Ya ves, ¡como si esos bárbaros fuesen a leer! No pude dejar de sentir una punzada de repugnancia y desaprobación por lo que estaba ocurriendo auspiciado por mi nuevo señor. Presenciar aquella profanación, aquel expolio desvergonzado, me hacía sentir como testigo forzado del arrancamiento de las vestiduras de una muchacha indefensa. Aquella ciudad y su palacio, saqueados, parecían apagarse y desmembrarse para siempre.

En aquel patio interior cuadrado resonaban las voces y se multiplicaban, enredándose el voceo de los mandos dando instrucciones y el de los soldados entre ellos, en un caos rezumante de gozosa avaricia y de prepotencia propia del vencedor.

Miré hacia arriba y vi cómo César Borgia, desde el primer piso, apoyado en la balaustrada, lo observaba todo con atención. Él dirigía personalmente a grandes voces: ora arengaba a sus hombres animándoles a darse buena prisa, ora los maldecía por no tratar con suficiente cuidado alguna pieza, ora los elogiaba. En cuanto se percató de nuestra presencia en el patio, fijó sus felinos ojos en Salai y en mí, y gritó:

—¡Maestro! ¡*Messere* Da Vinci! ¡Por fin habéis llegado! —dicho lo cual, sin pensárselo un instante, llevó a cabo uno de sus tantos golpes de efecto, esos que dejaban maravillados a sus hombres y le hacían tenerle por alguien de naturaleza casi sobrenatural: saltó por encima de la barandilla del primer piso cayendo de pie sobre el lomo de una de las mulas descargadas, y de ahí saltó al suelo con la agilidad de un lince. Pasado el primer estupor de los presentes, un enorme griterío vitoreó entusiasmado al Borgia, quien exultante y con el rostro iluminado por su seductora y pérfida sonrisa, exudando por todos sus poros la plenitud de la gloria y el poder, se dirigió hacia mí y me abrazó:

—Bienvenido, Da Vinci. Maestro, me honráis con vuestra presencia —me dijo con acento sincero al tiempo que le dedicaba una larga y complaciente mirada a Salai, quien algo temeroso se ocultó detrás de mí.

Conseguí disimular y retomé a tiempo el aliento que me había cortado con su caída. Le saludé respetuosamente y me hice el ánimo de no dejarme influir por rumores y habladurías. Pero la verdad es que no podía dejar de experimentar la sensación de tener frente a mí una peligrosa víbora, hechicera y embaucadora que, levantada, bailaba para mí aunque no por ello fuera menos probable sufrir su mordedura.

César tendría unos veintisiete años aproximadamente. El cabello, que en la adolescencia fue rubio, largo y rizado, se había trocado en una media melena negra azabache y lisa; unos ojos pequeños, duros y fascinadores con los que subyugaba al contertulio, observaban agazapados bajo finas, oscuras y cortas cejas; el rostro, muy pálido, enmarcado por una corta barba rojiza que ascendía desde la picuda barbilla con un fino reguero hasta el labio inferior, partiendo el mentón en dos óvalos; la nariz recta, de aletas anchas, prestas a respirar con igual deleite los aromas del sexo femenino como el olor de la sangre de los hombres. Su porte resultaba impresionante: de estatura alta, figura esbelta y viril, siempre vestido de negro de pies a cabeza, desde el jubón a las calzas; sólo rompían la intensa negrura de su vestimenta el blanco ribete del cuello de la camisa y una gruesa cadena de oro macizo con un magnífico colgante resplandeciente sobre el terciopelo negro del jubón. Sus movimientos de leopardo resultaban, a la par que elegantes, siniestros y sus modales de príncipe, envolventes. Su carácter podía oscilar, a velocidad vertiginosa, desde jovial y exquisito a

65

extremadamente cruel por la más nimia contrariedad. Su transformación era súbita y siempre impredecible. El «culpable» de despertar su enfado —que manifestaban sus ojos entrecerrados, la mandíbula fuertemente apretada, el entrecejo fruncido y los finos labios pálidos de rabia y de ira— apenas contaba con tiempo para escapar de su reacción; pues cuando sus cejas se levantaban y suavizaba su expresión, se acercaba al desgraciado y lo abrazaba, estrechándole fuertemente contra él. Entonces, su sonrisa adquiría una expresión casi beatífica, cerraba sus ojos en el amigable acto y se apartaba, finalmente, del perdonado que caía redondo al suelo atravesado de parte a parte, casi sin enterarse, por el agudo y fino estilete que César le había clavado sin piedad hasta la empuñadura durante el mortífero abrazo.

No conocía ni por atisbo lo que algunos consideramos reflejo de la gracia divina: la bondad. Carecía de escrúpulos; todo valía en su camino hacia la gloria. Su saber estar, esa maldita combinación de sibilina inteligencia y astucia y su carácter impredecible, le convirtieron, sin embargo, en un mito ante sus seguidores y le condujeron al triunfo. Esto era lo que le convertía en un ser especialmente peligroso: un monstruo devorador de gloria, de insaciable apetito. Te preguntarás Francesco qué me hacía seguirle.

༒

Francesco Melzi despertó de repente de su ensoñación, pues estaba boquiabierto por el relato de Da Vinci. Tanto era así, que se le cayó de la boca un trocito de la manzana que llevaba masticando hacía rato.

—Límpiate, anda. Si te aburre lo que cuento, lo dejamos —le espetó Leonardo con cierta aspereza.

—No, no. Para nada —dijo Melzi engullendo rápidamente lo que quedaba en la boca—. Al contrario, es que… Es que imaginaba todo lo que me estáis relatando. Seguid, por favor, Leonardo. ¿Por qué acudisteis a él, por qué le seguisteis?

—Esa pregunta tiene varias respuestas. Por un lado, la vanidad de sentirme reconocido en la talla intelectual que me correspondía. Lo digo sin tapujos. Por otro lado, el miedo de despertar su ira. Además, de la maldita necesidad de depender de un señor poderoso, y también, ¿por qué negarlo?, el afán de aventuras. Ciertamente, su ofrecimiento había resultado de lo más oportuno, pues tuvo lugar justo cuando no deseaba continuar con la pintura. Pintar me llevaba más tiempo del que deseaba destinarle: me robaba demasiado del que quería emplear en mis verdaderas aficiones; además no ha sido actividad que me privara especialmente, aunque haya tenido que hacerla a lo largo de toda mi vida para ganarme el pan. En definitiva, sobre todo le seguí por probar el sabor del riesgo.

Melzi encogió el entrecejo, extrañado, sin acabar de comprender. Leonardo recalcó su frase acompañándose de golpes de su bastón contra el suelo:

—¡Sí, sí, el riesgo, Francesco!

Y dicho esto se levantó, se dirigió hacia la ventana apoyado en el bastón y se paró ante ella. La luz amable del atardecer le doraba el rostro marchito y con la celeste mirada perdida en las lejanas colinas verdiazules, prosiguió:

—La seducción del peligro. La atracción morbosa de caminar por el filo del abismo, de vivir peligrosamente aunque fuera por una vez en la vida, yo, que tanto amo la tranquilidad; quería experimentar esa sensación y conocer una vida que me resultaba tan distinta y ajena. Sentí una irrefrenable curiosidad por entender y casi pertenecer, a quien era capaz de arrastrar tras de sí a miles de hombres que le juraban fidelidad y estaban dispuestos a luchar por él, a quien despertaba tantas pasiones encontradas; con él no había términos medios: o se le amaba o se le odiaba. César era un imán. Un imán de hombres. Y me atraía. Me atraía poderosamente; desde la primera vez que le vi. Aún guardaba fresca en mi retina su imagen entrando triunfante en Milán y la impresión que causó en mí.

La voz de Leonardo se hizo más grave y quebrada; ya no iba tanto dirigida al muchacho como a sí mismo:

—¿Y por qué ocultarlo? También tuve miedo. Sí, lo tuve. Y no sólo en aquella ocasión. Por eso me enganché al carro del vencedor. El eterno miedo a un futuro incierto, lo que me llevaba a ofrecer mis servicios a los poderosos para poder sobrevivir y, a un tiempo, a despreciarme por estar asustado. Pero ¿qué otra cosa podía hacer? Anhelaba la libertad de no estar sujeto a caprichos ajenos y poder dar rienda suelta a todo lo que mi

67

mente construía. Y ésta era una formidable ocasión para ello; al menos, eso creí entonces.

Quedó Leonardo por un instante ensimismado en sus recuerdos y al momento regresó a su asiento, dejó el bastón apoyado contra la silla y prosiguió:

—Sabía perfectamente que tratar con César Borgia sería como bordear arenas movedizas. Y, sin embargo, quería hacerlo. Sabía que él representaba lo opuesto a mi forma de ser y entender: la brutalidad, la violencia, la venganza refinada o bestial, la traición, el poder... todo ello embutido en un hombre que había sido nombrado cardenal a los dieciséis años por su propio padre, el papa Alejandro VI. Una parte de mí necesitaba conocer los infiernos. Y créeme, querido Melzi: los conocí.

Da Vinci calló unos segundos. Al cabo, prosiguió:

C૪

Después de abrazarme, Borgia me dirigió una mirada escrutadora. Dijo encontrarme más sabio. Calló lisonjera y delicadamente mis crecientes entradas, mis canas y mis arrugas, fruto de tantas noches de estudio y de íntimo y callado sufrimiento y por entonces prematuras, pues a la sazón yo tan sólo contaba con cincuenta años.

Una vez nos hubieron acomodado en el propio palacio, no tardó mucho en hacerme saber lo satisfecho que estaba por mi labor en las fortalezas que había reforzado y que pronto me encomendaría una nueva misión y de mayor envergadura. De hecho, al día siguiente me la expuso: se trataba de la construcción del puerto de Césena, en el mar Adriático. En esta ciudad tenía intención de instalarse definitivamente y quería convertirla en uno de los puertos más importantes de toda la costa mediterránea, que rivalizara con el de Ancona y el de Venecia en volumen comercial.

Así pues, me puse en marcha y diseñé el puerto y dispuse la mejor forma para instalar los baluartes para la defensa de las costas. Asimismo, ideé un canal que uniría el puerto con Césena, por encontrarse alejada del mar. Pese al elevadísimo coste de hombres y materiales, César no reparaba en gastos. En aquel momento, se encontraba en el punto culminante de su carrera. Pronto sería el hombre más poderoso de toda la península italiana. Se había hecho con Urbino, con lo cual controlaba los caminos que conducían de norte a sur.

Cuando se dispuso a poner cerco a Toscana, lo que le hubiera convertido en el más poderoso de los príncipes italianos, Soderini, el *gonfalonieri* de la República florentina, sintiendo próximo el peligro de invasión, pidió protección al rey francés Luis XII que aún se encontraba en Milán. Éste, viendo que su subordinado y cómplice en la invasión, el Borgia, crecía demasiado y demasiado aprisa, le prohibió que conquistara Florencia y Siena.

Durante la estancia en Urbino, César me relató cómo sus enemigos, el duque de Urbino y el marqués de Mantua, a los que había aplastado en sus acciones bélicas, habían ido a Milán, aún ocupada por Luis XII, a protestar ante el rey por sus actos. Con tal motivo, antes de que acabara el mes de julio, marchó él también desde Urbino a Milán a dar cuentas al rey francés. Mientras tanto, Salai y yo partimos hacia Pessaro y Rimini con instrucciones de César para reforzar sus instalaciones militares.

Poco tiempo después me hizo llamar para que acudiera con él a Césena. Allí me habló de cómo Luis XII le había apoyado en todo momento y de cómo fue tratado como un hermano, dejándole vestir sus propios trajes y encargándose personalmente de que todas sus necesidades estuviesen cubiertas durante su estancia en Milán. Pero aquellas muestras de apoyo no debieron de ser suficientes, y al llegar el mes de octubre surgió una nueva amenaza: la sublevación de los *condottieri*.

Por aquel entonces, todo su séquito y hombres nos habíamos desplazado a Imola, población que contaba con una excelente ciudadela para su defensa. Nos alojábamos en el palacio Sforza-Rizio, muy similar al palacio de los Medici en Florencia. Allí me pidió que levantara un plano exacto de Imola y sus alrededores. Según me confió, su intención era la de construir un nuevo monasterio en Imola, además de una capilla y un hospital, por lo que era necesario un estudio concienzudo del territorio y sus características. Y así lo hice. Recorrí todo el territorio haciendo las mediciones necesarias.

Casi al mismo tiempo que los *condottieri*, el ducado de Urbino se rebelaba y Borgia lo perdía. Pidió refuerzos al rey de

69

Francia para reconquistarlo, y éste prometió enviarle mil quinientos soldados suizos. Pero la idea de nuevas y más numerosas tropas al mando de César hizo que Florencia se sintiera nuevamente amenazada, a pesar de la promesa del rey; así que éste decidió enviar a un emisario, un tal Maquiavelo, quien tenía encomendada como principal misión el averiguar las verdaderas intenciones del Borgia y el poderío militar con el que contaba.

En varias ocasiones pude entablar conversación con el enviado de la República florentina. Había sido escogido por sus dotes diplomáticas, y en calidad de secretario del Consejo de los Diez para negociar la neutralidad de la República de Florencia. No resultaba extraña su elección: su aspecto recordaba al de un roedor astuto, escudriñador y sutil. César no había querido recibirle y le daba largas una y otra vez, por lo que Maquiavelo recurrió a mi influencia apelando a mi origen florentino, lo que funcionó.

Una vez acabado hasta en sus más mínimos detalles, mostré el mapa a César y le hice entrega del mismo. Había marcado en verde los campos, el agua en azul, las arenas en ocre y los tejados en rojo, todo ello visionado desde la perspectiva propia del vuelo de un pájaro, lo que constituyó toda una innovación en la forma de estudiar el terrero desde un plano. Lo celebró muchísimo y quedó encantado con él. Aproveché la euforia que le produjo el nuevo tipo de mapa, ya que no había duda que le había complacido, a juzgar por sus elogios y por la amplia sonrisa, que pocas veces dejaba ver. Así que, durante la entrega de los planos, le solicité que recibiera al enviado de Florencia. Asintió con desgana; pero por complacerme dio orden de que pasara en cuanto acabásemos nuestra entrevista. Ignoro qué ocurrió allí dentro y de qué hablaron; pero sé que no fue la última vez que se entrevistaron. Maquiavelo quedó muy impresionado por el joven cardenal-guerrero, y éste a su vez por las dotes diplomáticas que aquél desplegó.

Sin embargo, de aquel primer encuentro Maquiavelo salió furioso contra mí. Fue a mi encuentro y me espetó:

—¡¿Cómo habéis podido hacerlo?! ¡Entregarle los planos con todo lujo de detalles de Arezzo, Perugia, Siena e Imola! Pero ¿es que no habéis caído en la cuenta de que con ellos queda Florencia rodeada, lista para su invasión? ¡O sois un maldito traidor a la República o un redomado estúpido! Y dadas las circunstancias, creedme, que no sé que es peor.

Quedé tan estupefacto que en mi rostro debió de leer la inocencia y la vergüenza de no haber descubierto el engaño. Había caído como un niño. Al ver mi reacción, suavizó sus palabras:

—Veo que no supisteis las auténticas intenciones del Borgia. ¿Qué os contó? ¿Alguna bonita historia como, por ejemplo, que construiría una iglesia o un hospital, quizá?

Yo asentí con la cabeza, pues no podía ni articular palabra. Y él añadió con su temperamental carácter:

—¡Oh, Dios mío! En un hombre de vuestro talento es casi un pecado tamaña inocencia. No os dejéis manipular de ese modo. Sin embargo, he de confesaros, Da Vinci, que no me resulta extraño que haya obnubilado vuestra mente y encandilado de ese modo; no os oculto mi admiración por él. Resultan pálidas las descripciones que de su poder de seducción había oído. No ha nacido hombre igual de preparado para ejercer el poder, ¡el verdadero poder, el poder del Estado: el poder supremo!

La fascinación del apasionado Maquiavelo por César Borgia crecía como la espuma, mientras en mí aumentaba día a día la repulsión que por él sentía, haciéndoseme cada vez más insoportable continuar a su servicio. Su crueldad iba en aumento. No dudaba en cometer las vejaciones más atroces si con ello dejaba patente su poder. Contaban sus hombres en el campamento, entre vasos de vino a la luz de la lumbre, como si de una gran proeza se tratara, que cuando llegaron a la ciudad de Fano, entró en la iglesia de la ciudad con sus tropas y, al obispo, quien tan sólo contaba quince años de edad, lo violó delante de todos ante el altar mayor. Ni tan siquiera le paró el que estuviese cubierto de las bubas del mal francés.

എ

Francesco Melzi no pudo evitar un gesto de repugnancia y con la mano le hizo gesto de que continuara. Leonardo prosiguió:

എ

Unos días después, me ordenó que le acompañase:

—Deseo que mañana nos acompañéis —me dijo—. Nos

dirigiremos hacia Urbino, la recuperaremos de las manos de los *condottieri* rebeldes. Sabemos que desde allí se dirigen hacia nosotros unos cuantos con sus hombres. Nos adelantaremos, les saldremos al encuentro en campo abierto y les atacaremos; después, continuaremos hacia Urbino, llevaremos a cabo el asalto y la retomaremos. Será toda una experiencia para vos. Así conoceréis cómo funcionan vuestras máquinas en el campo de batalla y no sólo en vuestros papeles. Quiero que os fijéis en qué puntos son vulnerables para poder así perfeccionarlas en lo que estiméis conveniente —dijo esto y añadió, cuando ya me disponía a retirarme de su presencia, con un tono irónico no exento de ponzoña—: Además, *messere* Da Vinci, es bueno que el hombre se enfrente con sus propias obras. No recuerdo exactamente quién dijo aquello de «por sus obras les conoceréis». Y vos —dirigiéndose a mí—, ¿recordáis quién fue?

Sacudiendo los guantes de piel fina que tenía en una mano contra la otra, añadió dirigiéndose al hombre de confianza que le acompañaba:

—Creo que hace demasiado tiempo que no digo misa.

A continuación, salí de la estancia. Al salir encontré a Maquiavelo esperando impaciente a ser recibido nuevamente. Ya no era necesaria mi intercesión: ambos habían hecho muy buenas migas. Aquella noche me acosté temprano, pues al día siguiente había que madrugar.

Antes de que despuntara el alba todos los hombres, animales y máquinas estaban dispuestos. Salai y yo también. César quiso que cabalgáramos a su lado, junto con sus generales. La mañana era helada y el vaho del aliento de nuestras monturas nos precedía. Íbamos a la cabeza de un numeroso ejército compuesto tanto de mercenarios como de fanáticos seguidores de César. Los había entrenado duramente. El talento militar del Borgia era indiscutible. Avanzaban en perfecta formación rescatada de las antiguas técnicas romanas: tres grandes cuadrados seguían a nuestra comitiva. El más próximo a nosotros lo constituían los hombres que iban armados y a pie. Tras éste, la siguiente formación era la de los arqueros y los hombres que guiaban los animales que tiraban de los carros en los que se transportaban los cañones y máquinas de guerra. El último

gran cuadrado lo formaban los caballeros perfectamente per-
trechados con sus corazas, yelmos, escudos, espadas y picas, subidos en sus caballos, también protegidos para el combate con
los faldones. El redoble de la larga línea horizontal de tambores era alegre y animoso, infundiendo valor, y encontraba su
eco en el paso de hombres y bestias. Las banderas de los diferentes *condottieri* ondeaban nerviosas en el incipiente amanecer, sirviendo de ondulantes señuelos para los hombres que las
seguían hacia aquella inmensa trampa mortal. Por encima de
todas ellas, y de mucho mayor tamaño, la bandera del escudo
papal; el mismo que brillaba en la medalla de oro que lucía César en su bonete.

El sol ya estaba alto cuando llegamos a un montículo desde
el que se visionaba toda una ancha llanura a medio camino de
Urbino. César levantó el brazo y sus capitanes transmitieron la
orden: todo se detuvo, los tambores callaron. El silencio se hizo tan amplio como la inmensa explanada. El cardenal-guerrero agudizó la vista y escudriñó el horizonte:

—¡Allí están! ¡Preparados! ¡Todos a sus posiciones! —gritó con autoridad y decisión. Como un eco repetían las órdenes los capitanes a sus hombres y se aseguraban que llegasen
hasta el último de ellos recorriendo a caballo todo lo profunda que era la formación. Al regresar los capitanes a sus puestos a la cabeza de sus columnas, de nuevo comenzaron los
tambores. Esta vez el ritmo era distinto: profundo y acelerado. Los corazones y los pies de los hombres se pusieron en
marcha. La ancha serpiente se fraccionó en sus tres cuerpos
que bajaban la colina hasta la llanura a toda la velocidad de la
que eran capaces. Los tambores aceleraron el ritmo. El pulso
presionaba las sienes y el pecho. César dio orden de que nos
quedáramos Salai y yo, con parte de los caballeros, en lo alto
de la colina; desde allí podría presenciar la batalla sin riesgo y
tomar buena nota de la lucha. No hizo bajar a la explanada las
máquinas que se habían transportado hasta aquí, pues, por
ser máquinas de asalto, las reservaba para la reconquista de
Urbino.

Desde lo alto de aquella colina, pude presenciar con estupor cómo un oscuro mar de hombres resbalaba ladera abajo y
se situaba frente al enemigo, que hacía otro tanto, avanzando

73

para tomar posición. El cuadrado que conformaba la infantería se desdobló en hileras hasta formar un largo dique de contención. Tras ellos se colocaron los bombarderos con los pesados cañones y la munición, guardando suficiente distancia entre ellos para que pudiera pasar la caballería llegado el momento.

Los *condottieri* rebeldes también dispusieron sus tropas rápidamente. Resultaba un grupo notablemente inferior en número. La superioridad del ejército de César no sólo iba a ser técnica, sino numérica. El éxito estaba cantado.

Cuando todo estuvo dispuesto, César y dos de sus capitanes bajaron la colina y repasaron la tropa cabalgando ligeros delante de ellos y arengándoles. Los hombres de César se encontraban henchidos de valor, pues no había nada que más les enardeciera que ver luchar con ellos, mano a mano, codo con codo, y yendo el primero, al propio César.

De pronto, los tambores callaron. Los dos ejércitos ya se encontraban frente a frente. El silencio en la inmensa explanada pesaba como una capa de plomo... Podíamos oír nuestra propia sangre batir en los oídos. Tan sólo lo rompía la sacudida de algún caballo y el crepitar de los estandartes. Me empezaron a castañetear los dientes. Contuve mis mandíbulas como pude. La mañana era fresca, pero el helor no era el motivo. Pensé que debería distraerme con algo, antes de que alguien se percatara de mis escalofríos y del temblor de mi barbilla. Fui a coger mi cuaderno y un lapicero, pero mis manos estaban tan frías y rígidas que tuve que hacer un gran esfuerzo para conseguir abrirlas y soltar las riendas del caballo por un momento. Por fin, saqué mi cuadernillo y el lápiz y comencé a garabatear para alejar mi mente de la tensión, enfrascándome en un apunte sobre el paisaje.

De repente, un enorme estruendo rasgó el aire. Se me partió la punta del lápiz a causa del sobresalto. Eran los tambores. Retomaban sus redobles ahora con mayor fuerza, más deprisa, con un ritmo acuciante. César, apoyado en los estribos, se irguió en su caballo y alzó la espada apuntando al cielo. Un destello escapó y recorrió el filo de la hoja. Noté un relámpago de estremecimiento en mi espalda. César seguía erguido sobre su montura, blandiendo la espada sobre su cabeza una y otra vez. Una espada ya legendaria que llevaba inscrito su lema en la hoja, cerca de la empuñadura: *Aut Cesar, aut nihil*, que, como tú sabes bien querido Melzi, en latín quiere decir «O César, o nada». Los caballos se removían inquietos. Los hombres se mantenían inmóviles respirando deprisa. La tensión volvió densa la atmósfera. De repente, un demencial alarido del Borgia rasgó el aire, al tiempo que bajó de golpe la espada y espoleaba brutalmente a su caballo. Era la señal para que aquella locura se pusiera en marcha.

Su grito fue respondido por un rugido multitudinario que parecía salir de las entrañas de la tierra. La infantería comenzó a desplazarse. Los tambores marcaban el paso. Primero, ligero. Los golpes profundos y rápidos de los timbales redoblaron su ritmo. El paso se aceleró. César les arengaba y jaleaba desde su caballo, a la cabeza de todos ellos. Comenzaron a coger carrera. El enemigo hacía lo propio. El choque estaba próximo. Los timbales retumbaban en el aire y en la tierra. El inmenso rompeolas avanzaba gritando cegado por el valor y por el miedo. El enemigo también chillaba. El clamor. Los tambores. Las pisadas hacían temblar la explanada. El choque estaba muy cerca. Muy cerca. Más. Más. ¡Ahora! ¡Ya! Chocaron los gritos. Chocaron los metales de las armas. Chocaron los cuerpos. Explotaron las bombardas, repartiendo trozos de tierra y de hombres mezclados con el humo de la pólvora que los cegaba. El golpeteo de los tambores se aceleró aún más. Era el latido desbocado de todos los hombres. Los tambores tronaban. El arranque de la caballería quedó al principio confundido con ellos. Pero pronto se destapó como una imparable fuerza telúrica que hizo vibrar toda la explanada. Apreté fuerte los dientes: podía notar la reverberación de los cascos de los caballos sobre la tierra, golpeteando en mi pecho. Una inmensa cortina de polvo amarillo iba cubriendo el camino que recorrían, creciendo a medida que aumentaban la velocidad, envolviéndoles, cubriéndolo todo.

De nuevo fingí que tomaba notas en mis cuadernos, procurando que no notasen la repulsión que me producía aquel fragor, los alaridos de los hombres luchando, el choque de los aceros, el olor de la sangre, el zumbido de las flechas, las explosiones de la artillería, el relinchar aterrado de los caballos entre el humo de la pólvora y las salpicaduras de tierra.

No sé cómo, pero de repente todo acabó. César venció de nuevo. Las tropas de uno y otro bando se retiraron, dejando en medio de ambas el campo de batalla. Una vez despejada la polvareda de las caballerías en retirada apareció ante mis ojos una de las imágenes más vívidas de desolación y horror que imaginarse pueda. El valle estaba salpicado de cadáveres y heridos. Los más leves ayudaban a los más graves. Algunos soldados piadosos regresaban con sus compañeros en brazos o sobre su caballo. Pero la inmensa mayoría estaba allí, extendida sobre el suelo en mil posturas distintas. Amontonados los unos sobre los otros.

Aún humeante el campo, bajé montado en mi cabalgadura a ver con mis propios ojos el resultado de la batalla. Aquel valle que hacía no mucho rato era un bullir de hombres luchando unos contra otros, de gritos y choque de metal, de relinchos y retumbar de cascos de caballos, estaba sumido en un terrible silencio que resultaba sobrecogedor.

Cuando llegué a la explanada aún humeaban algunas bombardas estalladas. Estandartes que habían sido clavados en el suelo, ahora andaban tirados por tierra; heridos que se retiraban cojeando apoyados en otros soldados; improvisadas camillas portaban a los malheridos; hombres llorando como niños, niños muriendo como hombres; cuerpos y más cuerpos, por aquí, por allá, con cuidado de no pisarlos con mi caballo; cientos de cuerpos inertes, ensangrentados, abandonados por los hombres y por el alma. Cuerpos sin alma, almas sin cuerpos. Armas esparcidas, caballos espantados sin dueño, pisoteando en medio de la confusión, huyendo del agobio; quejidos de los moribundos, sin ayuda ni consuelo.

Detuve el caballo. Allí, a los pies de mi montura, había quedado un muchacho muerto, casi un niño —no tendría más de dieciséis años—, moreno, pálido: muy hermoso. Bajé y lo toqué. Aún estaba caliente, un hilillo de sangre le recorría la comisura de los labios, no le veía herida alguna. Iba a inspeccionarle cuando de repente me llamó la atención algo que se movió varios cuerpos más allá. Me incorporé y observé que un hombre, al parecer inerte, comenzaba a agitar la mano de forma convulsa, a continuación las piernas y siguiéndole todo el cuerpo en una horrible y macabra danza. Las convulsiones eran tan terribles que le hacían arquear todo el cuerpo. Me acerqué aún más, a ver qué ocurría y fue cuando vi su rostro. Me llevé una fuerte impresión. Su frente estaba dividida en dos por la hoja de un hacha que aún permanecía clavada en su cabeza. Su mirada espantada y espantosa, se clavó a su vez en mí. A cada espasmo, el mango se agitaba, se derramaba una papilla gris sanguinolenta y todo el cuerpo vibraba. No supe qué hacer; si arrancar aquel arma terrible o huir. Pero resultaba espantoso ver aquel hombre ya muerto, agitarse como un poseso. Miré a mi alrededor por si algún soldado pudiera hacerse cargo. Estaba solo. Era el único hombre vivo que quedaba allí. Una enorme extensión de cuerpos masacrados me rodeaba por todas partes. Un relincho de mi caballo, que empezaba a inquietarse, hizo que saliera de mi ensueño y tomara rápidamente una decisión. Decidí hacer lo que me mandaba el corazón: era el único que podía ayudar a morir en paz a aquel hombre. Me coloqué a horcajadas sobre ese pobre desgraciado y le puse un pie encima haciendo fuerza para evitar que se levantara una y otra vez. Sujeté con firmeza el mango del hacha y tragué saliva; mi corazón estaba muy acelerado y el hombre seguía retorciéndose bajo mi pie. Con todas mis fuerzas tiré hacia arriba, saqué el hacha y yo caí al suelo con ella en la mano. Un borbotón de sangre, coágulos y restos de sesos salieron por aquella tremenda hendidura. Una extraña paz se apoderó del cuerpo y de su rostro, que expiró definitivamente. Su mirada era dulce, casi suplicante, diríase que de agradecimiento; sin embargo, el terror se empezó a apoderar de mí y volví sobre mis pasos y vi de nuevo al adolescente, que ya había olvidado. No veía herida alguna y le giré por si la tuviera en la espalda, pero tampoco se apreciaba ninguna señal. Le di la vuelta de nuevo hacia arriba, y en ese momento, salieron de su cuerpo como culebras, quedando esparcidos por el suelo, un interminable rosario de intestinos. No pude más. El terror, el asco, la violencia desatada, habían colmado mi aguante y una onda de profunda náusea me recorrió de abajo arriba; vomité.

Definitivamente, amigo mío, los hombres tienen más de bestias que de personas. Nada tenía sentido. Años atrás cientos de mujeres habían parido para esto, para que el fruto de su

77

sufrimiento y de sus desvelos quedara aquí, sobre esa tierra, destrozado en una muerte inútil por seguir una bandera que oculta intereses bastardos y que le son ajenos; para ser peón de señores ambiciosos sin escrúpulos. Sentí nauseas de nuevo. Ya no quedaba nada que tirar. Procuré tranquilizarme, pero todo mi interior se rebelaba. El ser humano tenía que ser algo más que estos despojos. El destino final de la Creación del Hombre no podía ser el de sostener tiranos con sus propios huesos.

El sol comenzaba a ocultarse. La desolación más absoluta, a extenderse. Me marché de allí profundamente asqueado de las abominaciones que puede cometer el hombre; asqueado de mí, que colaboraba con un tirano e inventaba nuevas armas para matar y preguntándome por qué los hombres se ponen al servicio de otros para aniquilar sin un motivo, por qué no se niegan todos a hacerlo, por qué no dejan desierto el campo de batalla. La respuesta estaba en mí. Sólo tenía que escuchar mi interior para saberlo: por cobardía, por miedo y por ambición. Regresé al palacio, abatido. Todo era un sinsentido. Ni siquiera pude tomar notas acerca de lo que había visto aunque, de todas formas, era imborrable. Tampoco vi las máquinas de asalto en funcionamiento y tampoco las vería en la toma de Urbino: no fueron necesarias. Sentí una enorme lástima de mí mismo, por formar parte de todo aquel horror. Lloré hasta quedar agotado y me dormí.

ଔ

En el momento en que Leonardo hizo un alto en su relato, Battista entró anunciando la cena. Le sugirió al maestro subirla a la salita que había en esa misma planta, sin necesidad de ir al comedor principal. Leonardo asintió con la cabeza y dormitó un poco hasta que ya estuvo todo preparado.

Cenó frugalmente, apenas probó bocado de las verduras horneadas que le había preparado Maturina: sólo comió un poco de queso fresco y algo de pescado seco. Pese a los ruegos de Melzi y de Battista para que hiciera por comer, y la regañina de Maturina, no consiguieron que comiese nada más: su apetito disminuía día a día.

Hacía una noche calurosa, demasiado para la estación. Leonardo quiso bajar al jardín a tomar el fresco y disfrutar del aroma del jazmín y de la dama de noche que tapizaban los muros del patio. Con sumo cuidado bajó los escalones ayudado de Francesco y, cuando por fin llegaron al patio, se acomodaron en los mismos asientos de piedra de por la mañana. Battista, al conocer la intención del maestro, ya había instalado algunas antorchas por el jardín, y ahora estaba colocando unas cuantas más. Estaba realmente bonito. Las paredes del patio adquirían una tonalidad amarillenta y anaranjada que convertían el entorno en un lugar casi mágico. La brisa fresca movía con dulzura las flores, esparciendo su aroma por todos los rincones, provocaba el rumor de las hojas de los árboles y hacía ondear los finos cabellos de Leonardo. Las estrellas inundaban con partículas de plata, esparcidas de un suave soplo, el terciopelo azul de la noche sin luna. Los dos hombres miraban extasiados la grandeza del cielo y la caricia de las estrellas. Quizá porque la postura resultaba incómoda o porque el tiempo era muy valioso, el joven invitó al maestro a proseguir en el punto en el que había quedado.

—Leonardo, tras la victoria de César, ¿qué ocurrió?

—Tras aquella barbarie —prosiguió Leonardo—, que él y los suyos calificaron de «escaramuza», nos dirigimos a Urbino. Entre tanto, vino a sumarse a éste otro conflicto: la mayor parte de los capitanes del ejército de César y que mantenían las posiciones conquistadas se levantaron contra él: sentían el temor de convertirse en sus próximas víctimas.

»César sabía que los capitanes desleales se reunían para tramar su conjura en un castillo de la familia Orsini, los mayores enemigos de los Borgia; pero los necesitaba para reconquistar Urbino. Su estrategia fue endiabladamente genial, aún se habla de ella como el *bellissimo inganno*: una vez lograda la recuperación de Urbino, negoció con cada uno de ellos por separado, los reunió en Sinigaglia y les invitó a acompañarle al castillo. Una vez allí, aislados de sus tropas, los hizo ahorcar junto con dos capitanes de los Orsini, que también fueron ejecutados. Ante este horroroso hecho, el entusiasmo del pequeño e histriónico Maquiavelo era incontenible, veía en César el príncipe perfecto, que no se para ante nada ni ante nadie por mantener el poder conseguido.

»Yo, por mi parte, me encontraba muy afectado, y más aún por haber trabado amistad con uno de los *condottieri*, Vitelli, un hombre sensato y con sentido del honor. Su asesinato vil y a traición fue el revulsivo que me apartó definitivamente del lado de Borgia.

»Durante la primavera de 1503, César tuvo que interrumpir la campaña de la Toscana y dirigirse a Roma con sus tropas. En esta ocasión sí estaban acabadas las máquinas que diseñé para él y fueron utilizadas por vez primera. Al marchar César a Roma y precipitarse los acontecimientos, decidí aprovechar la ocasión para marcharnos de allí. Pero ¿adónde?

Battista se aproximaba con discreción. Traía perfectamente doblada en su brazo una manta fina para cubrir con ella a su señor. Ya refrescaba y la brisa se había vuelto húmeda. Leonardo comprendió que la sugerencia del criado era lo más sensato, y que debía retirarse y descansar. Francesco se sintió un poco avergonzado, pues no estaba en su ánimo el abusar del anciano pero, en su entusiasmo por la historia, no se había percatado de lo necesario que era que éste no se fatigara. Da Vinci subió penosamente las escaleras, haciendo altos cada pocos escalones.

—Vamos, apoyaos en mí, Leonardo. ¿Continuaréis mañana vuestro relato? —le preguntó Melzi con intención de distraerle de su fatiga.

—Claro, claro —contestó trabajosamente Leonardo—. Mañana, querido Melzi. Mañana… si Dios quiere.

Capítulo VI

El reencuentro

*D*e nuevo amaneció en Cloux. El olor de la hierba fresca entraba por los ventanales que iba abriendo Battista. Llegó al dormitorio de Melzi y descorrió los pesados cortinajes que cubrían las ventanas, abriéndolas sólo un poco para evitar que se enfriara al levantarse. El aire entraba fresco y reavivador.

—Buenos días, *signore* Francesco. ¿Ha dormido bien?

—Buenos días, Battista. Sí, he dormido toda la noche de un tirón, lo necesitaba —le contestó mientras se estiraba y sonreía satisfecho—. Gracias por quedarte tú esta noche con Leonardo.

El viejo criado hizo ademán con una mano indicando que no tenía importancia. Y añadió:

—Sabéis que lo hago con gusto. Y vos ya os habéis quedado varias noches seguidas y, aunque sois joven, no debéis abusar de vuestras fuerzas —y suspirando añadió—, porque aún no sabemos qué nos espera.

—¿Cómo ha pasado la noche el maestro? —preguntó Melzi.

Battista, moviendo la cabeza hacia los lados, le contestó:

—No muy bien. Apenas concilia el sueño. Está intranquilo, agitado. A ratos duerme, a ratos no... No sé, no sé. Me temo que el final se acerca, que la muerte le ronda y él va sintiendo cómo se le aproxima.

Francesco tragó saliva. Una onda de ansiedad le recorrió el pecho. El corazón se le puso rápidamente en marcha. Sabía que algún día tendría que ocurrir, pero era la primera vez que se lo decían tan crudamente. Y podría ocurrir en cualquier momento, incluso ahora. Dio un salto de la cama. Echó agua en la palangana y se refrescó la cara y la nuca. Esperó que el agua corriera por su cuello hasta caer a la palangana. Metió la cara en una toalla de lienzo y así se mantuvo un rato. Ya más calmado, se terminó de secar. Se vistió con rapidez y cuando salía a toda prisa de la habitación, con intención de ir a ver al anciano maestro, Battista le detuvo:

—Francesco, ¿adónde vais? Esperad —le dijo soltándole el brazo que había sujetado suavemente pero con firmeza—. Mi señor Leonardo no quiere que vayáis a verle hasta que esté arreglado.

Movió la cabeza con ternura hacia un lado pidiendo comprensión, y añadió:

—Ya sabéis cómo es. Esperad; yo le avisaré.

—Está bien. Mientras, desayunaré. Avísame, por favor.

Battista asintió con la cabeza. Francesco se dirigió hacia las escaleras en dirección a la cocina. Bajaba deprisa los escalones. Anormalmente deprisa. No era un buen presagio que Leonardo no se dejara ver. Debía encontrarse más débil y, por tanto, sabía que eso iría en detrimento de su aspecto. «Viejo presumido», pensó y sonrió complaciente.

Cuando terminó de tomar la pequeña colación, subió los peldaños de la escalera de la cocina, atravesó el amplio y largo pasillo y luego las escaleras principales de dos en dos. Se encontró en ellas a Battista, que bajaba y éste le dijo:

—Ahí le tenéis. Os espera.

Le dio las gracias y siguió subiendo, pero ya con normalidad, pues los años se iban cobrando en ligereza.

Entró en la habitación del maestro y éste le esperaba, sentado junto al ventanal, que rebosaba claridad. Tenía mejor aspecto de lo que esperaba, igual que el día anterior, salvo unas ojeras más oscuras y marcadas. Únicamente delataba un empeoramiento de su estado el que vistiera con prendas de excesivo abrigo para la benigna temperatura de que se gozaba en Cloux.

Tras los saludos de rigor, Da Vinci se puso en pie ayudado por su bastón y por Melzi. Sostener su recia osamenta le suponía un verdadero esfuerzo. Miró por la ventana y se detuvo a contemplar la panorámica que le ofrecía Cloux, con sus casas de tejados de pizarra gris y torretas acabadas en aguja.

Francesco esperaba la continuación del relato. Cada vez estaba más cerca de conocer qué extraña ligazón se fue urdiendo entre la inquietante mujer del cuadro, una tal doña, *donna* o *monna* Lisa del Giocondo y el maestro. Parecía haberse quedado Leonardo suspendido en el tiempo, a lo que el joven insistió repitiendo la última frase de la noche anterior:

—¿Adónde? ¿Adónde os dirigisteis?

—Al taller.

—¿Al taller? ¿Cómo que al taller?

—Que digo que vayamos al taller. Debes continuar por mí ese retrato de la favorita del rey en el que tanto insiste. Yo le daré unos cuantos retoques y así quedará contento. No tengo ganas de pintar.

—Vamos. Apoyaos en mí.

Una vez en el taller, situado en la zona más soleada de esa primera planta, Francesco descorrió las cortinas y descubrió el lienzo que cubría el cuadrito que ya estaba casi terminado. Era el de una joven un tanto vulgar. Un capricho pasajero de su majestad, que estaba a punto de ser padre por vez primera. Acomodó a Leonardo en una silla de respaldo alto y comenzó a preparar el material que iba a utilizar. Una vez hecho esto, se situó frente a la obrita y se sentó en un taburete forrado en terciopelo morado. Impregnó el pincel en varios pigmentos y los mezcló en la paleta y comenzó a aplicarlo con sumo cuidado.

—Acentúa un poco más el brillo de la seda… ahí. Bien, bien, muy bien. Despacio, despacio, eso es —dirigía desde su asiento el maestro, con las gafas puestas y sosteniéndolas con la nariz en alto.

Francesco asentía con la cabeza y procedía según las instrucciones de Leonardo, mientras se preguntaba por cuánto tiempo más le estaría permitido disfrutar del lujo de su maestría. Una vez más Da Vinci parecía leerle el pensamiento:

—De todas formas, ya no es necesario que te corrija. Te vales perfectamente sin mí.

Melzi se giró hacia Da Vinci:

—Puedo pintar un retrato sin ti, *messere* Leonardo —repuso el joven—. Me has enseñado todas tus técnicas. Puedo pintar, incluso, un buen retrato; pero sólo cuando recibe tu to-

83

que, se convierte en obra de arte. Tu talento quedará contigo; eso, no me lo puedes dar.

—Si es como dices, que no puedo transmitir mis capacidades sí, al menos, podré hacer que mi experiencia pase a otros. Por tanto, a ti, Melzi, te corresponde continuar la labor de recopilación de todos mis estudios, proyectos y notas; además, quiero hacerte conocedor de lo que tanto te intriga y así, mi vivencia tú podrás extenderla a aquellos que creas merecen saberlo y puedan entenderlo. —Sujetó al joven fuertemente por la muñeca y le insistió—: Únicamente, a quienes puedan comprender. ¡Recuérdalo!

Hizo un alto y añadió:

—¿Por dónde nos quedamos ayer? —Soltó a Melzi y se dejó caer en el respaldo del asiento.

—Pues en que te marchabas del lado de César Borgia asqueado por todo lo que viviste —le recordó el joven—, pero no sabías adónde ir.

—¡Ah! Sí, sí... ya recuerdo. Sí. Quería alejarme a toda costa, incluso aunque supusiera volver a Florencia y retomar el retablo de santa Ana, que había dejado pendiente en la Annunziata. Y mi desesperación debió poner en marcha mi destino, que empezó a tejer sus hilos en aquella dirección tan deseada y tan temida. Piero Soderini consintió que me encargaran unas importantes obras de ingeniería, al parecer por mediación de Maquiavelo, quien se me había adelantado en el regreso a Florencia. Pese a su aparente frialdad, aquel pequeño y nervioso Niccolo, había sentido por mí lo más parecido a la simpatía que él se permitía, e influyó decisivamente en que la Signoria me encargarse las obras de desviación del río Arno. A lo que ayudó, sin lugar a dudas, el prestigio que adquirí como ingeniero con las obras realizadas para César.

CB

Así que henos aquí de nuevo cabalgando hacia Florencia, la eterna Florencia, donde por alguna extraña razón, nunca podía asentarme definitivamente.

Una nueva entrevista con Soderini sirvió para exponerme en qué consistía el nuevo encargo: Florencia y Pisa llevaban guerreando desde la invasión de Carlos VIII. Demasiado tiem-

po y demasiado coste. Maquiavelo les había referido las ideas
que yo le expuse someramente sobre la posibilidad de desviar
el curso del Arno. Este río es indispensable para la vida en Pisa. Les había parecido al Consejo de los Diez interesante y, por
tanto, solicitaban que presentase un proyecto para debatirlo y,
en su caso, aprobarlo.

Me pareció que, por fin, el destino me sonreía. Y mientras
en mi cabeza bullían mil posibilidades de canalización, entró en
la gran sala donde nos encontrábamos el *gonfalonieri* y yo un
hombre que vestía con discreción pero con prendas de gran calidad que revelaban a un acaudalado comerciante. Soderini lo
saludó respetuosamente y le hizo pasar. Me lo presentó como
Francesco di Zenobio de Giocondo, gentilhombre de la ciudad
y experto comerciante de seda. En un aparte añadió, hablándo-
me a la altura del oído y en voz baja, que era poderoso e influyente y muy apreciado por la familia Medici, con los que él y
su esposa guardaban una entrañable relación. Esta revelación
me sorprendió enormemente, pues sabía de la terrible lucha de
poder entre el *gonfalonieri* y los Medici, que querían recuperar el poder que les arrebataron. El rico comerciante tosió for-
zadamente. No parecía agradarle que le respetasen por sus in-
fluencias. Eso me agradó.

Era un hombre de mi edad, de unos cincuenta años. Mediana estatura, facciones que hablaban de un carácter tranquilo y
afable, con una cierta cultura; su mirada dejaba traslucir un
hombre sincero y franco, práctico y fiel cumplidor de su palabra. Lucía canas sobre las orejas, que le proporcionaban un aspecto señorial y distinguido. Se mostró atento y cortés. Iba
vestido de terciopelo verde oscuro y con gorro a juego. Me saludó con un cálido apretón de manos que correspondí. Quizá
llevado por su excelente acogida, me atreví a bromear un tanto y le pregunté por qué un comerciante de seda de su prestigio no llevaba prenda alguna tejida con tan noble materia, a lo
que me respondió, tras un gracioso guiño: «El que vos no la
veáis, no quiere decir que no la lleve», tras lo cual, los tres rompimos a reír. Me agradó enormemente su sentido del humor y
su espontaneidad. Nada tenía que ver este hombre con los al-
midonados y engreídos señores con los que a menudo tenía
que tratar. Una vez que hubimos cruzado unas palabras sobre

diversos temas, me preguntó por la posibilidad de que aceptara realizar un retrato a su esposa, callando elegantemente el feo que le hice en anteriores ocasiones, en las que había rechazado reiteradamente su encargo.

Le expliqué que el motivo que me había traído a Florencia eran unas obras de ingeniería que me tendrían muy ocupado: habría que realizar inspecciones sobre el terreno, hacer mediciones, levantar planos, hacer cálculos... en suma, una labor ingente que ocuparía casi todo mi tiempo. Asintió dócilmente con la cabeza y afirmó desear que no fuese la última vez que nos viésemos, ni que ésa fuera mi última palabra. Le dije estas palabras de rechazo con auténtico dolor de corazón, pues comenzaba a sentir verdadero afecto por alguien tan noble y sincero como era este señor, una cualidad esta tan escasa como valiosa. Puesto que ya era el tercer desaire que le infligía, a fin de compensarle de alguna forma, le invité gustoso a él y a su esposa a visitar mi taller, una vez me instalara adecuadamente, y a enseñarle cuantas curiosidades en él almacenaba. A lo que respondió con interés y se despidió, prometiendo visitarme.

Los primeros días los dediqué a encontrar una casa que sirviera a mis propósitos, hasta que lo logré. Una vez instalado en ella, decidí ir a visitar a mi padre. No le veía desde la primera vez que marché, de Florencia a Milán. Supe que se había casado por quinta vez y que yo tenía once hermanos a los que no conocía. Di instrucciones a Battista para que me preparara mis mejores ropas. Una vez ya vestido, di un último vistazo al espejo: a mis cincuenta y un años aún conservaba el porte que siempre me había distinguido, aunque la frente se había ampliado por las entradas y mi pelo largo y canoso, como mi barba, me daban el aspecto de intelectual griego que me caracteriza. La túnica, hasta las rodillas: mucho más corta de lo habitual en los hombres, pues considero inútil e incómodo llevarla enroscada en el brazo, ya que sobra e impide andar.

Me dirigí andando a casa de mi padre, *ser* Piero da Vinci, notario de la Signoria de Florencia. Eran las seis de la tarde. Su casa estaba próxima a la de los Medici; más de lo que nunca lo estuvo de mí. Siempre me sentí como un extraño en ella. Siempre me sentí extraño en cualquier sitio, pero más aún en la casa de mi padre. La que ahora habitaba no era aquella en la que yo viví con él durante los primeros años de nuestra llegada a Florencia. Se mudó a una nueva y más grande, en la vía Ghibelina, por deseo de una de sus tantas esposas.

Al llegar, golpeé la puerta con la aldaba. Un criado desganado vino a abrir y le dije que anunciara al *signore* Da Vinci que su hijo Leonardo venía a verle. Por la cara de incredulidad que se le puso al pobre lacayo, deduje que mi persona no debía de ser muy nombrada en esa casa. Tras un momento de duda, me hizo pasar y esperar en la espaciosa entrada. Fue a anunciarme, emprendiendo una torpe carrerilla.

Mientras esperaba sentado en un sólido banco del recibidor, me pareció oír cuchicheos tras la exuberante vegetación que adornaba un rincón de la entrada, bajo la escalinata que conducía al piso superior. Fue entonces cuando salió corriendo en dirección hacia mí un pequeño de unos dos años de edad. El chiquitín era encantador: su risa y alegría resultaban contagiosas. Se paró delante de mí, riendo, con un dedito dentro de la boca. De detrás de la desbocada planta se oían siseos. Hice oídos sordos y presté atención al pequeñín. Le pregunté cómo se llamaba y qué quería. No contestaba, sólo reía. Dio unos pasitos más hasta acercarse por completo a mí, comprendí que le llamaba la atención mi barba y mi pelo, y dejé que los tocase. Así lo hizo. Esperaba recibir algún tirón o travesura parecida; lejos de eso, el pequeño parecía extasiado con mis cabellos, los acariciaba con una inmensa ternura con su manita regordeta y su bracito corto, se puso serio y me dijo:

—¡Papá!

No sé qué resorte oculto tocó aquella criatura para que mis ojos se emborronaran de lágrimas.

—¿Tú eres Leonardo, verdad? —preguntó una graciosa muchachita de unos doce años con tirabuzones pelirrojos salida de entre las plantas.

—Sí, lo soy. Y tú ¿quién eres?

—¡Ah! —exclamó llevándose teatralmente las manos a la boca—. ¿Ves como sí era él? —dijo dirigiéndose hacia el gran macetón que aún ocultaba a otra jovencita, ésta morena y algo más mayor.

—¡Calla, boba! Como se enteren nuestros hermanos se van

87

a poner furiosos —contestó la otra mientras salía de su escondrijo.

—¡Pues que se pongan! —espetó con gran decisión la pequeña y añadió—: Él también es hermano nuestro. ¡Y mucho más guapo!

No pude evitar sonreír divertido y me puse en pie.

—Será mejor que me vaya —dije—. No quiero poneros en un compromiso.

—¡Huy! ¡Qué alto eres! —Se mordió el labio con picardía y dijo—: No quiero perderme la cara que va a poner Giovanni cuando te vea, él tan rechoncho, ja, ja, ja…, ¡y se cree que es una belleza!

De repente se puso seria y me preguntó:

—¿Puedo darte un beso? Al fin y al cabo, somos hermanos.

La hermana mayor la recriminó con un pequeño empujón, que la pelirroja le devolvió. Asentí con la cabeza y la chiquilla me dio un beso lleno de ternura, salida de no se sabe qué rincón de su ser. Me invadió un calor suave y reconfortante. Al menos, mi padre había hecho también una obra de arte. Se fueron corriendo y riendo los tres pequeños, desapareciendo en el preciso momento en que el criado me anunciaba que mi padre me esperaba.

Le seguí por varios pasillos hasta llegar ante las puertas del salón. El criado las abrió y pasé al interior. Estaba bastante oscuro. A los actuales habitantes de la casa no parecía agradarles la claridad. Incluso me pareció percibir cierto olor mohoso. No cabía duda que era la casa de un viudo. Se echaba en falta el gobierno de una mujer. La chimenea estaba encendida pese a la temperatura primaveral. Allí, sentado junto al fuego, estaba Piero. Avancé hacia él. El piso de madera crujía bajo mis pies, denotando humedad. Me sorprendió mi propio corazón haciéndose notar; procuré que mi rostro, al menos, no transmitiera ninguna emoción. Parecía no verme, jugaba con un fino palito que acercaba y alejaba del fuego. El sillón donde se sentaba, tapizado en terciopelo negro y de madera con incrustaciones de marfil, resultaba de lo más pretencioso. Llegué a su altura y me situé frente a él. Antes de que pudiera articular palabra, se giró bruscamente y me dijo:

—¿Has vuelto, Leonardo?

—De momento, sí —le respondí.

Me dedicó una larga y lenta mirada que me recorrió de arriba abajo, y echándose con gesto cansado contra el respaldo del sillón y colocando, en un ademán de poder, las manos sobre los apoyabrazos, añadió:

—Estás viejo, hijo.

No dije nada, sólo le miraba. Tenía ante mí un anciano frágil que no supo quererme. Yo tampoco supe quererle a él. Sólo nos unía aquel encuentro amoroso con una simple aldeana, Catherina, mi madre, del que yo surgí. Durante muchos años fui su único hijo pese a sus sucesivas nupcias. Se ocupó de mí a la edad de cinco años. Gané un padre que no conocía y perdí a una madre por conocer. No escatimó en gastos para darme una buena educación, pero nunca tuve su afecto. Para mí, era un extraño. Supongo que el sentimiento era mutuo. Todo su temor, y creo que entonces lo seguía teniendo, era que yo no sirviera para hacer nada práctico. Y casi tengo que darle la razón.

De improviso, sorprendí en el borde interno de sus ojos un temblor acuoso; sus pupilas, antaño azules como las mías, eran ahora grises, casi opacas. Me insistió en un gesto para que me acercara. Lo hice, me atrajo hacia él y sin incorporarse, me abrazó. Me abrazó muy fuerte. Con la fuerza de la desesperación. Con la fuerza de los locos. Le correspondí abrazándole y le besé tiernamente en la mejilla. Me vino a la cabeza la hermanita que acababa de conocer. Seguro que su dulzura había derretido en buena parte el caparazón que rodeaba el corazón burgués de mi padre.

Se separó de mí y mientras me sujetaba con una mano un brazo, con la otra se limpiaba la reseca cara de las lágrimas que la recorrían. Eran las únicas que le había visto verter. ¡Si él supiera todas las que había derramado yo!

—Me alegra que hayas venido, Leonardo. Estoy demasiado viejo como para esperar verte otra vez. No vienes muy a menudo a ver a tu padre y a tus hermanos… ya sé, ya sé, no digas nada. Ya sé. Quédate a cenar con nosotros esta noche. Ya que has venido, quiero tenerte conmigo el máximo tiempo posible. Así conocerás a los hermanastros que aún no conoces.

—Antes, mientras esperaba, he conocido a tres de los pequeños. Son encantadores —le aseguré.

—¡Ah! Sí, sí. Sobre todo la pequeña Violeta. Es el sol de mi

89

vida. En ella he conocido lo que es el calor de una hija. Y no lo tomes como un reproche, pues no es un comentario dirigido a ti, sino al resto de tus hermanos; sin embargo, he de vivir con ellos, pues son sangre de mi sangre.

—Como yo.

—¡Como tú, no! —sentenció clavando su pupila gris en la mía.

Se hizo un duro silencio y añadió en tono casi avergonzado:

—Como tú, no. Tú eres distinto. Durante muchos años, demasiados, has representado para mí la constatación de un error, de una debilidad mía: mis amoríos con una aldeana, con una mujer impropia de un hombre de mi rango y que nunca podría ser mi esposa. Hubiera debido renunciar a mi carrera de notario. Pese a ello, nunca dudé ni por un instante que debía hacerme cargo de ti y debía darte la vida que te correspondía por tu linaje. Pero hace tiempo, desde que mi cuerpo se seca y se vuelve un estorbo, mi mente se aclara ante la proximidad de la muerte y hago balance de mi vida: ahora veo que el único instante de amor, de amor de verdad, que hubo en mi vida fue cuando vi por primera vez a tu madre, a Catherina.

Su cara fatigada se iluminó al revivir sus recuerdos:

—Mi Catherina. ¡Tan lozana, tan esbelta, tan hermosa! Caminaba con el balanceo de los juncos. Cuando la vi creí que me iba a estallar el corazón. Aún lo recuerdo. Lo he recordado durante cada uno de los días de mi vida —la voz se trocó, amarga—. He intentado ahogar el grito del corazón con el sonido de la adulación, de la vanidad, del oro y llegados a este punto, ni cincuenta y nueve años han bastado para arrancar un sentimiento auténtico que tuve a mis veinte años. Sólo han servido para adormecerlo y desorientar mi vida. —Hizo una pausa y añadió cogiéndome la mano—: ¡Era tan hermosa! Has heredado su exquisita belleza y de mí tomaste la apostura. No creas, que yo fui un buen mozo.

Se sonrió complacido en su recuerdo y se recostó nuevamente. De nuevo, un tono amargo se apoderó de su garganta y como peleando consigo mismo añadió:

—Pero fui un cobarde. Desdeñé un cariño auténtico por una vida llena de honores y esposas avariciosas. Por eso, ahora, cuando te recuerdo, eres la prueba viva que demuestra que amé una vez, al menos una vez en mi vida —dijo golpeándose el pecho con furia contenida.

Y, como accionado por un resorte oculto en el sillón, se puso bruscamente en pie y luego cayó de rodillas al suelo con los brazos cruzados sobre el pecho, llorando:

—¡Señor, Señor! ¡El que no haya amado no entrará en tu Reino! Cuando me llames, recuerda que amé una vez, Señor, acuérdate: ¡soy el padre de Leonardo da Vinci! ¡Apiádate de mí, Señor!

Rompió a llorar amargamente tapándose el rostro con las dos manos. Estaba claro que la cercanía de la muerte le había dado otra perspectiva de la vida y se ahogaba en su desesperación. No pude evitar asociarlo con la parábola de los talentos: creo que él tenía la sensación de haberlos enterrado y se le pudrían dentro y él, con ellos. Sentí una infinita lástima, me acerqué y procuré tranquilizarlo, pero seguía diciendo que no con la cabeza y mantenía su rostro oculto entre las manos. Entre sollozos me pidió que no mencionara nada de esto a mis hermanos y así lo prometí. Le incorporé y, cuando me disponía a ayudarle a sentarse, oí decir tras de mí:

—Pero ¿qué le hacéis?

Y otra voz se sumó:

—¿Qué diablos pasa aquí?

Y una tercera voz, de hombre joven también preguntó:

—¿Quién es éste, padre? ¿Qué te ha hecho?

Eran mis hermanastros mayores, Antonio, Giovanni, y Lorenzo. Puesto que mi padre no estaba en condiciones de responder, lo hice yo. Les dije quién era y que nada había ocurrido, que sólo se había emocionado. Por sus rostros comprendí que no era bienvenido.

Piero, ya más calmado, les dijo que estaba invitado a cenar. Me presentó a ellos, y ellos a mí me saludaron con corrección pero con frialdad y, a continuación, salieron ordenadamente del salón.

Le pregunté a Piero por el tío Antonio, su hermano, que había sido para mí un segundo padre y de quien guardaba hermosos recuerdos de mi infancia. Siempre le recordaba riendo o cantando, y jugábamos a menudo. Yo era su pequeño juguete y a mí me encantaba serlo. Tenía un carácter risueño y alegre, siempre percibiendo el lado optimista de los acontecimientos, y poseía un extraordinario sentido del humor, absolutamente al contrario que mi padre. Fue mi cómplice, cuando no mi encubridor, en más de una travesura a mi abuela paterna, con quien me crié unos cuantos años. Vivió en casa de mi padre hasta casarse.

—Por ahí andará. Vive con nosotros desde que enviudó. Los dos viejos nos hacemos compañía.

—Entonces, le veré en la cena ¿no?

Alguien entró en el salón, a cuya puerta de entrada yo estaba dando la espalda en ese momento, y contestó mi pregunta:

—Yo no podría esperar tanto a ver a mi sobrino favorito.

Era el tío Antonio. ¡Qué gran alegría! Nos abrazamos con fuerza. Tío Antonio estaba también envejecido, pero la suya era una espléndida vejez. Su dentadura estaba intacta y tan blanca como antaño. El cabello se resistía a perder por completo su color rojizo. Las canas alrededor del rostro y sobre las orejas, dábanle un sereno aspecto de viejo senador romano. Su sonrisa, franca y abierta, era un refresco en mitad de un desierto de cariños.

Estuvimos charlando animadamente hasta la hora de la cena. Más, el tío Antonio y yo. Mi padre intervenía sólo en ocasiones: se le veía sumido en su mundo interior y de autocompasión.

El mismo criado de antes nos anunció que la cena estaba dispuesta. Y nos dirigimos hacia allí. Piero se sostenía solo, ayudado por un bastón, y nos precedía. Ya estaban todos mis hermanastros en el comedor, salvo el más pequeño que ya había cenado y estaba durmiendo.

Al entrar, Piero dio orden a un criado de que pusiera una silla para mí a su derecha, lo que levantó un rumor de desaprobación entre los varones. El mayor se quejó arguyendo que ése era su sitio habitual, a lo que respondió Piero que callase y que sí era el habitual, pero no su sitio. Un silencio incómodo se apoderó de los presentes. Comprendí que estaban sorprendidos porque no alcanzaban a entender a qué era debido el cambio de actitud de nuestro padre.

Nos sentamos a la mesa y pedí a uno de los criados que me

trajera una palangana con agua para asearme las manos, y un lienzo para secarlas. Mientras procedía a lavarlas, Giovanni me preguntó:

—¿A qué te dedicas ahora? ¿Sigues pintando cuadros inacabados o quizá confeccionas mapas para el enemigo?

Tío Antonio y la pequeña Violeta le afearon de inmediato sus comentarios. Mi padre callaba. Quizás envalentonado por ello, el mayor añadió:

—Pues claro que sigue pintando: cuando acaba los planos, los pinta con colores ¿no lo sabías hermanita sabelotodo? Éste es nuestro ilustre hermanastro, ¡quien en vez de honrar el nombre de su padre y de su familia, nos vende al enemigo!

—¡Basta! ¡Basta he dicho! —gritó tío Antonio al tiempo que se ponía bruscamente en pie—. Ya habéis dicho suficientes sandeces y mentiras. No os dirijáis de esa forma a vuestro hermano. Él nunca hubiera hecho eso, estoy seguro que fue víctima de un engaño de ese taimado zorro de César. Conozco el corazón de vuestro hermano mayor y sé que es incapaz de semejante cosa. Y también conozco el vuestro —dijo esto último repasando a cada uno de sus sobrinos con una mirada inquisitiva—. Así que será mejor que cambiéis de actitud.

Se sentó de nuevo y comprendí que se sentía incómodo por la pasividad de mi padre. La despierta Violeta intentó quitar hierro y darle un giro a la conversación, mostrándose entusiasmada con lo que, para ella y los demás, era una novedad y quiso imitarme. Pidió al criado le acercase la jofaina, la jarra y el lienzo.

—¡Qué agradable sensación! ¿Dónde aprendisteis tan deliciosa costumbre, Leonardo, en la corte de Milán o quizás en la de Mantua? —preguntó la jovencita.

—No. Es una costumbre que adquirí desde muy pequeño —contesté mientras me secaba las manos sin querer dar más datos.

—Es cierto —añadió tío Antonio contento de poder conducir la conversación hacia derroteros más amables—. Tu madre te la inculcó. Aún recuerdo cuando viniste por primera vez a vivir a casa del abuelo Antonio. Tendrías casi cinco años. Estabas muy callado y cuando te pusimos la comida, te negabas a probarla. Al principio creímos que era por estar separado de tu madre; pero al insistirte, no hacías más que repetir «¡Agua! ¡Agua!». Nosotros te decíamos que tu vaso ya tenía agua; pero te obstinabas diciendo que esa agua no era y que, si no te dábamos el agua de las manos, no comías. Como no entendíamos qué diablos querías decir, te enfadaste y echaste a correr por toda la casa, yendo de una habitación a otra, hasta que diste con el dormitorio de los abuelos, te subiste a un taburete y alcanzaste la jarra de agua y la palangana y, como si de dos trofeos se tratara, los trajiste orgulloso gritando: «¡Esta agua sí! ¡Esta agua sí!». Te lavaste las manos y comiste con un excelente apetito.

Rieron las niñas y mi tío a carcajadas, y yo no pude evitar el sonrojarme un poco al recordar tales ocurrencias de chiquillo y sonreí.

—Resulta reconfortante saber que las aldeanas acostumbran a sus hijitos a ser limpios, aunque —dijo Antonio paladeando las palabras— hay manchas para las que no existe remedio ¿verdad Leonardo? —Los ojos explosivos de Antonio brillaban de placer al saber que me hería directo en el corazón.

Los demás rieron a carcajadas. Giovanni creyéndose el colmo de la gracia, añadió:

—Y seguro que también saben comer con cuchillo y tenedor. Además —dijo esto poniéndose en pie y utilizando gestos exageradamente amanerados y teatrales—, ahora usarán servilleta; como lo ha inventado el hijo de la Catherina, todas querrán usarlo también —dijo, sentándose de golpe y coreado por las carcajadas histéricas del grupo.

El tío Antonio trató de hacerlos callar. Estaba tan irritado y avergonzado que temí por su salud; pero Lorenzo, el que tenía más pinta de glotón empedernido y cabellos rojizos y rizados, quiso dejar su sello:

—¡Orden, orden! —gritaba en pie, mientras golpeaba con un cuchillo una copa a modo de campanilla irritante, con la intención de hacerse un hueco para su discurso—. Bueno es saber que son tan limpias —y dijo lo que sigue mientras guiñaba un ojo a los comensales—, ¡aunque eso habrá que comprobarlo con detalle!

El jolgorio era total entre la mayoría, tanto era así que no oyeron las primeras recriminaciones de Piero, nuestro común padre, quien parecía haber despertado de repente, y que fuera él y no yo, el que conocía por vez primera a sus hijos. Terminó golpeando la mesa contundentemente con el bastón y los mandó callar. Una copa cayó sobre el mantel, ennegreciendo la tela granate al esparcir su caldo rojo cereza. Acto seguido, rodó hasta el borde cayendo al suelo. El estallido de la copa les sobrecogió e hizo callar de golpe.

—¿Qué he criado y acogido en mi casa? ¿Hijos o culebras? —resonaron terribles las palabras de Piero en el silencio repentino.

Hice ademán de levantarme para marcharme y mi padre me lo impidió cruzando el bastón por delante de mí.

—¡No! ¡Siéntate! Aún soy yo quien manda en esta casa. Hoy quiero que estés conmigo, aunque no hablemos; siéntate y quédate. Éstos no volverán a ofenderte ni a ti, ni a mí, ni a tu madre ¡Vive Dios!

Me volví a sentar. Cenamos en silencio y, al acabar, volví al salón junto con mi padre y mi tío. Estuvimos juntos hasta pasada la medianoche. Piero se había quedado dormido en el sillón junto a la chimenea. Me despedí de mi tío Antonio y me dirigí hacia la salida, precedido de un criado que llevaba un candelabro encendido.

Ya próximos a la puerta de la calle, fuimos interceptados por el grupo de los cuatro mayores, tres varones y una mujer. A decir verdad ninguno se me parecía físicamente. Quizás el glotón Giovanni, en su pálida piel, se me asemejaba. Me sentía extraño a ellos y, sin duda, ellos a mí. Me miraban con una dureza inusitada, imposible de haberse gestado en una sola jornada.

Antonio, el mayor, avanzó un paso adelante: el resto del grupo evitaba dar la cara, menos la mujer. Le arrebató el candelabro al criado, y éste se marchó a toda prisa. Se dirigió a mí en tono amenazante:

—¿Qué es lo que te propones viniendo ahora? Si has venido pensando en ganarte buena parte de la herencia de padre, olvídalo. Te lo vamos a impedir.

—Estás completamente equivocada. Dejadme pasar y olvidaré este desagradable encuentro.

—De eso nada —repuso mi hermanastra, alma y cerebro

del grupo—. Si piensas que con aparecer al final de la vida de nuestro padre le vas a ablandar el corazón y conseguir una buena tajada, vas listo. Yo sé qué tengo que decirle para que no lo haga. Vete y no vuelvas por aquí.

Les miré y sentí pena por mi padre. Yo no había sentido su calor, pero lo suyo era peor: llegar al final de la vida y recoger esta cosecha. Cuanto menos, resultaba lamentable. ¡Qué desperdicio de vida!

—Me juzgáis a mí y a mis intenciones sin conocerme —respondí—, cuando apenas hemos hablado; lo poco que habéis abierto la boca no ha sido más que para ofender y ahora para amenazar. Apartaos, que voy a seguir mi camino y vosotros el vuestro. No os preocupe el que vuelva, pues no me veréis más por esta casa, que nunca ha sido la mía. En cuanto a llegar al final de su vida no ha sido mi intención, como no lo fue el llegar al principio de la misma.

Callaron. Giovanni les dijo que se apartaran, que había ido todo demasiado lejos. Hicieron un pasillo y antes de atravesarlo añadí:

—Toda mi vida me pregunté qué lugar ocuparía realmente en el corazón de mi padre, hoy me pregunto qué lugar ocupará él en los vuestros.

Salí a la calle, con parsimonia, con sumo cuidado de que no se me notara lo desgarrado que me sentía. Al doblar la esquina me apoyé contra el muro y respiré hondo. La noche era fría y húmeda; el ambiente pesado. Los fondos de la calle se emborronaban con la ligerísima bruma. El vaho de mi aliento me precedía. La calle estaba iluminada por una luna casi llena que ocultaban ligeras nubes que viajaban rápido.

Llevaba recorrido la mitad del camino de vuelta cuando tuve la sensación de que me seguían. No hice mucho caso y continué, pero al poco, oí un pequeño ruido seguido de un siseo. Sentí un golpe de fuego en el estómago. Por un momento, pasó por mi mente que mis hermanastros hubiesen tomado alguna drástica decisión para heredar la totalidad del patrimonio de mi padre. Me escondí rápidamente en el ángulo oscuro de un portalón. El corazón me latía fuertemente contra el pecho. Procuré pegarme a la pared al máximo. La luna brillaba espléndidamente, iluminando completamente la calle. Deseé con todas mis fuerzas que el nubarrón que se aproximaba a la luna lo hiciera pronto y me cubrieran las sombras. Oí unos pasos menudos que se acercaban con cuidado de no hacerse notar. Eran más de uno. Aún me pegué más. Aguanté la respiración. La nube empezaba a tocar el blanco redondel. Los sentía casi a mi altura. Media luna estaba cubierta. Pasaron por mi lado. Sólo quedaba un fino hilo de luna por cubrir. No eran mis hermanastros, sino dos mujeres cubiertas por sendos mantos negros. Una anciana y una joven. La mayor se quejaba de que no podía ir más aprisa, que le dolían los pies y que ya no estaba para esos trotes. La joven puso suavemente un dedo en la boca y con un leve siseo le indicó que callara. Sólo le vi el gesto, no el rostro que ocultaba el manto. Sí el de la mayor, que al pasar a mi altura se retiró el embozo que le agobiaba en su esfuerzo de seguir el paso de la que trataba como su señora. Pasaron junto a mí como una exhalación. Yo me sentí terriblemente aliviado y un poco ridículo. Por otro lado, tuve suerte de que las mujeres no me vieran, pues hubieran podido asustarse y gritar y complicarse la situación. No lo supe en ese momento, pero el destino cruzaba, una vez más, el camino de Lisa y el mío. No sería la última vez.

Cuando llegué, Salai dormía profundamente. Pronto me metí en mi cama. Estaba cansado, pero la agitación que me habían producido todos estos acontecimientos me impedía coger el sueño. Tardé en quedar dormido, moviéndome inquieto de un lado para otro. Recuerdo que tuve extraños sueños.

Al día siguiente me levanté tarde, como casi siempre, pues ya sabes que gusto más de la noche que del día, y con el firme propósito de acondicionar la vivienda a mis necesidades. No era muy grande, pero sus dos alturas resultaban suficientes. El dormitorio de Salai, el mío y el de Battista estaban en la planta baja, así como la cocina y un pequeño recibidor. En la planta superior instalé el taller de pintura y el estudio donde realizaba todos mis cálculos y diseñaba mis proyectos. También lo empleaba como retiro: un lugar para el íntimo recogimiento y meditación.

Lo que más valoraba de la casa, y fue lo que me inclinó a decidirme por ella, era el patio interior, que tan idóneo resultaba para las necesidades de un pintor. Su orientación era excelente, así como sus dimensiones, pues ofrecía el desahogo suficiente sin que se perdiera la concentración en espacios vanos: rectangular, de diez codos de ancho por veinte de largo, con una fuente de piedra que ayudaba a mantener el frescor en verano y la serenidad del espíritu.

Comenzaba a sentir de nuevo el gusto por la pintura. Además, los monjes de la Annuziata, al saber de mi regreso, no tardaron en hacerme llegar un mensaje para recordarme el compromiso incumplido, por lo que pronto habría de hacerme el ánimo y volver a tomar apuntes y pintar.

Sin embargo, antes de emprender cualquier nueva tarea, tendría primero que organizar el taller y el estudio. El bueno de Battista se encargó de desembalar y organizar todo lo referente a la planta de abajo; de lo que atañía a la planta superior, taller y estudio, me encargué personalmente junto con Salai. Éste, desde nuestro retorno a Florencia, no había mostrado ningún signo que pudiera preocuparme. Seguía siendo despegado y caprichoso; pero, por otro lado, eso me ayudaba a concentrarme más en mis tareas. Me bastaba con verle tan joven y hermoso.

Nos hallábamos enfrascados en desembalar el material del estudio y colocarlo en su lugar definitivo cuando subió Battista con un pequeño almuerzo. Mientras colocaba la bandeja sobre un taburete nos informó de que había sabido que Miguel Ángel Buonarroti, el escultor, había regresado a Florencia hacía un par de semanas. A Salai se le escurrió de las manos el matraz que desenvolvía y se le estrelló contra el suelo. Le mudó el color de la cara, pero entonces lo atribuí al hecho de haber roto un objeto que sabía era muy apreciado por mí.

Se disponía Battista a recoger los trozos de cristal, cuando llamaron a la puerta de la calle. Dejó los cristales y bajó a la planta baja a abrir. Al momento subió de nuevo, acompañado de un joven que dijo ser un recadero del *gonfalonieri* Soderini. Me citaba en nombre del Consejo para que dentro de tres días acudiese al palacio de la Signoria. Salai me preguntó qué querría ahora este Soderini; todavía era pronto para poder haber hecho algo respecto a la canalización del Arno. ¡Si aún nos estábamos instalando! Tenía razón y no sabía a qué podría deberse esa nueva cita. Iría, desde luego; pero, de momento, había que dejar todo a punto para empezar cuanto antes las tareas pendientes. Ese mismo día todo quedó colocado en su lugar: ya podría retomar mis cálculos y observaciones, y volver a pintar.

ගි

Leonardo hizo un alto en su relato. Respiraba fatigado. Se le veía pálido y algo demacrado. Francesco se ofreció a acompañarlo a su dormitorio. El maestro asintió con la cabeza. El gesto era de dolor. El brazo derecho, a menudo, le causaba intensos dolores que sufría en silencio.

Francesco Melzi recogió el material y limpió cuidadosamente los pinceles. Se lavó las manos y acompañó al maestro a su dormitorio. Le ayudó personalmente a desvestirse y a meterse en la cama.

Da Vinci pasó el resto del día durmiendo. Era evidente que, día a día, iba apagándose una gran llama.

Capítulo VII

Una extraña mujer

A la mañana siguiente, Battista, con la ayuda de Maturina, asistió a Da Vinci y, por voluntad de éste, le sentaron en un sillón tapizado en terciopelo morado, junto a la ventana. Le colocaron bajo los pies un escabel a juego, para que reposaran mejor sus piernas. La corpulencia de Da Vinci se volvía en su contra; cada día le resultaba más pesado su propio cuerpo y Battista ya no se bastaba solo.

Allí estaba sentado, junto al luminoso ventanal, cuando Melzi le llevó el desayuno en una bandeja de plata grabada con diminutas flores de lis, regalo de su majestad.

Una inmensa calma adormecía el paisaje; como si de una piel extremadamente fina y transparente se tratara, la placidez impregnaba toda la campiña, invitando a la indolencia y a la galbana. El canto de los pájaros constituía el único hilo de vida que mantenía la conciencia de realidad.

Melzi le colocó sobre las rodillas la bandeja y le ayudó a comer las gachas de sémola, canela y leche de cabra que la buena Maturina había preparado. Cuando hubo terminado, Francesco retiró el servicio y Leonardo le dijo:

—No lo bajes a la cocina. Ya vendrá Maturina a recogerlo. Ven. Siéntate a mi lado, que tengo mucho que contarte y poco tiempo para hacerlo. Además, hoy quiero darle un repaso a los apuntes de anatomía que me quedan por unir a los que ya están recopilados. —Mientras sonreía, continuó diciendo—: No quiero volverte loco a mi muerte, intentando unir todos los cabos sueltos. —Se puso serio y añadió mirando al muchacho—: Aunque mucho me temo que vas a ser tú, y no yo, quien tenga que hacer la mayor parte del trabajo de recopilación. Me duele morirme sin poder terminarlo. Nunca podría acabar. ¡Hay tanto por ver, por estudiar, por aprender, por descubrir! ¡Dios mío —exclamó aferrándose con fuerza a los extremos de los brazos de su asiento—, me has hecho esclavo de esta curiosidad mía, insaciable, que me ha torturado durante toda mi vida! —Y con la mirada atravesando el cristal del ventanal, añadió—: Cada bocado que di al dulce de tu Creación, Señor, lejos de saciarme, me producía más apetito, antojándoseme cada vez más deseable el siguiente manjar a probar. Si a lo largo de toda su existencia un hombre no puede llegar a conocer la naturaleza de su alma, el funcionamiento de su cuerpo, dónde reside el hálito de vida que le impulsa, el origen de las estrellas, el del planeta que habita, y tantos porqués... ¿por qué creas hombres cuyo afán no puede ser satisfecho?

Cerró los ojos y dos lágrimas le rodaron por las mejillas hasta el nacimiento de su barba. Lloraba serenamente. Su interior, mil veces torturado por los imposibles, sabía mantener la calma y el equilibrio en el dolor intenso.

—Te lo pido por favor, Francesco. Continúa lo que yo no puedo dejar hecho. Es toda mi vida. Todos mis tratados y mis escritos son todo lo que soy, he sido y lo que hubiera podido ser. Lo que conseguí y lo que nunca pude dar a luz. Me siento como una vieja reina estéril... Me conocen por mis pinturas, pero mi verdadero ser está ahí, en esos cálculos, en esos tratados del cuerpo humano, de la pintura... Son el fruto de todos mis desvelos, pues para confeccionarlos robé el sueño a mi cuerpo y el amor a mi vida. Todo era secundario frente al conocimiento y la sabiduría interior. Todo: todo valía la pena ser sacrificado por buscar la verdad de las cosas. ¡Prométemelo! Promete que lo harás: que reunirás de la forma más adecuada y ordenada todos mis apuntes y observaciones. No he tenido tiempo de hacerlo yo, pues preferí dedicarme al estudio antes que a recopilar.

Melzi escuchaba sentado frente a él, con la cabeza gacha, los brazos apoyados sobre los muslos y las manos juntas. Levantó la cara, y sus ojos de miel se clavaron en los del maestro.

—No temas, Leonardo. Así lo haré.

La limpieza de su pupila, la admiración y cariño que sen-

101

tía por Leonardo, valía por el juramento más solemne que pudiera haberse formulado. Apartó la mirada hacia la ventana, no creía poder mantenerse sin romper a llorar mucho más tiempo si seguía con su mirada fija en él. Le había querido como no había querido a nadie. La vejez de Da Vinci había provocado en Francesco un inmenso cariño. Le bastaba mirarle para que brotara nuevamente la ternura hacia el que había sido su maestro en la vida y el oficio. Le resultaba terriblemente doloroso hablar así, porque suponía reconocer de forma abierta ante el propio Leonardo, la proximidad de su deceso.

—¡No dejaré que desaparezcas sin dejar rastro! ¡Tus obras hablarán de ti y de lo que hiciste y tus documentos hablarán de lo que quisiste ser! No sé lo que tardaré en conseguirlo, varios años, quizá toda mi vida, ¡no me importa! Cuanto más dure mi labor, más tiempo estaré contigo tocando tus papeles, notando la huella de tus dedos, leyendo tu letra…

Francesco rompió a llorar con desesperación y cayó de rodillas, apoyando su cabeza en el regazo de Leonardo. Éste, con los ojos cerrados y apoyado contra el respaldo, acariciaba sus cabellos sedosos, mientras el muchacho se aferraba a él y entre sollozos entrecortados repetía:

—¡No me dejes! ¡No me dejes! ¡No te vayas aún! ¡Dios mío, no te lo lleves!

El sol ya había tomado su posición de mediodía. Melzi se había quedado dormido sobre las piernas de Da Vinci. Se despertó. Le dolían las rodillas de apoyarlas en el suelo. La cabeza también. Al apartarse, vio que había dejado un cerco en la ropa de Leonardo, allí donde había apoyado la boca. Miró a Leonardo. También se había quedado dormido. Fue entonces cuando oyó los discretos pasos de Battista. Llamó a la puerta y retiró el servicio del desayuno.

—La comida ya está dispuesta —anunció el criado en voz baja—. Si quieren, la servimos en el saloncito.

Aún algo aturdido, Melzi se incorporó y asintió mecánicamente. Despertó al maestro y le ayudó a incorporarse.

La comida transcurrió en silencio. Como si nada hubiera

ocurrido, o como si lo ocurrido hubiera servido para clarificar la situación y retomar sentimientos casi olvidados.

Tras almorzar se dirigieron lentamente hacia el taller para continuar el cuadrito encargado por el rey. Una vez allí, Francesco le invitó a proseguir el relato de los acontecimientos.

—Ayer me contabas, *messere* Leonardo, que el taller y el estudio, así como el resto de la casa de Florencia quedaron dispuestos; que recibiste tanto un recordatorio del encargo de la Annuziata, como un recado de parte de Soderini. Y después, ¿qué pasó?

—Después pasó que volví a observar inquietud en Salai. Se mostraba evasivo y esquivo. No acertaba a adivinar por qué.

 C3

Aquella mañana, tras el esfuerzo notable del día anterior de organizarlo todo, pensé que nos convendría a los dos dar una vuelta por el centro de la ciudad. Era día de mercado en la Piazza della Signoria y el ambiente estaría animado. Serviría de distracción y aprovecharía para tomar apuntes de rostros interesantes en mi libreta. Pareció gustarle mucho la idea a Salai, y pronto se vistió. Su elegante estampa llegaba a solapar al marrullero que escondía dentro. No sabía qué me atraía más de él, si su belleza o su desvergüenza, pues en ambas facetas rozaba casi la perfección.

Salimos a la calle. Hacía un precioso día de primavera. La gente parecía más alegre que cuando llegamos y, aunque el ir y venir era en todas direcciones, la mayoría se dirigía hacia la Piazza della Signoria, donde se podían adquirir mercancías tanto en el interior de la Loggia como en el mercado al aire libre. El mercado de Florencia tenía fama por el surtido y calidad de sus productos. En él podían conseguirse los más dispares artículos. Los pobladores de las aldeas y pueblos cercanos acudían tanto a vender como a comprar.

Entramos en la explanada de la enorme plaza por una de sus bocacalles y, ante nuestra vista, se extendía un mar de gentes de toda clase y condición. El público bullía ante los diversos puestos de las más variadas mercaderías.

El día de mercado constituía en sí mismo un espectáculo de color, sonidos y olores de todo tipo. Era vivido y esperado por

103

los habitantes de Florencia como una jornada de fiesta y expansión colectiva. La campana de la torre del Palazzo Vecchio marcaba las horas y con sus solemnes campanadas hacía huir en todas direcciones a las palomas que se alojaban en su torre, cubriendo con su aleteo alegre el cielo del mercado y alborozando a los más pequeños, que las seguían desde tierra con locas carreras, en un intento de competir con ellas.

Los puestos de los vendedores formaban filas enfrentadas, permitiendo el paso de la gente entre ellos, como si de improvisadas callejuelas de trazo efímero se trataran. Los tenderetes eran los carros de los propios mercaderes en los cuales transportaban sus mercancías y, al tiempo, hacían las veces de expositores, la mayoría cubiertos por toldos de lona para protegerlas: verduras, frutas, aves de caza, carne de venado, pollos y gallinas vivos, huevos, leche, quesos, legumbres, pájaros exóticos, pieles, canela, pimienta, anís, comino, orégano... junto con telas de todo tipo, desde el humilde lino a la exquisita seda o el cálido y lujoso terciopelo; cuero, sandalias, botas, hebillas, pasadores, alhajas, perfumes, baratijas y quincalla, perfumes, afeites; marineros que vendían las velas de sus barcos; vendedores de pescado seco; otros ofrecían tripas de cordero; vendedores de licores que destilaban ellos mismos de las más variadas frutas; charlatanes que aseguraban curar con sus remedios el mal aliento, las verrugas, el reúma, el dolor de muelas, ofreciendo ungüentos para mantener la frescura de las mejillas, linimentos para que no caiga el pelo... y así, hasta abarcar la extensa variedad de miserias del ser humano. Tras las enormes ruedas de radios de madera, gustaban de agazaparse los más menudos; allí se escondían y reían de todo el que pasaba.

Los jóvenes se reunían en las esquinas y conversaban tan pronto sobre temas mundanos, como de profundos conceptos filosóficos. En cualquier caso, por lo general, se enzarzaban en arduas discusiones, llegando a pelearse entre ellos, haciendo honor al vehemente carácter florentino. Tan sólo les distraía el paso de alguna bella muchacha que era celebrado por todos con los más ardientes requiebros para, a continuación, o bien, seguir la discusión en el punto exacto donde había sido interrumpida, o bien la pelea en el golpe a punto de ser propinado.

Las mujeres distinguidas gustaban de vestir sencillos atuendos de nobles tejidos que las realzaban y diferenciaban del populacho: terciopelos granates, verdes, malvas... con el pelo recogido en bonitas trenzas muy trabajadas alrededor de la cabeza, salpicadas por pequeñas perlas o cubiertas por un fino velo negro las casadas, siempre acompañadas de una o dos criadas encargadas de acarrear con la compra.

Los hombres también gustaban de curiosear y de zambullirse en la marea humana; siempre había algo de interés bien para comprar o bien para negociar: cubiertos por sus bonetes o por ilustres tocas y luciendo buenas telas las clases pudientes, o bien, con sus cabezas descubiertas y sencillas vestiduras, los más humildes. Los tratantes de ganado se agrupaban a un lado del mercado y celebraban animadas subastas.

Las gentes menos privilegiadas llenaban sus cestas con lo necesario, regateando precios hasta lo indecible en un toma y daca interminable en el que a medida que bajaban los precios subía la voz. El griterío del regateo se sumaba al voceo constante de las mercancías. Cada vez había más y más gentío. Resultaba costoso andar entre la muchedumbre. El sol estaba en su plenitud y la luz era excesivamente brillante. Un mosaico multicolor formado por las vestimentas se movía y transmutaba de forma incesante: parecía tratarse de un enjambre humano que libase de puesto en puesto, atraído por la miel de las promesas de los vendedores.

El murmullo de la gente había crecido hasta competir con las voces de los mercaderes de tal forma que para entendernos, Salai y yo teníamos que gritar también, pues no nos oíamos. Hice una señal a Salai para que nos saliéramos de lo que ya era una multitud agobiante y nos fuimos hacia los escalones de la Loggia, ya fuera del perímetro del mercadillo y a unos escasos metros de puestos más tranquilos y menos frecuentados.

Me senté en los escalones más altos; allí una fina franja de sombra me ayudaría a refrescar la cabeza, algo aturdida por la mezcla de olores, el agobio de la gente, y el fuerte sol que caía sobre la explanada. Salai estaba de pie junto a mí. Saqué mi libreta y un carboncillo dispuesto a captar rostros interesantes, cuando se nos acercó una gitana entrada en años, pero ágil. Sin más nos ofreció, con su turbador torrente verbal una ingente cantidad de amuletos que, según ella, servían para protegerse del mal de ojo, propiciar un buen casamiento, dejar embarazada a la esposa... y guiñando con una gracia única, añadió: «Y *pa' que no se le quede embarasá* también tengo remedio, ilustrísima».

No pude evitar sonreírme, lo que pareció molestar bastante a Salai. Aprovechando sus gestos de reproche hacia mí, la gitana le cogió la mano izquierda y se dispuso a leérsela.

—Ven *pa' cá*, rey, que te voy a *desentrañá'* tu destino y a ese *señó'* tan serio, también.

—No, no gracias. A mí no es necesario que me lea la mano; yo no creo en esas paparruchas —le contesté a la mujer.

—¿*Paparrusha? ¿Paparrusha, dise usté'*?

Y en actitud muy solemne y con el dedo índice en alto añadió la gitana:

—No le haga *usté' despresio* a la sabiduría del rey Salomón, ni a *lo' misterio'* que enseñaron *lo' faraone'* a *lo' mío'*. Como que hay *so'* y luna, que lo que *dise* esta gitana *e' de verdá'* auténtica. Que a mí, me enseñó mi *agüela* —al pronunciar estas palabras se persignó muy deprisa—, que en gloria esté; y a mi *agüela*, la suya, y así hasta la *noshe* de los tiempos, ¡ea!

Salai reía divertido, en parte por el gracejo de la gitana la soltura de sus gestos y, sobre todo, por cómo me había contestado, mientras se dejaba hacer.

—Pero ¿vas a dejar que te la lea, Salai? ¿Es que vas a caer en un engaño tan burdo? — le objeté.

—Sí. Puede resultar divertido. Además —repuso Salai—, no te entrometas; es mi destino y no el tuyo. Léela —le ordenó a la maga—. Toma esta moneda, a ver si eres capaz de acertar algo.

La pitonisa agarró la moneda en el aire con los reflejos de una sierpe. Salai reía ante los gestos que realizaba la gitana sobre su palma extendida: dibujó varias veces la señal de la cruz sobre la palma sin llegar a tocarla, mientras pronunciaba a gran velocidad una extraña retahíla, mezcla de oración y conjuros, formando una ininteligible jaculatoria. De vez en cuando echaba la cabeza hacia atrás con los ojos cerrados, los entornaba y los dejaba completamente en blanco. Así varias veces. A continuación sopló repetidamente sobre la palma de la mano de Salai, acompañando cada soplido con un movimiento de mano, como si quisiera apartar arena o cualquier otro estorbo depositado en la palma que iba a descifrar. Respiró hondo y terminó lo que quedaba del rezo, y volvió en sí. Escrutó la palma. La estiró hacia todos los lados, como si quisiera hacerla más plana de lo que era y se puso muy seria. Actuaba como si buscara algo en la mano que no encontrase.

—¡Uhm!... no veo *lo' padre'*. *T'has criao* solo desde *chavea*. No conociste a tu padre. Y tu madre..., *probesita*, murió.

Salai dejó de reír.

—No veo mujer —prosiguió la gitana—... ninguna mujer... no te *va' a casa'*, rey mío, y tú ya *m'entiende* por qué... —dijo esto dándole un tono muy especial que hizo enrojecer las mejillas de Salai y reaccionar mirando, incómodo, en todas direcciones.

Intentó apartar la mano, pero la gitana se la sujetó con firmeza:

—¿Esto que *é'*, *señó*? ¡Pero que *cosa má' rara tie' usté'* aquí! Le veo... *tó mu'* blanco; pero que *mu' blanco*. Y no se mueve *pa' na*: como si fuera de piedra. Y... está *subío ensima d'algo*. *Musha* gente lo mira a *usté'*...

Se paró y miró con detenimiento el rostro de Salai, entornó los ojos y sin apartarlos de los del joven, le espetó con voz más confidencial:

—¡Ya sé lo que *é*!... y lo que acabo de *ve'*, vale *musho* dinero. Si *quié'* que se lo diga, deme un florín. No se va a *arrepentí'*.

Salai hizo ademán de buscar el dinero y al verlo, le detuve la mano y me puse en pie indignado:

—Pero ¿no ves que es un truco? Sólo está despertando tu curiosidad para que caigas en su engaño. ¿Quién puede ser tan ingenuo como para pagar por su propio futuro? No puede conocerlo, porque no ha ocurrido y si pudiera, ¿para qué pagar por lo que ha de ocurrir igualmente?

Salai hizo caso omiso a mis palabras y, con actitud tozuda, le dio lo que pedía, a pesar de lo elevado del precio. La gitana se guardó el dinero bajo los faldones rápidamente y se encaró a Leonardo y vaticinó con voz oscura:

—Su amigo de *usté' va a sé mu* famoso. A este *chavá* lo

van a *conosé' en to'* el mundo. —Y dirigiéndose a Salai, añadió agitando sus manos entusiasmada—: ¡Rey mío, te van a *hasé un' estatua*!...

Al escuchar las palabras de la maga rompí a carcajadas como hacía tiempo que no me reía; resultaba absurdo y descabellado. Lo grotesco del asunto no pudo menos que divertirme, hasta el punto de hacerme pensar que, en verdad, se había ganado el dinero con la gracia y el ingenio del engaño. ¡Cuán lejos estaba yo, entonces, de sospechar siquiera lo acertado de aquella predicción! Salai quedó pálido, pensé que sería al caer en la cuenta de la artimaña. Intenté consolarle por la pérdida del dinero, y alentarle para que viera en ello una lección para aprender a distinguir las ciencias verdaderas de las malas artes. La gitana había desaparecido a la velocidad del rayo. Quise ayudarle a sentarse, pues su palidez era realmente exagerada para tan poco asunto, pero rechazó mi gesto con vehemencia. Prefirió permanecer en pie apoyado en una de las gruesas columnas del atrio de la lonja.

Opté por comenzar a tomar apuntes en mi libreta de los rostros que me interesaran. Ya se le pasaría el enfado. Al rato, cuando le observé, ya estaba de otro humor y contemplaba con interés el espectáculo que ofrecía el mercado, haciendo visera con la mano. Le gustaba que le mirasen, disfrutaba sintiéndose observado, como lo era ahora por un par de jovenzuelos que hablaban en voz baja entre ellos y reían mirándolo. Él, fiel a su coquetería, no les correspondía. Sabía que lo observaban y se dejaba admirar, apurando su instante de gloria. Aún rebañó más el plato de su conquista, haciendo gala de su apostura, girándose complaciente para entusiasmo de sus admiradores. Opté por ignorar la maniobra y seguí con mi libreta, pues ya había localizado un par de rostros interesantes para caricaturizar. Dibujé a una mujer mayor con moño que resultó muy divertida y a un viejecito entrañable y gracioso. Se los enseñé a Salai, que rió divertido, y se lo enseñó a los dos muchachos, que ya se habían atrevido a acercarse y a entablar contacto con él. Se rieron, los encontraron magníficos y preguntaron quién era yo que dibujaba con tal gracia y estilo. Salai respondió de mala gana que *messere* Da Vinci. Los muchachos quedaron impresionados, pues habían oído hablar de mí. Pidieron disculpas por si habían causado alguna molestia, se despidieron y se marcharon a toda prisa.

Viendo cómo perdía sus conquistas, Salai giró el rostro hacia mí dedicándome una de las miradas de más intenso odio que haya visto jamás para, acto seguido, dedicarme unas palabras muy duras...

—Si prefieres encerrarte con tus malditos cálculos o dibujar viejas a vivir, ahí tienes una vociferando; ve tras ella y dibújala si tanto te place, sigue tu destino que yo iré tras el mío. ¿Qué quieres de mí, Leonardo? Cumplo con mis obligaciones como aprendiz, hago de chico para todo, de secretario, aguanto todas tus excentricidades e impertinencias, tus cambios de humor, tus malditos experimentos, tus dietas a base de aburridos vegetales... ¿Qué quieres de mí, maldita sea? ¿Que esté muerto en vida como tú? ¿No es eso? ¡Mírate!: dedicado en cuerpo y alma a destripar todo aquello que se te pone por delante. Todo te importa menos lo que tienes al lado. No puedes exigirme nada. ¡Nada! Yo no te pedí que me recogieras ni que te hicieras cargo de mí; lo hiciste porque quisiste. Porque te gusté. ¡Reconócelo, maldita sea! Si me tienes en tu casa es porque me necesitas. Pero yo a ti no. No voy a perder mi juventud a tu lado, mirándote, viendo cómo envejeces mientras te devanas los sesos en estúpidos problemas que a nadie le importan. Si quieres que siga en tu casa y mi compañía, tendrás que pasar por esto.

Se dio la vuelta y salió corriendo en la misma dirección que habían tomado antes los jóvenes. Curiosamente, en esta ocasión sus palabras no hicieron mella en mí, quizá porque todo lo que había dicho, yo ya lo sabía. Sabía que lo rumiaba hacía tiempo, y no me sorprendía demasiado. En parte, aunque su desprecio hacia mi persona me doliera, lo viví casi como una pequeña liberación para mi curiosidad y mis ansias de saber, que superaban a mis necesidades humanas, no sin entablar un continuo y denodado debate. Pero aquel día, por algún motivo que no alcanzo a comprender, me sentí liberado de su peso y casi como un autómata, sin saber muy bien por qué, me dirigí hacia donde se encontraba la anciana que me había dicho Salai.

La pobre vieja gesticulaba exageradamente y al acercarme comencé a distinguir sus gritos del vocerío general. Se desgañitaba recriminando a unos pillastres que la habían tirado al suelo en su loca carrera. Éstos se reían y mofaban agazapados debajo de un carro próximo. A todo su alrededor, estaban esparcidas por el suelo las mercaderías que llevaba en la cesta: peras, manzanas, bobinas de hilo, harina, sal, ajos, una pierna de cordero, perejil... En la mano llevaba una botella, al parecer, de vino, que agitaba cada vez que dedicaba un improperio a los pillastres.

Unos cuantos pasos por delante, una mujer joven que vestía de oscuro avanzaba como yo hacia la anciana. Se acercó a ella y ésta comenzó a explicarle lo ocurrido: que estaba comprando el vino para el señor; que cuando estaba pagando al mercader, unos gamberros pasaron corriendo, la empujaron y la tiraron al suelo y con ella, la cesta con todo su contenido. ¡Ah! Pero la botella, la había salvado; que sabía lo que apreciaba el señor ese bendito caldo y no dejaría que nada del mundo le estropeara la comida. La joven la calmaba con sus suaves gestos y se agachó a recoger lo que había caído y podía salvarse.

—¡Que no, señora! ¡Que no! ¡Mientras yo pueda, usted no se agacha! —repetía intentando evitar que su señora lo recogiera.

La joven, ya agachada, comenzó a recoger las manzanas. Tenía el pelo cubierto por un velo de gasa negra, el tocado de casada, que le ocultaba el perfil. Ya me encontraba próximo a las dos mujeres, cuando un empellón me situó casi al lado de ellas. Se incorporó la muchacha portando en los brazos un buen número de manzanas y peras. Una manzana se le cayó, rodó por el empedrado algo inclinado y vino a parar a mis pies. Me agaché y la recogí. Me aproximé con paso seguro y tranquilo. Alargué mi brazo y puse la manzana caída en el montoncito que ella sujetaba apretado contra su pecho.

Era una mujer menuda, de carnes suaves y turgentes; pelo lacio dividido en dos por una raya central, pero rizado en sus puntas; de párpados algo prominentes que mantenía cerrados mirando hacia abajo; cejas depiladas a la moda; nariz fina y recta de aletas atrevidas que respiraban con sosiego; la boca menuda y fina, de casi imperceptible color rosado; las mejillas de amplios pómulos casi planos, lucían un suave rubor saludable.

—Esto es suyo —le dije—. Se le ha caído, señora.

Levantó su rostro hacia mí con suavidad, con gesto pausado. Al recuperar su posición natural y mirarme de frente, se abrieron sus oscuros ojos ante mí. Me sentí atravesado por la intensidad de su mirada. Su proximidad me hizo experimentar una extraña sensación: algo similar a un fuerte golpe en mi estómago, al tiempo que me invadía la impresión de que la conocía, de que estaba viviendo una situación ya vivida anteriormente, pero no recordada. Había algo en su rostro que me resultaba familiar. Tuve la sensación de encontrarme desnudo ante ella. Era absurdo, pero por un instante creí que aquella mujer, que de nada conocía, había leído mi interior, había traspasado mi propia persona y había tenido acceso a los más íntimos rincones de mi alma. Que lo sabía todo de mí. Sonrió con una mueca casi imperceptible e inclinó elegantemente la cabeza, en señal de agradecimiento. Depositó la fruta en la cesta que le había acercado la sirvienta. Recogió el faldón de su vestido con sus manos regordetas y se giró sin más, para marcharse. La criada hizo una graciosa reverencia hacia mí y se despidió, dándome las gracias. Aquella damita se deslizaba entre la multitud con una elegancia inusual, seguida de la anciana; diríase que no la rozaba la muchedumbre, sino que a pesar de su pequeña envergadura, se deslizaba como un ligero velero entre aguas agitadas y espumosas. Y desapareció, engullida por la multitud.

Quedé como sordo en medio de aquella gente, un poco atontado por la extraña experiencia. Pero algo me decía en mi interior que se llevaba algo de mí aquella mujer y que volveríamos a vernos. Yo me sabía muy lejano a sentir pasión por mujer alguna. Y no era tampoco el caso. Pero si el ser humano había sido siempre la obsesión de mis estudios y, muy especialmente, el alma humana, en esta mujer encontraba un elemento distinto a todos los hombres y mujeres que había conocido. Y no quería quedarme sin averiguar qué de especial había en ella y sus causas.

De mi ensueño me despertaron unos tirones en mi manga. Era un tullido. El pobre viejo exhibía unos muñones que asomaban por entre los harapos mugrientos que cubrían sus piernas entrecruzadas, mientras una sonrisa completamente abierta y desdentada invitaba a darle la voluntad. El pelo fino y ralo comunicaba una oreja con otra por la parte posterior de su cráneo. Donde no había pelo, había llagas, cuyo rastro hu-

111

biera podido seguirse por todo el cuello y, de buen seguro, por el resto del cuerpo si a la vista hubiese estado. No dejaba de sonreír mientras mantenía la mano en alto. Eché mano a mi faltriquera, más por apartarlo de mi lado que por caridad. Le di una moneda y me espetó:

—Si me dais dos, os diré quién es.

Extrañado le pregunté:

—¿A quién os referís?

En esto que intervino el comerciante que le había vendido el vino a la criada y que había ayudado a levantarla, y me dijo:

—No le hagáis caso, señor. No os dejéis liar por ese canalla, que lo que veis no es resultado de guerra, sino de mala vida. —Y dirigiéndose al tullido gritó—: ¡Largo, largo de aquí! Éste es un gran señor, no la escoria con la que tú tratas.

A las voces, la mujer del comerciante, que estaba en el puesto de al lado charlando con otra vendedora, se acercó al marido y preguntó qué ocurría y éste le contó lo sucedido con la anciana y el ofrecimiento del inválido. La mujer me saludó y se mostró sorprendida de que no conociera a *donna* Lisa, la esposa de Francesco del Giocondo, rico comerciante de seda.

—Llevaréis mucho tiempo fuera de la ciudad, pues *monna* Lisa es conocida en toda Florencia.

—Sí —añadió el marido—, es una mujer piadosa. Hace muchas obras de caridad. Por los barrios humildes es muy conocida.

—Pero no sólo por eso —agregó la mujer.

—¿No? ¿Y por qué más es conocida? —pregunté intrigado.

El marido le recriminó a la esposa que hablara de más; ésta le repuso que lo que iba a contar no era falso y además todo el mundo lo sabía, y que si no se lo decía ella, el cojo me lo contaría a cambio de sacarme unas monedas. El comerciante se convenció y suspiró, resignado ante la firmeza de la mujer. Ésta, deseosa de chismorrear un poco, me indicó con el gesto que me acercase para darme la preciada información.

—Es un poco rara, ¿sabe usted? —comentó la vendedora—. Hoy no lo ha hecho, pero casi siempre que viene al mercado compra pájaros, palomas y otras avecillas y los echa a volar de inmediato. ¿Para qué los compra, si no los quiere? —dijo esto cruzando los brazos sobre su generoso pecho y apoyándolos sobre su abundante vientre al tiempo que apretaba con fuerza los labios—. ¿No le parece a usted un poco rara? Pero es que eso no es todo.

—Ah, ¿no? —dije yo.

—No. Además hay otra cosa muy curiosa —dijo ella.

—Y ¿cuál es? —pregunté yo.

—¡Ya está! —intervino el marido—. ¡Si no lo dice, revienta!

Con un gesto impaciente la mujer puso los brazos en jarras y el pobre hombre, entendiendo que no debía inmiscuirse más, optó por dejarla en paz, darse la vuelta y vocear la mercancía.

Volvió a insistir con el gesto para que me acercara más aún, y me confesó en voz baja y pronunciando cuidadosamente:

—*Donna* Lisa es muda.

—¿Muda? ¿Habéis dicho muda?

No podía creer lo que oía: que aquella mujer no pudiera hablar o no pudiera oír me resultaba increíble.

—No puede ser —dije.

—Pues sí; lo es, señor.

En este punto volvió a intervenir el esposo y le dijo a la vinatera:

113

—Si se lo cuentas, cuéntaselo todo.

Y dirigiéndose a mí, agregó el vinatero:

—Antes no era muda, esa buena mujer.

—Y ¿qué le ocurrió?

Volvió a retomar la conversación la esposa:

—Algo muy triste. Esperaba su segundo hijo, pero nació muerto. Era una niña. Dicen que preciosa. La esperaban con mucha ansia los señores Del Giocondo, especialmente ella, que deseaba tener una hija con todas sus fuerzas, pero el Señor quiso llevársela con Él al Cielo, angelito.

—Bueno, ¿y eso qué tiene que ver? No comprendo —dije.

—Pues, tiene que ver —respondió la vendedora— que después del parto, *monna* Lisa cayó gravemente enferma con fiebres terribles durante días y días, perdiendo el conocimiento y cuando despertó... —Y se paró la vendedora.

—Y cuando se despertó ¿qué? —insistí un poco impaciente.

—Pues, que había perdido el habla por completo y hasta hoy.

Me limité a mover la cabeza de arriba abajo impresionado por la historia. Les di las gracias a los dos por la información y me alejé de allí.

Me dirigía a casa, ya más despejado y pensando en las tareas que iba a acometer para organizar el desvío del Arno, cuando oí sisear con fuerza desde una esquina. Seguí mi camino; pero, al poco, volví a oírlo de nuevo. Nadie más transitaba la calle. Sin duda, el siseo iba dirigido a mí. Fui hacia el origen del sonido y al doblar la esquina, allí le encontré. Era el viejo tullido. Se reía. Al parecer siempre estaba riendo. Resultaba sorprendente para alguien en su situación. Sin más me dijo:

—Ya que sabéis quién es, ahora me necesitáis a mí.

El lisiado rió con picardía y abriendo uno de sus entornados ojos, que brilló como el filo de una navaja, añadió:

—Yo os puedo llevar hasta ella.

—Para visitar su casa os aseguro que no os necesito —le contesté un poco harto.

—Yo no os hablo de su casa, sino de sus escapadas nocturnas —me repuso el viejo.

—Pero ¿qué estáis diciendo? —le pregunté escandalizado—. No creo que esa mujer oculte ningún secreto.

Al decir estas palabras, noté la contradicción con mi propio convencimiento, lo cual captó de inmediato el astuto inválido. Desde luego, no creía que el motivo de sus salidas fuera lo que el viejo verde suponía. Pero no podía negarme a mí mismo el interés que en mí despertaba cuanto averiguaba de ella. Decidí apostar por el destino, que me había hecho cruzar con aquel viejo chivato, y tiré de este hilo de Ariadna que me ofrecía la vida. Quedé citado con él esa misma noche en una de las bocacalles de la Piazza della Signoria, por estar próxima a la residencia de los Giocondo.

Aquella misma noche comenzaría a saber algo más de ella.

114

Capítulo VIII

El encargo

*E*l sol empezaba a declinar en Cloux. La campiña ofrecía ahora un verde más oscuro y sosegado. Un rebaño de ovejas, guiado por el pastor y su perro, pasaba por los aledaños del castillo recogiéndose antes de la caída de la tarde. Los balidos se mezclaban con el sonido de los pequeños cencerros. El perro mantenía la formación constantemente.

Melzi comenzó a guardar los pinceles después de una escrupulosa limpieza. No estaba quedando nada mal el retrato. Contempló el resultado con mirada crítica. Suspiró y se confesó a sí mismo lo lejos que estaba de alcanzar a Leonardo, aunque era sabedor de la inmensa suerte de haber coincidido con él en el tiempo y en el espacio, y se daba por satisfecho. Cubrió la obrita con el paño que tenía destinado a tal fin y observó a su maestro. Éste hacía rato que se había sentado en un taburete junto a la larga mesa de madera maciza que presidía el taller. Estaba inundada de papeles que intentaba poner en orden. Aquéllos constituirían sus tratados del agua, de pintura, de anatomía, de cocina... de cuantos conocimientos había acumulado a lo largo de su experiencia. Se quitó las gafas y se frotó con movimientos circulares el inicio de las cejas: estaba cansado, muy cansado. La vista le fallaba a menudo. Sería mejor dejarlo. Eso pensó Francesco y se lo dijo a Leonardo. Sí, sería lo mejor. Insistió en que debía hacer un alto para cenar y tomar algo, a pesar de que no tuviera apetito. Maturina ya lo había previsto y le había preparado una sustanciosa sopa que Battista le traía, humeante, en una bandeja. El joven bajó a la cocina para cenar, mientras el criado ayudaba a Leonardo.

Cuando el viejo criado regresó a la cocina junto a Maturina y a Francesco, éste le preguntó cómo había cenado Da Vinci. Aquél movió negativamente la cabeza y añadió que cada vez tenía menos apetito.

Francesco subió de nuevo al taller. Estaba prácticamente a oscuras. No había ninguna vela encendida. Sólo la luz de una potente luna llena alumbraba el cuarto con luminosidad espectral, confiriendo al rostro y a las manos de Da Vinci un suave resplandor blanquecino. Nuevamente sentado en la silla de respaldo alto, con las manos apoyadas en los reposabrazos, miraba hacia el cielo estrellado a través de la ventana abierta de par en par. Sin apenas volver el rostro, hizo un ademán para que Francesco Melzi se sentara junto a él. Tenía aspecto muy cansado. El joven objetó que no quería que se fatigase más y que podían continuar al día siguiente. Da Vinci que, apoyada la cabeza sobre el alto respaldo de la silla, daba la impresión de sufrir un ligero mareo, movió la mano con suavidad pero con firmeza, en un gesto que indicaba que iba a proseguir y que escuchara. Francesco ya no protestó. Comprendió que el maestro veía marcharse las fuerzas y no quería dejarle sin conocer toda la historia. Pidió agua y el joven rápidamente le sirvió en una bella copa de cristal azul tallado. Bebió con deleite, como si bebiera un sorbo de vida. Devolvió la copa al muchacho y prosiguió una vez que éste se hubo sentado.

છ

Aquél estaba siendo un día extraño. El enfrentamiento de Salai, sus dolorosas palabras que comenzaban a hacer más efecto en frío que en caliente; esa singular mujer que tanto me había intrigado…, no era día de ponerse a hacer cálculos; me sentía incapaz de llevar a cabo ninguna tarea intelectual. Decidí que emplearía mejor mis fuerzas y mi tiempo si me dirigía al Palazzo Vecchio aquella misma tarde y adelantaba mi entrevista con Soderini y, de esa forma, aclaraba el motivo por el que me había citado. Tras comer algo ligero, fui a la sede de la Signoria, sin Salai, que aún no había regresado a casa.

Hube de esperar que el *gonfalonieri* acabase de entrevistarse con unos emisarios del Papa. Me recibió de muy buena gana y diríase que incluso con ganas de verme, lo cual me puso instintivamente en guardia.

—*Signore* Da Vinci, sed bienvenido. No os esperaba hasta pasado mañana; pero me alegro de que hayáis venido con tanta prontitud. Es un tema harto delicado el que os quiero exponer. Cuento con vuestra discreción.

Dicho lo cual, me invitó a que me sentara y, sin utilizar su asiento presidencial al otro lado de la mesa, arrimó un asiento junto al mío y se sentó.

—No pude evitar oíros cuando rechazabais la proposición que os hizo el señor Giocondo. Y por lo que pude entender, no es la primera vez que lo hacéis. ¿No es así?

—Así es —respondí yo.

—No ignoráis que se trata de un caballero muy influyente en nuestra Florencia, y que no aceptarle una petición pudiera resultar, digamos, imprudente por vuestra parte.

—¿Adónde queréis llegar Soderini? ¿Acaso pretendéis amenazarme para que acepte el encargo del retrato de la esposa de Giocondo? Es ridículo. Sabed, que nunca he cedido a presiones ni a imposiciones de nadie en mi tarea, ni siquiera de César Borgia, y vos, os lo aseguro, no vais a ser el primero —dije, levantándome bruscamente del asiento, con intención de marcharme de inmediato. Era evidente que cualquier entrevista con Soderini acababa siéndome irritante, cuando no humillante.

—Sosegaos, *signore* Da Vinci, sosegaos. Sentaos, os lo ruego. No está en mí la intención de amenazaros, tal y como afirmáis, sino advertiros de la delicada situación en la que os podéis ver. Ya os comenté que tiene amigos muy poderosos e influyentes: el propio Giuliano de Medici es un gran amigo de la familia y amigo de la infancia de *monna* Lisa.

—Y yo, os repito, que vuestras insinuaciones no van a conseguir que me amedrente y tome forzado una labor que no deseo hacer. Realmente no os entiendo Soderini: no sé qué demonios os lleváis entre manos ni qué pretendéis realmente con todo esto pues, si primeramente me encargáis una obra de la complejidad de la desviación del Arno y, ahora, pretendéis que acepte una petición que sólo podrá venir a dilatar y retrasar tan magna obra… no os entiendo.

Soderini se mantenía callado. Sentado, con las piernas cal-

117

zadas en amarillo mostaza, cruzadas en tijeras por los tobillos, entrelazaba sus manos y giraba hacia delante y luego hacia atrás sus pulgares en un movimiento continuo, como esperando a que cayera en la cuenta de algo.

—Por otro lado —seguí hablando—, ¿en nombre de quién actuáis? Pues no me dio la impresión Francesco Giocondo de ser un hombre dispuesto a conseguir lo que desea a cualquier precio. Sois vos, Soderini, y no él el interesado en que lo haga y no alcanzo a adivinar por qué ocultos intereses.

—Sois agudo, Leonardo —dijo dando un golpe seco al apoyabrazos como si hubiese oído algo esperado largamente—, pero ignoráis de todas todas los entresijos del poder. Os voy a ser completamente franco. Pero os advierto que yo siempre negaré esta conversación y que la misma puede que os sirva para bien poco, pues quizá no creáis la verdad. Efectivamente —explicaba Soderini—, el señor Giocondo nada tiene que ver en esto. En ningún momento me ha pedido que haga nada por él ni por convenceros de que retratéis a su esposa. No ha sido él, sino otra persona quien me lo ha pedido.

Ante la cara de extrañeza que puse yo, prosiguió:

—Hay alguien muy interesado en tener el retrato de *donna* Lisa y que éste salga de vuestra mano. Este alguien ha sabido del interés del señor Giocondo por encargaros un retrato de su mujer y, aprovechando la circunstancia, desea que confeccionéis simultáneamente dos retratos de la misma, uno que daríais a su esposo y el otro, a mi representado, que os lo retribuirá generosamente; en realidad, os concede carta blanca para señalar vuestro precio.

Quedé tan anonadado con lo que estaba oyendo, que casi no daba crédito. Algo parecido a una sensación de vértigo se apoderó de mí por unos instantes. Aquello comenzaba a resultar inquietante. Esa mujer parecía moverse en una atmósfera extraña en la que, de alguna manera, yo comenzaba a sentirme atrapado, sin saber muy bien qué lugar ocupaba en esa intriga que en torno mío comenzaba a tejerse.

—¿Y quién es vuestro representado? No pretenderéis que realice una obra sin siquiera conocer quien la encarga —repuse, más por objetar algo que porque tuviese la mente clara.

—Eso es algo que no os incumbe, pero que voy a desvelaros por lo sorprendente que puede resultar y porque sé de vuestra absoluta discreción. —Sonriendo con malicia y regusto de poder desveló el nombre paladeando cada sílaba a medida que la pronunciaba—: El interesado es Giuliano de Medici en persona.

—¿Os estáis refiriendo a Giuliano, el hijo de Lorenzo *el Magnífico*?

Soderini asintió lentamente con la cabeza.

—Verdaderamente, no os entiendo —repliqué—. Los Medici son vuestro mayor enemigo político, ¿por qué habría de pediros un favor uno de ellos, y, aún menos, acceder vos a hacerlo? —Por un instante calló.

Repentinamente, comprendí la jugada de Soderini, de ese viejo zorro que no estaba dispuesto a abandonar el poder con facilidad.

—Ya veo: sabéis del interés de Giuliano por tener un retrato de la dama y, puesto que tiene vetada su entrada a la ciudad, antes de que me lo encargue a través de un tercero, vos os adelantáis —deduje—, de esta manera os debe un gran favor y estará en deuda con vos. Caso de volver a la ciudad los Medici, sería un buen argumento para que fueran clementes con vos y os permitieran continuar en una cómoda posición.

—Veo que vais comprendiendo cómo funcionan las cosas, querido Leonardo. Así es —endureció el rostro Soderini—. No soy un estúpido. Sé que las cosas no duran eternamente y, menos aún, cuando se trata de asuntos políticos: esta situación y este régimen no han de durar mucho tiempo; aún menos cuando los Medici van ganando adeptos entre los ciudadanos. Si alguna vez sus partidarios consiguen que vuelvan, tendré mis espaldas cubiertas y él, a cambio, tendrá el cuadro, mi colaboración y mi silencio.

—No corráis tanto Soderini; que aún no he dicho que lo vaya a hacer. El que Giuliano esté interesado, no es motivo suficiente para que yo acepte.

Los ojos de Soderini se estrecharon, su rostro se volvió taimado y su ceja levantada, soberbia:

—Pero sí lo es —afirmó lentamente— el que queráis mantener la dirección y la autoría del desvío del Arno ¿me equivoco? O quizá prefiráis que también pase a manos de Miguel

119

Ángel Buonarroti quien, por cierto, ha vuelto a Florencia, ¿lo sabíais? Y a buen seguro que muchos florentinos desearían que fuera él quien llevase a cabo tal operación. —Y poniéndose de pie se dirigió a la silla que le correspondía por su cargo al otro lado de la gran mesa torneada, y dejándose caer de golpe añadió—: ¡No voy a andar con rodeos, Da Vinci! Si queréis seguir teniendo mi apoyo en el Consejo, tendréis que aceptar el encargo. Favor por favor… El Medici ya se pondrá en contacto con vos. Podéis retiraros.

Cuando ya abrían los lacayos las puertas del despacho de Soderini, éste dijo voz en alto:

—¡Ah, Leonardo! Una última cosa: esta conversación nunca ha existido.

Abandoné el Palazzo Vecchio verdaderamente aturdido e indignado. Me veía obligado a llevar a cabo un retrato por no perder un proyecto que ambicionaba. Por otro lado, ése era un retrato que irónicamente hasta ese mismo día no había deseado acometer pero que, de forma imprevista, había comenzado a interesarme esa misma mañana. Sí, a interesarme. Aquella mujer de una manera o de otra conseguía despertar mi curiosidad. ¡Qué sarcasmo, verme empujado a realizar un retrato que varias veces rechacé y que ahora ansiaba llevar a cabo, movido no sabía aún por qué extraña fuerza!

No dejaba de molestarme que pareciera que había cedido a los intereses de Soderini; pero si, de todas formas, deseaba hacerlo, no podía negarme y correr el riesgo de que influyeran a Giocondo y a su esposa para hacerle el encargo a otro pintor y perder la ocasión de ahondar en su misterio. Mi curiosidad había vuelto a superar a mi dignidad, pero no me importaba; más bien al contrario, tenía la sensación de ir en el camino adecuado y que cumplía con un plan preestablecido antes incluso de mi propio nacimiento. Algo en mi interior me impulsaba a hacerlo y me hacía sentir más próximo a algo que aún ignoraba qué podría ser.

Más tarde, reflexionando sobre las palabras de Soderini, concluí que el interés de Giuliano por aquella mujer sería pasional, sin duda; pero no me acababa de convencer aquella razón. Aun siendo una mujer interesante era más bien discreta, no gozaba de un atractivo físico que pudiera despertar la pasión en un hombre y menos en Giuliano, cuyo gusto por las mujeres exuberantes y fáciles era conocido por todos. No encajaba nada de todo aquello en mi mente. Soderini, nombrado *gonfalonieri* vitalicio deseaba asegurarse un futuro por si los vientos políticos cambiaban radicalmente, hasta ahí tenía su lógica; pero ¿cuál sería el verdadero motivo por el que Giuliano deseaba tener un cuadro de esa extraña mujer?

Llegué a casa y dormí un buen rato, necesitaba descansar. Cuando desperté, cené algo ligero y me puse en marcha. Estaba decidido a acudir a la cita concertada con el repelente tullido. Me asomé a la habitación de Salai, que había llegado mientras yo descansaba; y era él quien dormía profundamente en su cama. Quedé más tranquilo, una preocupación menos. Sabía que Salai estaba en casa recogido y nada malo podría sucederle durante mi ausencia.

Mientras Battista me ayudaba a colocarme una prenda de abrigo, me observé en el espejo. Empecé a preguntarme si no estaría perdiendo el juicio. ¿Qué demonios hacía yo disponiéndome a seguir los pasos de una mujer que de nada conocía? ¿Qué pretendía averiguar? Quizás, aquello que de ella me intrigaba. Casi no me lo podía creer. Iba a hurgar en la vida de una mujer cuyo retrato había rechazado en varias ocasiones por no interesarme, perdiendo la oportunidad de ganar una buena suma de dinero y ahora… ¡Ahora estaba dispuesto a pagar una cantidad de cierta importancia por saber de ella! ¡Qué vueltas da la vida, Francesco!

03

Da Vinci pidió otra copa de agua a Melzi; se le secaba la boca. Bebió con fruición el líquido cristalino. Diríase al ver la expresión de su rostro que cada sorbo contribuía a unir al artista con la naturaleza y sus elementos. Tras un breve pero profundo suspiro, prosiguió:

03

Salí de mi casa dispuesto a acudir a la cita con el inválido. Caí en la cuenta de que no le había anticipado ninguna suma y que quizás hubiera perdido el interés por mostrarme lo que, según él, era una rareza de aquella señora.

Podía oír mis pasos resonar por las calles empedradas. Algunas lámparas de aceite iluminaban pobremente el recorrido de la larga callejuela. Los adoquines redondeados, encajados como mosaicos, brillaban por la humedad de la noche, volviéndose resbaladizos.

A medida que me acercaba al punto de encuentro, mi temor a no encontrarle allí a la hora convenida aumentaba. Me sorprendió mi propio corazón. Sentía la excitación propia de cuando se dispone uno a cometer un acto prohibido y ansiado. No sabía por qué, pero me sentía casi un delincuente y temía que si me cruzaba con alguien, ese alguien adivinara mis intenciones. Por suerte, mi carácter templado supo contener cuantos miedos intentaban escaparse de mi interior, y recogidos todos y sofocados, cuando apenas quedaban unos metros para llegar al final de la callejuela, oí un breve siseo y a alguien que decía a media voz:

—¡Eh, *shisss*, señor… aquí!

Era él. Se acercó hasta mí avanzando con sus dos remos, balanceando las piernas cruzadas en una sola pieza que le servía de pedúnculo. Se quedó parado frente a mí. Comenzó a reírse con su boca grande y abierta, con una expresión estúpida y sarcástica, mientras movía cabeza y tronco al unísono de atrás a delante.

—El camino es largo —dijo—, ¿estáis dispuesto a ir deprisa, señor? Si no nos damos prisa, puede que no la lleguéis a ver.

Y diciendo esto, que me pareció una auténtica fanfarronada, extendió el brazo y abrió la mano esperando una recompensa. Le di la mitad de lo convenido, advirtiéndole que le daría la otra mitad a la llegada. Cogió las monedas y las guardó rápidamente entre sus harapos y, antes de que pudiera darme cuenta, comenzó a desplazarse con una agilidad y rapidez increíbles. Aquel hombrecillo había adquirido una destreza digna de admiración. No me dejaba impasible su adaptación a ese lamentable estado que llevaba con aparente alegría. Pensé, en aquel momento, que lo que hace grandes a los hombres es poseer un alma capaz de vivir cualquier situación y sacar enseñanza de ella. Comprendí que hasta en el más miserable de los seres humanos, hay una lección que aprender.

Tal era su ligereza que, en ocasiones, tuve que apretar el paso y apurarme, para no perderle entre callejones tan oscuros como galerías de una cueva. Dobló una esquina, luego otra, cruzamos una plaza, seguimos por un laberinto de callejones hasta que, de repente, se paró y casi tropecé con él. Estábamos al final de una calle que se abría a una amplia plaza.

—¡Ahí la tenéis! Es allí. —Señalaba con su dedo huesudo y nudoso la fachada de la iglesia de Santa Maria Novella—. Es allí donde la encontraréis. Entrad, llegad hasta el altar mayor y luego girad a la izquierda; veréis una pequeña capilla, donde acostumbra a rezar. Y fijaos muy bien —comenzó a reír, estiró hacia abajo el párpado inferior con el dedo y siguió diciendo—, pero que muy bien os debéis fijar, porque aunque no la veáis, está allí. Y ahora, dadme el resto. Yo he cumplido, cumplid ahora vos.

Pagué al hombrecillo, más por perderle de vista que por quedar satisfecho, pues aún no había cruzado la plaza ni entrado en el templo, por lo que no había podido comprobar que la información era veraz. El lisiado desapareció al instante.

Sin pérdida de tiempo, me dirigí a la iglesia y entré en ella. Estaba completamente vacía. Mis pasos aún resonaban más que en mi última visita. Unas cuantas lámparas de aceite apenas iluminaban el interior del templo, confiriendo a las estatuas religiosas un aspecto sobrecogedor de centinelas removedores de conciencias.

Llegué hasta el altar mayor y giré a la izquierda y efectivamente, tal y como me había dicho el tullido, había una capilla, pero estaba vacía. No estaba la esposa de Giocondo ni ninguna otra persona. De repente, pasó por mi mente como un rayo la escena que presencié a mi llegada a Florencia en aquella misma iglesia y en aquella misma capilla. Recordé la mujer vestida de oscuro que vi de espaldas rezando en aquel mismo lugar, y lo extraño que me resultó que aquella mujer no se encontrase en el lugar que ocupaba en la capilla un segundo después de haberla visto allí, así como el hecho de no haberla visto salir. Tenía que ser ella y, fuera lo que fuese lo que hacía allí, guardaba relación con la advertencia del inválido.

Estando en estas cavilaciones, mientras yo observaba desde la verja que separaba la capilla privada las obras de arte de su interior, alguien dijo a mi espalda:

—¿Buscáis a alguien, señor?

123

Me di la vuelta sobresaltado y encontré frente a mí un fraile que vestía túnica blanca con capa y capucha negras, hábito propio de los dominicos, que era la orden que se encargaba del templo. Sus manos se adivinaban entrelazadas en la intersección de las amplias mangas. Era bajo y metido en carnes; el pelo rodeaba una amplia tonsura. De rostro amable y modales educados, me tranquilizó después del primer susto.

—Disculpad, no pretendía asustaros —se disculpó el monje—. Pero no es habitual recibir feligreses a estas horas y ya no queda nadie aquí. Me dispongo a cerrar con llave las verjas que aún quedan abiertas. a lo mejor puedo ayudaros en algo, ¿a qué habéis venido, señor?

—Vine a admirar la obra de mi buen maestro y amigo Alberti. Y…

—¿Y…?

—Y había quedado aquí con alguien. ¿Estáis seguro de que no queda nadie en el interior de la iglesia?

—Os lo aseguro.

Comencé a pensar que el viejo paralítico se había burlado de mí aprovechándose de mi interés. Me sentí un poco azorado y decidí despedirme del religioso y marcharme de allí antes de que empezara a interrogarme, lo cual me hubiera resultado muy embarazoso.

Fue entonces cuando me percaté de que a escasos pasos de la capilla había un confesionario y de que cubierta por las sombras, sentada en un saliente de la pared y con la cabeza apoyada en el confesionario, una anciana dormía profundamente.

Dirigiéndome al monje, le indiqué que allí aún quedaba alguien y le señalé dónde estaba. Éste respondió, resuelto y con gran naturalidad, que se trataba de su anciana tía y que se disponía a acompañarla a su casa una vez hubiera terminado sus deberes. Me volví dispuesto a marcharme e inicié mis pasos hacia la salida. Al llegar a la altura de la anciana, ésta, debido sin duda al profundo sueño, se venció hacia delante. Me precipité hacia ella y la recogí a tiempo de que se estrellara contra el suelo. Al ayudarla a sentarse de nuevo le pregunté si no estaría más cómoda en un banco de la iglesia y no allí en la penumbra más absoluta y sin comodidad alguna. Fue entonces, cuando al incorporarse y ver su rostro, la reconocí. Era la vieja criada de la mujer de Giocondo. ¡Estaba allí, sin duda! No se la veía, tal y como dijo el tullido. Pero era cierto, no me había estafado. Esta mujer era la prueba de que ella se encontraba en el interior del templo y de que el fraile mentía. Pero ¿por qué habría de mentir? ¿Qué se llevaba entre manos esta mujer aparentemente insignificante pero envuelta en misterio? ¿Qué clase de asunto la llevaba allí? Si sólo era la oración, ¿por qué se ocultaba y por qué mentía el dominico? Decidí esperar agazapado fuera de la iglesia, atento a que salieran para confirmar que estaba dentro y que se trataba de ella.

Transcurrió aproximadamente una hora. Empezaba a darme por vencido y decidí marcharme, cansado de esperar, cuando aprecié que la puerta del templo se entreabría sigilosamente y se escurrían a través de ella dos bultos oscuros que bien podrían ser las dos mujeres.

Decidido a seguirlas, crucé la plaza y comencé a ir tras ellas a una prudente distancia. La pobre sirvienta intentaba seguir en lo posible a su ama. Ésta, mucho más joven, se desplazaba con tal ligereza y suavidad que parecía no tocar el suelo. Giraba las esquinas sin dejar más rastro que la anciana. En el recorrido por calles y callejuelas, pasamos por aquella en la que hube de esconderme al salir de la casa de mi padre, y comprendí que se trataba de un recorrido que hacía con cierta regularidad. Pero ¿en busca de qué?

Por fin, tras unos cuantos recodos más, pareció que aminoraban la marcha. No parecía que se hubieran percatado de mi presencia, a pesar de que la criada cuidaba de vigilar la retaguardia mirando para atrás de vez en cuando, momentos en los que yo me aplastaba contra la fachada menos iluminada, para pasar desapercibido. De unas cuantas zancadas, me situé en la esquina que habían doblado y, con la esperanza de verlas, me asomé con descaro y me llevé la sorpresa de que la larga calle estaba desierta. Habían desaparecido las dos, de lo que se desprendía que se trataba del final de trayecto y, puesto que los edificios estaban próximos a la Piazza della Signoria, deduje que uno de ellos sería, sin duda, la residencia de los Giocondo y que habrían entrado por alguna puerta lateral.

Fue entonces cuando me percaté de la enorme soledad allí en medio de calles oscuras, de empedrados resbaladizos, en me-

125

dio de aquel aplastante silencio de la ciudad dormida. Me sentí solo, muy solo y un poco absurdo. Extrañado de mí mismo, sin saber por qué estaba actuando así. Sorprendido de mis propias reacciones, me sacaron de ese casi ensueño las voces y risotadas de un par de borrachos. Regresé aprisa a casa y dormí hasta el mediodía.

∞

Leonardo suspiró cerrando los ojos. Su rostro parecía algo más demacrado que por la mañana. Francesco se dio cuenta de que era necesario que descansara y le obligó a hacerlo. Le acompañó a su dormitorio, y le ayudó a desvestirse y colocarse el camisón de dormir. Da Vinci sentía las piernas muy pesadas y doloridas; a duras penas le tenían en pie. El joven fue a por una palangana. Mezcló en ella agua y sal e hizo que Leonardo introdujera los pies para aliviarle la hinchazón. Mientras tanto, fue cerrando los ventanales que quedaban abiertos y apagó casi todas las velas, salvo un par de ellas próximas a la cabecera de la cama. Le secó los pies con cuidado y le ayudó a subir las piernas. Le arropó. Leonardo le cogió la mano con fuerza y sin palabras, sólo con su rostro agradecido, supo Melzi cuánto cariño albergaba el corazón de aquel anciano que se apagaba y que en su juventud había sido uno de los hombres más hermosos, atléticos, e inteligentes que el mundo haya conocido.

Francesco Melzi salió del dormitorio y entornó la puerta. Le hizo creer que se dirigía al suyo, pues no gustaba al maestro dar que hacer y se lamentaba de que pasaran malas noches por su causa. Justo al lado de la puerta de entrada a la estancia había preparado Maturina un camastro improvisado, pero confortable, sabedora de las intenciones del muchacho. Francesco sonrió, al saber de la previsión de la sirvienta. Se descalzó, un poco dolorido, y se tumbó. Una vez acomodado se tapó con una manta. Desde allí oiría cualquier incidente que ocurriera en la habitación de Leonardo. No pudo evitar el pedirle a Dios que lo conservara, al menos, hasta que le desvelara la extraña madeja que circundaba a esa *donna* Lisa de Giocondo. Se sintió un poco egoísta, pero no estaba para más disquisiciones: se encontraba muy cansado; le venció el sueño y se durmió.

MATURINA GOLPEÓ SUAVEMENTE en el brazo a Melzi, que continuaba durmiendo bajo la manta.

—¡*Signore* Francesco, despierte! —le insistía al joven que dormía profundamente.

Éste, al percatarse, se sentó con brusquedad al borde de la litera, momentáneamente sin ubicarse. Un instante después, con los ojos entornados, reconoció el rostro de la criada y recordó dónde estaba y por qué.

—¿Ocurre algo Maturina? —preguntó alarmado Melzi.

—No, no; tranquilo, ya ha acabado todo —le contestó ella.

—Pero ¿es que ha pasado algo? —Y dando un brinco al tiempo que levantaba la manta se puso en pie—. Dime, pronto, ¿qué ha pasado?

—Tranquilizaos, no es grave. Ahora lo veréis vos mismo —le decía la criada al tiempo que le obligaba con suavidad a sentarse de nuevo en la litera—. Os lo explicaré para que no os alarméis tanto: Battista no podía conciliar el sueño, pues ya sabéis que padece hace algún tiempo de reúma y anoche el dolor no le dejaba dormir. Se dirigió a la cocina a beber la cocción de hierbas que le aconsejaron para sus dolores y, al subir para volver a su habitación, le pareció oír, en el silencio de la noche, un golpe seco. Subió las escaleras hasta esta planta y fue a ver a *messere* Leonardo; le encontró en el suelo. Parecía dormido y con una pequeña brecha en la frente.

—¿Una brecha? Entonces, ¡se ha herido! —exclamó Melzi preocupado—. ¿Cómo ha podido ocurrir?

—Sí, así es, pero ya os dije que no es de cuidado. Lo que no sabemos es si fue que intentó levantarse él solo o que cayó de la cama.

—Pero ¿por qué no me avisó Battista? —preguntó Melzi sintiéndose en falta por su descuido.

—No quiso *messere* Leonardo que lo hiciera: cuando le encontró Battista, éste le despabiló para descartar que el mal hubiera sido mayor, ya me entiende usted… —Melzi asintió nervioso con la cabeza invitando a que siguiera contando—. Entonces —siguió Maturina acompañando a su relato con una generosa gesticulación de ojos y manos—, se despertó y se incorporó y, con la ayuda de Battista volvió a la cama y allí continúa… y Battista también, sentado a su lado, pues no se quedaba tranquilo ¡el pobre hombre! ¡Ya le conoce usted, *signore* Francesco! —Y acabó su relato con un gran suspiro de resignación y comprensión cruzando las manos sobre su abultado vientre.

—¡Dios, Dios! ¡Qué inútil me siento! —se lamentó verdaderamente angustiado Francesco—. ¡Ha sido todo por mi culpa! Mi deber era vigilarle y cuidar que no le pasara nada y, sin embargo...

—No os torturéis inútilmente, *signore*. No es vuestra culpa. Son cosas que han de pasar. Además, es comprensible: sois joven y necesitáis dormir, nosotros ya somos muy mayores, no es lo mismo. El sueño de los viejos es breve y ligero, ¡la edad no perdona! —dijo Maturina filosofando en voz alta, dirigiéndose más a ella misma que al joven.

De repente, cambiando a un tono más vital y animado, al tiempo que golpeaba alegremente la rodilla del pintor, le azuzó:

—¡Entrad y vedle, os tranquilizará! No sufráis, pues no lo hubierais podido evitar.

Aunque las palabras de Maturina eran absolutamente sinceras, Francesco no podía arrancarse del pecho la sensación de haber fallado a Leonardo y entró a verle con mayor preocupación por lo que pensara de él que por su estado.

Pasó a la estancia del dormitorio y vio la cama adoselada de Leonardo a la derecha y junto a él, a sus pies, a Battista, adormilado en la silla alta que él días antes ocupara. «Este Battista está en todo», se dijo Melzi. Así era: el fiel criado no había ocupado el lugar de la cabecera, que en su mente de fámulo leal consideraba sólo destinado a Francesco, por ser la persona más querida por el maestro. Así dejaba claro su sola intención de cuidar a su señor, pero sin intentar acaparar un cariño y un lugar que no le correspondían.

Melzi se acercó con cuidado hasta el lecho, sobre el que caían desplegadas las gasas de la mosquitera. Al llegar a la altura de Battista, le tocó con cuidado unas cuantas veces en la rodilla. Battista respondió con rapidez y con una sonrisa entre beatífica y atontada, propia del que está más en el reino de los sueños que en la vigilia.

—Maturina me lo ha contado —le dijo el joven en voz baja. Battista asintió con la cabeza y le explicó a Melzi que la brecha no tenía importancia, pero que el hecho de que cayera era muy significativo de su debilidad. Esta vez fue Melzi quien asintió con la cabeza. Le preguntó por su reúma casi en un susurro y Battista respondió encogiendo los hombros con resignación.

Francesco Melzi apartó las gasas para ver a su maestro directamente. Tal y como le habían dicho, la pequeña herida no revestía importancia, pero resultaba evidente el desmejoramiento de Leonardo. El rostro, aún más enjuto, marcaba exageradamente unos pómulos afilados; el tono apergaminado de la piel aumentaba la sensación de sequedad y vejez. El violeta de las ojeras y los pómulos había crecido en extensión y profundidad. Pero lo que más impresionó al joven artista fue la respiración del maestro, pesada y lenta, muy lenta: a veces se detenía la inspiración, que quedaba en suspenso para, a continuación, volver a espirar y retomar un ritmo de compases de largas cadencias. El muchacho salió un tanto desconcertado de la habitación y decidió que lo mejor sería dejarle reposar; mientras, daría los últimos toques al retrato.

Tras un ligero almuerzo se dirigió al taller y allí estuvo casi hasta el mediodía dando pinceladas desganadas al cuadro, que más que ganar, perdía con cada una de las que iba añadiendo. Entonces recordó lo que tanto le había insistido su maestro: sin el estado de ánimo adecuado, sin una conexión íntima con el Hacedor de Todas las Cosas se puede pintar, pero no hacer arte. Se disponía a dejarlo para mejor momento, cuando Battista entró en el taller y le comunicó que Leonardo se había despertado y deseaba verle. Melzi soltó lo que tenía entre manos y antes de salir definitivamente del taller, volvió sobre sus pasos e introdujo los pinceles en disolvente, y se frotó las manos con un paño hasta dejarlas limpias. Tras esto, se dirigió dando zancadas al dormitorio de Leonardo.

Al entrar le encontró aún en la cama, sentado, apoyada su espalda sobre un amplio cojín de blancura nívea, como toda la ropa de cama, que olía a limpio y que había sido cambiada esa misma mañana. El anciano artista ya se encontraba aseado y correctamente peinados sus cabellos y su sedosa barba, en lo que había intervenido Maturina, que se encontraba por allí. Aún vestía Da Vinci la camisola de dormir, por lo que dedujo el joven que no tenía por el momento intención de levantarse del lecho.

129

—Siéntate, Francesco. Acerca la silla a mi altura, pues tengo las fuerzas contadas y he de administrarlas con mesura —dijo Leonardo.

Viéndole así, más animado, aparentaba una cierta mejoría pero sus ojos estaban más opacos y hundidos que el día anterior, con ojeras que iban ganando terreno a las bolsas que rodeaban sus ojos tan cansados. La nariz, más afilada. Los pómulos, más agudos. Había adelgazado mucho en los últimos tiempos y el color macilento del rostro no hablaba precisamente de una recuperación.

Estaba terminando el almuerzo. Había comido algo más de queso que el día anterior, pero la fruta apenas la había probado y, con un gesto de hastío, hizo que Maturina retirara la bandeja con el servicio. Cuando la buena mujer se marchó, quedaron lo dos completamente solos, en silencio. Un silencio mantenido, que por sí mismo resultaba elocuente.

De repente, Melzi rompió a llorar y pidió a Leonardo que le perdonase por no haber estado atento, como era su intención. Da Vinci le tranquilizó y le dijo que no tenía la culpa de lo ocurrido, pues era algo totalmente imprevisible, pero que había algo que sí podía hacer por él y le suplicaba que lo llevase a cabo. A Francesco, conforme reparaba en las palabras de Da Vinci, se le cortaba el llanto; quedose serio, no le gustaba lo que podría significar aquello y le pidió se explicase.

—Tú sabes que a lo largo de mi vida he sufrido situaciones difíciles —dijo Da Vinci—. No en todas respondí con valor. En muchas de ellas reaccioné con cobardía y con la huida. Pero ahora se acerca el momento de vivir algo de lo que no puedo escapar: mi propio fin, mi propia muerte. Esto me desborda y me angustia. Ya sé que a todos los mortales nos es común el miedo a morir, pero siempre me ha oprimido el temor de no encontrar nada más allá de mi propia existencia.

Leonardo apretaba las manos de Melzi con la fuerza de la desesperación. El pavor que sentía en su interior le rezumaba por la mirada, que siempre destiló dulzura y exquisitez. Sin embargo, ahora delataba su desvalimiento y su terrible angustia ante lo inevitable y lo desconocido.

—Te lo ruego, Francesco, ¡te lo suplico por todo lo que hemos vivido juntos! —Ahora era Leonardo a quien los ojos se le desbordaban a borbotones—. ¡Te suplico que cuando llegue el momento de morir no me dejes solo! ¡No me dejes, por favor! Me aterroriza pensar que ese instante, ese terrible trance, lo haya de pasar en soledad, sin una mano amiga. Necesito que me ayudes a cruzar el puente que une esta vida con la siguiente. ¿Lo harás? ¿Me lo juras? —dijo apretándole fuertemente con su mano izquierda la de Melzi, quien herido de pleno en su garganta por la emoción, le contestó con un hilo de voz tenso y metálico como la cuerda de un laúd:

—Lo juro.

Francesco Melzi, extrayendo fuerzas de donde buenamente pudo, ayudándose con los ojos para puntear cada palabra, añadió con voz ronca y profunda:

—Juro que a partir de este momento, no habrá un minuto que me aparte de ti si no es imprescindible, hasta que Dios te lleve con Él.

Al oírlo, Leonardo se dejó caer contra el cojín que le servía de respaldo y del que se había ido apartando paulatinamente en su rígida aproximación a Melzi.

Se mantuvieron en silencio largo rato con las manos de ambos entrelazadas.

El sol se hizo más brillante y pareció transmitirle su energía a Da Vinci, quien interrumpió la cabezada para incorporarse de nuevo:

—¿Sabes? Ahora que me encuentro algo mejor, deseo continuar relatándote lo sucedido. Ponte frente a mí.

Melzi se levantó, giró la silla y cruzó las piernas al modo de los árabes, presto a escuchar con la máxima atención el legado oral de su admirado Leonardo.

—¿Por dónde iba? —preguntó el maestro Da Vinci.

—Les habías perdido la pista en la calle que al parecer era la de su domicilio y cansado, fuiste a dormir.

—¡Ah! Ya recuerdo.

Tras una pequeña pausa reanudó su relato con un ritmo más sosegado que anteriores ocasiones.

—Como ya te dije, marché a casa y dormí hasta casi el mediodía. Me levanté decidido a visitar los lugares por donde habría que modificar el curso del Arno y comenzar así con las mediciones. Di las instrucciones oportunas para que Battista tuviese todo preparado para por la tarde y antes diera recado a los ingenieros de la Signoria, a fin de hacerme acompañar por algunos de ellos, discutir el tema, y tomar mediciones con los asistentes. Y así lo hicimos. Pasaron a recogerme tres de los ingenieros puestos a mi disposición, con sus asistentes, y todo el material necesario para realizar las mediciones de rigor. Fue una experiencia agradable pues el buen talante de aquellos hombres, la grandeza de la obra a acometer y el esplendor de los paisajes en primavera renovaron mi ánimo. Esto mismo junto con el retorno a mis amadas matemáticas, consiguieron centrarme y alcanzar una paz de espíritu hacía ya tiempo trastornada e imprescindible para llevar a buen puerto cualquier proyecto.

Mientras relataba Da Vinci su vivencia entornaba los ojos como si quisiera ver allá a lo lejos lo que su memoria revivía en su mente.

૪

Salai me acompañaba, al principio no de muy buena gana, pero después se animó y supo hacer gala del lado más encantador de su carácter; que era tan escaso, valioso y atrayente como el oro.

Aquel día estaba especialmente hermoso, cabalgando a buen paso con su cabellera al aire, ahora más rubia y brillante por el efecto del sol. Charlaba animadamente, bien con los técnicos bien con sus ayudantes, y a todos encantaba con su donaire y simpatía, que parecía reservar para los extraños, a quienes se la ofrecía con tanta generosidad como con cicatería hacia mí. Vestido para la ocasión de forma sencilla pero con naturalidad artificiosa, sabía cómo realzar su atlético cuerpo: la camisa de hilo blanco de mangas amplias bajo un jubón sin mangas de fina piel marrón, atado con cordones que se cruzaban en su pecho y resaltaba su fina cintura; calzas negras a juego con las botas de cuero. Se sabía hermoso y se sentía admirado, lo que para él constituía el verdadero eje de su felicidad.

Aquella tarde fue especialmente productiva y se tomaron numerosas mediciones que servirían para un primer acercamiento al proyecto definitivo. El tañido de un campanario lejano anunció la caída de la tarde. Recogimos los planos y anotaciones, mientras los asistentes desmontaban la improvisada tienda que habían levantado para que pudiéramos trabajar bajo una refrescante sombra mis ingenieros y yo. Volvimos a Florencia cuando prácticamente había anochecido. Nubes finas y alargadas de color malva, bermellón y naranja rasgaban el cielo que, sobre Florencia, se tornaba gradualmente más gris. La ciudad volvía a regalarme una vista de sus tejados, envueltos en la dorada luz del atardecer lánguido y caluroso de la primavera florentina.

Montado sobre mi caballo y disponiéndome a bajar por las colinas que la rodean, gozaba de aquellos instantes en los que mis cabellos se revolvían contra mi rostro con el suave viento. Procuraba acaparar con mi retina todo lo abarcable, para inmortalizar en mi memoria la divina sinfonía de colores que el Gran Hacedor de Todas las Cosas pone a disposición de los hombres cada atardecer.

Al regresar a casa, Battista salió a atender las monturas y me anunció que me estaba esperando un señor y que, aunque hacía ya rato que llegó y él le había explicado que ignoraba a la hora en que yo regresaría, insistió en esperarme.

—Está bien. ¿Te ha dicho su nombre?

—Sí, es el *signore* Francesco Bartolommeo di Zanobi, de Giocondo.

—¿Dónde está? —pregunté intrigado por la visita.

—Lo he acomodado en el patio, señor, junto a la fuente, es el lugar más fresco.

—Muy bien, Battista. Gracias.

Me dirigí a mi dormitorio. Me aseé del polvo del camino y cambié de ropa. Una vez hecho esto subí al taller y me asomé por la ventana que daba al patio. Efectivamente, allí estaba el *signore* Giocondo. Vestía completamente de negro. Se encontraba sentado, con el cuerpo avanzado hacia delante y sus brazos apoyados en las rodillas. Movía inquieto su bonete de terciopelo negro con remate brocado, dándole vueltas entre las manos y mirándolo de continuo con la cabeza ligeramente baja. Parecía preocupado. El encargo de un retrato o mi posible rechazo no me parecían motivo suficiente para despertar semejante estado de ánimo; sin duda debía de tener otro origen. Pensé en recibirle en mi taller y enseñarle las curiosidades que el mismo encerraba, pero al verle así decidí acudir yo al patio, donde él se encontraría más relajado. Bajé las escaleras y el buen hombre se puso en pie nada más verme. Nos saludamos afectuosamente. Habíamos congeniado, sin motivo aparente, desde el primer momento; hasta podría decirse que habíamos intimado.

Battista, siempre tan atento, trajo una silla para mí. Le rogué a Giocondo que se sentara de nuevo y me contara qué le había traído a mi casa. Rechazó amablemente mi invitación a acompañarme más tarde a cenar, y se apresuró a decirme que sólo estaría conmigo unos minutos. Aquello me confirmó que debía de tratarse de algún tema de importancia para Giocondo, pues haber esperado durante un par de horas para una entrevista que sólo iba a durar unos minutos, sólo podía estar justificado por la naturaleza del asunto.

Battista acercó hasta nosotros una bandeja de madera, portando dos copas y un escanciador graciosamente tallado, y nos sirvió vino de Chianti. Giocondo tomó agradecido una copa; parecía tener la garganta algo seca. Bebió y aclaró la voz. Sólo rompía el silencio el chorro de la fuente contra el agua remansada.

—Decidme, ¿a qué debo el placer de vuestra visita? —pregunté lleno de curiosidad.

—*Messere* Da Vinci, en primer lugar —respondió Francesco Giocondo—, quisiera agradeceros vuestra hospitalidad y pediros disculpas por haberme tomado la libertad de esperaros en vuestro hogar durante vuestra ausencia.

—Que eso no os preocupe. Estáis en vuestra casa y sois bienvenido.

—Gracias, *messere* Da Vinci. —Hizo un alto como para coger fuerzas y prosiguió—. Como ya os habréis figurado, mi visita está relacionada con el encargo del cuadro de mi esposa, Lisa. Y, aun a riesgo de pecar de pesado, creedme que la razón de mi tenacidad y de mi insistencia, pese a las veces que me habéis reiterado vuestro desinterés por esta tarea, se halla en el profundo cariño que tengo a la que hoy es mi esposa y no quisiera...

Francesco Giocondo no pudo seguir hablando; se le quebró

la voz y siguió gesticulando con las manos en un intento vano de continuar expresándose, pero la presión que sentía en su pecho y en su garganta era muy grande, y rompió a llorar. Le pedí que se calmara y me ofrecí sinceramente a ayudarle si algo podía hacer por aliviar su congoja, sin pedirle explicación alguna; pues tal indiscreción no debe ser cometida. El hombre enjugó sus lágrimas y se recompuso.

—Perdonad, *messere* Da Vinci; no era mi intención mostrarme así ante vos, pero el sentimiento ha ganado a la razón y a la compostura. No penséis, os lo ruego, por verme verter estas lágrimas…

—Descuidad, que las lágrimas de un hombre no hablan de su debilidad, sino de su dolor. Y por lo que parece éste en vos es considerable.

—*Messere* Leonardo, voy a exponemos sin más rodeos lo que me ha traído hasta vuestra casa. —Terminó de enjugarse las lágrimas que quedaban y bebió un sorbo de su copa. Se incorporó en el asiento, ya más relajado y entero—. Como ya sabéis, estoy casado con *donna* Lisa Gherardini, hija de Antonio Maria di Noldo Gherardini, un buen amigo mío. Antes de contraer matrimonio con Lisa, estuve casado en dos ocasiones. Mis dos esposas fueron mujeres más jóvenes que yo, a las que quise, pero —Giocondo apartó la cara con cierta brusquedad, frunciendo ligeramente las cejas, como si con ello quisiera apartar un pensamiento desagradable— ambas murieron de parto al intentar darme un hijo: y las criaturas con ellas. ¡Yo las quería, *messere* Leonardo, las quería de veras! No creo que pueda imaginar lo que se llega a sentir en una situación así: horas y horas de espera ansiosa; criadas corriendo de aquí para allá llevando cubos de agua caliente y paños hervidos; la comadrona dando instrucciones; los gritos de dolor de la esposa que se desgarra para desdoblarse en otro ser; más agua, más paños, «¡traed más que hay que taponar!». Gritos; un alarido terrible que rasga la casa de arriba abajo, que hiela los huesos, que llega hasta el pie de las escaleras en donde yo esperaba. Y entonces, silencio. Un silencio espeso que se prolonga. Subí las escaleras a toda prisa y no se oía gritar, no se oía llorar: no se oía nada. Se abrió la puerta con cuidado y salieron dos criadas con las cabezas gachas, seguidas de la comadrona, que con la cabe-

135

za decía no. No. ¡NO! No había vida en aquella habitación. En la silla de parir sólo quedaba ya una mujer muerta con una criatura pequeña entre las piernas, azulada, ropas empapadas en sangre y sudor, el pelo desmarañado, el rostro desencajado por el sufrimiento. Me tapé la cara con las manos, su mirada rígida y directa se me clavaba en la conciencia. Me juré a mí mismo que jamás me volvería a casar, ni a tener un hijo: era la segunda vez que esto ocurría y si volvía a suceder no podría soportarlo, me consideraría casi un asesino.

—No es habitual oír estas palabras —le contesté yo— en boca de un hombre. Más bien al contrario: son pocos los maridos que sienten el peligro que corre la esposa al darle hijos. Pero, permitidme que os diga, que no debéis culparos de lo ocurrido ni permitir que la sensibilidad de vuestra alma empañe la futura felicidad. Verdaderamente, no sois un hombre corriente.

—Comprenderéis —prosiguió Giocondo— que tras estas dos amargas experiencias no me quedasen ganas de contraer nuevas nupcias. Mi familia, en cuya casa me refugié al enviudar por segunda vez, hacía todo lo posible por animarme y procurarme distracción. Tanto mis padres como mis hermanos y hermanas tuvieron todo tipo de detalles y delicadezas conmigo, lo que ayudó a que me recuperara más rápidamente. Llegaron a organizar veladas, excursiones y fiestas para mi distracción. Incluso, algunas cacerías. En una de ellas, entablé amistad con un caballero de aproximadamente mi misma edad, quizás algo mayor, de gran elegancia y suaves maneras, con un fino sentido del humor y de inteligencia clara y sencilla. Estaba casado con una mujer hermosa; pero tuve la impresión de que era ambiciosa en la misma medida. Éste era un rasgo que no compartía aquel que más tarde sería buen amigo mío, de talante noble y reposado, pero de voluntad más débil que la de su mujer.

»Fue tanta la simpatía que entre nosotros se despertó, que quedamos en vernos con frecuencia y charlar de nuestros asuntos. Y para afianzar nuestra recién estrenada amistad y prolongar el placer de su charla les invité a cenar aquella misma noche en casa de mis padres. Aceptaron gustosos y yo diría que su esposa estaba aún más encantada que él. Era comprensible, pues no vivían en Florencia de continuo, donde tenían alquilada una gran casa para los inviernos, sino en una residencia campestre entre verdes colinas al sur de la ciudad. La señora de Gherardini parecía ávida de vida social y de relacionarse con las mejores familias florentinas. Aunque mi familia y yo no somos de sangre azul, nuestra fortuna con los negocios de la seda ha hecho que nuestra influencia sea pareja a la de las familias nobles.

»Tras una velada encantadora, nos despedimos mi familia y yo de los Gherardini y, antes de que arrancara su coche de caballos, insistieron una y otra vez en que les devolviera la visita. Antonio Maria me hizo prometer que atendería su invitación. Les dije adiós mientras se alejaban y entré en mi casa contento de retomar por fin el hilo de la vida: mi ánimo volvía a ser el mismo de siempre.

»Fue poco después, por el mes de mayo de 1494, hace ahora unos nueve años, cuando recibí la invitación formal de mi buen amigo Antonio Maria y de su esposa a pasar unos días en su residencia al sur de Florencia. Acepté encantado, pues la idea de pasar una temporada en el campo me resultó vivificante. Unos días después de haberles contestado afirmativamente, me veía cabalgando con el ánimo ligero hacia allí. Aspiraba el paisaje, que estaba en su esplendor: los verdes brillantes y mates de la campiña toscana se sucedían alfombrando mi camino por las laderas.

»Al llegar a la residencia de los Gherardini, fui recibido por Antonio Maria y su esposa. Realmente estaba contento de estar allí. La residencia se componía de una villa construida en piedra gris, sencilla pero amplia, enclavada en un valle rodeado de verdes colinas al resguardo del viento y con una excelente orientación. Ante ella se abría una considerable extensión dedicada a viñedos de excelente calidad: el negocio de la familia Gherardini. Los criados se hicieron cargo del caballo y del equipaje. Antonio me condujo a la habitación que me habían destinado y después de que me acomodara me enseñó la casa, que dijo debería considerar como propia. Comenzamos a recorrer amplias estancias sencillas y acogedoras, sin lujos, así como un curioso secadero de uvas del que colgaban pendientes del techo, interminables columnas de racimos, que dejaban secar ligeramente hasta alcanzar el punto óptimo para dedicarlo a la producción de vino de Chianti, del que bebimos de una botella que Gherardini abrió en mi honor para brindar por nuestra amistad. Tras paladear el exquisito caldo, Antonio y yo, nos dirigimos a la parte posterior de la casa. Atravesamos varios pasillos y salones hasta llegar a la parte trasera del caserón, donde se abría una terraza acotada a media altura por una valla de piedra rústica, a juego con una mesa redonda de piedra. Desde allí, la casa se abría a un pequeño valle, sólo limitado por las colinas más cercanas y por hileras de viñedos. La hierba, de verde intenso y brillante bajo el cálido sol de mayo, salpicada por doquier de altas y finas flores amarillas, alcanzaba la rodilla y se doblaba mansamente por su propio peso.

»A cierta distancia, una muchacha de unos quince años, menuda, de cabello oscuro y liso, se encontraba agachada recogiendo flores amarillas de largo tallo, para unir al ramo que llevaba en el brazo. A su lado, de pie, estaba una mujer madura, su ama de cría. Antonio llamó a su hija en la distancia.

»Fue entonces, al oír la voz de su padre, cuando aquella muchacha se puso lentamente en pie y dirigió sus pasos hacia nosotros. Se conducía con una serenidad impropia de su edad. Avanzaba suavemente entre la hierba. Un vaporoso vestido blanco de hilo la cubría. Aquella sencilla prenda, en ella, parecía resplandecer envolviéndola en un aura luminosa que convertía en mágico cada paso que daba; pues no parecía tocar apenas la hierba.

»El padre avanzó hacia ella y yo le seguí de forma mecánica. El corazón me latía con fuerza. Conforme nos acercábamos se me apoderaba algo parecido a un temor. No era niña, aquella criatura. No era mujer. Era, sin duda, un ángel. Cuando la tuvimos frente a nosotros, besó cariñosamente a su padre y éste me la presentó como su verdadero tesoro. Lisa, cabizbaja, levantó sus ojos lentamente, en un segundo eterno, dejando al descubierto la mirada más intensa, escrutadora y hechicera que jamás había conocido. En aquel momento, supe que ya era suyo, que faltaría a mi promesa. Hubiera caído rendido a sus pequeños pies allí mismo. Lisa era una criatura especial y me había enamorado su sola visión.

»Pasados unos días en los que, a pesar de tener pocas ocasiones, pude entablar conversación con ella y convencerme de mi enamoramiento, marché a casa decidido a regresar para pedir su mano y de que, pese a la diferencia de edad (unos veinte años), no me rechazaría, pues creí captar en ella el mismo sentimiento de íntima satisfacción y alegría que a mí me producía su compañía. Solicité permiso a su padre para visitarles nuevamente. Cuando llegué, me sinceré con Antonio Maria y le expuse el motivo y la naturaleza de mi nueva visita: pedirle la mano de su hija, de quien me había enamorado por completo. No podía apartar su imagen de mi mente ni un solo instante desde que la vi, ni olvidar sus ojos. Mi amigo pareció sorprendido por el hecho de que me enamorase de ella, a la que no consideraban en su familia como una muchacha agraciada. Se mostró honrado por mis pretensiones y dijo no tener ningún inconveniente, si su hija no se oponía; pero me advertía de dos cosas: Lisa era una muchacha joven pero obstinada y si tomaba una decisión no habría nada ni nadie en este mundo que le convenciera de lo contrario, y si la respuesta de su hija fuera negativa, él sería el primero en respetar tal decisión, aunque su deseo era que no fuera así. Y lo más importante que debía saber: que carecía prácticamente de dote, pues no eran ricos; sólo tenían lo suficiente para vivir con desahogo y algunas posesiones de las que era indiscutiblemente la única heredera, pero que eso no era suficiente para dotar a su hija para un caballero de mi categoría y poder económico. Le tranquilicé, pues no me interesaba ni un solo florín que ella pudiera aportar.

»—Señor Gherardini —me dirigía a él con respeto debido a la delicada posición en la que nos encontrábamos—, no voy a exigir que aportéis dote alguna, cuando pretendo llevarme el mayor tesoro que guardáis en esta casa.

»A mis palabras, Antonio Maria me abrazó fuerte, visiblemente emocionado.

»—Quiera Dios que mi hija os acepte, pues será su felicidad y la nuestra entregarla a tan buenas manos. —Y separándose de mí, mientras me sujetaba los brazos con sus manos, me miró directamente a los ojos—. No podría haber pedido al Altísimo mejor esposo para mi pequeña. Sólo un hombre como vos podría apreciar la belleza que encierra mi niña en su alma. Cuidadla, os lo ruego. Quizás a veces os desconcierte, pero no temáis. Es leal y noble. No pretendáis que sea como las demás muchachas: romperíais el encanto que os ha prendado. Que Dios os bendiga, Francesco.

»Lisa aceptó. Casi un año después se celebró nuestro matrimonio ella tenía dieciséis deliciosos años y yo treinta y seis bien llevados. Nos instalamos en Florencia y tres años después, en 1498, nació nuestro primer hijo, Francesco. Sólo Dios sabe las angustias que pasé temiendo que volviera a repetirse tan tremendo suceso y la perdiera. Pero afortunadamente todo fue bien. La llegada de nuestro hijo pareció traer la fortuna en los negocios, pues la moda española se impuso en toda Europa y esta forma de vestir, como ya sabéis, supone grandes cantidades de seda, lo que hizo aumentar hasta doblarse la demanda de este género y, por lo tanto, los beneficios. Fueron unos tiempos estupendos. Nuestro hijo crecía y Lisa también, pues ya era una mujer plena. Quedó nuevamente encinta, pues poco tiempo después de nacer nuestro hijo, Lisa mostró una gran ilusión por tener una hija, deseo que aumentó con el tiempo. Aunque Francesco era un niño adorable y cariñoso, Lisa quería tener con quien compartir la complicidad propia entre mujeres y un apoyo que en los hijos varones, según Lisa, no se halla.

»Todo el embarazo fue bien —el rostro de Giocondo se ensombreció—, hasta que unas semanas antes de la fecha prevista para el nacimiento Lisa se encontró indispuesta. El malestar no cesaba; al contrario, se tradujo en dolor, un dolor cada vez más intenso. Algo no iba bien. Mandé avisar a la partera a toda prisa. Lisa empeoraba, y comenzó a tener náuseas cada vez más intensas, hasta vomitar. No quedó sólo en esto, sino que comenzó a tiritar y castañetear los dientes mientras un sudor frío le empapaba la ropa. Entre Vicenza, su criada de confianza, y yo la desvestimos y le pusimos una ligera camisola de dormir. Antes, Vicenza secó con un lienzo su cuerpo empapado en sudor frío. Lisa no se quejaba, sólo movía la cabeza de un lado a otro, en un intento de evitar el dolor. El gesto cada vez era más duro y angustioso. Apretaba fuertemente mi mano y la de Vicenza. Entre los dos la tumbamos en nuestra cama. En eso estábamos cuando llegó la comadrona. La reconoció y nos informó de que el bebé ya venía. Abandoné la habitación al tiempo que entraban dos criadas con todo lo necesario y dos mozos con la silla de parir. Bajé la escalera dejándome caer en cada peldaño; tuve la sensación de que mis piernas se derretían y de que me hundía conforme bajaba cada uno de ellos; sin embargo, cada paso retumbaba en mi interior como un enorme tambor. No podía ser cierto. ¡Esta vez no, Señor!, supliqué en mi interior. Casi no atinaba a bajar los pocos peldaños que quedaban. ¡No puede ser verdad que quieras llevarte a Lisa! ¡A ella no, Dios mío, a ella no! La quiero más que a mi vida. ¡Llévate mi alma, derriba mi casa, pero no me la arranques! Pensé en nuestro hijito. Sólo contaba entonces con dos años; privarle de su madre sería cruel, necesitaba sus caricias, sus arrullos, su firmeza al educarle; y yo, ¿qué iba a hacer sin ella? Nunca quise a nadie como la quería y todavía la amo.

»Fueron unas horas terribles, inacabables —prosiguió Giocondo con voz angustiada—, los rostros de las sirvientas lo decían todo. Algo iba mal, muy mal. Mi hijo Francesco se despertó con el trajín de los sirvientes y no paraba de preguntar por su madre. Que dónde estaba, que por qué no iba a verle… Me tapé los oídos para no oírle. No soportaba pensar que tuviera que escuchar de nuevo esa pregunta y responder que no estaba aquí. Llamé a un criado para que acompañara al niño a su habitación y lo acostara de nuevo. Yo salí corriendo hacia la catedral, con el pecho partido por la zozobra. Nada más entrar me dirigí al rincón más oscuro y anónimo y caí de rodillas al suelo. Supliqué y supliqué al Altísimo que no se la llevara, le ofrecí mi vida a cambio. Le pedí que me indicara con una señal qué deseaba que hiciese, pero que la salvara, al menos a ella. Se lo pedí de todo corazón, con todas mis fuerzas. Caí de bruces contra el suelo, sollozando, agotado. No sé cuanto tiempo pasé allí. Cuando desperté de mi sopor, me levanté, sacudí mis ropas y me dirigí de nuevo a casa, más sereno pero anonadado y sin fuerzas.

»Conforme me acercaba a mi casa crecía mi miedo, pues podría haber pasado algo fatal en mi ausencia. Cuando entré comprendí que así había sido. Quedé inmóvil en mitad del recibidor de la casa, con el gorro en la mano y sin quitarme la capa. La comadrona estaba fuera de la habitación, mirándome desde la barandilla del piso superior. Comprendió que yo no podía subir y comenzó a bajar ella muy lentamente, casi con temor. Al llegar al último escalón, se dirigió hacia mí. Se situó enfrente, cabizbaja y con tono apesadumbrado me comunicó.

»—Lo siento. No he podido hacer nada por ella. Era una niña preciosa. *Donna* Lisa, está bien; fatigada pero bien.

»Creedme, maestro, que a punto estuve de caer desplomado al suelo. Me rehice y con pena por la criatura, percatándome que hasta entonces apenas había reparado en ella en mi afán de salvar a Lisa, subí para comprobar cómo se encontraba mi amada y querida esposa. La encontré tendida en nuestra cama; ya habían retirado la silla de parir, que una criada aún estaba limpiando en un rincón. Su aspecto era sereno; adormecida por el agotamiento, llamaba la atención su palidez amarillenta que alcanzaba hasta sus labios y las profundas ojeras violáceas que marcaban sus ojos. Volvió la cabeza al notar mi presencia. El pelo enmarañado se le pegaba en finas hebras al cuello húmedo. Brillaban al trasluz perlas de sudor en su frente despejada. Intentó sonreír, pero no pudo. La sonrisa se trocó en llanto, un llanto descontrolado. Le cogí la mano y la besé repetidamente. Me repetía: "Era preciosa, una niña preciosa. Como yo la veía en mis sueños. Era ella. ¡Oh, Dios mío!".

»La abracé y le dije que no se preocupara, que lo importante era que ella estuviera bien. Que tendríamos otra hija, que Dios, en su infinita misericordia, nos la enviaría. "Y ahora, descansa, ponte buena que es lo que importa." La besé en la frente y se durmió.

Giocondo se reclinó hacia atrás en su asiento, cerró los ojos y respiró hondo; revivir todo aquello le resultaba agotador. Pese a todo, prosiguió.

—Esa noche dispuse que yo dormiría en otra habitación próxima a nuestra alcoba, a fin de que Lisa estuviese más cómoda y para ayudarla en su restablecimiento. Quedaba con ella la fiel Vicenza, velándola.

»No podré olvidar nunca el sobresalto que sufrí dos horas después de la medianoche. Vicenza gritaba y aporreaba la puerta de mi habitación. Di un salto y abrí; encontré a la pobre mujer descompuesta, presa de un ataque de nervios. No entendía apenas lo que me decía, pero supuse que algo muy grave estaba ocurriendo. Corrí a la habitación y encontré a mi esposa empapada en sudor, tiritando. De repente sufría convulsiones y sus ojos se pusieron en blanco: parecía tener entre mis manos un muñeco de trapo que de repente se convertía en acero y se agitaba involuntariamente. Ya había visto esto antes; mi primera esposa pasó por lo mismo. Comienza así y, durante dos o tres días, la fiebre aumenta y consume hasta que llega la muerte. Conocía el final. No podía creerlo: parecía que todo había acabado y, en realidad, no había hecho más que comenzar. Solté de mis brazos a Lisa y cayó sobre la almohada como muerta: sólo se agitaba en ella la vida en las convulsiones y en el tiritar. La solté como se suelta un objeto roto y vacío. La sentía como un cadáver. Yo también me sentí como un cadáver, frío y vacío. Salí de la habitación como un sonámbulo. Aún descalzo y en blusón de dormir salí a la calle, los pies me arrastraban y me llevaron ellos a la catedral; entré y fui avanzando por el ancho pasillo central intentando caminar en línea recta, aunque apenas lo conseguía. Al llegar aproximadamente a su mitad rompí a gritar dirigiéndome al altar mayor.

143

»—¡Me has engañado, maldita sea! ¡Has hecho que crea que me habías oído pero no! ¡No! ¡NOOO! ¡Sólo estás haciéndolo más lentamente! ¿Verdad? Me estás quitando a las dos poco a poco. ¿Para qué? ¡Contesta! ¿Eh? ¡Contéstame! ¿No contestas, verdad? Da igual, yo responderé por ti: lo haces poco a poco para que me duela más. Primero, la niña y luego… Lisa. ¡Eres cruel, no te importa que tus hijos sufran! ¿Acaso no te dije que me llevaras a mí? ¡A mí, maldita sea! ¡A mí!

»Mi desesperación era tan grande que comencé a golpear los bancos y arrastrarlos, cogí reclinatorios y sillas, los lancé por los aires y contra las paredes, hasta que caí roto en lágrimas. Al alboroto, acudieron varios frailes, no recuerdo cuántos, me sujetaron y levantaron. Uno de ellos me reconoció y me devolvieron a casa, aunque yo de eso ya no recuerdo nada: ya no era yo. Mis hermanos, que habían sido advertidos por los criados de mi desaparición, se encargaron, según tengo entendido, de calmar a los religiosos y adelantaron una sustanciosa cantidad por los daños causados, que yo más tarde repuse con creces.

»Al amanecer me desperté y junto a mi cama estaba mi hermana Anna, que al saber lo sucedido vino corriendo a hacerse cargo de la situación y del pequeño Francesco. Me ayudó a vestirme, pues yo no atinaba a lo que hacía. Lo primero que hice fue ir a ver a Lisa: estaba profundamente dormida. Parecía que no tuviese vida. Sólo un pequeño aliento le animaba el pecho, siendo casi imperceptible la inspiración del aire. Permanecí junto a ella durante tres días y tres noches seguidos, sin moverme de su lado a pesar de los ruegos de mi hermana Anna y de Vicenza. Apenas comí ni bebí. No lo necesitaba. Sólo me alimentaba el notar que Lisa aún respiraba. Durante ese tiempo conseguimos darle algo de líquido con una cuchara, pero seguía inconsciente.

»El pequeño Francesco insistió firmemente en ver a su madre y, ante nuestra negativa, optó por hacer guardia en la puerta hasta que le dejáramos entrar. Tanto nos conmovió su actitud que le dejé pasar: al fin y al cabo, era muy pequeño y no comprendería la situación. Le alcé y arrodillado en el borde de la cama, apartó suavemente con sus manitas regordetas el pelo de la cara de su madre y le dio los más tiernos besitos que salir pudieran de boca tan jugosa y pequeña. "Mamá, ponte buena. Te quiero mucho." Creí que el corazón se me partía al oír a mi pequeño. Anna cogió al niño de la mano y le invitó a arrodillarse con ella en el reclinatorio ante el pequeño altar que hay en una esquina de la habitación. El pequeño Francesco siguió a su tía y se arrodilló a su lado, juntó sus manitas tal y como le indicó Anna y les pidió a la *Madonna* y al Niño Jesús que su mamá se pusiera buena. El niño cerró los ojitos y con las manitas juntas permaneció unos instantes, contestó con un sí rotundo a una pregunta inaudible para los demás, y nos dijo: "Me ha dicho la *Madonna* que se pondrá buena", y luego salió disparado a jugar.

»Vicenza se me acercó y me insistió para que dejara la vigilancia y me repusiera:

»—Si caen los dos, señor, ¿quién cuidará del pequeño Francesco?

»Le hice caso y ella me relevó. Durante siete días y siete noches Lisa estuvo inconsciente, pero a mitad de la mañana del octavo día, despertó con una sonrisa suave y relajada: sus oje-

144

ras no estaban tan marcadas y los labios habían recuperado parte de su color. La fiebre había desaparecido. Vicenza me avisó y acudí a toda prisa. Pude percibir su mejoría enseguida y, sobre todo, el volver a verla consciente me llenó de alegría. La abracé y besé hasta lo indecible, tanto que Vicenza hizo por calmarme. Pero algo sorprendente había ocurrido: Lisa no hablaba. Al principio creí que era debido a la debilidad, pero los días pasaban y Lisa no podía hablar o no deseaba hacerlo. Ignoraba por qué razón, pero Lisa había perdido el habla. Ni sus amigas han conseguido arrancarle una sola palabra. Conmigo se entiende con señas o a través de Vicenza, quien por conocerla desde que era un bebé, sabe de todos y cada uno de sus gestos y me los traduce.

»*Messere* Da Vinci, cuando Lisa despertó ya no era la misma. Mejor dicho, sí que lo era, pero revestida de un extraño misterio interno y una ligera y velada tristeza. Ha continuado siendo una buena esposa y excelente madre pero le inunda una extraña melancolía; no hablamos y necesito conversar con ella. Creí, que al quedar por tercera vez embarazada en su empeño de tener una niña, recuperaría la alegría con la esperanza de que fuera una hembra lo que esperaba. Pero ella siempre supo que el ser que albergaba en sus entrañas era otro varón. A Dios gracias, todo fue bien esta vez y se recuperó muy pronto. Recuperó las fuerzas y la salud, pero no el habla. Estoy muy preocupado. Mucho.

145

Francesco di Bartolommeo del Giocondo se revolvió un poco en su asiento y continuó su explicación, que no dejaba de asombrarme y despertar aún más, si cabía, la curiosidad por Lisa.

—Con ocasión de la nueva casa que he hecho edificar y a la que vamos a trasladarnos, muy cercana a la de los Medici, le he prometido que encargaría un retrato de ella para colocarlo en el lugar más principal de la casa, para honrarle y demostrarle mi estima y cariño. Pareció agradarle. Y más aún cuando le hablé de vos; pues vio vuestra *Última Cena* en Milán y quedó muy impresionada. Os ruego, maestro, que aceptéis el encargo del retrato y me hagáis un doble servicio, que os gratificaré largamente: retratadla tal y como es ella y averiguad qué oculta en su corazón, porque sé que puede recuperar el habla, pero su espíritu está ausente. Sé que le ocurre algo y quisiera que vos lo averiguarais. Intentad llegar allí donde ella no me permite entrar. Sé que a vos os resultará más fácil, pues además de excelente pintor, sois un hombre de exquisita sensibilidad al que no se le escapará nada de lo que pueda bullir en ella.

»Ya veo en vuestro rostro la extrañeza que os produce mi segunda intención, pero vos sois la única persona que me inspira la suficiente confianza para hacer tal encargo y que reúne los requisitos para ello, pues ya veis que, sin apenas conoceros, os he elegido casi de confesor. Decidme Da Vinci ¿lo haréis?

Durante toda la explicación permanecí en silencio, escuchando atentamente y pensando. En otras circunstancias hubiera quedado pasmado, pero era como si todo lo relativo a esta mujer no pudiera ser convencional y no quedé tan sorprendido como pudiera pensar su esposo, sino aún más interesado. Acepté y lo hice casi impulsivamente. Realmente el asunto me resultaba intrigante. No podía dejar pasar así un misterio tan sutil como penetrante. Me ofrecía la oportunidad de internarme en un extraño laberinto humano y, al fin y al cabo, lo que más me ha interesado de todas las cosas es el propio ser humano.

Le di mi palabra de que hasta donde llegara el decoro y la discreción intentaría averiguar cuál era la causa de su pérdida, pero que mi misión principal sería siempre el retrato. Giocondo me estrechó la mano con sincero y cálido agradecimiento y me insistió que para él ni el retrato ni la información que deseaba averiguase tenía precio y que, por lo tanto, estaba dispuesto a pagar lo que yo le pidiera. Le contesté que de entrada era suficiente con adelantar algún dinero para los gastos de material; pero que de eso tratara con Salai, que hacía las veces de secretario, pues era él quien se encargaba de esos asuntos. Quedamos en que la próxima semana vendría su esposa para entrevistarme con ella y comenzar los bocetos. Insistí en esa primera entrevista; que para mí, como tú bien sabes, Melzi, es fundamental para conocer en una primera impresión a la persona que ha de ser retratada. Tras concretar día y hora, Giocondo sacó de un bolsillo una carta.

—Supe desde el primer momento que no iba a ser necesaria —me dijo mientras agitaba en el aire un papel lacrado con el sello de los Medici—. Mi amigo Giuliano de Medici, al saber de mi intención de haceros el encargo y los anteriores fracasos, se ofreció muy amablemente a utilizar su influencia para que lo aceptarais. No quise al principio, pero reconozco que es tanto el interés que me mueve, que le acepté la carta y bien sabe Dios que he rogado para que no fuera necesaria. Gracias Da Vinci.

La rompió en dos mitades en mi presencia, se despidió y se fue. Realmente no acababan las sorpresas en este asunto. Al marcharse Giocondo, tomé los dos trozos de la carta y los uní; encendí un candelabro, ya que el sol se había puesto del todo, y con su luz pude comprobar la autenticidad del sello de los Medici. El texto iba dirigido a mí, recordándome los años pasados al servicio de su padre junto con *messere* Verrochio y el aprecio (que nunca demostraron) que por mí y por mi arte sentía el todopoderoso Giuliano de Medici, quien rogaba aceptase el encargo de su bien querido amigo Francesco di Bartolommeo di Zanobi de Giocondo, por la amistad que les unía, y por ser Lisa amiga de la infancia, por quien sentía un gran aprecio. Y tras dedicar varios cumplidos hacia mi persona, rogaba aceptara el encargo.

Querido Melzi, aquello se había puesto más que interesante, pues la retratada ignoraba la verdadera intención del marido, y el marido ignoraba el encargo paralelo que había hecho su amigo Giuliano, a través del despreciable Soderini. A su vez, yo ignoraba los auténticos motivos del Medici; y todos ellos el que yo quería por mí mismo llegar a desentrañar: qué era lo que de ella tanto me turbaba y atraía.

Aquella noche cené excitado y feliz.

જી

Los ojos de Da Vinci casi se cerraron solos. Melzi le arregló los almohadones, para que reposara mejor la cabeza sin forzar el cuello y la respiración fuera lo menos trabajosa posible. Su aliento era cada vez más suave y breve. Melzi le obligó a descansar y Leonardo se quedó dormido.

Capítulo IX

El encuentro

*T*ras una larga siesta, Leonardo despertó. Lo primero que vio a través de la mosquitera fue a Melzi sentado en su silla y con la cabeza apoyada a los pies de la cama. Le llamó y el muchacho despertó al momento. Francesco se le acercó, apartando la ligera gasa que protegía al anciano de los insectos.

—¿Qué día hace hoy, Francesco?

—Precioso.

—Quisiera contemplar el prado. Ayudadme, Battista y tú. Quiero sentarme ante la ventana, sentir el aire y ver el azul de las colinas lejanas.

Francesco Melzi llamó desde el pasillo a Battista a grandes voces; éste acudió enseguida y mientras llegaba, el joven dispuso la silla de brazos que tanto gustaba a Leonardo, junto a la ventana, que abrió de par en par, y otro asiento para él. Con la ayuda de los dos hombres, Da Vinci, poco a poco pudo desplazarse hasta la silla arrastrando su paralizado lado derecho, que le impedía como un auténtico lastre. Finalmente se sentó, muy fatigado, y se dejó caer y envolver por la suave brisa que le elevaba el olor a hierba fresca y verde.

Francesco volvió a retomar el tema de su obsesión:

—Leonardo, decíais esta mañana que acordasteis con Giocondo que su esposa iría al taller para entrevistaros, perfilar sus gustos y haceros una composición. ¿Cómo ocurrió? —Y sentándose junto a él le insistió—. Contádmelo, no puedo esperar más.

Da Vinci hubiera sonreído de haberse encontrado mejor, pero en su estado tan débil optó por apoyar la cabeza hacia un lado y, entornando los ojos, rememorar lo sucedido.

Ↄ

Al día siguiente Giocondo hizo llegar a través de un criado un adelanto más que generoso, y con parte de él hice encargo a Salai para que me suministrara pigmentos, sanguina y pliegos de papel para los bocetos. De la compra de la tabla ya me encargaría yo personalmente, más adelante. También me hizo saber, a través del criado, que no podría acompañar a su esposa en esta ocasión, pues había surgido un asunto urgente en Venecia que tenía que resolver con prontitud, pero que iría acompañada, si yo no tenía inconveniente, de varias damas amigas de su esposa. Le encomendé que le transmitiera que no había ninguna objeción y que le deseaba un buen viaje y pronto regreso.

El tiempo pasó deprisa por lo atareado que me encontraba con los cálculos para el desvío del Arno. Pero todo llega, y el miércoles de la semana siguiente también lo hizo. Y con él, Lisa.

Aquel miércoles me levanté tarde, como de costumbre, tras trabajar en el proyecto del Arno hasta muy entrada la madrugada, pues como tú bien sabes, es bajo el manto de la noche cuando consigo concentrarme más y mejor; no se dispersa la atención en los mil y un detalles que la luz del día nos pone de relieve y muestra, y el silencio invita a la reflexión.

Curiosamente, tan pendiente como estuve a lo largo de la semana de que ese día vendría a mi taller la señora de Giocondo, esa mañana transcurrió sin que recordara la cita. Fue Battista, y no yo, quien lo tuvo en cuenta, y me ubicó en el día en que estábamos y me hizo memoria de que aquella tarde no valía la pena que él fuese a recoger a la casquería las vísceras de buey que tenía encargadas, pues yo no podría diseccionarlas con la visita que esperaba.

Quedé contrariado; nunca me ha gustado que otros alteren mis planes y, puesto que aquel día me había propuesto retomar mis estudios anatómicos, decidí que nada ni nadie se habría de interponer y que, si bien atendería a aquellas finas damas con la corrección que me caracterizaba, no lo haría de buen grado si ello me suponía frustrar lo que tenía previsto hacer aquel día.

149

A pesar de la perplejidad de Battista, y aun a riesgo de estropear las piezas, le ordené que de todas formas recogiera los órganos que había encargado: corazón, riñones, hígado y cerebro. Si por la tarde no era posible, haría las disecciones por la noche.

Battista acató la orden refunfuñando, pues temía que con el calor que hacía y las horas que faltaban tendría, una vez más, que sostener el candelabro con la nariz tapada, como en tantas ocasiones. No pude evitar el sonreírme para mis adentros por la situación del pobre Battista y, a continuación, sentirme triste y solo ante la incomprensión de incluso los más cercanos.

A primera hora de la tarde, ya me encontraba en mi taller, con la amplia ventana que daba al patio abierta de par en par. Corría un vientecillo suave y agradable que hacían más livianos los quehaceres. Llevaba puesta una ligera túnica color malva y medias azul marino. Pese a mis entradas ya notorias, aún lucía una abundante cabellera que me hacía sentir atractivo, y los mechones de color blanco aportaban a mi cabello un toque luminoso y un aire intelectual e interesante. Lo mismo ocurría con mi larga y poblada barba.

Estaba contemplando hacía ya rato el lienzo de uno de mis alumnos más queridos —tú le conociste más tarde en Milán—, Fernando il Spagnuolo.* Estuve observando la Madonna que le había asignado durante algo más de una hora, completamente inmóvil, casi sin pestañear. Fernando comenzaba a mostrar signos de impaciencia. Levanté la mano, sin mover un solo músculo de mi cara ni de mi cuerpo, en señal de que esperara. Cogí un pincel fino, lo impregné en albayalde y mezclé con una pizca de amarillo sulfurado. Dejé el pincel impregnado con la justa cantidad necesaria, limpiándolo meticulosamente contra

---

* Se supone que Fernando il Spagnuolo es el pintor español Fernando Yáñez de la Almedina, de quien consta trabajó en Florencia junto a Leonardo da Vinci y fue uno de sus discípulos. A él se deben las puertas del órgano de la catedral de Valencia (1513) y el Retablo de la Crucifixión de la catedral de Cuenca. Junto con Fernando de Llanos, también seguidor de la estética de Leonardo, introdujo en España el estilo pleno del Renacimiento. A este último se debe el retablo mayor de la catedral de Valencia (1507-1510), en la que se puede apreciar una figura femenina cuyo rostro corresponde al de la Gioconda.

el borde del pequeño cuenco que contenía la mezcla. Mis ojos no se apartaron en todo el proceso del punto al que iba dirigida la preparación. Aproximé con exquisito cuidado el pincel, y lo detuve ante el lugar idóneo manteniéndolo perpendicular al lienzo, sin llegar a alcanzarlo. Fernando siguió con su cuerpo el movimiento de mi mano avanzando a la par que mi pincel —deteniéndose en seco con él—, y tragó saliva. Apoyé el pincel sobre el rostro de la joven Virgen en que Fernando había estado trabajando y, con pequeños toques, suaves como plumas, apliqué el color, lentamente, acariciando, despertando la vida.

—¿Ves? —le dije—, has de contemplar tu obra y amarla; cuando esto ocurra, ella te comunicará lo que necesita y, a continuación, amasarás el color con el mismo amor que el Sumo Hacedor mezcla y amasa la materia del Hombre. Después, la aplicarás con la máxima delicadeza y cuidado, como Él lo hace al colocar cada una de las estrellas del cielo y cada planeta en su debido lugar, para que giren en eterna armonía.

Me levanté. Ya había terminado.

—Toma, limpia los pinceles —le indiqué—, antes de que se sequen.

Fernando se había retirado unos pasos atrás para apreciar el efecto conseguido. Volvió a tragar saliva.

—¡Es verdaderamente increíble, maestro! Le habéis… dado vida … es como si mi *madonna* estuviera… estuviera viva. No olvidaré la lección.

—Sé que no lo harás y que serás un gran artista —vaticiné mientras estrechaba los hombros afectuosamente a mi discípulo español, escaso en estatura, que no en talento.

Mientras me secaba las manos y Fernando terminaba de recoger el material, el bueno de Battista anunció que las damas acababan de llegar. Un golpe de sangre subió hasta mi pecho. Me sentí como un adolescente, vulnerable e inseguro y absurdamente sorprendido. No comprendía qué habría en aquella mujer menuda y silenciosa que me descentraba, y más aún conociendo mi natural inclinación. Le dije a Battista que las hiciera subir hasta el taller y las acompañara; que preparara asientos suficientes y algún refrigerio. Entretanto, Fernando trataba de limpiarse los restos de pigmentos de las manos. Yo ya lo había hecho.

Comenzaron a oírse pisadas en la crujiente escalera de madera, el frufrú del roce de las faldas de seda de las señoras, risitas y cuchicheos en voz baja en una moderada algarabía.

Fernando sonreía al llegarle el rumor femenino. Le miré alzando una de mis cejas con severidad. Carraspeó, se puso serio y se abrochó el botón de la desahogada camisa que dejaba al aire la masculinidad de su pecho. Lo que para él era una agradable interrupción, para mí suponía casi una invasión de mi tranquilidad, tan apreciada. No compartía con mi alumno el goce que sentía de verse inminentemente rodeado de compañía femenina y ruidosa.

Fernando y yo permanecíamos en pie mientras subían. Él a unos pasos detrás de mí, casi al fondo de la pequeña estancia del taller. Siempre he gustado de causar una buena impresión y tú lo sabes. Por ello, me coloqué mientras tanto sobre mi túnica un *lucco* azul celeste de impecable elegancia, a la altura del muslo con bordes rematados en fino cuero marrón claro y que había dejado preparado para la ocasión. Esperaba ansioso el efecto que les pudiera causar mi estampa.

El grupo ya iba llegando arriba. Entró en primer lugar Battista, que les guiaba: «Por aquí señoras». A continuación, terminó de subir los escalones la criada de *donna* Lisa, Vicenza, quien entró saludando con una graciosa y torpe reverencia. Correspondimos con una ligera inclinación de cabeza. Pasaron unos instantes, que parecieron más largos de lo que realmente fueron, y unas vestiduras oscuras comenzaron a verse avanzando desde el final de la escalera anunciando lo que yo ya intuía: la presencia de *donna* Lisa. Sus pies pisaron el último escalón. Entró cuidadosamente en el taller seguida de cerca de un atropellado grupo de damas. Las cuatro acompañantes se apelotonaban ruidosamente en los últimos peldaños con un comportamiento más propio de sus hijos que de ellas mismas.

Ya en el interior del taller, *donna* Lisa levantó suavemente la mano izquierda. Callaron de golpe. Sólo se oía el golpeteo del agua de la fuente, allá abajo en el patio. Terminaron de entrar respetuosamente al taller, un poco avergonzadas. Se fueron colocando alrededor de *donna* Lisa, quien pese a su evidente juventud, unos veinticuatro años, gozaba de una palpable autoridad entre las demás señoras.

Quedamos ella y yo situados frente a frente. Las campanadas del reloj de la Signoria marcaban las cinco de la tarde. Sonó la primera campanada en medio del silencio más absoluto. Allí estaba ella, frente a mí, rodeada en arco por las acompañantes, mirándome, observándome callada con sus ojos sinuosos desprovistos de cejas y pestañas. Sonó la segunda campanada. Dirigió su mirada hacia mi rostro. En su recorrido se encontró con la mía. Sólo fue un instante. Una décima de instante para todos los presentes; pero, ¡Oh, Melzi! ¡Esa décima tuvo para mí la profundidad del infinito! ¿Cómo podría transmitirte lo que sentí mientras nuestras miradas se sostuvieron en una danza íntima bailada sólo por nosotros? Experimenté, querido Francesco, algo similar a un viaje de ida y vuelta instantáneo a un lejano punto del Universo, sin haberme desplazado de mi sitio. Un viaje que tenía su origen y su final en la profunda oscuridad de los ojos de Lisa.

Volvió a sonar la campana. Sentía un ligero vértigo, como si acabara de ser depositado de nuevo en tierra. Cuarta campanada. Seguíamos mirándonos fijamente, como si nada ni nadie más estuviera en aquel taller atestado de objetos y ahora, de gente. La quinta campanada puso de nuevo en marcha la realidad circundante.

Las damas saludaron al unísono con una leve reverencia, mientras Lisa inclinaba graciosamente la cabeza con sus párpados cerrados. Les correspondimos. Les presenté a mi alumno Fernando y, a continuación, una de las damas tomó la voz cantante e hizo las presentaciones. Las invité a sentarse. Mientras, Battista servía limonada fresca y galletas de queso agrio con pasas, que agradecieron muy de veras.

Comencé a explicarle a *monna* Lisa la importancia de la entrevista, pues se trataba de averiguar su gusto y de concretar el vestuario con el que deseaba ser retratada, así como de hacerme una composición y comenzar a imaginar cuál sería el fondo más adecuado para ella. A todo asentía con un dulce gesto de cabeza.

Pero, más que nada, quería que se sintiera a gusto en el lugar donde habría de pasar muchas horas posando, y nada mejor que conocerlo a fondo. Las amigas de Lisa seguían atentamente mi monólogo con ella, mientras tomaban las galletas y

153

la limonada que había servido Battista. Una vez hubieron acabado su refrigerio, pasé a mostrarles bocetos y pinturas que yo mismo había realizado, así como aquellas obras que estaban llevando a cabo en aquel momento mis alumnos Fernando y Salai. Como por arte de magia, al pronunciar su nombre, éste apareció en el taller. Lo presenté a las señoras empezando por la señora principal, *monna* Lisa. A todas y a cada una de ellas, besó Salai delicadamente la mano. A todas, salvo a Lisa. Quedó parado un instante ante ella y reaccionó rápidamente con una cortés reverencia. Las féminas quedaron encantadas con la finura del joven Salai y sus modales, cuchicheando entre ellas mientras él ayudaba a Fernando a colocar los cuadros y bocetos de forma que ellas los pudieran admirar adecuadamente.

Fue entonces cuando una de las damas, empleando un tono un tanto impertinente y desafiante, se dirigió a mí:

—Vuestra pintura es deliciosa —dijo—, así como la de vuestros alumnos. Pero he oído decir que, además de consumado pintor de vírgenes candorosas, sois ingeniero; y que no sólo diseñasteis y construisteis nuevas armas para Ludovico *el Moro*, sino para César Borgia, enemigo de Florencia.

—Os han informado sólo a medias, querida señora —respondí—, además os deberían haber dicho que el Consejo de la Signoria ha decidido por unanimidad encargarme el desvío del Arno a su paso por Pisa, a fin de acabar de una vez por todas con una guerra que desangra ambas ciudades.

—Vuestro indudable talento señor, os ha debido nublar el entendimiento y haceros creer que podéis enmendar al Creador y rectificar su Obra. —Y subiendo el tono de voz añadió—: ¿Acaso os consideráis capaz de corregir el curso de un río y hacerle discurrir por donde vos indiquéis en vuestros mapas?

—No es corregir al Sumo Hacedor lo que pretendo, ni rectificar su Obra, sino detener la barbarie del Hombre, quien destruye a sus semejantes en guerras que nunca debieron empezar y que se prolongan inútilmente en el tiempo. Y si es preciso para ello desviar un río, creedme señora, que encontraré la forma. Y, ahora, si tenéis la bondad, señoras, seguidme. Seguro que esto os interesará.

A fin de distraerlas y quitar el mal sabor de boca que habían dejado los reproches de aquella dama, las hice pasar al gabinete contiguo al taller, donde, además de la mesa de disección, cuya finalidad ellas ignoraban, guardaba maquetas confeccionadas a partir de mis proyectos y lo que les quería mostrar: aparté de un solo golpe el lienzo que cubría la maqueta gigantesca, que sobre una mesa tenía extendida, de mi proyecto de desvío del Arno. En ella se apreciaba a vista de pájaro todos los detalles geográficos, así como las ciudades, poblados y aldeas que se encuentran en su recorrido. Quedaron tan sorprendidas como encantadas por lo novedoso de la perspectiva, pues nunca habían visto cosa igual. Pero lo que hizo las delicias de las damas fue el complejo sistema de esclusas, que se manejaba con pequeñas palancas y que permitían dejar correr o estancar el agua a voluntad. Para hacerles una demostración, vertí una jarra de agua en el supuesto nacimiento del río y el agua comenzó a fluir hasta las primeras esclusas, que abrí y cerré gobernando el flujo del agua. Las mujeres rompieron en aplausos encendidos y me dedicaron mil halagos.

Todas, excepto Lisa. Ella observaba con curiosidad la hilera de tarros de cristal que contenían vísceras. Anduvo mirándolos todos atentamente, pero se detuvo de forma especial delante de uno. ¿Sería casualidad? ¿Por qué justamente le llamaba la atención aquel frasco? ¿Por qué no otro cualquiera? Volvió la cabeza y me miró interrogante. Yo ignoré su mirada: aquel frasco precisamente era el único que no contenía una víscera animal, sino un corazón humano. ¿Sería una mera casualidad? Algo me decía que no era puro azar. Andaba yo enfrascado en esos pensamientos, cuando me sacó bruscamente de ellos una de las damas, de voz chillona y aflautada:

—*Messere* Da Vinci, ¿qué clase de material habéis empleado en la construcción de la maqueta que despide tan maravilloso olor a almendras dulces?

—No andáis desencaminada, pues está elaborada en mazapán —respondí.

El asombro fue general y comenzaron a desbordarme con sus preguntas; casi me arrepentí de haberles mostrado algo. Fue entonces, cuando entró Salai en el gabinete y se subió de un salto en lo alto de la mesa de disección que ocupaba la parte central del cuarto. Todas volvieron el rostro entusiasmadas por la proeza, riendo sin cesar. Ante tan rendido público, Salai no pudo resistir la tentación de mostrar sus dotes de seductor, a pesar de que el auditorio era plenamente femenino, y les contó la historia de una de mis maquetas: la cosechadora de nabos.

ങ

Da Vinci detuvo el relato y esbozó una sonrisa que se trocó en mueca irónica. Entornó los ojos y rememoró en su mente cómo ocurrió todo mientras Francesco aprovechó la parada para ir a satisfacer sus necesidades, no sin antes llamar a Battista para que Leonardo no quedase solo. El criado se sentó en el lugar de Francesco. Da Vinci volvió el rostro hacia él y le preguntó:

—¿Te acuerdas, buen amigo, cuando vino *donna* Lisa con las otras damas y Salai les contó la historia de la cosechadora?

—Sí, ya lo creo. ¡Qué truhán ese Salai! Bien que le pusisteis el nombre de Salai, Saladino, ¡ese diablo turco!

Quedaron los dos viejos rememorando lo ocurrido; la mente del buen Battista aún guardaba fresca la estampa, sólo tenía que cerrar los ojos para que los recuerdos comenzaran a desfilar por su memoria como si todo hubiera ocurrido ayer.

ങ

—¿Qué os asombra señoras mías? —recordaba Battista cómo se dirigía Salai a las mujeres, puesto en pie sobre la mesa de disección—. ¡Mirad, mirad a vuestro alrededor! Por todas partes hallaréis maravillas ideadas por el sin par *messere* Da Vinci, aunque la mayoría resulten irrealizables. —Las damas estallaron en carcajadas ante los gestos exageradamente teatrales de Salai—. Por ejemplo, ¿qué tenemos aquí? —preguntaba retóricamente mientras alcanzaba desde una repisa próxima una maqueta—. Esto no es la punta de una gigantesca flecha. No, no, no. Esto, queridas damas, es un carro acorazado en cuyo interior se ocultan tanto los caballos que tiran de él, como los guerreros que disparan sin riesgo de ser alcanzados y proporcionan gloriosas victorias a sus señores. ¿Es magnífico, no creen? ¡Un aplauso para el maestro!

El rostro del *messere* Da Vinci se endurecía al tiempo que apretaba los labios y miraba dolorido a Salai.

—No creáis, señoras —proseguía Salai—, que todo lo que

crea mi admirado maestro y protector está destinado a la guerra. ¡Oh, no! También ha contribuido a la modernización de la agricultura. ¿Veis este aparatito? Observad atentamente.

Las damas seguían divertidas las explicaciones grotescas de Salai, atraídas por su belleza de perfecto modelo y por sus maneras sibilinas y seductoras.

—Aquí, en esta cabina —les indicaba Salai— se introduce un operario, quien manipula la máquina; una máquina capaz de desplazarse sola, sin ayuda de animales, dirigida desde la cabina por el operario mediante palancas, quien controla sus gigantescas cuchillas en forma de hoces ¿veis, estas de aquí? —Las mujeres se aproximaron curiosas para mirar el lugar que indicaba Salai—. Pues bien, esta máquina sí que fue construida y presentada a Ludovico *el Moro*, a la sazón duque de Milán y protector, por aquel entonces, de nuestro *messere* Leonardo. ¿Y a que no adivináis, señoras mías, qué fue lo que ocurrió con dicho invento? —Todas contestaron al unísono que no—. Os lo contaré —dijo Salai sentándose sobre la mesa con las piernas cruzadas. Quedando a un nivel más cercano de las mujeres y fingiendo un tono más confidencial, las animaba a acercarse con las manos—: Eran los tiempos en los que Da Vinci trabajaba para el duque de Milán. Ocurrió que *messere* Leonardo dispuso que la demostración del funcionamiento de su máquina tuviera lugar en el prado próximo al palacio ducal. Por el camino intentó convencer a Su Excelencia de las ventajas del empleo de cosechadoras mecánicas, sobre la cosecha tradicional, a mano. El duque no parecía muy interesado en los temas agrícolas, pero gustaba de los espectáculos que le proporcionaba *messere* Leonardo. Fue entonces, cuando los tres hombres que iban a realizar la demostración y que habían sido aleccionados por Da Vinci, se colocaron en sus respectivos puestos. Uno a bordo de la máquina para conducirla y los otros dos unos metros más adelante, para dar el impulso inicial tirando de sendas cuerdas. Tiraron, tiraron fuertemente. —Salai reproducía con sus gestos la escena—. Entonces, el operario accionó la palanca. El duque miraba, un tanto incrédulo. La máquina comenzó a desplazarse por sí sola. Su Excelencia no podía creer lo que veía. Aquello se desplazaba sin la ayuda de ningún animal. Pero su entusiasmo llegó al delirio cuando el operario perdió el control de la má-

157

quina y en vez de cosechar nabos atrapó a uno de los ayudantes y lo seccionó por la mitad. *Donna* Beatriz, la esposa de Ludovico y las damas de su corte, gritaron espantadas tapándose la boca con las manos mostrando así la repugnancia que les hacía sentir el cuerpo troceado. El conductor, horrorizado e impotente para controlar el invento, se tiró en marcha con tan mala fortuna que la máquina giró y se volvió contra él, pasando por encima de su pierna, que arrancó de cuajo. *Messere* Leonardo empalideció y contenía a duras penas sus ganas de vomitar. Sin embargo, el duque no cabía en sí de gozo y, dirigiéndose al maestro le felicitó por haber inventado tan magnífica arma de guerra y le encargó la construcción de diez máquinas, mientras aquélla, en su loca carrera por el prado, se estrellaba contra los árboles quedando hecha añicos, no sin antes seccionar a dieciséis servidores de las cocinas y tres jardineros en su intento de detenerla. Moraleja, queridas damas: no importa tanto lo que hagáis ni por qué lo hacéis, sino lo que los demás interpreten de…

En ese preciso instante un estallido de cristales contra el suelo hizo callar a Salai y sobresaltó a todos los presentes. Uno de los tarros conteniendo vísceras en formol había resbalado de las manos de Lisa y caído al suelo, produciendo un gran estrépito y extendiéndose su contenido y el conservante por buena parte de la habitación. Al ruido, miraron las damas y vieron cómo rodaban torpemente por el suelo numerosas bolas blancas con un círculo negro central. Se taparon la nariz, al extenderse con rapidez por toda la habitación el penetrante olor que despedía el formol. Tardaron unos segundos en identificar lo que era, pero una de ellas pronto lo hizo: «Pero… pero si… si son… ¡ojos! ¡Ahhh!». Eran los ojos de vaca que el maestro guardaba para su disección y estudio del funcionamiento del ojo. Al grito histérico de ésta, se sumaron los de las otras. Pronto cundió el pánico y comenzaron a atropellarse en su intento de salir todas al mismo tiempo de la habitación. Una vez traspasada la puerta, se pusieron sus capas a toda prisa y comenzaron a bajar las escaleras corriendo a trompicones. La dama impertinente le espetó a Lisa que no volverían a acompañarla a semejante sitio.

Una vez se hubieron marchado, el maestro dijo a Lisa:

—No os preocupéis por el frasco roto ni por su contenido, pues se repondrán. Me alegro de que no os hayáis lastimado y de que no os asustéis fácilmente. —Leonardo echó un vistazo hacia la puerta por donde habían huido las damas—. Lástima, con este accidente habéis ahuyentado a vuestras amigas y se os hará más aburrido el posar —recordaba Battista que Leonardo le dijo a *donna* Lisa.

Ésta sonrió levemente. Fue entonces cuando Salai se acercó a Da Vinci y, dolido en su orgullo, le dijo en voz baja:

—Leonardo, a veces, parecéis idiota. ¿Acaso no os dais cuenta de que esa mujer lo ha hecho a propósito? Es evidente que no quiere compañía mientras pose para vos. ¡Pues no le va a ser tan sencillo!

Estas últimas palabras sonaron a verdadera declaración de guerra. A Salai antes no le agradó esa mujer; ahora comenzaba a crecer su antipatía y animadversión por ella de una forma intuitiva, visceral, sin motivo racional alguno.

Vicenza colocó sobre su señora una ligera capa. Se marchaban. Antes de que se fueran, Leonardo le preguntó escuetamente y con voz imperiosa:

—¿El próximo miércoles, señora? —Lisa asintió con la cabeza, se giró y comenzó a descender la escalera seguida de su criada, sin mirar atrás.

cs

Francesco volvió a su puesto y Battista dejó sus recuerdos y le cedió el sitio. Leonardo se había dormido con la boca abierta. Comenzó a toser. Esa maldita tos no le había abandonado en todo el invierno y parecía querer acompañarle también en primavera. Cada vez era más frecuente y violenta. Pareció haberse apaciguado, pero volvía con fuerza una y otra vez, a debilitar los ya frágiles pulmones de Leonardo.

Tras una pausa, la tos arreció de nuevo. Melzi y Battista decidieron que lo mejor sería recostarle y arroparle. El rocío de la noche parecía agravarle la tos. Le ayudaron a incorporarse del asiento y, con evidente esfuerzo, lo acercaron a la cama y acostaron. Los golpes de tos se reiteraban, sacudiéndole por entero. Francesco le colocó varios almohadones detrás y aquello pareció calmarle algo. Al rato apareció Maturina con una enorme olla en la que había cocido romero, salvia, tomillo y menta para que con sus vapores *messere* Leonardo respirara mejor y pudiera descansar. Los vahos calmaron bastante la tos y sosegaron al anciano que conseguía, por primera vez en bastante rato, un poco de reposo en su pecho golpeteado.

Su mirada se dirigía hacia su propio regazo, con gesto amargo. Suspiró como suspiran los desengañados, los sin esperanza. Pidió un espejo. Sí, un espejo, por extraño que le pareciera a Francesco. Se lo llevó. Le puso encima de las rodillas un espejo rectangular de las dimensiones de un retrato de tamaño natural. Leonardo se miró en él. Vio al anciano que reflejaba. Se tocó la mejilla izquierda con su única mano útil, y dejó resbalar con desánimo los dedos hasta el final de su rostro. Dejó caer la mano sobre el lado izquierdo de su cuerpo y, mientras miraba con amargura la imagen que el espejo le devolvía, pensó en voz alta:

—El tiempo es un asesino envidioso.

Unas lágrimas furtivas y el temblor de su barbilla hablaron de su desvalimiento y su angustia, mientras Francesco Melzi retiraba el espejo.

Deseó buenas noches a Francesco, rogándole que apagara las velas. Éste así lo hizo y después, con cuidado, acercó casi a tientas el sillón en el que pasaba las noches junto al maestro. Se descalzó procurando no hacer ruido y, apoyando los pies sobre el colchón de Leonardo y apartando un poco la mosquitera, se acomodó y le observó. Cuando comprobó que dormía, a pesar de su respiración pesada y de algún que otro golpe de tos, se relajó y durmió esperando conocer más detalles y hechos sobre lo ocurrido aquel día en el taller florentino.

Capítulo X

Giuliano de Medici

$\mathcal{A}$l día siguiente, Francesco bajó a desayunar a la cocina. Allí estaba Battista, quien se disponía a marchar a la ciudad para comprar alimentos. Maturina se encargaría ese día de asistir a Da Vinci. Antes de partir, el viejo criado relató a Francesco Melzi, a grandes rasgos, los recuerdos que acudieron a su mente el día anterior. El joven escuchaba con atención mientras tomaba sorbo a sorbo su tazón de leche.

Cuando Battista se hubo marchado, Francesco salió disparado hacia el dormitorio de Leonardo. Llegó justo a tiempo de ayudar a Maturina, visiblemente cansada, a acostar de nuevo al maestro, pues ése era su deseo. Le acomodaron para que estuviera lo más incorporado posible; la asistenta retiró la gran olla de los vahos y se marchó cerrando la puerta tras de sí.

El silencio se apoderó de la estancia. De repente, le pareció a Francesco que el maestro había empequeñecido. Su pecho subía y bajaba pesadamente, y tenía clavada la barbilla en él. Se adormilaba con facilidad. Maturina le había advertido que no era bueno que durmiera tanto, que procurara mantenerle despierto todo lo posible, que le hiciera hablar y así estaría activo y no decaería tan deprisa.

Así lo hizo: zarandeó con suavidad a Leonardo, cuya boca parecía estar más sumida que días atrás. La piel había adquirido un permanente color apergaminado. Despertó de la breve cabezada y preguntó qué día era. Francesco respondió que era el 27 de abril. Leonardo asintió con la cabeza como meditando en ello y calló.

Francesco le incitó a que siguiera con su relato y volvió a

repetir el gesto. El joven comprendió que hablar cada vez le resultaba más costoso y se lo ahorraba si podía. Leonardo, una vez más, pareció leerle el pensamiento y antes de que Melzi comenzara a pedirle que no lo hiciera, le detuvo la intención con la mano.

—Déjame que acabe; es lo único que puedo hacer ahora, lo último que haré en mi vida y la primera vez que dejaré algo acabado.

Francesco Melzi no pudo menos que sonreírse, al tiempo que de admirarse, del fino tono de humor con el que era capaz de envolver su dolor Leonardo.

—Battista me ha contado esta mañana lo sucedido la primera vez que *donna* Lisa visitó vuestro taller, Leonardo; después de aquello ¿volvió tal y como le dijisteis? —preguntó con interés Francesco.

—Sí, sí que volvió. Pero antes de que viniera de nuevo, ocurrieron otras muchas cosas —hablaba Leonardo prolongando las pausas para evitar fatigarse demasiado—. Después de que aquellas mujeres y *donna* Lisa se marcharan, salí a dar un paseo para despejarme. No tardé demasiado; tenía gran interés en dedicar aquella noche, una vez más, a indagar en los misterios de los órganos de los animales, su forma y funcionamiento, pues de su estudio bien se pueden inferir paralelismos respecto a los hombres y, por tanto, llegar a comprender el origen de las enfermedades que nos afectan. Así que regresé pronto de mi paseo y Battista, tal y como él había temido, se pasó la noche ayudándome a mantener la luz suficiente para diseccionar los órganos y conservar las vísceras en la posición adecuada, para que yo pudiera realizar los dibujos con el máximo detalle y realismo que me fuera posible. Así, con la sola observación de las imágenes, podrían seguir siendo estudiados tanto por mí mismo como por quienes también estuviesen interesados en ahondar en los misterios del cuerpo y en las razones de su deterioro.

162

☙

Después de aquello pasaron un par de días o tres de absoluta tranquilidad que sirvieron para ir a inspeccionar las obras, ya comenzadas, del desvío del Arno, dar las instrucciones oportunas y rectificar los posibles errores de cálculo. Tras ese pequeño paréntesis de aparente calma, algo vino a trastocar mi apreciada serenidad.

Un atardecer, tras mi regreso de las obras, mientras me aseaba y cambiaba de ropas, llamaron varias veces a la puerta de la casa. Dije a Battista que fuese a abrir, que yo ya me acabaría de vestir solo y me subiría al taller. La puerta era golpeada con insistencia, a pesar de las voces del criado avisando que ya iba.

Cuando abrió, Battista se encontró con dos frailes encapuchados cuyos rostros ocultaban las sombras de las caperuzas. El bueno de Battista les preguntó qué querían, a lo que los frailes, según me contó luego, nada respondieron. Ante tan sorprendente actitud, volvió a inquirir y tampoco respondieron. Ya airado, Battista les preguntó qué lengua hablaban puesto que no le contestaban. Por respuesta, uno de los frailes se le abalanzó y puso una daga en su garganta: «Éste es el idioma que hablamos, ¿entiendes? —le dijo—. Déjanos pasar o te corto el gaznate». El pobre Battista no pudo articular palabra, y menos aún, gritar para avisarme. Entraron al zaguán de la casa y cerraron la puerta con todos los cerrojos. Después de un rápido vistazo al piso inferior, los encapuchados comprendieron que me encontrarían en el de arriba y hacia allí subieron a toda prisa. Fue cuando Battista se percató de los botines que calzaban, una vez recuperada la voz tras el susto.

163

A sus gritos intenté acudir a toda prisa a ver qué demonios pasaba, pero antes de que pudiera salir del taller, irrumpieron los dos monjes encapuchados. Quedé desconcertado, pues sus modos y maneras no correspondían a unos religiosos. Sin embargo, antes de que pudiera hacer especulación alguna, echaron hacia atrás sus capuchas y pude ver sus rostros. No conocía a ninguno de los dos, pero el más joven me resultaba familiar: tenía los inconfundibles rasgos de los Medici. Pronto me sacaron de dudas. Saludaron respetuosamente y el joven se presentó como Giuliano de Medici. Le acompañaba su hombre de confianza. Pidió disculpas por la forma de entrar en mi casa, pero aseguró no era posible si no se hacía de esa forma o bajo cualquier otro disfraz, ya que corría peligro por los numerosos enemigos que su familia continuaba teniendo en Florencia, de la que aún seguía exiliado junto con los suyos. Esperaban el momento político propicio para regresar, que no parecía estar lejos por el continuo aumento de partidarios que reclamaban su vuelta.

—Eso piensan algunos: que la ciudad volverá a ser la que era con el regreso de vuestra familia; otros pensamos que no hubiera dejado nunca de ser la que fue, si no la hubierais abandonado a su suerte —contesté atrevidamente, quizás envalentonado al sentirme ofendido por la forma de entrar en mi casa.

Reiteró sus disculpas en tono sincero, incluso humilde. Se despojaron de sus falsos hábitos dejando a la vista terciopelos y brocados de gran belleza, que si el joven lucía con distinción y donaire, el maduro lo hacía con gran apostura y señorío. Éste se retiró discretamente hacia el inicio de las escaleras para que su señor pudiera hablar con mayor libertad conmigo, y se mantuvo en actitud vigilante. Iba a decirme algo Giuliano cuando la voz de Battista se oyó, algo temblorosa desde abajo.

—¡Señor! ¿Va todo bien?

—Sí, Battista —grité—, no te preocupes. Todo va bien. —Y con un gesto animé al joven a que iniciara su charla. El Medici se puso algo más serio y comenzó preguntándome:

—Supongo que Soderini se habrá puesto en contacto con vos y os habrá hecho llegar un mensaje de mi parte.

—Sí, así es. Pero no sé si debo darle credibilidad alguna. No me dio prueba de que viniera de vos.

—También supongo que os resultaría un tanto extraño.

—No sé deciros qué me sorprendió más, si el contenido del encargo o el conducto que elegisteis para hacérmelo llegar. Y si me apuráis, ahora aún lo entiendo menos, pues si el motivo de hacerlo a través de Soderini era vuestra seguridad personal, ¿cómo es que ahora habéis venido hasta mi casa arriesgando vuestra vida? Y si estabais dispuesto a entrar a Florencia y llegar hasta aquí, ¿por qué utilizarle a él y deberle por lo tanto un favor?

—Tenéis razón, pero sólo en parte. Le utilicé para haceros llegar mi interés por un retrato de *donna* Lisa de Giocondo, para que utilizara tanto su influencia sobre vos como vuestro interés por continuar con el desvío del Arno. En cuanto al favor no os preocupéis, no pienso devolvérselo a esa mofeta pestilente y traidora. —Se detuvo y su gesto se volvió adusto y el ceño algo fruncido—. En cuanto a lo de venir ahora —se puso más serio aún—, es porque lo que os voy a pedir es muy personal. —Tragó saliva y lo soltó—. Quiero ver a Lisa en vuestro taller.

—¿Acaso os habéis vuelto loco, señor? ¿Pensáis que mi taller se puede convertir en una vulgar casa de citas? ¿Que mi arte os puede servir de capa para ocultar vuestras correrías con mujeres casadas? ¡Estáis muy equivocado si creéis que por un puñado de monedas voy a rebajarme a la altura de vuestros lodos! ¡Haced el favor de abandonar esta casa, vos y vuestro amigo!

—¡Esperad! Sosegaos, *messere* Da Vinci, os lo ruego —decía al tiempo que avanzaba hacia mí pidiendo calma con ambas manos—. No es lo que pensáis. No se trata de nada deshonesto. Nunca os hubiera propuesto algo así. Y veo que no conocéis a *donna* Lisa, pues ella nunca lo consentiría.

—No he dicho que ella esté enterada de vuestras intenciones —respiré hondo para calmarme—. Será mejor que os expliquéis, pues si no alcanzaba a entender vuestras intenciones con el retrato, ahora colijo menos cuáles pueden ser las razones que os llevan a proponerme semejante cosa.

—Tenéis motivos para enojaros, ya que no os lo he podido plantear más torpemente. Creedme, Da Vinci, mis intenciones son honestas y paso a daros cuenta de ellas. Sabed que Lisa y yo nacimos el mismo año, 1479. Por aquel entonces el padre de Lisa, Antonio Gherardini, ya gozaba de la amistad de mi padre, Lorenzo, a quien todos llaman como bien sabéis Lorenzo *el Magnífico*. Además de sus relaciones comerciales y negocios comunes, les unía sobre todo el gusto por los escritores clásicos romanos y griegos y por el arte de la Antigüedad; celebraban con auténtico alborozo los descubrimientos de nuevas piezas rescatadas de ruinas o conservadas milagrosamente en manos de quienes ignoraban su valor artístico.

»Se dio la coincidencia de que no sólo nacimos el mismo año, sino que nacimos el mismo mes, día y, según nos dijeron, hasta casi la misma hora. Tal era el paralelismo de ambas situaciones, que llevó a gastar bromas a nuestros respectivos padres sobre si cambiaban los bebés, pues quizá yo fuera el varón que deseaba Antonio Gherardini y ella la hija que anhelaba Lorenzo, mi padre, quien ya tenía a mis otros hermanos varones.

165

»Fue de aquella armonía que nació la idea de bautizarnos juntos y celebrarlo al mismo tiempo en la casa de mis padres. A partir de aquel día, se puede decir que casi nos criamos como primos hermanos. Sólo venía Lisa en temporada invernal a Florencia, pero los periodos que pasábamos juntos los disfrutaba mucho más que si no hubiese estado a mi lado. Ella siempre me defendía de los abusos de mis hermanos mayores; ya tenía entonces más carácter y firmeza que yo: aunque sus maneras fueran dulces, su determinación conseguía que mis hermanos, mucho más mayores que ella, la respetasen.

»Mi padre siempre sintió una predilección especial por Lisa y llegó a proponerle a Gherardini la posibilidad de prometerla al menor de sus hijos, o sea, a mí; pues los matrimonios políticos los reservaba para mis hermanos mayores. El padre de Lisa dijo sentirse honrado con la proposición y contestó que sería mejor dar tiempo al tiempo y si Lisa, al cabo de unos años, accedía, él se sentiría muy feliz. Nosotros al saber la noticia, medio en broma medio en serio, nos considerábamos prometidos. Jugábamos tanto en su casa como en la mía, donde recibíamos clase de los mismos preceptores y se nos permitía jugar en el patio y por los amplios pasillos; pero no en la biblioteca de mi padre, a la que se nos había prohibido terminantemente entrar sin su permiso.

»Un día que vinieron a visitarnos Antonio Gherardini y Lisa, entonces de ocho años, fuimos a jugar por los pasillos como siempre. Pero aquel día mi hermano Piero, que tendría unos catorce años, se puso más impertinente conmigo que de costumbre. Comenzó a desafiarme y a dejarme en ridículo delante de Lisa. Se reía mientras yo luchaba inútilmente contra él, intentando golpearle sin apenas rozarle, pues era diez veces más fuerte que yo. Mi hermano se mofaba de mí y se vanagloriaba delante de Lisa. Ella, al principio, no intervino; pero cuando vio mi acaloramiento, comenzó a empujar a mi hermano para que me dejara tranquilo. Piero me humilló, diciéndome que, si necesitaba la ayuda de una chica es que no era un hombre, y me desafió a demostrar si tenía el suficiente valor para entrar en la biblioteca de nuestro padre, coger el libro que había encima de la mesa y sacarlo fuera.

»Se trataba de un ejemplar de la obra *África* de Francesco Petrarca, que mi padre había hecho escribir e ilustrar en minio y oro para incorporarlo a su selecta biblioteca. Era considerada por mi padre como una auténtica joya. Al principio, me negué y Lisa me apoyaba para que no lo hiciera, recordándome que teníamos absolutamente prohibido entrar en aquella estancia. Mi hermano insistía una y otra vez en que si hacía caso de lo que me decía una chica no era un hombre, ni lo sería nunca. Decidí aceptar el reto y arriesgarme a un fuerte castigo de mi padre; pensé que no se enteraría y que tampoco pasaría nada por cogerlo unos instantes y volverlo a poner en su sitio.

»Abrí muy despacio una de las hojas de la gran puerta de madera labrada de la biblioteca. Con mucha precaución, entré caminando de puntillas sobre la gruesa alfombra, que ahogaba el sonido de mis pasos menudos. Tal y como había dicho Piero, el libro se encontraba sobre la mesa y abierto sobre un atril; parecía haber sido ya ojeado por alguien. En la habitación contigua se oían las voces de mi padre y de Antonio Gherardini. Estaban muy cerca, pero parecían ocupados en sus asuntos. Para alcanzar el libro hube de aproximar una silla y, subido a ella, comencé a ojearlo, atraído por los vivos colores con los que había sido ilustrado. ¡Eran tan vistosas y coloristas sus láminas que quedé embobado!

»Debió de pasar el tiempo más aprisa de lo que a mí me lo pareció. No me di cuenta de la presencia de mi hermano en la estancia, pues también había entrado con sumo cuidado y, al alertarme con brusquedad tan cerca de mí y tan repentinamente, me sobresalté, perdí el equilibrio y caí al suelo, con tan mala fortuna de que en la caída escapó el libro de mis manos y fue a parar a la chimenea, que ardía rabiosamente. Piero y yo no podíamos creer lo que había ocurrido y comenzamos a temblar pensando en el castigo al que nos sometería nuestro padre por nuestra desobediencia e imprudencia.

»En esto entró Lisa, extrañada de que no saliésemos ninguno de los dos. Piero estaba pasmado mirando cómo el fuego rodeaba el libro y la tapa ennegrecía. Yo intenté explicarle, pero sólo era capaz de balbucear y señalar hacia la llama. Fue cuando el temple de Lisa entró en juego. No le hicieron falta explicaciones; había comprendido perfectamente la situación y nuestro terror. No dudó ni por un momento. No había tiempo

167

que perder. Cada segundo era vital. Se remangó y sin dudarlo un instante metió su manita y su tierno brazo en el fuego y recuperó el libro, ahumado, pero entero.

»En aquel preciso instante se abrió la puerta del gabinete contiguo, donde mi padre y el de Lisa estaban charlando. Entraron los dos a la biblioteca hablando animadamente y al vernos allí, callaron de repente. Mi padre se acercó a grandes zancadas hasta nosotros. Lisa, aún arrodillada en el suelo cerca de la chimenea, extendió su brazo y le entregó el libro ennegrecido, que aún humeaba. Lorenzo, mi padre, quedó horrorizado tanto al ver el estado del libro como al comprobar las quemaduras que tenía Lisa en el brazo y preguntó muy airado qué demonios había ocurrido allí. Llamó a gritos a los criados y mandó que trajeran todo lo preciso para tratar las quemaduras de la pequeña Lisa, que continuaba arrodillada en el suelo. Mientras curaban las quemaduras, Antonio intentaba que su hija le contara lo sucedido, pero ella insistía en que no iba a hablar y que éramos nosotros quiénes debíamos explicarlo. Mi padre, enfurecido, le pidió una explicación a Piero; éste se escudó en que yo lo había hecho porque Lisa me lo había pedido y que fue a mí a quien se le cayó el libro en el fuego. A continuación, mi padre se dirigió a mí: yo admití que se me había caído al fuego sin querer, pero no tuve valor para negar la acusación de mi hermano sobre Lisa, en un cobarde intento de quitarme pena del castigo. Pasó por mi cabeza que si la repartíamos entre varios, y a sabiendas de la predilección de mi padre por aquella niña, no sería tan duro con nosotros.

»Entonces llegó el turno de Lisa. Mi padre le preguntó si era cierto lo que decíamos y que no tuviera temor en decir la verdad. La pequeña Lisa ya había sido vendada por una criada y se puso en pie. Miró a los ojos de mi padre y le contestó:

»—Tío Lorenzo —pues ella de siempre trató de tío a mi padre sin serlo, por la íntima amistad de los padres—, he puesto mi mano en el fuego por tus hijos y me he quemado. No lo hice por el libro, sino para que ellos no fueran castigados. En otra ocasión, salvaré el libro, me lo agradecerá mejor. —Y dirigiéndose a su padre, añadió—: Padre, sácame de aquí, llévame a nuestra casa. No quiero volver a jugar, y menos aún casarme,

EL SECRETO DE MONNA LISA

ni con un embustero —miraba a mi hermano— ni con un cobarde. —Me miró, y sus ojos oscuros me traspasaron hasta la nuca.

»Mi padre pasó de la indignación a la vergüenza y nos dijo a mi hermano y a mí:

»—No creí que viviera para ver que una niña tuviera más valor que dos Medici. ¡Vuestra cobardía es mi vergüenza! ¡Fuera de aquí, no quiero veros! —Y añadió mientras nos miraba intensamente a mi hermano y a mí, tirando con desgana el libro chamuscado sobre su mesa—: Hoy he perdido todas mis joyas. —Luego se dirigió a Lisa—: Lisa, serás siempre bienvenida a esta casa y todos mis hijos habrán de honrarte y ¡vive Dios! que de buena gana te cambiaría por todos ellos.

»Después llamó a Antonio, quien ya cruzaba el umbral junto con su hija herida, y le dijo con auténtico sentimiento.

»—¡Antonio! ¡Cuánto te envidio, Antonio! Volved. Tu hija y tú siempre seréis bien recibidos en esta casa. —Gherardini hizo un gesto de asentimiento.

»Él volvió con normalidad por nuestra casa; pero Lisa sólo en algunas grandes ocasiones. Se mostraba cordial, pero distante.

»Aquellas palabras, *messere* Da Vinci, nunca las pude olvidar. A pesar de todo, mantuvimos la amistad y fue una verdadera hermana para mí; la quiero con un cariño sincero y limpio, como cuando éramos niños. Hace años que no la he vuelto a ver, pero sigue siendo la persona en quien más confío. Ahora, estoy atravesando momentos difíciles, y yo sé que ella es la única que sabrá aconsejarme y hacer que recobre la confianza en mí mismo. Es por eso que quisiera volverla a ver. Al margen, deseo tener un recuerdo de ella para siempre: su retrato. Os ruego que me permitáis visitarla. En cuanto al retrato, pedidme lo que queráis por él; para mí no tiene precio.

—Ya veo que para vos es muy especial. Accedo a realizar el retrato de *donna* Lisa. En cuanto a su precio, ya hablaremos en su momento. Y sobre lo que os ha traído hasta aquí —mi voz se hizo más grave y mi ceja izquierda se arqueó hacia arriba— tan sólo os permito acudir a visitarla una vez, sólo una vez. Recordadlo señor, o el trato se romperá.

—Gracias, *messere* Da Vinci —suspiró aliviado el joven—. Gracias —dijo al tiempo que se enfundaba de nuevo el hábito y la capucha le cubría por completo el rostro. Rebuscó bajo sus ropas y puso sobre la mesa del taller un pequeño saquito con monedas—. Aceptad, maestro, mis disculpas. De nuevo os doy las gracias.

Cuando el joven y su acompañante se disponían a salir de la estancia y bajar las escaleras me dirigí al joven Giuliano:

—Siempre tuvisteis la esperanza de que al final se casara con vos, ¿no es cierto?

Debí de dar de lleno en la herida, pues Giuliano se detuvo y se giró hacia mí. Sólo pude ver el rictus amargo de su boca en la penumbra del rostro encapuchado.

—Así es —contestó—. Siempre llevo contra mi pecho la carta de su puño y letra en la que declina mi petición de mano: afirma que siempre me querrá como a un hermano y como a un amigo. —Se sonrió amargamente—. ¡Y pensar que mi madre me animaba diciendo que ninguna joven en su sano juicio le diría que no a un Medici! ¡Pues ya ve, soy yo el que parece haberlo perdido por completo arriesgándolo todo por conseguir, al menos, su imagen, puesto que nunca podré tener su presencia! Adiós, Da Vinci. Tendréis noticias mías.

Se marcharon a toda prisa, tal y como habían venido. Battista se apresuró a abrirles la puerta para que no se tuvieran que detener. Salieron de la casa como una exhalación. Battista corrió todos los cerrojos y subió al taller.

—Señor, he oído lo que os ha contado —me dijo Battista aún asustado, pues estaba al tanto de lo que ocurría aquí arriba—. ¿Cómo lo vais a hacer para entregarle a cada cual su retrato, si apenas tenéis tiempo para realizar uno?

—No sé, no lo sé. Todo esto se está complicando demasiado. De todas formas, tiempo al tiempo, ya veré cómo lo hago. Quizás a este joven impetuoso lo despache con unos bocetos, tal vez haga que lo acabe uno de mis alumnos. Incluso Salai; mejor no, Salai no es el más indicado. Bueno ya veré. —Me detuve—. Pero hay algo que ha llamado mi atención; no deja de resultar extraño que un hombre enamorado se conforme con ver a su dama una sola vez, ¿no te lo parece?

Battista se encogió de hombros desbordado por los acontecimientos.

—No te preocupes Battista, saldremos de ésta como hemos salido de otras.

—Supongo, pero se me antoja, señor, que esto va a ser harto más complicado que huir de la toma de Milán por los franceses, ¡que ya es decir!

En eso llamaron a la puerta de nuevo. Battista dio un respingo. Empalideció ligeramente. Me ofrecí a bajar por él, pues me dio lástima, pero se negó en redondo. Le tranquilicé diciéndole que sería Salai, que ya estaría a punto de regresar de un encargo que le había hecho. Así era: abrí y entró Salai. Subió al taller con un trote ligero, estaba de buen humor. Comía a mordiscos una manzana roja, como de costumbre. Se extrañaba que la puerta estuviera tan atrancada y no le conté lo sucedido. No lo juzgué oportuno. Examiné lo que había traído.

Mientras lo hacía, llamaron de nuevo a la puerta. Salai se ofreció a abrir. Bajó con ligereza los escalones y se anticipó a Battista: un emisario del Consejo de la Signoria traía un mensaje para mí. Salai volvió a subir alegremente los escalones, mordisqueando su manzana. Me entregó la carta y me dijo que el mensajero esperaba respuesta. Abrí el sobre y leí el contenido de la misiva. Salai se mostraba impaciente y curioso. Quería que le contase qué me decían en ella. Le contuve en su poco habitual euforia y continué leyendo.

—Dile al mensajero que acepto —le dije a Salai al acabar.

—¿Y qué es lo que aceptas, si puede saberse? —me preguntó entre extrañado y divertido, mientras daba un crujiente mordisco a su manzana.

—Acepto formar parte de la comisión de artistas que decidirá el emplazamiento del *David* que Buonarroti está a punto de acabar y que va a ser el símbolo de Florencia.

El rostro de Salai cambió de color.

—¿Y tú… has aceptado?

—¿Acaso no te parezco digno de formar parte de semejante jurado?

171

—¡Oh, no! No es eso. Es que… como siempre te muestras enfadado con Buonarroti.

—No enfadado sino opuesto a sus conceptos artísticos. No comparto su forma de entender el arte ni su finalidad. Pero no por eso dejo de considerarle un buen artista. Además, sólo se nos encomienda que meditemos cuál de los emplazamientos propuestos es el más adecuado. Considero que será mejor un lugar en el que el símbolo de la ciudad esté resguardado de la lluvia y el viento, y de las palomas. ¡Mmm…! La Loggia dei Lanzi, frente al Palazzo Vecchio sería ideal. No comprendo a este Buonarroti. En su afán de exhibir su obra, no duda en sacrificarla y ha propuesto que sea instalada en la Piazza de la Signoria, al aire libre, junto al Palazzo Vecchio.

—¿Cómo, que Miguel Ángel ha dicho eso? ¡No puede ser! ¡No puede ser! —Salai empezó a pasear por la habitación como un león encerrado—. Si dijo que estaba destinada al patio interior del Palazzo Vecchio.

—¿Cómo que dijo? ¿Y tú qué sabes lo que él ha dicho?

—Bueno… —balbuceaba y se sonrojaba—, es lo que he oído decir, es lo que se dice en la calle.

—Pues no atiendas rumores. Ya nos convocarán a todos y discutiremos las propuestas.

—¡Pero tú no deberías participar!… Por todas partes se vanagloria de ser mejor escultor que tú y si ahora consientes en…

—¡Basta, Salai! No se hable más del asunto. Está decidido. Ve abajo y da mi recado. En cuanto a su soberbia, nada ha dicho que la desmienta. Por otro lado, sigo siendo considerado, sin lugar a dudas, el mejor escultor de toda Italia y no tengo por qué acobardarme ante él: mi escultura ecuestre del padre de El Moro, aún no ha sido superada por nadie y es la admiración de todos. ¡Si no participara, podría interpretarse como una actitud envidiosa o arrogante por mi parte y no quiero que sea visto así, porque no lo es! Además, no entiendo a qué viene todo esto, ni qué temes si formo parte de la comisión. Ve y díselo.

Salai bajó la escalera de mala gana, dio el recado, cerró la puerta y se retiró a su habitación. No le volví a ver en un par de días.

Seguí trabajando arduamente en los cálculos del desvío

del Arno. Afortunadamente los agrimensores y los ingenieros militares me mantenían debidamente informado: iban desarrollando y aplicando mis instrucciones y no era imprescindible mi presencia allí. Eso me permitió disponer de más tiempo y pude continuar con el boceto de santa Ana, que me seguían reclamando apremiantemente los monjes de La Annunziata.

173

Capítulo XI

El vuelo de la paloma

*D*e alguna forma, desde la visita de Giuliano de Medici, los acontecimientos comenzaron a precipitarse. La situación se iba complicando cada vez más de una forma sutil y acelerada. Los días parecían acortarse, pues el cúmulo de tareas iba en aumento. A los quebraderos de cabeza del desvío del Arno y a mis propias investigaciones, debía sumarles la insistencia de los monjes de la Annunziata, los ruegos de la duquesa de Mantua para que accediera a retratarla, el retrato de *monna* Lisa y las presiones de Soderini.

En realidad, buena parte de mi curiosidad —más de la que yo estaba dispuesto a confesar— estaba enfocada hacia Gioconda, de tal forma que todos los demás asuntos iban quedando inconscientemente relegados a un segundo plano de interés.

Pasaron los días y llegó el siguiente miércoles, que en principio había fijado como día de visita de *monna* Lisa para comenzar con los bocetos.

Aquel miércoles, recuerdo que estaba agitado y nervioso, incluso de mal humor, algo poco habitual en mí; pues ya me conoces, Francesco, se me podrá tildar de frío y distante, pero no de cascarrabias. Nada parecía estar a mi satisfacción, nada parecía salir como yo quería. Aunque no quisiera admitirlo, la proximidad de la visita de Lisa me afectaba. No había dormido bien; había tenido sueños inquietantes; intuía algo, pero no sabía qué.

Al tiempo que el reloj de la Signoria marcaba las cuatro de la tarde, la aldaba golpeaba la puerta. Eran Gioconda y su servidora Vicenza, sin más compañía.

Subieron la escalera precedidas de Battista, ya conociendo el camino. A su llegada, mis alumnos y yo las saludamos y ellas nos correspondieron atentamente. Aquéllos recogieron sus cosas y se retiraron. Sólo quedamos en el taller las damas, Salai y yo.

Las invité a que tomaran asiento. Ya tenía dispuesta una silla de tijera para que Lisa se sentara y poder así realizar algunos apuntes mientras le explicaba el proceso, pues un retrato lleva su tiempo y es conveniente que la modelo lo conozca para que no desespere en su tardanza.

Por su parte, Salai invitó a Vicenza a tomar asiento y ésta se negó, afirmando que estaba bien así y que gustaba de mirar por la ventana, para ver la fuente y las plantas del patio. Mientras, su señora se había desprendido de una capa que ahora tenía la sirvienta en el brazo, pero no del velo de ligera gasa negra que cubría su cabeza, por ser mujer casada, y se sentaba en la silla que yo le había indicado.

Se sentó gustosa y comenzó a mirar todo su alrededor. Por su expresión, parecía complacerle lo que veía. Aproveché que su mirada se distraía en otras direcciones para observarla con atención. Vestía un bonito y lujoso vestido en seda amarilla con el frente bordado en perlas, que le favorecía y daba aspecto más juvenil. Un fino collar de tres vueltas de perlas rodeaba su cuello. En sus manos, lucía varios anillos, a cual de mayor finura. No parecía la misma Lisa. Aquellas vestiduras no parecían propias de ella. La distorsionaban y falseaban su ser, al menos, el de la Lisa que yo había intuido. Pensé en sugerirle que vistiera de la forma habitual, para así captarla lo más natural y auténtica posible, pero decidí dejar la sugerencia para más adelante. Volvió sus ojos hacia mí; sonrió expectante.

175

Coloqué una silla semejante a la suya frente a ella. Después de que me hube sentado, le expliqué que el proceso del retrato llevaría meses, varios meses, puede que incluso un año. Que suponía muchas sesiones posando y posar resultaba cansado. Por ello, era conveniente que se hiciera acompañar por amigas que le suavizaran la labor. Al decirle esto, Lisa miró hacia la ventana, parpadeó lánguidamente y volvió a mirarme. Comprendí que no tenía intención de que la acompañara ninguna amiga, tal y como había sugerido Salai.

—Bueno, no es problema —le dije—. No es la primera vez que me veo en esta situación. Recurriremos a hacernos acompañar por músicos lo que, además de resultar placentero, a vos os relajará la expresión y os dulcificará el rostro.

Acogió la propuesta con manifiesta alegría. A continuación cogí un cartón grande y sujeté en él una lámina de papel. Escogí una barrita de sanguina y sin mediar palabra comencé a dibujar *grosso modo* el óvalo de su rostro, los rasgos de Lisa, la pose, las vestiduras y las manos, así como el entorno que había más o menos proyectado para su retrato. Le mostré el resultado y le expliqué que ésa era mi idea: colocarla situada entre dos columnas, sentada, y con un hermoso fondo que resaltara su figura, bien un jardín, un bosque, quizás un valle: si tenía alguna sugerencia debía expresarla. Le dije que sólo había dibujado un boceto grosero de lo que realmente era un boceto auténtico, que era lo que me disponía a comenzar aquella misma tarde. Le pregunté si estaba de acuerdo con el proyecto y contestó afirmativamente con la cabeza.

—Entonces —le dije—, si estáis dispuesta, señora, podemos comenzar ahora mismo.

Lisa estiró delicadamente la falda hacia los lados, se acomodó en la silla, enderezó la espalda, situó una mano sobre la otra y, cuando la afilada punta de la sanguina iba a comenzar a rasgar una nueva hoja de papel, los labios de Lisa se entreabrieron y pronunciaron sus primeras palabras:

—No es mi retrato lo que deseo de vos, *messere* Da Vinci.

Al oírla hablar quedé estupefacto, paralizado. Salai, que andaba recogiendo y ordenando material, se giró bruscamente hacia ella con los ojos muy abiertos y me miró extrañado.

—¿Cómo habéis dicho, señora? —pregunté admirado.

Lisa me miraba con decisión. Serena y firmemente. No había duda. Había hablado y sabía lo que decía.

Ↄ

Un suspiro profundo y lento escapó del pecho de Leonardo, que continuaba recostado en el lecho. Mientras relataba a Francesco sus recuerdos, éstos se desdoblaban en su memoria paso a paso, con una viveza que le resultaba asombrosa, se agolpaban y deslizaban por su mente a paso de solemne zarabanda con todo lujo de detalles. El anciano dejábase invadir y rodear por las secuencias vividas, deleitándose en una remembranza lúcida que trasladaba su espíritu una vez más a aquel taller, a aquella tarde.

Ɡ

—No es mi retrato lo que espero de vos —insistió Lisa contestando mi pregunta y se rió dulcemente.

Hizo una pausa y al observar en mi rostro la sorpresa añadió:

—¿Qué es lo que más os asombra, maestro, que no sea mi retrato lo que quiero o que os haya hablado?

—Creedme señora, que no acierto a deciros qué me asombra más. Daba por sentado que vuestro deseo era que diera cumplimiento al encargo de vuestro esposo y os hiciera un retrato, pero si no es así, considerad zanjado el compromiso: nada os obliga a hacerlo.

Me quedé mirándola pensativo, probablemente con el entrecejo arrugado por la expresión: quería penetrar en las auténticas intenciones de la dama.

177

—Por otro lado —añadí—, es cierto que me ha sorprendido el que os dirigierais a mí hablando, pues he sabido de vuestro largo silencio. ¿Qué os ha hecho recuperar el habla?

Lisa se levantó del asiento y se dirigió tranquilamente hacia la ventana que daba al patio interior. Mientras su vista parecía seguir la trayectoria del chorro de la fuente, el dorado sol de la tarde se reflejaba en su vestido de seda amarilla, sumeergiéndola en una atmósfera refulgente, adquiriendo su rostro y su escote un delicioso color melocotón. Las perlas que rodeaban su garganta y adornaban el frontal de su vestido le conferían un suave halo blanquecino.

Apoyó suavemente la cabeza y la espalda contra una de las jambas de la ventana. Dirigió la vista al suelo y luego a mí. Parecía coger fuerzas para continuar hablando. Diríase que lo que quería expresar la perturbara y que, antes de hacerlo, deseaba recuperar la serenidad. Respiró hondo y sin quitarme la vista de encima, me pidió:

—No es mi retrato el que deseo, sino el de mi madre.

Yo continuaba sentado, en parte por comodidad, en parte

porque la sorpresa me había debilitado las piernas, y la miraba incrédulo.

—¿Vuestro esposo conoce este deseo?

Lisa movió negativamente la cabeza.

—¿Acaso no se lo habéis comentado? —volví a preguntar.

La joven volvió a negar con la cabeza; sin duda, tanto tiempo prescindiendo del habla le hacía desterrar las palabras si no eran precisas. Dejé el cartón a un lado y me golpeé al unísono las rodillas con las palmas de las manos, desconcertado. Me puse en pie y me dirigí de nuevo a la dama:

—Pero ¿no comprendéis, señora, que vuestro marido ha de saberlo? Él me encargó vuestro retrato y os aseguro que lo ansía. ¿Cómo habré de entregarle el retrato de otra persona?

—Yo no os he pedido que retratéis a otra persona, sino a mi madre.

—¿Acaso no es lo mismo? —pregunté, dejándole claro con mi tono que no toleraría burlas.

—En este caso no, y ahora os lo explicaré. En cuanto a mi marido, para él será mi propio retrato.

—Os ruego señora que os sentéis —le dije mientras le ofrecía asiento a Lisa y yo me acomodaba frente al suyo— y me expliquéis detenidamente qué es lo que pretendéis que haga y cómo haréis ver a vuestro esposo que, si la que posa es vuestra madre el retrato es el vuestro.

Yo me sentía ligeramente soliviantado, pues aunque mi intuición me hablaba de la nobleza de aquella mujer, sus aparentes maniobras comenzaban a producirme dudas e, incluso, cierto rechazo. No pude evitar que pasara como un rayo por mi mente la posibilidad de que el siempre malpensado Salai tuviera en esta ocasión, maldita la gracia, razón en su recelo hacia ella.

Lisa de Giocondo aún permanecía en la ventana, mirando sin ver hacia algún punto perdido del desmesurado y frondoso jazmín que escalaba y cubría una de las paredes del patio. Parecía haber recuperado por completo su serenidad. Y mientras yo tomaba asiento, me preguntó:

—Maestro, ¿vos recordáis a vuestra madre?

No pude menos que sentir algo parecido a un golpe seco en la boca del estómago. Incluso se me desencajó el rostro. Lisa no pudo apreciar el efecto de sus palabras, pues en esos momentos se apartaba de la ventana y se dirigía hacia el asiento que le había ofrecido. Se sentó. Encontró frente a ella un rostro levemente endurecido y escrutador bajo las espesas cejas y tras la barba larga y entrecana.

—Sí, claro. Bueno, no del todo, pero algo, sí. Sí, claro que la recuerdo.

Lisa movió comprensiva la cabeza, y añadió:

—Sois afortunado, *messere* Leonardo. Sin embargo, yo no guardo ningún recuerdo de la mía. —Hizo una pausa y añadió—: No la conocí.

—Entonces, ¿la esposa de vuestro padre...?

—No es mi madre. —Se puso repentinamente en pie y se dirigió de nuevo hacia la ventana. Parecía agobiarle el tema y buscar una salida, un poco de aire.

—Vaya, vaya, bien —dije conciliador y comprensivo. No podía imaginar Lisa cuánta empatía había tras mis palabras, pues comenzaba a encontrar una afinidad con ella que la muchacha no sospechaba. Mi intuición parecía estar acertada—. Quizá la habéis conocido ahora y queréis retratarla, ¿es eso?

Salai miraba fríamente a la muchacha mientras se hacía el distraído hojeando un libro apoyado en la pared. No le gustaba el matiz de ternura que captaba en mi voz.

—No, no la he llegado a conocer —respondió Lisa—. Sé algunas cosas de ella, pero no quién fue. Sé que murió... o al menos, es lo que me han dicho.

—Entonces, decidme ¿cómo la he de retratar si no vendrá a posar?

—Yo seré quien pose, pero el retrato será de las dos. He sabido por mi padre y por Vicenza que soy idéntica a ella. Cuando yo mire el cuadro, veré el rostro de mi madre. Cuando Francesco, mi marido, lo vea, me verá a mí. —Se miró el vestido y añadió—: Francesco me ha pedido que pose con mi vestido de bodas, por eso lo he traído; pero deseo vestir ropas más sencillas, más cercanas a las que vestiría mi madre.

Lisa me miró a los ojos y yo los acogí con complicidad. Lisa añadió, con orgullo:

—Era una simple aldeana. Murió al nacer yo. Mi padre

buscó a un ama de cría, Vicenza, quien se hizo cargo de mí y me amamantó junto con su hijo, el pequeño Giorgio —Lisa alargó su mano hasta alcanzar la de la fiel Vicenza, que luchaba para que sus ojos acuosos no terminaran desbordándose—, y desde entonces ha sido como una madre para mí. No supe la verdad hasta el día en que Francesco vino a casa dispuesto a pedir mi mano.

Lisa hablaba pausadamente y con calma. Era evidente que estaba en paz consigo misma. Había sabido encontrar sosiego a pesar de las dificultades y, además, era capaz de transmitirlo con su sola presencia. A medida que la muchacha se explicaba, se iba hilando una extraña alianza entre nosotros, más que por lo sabido, por lo intuido, más que por lo ocurrido, por lo venidero. Sentía que conectábamos de forma peculiar, como seres de una misma especie en un universo ruidoso y desordenado, en el que la magia del encuentro ponía todo en su lugar adecuado y a través de la que todo comenzaba a cobrar sentido y a fluir de forma suave y sutil.

—¿Y cómo supisteis la verdad? —preguntó Salai desde un rincón casi cubierto por las sombras de la tarde que se agotaba.

Yo me percaté repentinamente de su presencia, y secundé la pregunta. Lisa acarició delicadamente con las yemas de sus dedos las perlas del collar. Un poco de brisa trajo aromas del jardín. Aspiró con deleite y prosiguió:

—Francesco había conocido a mis padres, es decir, a mi padre y a la que en aquel entonces yo creía mi madre, en Florencia, en una cena; poco tiempo después de haber enviudado por segunda vez. Hicieron amistad y vino a pasar unos días en nuestra finca en la campiña. Allí nos conocimos y me sentí atraída por su forma de ser, honesta y sincera.

»Después de pasar unos días entre nosotros, no me cupo duda de los sentimientos de Francesco hacia mí ni de que yo sentía un verdadero afecto y cariño por él. Poco tiempo después pidió mi mano a mi padre, quien no puso ningún inconveniente y me dejó a mí la última decisión.

»Vicenza, que había oído la petición de Francesco al pasar cerca de la sala donde se encontraban reunidos los dos, vino corriendo a mi habitación a comunicármelo. Me llenó de júbilo la noticia pues le quería de veras, como le quiero ahora y, aunque me sabía correspondida, resultaba grandioso que deseara hacerme su esposa. Más aún, teniendo en cuenta que la dote que yo pudiera aportar al matrimonio no era gran cosa; así que sabía que se casaba verdaderamente enamorado de mí, un privilegio escaso en nuestros días, ¿no le parece *messere* Da Vinci?

Yo asentí con la cabeza. Lisa volvió a su asiento frente a mí.

—Fue entonces cuando bajé a toda prisa las escaleras llena de ilusión para reunirme con Francesco, pues le creía aún reunido en el salón grande donde me había dicho Vicenza que les había oído. Pero no fue a él a quien encontré allí, sino a mi padre y a la que creía mi madre, discutiendo. No me vieron entrar ya que mi padre se encontraba de espaldas a la puerta, mirando por los amplios ventanales que daban hacia el valle y mi madre detrás de él, dando grandes voces: recriminaba a mi padre que le hubiera dado el consentimiento a Francesco para casarse conmigo pues, aunque formaba parte del *popolo grasso,* de la burguesía florentina, no era más que un próspero comerciante sin poder político, no como los Medici, invulnerables aun en su destierro. Mi padre le repetía una y otra vez, que no iba a casar a su hija con el mejor postor, que lo que más deseaba era mi felicidad, y que Francesco podía ofrecerme una vida aún mejor que la que me había procurado él y con la infinita ventaja de conocerle y saber de la verdad de sus sentimientos hacia mí.

»A las razones que le dio mi padre, mi madre sólo contestaba con airadas negativas, añadiendo que no pensaba en ella y en lo que suponía emparentar con los Medici y que quería salir de aquella vida pueblerina. Fue cuando mi padre le contestó realmente enfadado que eso no sería a costa de su hija, y que era evidente que no me había parido, pues si fuera mi verdadera madre no hablaría de ese modo.

»No pude evitar un sobresalto, ni el gemido que me delató. No olvidaré la cara de mi padre al descubrir que me encontraba allí: sé que hubiera dado años de vida por evitar el dolor que me había causado el saberlo.

»Todo encajaba. Sus celos. El desapego. La frialdad. El desinterés. La lejanía de aquella mujer que creí siempre mi progenitora… No era ella. No venía de ella. No me quería. No me quiso nunca. Siempre vio en mí una competidora del cariño de

181

mi padre. Toda mi infancia desfiló ante mí en segundos y todo quedó colocado en su sitio definitivo, con su auténtico valor. El cariño que me dispensó siempre Vicenza suplió con creces el que ella nunca supo o quiso dar, y quizá por ello crecí sin dolor.

»Subí a mi habitación deshecha en lágrimas. Vicenza trataba de calmarme para averiguar qué había pasado, pero yo no podía hablar, el llanto me atragantaba. Me eché sobre la cama casi ahogada en lágrimas y en dolor. Al poco, mi padre entró en la habitación, me abrazó y meciéndome sobre su pecho, me explicó la verdad: años atrás había conocido a una muchacha preciosa, una aldeana de las que venían a vendimiar las tierras de mi padre y de mi abuelo, se enamoró de ella y pasaron juntos días muy felices. Pero cuando acabó la vendimia se marchó con su familia, desapareciendo sin dejar rastro. Mi padre anduvo desesperado, buscándola. Al cabo de unos meses de no saber de ella, se enteró de que una muchacha había pedido refugio en un convento de monjas próximo. Sin más tiempo que perder, mi padre se dirigió al convento que le habían indicado y allí preguntó por la muchacha recogida. Por la expresión de la monja, comprendió que nada bueno estaba ocurriendo. Le hicieron pasar y atravesaron el patio del convento y, tras consultar con la madre superiora, le llevaron a la celda donde se encontraba la muchacha.

»Al entrar en la celda se encontró con la joven que tanto había buscado tumbada en un catre, tapada por una manta hasta el cuello. Respiraba con dificultad. Una monja de mediana edad le secaba el sudor de la frente, muy despacio. Miró a mi padre y le preguntó si la conocía y mi padre respondió que sí, que era su esposa, a lo que la muchacha sonrió dulcemente. Le besó la mano mil veces y le hizo prometer que se pondría bien. Ella respondió con una mueca que esbozaba una sonrisa forzada. La monja que la cuidaba volvió a secarle el sudor y mirando a mi padre, le indicó con la cabeza que no sobreviviría aquella noche. De repente, se dio cuenta que aún no sabía qué le había ocurrido. La monja le mostró un cesto de esparto en el que dentro dormía dulcemente, ajeno a todo, un bebé sonrosado y menudo.

»—Ya no puede hacer nada por ella —dijo la monja refiriéndose a mi madre—. Será mejor que vaya buscando quien alimente a la niña, pronto empezará a llorar de hambre. —Poco después entraba en la celda un sacerdote que le dio los últimos sacramentos y murió en paz.

»Mi padre cogió el humilde cesto y se fue cabalgando al pueblo más cercano; allí, preguntando, dio con Vicenza que acababa de enviudar y había dado a luz hacía dos meses a su pequeño Giorgio. Se la trajo a su casa y desde ese momento me crió. Un año después, se casó con la que creí era mi madre.

Lisa se detuvo en su relato y suspiró.

—Ya veis. No tengo nada de ella. Vos, *messere* Leonardo, no podéis entenderlo, pero es un hueco que necesito rellenar. La madre es como la tierra que sostiene nuestros pies: si nos retiran el suelo, caemos y caemos en un terrible vacío en el que no encontramos dónde agarrarnos.

Lisa parecía divagar mientras narraba los hechos, pero se volvió hacia mí y dirigiéndome una mirada directa y de una profundidad inconmensurable, concluyó:

—Necesito inventar a mi madre. Necesito tener una madre y ver su rostro. Y vos, la podéis crear. He visto los cartones de *Santa Ana* que habéis expuesto, los que habéis realizado para los monjes de la Annunziata. Las caras de santa Ana y de la Virgen son exquisitas, más aún: divinos. Estoy segura de que en ellos se refleja el rostro de vuestra madre; sólo el amor de un hijo puede dirigir la mano que ha sido capaz de crear tan finos y celestiales rostros.

183

Tras una pausa, y mientras seguía con la mirada mis movimientos de artista, Lisa me preguntó:

—Decidme, ¿quién de las dos refleja más fielmente el rostro de vuestra madre?

—Las dos. Dos rostros, dos madres. Pues tuve no una, sino dos. Y, a la postre, ninguna.

—¿Dos? ¿Acaso murió joven vuestra madre también?

—Hay formas más dolorosas de perder a la madre que no son la muerte —respondí gravemente.

Ahora era yo quien se levantaba del asiento impaciente y se dirigía hacia la ventana. Salai se removió inquieto en su rincón, completamente cubierto por las sombras. Sus ojos miraban brillantes desde la oscuridad, un poco entrecerrados, hacia mí. Comenzaba a percibir que algo se le escapaba. Nunca había visto a su maestro comportarse así con ninguna modelo, por muy ilustre que fuera, y menos aún estar dispuesto, como parecía estarlo, a confesarle intimidades, que él mismo desconocía.

Lisa había notado la reacción del muchacho, pero la pasó por alto elegantemente, sin que pareciera que le había informado de ella el rabillo de su ojo. Yo permanecía ajeno a las reacciones de Salai y me apoyaba con ambas manos sobre el alféizar de la ventana. Bajé la barbilla, suspiré y después miré hacia el cielo, buscando una respuesta. El cielo comenzaba a oscurecer. Algunas estrellas apuntaban su fulgor brillante en él a pesar de no haber caído del todo el sol. Volví el rostro hacia el interior, esculpido ahora por las sombras del ocaso.

—Habéis dicho, señora, que no os podía comprender. Y no es así. Por el contrario, os comprendo perfectamente. Yo también sé lo que es crecer sin madre.

—Nunca me lo habías contado, Leonardo —intervino Salai con tono de reproche.

—A nadie lo había contado, Salai; ni siquiera a Verrochio, quien fue un padre para mí; ni a Boticelli, mi buen amigo de juventud.

Y dirigiéndome de nuevo a Lisa, añadí:

—Quizá con el paso de los años se agudiza más la ausencia. Cuando somos excesivamente jóvenes no nos damos apenas cuenta, pero a medida que el tiempo pasa, nuestra madurez nos aproxima de forma misteriosa a nuestra niñez y reconocemos sus deficiencias, y cada día que pasa hemos de arrastrar el peso de todo aquello verdaderamente importante de lo que carecimos o fuimos privados o, quizás, incapaces de conservar. En la nube del pasado, lo banal y lo superfluo se desvanecen. Lo digo con conocimiento de causa, pues nada material me faltó en mi infancia. Nada. Pero ella desapareció demasiado pronto de mi vida, y yo dejé de sentir. No volví a sentir cariño por nadie. No supe volver a sentir salvo en tres ocasiones: *donna* Albiera, mi maestro Verrochio y por Salai, aunque en este último caso es distinto.

Salai, que escuchaba sin perder detalle, frunció los labios, cuyas comisuras se le hundieron con amargor hacia abajo. No sabría precisar qué le había herido más: que le distinguiera delante de aquella mujer como un cariño distinto o que le conta-

184

ra aquellas intimidades antes nunca desveladas a él, casi ignorando su presencia. Casi podía oírle pensar: «Se diría que estás
a solas con Lisa de Giocondo en aquel taller, sin más testigos;
quizá la penumbra que se extiende por toda la estancia le ayuda a sentirse tan proclive a desvelar sus secretos, como si estuviese desliando cuidadosamente en la intimidad la venda de un
miembro herido». Salai dio un salto y empezó a encender los
candelabros de la estancia con premura. La luz comenzó a ganar la batalla. Poco a poco, toda la estancia quedó iluminada
por una dorada y cálida luz de velas. Justo a tiempo para que
Lisa apreciase mi rostro sonrojado a causa de la confesión, especialmente de la referida a Salai y el cariz ambiguo de su compañía.

Vicenza optó por tomar asiento, pues veía a su niña y señora encontrar consuelo a su herida y que yo parecía querer confiarle secretos de mi alma.Quizá pensó que lo mejor sería ponerse cómoda, pues intuía que aún tardarían un buen rato en
marchase de allí.

Capítulo XII

Catherina

*D*urante unos minutos Lisa contempló en silencio la estancia. Al completarse la iluminación de la misma, me senté y apoyé el codo izquierdo en un brazo de la silla. Estaba cansado. Cerré los ojos. Comencé a darme un suave masaje en la frente con los dedos, imprimiéndoles un movimiento circular que aliviaba la presión que sentía en la cabeza. Continuaba manteniendo los párpados cerrados. Todo parecía dar vueltas en mi interior y fuera de él. El pensamiento discurría a una velocidad vertiginosa que me llevaba a la angustia. Respiré honda y profundamente varias veces. El vértigo se iba mitigando poco a poco y no tuve claro si habían pasado horas o sólo un instante.

Miré hacia Lisa, buscándola. Allí continuaba, frente a mí, como un faro en la noche oscura. Sentí un enorme alivio al encontrarla aún allí, firme, segura, acogedora... casi maternal. Y dirigí mis velas hacia la serena bocana. Ella me observaba con una mirada aterciopelada a través de las ranuras de sus ojos almendrados, desnudos de pestañas, casi entornados al sonreír, deliciosa y cómplice. Me sorprendí a mí mismo esbozando una apacible sonrisa; una sonrisa que se deslizaba como una pequeña barca por mansas aguas azul turquesa, hacia una cala de blanda y cálida arena. Sentí encallar dulcemente. Ahora podría bajar a tierra firme y de nuevo echar a andar y explorar. Explorar con ojos renovados, desde un sentido de la realidad distinto, explorar más seguro, explorar empezando, incluso, por mí mismo. Si no llegaba a conocerme, a ese poso que mis emociones habían ido juntando a lo largo de los años, no llegaría a comprender a ningún ser humano, ni siquiera al que tenía más cerca de mí: yo mismo. Si realmente deseaba llegar a entender algo más del hombre, llegar a conocer sus mecanismos interiores, sus porqués, su origen, la causa de sus enfermedades, su cuerpo, su mente, su alma, se hacía imprescindible comenzar a desmenuzar y analizar a aquella que mejor conocía, o creía conocer: la mía propia.

¡Hacía tanto que no sonreía…! Me pareció la primera vez. Un canal de ternura y afecto comenzó a discurrir entre nosotros y nos unió de forma tan invisible como definitiva, real y tangible. Casi hubiéramos podido tocar aquella energía que nos conectaba misteriosamente y que fluía entre ambos, a modo de secreto cordón umbilical. Una intensa onda de bienestar recorrió todo mi ser; una profunda respiración me dejó en paz conmigo mismo y con el mundo. Me percaté de un inusual parpadeo intermitente y nervioso en mi pecho, cerca del corazón, que me recordaba que estaba vivo y que aún podía sentir, y que existían sensaciones maravillosas, más allá de las experimentadas por la mayoría. Tenía la íntima certeza de encontrarme frente a un espíritu escrutador, alguien quien, como yo mismo, no cejaría en su empeño de llegar al borde del Universo, para asomarse y conocer qué hay más allá de lo conocido. Alguien que no me dejaría hincar la rodilla ni dejarme abatir por la desesperanza. De alguna manera, la vida me había situado frente a un singular espejo con personalidad y voluntad propias y de sugerente misterio.

Ya más relajado, le devolví de nuevo la sonrisa. Me sentía más ligero, renovado. Nunca hubiera creído que confesara algo así a alguien que prácticamente no conocía de nada. Pero tenía la extraña sensación de que nos conocíamos desde siempre, desde el principio de los tiempos, y de que todo comenzaba a discurrir según lo dispuesto. Sólo había que dejarse llevar. Sólo había que dar los pasos adecuados y el camino aparecería ante los pies del peregrino… Siempre había estado buscando llaves que me abrieran la puerta del conocimiento; en mi interior, ¡tantas veces había pedido intensamente la gracia de encontrar! Y allí estaba, ante mí, lo intuía, una puerta hacia algo desconocido. Sobraban las palabras, entre nosotros no eran necesarias. Aquella extraña comunión nos permitía co-

187

nocer el interior mutuo sólo con desear sentirlo. Ella sabía que yo lo notaba. Yo notaba que ella lo sabía. Nos habíamos encontrado. Ya no estábamos solos en un mundo hostil hacia todo lo diferente, hacia todo lo que no es mediocre y vulgar. Un mundo que se aferra a su ignorancia, que rechaza lo nuevo y teme lo desconocido.

La sonrisa de Lisa se amplió y me contagió su alegría. Me levanté, le ofrecí la mano para ayudarla a levantarse y le dije:

—Venid, acompañadme; quiero enseñaros algo.

Lisa, desde su asiento, me extendió su mano, pequeña, algo regordeta, de uñas cortas y pulidas. Yo la tomé con delicadeza y entonces, ella pudo apreciar su contacto mullido, falto de presión; manos acostumbradas a crear belleza celestial y rebuscar en los pliegues de la Naturaleza, no en los de una mujer. Sonrió satisfecha; percatarse de mi verdadera condición de pintor la liberaba de barreras que habría de mantener ante otro hombre y la acercaba al entendimiento mutuo, al compartir sensibilidades y percepciones.

Avanzaba conducida por mí, apoyada en mi brazo, hacia la puerta del conocimiento: hacia la entrada del estudio que se abría al fondo del taller, mi *sancta sanctorum*, el lugar de recogimiento y meditación, donde surgían las mil y una propuestas para mejorar la vida, donde la mente era libre para crear un universo, donde la imaginación salvaba las limitaciones, el atrevimiento era ley y el objetivo, liberar al hombre de sus cargas banales para así, libre de rutinas, llegar a desarrollar lo más noble que hay en su interior; quizás, así pudiera la Humanidad vivir en un mundo libre de prejuicios morales, de envidia, de miedo, de tiranos… Un lugar donde construía un mundo a mi antojo, lejos de la gris realidad, en un intento de cambiarla.

Paso a paso, tomados de la mano, avanzábamos despacio, un paso, otro, otro más, los dos atravesando el umbral de la puerta del estudio. Podía notar la emoción de la mujer en sus manos trémulas, en la presión con la que atenazaba mi brazo, en sus ojos que todo lo recorrían en busca de algo distinto a lo que ya conocía de cuando vino la primera vez: la gran mesa central, los tarros de cristal conteniendo vísceras, la maqueta del trasvase del Arno…; la mirada se posaba, por fin, en los cortinajes del fondo de la estancia. Asentí con la cabeza.

Me separé de ella delicadamente, dirigiéndome con decisión hacia ellos: los descorrí de un solo golpe y acerqué al interior un candelabro encendido. Ante los atónitos ojos de Gioconda se abrió un nuevo tramo del taller, oculto a los curiosos, donde pendían del techo maquetas de extrañas máquinas con alas de formas caprichosas, artilugios no antes vistos y de desconocida función en forma piramidal, que sujetaban con hilos muñecos articulados; repartidos de forma caótica por encima de la mesa y por todas partes, incluso por el suelo, papeles y más papeles con complicados cálculos y anotaciones en los márgenes, dibujos, estantes llenos de libros y de papeles amontonados, cuerdas, velas, alambres, un cráneo humano, una balanza, compases, cartabones, mapas, todo iluminado con la amarillenta luz de las velas adquiría tonos anaranjados e inquietantes sombras crecían y se movían a la par de nosotros. Yo recorría el perímetro de la estancia mostrando mi mundo secreto, mi pequeño imperio, con el orgullo del general que muestra sus tropas y con la amargura de la incomprensión que le impide ponerlo en marcha y desplegar su poderío.

Lisa miraba admirada hacia todas partes, y yo la saqué de su asombro diciéndole:

—Éste es mi mundo. Mi verdadero mundo. Con lo que verdaderamente disfruto: conociendo, investigando, comprendiendo, inventando. No es la pintura lo que realmente quiero hacer; me permite vivir con desahogo, pero me roba tiempo de mi verdadera, mi única pasión: descubrir, saber, inventar…

Esta última palabra la pronuncié despacio, mirando hacia el techo, del que colgaban de las vigas maquetas de raras maquinarias.

—Todo esto ya os lo iré mostrando más despacio. Ahora —añadí— quisiera enseñaros algo que habéis mencionado y en lo que yo no había reparado antes.

—¿A qué os referís, Leonardo?

—Al cartón de santa Ana, la Virgen y el Niño. Hasta que os lo he oído decir a vos, no había comprendido hasta qué punto esta obra está ligada a mis vivencias, a mi propia infancia.

Me dirigí hacia un ángulo de la estancia, seguido de Gioconda. Saqué de entre unos cuantos cartones de varios tamaños, uno de considerables dimensiones. Le di la vuelta. Era uno de los cartones que había realizado para el *Santa Ana*, incluso tenía la coloración bastante avanzada. Sonreí irónico dirigiéndome hacia ella.

—Se podría afirmar que con cada pincelada he procurado aplicar bálsamo a mis heridas y que, sin apenas darme cuenta, estaba creando a mi madre, a la que hubiera deseado tener y, al tiempo, recordando a las mujeres que han cuidado de mí.

Lisa se mantenía en silencio. Me escuchaba con máxima atención.

—Ya veis, señora, no estáis sola en el intento de inventar una madre. Quizá —sonreía con ironía— sea lo único que me quede por inventar.

Lisa miraba detenidamente la imagen que le mostraba y, vuelta hacia mí, me preguntó:

—¿Cuál de las dos mujeres es la que representa vuestra madre?

—Pues… santa Ana… supongo… —respondí con la mirada perdida en el fondo infinito del cartón—; sí, sin duda, ella es santa Ana. En su regazo, la Virgen, que sería *donna* Albiera —no pude reprimir una cariñosa mirada hacia la figura al recordarla— y el Niño Jesús…

—Dejadme que lo adivine —me interrumpió Lisa con un inequívoco tono de humor—, a ver, a ver… el Niño Jesús. ¡Sois vos! Todo un alarde de modestia, maestro —añadió *donna* Lisa con palpable ironía.

—No seáis cruel conmigo —protesté sin mucha convicción, a sabiendas de que la auténtica intención de Lisa era relajarme en tan delicado trance—. No fue mi intención compararme a Cristo. Nada más lejos. Sólo me identifico en la complicada relación materna que refleja esta obra. Fijaos —dije señalando a una de las figuras—, la Virgen es casi una niña, de hecho aún está sentada en el regazo de santa Ana, su madre. La Virgen cuida al Niño y santa Ana cuida a la Virgen; por lo tanto, aunque de forma indirecta, santa Ana cuida del Niño a través de la Virgen, a quien le ha sido confiado el Niño.

—Es eso, ¿verdad? Eso es lo que envuelve en tristeza vuestro corazón: fuisteis entregado a otra mujer por vuestra verdadera madre.

—No exactamente así… ni creo que sea la única razón que pesa en mi ánimo, pero sí, ése fue el resultado final.

190

Dejé nuevamente en su sitio el cartón. La oscuridad era casi completa a nuestro alrededor. Los altos y estrechos ventanales permitían ver una Florencia anochecida, recubierta por un cielo aterciopelado de azul con brillantes estrellas engarzadas. Encendí los candelabros de encima de la mesa. Miré a mi alrededor. Cambié de opinión. No me apetecía ni lo más mínimo permanecer allí. Necesitaba un poco de aire. Le pregunté a Lisa si tenía inconveniente en bajar al patio; ella no tenía ninguno, al contrario. Apagué los candelabros de la mesa de estudio y, con el mismo que había traído en mano, fui alumbrando el camino de regreso precedido de la mujer. Corrí de nuevo las pesadas cortinas y, tras volver al lugar donde dejamos a Salai y a Vicenza, nos dirigimos hacia la puerta que comunicaba el taller con la escalera que bajaba al patio. Una vez hubimos descendido al mismo, nos acomodamos en unos asientos.

Era noche cerrada: el aire agitaba el jazminero sin flor, rozando sus tallos más largos por el suelo del patio al ritmo de la brisa. Era agradable notar el fresco en la cara, despejaba la mente. El toldo negro que solía tapar el techo del patio estaba recogido y podía verse una pléyade de estrellas, relucientes testigos desde la bóveda celeste. Algunas gotas del agua que repicaba en la fuente, nos llegaban al rostro llevadas, por arrebatos de brisa.

191

—¿Cómo se llamaba vuestra madre, Leonardo? —preguntó Lisa mientras apartaba con la mano las hebras del lacio cabello que el airecillo le había pegado al rostro.

—Catherina.

—¿Catherina? Un nombre muy dulce. Es hermoso.

—Ella también lo era.

Quedamos los dos pensativos, en silencio, y entonces Lisa añadió:

—¿Sabéis si vive aún?

—No, ya no vive.

—¿A qué edad os separasteis de ella?

—A los cinco años. Acababa de cumplirlos.

—No es mucho tiempo.

—No, no lo es. Supongo que nunca lo es.

—¿La echasteis de menos?

Yo contestaba un poco ausente mientras me retiraba obsesivamente la cutícula del dedo pulgar, sin levantar la vista de la operación. Lisa se percató de la pulcritud de mis manos, perfectamente cuidadas, que no necesitaban tal manipulación pero que me servía para ocultar el azoramiento que me producía la confesión, quizá no tanto a ella, sino ante mí mismo. Yo incluso notaba en las mejillas ligeramente sonrojadas.

Pareció que Lisa sentía una oleada de ternura por aquel hombre de gran tamaño que escondía un niño dolorido dentro, que se derretía ante la posibilidad de sentirse comprendido y apreciado. ¿Qué no habrá sufrido en cada decepción, cada vez que haya creído encontrar cariño en alguien y no haya sido así?

Me siguió preguntando:

—¿Vuestra madre era florentina?

—No, no. Vine muy joven a Florencia, pero no nací aquí sino en Anchiano, donde vivía mi madre, y que es una aldea cercana a Vinci, de donde es mi padre.

Dejé por fin de martirizarme el dedo y me removí un poco en la silla, hasta acomodarme definitivamente. Me dediqué a observar la abundante cabellera del jazminero, que oscilaba con la brisa. El rumor que producía el ondulante movimiento verde atrapó mi vista y la dejó prendida en un recuerdo lejano pero vívido y fresco.

—Me parece estar viendo los verdes prados de Anchiano y sus colinas azuladas por la lejanía. Vivíamos rodeados por una espléndida belleza; una belleza tranquila y serena. Catherina, mi madre, era hija de unos campesinos muy humildes. Su belleza enamoró a mi padre, hijo de un prestigioso notario de Vinci y, a su vez, futuro notario. Todo un brillante provenir que no iba a echar por tierra casándose con una simple aldeana, sólo por el hecho de haberla dejado encinta. Ese mismo año en el que yo nací, mi padre contrajo matrimonio con su primera esposa, *donna* Albiera, alguien digno de la categoría social de mi padre. Mi madre, por su parte, aceptó la propuesta de matrimonio que le hizo Andrea del Vacca, un pastelero que andaba perdidamente enamorado de ella y al que no le importaba que hubiera tenido un hijo. Antes de que yo cumpliera el año, mi madre estaba casada y yo tenía alguien que haría las veces de un padre. Al menos, yo creía que lo era y él me trató como si así fuera. Era un buen hombre, sencillo y cariñoso, con una gran paciencia. Supo transmitirme sus conocimientos de repostería, a la que soy gran aficionado, pero sobre todo me enseñó a ser paciente y a apreciar la capacidad de transformación que posee el hombre sobre las materias de la Naturaleza. Entre otras muchas cosas, aprendí de él a hacer mazapán, material con el que construyo mis maquetas de arquitectura.

»Durante todos aquellos años en la casa de mi madre, mi vida consistió en trotar a mis anchas en plena libertad por los alrededores: no había roca, altozano, valle, riachuelo, bosquecillo, sendero que no conociera, lo que traía a mi madre más de un quebradero de cabeza.

Cerré los ojos para ver mejor en la lejanía los recuerdos que resonaban en mi mente.

—¡Lionardo, Lionardo! ¿Dónde te has metido? ¡Vuelve! ¡Vuelve ahora mismo, te digo! Este niño se aleja demasiado, un día… un día de estos vamos a tener un disgusto.

Catherina, de pie a unos metros de la puerta de la casona de piedra humilde, ponía una mano a modo de visera para poder distinguir mejor a lo lejos. No lograba ver la figura de su pequeño. Eso la inquietaba.

«¡Qué demonio de chico! No es malo, no. Pero tan seguro de sí mismo… demasiado seguro para cuatro años.» No atendía para nada a sus explicaciones. Lejos de obedecerle, ni tan siquiera de escuchar lo que le decía, se atrevía a corregirla, ¡a ella!, ¡a su madre!, ¡maldito mocoso! Bueno, maldito no, pero impertinente sí. Era inútil que le explicase algo, él ya lo sabía antes de que ella lo hiciera. El caso es que casi siempre tenía razón, y eso o bien la irritaba más aún o bien la divertía, pero en cualquier caso, le dejaba un poso amargo, la hacía sentir vacía, innecesaria; demasiado sentido común en un niño tan pequeño. Eso no podía ser bueno. O a lo mejor sí. ¡Quién sabe! «Pero ¿dónde estará? A este niño no se le ve por ningún lado.»

—¡Andrea, Andrea! ¿Tú ves al niño?

«¡Qué difícil se hace ser su madre! No es malo no, pero es tan poco cariñoso… No sé, quizá la culpa la tenga yo. Quizá sea porque cuando le visto o le abrazo siento que mi hijo está muy lejos de mí… siento que es igual o mayor que yo. No sé. No sé. Cuando sus ojitos celestes se clavan en los míos siento algo que me supera y aparto los míos confundida. Ayer, mientras lo secaba después de bañarlo y lo frotaba con el lienzo, me volvió a pasar. ¡Dios mío! Parece que el niño lo sepa. Me levantó la cara con sus manos y se me quedó mirando y me dijo que no me preocupara, que él era mayor y sabía cuidar de sí mismo y que cuidaría de mí. Claro hijo, claro. ¡Cómo me gustaría que me dejaras ser tu madre! Me hace sentir, no sé por qué, como una niña pequeña a su lado. Una niña un poco torpe y lenta. Demasiado rápido para mí. Demasiado seguro. Todo lo quiere hacer solo, no deja que le ayude. No me deja sentirme necesaria. Apenas le hago falta. Parece que le veo venir. ¿A ver, parece? Sí, sí. Es aquel que viene corriendo. ¡Bendito sea Dios, que estás bien! No sé cómo se lo voy a decir. Lo haré poco a poco. ¡Está tan encariñado con Andrea… y él es tan bueno con el niño! Tanto como si fuera su verdadero padre, ¿qué digo? Creo que más. Lo malo es que para Lionardo es su padre. Nunca le he dicho lo contrario. No lo creí necesario. Pensé que el niño se quedaría con nosotros para siempre. Pero las cosas están cambiando. Piero, su auténtico padre, insiste en hacerse cargo de él. ¡Ahora se acuerda de su existencia! Yo sé que no es idea suya la de llevarse al niño. Nunca se ha preocupado por él. Yo sé que la idea es del abuelo Antonio, su padre, el que en tiempos también fue notario de Vinci. ¿Cómo va a ser idea de Piero si ni siquiera conoce al niño? Es del abuelo, yo sé que es del abuelo. Desde que vino a conocer al niño… Me lo dice el corazón, al abuelo le ronda la idea de llevárselo. Se quedó prendado de él, tan guapo, tan hermoso, tan fuerte, con esos rizos tan rubios y esos colores en las mejillas; de sus maneras, delicadas y elegantes, impropias de su edad y del hijo de una campesina. ¡Y más ahora, que ya está criado y que su hijito no le da más nietos! Me lleno de rabia cuando lo pienso, tanto que me entran ganas de morder. Como cuando me lo propuso la segunda vez que vino. "¡No, no y no! ¡Es mi hijo y no lo voy a entregar! Ya sé que somos pobres y no tenemos grandes cosas pero en esta casa se le quiere, tiene a su madre que lo ha parido y a un buen hombre que es el mejor de los padres. No necesita más el niño." Eso fue lo que le respondí. Pero, no sé. No estoy ahora tan segura de pensar lo mismo. Han pasado dos años y Lionardo sí necesita más. No ha nacido para quedarse aquí arando la tierra o amasando el pan o batiendo claras. Esto se le ha quedado pequeño a mi niño, y dentro de unos años, más. Yo ya le he quedado pequeña. Andrea es bueno, pero simple. Su padre le podrá acercar a sitios donde yo nunca podré llevarle, vestirá finos paños, aprenderá a leer, conocerá gentes importantes y su esposa, la madrastra de Lionardo tendrá elegantes maneras y lo educará con refinamientos que yo no conozco. Mi Lionardo no puede quedarse aquí. Aunque me parta el alma perderle. Ya no me necesita. El que me necesita es el que llevo dentro. Sólo quedan unos meses para que nazca. Lionardo ya no estará aquí. Será mejor que se lo explique un día de éstos. Tendrá que ser pronto. Pasado mañana tendré que darle respuesta a su abuelo y ya sé cuál va a ser. No puede ser otra. Yo sé que no lo entenderá ahora, pero algún día, cuando sea mayor...»

—¡Qué sucio vienes! ¿Dónde has estado? ¿Qué llevas en el bolsillo, un renacuajo...? No tienes arreglo, ¡te tengo dicho que no me traigas bichos a casa!... ¿Qué quieres, abrirlo? Pero ¿no te da asco? ¿Para qué vas abrirlo? Anda, suéltalo, vamos, quítate esas ropas y métete en el barreño, que el agua está caliente. Anda, anda... abrir ese pobre bicho... ¡Qué ocurrencias tienes, hijo!

—No fue una mujer efusiva en besos y abrazos —seguí contándole a Lisa—, pero quizá tampoco yo me prestase a ello. Nunca lo sabré y ahora ya da igual.

»Una noche mientras cenábamos junto a la chimenea, en la casi única estancia de la casa que hacía las veces de cocina y comedor, mi madre me preguntó si me gustaría conocer otros lugares y aprender a leer y a escribir. Entonces no me di cuenta, pero ella me conocía bien y supo ponerme el cebo adecuado para que el trago fuera envuelto en ilusión, lo que no he sabido interpretar adecuadamente hasta ahora que os lo voy contando. Andrea, a quien yo creía mi padre, estaba muy callado, y tenía los ojos algo hinchados. Mi madre siguió diciéndome que para todo eso hacía falta tener mucho dinero o un padre que fuera rico, y que pocos chicos tenían esa suerte. Y que yo era un chico muy afortunado, porque tenía un padre rico que regresaba de un largo viaje, muy largo y, que mientras él regresaba, le había cuidado un hombre muy bueno, que me quería como un padre de verdad. Mi padre al terminar de su largo viaje, venía a conocer y a recoger a su hijo, para educarle como le corresponde al hijo de un notario.

»Recuerdo que se me encogió el corazón. Ella había intentado amortiguar el golpe, pensando quizá que lo más duro para mí era el separarme de mi familia, de ella, pero lo terrible para mí fue descubrir que aquel bendito, sabio en sus sencillos conocimientos, no era mi padre.

»Se me endureció el rostro y se me tensó la garganta. Miré hacia Andrea: ahora le veía con otros ojos, apareció ante mí como un pobre hombre que, por amor, había jugado un papel que no le correspondía; me di cuenta de cuánto le quería, pues si creyéndole mi padre lo había amado, ahora que sabía que no lo era, se hizo más humano a mis ojos; lejos de sentirme traicionado, se abrió en mi pecho una gran admiración por él, pues sin serlo me quería como un hijo. Lamenté muy de veras que aquel hombre no fuera mi verdadero padre. Andrea no pudo más y, destrozado, rompió a llorar con los codos apoyados en la mesa de madera y la cabeza, de espeso y ensortijado cabello negro, hundida entre los brazos. Miré a mi madre, sentada frente a mí. El dolor de Andrea era mi dolor, lo que más me entristecía era que fuera él quien sufriera más el engaño de mi madre, o al menos en aquel momento me lo pareció. Salí corriendo a mi cuarto y también lloré sobre mi cama. Al cabo de unos minutos, mi madre apareció en el umbral de mi pequeña habitación. Enfurecido me volví hacia ella y le reproché entre sollozos que no me quería, que me había engañado, que era la única que no lloraba. Me contestó bajando los párpados de sus grandes y rasgados ojos castaños:

»—Ya lloraré cuando no te tenga conmigo. Ahora no quiero perder ni un minuto llorando; si lloro, las lágrimas no me dejarán verte, hijo mío.

»Nos fundimos en un largo abrazo. Debí de quedar dormido por el agotamiento de tantas emociones.

»Algún tiempo después apareció por allí un hombre viejo, de vestiduras sencillas, pero al que todos llamaban don Antonio. Entró en nuestro hogar y tomó asiento. No era la primera vez que venía por casa. Mi madre me lo presentó por su verdadero nombre: el abuelo Antonio, el padre del señor Piero, tu padre.

»Aún me parece notar las manos de mi madre sobre mis hombros, mostrándome al abuelo y, al tiempo, protegiéndome de él. Ella percibía que su figura me impresionaba. Era un hombre de cierta corpulencia que aún conservaba su antiguo porte. Sus cabellos canosos le llegaban en forma de melena hasta los hombros y vestía de forma curiosa. Nadie diría que se trataba de un antiguo notario. Sus ropas eran las propias de un aldeano, pero de buen paño. Calzaba unas buenas botas de cuero pero muy desgastadas, casi tanto como la capa que le abrigaba. Se cubría con un sombrero de paño de ala ancha como el de los campesinos, que dejó sobre la mesa, la única mesa de toda la casa. Entonces no lo sabía, pero lo que más amaba mi abuelo era la tierra. La tierra lo era todo para él, le mantenía, le enseñaba, le descubría cosas, le daba la paz… No dudó en dejar su profesión de notario y retirarse al campo a cultivar sus tierras, cuidar de sus viñedos y observar los cambios de la Naturaleza. Tampoco lo supe entonces, pero mi abuelo Antonio en el fondo despreciaba a Piero, su hijo, por el que sentía pena por no saber vivir la vida, y "por no saber ver en las cosas ni en las personas".

»En cierta ocasión, cuando ya llevaba tiempo viviendo en casa de mis abuelos en Vinci, junto con mi padre, mi abuelo Antonio me llevó como tantas veces a sus campos y mientras los recorríamos atardeció y, sentados en unas grandes piedras, nos detuvimos a contemplar la belleza del ocaso.

»—No sigas los pasos de tu padre. Él querrá que seas como él, que hagas lo que él ha hecho, pero tú has de hacer lo que has de hacer. Cada hombre tiene su propio camino, y lo ha de descubrir mientras lo recorre. Además, tu padre es idiota, hijo. Te lo digo yo, que soy el suyo. Ha preferido recoger las migajas que yo dejé. Si abandoné mi profesión de notario fue porque comprendí que con ella no era feliz. No basta con ganar dinero y más dinero, tener fama y ser respetado. Nada de eso vale, si no te respetas a ti mismo, si no eres coherente contigo mismo y vives como crees que has de hacerlo. Nada te satisfará. Siempre te faltará algo. Cuando te falta todo, es que te faltas tú —dijo esto el abuelo Antonio dándose golpecitos en el pecho con el índice de su reseca mano—. Y el idiota de tu padre no ha entendido nada. Cree que ganándose una reputación, llenándose los bolsillos de dinero va a ser feliz. No le ha bastado ver mi error de tantos años. ¡Ah, la experiencia es la única propiedad que no se hereda, la ha de adquirir cada uno por sí mismo!

»Me dio unos golpecitos en la rodilla con la palma de su mano y añadió muy grave:

»—Leonardo, hijo, recuerda esto: nunca encontrarás paz si no colaboras con la obra del Sumo Hacedor, si te sales de ella se romperá el delicado equilibrio que te une con todos los seres vivos; sólo sintiéndote parte de ella, como lo es la tierra, como este sol que se marcha, como las aves que nos sobrevuelan, como las estrellas… Si eres capaz de captar la belleza de todo lo que te rodea y estar agradecido por ello, tendrás paz y sentirás la honda felicidad de pertenecer a un todo que late con un solo corazón. Respira, hijo, respira hondo, llénate los ojos de la vida y nota el pulso de la Naturaleza.

»La formidable silueta de un águila imperial se sumó al horizonte anaranjado y dorado del atardecer, creando un hermoso contraste sobre las nubes color púrpura. Sus alas extendidas, con las plumas de sus extremos separadas, planeaban con imperio. La seguí con la mirada, mi respiración era honda y profunda, me sentía ligero y crecido; cada vez más ligero, cada vez más honda y profunda, cada vez me elevaba más y más alto. Poco a poco, la figura de la magnífica águila se hizo más y más cercana, sintiéndome a su mismo nivel, detrás de ella, irremediablemente remontado y atraído hasta ella. De forma inexplicable me sentía volar sobre el tibio cuerpo del animal, pegado a ella y no sentía ningún temor ni extrañeza, todo era natural y posible. Podía sentir el contacto cálido y mullido del animal bajo mi cuerpo, aquel al que parecía haber abandonado ausente junto a mi abuelo, en los ya lejanos riscos. La vista desde aquella altura era distinta a todo lo imaginado. Los campos se convertían en pequeños rectángulos marrones y verdes, las colinas en círculos suaves, los riachuelos en hilos de plata, las aldeas en pequeños montículos de piedra gris y tejados rojizos, los caminos en finas arterias blanquecinas, los bosques en frondosas alfombras verdes.

»De repente, el águila comenzó a bajar en picado, sentí miedo y perdí el contacto con ella. Volví a mi realidad, sentado en la piedra plana, junto a mi abuelo. Éste me estaba llamando:

»—Leonardo, hijo, despabila —me despertó mi abuelo—. Anda, que te has quedado traspuesto. Venga, vámonos ya, que luego tu abuela Lucia nos riñe. Sobre todo a mí.

»Guardo un grato recuerdo de mi abuelo Antonio, quien me enseñó a saber ver y a prever las consecuencias. No así de Piero, mi padre. Su silueta apareció pocos minutos después a contraluz en la puerta de nuestra casa. Supe que era él porque los dedos de mi madre se endurecieron sin poder evitarlo sobre mis hombros. Me sobrecogió su estampa. Nunca había visto un hombre tan alto ni tan fuerte. Superaba con creces la estatura y la corpulencia del abuelo Antonio, pero no su elegancia, pues, resultaban sus movimientos un tanto toscos y bruscos, y quedaban aún más remarcados por el continuo movimiento de la ampulosa capa de terciopelo marrón toda ribeteada en piel de zorro rojo. El bonete a juego le hacía parecer aún más alto, y le daba apariencia de más edad de la que realmente tenía. Al entrar en la vivienda no se descubrió. Saludó a mi madre ignorando, por completo a Andrea. Aquello me dolió como una punzada. No me gustaba aquel hombre. Su actitud, su corpulencia y su desprecio hacia el que hasta ese día había sido mi padre, hacían que el pobre Andrea pareciera aún más reducido en su tamaño, un tamaño que verdaderamente había disminuido por la pena de la separación.

»Tampoco me gustó el brillo de sus ojos cuando miraron a mi madre. Reconocí en sus pupilas las mías, el mismo color y transparencia. Percibí cómo se dilataron ligeramente al mirar frente a frente a mi madre; cómo las aletas de su recta y algo aguileña nariz se conmovieron casi imperceptiblemente al verla; cómo estuvo a punto de esbozar una sonrisa que abortó de raíz, cómo endureció el rostro a continuación y cómo deseaba que todo se produjera lo más rápido posible. Percibí su miedo. Miedo a la belleza de mi madre. Miedo a reconocerse a sí mismo. Miedo a vislumbrar la existencia de un camino abandonado hacía ya tiempo antes de recorrerlo y que nunca podría conocer. Miedo a reconocer la felicidad perdida.

199

»Se fijó en mí. Me miró, al principio con algo de estupor. Luego, sonrió satisfecho, incluso con afecto.

»—Eres igual a mí. No hay duda de que eres hijo mío. Eres un chico grande y fuerte. Tienes mis mismos ojos y mi cabello rubio-rojizo. Eres muy guapo.

»—En eso no ha salido a ti, querido —añadió mi abuelo, lo que provocó mi risa y la sonrisa de los presentes, menos de *ser* Piero.

»Éste carraspeó irritado, mirando con dureza hacia su padre que continuaba sentado, apoyando relajadamente un brazo sobre la mesa, y apremió para que todo acabara de una vez.

»—¡Basta ya! ¿El chico sabe a lo que he venido? —preguntó *ser* Piero con evidente impaciencia.

»—El chico se llama Lionardo —respondió mi madre con calma y dominio de la situación— y sabe quién sois vos y a qué habéis venido. Soy yo la que quiere estar segura si vos sabéis lo que vais a hacer y si lo haréis bien.

»Yo no pude ver el rostro de mi madre pero puedo asegurar que notaba su mirada directa y amenazadora sobre ser Piero.

»—Os doy mi palabra que al niño no le habrá de faltar nada. Será tratado y educado como le corresponde al hijo de un notario. Os lo juro.

»Mi madre dirigió su mirada hacia mi abuelo, en quien parecía confiar más. Y éste asintió con la cabeza. Ese juramento le pareció más fiable a mi madre, pues sus dedos dejaron de apretarme con firmeza y comenzaron a retirarse de mis hombros. Sus manos me empujaron suavemente hacia *ser* Piero, al tiempo que me susurraba al oído que no tuviera temor, pues ellos también eran mi familia y debía continuar mi vida con mi padre. Mi madre se había arrodillado para decírmelo. Ya había avanzado unos pasos, cuando *ser* Piero avanzó su gruesa mano llena de abultados anillos hacia mi hombro, y volví corriendo a mi madre, aún arrodillada, y me abracé con fuerza. Hubiera querido llorar y que reventara la negra nube que me atenazaba la garganta y el pecho, pero no pude hacerlo. La abracé con toda la fuerza que fui capaz y ella a mí.

»De repente, cesó la tensión en mi interior. Me fui soltando. La angustia había cesado. Ahora, en su lugar, había un enorme vacío. Me sentía ligero, impersonal. Me aparté de mi madre, le miré el rostro, estaba a punto de llorar, pero sus pómulos tensos contenían la emoción. No iba a llorar. Yo tampoco. Yo ya no sentía. La miraba y ya no veía a mi madre. Veía a una mujer desconocida. Miré a mi alrededor. Reparé en mil y un detalles que hasta entonces me habían pasado por completo desapercibidos. Todo era más viejo y deslustrado de lo que me había percatado. Los contornos de todas las cosas eran ahora más nítidos y contrastados.

»—Tengo que irme, madre.

»—Lo sé, hijo. Ve con ellos. Que Dios te bendiga.

»Andrea se acercó y me abrazó muy fuerte, llorando a lágrima viva. Su barba sin afeitar me pinchaba y raspaba pero no me importaba: más áspera era la separación. Pude notar por última vez su cuerpo caliente, orondo y mullido. Sorbió y se secó las lágrimas con sus mangas y cogió el pequeño baúl de madera que contenía mis escasas y sencillas pertenencias: mis ropas y algunos juguetes de madera —que Andrea me construyó y los que me hacía yo mismo—, y se dirigió hacia el carruaje que esperaba fuera. Lo aseguró con correas en la parte trasera y volvió hacia nosotros que ya habíamos salido al exterior de la rústica vivienda. Allí estaba el grupo al completo. Todos de pie. Había llegado el momento de partir. Mi abuelo fue el primero en subir al coche. Desde el interior, con la portezuela abierta me invitó a subir con un gesto de su mano. Mi padre me esperaba al pie de los peldaños del carruaje. Me volví hacia mi madre y le pregunté:

201

»—¿Volveré a verte, madre?

»—Claro que sí.

»—¿Lo juras?

»A Catherina le tembló la barbilla y se le volvieron agua los ojos:

»—Lo juro. Lo juro por el hijo que llevo en mis entrañas.

»Comenzaron a caer gruesos lagrimones por sus mejillas. Tenía ojeras. Nunca se las había visto. Hizo un alto y prosiguió:

»—Siempre estaré cerca de ti, Lionardo, hijo; aunque tú no me veas, estaré cerca.

»—Pero no te oiré cantar.

»—Sí que me oirás —me dijo con la voz ya quebrada—, si sabes escuchar. Aprendí del jilguero y del gorrión; cuando los oigas cantar, me oirás a mí. —Hizo una pausa, miró hacia el cielo y añadió—: Ahora debes marchar con tu padre y tu abuelo, antes de que os alcance la lluvia.

»Comenzó a chispear, miré al cielo y vi los grises nubarrones que se retorcían enfadados, empeñados en cubrirlo todo. Subí al carruaje y detrás de mí, mi padre se sentó a mi lado y frente a mi abuelo. Asomé la cabeza y pude ver a través de la ventanilla a Andrea y a mi madre, allí de pie, delante de la puerta de la humilde casa; el estallido del látigo puso en marcha el vaivén del carruaje. Comenzaron a alejarse la casa, Andrea y mi madre. La lluvia arreciaba, pero ellos continuaban allí. No me había dado cuenta hasta ese momento de lo abultado que estaba el vientre de mi madre. Me saludaban. Notaba que una triste sombra se apoderaba de aquella casita. Pudo ser la de uno de aquellos nubarrones pero tuve la sensación de que se trataba de la de mi propio hueco, el que dejaba al marcharme. Me puse en pie dentro del carruaje y, asomándome a la ventanilla, saludé a lo lejos. Un recodo del camino me privó bruscamente de la visión de los que hasta ese momento habían sido mi casa, mi madre y mi padre.

202

»—Siéntate, Lionardo —me ordenó mi abuelo—, no te vayas a caer. Será mejor que duermas un poco: es muy temprano aún y tardaremos algo en llegar a Vinci. Descansa, hijo, que hoy conocerás al resto de tu familia y a tu nueva madre.

»—Lionardo, Lionardo… —dijo mi padre secamente mientras miraba distraído por la ventanilla—, ese nombre no me gusta nada. Sencillamente ridículo: suena cursi. De ahora en adelante te llamarás Leonardo. Resulta mucho más apropiado.

»—¿Para quién? ¿Para él o para ti? —interrumpió el abuelo Antonio—. Recuerda una cosa Piero: si bien Dios te ha dado la potestad de cambiarle el nombre a tu hijo, también te ha dado la responsabilidad de velar por él y por su futuro. Recuerda lo que has prometido y ten bien por seguro que yo te lo recordaré mientras viva y que será Él quien te pida cuentas por los talentos que le dio. —Y echándose bruscamente hacia atrás contra su asiento, siguió—: No hagas como yo hice, que los di en préstamo y sólo he recuperado la mitad, que Dios me perdone.

»—¡Basta, padre! Estoy harto de que me compare con mi hermano Antonio: ¡el honesto Antonio! Trabajar la tierra no es el único trabajo honesto. Si él ha escogido ser un destripaterrones, ¡allá él con sus viñedos! Pero yo no, y no por eso dejo de ser honesto. El que tenga que mirar a otro lado en determinados momentos no significa...

»—Especialmente cuando se trata de negocios de los Medici... —interrumpió el abuelo—. Sí, hijo, sí, tú te has propuesto llegar a la corte de los Medici y lo lograrás, ¡ya lo creo que lo lograrás!

»Mientras, la lluvia se había hecho más espesa y el ambiente refrescó repentinamente, comencé a sentir frío, y me acurruqué en el asiento. Finalmente caí adormilado sobre mi padre y mi abuelo le indicó que me tapara con su capa y me apoyara contra él. Lástima que la única vez que me abrazó mi padre, yo estuviese dormido.

Lisa me escuchaba atentamente, sin perder un ápice del relato. Al detenerme en este punto, preguntó:

—¿Y no volvisteis a ver a vuestra madre, a Catherina?

—Sí. Cuarenta y tres años después, durante mi estancia en Milán, en el Hospital de Santa Catalina, con ocasión de que Giovannina, mi sirvienta de entonces, estuviera ingresada por encontrarse gravemente enferma.

Fruncí los labios mientras dirigía la mirada vacía al suelo. Me miraba los pies, calzados con botines de suave piel. Apoyé las manos, ambas a un tiempo, de un suave golpe sobre los brazos del asiento y miré con detenimiento el rostro de Lisa. Sus rasgos, suaves, de ángulos trocados en dulces curvas, habían adquirido un aire más tierno, a la luz de las antorchas que Battista había ido repartiendo por el patio. Si no hubiera sido por su pequeño tamaño, se me habría antojado estar confesando ante el rostro de la propia luna. Si la luna se hiciera mujer, sin duda, habría adquirido la apariencia de Lisa. Miré hacia el cielo estrellado, no vi a la madre luna. Quién sabe, quizás adopte esta forma para vivir entre los mortales de vez en cuando, y sonreí ante ese pensamiento.

Monna Lisa observaba desde su asiento la ventana del taller que daba al patio. Desde allí pudo ver a su vieja nodriza apoyada en el quicio de la ventana echando una cabezadita. Vuelta de nuevo hacia mí, me sorprendió sonriéndome.

—Me alegra veros sonreír, *messere* Da Vinci. ¿Qué es lo que os alegra?

—No es alegría lo que siento, sino que me sonrío ante los giros del destino. Hace un instante os observaba y algo en vuestro rostro me recuerda a la buena de Giovannina, un rostro fantástico. Estuvo a mi servicio en Milán, cuando yo aún trabajaba para Ludovico Sforza. En aquel tiempo mis ocupaciones al servicio de El Moro eran tan variadas y múltiples como variopintas: desde el encargo de la estatua ecuestre de su padre, al diseño de nuevas máquinas de guerra para sitiar ciudades: cañones a vapor, disparadores de repetición múltiple, un vehículo acorazado desde el que se puede disparar pero que resulta inmune al fuego del enemigo; el diseño del nuevo trazado de Milán; el de la cúpula de la catedral; el sistema de calefacción del castillo; además de organizar las cenas y espectáculos que el duque ofrecía casi de continuo a su corte e invitados. A todo lo anterior había que sumar mis propias investigaciones sobre el cuerpo humano, las matemáticas, la forma de medir el tiempo, la de medir la altura de las montañas, etc. La actividad era frenética, así que tuve que tomar alumnos y aprendices para poder llevar a cabo tanta tarea simultánea.

»Llegamos a ser cinco personas en mi casa: mis alumnos Boltraffio y Marco, a los que se sumó Salai —que entonces contaba con sólo diez años—, Battista y yo. A pesar de sus esfuerzos, Battista no podía ocuparse de todas las labores, así que me propuse buscar a una cocinera para que le descargara de parte de su trabajo. Me pareció justo y le di permiso para hacerlo. No hizo falta buscar mucho, pues al día siguiente se presentó en mi casa ofreciéndose a trabajar Giovannina. La tomé a mi servicio y se ocupó de todo ejemplarmente; además, todos nos encariñamos con ella.

»Una tarde, regresábamos Boltraffio y yo del castillo del duque, y nos encontramos al pequeño Salai solo en casa. Nos dijo que Giovannina se había puesto muy enferma y que entre Marco y Battista la habían acercado al Hospital de Santa Catalina, para ver si los médicos podían hacer algo por ella. Aun así la pobre mujer se había dejado la cena hecha.

»—¿Has cenado, Salai?

»—No.

»—Pues, cena. Cenemos todos y esperemos noticias.

»Casi a la medianoche, regresaron Battista y Marco. No traían buenas noticias. Los médicos que la habían reconocido no encontraban en ella enfermedad alguna que hubiera causado su empeoramiento, sólo su vejez. Estaban convencidos de que su vida se agotaba y de que moriría al cabo de unos días, o en cualquier momento, según aguantara su agotado corazón. Sentí pena por la pobre mujer que tan bien nos había servido hasta esa misma tarde durante los dos últimos años, y me conmovió el cariño que sentían todos en mi casa por ella, especialmente Salai. Decidí que al día siguiente iría a visitarla al Hospital de Santa Catalina, donde acudía con cierta frecuencia tanto a realizar retratos de enfermos, cuyos rostros me resultaban interesantes, como a tratar con los encargados del depósito de cadáveres y negociar la entrega de cuerpos que nadie reclamaba, para su estudio anatómico.

»Al día siguiente, acompañado de mi discípulo Marco, fui al hospital dando un paseo a caballo. Al llegar allí, Marco permaneció con las monturas porque estaban algo inquietas: le indiqué que se quedara con ellas hasta averiguar qué les ocurría y que ya me encontraría dentro. Nada más cruzar los arcos de la entrada vino a recibirme el hermano Gino, uno de los franciscanos que se hacían cargo del cuidado de los enfermos y del mantenimiento del hospital, tan afable como siempre. Hacía las veces de portero y llevaba el registro de las entradas y salidas de personas que eran llevadas allí, en la mayoría de los casos, a terminar sus días en manos caritativas y misericordiosas.

»—¡Qué alegría, *messere* Da Vinci! ¡Cuánto tiempo sin pasar por nuestra casa!

»—Sí, es cierto. Yo también me alegro de veros. Sabéis que si no paso por aquí es por que me resulta del todo imposible.

»—Sí que os debe resultar imposible, sí, pues no he conocido a nadie que muestre tanto interés por el rostro de los ancianos y por el templo que Dios nos otorga para mantener viva la chispa divina. Tenéis demasiadas ocupaciones, *messere* Leonardo. Quizá debierais renunciar a alguna. Ya veo, por vuestra mirada y por esas cejas en alto, que no tenéis ni la más mínima intención de hacer nada semejante. En fin, demasiada pasión por saber: *Res est magni laboris et exiguum tempus est.* *

»—Es bien cierto; no renuncio, por imposible que pueda parecer la empresa, a llegar a saber algo más del hombre que lo que el propio hombre muestra, y si no me da la vida para tanto, me conformaré hasta donde llegue.

»—Eso, *messere* Leonardo —contestó el regordete hermano Gino ladeando la cabeza mientras mantenía sus manos ocultas por las mangas unidas—, eso sí que no me lo creo: vos nunca os conformaréis. Pero, decidme, qué os trae en esta ocasión por aquí, ¿buscáis un rostro interesante para alguna de vuestras obras, quizá? Venís preparado para ello.

»—Bueno, he traído mis utensilios de dibujo para aprovechar el viaje por si veo algo de interés; pero el motivo que me trae es visitar a la que ha sido durante algo más de dos años mi cocinera y ama de llaves, una buena mujer a la que todos estamos agradecidos.

»—Ya veo, ya veo. Además de gran artista sois hombre piadoso. Aunque no me sorprende, siempre habéis sido generoso con nosotros y caritativo con nuestros acogidos. ¿Cómo se llama la mujer en cuestión? Os lo pregunto porque como sé que hace tiempo que no venís, ignoraréis que ahora tenemos dos salas para mujeres. Por desgracia, hemos tenido que ampliar, pues son cada vez más las criaturas que acuden a nosotros buscando la curación en nuestros médicos, o la salvación en nuestros rezos. Venid y comprobaremos en el libro de registro dónde se encuentra.

»Mientras hablaba, el hermano Gino iba pasando las últimas hojas del libro y desfilando su gruesa y recortada uña por cada uno de los nombres allí registrado, deteniéndose en los nombres femeninos.

»—¿Cómo decís que se llama la mujer?

»—Giovannina, su nombre es Giovannina —le indiqué.

»—Giovannina, Giovannina… —repetía mientras repasaba uno a uno los nombres.

»Acabó todos los inscritos y preguntó el monje:

* Expresión latina que puede significar «la cosa requiere un gran esfuerzo y el tiempo es breve».

»—Decís que ingresó recientemente, pero no me consta ninguna Giovannina ingresada anoche. Quizás aún no me lo haya comunicado el hermano Andrea, que es el encargado de la planta dedicada a las mujeres. ¡Ah!, aquí está, Giovannina: sí aquí la tengo, pero no consta como ingresada anoche sino de hace dos días, disculpad el despiste, debe de tratarse de un error mío; no os preocupéis, os acompañaré hasta el hermano Andrea, que os conducirá hasta ella, y yo lo comentaré con él para aclarar y corregir el error. Venid por aquí, aunque vos ya conocéis el camino.

»—Sí, desde luego. Os lo agradezco.

»Atravesamos el pasillo que llevaba al inmenso patio de enormes cristaleras. Las paredes pintadas en cal viva daban al local un aspecto de sencilla y fría limpieza. Nuestras pisadas resonaban a todo lo largo y ancho del hospital. Subimos unas escaleras amplias de peldaños de sencillo mármol blanco, que estaba fregando de rodillas un hermano franciscano ayudándose con un cepillo de cerdas duras, y agua con vinagre y sal. Llegamos al primer piso donde se encontraba el hermano Andrea con sus asistentes. Aquél salió a recibirnos tan pronto oyó las pisadas.

»Tras los saludos de rigor, el hermano Gino informó al hermano Andrea del motivo de mi visita. Del rostro del hermano Andrea se esfumó la alegría.

»—¡Oh, vaya! Lo siento, *signore* Da Vinci —se lamentó el hermano Andrea—. Me temo que sea demasiado tarde. Uno de mis ayudantes me ha comunicado que falleció esta madrugada.

»—¡Oh, no! No es posible ¡Vaya por Dios! Hubiera querido visitarla aún con vida; no esperaba que fuese a ocurrir todo tan rápido. ¿Ha sufrido la pobre mujer?

»—No, no. Ha muerto mientras dormía. Ni tan siquiera llamó a nadie, ni dijo nada.

»—Tan discreta como siempre esta Giovannina. ¿Puedo verla? Quisiera despedirme de ella.

»—Claro, claro. Seguidme, os llevaré hasta su cama. Aún no la hemos retirado, la tenemos cubierta con su sábana. Ahora se disponían mis ayudantes a llevarla al depósito.

»Anduvimos aún un tramo más de amplio corredor, que daba al patio interior a su derecha, y a la izquierda comunicaba con las distintas salas en las que estaban alojadas, en aquella planta, las mujeres.

»El trasiego de enfermos —muchos de ellos fingidos, para así recibir una comida gratis y sobrevivir a su miseria— era, en todo el hospital, casi continuo. Algunos tullidos caminaban por los pasillos ayudados de muletas, con miembros vendados; otros, a causa de su debilidad, intentaban volver a caminar apoyados en frailes que les asistían y ayudaban a sostenerse.

»El hermano Andrea avanzaba delante seguido por el hermano Gino y yo mismo, siendo saludado con respeto y cariño tanto por los frailes enfermeros como por los lisiados. De repente se detuvo:

»—Aquí es.

»Entramos en una de las salas que ocupaban las mujeres. Habían destinado una de las alas de la parte superior del edificio a las enfermas de todo tipo y condición, salvo las contagiosas, que eran destinadas a otra ala más aislada del resto.

»La extensa pared del fondo de la nave estaba prácticamente perforada en su totalidad por enormes ventanales que inundaban de luz la sala. Tenía una cabida aproximadamente para unas cuarenta camas, todas ocupadas. Yo seguía al diligente hermano Andrea entre las camas de las enfermas, sorteando orinales y sábanas sucias que estaban siendo repuestas por los hermanos-enfermeros.

»—Aquí está —dijo el hermano Andrea, al tiempo que levantaba con sumo cuidado el extremo del lienzo que tapaba el rostro de la mujer.

»Al descubrirlo, apareció el rostro de una mujer de unos cuarenta y tantos años, morena y con hematomas en el rostro y la nariz rota.

»—Pero… esta mujer no es Giovannina, mi sirvienta.

»—¿Cómo? —preguntaron casi al unísono los franciscanos, absolutamente estupefactos.

»—¿Estáis seguro, Da Vinci, de que no es esta mujer vuestra sirvienta? Tened en cuenta que después de atropellarla el carro ha quedado muy desfigurada… —dijo el hermano Gino.

»—Estoy absolutamente seguro. Mi sirvienta es una mujer anciana, de unos sesenta y cuatro o sesenta y cinco años, apro-

208

ximadamente. No ha sido atropellada y estoy seguro de que está aquí, pues aquí la trajeron ayer al atardecer mi criado Battista y mi alumno Marco; seguro que debéis de acordaros de ello.

»—Creo que ya sé a qué mujer os referís —repuso el hermano Andrea—, pues reconocí a vuestro alumno Marco, pero creí que se trataba de un familiar suyo. ¿Es aquella que está junto a la tercera columna de la derecha, una cama antes de llegar al ventanal? ¿La veis?... ¿Es aquélla acaso?

»—Sí, creo que sí que es ella. Gracias a Dios he llegado a tiempo —suspiré aliviado.

»—Pues tampoco le queda mucha vida, su corazón está muy cansado y su pulso cada vez más débil. Por cierto —añadió el hermano Andrea, y dirigiéndose al hermano Gino—, no nos dijo que se llamara Giovannina. Quedaos tranquilo, hermano Gino, que vuestra anotación a buen seguro que es correcta; recuerdo perfectamente que dijo llamarse Catherina, natural de Vinci. ¿Es por casualidad conocida vuestra?

»Sentí un fuerte golpe en la nuca, tanto que creí que las piernas no me iban a sostener, ni que pudiera salir por mi propio pie de aquella estancia que comenzaba a darme vueltas alrededor. Perdí el control de mi mirada, que acudía a todas partes intentando asirse a algo para no caer de aquella cuesta pendiente en que se había convertido repentinamente el suelo. Quizá, la sensación de corriente fría en la que se había convertido el torrente helado de mi sangre, me sirvió para mantenerme aún erguido, aunque oscilante.

»Los dos franciscanos, ante mi súbita palidez y la sensación de pérdida en la mirada, temieron que aquel corpulento hombretón se les cayera encima y me sostuvieron por los brazos, ayudándome a sentarse. Mientras el hermano Andrea daba grandes voces pidiendo un vaso de agua fresca a sus atareados ayudantes, el hermano Gino me abanicaba nervioso con el faldoncillo de su hábito.

»Bebí a pequeños sorbos el agua fresca que me ofrecían y comencé a sentirme mejor. Me fue volviendo el color y el calor al cuerpo. Estaba empapado en sudor frío, que me produjo repelos. Me puse nuevamente en pie pese a los ruegos de los frailes para que me tomase más tiempo. Mientras me sacudía las ropas en una maniobra de ganar tiempo para recomponerme,

209

oía los comentarios de los jóvenes ayudantes que achacaban mi reacción a la fuerte impresión recibida al creer muerta a su criada y a mi noble corazón.

»—¿Os encontráis mejor, señor? —La pregunta del hermano Gino me devolvió a la realidad.

»—Sí, sí, no os preocupéis. No ha sido nada. Sólo la impresión.

»—¡Cuánto lo siento! —añadió el hermano Andrea—, he sido muy brusco, os pido disculpas. Creí que vos, acostumbrado a tratar con cadáveres… Os ruego que me perdonéis, no tuve en cuenta el afecto que pudierais profesar a esa mujer.

»—De veras, que de nada tenéis que culparos hermano Andrea, no pasa nada. Sólo ha sido un pequeño vahído, pero ya me encuentro bien.

»Miré de nuevo hacia la cama que me habían indicado. La mujer reposaba, parecía dormida. Los frailes se apartaron y se marcharon cada uno a su labor: el hermano Andrea, no andaba lejos, dirigiendo la labor de los ayudantes. De vez en cuando, me dirigía una mirada para cerciorarse de que seguía bien.

»Comencé a andar, dirigiéndome hacia el lugar donde estaba aquella anciana. Resultaba increíble. Había tenido a mi madre durante dos años a mi lado y no la había reconocido, ni siquiera había sospechado su identidad. A pesar de los múltiples dibujos que realicé sobre su rostro, que encontraba interesante a la par que entrañable. A pesar de que cocinaba platos que me recordaban mi infancia. A pesar de prepararme la cama con aquella meticulosidad que sólo recordaba en mi madre, allá en Anchiano. A pesar de su inconfundible sonrisa. ¿Cómo había podido estar tan ciego? ¿Cómo no me había percatado de que se volcaba especialmente en el pequeño Salai, tan similar a mí cuando tenía su edad, colmándolo de mimos y atenciones? Fue tan discreta, jamás entró sin permiso, jamás una mirada que la delatara, jamás un abrazo o un beso. ¿Cómo pudo estar a mi lado y no decirme nunca nada, absolutamente nada, que me hiciera ver quién era realmente? ¿Por qué me había privado una vez más de su presencia? ¿Por qué había vuelto? Quizá fuera cierto que había enviudado hacía ya tiempo, y que se le habían muerto todos sus hijos, tal y como ella misma relató a su llegada; o puede que pretendiera así justificarse. O, tal vez, seguía siendo una aldeana sencilla pero orgullosa y no había querido pedirle el pan al hijo que no crió, sino ganárselo.

»Había llegado junto a ella. Acerqué un taburete próximo y me senté a su lado. Dormía. Dormía, tranquila y satisfecha. Sonreía con dulzura. No parecía tener certeza de la proximidad de la muerte, o quizá no le importara.

»Estaba hermosa. Extrañamente hermosa. Su piel, más pálida que de costumbre, parecía relucir desde su interior dándole una apariencia luminosa y falsamente rejuvenecida.

»¿Qué habría sido de ella? ¿Y de Andrea Del Vacca?, ¿cómo habrían transcurrido sus vidas? ¿Y por qué me había buscado al final de su existencia?

»Hubiera deseado llorar, que alguna lágrima se asomara y resbalara por mi rostro. Pero no, mis ojos seguían secos, puede que más que antes. Hubiera cambiado, sin pensarlo un instante, aquel ahogo opresor en el pecho, que me punzaba a cada inspiración, por todas las lágrimas del mundo.

»Ella, respiraba lenta, tranquila, casi imperceptiblemente, sin apenas fuerzas. Debió de notar mi presencia o quizá le despertó el sonido de la carpeta de apuntes al depositarla en el suelo; giró el rostro y me vio sentado junto a ella, mirándola. Sacó los brazos de debajo de las sábanas y colocó sus manos sobre su regazo, dejando ver las largas mangas de la blanca y sencilla camisola que vestía en aquel lugar.

»Pronto reconoció quién estaba junto a ella. Yo la miraba. Mi madre notaba como yo recorría con mi mirada su cabello gris ceniciento, cruzado de hebras canosas; su frente surcada por tres profundas líneas, sus pómulos marchitos, su nariz ligeramente más gruesa, su boca ribeteada de arruguitas, su barbilla rodeada de sucesivos pliegues, su garganta ahora más ancha, sus manos entumecidas y nudosas y finalmente, sus ojos nublados por los años y por la duda. Ojos que encontraron enfrente a los míos; los ojos de un Leonardo que la miraba con la misma dureza y la misma interrogación en el alma que hacía treinta y tantos años, desde la ventanilla de aquel siniestro carruaje. Siempre tuvo la esperanza de que la entendiese, de que con el tiempo comprendiera su decisión, pero al descubrir que el tiempo a ella no le curaba la herida empezó a temer que a su pequeño tampoco, y que el daño estuviera hecho sin re-

211

medio. Pero él, que era un hombre tan inteligente, cuyo nombre despertaba la admiración y el respeto de todos, seguro que habría llegado a entender… pero no, sus ojos y su rostro le decían que no. Claro, él no había tenido hijos, era difícil que pudiera colocarse en el lugar de un padre; seguía estando en el lugar del niño que fue. Seguía delante de la puerta de la casa materna preguntándole por qué. Cerró los ojos. Se llevó las manos cruzándolas sobre su boca, reprimiendo el llanto y un suspiro al tiempo. Un río caliente de lágrimas sentidas comenzó a fluir de sus grandes párpados cerrados.

»—Lionardo, Lionardo…, mi Lionardo…

»La anciana abrió los ojos y mirando al techo suspiró profundamente, su barbilla temblorosa siguió el recorrido del suspiro. Se volvió hacia mí y, cruzando los brazos sobre el pecho, comenzó a decirme intentando sobreponerse a la emoción:

»—Sé lo que piensas, lo que has pensado todo este tiempo. Y no te culpo. Pero no seas duro en tu juicio conmigo. No dudes ni por un momento de mi amor por ti. Te he querido y te quiero más que a mi vida. Sólo pretendí darte la clase de vida que yo no te podía ofrecer y que por tu sangre te correspondía.

»Agaché la cabeza y miré al suelo ensombrecido.

»—Escucha hijo, no es fácil de entender, pero aún es más difícil la decisión, y la duda no me ha dejado nunca en paz. Entiéndelo —ante la firmeza que adquirían las palabras de la anciana, levanté el rostro y la miré atento—, tuve que elegir entre quedarme con mi Lionardo y disfrutar de él entonces que ya lo tenía criado, y sacrificarle a una vida vulgar, o ser la madre de Leonardo, quien cuánto menos sería un señor, y que yo sabía, yo lo sabía… —se golpeaba el pecho repetidamente con el puño cerrado— que había algo muy grande en mi niño y yo le quedaba muy pequeña. Mi Lionardo debía volar y ser Leonardo, Leonardo da Vinci, y no me equivoqué. Sólo necesito que tú, Leonardo, lo entiendas: no podías ser mi Lionardo sino tú, el Leonardo que hay en ti, aunque eso significase que yo te perdiera. Pronto comprendí que tendrías que volar lejos de mí.

»Alargué la mano y cogí la de la anciana, la llevé a mis labios y la besé intensamente. Le di la vuelta y apoyé su mejilla en la palma extendida y me vi oscilando hacia delante y hacia atrás apretándola contra mi rostro. Comencé a notar un contacto húmedo entre mi cara y la mano de mi madre, mientras repetía en voz baja como en una letanía: Madre, madre, madre...

»Al fin, estaba llorando.

»La acompañé toda la mañana y la tarde. Prometí que volvería. Antes de marcharme, dejé instrucciones de que no le faltase de nada, y aclaré que correría con todos los gastos. Quería que hicieran venir a un médico para que confirmara el diagnóstico y ver si se podía hacer algo por ella. Volví junto a Catherina casi a diario, siempre que me fue posible. Día a día se iba debilitando un poco más.

»Una tarde, mientras la acompañaba, reproducía sus manos en sanguina y, al tiempo le iba contando historias que me habían sucedido con Ludovico *el Moro*, curiosidades, cotilleos de la corte y anécdotas que hacían sonreír a mi madre de esa forma que sólo ella sabía hacerlo... Fue entonces cuando las manos de Catherina comenzaron a ceder dulcemente, resbalando hasta el borde de la cama durante un instante eterno... Catherina había muerto...

213

—... Catherina había muerto, Lisa. Sus manos se deslizaron a ambos lados de la cama, hasta el borde, tras un leve suspiro. Se había ido. Ya no estaba allí. Ya no la notaba a mi lado. Ya no la tenía. La había vuelto a perder y, esta vez, para siempre. Arrugué el papel en el que había estampado sus manos, lo encogí dentro de mi puño como se había encogido mi corazón dentro de mi pecho. Caí, desolado, de rodillas y abrazándola, lloré como un niño hasta que me apartaron de ella para cubrirla con una sábana. No sé cuánto tiempo estuve así. Sólo sé que debieron de dar aviso a los de mi casa, pues me apartaron de ella Battista y Marco, que acudieron a recogerme y acompañarme. No escatimé en gastos para su entierro. Quise lo mejor que en aquel momento estuvo a mi alcance para ella: encargué hasta tres libras de cera para velarla, lo necesario para amortajarla, un catafalco con dosel, hombres para transportarlo, a cuatro sacerdotes y a cuatro clérigos para llevar y alzar la cruz, los sepultureros... Todo cuanto pude hacer, hice. Tras la última paletada de tierra, quedé definitivamente desvalido de alma y ahogados mis sentimientos. —Concluí mi confesión con expresión taciturna.

—Es una historia tan triste y dura como hermosa, Da Vinci —aseguró Lisa—. Verdaderamente vuestra madre era una mujer muy sabia y capaz de ver las cosas con claridad. Su decisión fue tan dolorosa como acertada. Nunca hubierais logrado ser quien sois si ella no os hubiera cedido a vuestro padre y a otra mujer.

Tras un silencio, Lisa añadió:

—Es una pena, pero debo marcharme, prometedme que más adelante me hablaréis de vuestra madrastra y de vuestra juventud. ¡Habéis conocido tantas personas interesantes y vivido tantas situaciones asombrosas…! Os lo ruego, Da Vinci, hacedme el honor de transmitirme todo aquello que conservéis en vuestra memoria como algo digno de recordar; hacedme partícipe de vuestra experiencia, quiero saber. Maestro, mostradme lo que no conozco: tengo tantas esperanzas depositadas en vos…

—No es necesario que roguéis. Sabéis, muy de veras, que lo haré de buen grado. —Y añadí muy seriamente—: Pronto sabréis de mí, más que yo mismo.

De repente me sentí protector y paternal hacia la joven, invadiéndome de forma inexplicable un afecto delicado y exquisito.

—Debo marcharme, *messere* Da Vinci —dijo Lisa suspirando resignada mientras lanzaba una última mirada al cielo anochecido—. He de volver a mi casa con mis hijos, y con mi esposo que no tardará en regresar.

El rostro de Lisa se ensombreció repentinamente. Mientras, yo me levantaba del asiento y, una vez puesto en pie, ofrecí mi mano a Lisa para ayudarla a levantarse. Ésta, una vez erguida, me miró y me pidió:

—Una última cosa, maestro Leonardo. No le digáis aún nada a mi esposo sobre mi recuperación. Necesito tiempo. Aún no ha acabado mi misión.

—¿Vuestra misión? ¿A qué clase de misión os referís?

Lisa sonrió complacida de despertar mi curiosidad, mientras Vicenza le ayudaba a colocarse la capa.

—No es el momento para explicarlo. Lo sabréis a su debido tiempo. —Terminó de anudar la capa y añadió mirándome a los ojos—: Cuando podáis realmente juzgar, cuando sepáis qué fue lo que hizo que os eligiera precisamente a vos para hacer el retrato de mi madre.

La sonrisa se borró del rostro de Lisa y sus facciones adquirieron un matiz de dureza y seriedad impropias de su juventud, y añadió:

—Sólo os adelantaré algo: poseo un secreto, un secreto que pertenece a todos los hombres y que persiguen los enemigos de la Luz para destruirlo y acabar con la esperanza. —Y, acercándose a mí, me espetó—: Os he elegido a vos, *signore* Da Vinci, para compartirlo. Por eso, ha llegado el momento de abandonar mi silencio.

Y diciendo esto, me ofreció su mano, que yo besé a modo de despedida, se giró envuelta en su generosa capa y salió del patio seguida de la fiel Vicenza, ambas precedidas de Battista que alumbraba el camino de salida con un candelabro encendido.

El sonido del portalón de la casa cerrándose me devolvió a un estado de conciencia más fresco. Hubiera dudado de que todo lo que había tenido lugar aquella tarde fuera realidad, pero era evidente que era cierto y que me producía una íntima satisfacción que me atraía más que cualquier cosa.

Si no hubiera estado tan ensimismado, hubiera podido apreciar la violenta mirada verde de Salai, quien me observaba desde la ventana del patio con ojos rasgados y enrojecidos por el llanto y la rabia. La barbilla temblorosa por el dolor del orgullo herido sólo se detenía en su tremolar con los pensamientos de venganza que se le enroscaban en el corazón. Yo le había ignorado, y eso había sido un error imperdonable.

215

Capítulo XIII

La luna

$\mathcal{U}$n nuevo y brusco golpe de tos devolvió a Leonardo a su realidad circundante, al duro final de su vida. La tos, cada vez más persistente y violenta, le vapuleaba el pecho y restaba energías. Cada golpe de tos resultaba más asfixiante y doloroso. Melzi, preocupado por su virulencia, que no parecía calmar, ayudó a incorporarse a Da Vinci en la cama. Comenzó a palmearle en la espalda, en un intento de acabar con el suplicio que robaba el aire al maestro. Quedó su respiración suspensa por un gemido gutural, ronco, áspero, largo, interminable, que le impedía retomar una nueva bocanada de aire. Sus largos cabellos aún blanquearon más en contraste con el rostro enrojecido por la congestión. Francesco Melzi, asustado, llamó a Battista para que acudiera a auxiliarle. En su confusión, la presencia del viejo criado le servía de consuelo, que no de remedio a lo que ya era irremediable.

Battista llegó alarmado, al cabo de unos instantes, coincidiendo con una desesperada y profunda inspiración de Leonardo, quien cayó sobre los almohadones exhausto por el esfuerzo. Jadeante y sudoroso, agotado, tembloroso, digno y a la postre, resignado. Ya sólo le ataba a la vida un hilo cada día más débil. Las nubladas pupilas grisáceas, antaño deslumbrantes y transparentes turquesas en el rostro de Da Vinci, se humedecieron. El interior de los bordes de sus arrugados párpados enrojeció. Su corazón supo del sabor de la hiel, del frío más helado, de la soledad más inhóspita y yerma, de la sospecha más temida: su vida se acababa. El tiempo se había consumido. En muchas ocasiones había pensado que llegaría. Pero esta vez no lo pensaba. Ni tan siquiera lo temía. Sencillamente lo palpaba en su propio cuerpo. Lo estaba viviendo. Estaba viviendo su muerte. Lenta. Progresiva. Implacable.

¡Tanto por hacer aún! Tanto. Tanto por acabar. Tanto. Pero sólo podría arañarle al tiempo unos jirones, para prepararse a morir. Él, que había amado la vida con desmesura; él, que era rendido admirador de la Naturaleza, esa maravilla que penetraba por sus pupilas, provocándole y seduciéndole; aquella que le subyugaba con sus verdes provocadores, sus tímidos ocres, con la majestuosidad del azul del mar y, sobre todo, el misterio del Hombre, esa máquina natural. Él, que quiso catar todos los sabores, todos los colores, el interior mismo de la Vida y del Hombre, empaparse de su jugo, conocer sus reglas y mecanismos, ahora, le tocaba ir soltando amarras, desligarse de todo cuanto le rodeaba y rendirse a la evidencia del fin del tiempo, acostumbrarse a dejar de ver y de sentir, a dejar de pensar de continuo e indagar. A dejar de existir.

Los finos labios del maestro, apretados en un rictus amargo, temblaban al compás de su barbilla: en parte por frío, en parte por rabia. ¡Qué solo está el que muere! Una ola de lágrimas desbordó la orilla de los ojos y se desdobló en rápidos regueros por su rostro, perdiéndose en los recovecos de la barba. Le reconfortó notar la calidez del líquido derramado; resultaba agradable sentir que aún quedaba vida en su interior.

Francesco y Battista procedieron a cambiarle de camisola, pues la había empapado de sudor y Leonardo comenzaba a tiritar al enfriarse ésta; secaron su cuerpo y su frente, le peinaron los cabellos, los que tanto se había estimado. Una vez seco y cambiado, le dejaron reposar en la penumbra del cuarto, tapado con sábanas limpias, amorosamente planchadas por Maturina para el bienestar de su señor, y añadieron un par de mantas.

Salieron ambos de la habitación. Francesco se dejó caer de espaldas contra la pared del pasillo y, apoyando su cabeza contra ella, miró al techo.

—No estoy preparado para esto, Battista. Veo acercarse la muerte a pasos agigantados y yo no lo puedo soportar. No puedo. —Se tapó el rostro con las dos manos y comenzó a sollozar un poco histérico—: ¡No puedo…!

—Nadie está preparado, señor. Nadie. Ni siquiera para su propia muerte, cuánto menos para la de los demás, sobre todo si es alguien a quien se ama.

Melzi se secaba los ojos húmedos con el borde de su manga y ya más recompuesto, determinó:

—Hay que dar aviso al rey del empeoramiento de Leonardo. Estoy seguro de que enviará a alguno de sus mejores médicos. Si no hay remedio, no lo hay, pero al menos que tenga algún alivio y le ayude a bien morir.

—Yo también lo andaba pensando, señor Francesco, y os lo iba a proponer. El señor Leonardo empeora día a día y cada vez se debilita más; prácticamente no puede hacer nada sin nuestra ayuda. Y eso debe de ser lo peor para él, siempre tan independiente. ¡Ay, Señor! ¡No somos nadie! —dijo alejándose para tomar la escalera que conducía a la planta baja—: ¡Quién lo ha visto y quién lo ve!

Y volviéndose hacia Melzi, añadió:

—No os preocupéis, señor, voy a acercarme ahora mismo con el carro a Amboise, a fin de que el correo de mañana lleve al rey la noticia; estoy seguro de que hará algo por él.

Melzi asintió con la cabeza, frunciendo los labios en un gesto mezcla de agradecimiento y conformidad.

—Gracias, Battista. Ten cuidado; los caminos de noche son peligrosos.

—No temáis. No hay mala gente por aquí y me los conozco a la perfección; podría guiar el caballo con los ojos cerrados. No os preocupéis, regresaré antes de la media noche.

Francesco entró a echar un vistazo a Leonardo, que dormía. La respiración resonaba por toda la estancia, cada vez más pesada y trabajosa. Decidió que era el momento de cenar cualquier cosa, antes de volver definitivamente a su lado y acompañarle durante toda la noche.

Bajó a la cocina. Maturina estaba secando los cacharros con los que había preparado la cena. Comenzaba a colocarlos en su sitio de costumbre. Ya le tenía preparada al joven una buena sopa y unas verduras, que mantenía calientes.

Nada se dijeron. No había ganas de hablar. Se miraron un

poco tristes y esbozaron una sonrisa un poco boba. La muerte estaba cerca y lo sabían. Se acercaba y se extendía, como un olor extraño e inquietante. Rondaba aquel caserón y parecía querer hacer notar su presencia cubriéndolo todo con un manto de silencio y desgana.

Francesco cenó. Lo hizo mecánicamente. Cuando hubo acabado, ni siquiera hubiera podido decir qué era lo que había ingerido, aunque todo estaba sabroso. Dio un último trago de vino, se levantó y se despidió de Maturina. Iba a subir junto al maestro y acompañarle. Quién sabe, quizá fuera ésa su última noche.

—Señor —interrumpió Maturina sus pensamientos y el inicio del ascenso por la escalera—, si me necesitáis, ya sabéis, a cualquier hora… lo que sea. A vos os aprecio, pero al *signore* Leonardo… Al *signore* Leonardo… es tan bueno conmigo y con todo el mundo… —Y la buena mujer rompió en sollozos.

—Gracias, Maturina. No te preocupes. Hasta mañana. Buenas noches.

—Buenas noches, *signore* Francesco. —Maturina intentaba controlar su desahogo.

La noche cubrió de silencio el castillo de Cloux.

Un crujido despertó a Leonardo durante la noche. Levantó pesadamente los párpados. La habitación estaba casi totalmente a oscuras. Sólo la salvaba de la más completa negrura un brazo plateado de la luna, que atravesaba el ventanal con decisión. El blanco rayo iba recorriendo lentamente el suelo. Se aproximaba pausadamente al cuerpo de Francesco, quien dormía sentado en la silla a los pies de su cama.

A cada pulgada que avanzaba el reflejo en el suelo, asomaba la luna llena un poco más por el despejado ventanal. Había algo en esa forma de avanzar de la blanca y resplandeciente luz por el suelo, por el cuerpo de Melzi, por las paredes; algo en su forma de recorrerlo todo de forma silenciosa, delicada, majestuosa y eterna que le recordó a Lisa. Inolvidable Lisa.

La redonda faz de la luna se colocó frente a él. Parecía querer hablarle. Estaba bellísima, enigmática y seductora. Esa noche estaba especialmente hermosa. Especialmente brillante. Redonda y perfecta. De mayor tamaño de lo habitual, como si quisiera estar lo más cercana y tangible que fuera posible. Asomada a la gran ventana, la luna le dedicaba una inerte mirada de despedida. Le observaba como él antaño la observó. Engalanada, como novia viuda sin noche de bodas. Bella. Bellísima.

Las gasas, que cubrían los cuatro costados de la cama desde lo alto del dosel, se le antojaron a Leonardo extraña prisión que le impedía disfrutar en toda su nitidez y grandiosidad la voluptuosa presencia de tan provocadora reina. Se incorporó con trabajo apoyándose en su único brazo útil, el izquierdo, y, al tiempo que intentaba mantenerse sentado, apartaba la engorrosa gasa. La lucha era desigual y su ansiedad le hacía enredarse y deshacerse, casi a un tiempo, de los velos. Por fin, venció la tenacidad desesperada. Jadeante y excitado, logró arrancar de un tirón seco los impedimentos y pudo contemplar en todo su esplendor, enmarcado en el amplio ventanal, el descomunal y refulgente rostro accidentado de la Señora de la Noche.

220

Leonardo entrecerró sus ojos. Se mantenía sentado en la cama. El brazo izquierdo temblaba en su intento de permanecer erguido. Los fuertes latidos de su agotado corazón medían el esfuerzo realizado y el tiempo que le restaba. Abrió por completo los ojos y los dirigió hacia la luna. Sus ojos no miraban, absorbían, y su alma se empapaba. Volvió a entrecerrar los ojos un poco. Demasiada belleza para poder soportarla. Había algo de amarga despedida en esta estampa que le mostraba generosamente la Reina de la Oscuridad. Y, al tiempo, un aire que le era familiar. No podía evitarlo. La luna siempre le recordó a Lisa. El rostro de Lisa siempre le recordó la luna. Ambas, misteriosas damas. Nocturnas. Silenciosas.

Las lágrimas empañaron la vista de Leonardo. Desapareció de delante de él la redondez del satélite. Las acuosas y húmedas vendas, que cubrían y anegaban sus ojos, fueron modelando los contornos hasta aparecer ante él el redondo rostro de Lisa.

—¿Teméis a la muerte, Leonardo? —preguntaba Lisa mientras posaba en el patio de negras paredes. La luz del sol era matizada por el toldo que lo cubría de parte a parte.

—No habléis ahora. Esperad unos instantes —respondió Leonardo.

—Pero, decidme, ¿la teméis? —insistió Lisa.

—Hum, ¿qué? Os lo ruego, señora. Si habéis sido capaz de guardar silencio tanto tiempo, hacedlo ahora durante unos segundos.

Por aquel entonces el retrato estaba bastante avanzado, salvo el rostro, que apenas había sido esbozado. Los cabellos y buena parte de la vestimenta estaban prácticamente acabados. Al igual que las dos columnas que a cada lado de la modelo enmarcaban el fondo.

También la amistad había progresado entre ambos: breves conversaciones mientras ella posaba y largas charlas al acabar las sesiones fueron hilando y entretejiendo una insólita relación, basada en íntimas confesiones mutuas que no hubieran tenido lugar con ninguna otra persona. Ambos sabían de lo insostenible, fuera de aquellas paredes, de la pequeña atmósfera de libertad que habían creado. Aquello no duraría más allá de la finalización del retrato. Lisa deseaba que se prolongase todo lo posible. Leonardo no tenía prisa en acabarlo. Más aún. Procuraba avanzar lo menos posible. Apenas unas pinceladas. Magistrales, pero sólo unas pocas. Sólo una vez en la vida se encuentra una violeta en el desierto, y él deseaba conservar su frescor y deleitarse con su delicado aroma todo el tiempo que fuera posible.

—¿No sentís temor o curiosidad? —volvió a insistir Lisa.

—Ya veo. No resistís más por hoy —dijo Leonardo frunciendo el ceño y añadió resignado—: De acuerdo, no os forzaré. Comprendo que resulta pesado, pero es imprescindible que poséis. No creáis que he olvidado mi promesa de haceros traer músicos que amenicen las horas que pasáis aquí. Me han dado palabra de que vendrán el próximo día y os acompañarán tantas veces como gustéis. Además —añadió Leonardo—, de esa forma me aseguraré que vuestro rostro se muestre relajado y sereno al son de la música, y no tenso por el cansancio.

Lisa sonrió bajando un poco la cabeza, sintiéndose descubierta en su desgana. Dirigió al maestro una mirada cómplice. Ante ese mensaje, no le quedó más remedio al artista que claudicar:

—Ya veo que no podré eludir vuestra pregunta —contestó

221

Leonardo intentando mantenerse serio y grave, pero los ojos le traicionaban, sonriéndole alegres—. Como está demostrado que no os dais por vencida cuando os proponéis algo, será mejor que os responda —prosiguió Da Vinci, y luego se dirigió a sus ayudantes—: ¡Salai! ¡Fernando! Venid, por favor. Retirad todo esto.

Al momento, los dos jóvenes que se encontraban en el taller, bajaron al patio y recogieron todos los utensilios y la tabla. Fernando se marchó escaleras arriba con la tabla y al darse cuenta de que Salai no le acompañaba con el resto del material recogido, miró hacia el patio desde la media altura de la escalera y le llamó. Salai no atendió a sus gritos e hizo como que no se apercibía. Lisa sí se daba cuenta. Leonardo, no.

Salai se dirigió hacia un frutero situado entre Lisa y Vicenza y tomó una manzana. Comenzó a sacarle brillo contra su blusa de anchas mangas mientras observaba a Leonardo que estaba de espaldas a él, mirando ensimismado hacia la fuente. Da Vinci se giró y vio a Salai aún allí; le indicó educadamente que se retirara y les dejara hablar a solas. El discípulo enarcó una ceja al tiempo que dedicaba una hostil mirada a la modelo.

—¿Acaso mi presencia te resulta desagradable, Leonardo? —le espetó Salai.

Da Vinci le dirigió una mirada de duro reproche, pues le tenía advertido que no le mostrara familiaridad alguna en público, debiendo dirigirse a él en calidad de maestro, como los demás aprendices. No era vanidad lo que movía a Leonardo a conducirse así, sino pudor y discreción.

—Te ruego que nos dejes a solas, Salai. Ya más tarde hablaremos tú y yo. —Acompañaba a sus palabras un expresivo ademán de su mano indicándole que debía salir con prontitud.

El rostro de Salai se tensó y sus ojos se volvieron chispeantes de ira. Se fue desplazando hacia Da Vinci con movimientos casi felinos y se colocó tras él. Apenas sobrepasaba la altura de los corpulentos hombros de Da Vinci, por ello se empinó sobre las puntas de sus pies para susurrarle al oído:

—¿Acaso la prefieres a mí?

Lisa no pudo oír lo que le había dicho, entre otras cosas, porque en su exquisita prudencia hizo por no escuchar; pero las arreboladas mejillas y la huidiza mirada de Leonardo que siguieron a lo susurrado a su espalda, delataban la íntima naturaleza de su contenido.

Salai, satisfecho con la zozobra que observaba en Leonardo y vengado con el cruel zarpazo, abandonó el patio como una reina victoriosa y dominadora, no sin antes morder lenta y dolorosamente la fruta antes escogida, sin dejar de mirar a la intrusa.

Leonardo se sentó en su asiento con gesto doliente y amargo.

Había comenzado el final de la tarde. La luz, aún joven, comenzaba a virar hacia un dorado más maduro y acogedor que invitaba a la conversación.

Lisa se levantó; se dirigió hacia la pequeña mesita donde un frutero de cristal de color ámbar mostraba y ofrecía frutas de la temporada, junto a una estilizada jarra con agua fresca de fino y delicado pie. Las manzanas, junto a las peras, naranjas, pomelos y uvas, estaban dispuestas por pisos de forma que constituían una composición equilibrada de forma, color y tamaño. Reconoció en ella la mano de Leonardo. Se sonrió interiormente. Era claro que no gustaba al maestro dejar nada al azar y que era capaz de sacar belleza de los detalles más cotidianos y, sin duda, era bastante maniático con su entorno. Se decidió por las uvas. Cortó un pequeño brazo de un gran racimo de morados y reventones granos. Vicenza, sentada próxima a la mesita, quiso atenderla, pero con un gesto Lisa la detuvo, volvió a su silla con la fruta en un pequeño platito metálico y se sentó. Miraba expectante esperando la reacción de Leonardo, pero éste se había quedado mirando fijamente al suelo tras sentarse, para después removerse algo inquieto en su asiento. Era señal inequívoca de que no se sentía cómodo con aquella situación. Lisa, rápidamente, cambió de conversación.

—*Messere* Leonardo, ¡me agradaría tanto saber cómo fue vuestra vida en la corte de Ludovico *el Moro* en Milán! Sus costumbres, los hechos allí ocurridos durante vuestra estancia, ¿cómo pasasteis a formar parte de su corte?

Leonardo la miró sorprendido y aliviado por el giro dado a la conversación. No había duda de que tenía frente a él a una mente ágil y sensible, dotada de una sutil intuición que le permitía tener acceso a sus estados de ánimo. Tomó gustoso el extremo de la cuerda que le tendía para salir de su zozobra. Pero en su vida y en su ánimo iba arrastrando un lastre pesado y doloroso. Sentía su pecho atravesado por una hiriente esquirla que, cada vez que era removida, le hacía sufrir y torturarse interiormente. Un convencimiento interno de que había llegado el momento de intervenirla y extraerla le hizo comenzar a responder la pregunta de Lisa por donde se debe responder siempre, por el principio y con la verdad.

—Estaba próximo a los treinta años —comenzó a relatarle Leonardo gesticulando elegantemente— cuando aún me encontraba formando parte de la casa de mi muy admirado y querido *messere* Verrochio, hombre sin igual del que ya os hablaré detenidamente en otra ocasión. Creí llegado el momento de vivir por mi cuenta y, puesto que mis trabajos así lo acreditaban, ya contaba con la suficiente maestría como para aceptar encargos y poder vivir de ellos. De hecho, aún en Florencia, recibí y acepté dos importantes encargos: un san Jerónimo y un retablo que representara la adoración de los Magos de Oriente. Comencé ambas obras y mi intención verdadera era acabarlas; pero pronto Florencia comenzó a resultarme asfixiante por muchos motivos, entre ellos la presión que ejercía mi padre sobre mí y los enfrentamientos entre él y Verrochio, pues mientras aquél no quería que dispersara mis fuerzas, este otro me animaba a emprender nuevas obras en las que desplegar todo mi potencial. Pero ése no fue el principal motivo de que abandonara Florencia.

El rostro de Leonardo se oscureció. Sus pómulos se tensaron y sus ojos buscaron el refugio de sus párpados dirigidos hacia el suelo.

—Antes me preguntabais si temía a la muerte. Os puedo responder que sí —contestó tajante Da Vinci, mirando directamente a los ojos de Lisa—. Rotundamente sí. Pero sobre todo, a la forma de morir. Y se puede morir y matar de muchas maneras. Una de ellas es matar la reputación de alguien. En este caso, la mía.

Lisa le miró asombrada con una interrogación en la mirada, pues no acababa de comprender a qué tipo de fama se refería, pero comenzó a sospecharlo por los rodetes sonrosados que asomaron a las mejillas de Da Vinci.

—¿Os referís a habladurías de la gente?

—Sí, así es. Las habladurías de la gente, sus risitas burlonas, sus frases hirientes, sus miradas de soslayo… su desprecio en suma, comenzaron a minar mi ánimo. A todo ello se añadieron las críticas de mi padre, quien nunca estaba satisfecho con mi comportamiento o con mis logros, y a quien le parecía vano todo lo que emprendía. Según sus palabras: así, nunca lograría ser alguien.

03

Tened en cuenta, señora mía, que contaba con treinta años a la sazón y no se me conocían amores ni con damas casaderas, ni con casadas tampoco. Siempre estuve más predispuesto y entregado al estudio de la anatomía del cuerpo humano y sus proporciones, que a experimentar sus emociones. Mi empeño era, entre otros muchos, lograr la mayor perfección posible en su representación y, con ello, plasmar con la mayor fidelidad las emociones que el hombre encierra en él y que expresa con cada uno de los músculos que componen su cuerpo y su rostro. A todo esto, se sumó un desgraciado suceso ocurrido años atrás, cuando sólo contaba con veinticuatro años.

225

En cierta ocasión, tras acabar todas nuestras labores en casa del *messere* Verrochio, varios de sus aprendices y yo, que aún lo era por aquel entonces, fuimos a darnos un paseo nocturno por la ciudad y sus tabernas, lo que teníamos por costumbre los sábados como jóvenes que éramos. Tras haber visitado varias de ellas, uno de mis compañeros, Gnido, de maneras suaves y delicadas, nos dijo haber quedado en cierto sitio con un amigo muy querido y nos invitó a que le acompañáramos. Tras una breve discusión envuelta en risotadas sobre si le acompañábamos o seguíamos otro camino, decidimos ir con él y seguir todos juntos divirtiéndonos. Era evidente que los vapores del vino estaban haciendo sus efectos, pues no había grupo más alegre y atropellado que el nuestro en la ciudad. Nos íbamos pasando una botella tras otra acabándolas sin remisión, cuando llegamos hasta la misma orilla del Arno. La visión nocturna del amplio lecho del río, sólo interrumpido por sus puentes, en aquella noche tan clara y con la luna reflejada en sus aguas, resultaba en extremo hermosa.

En parte aquella bella visión, en parte la fresca brisa proveniente del Arno, despejaron mi mente y comenzaron a evaporarse los efectos del vino pesado y áspero que había bebido. No parecía haber causado en mis compañeros el mismo efecto la contemplación de aquel espectáculo, pues su euforia, lejos de aminorar, parecía ir en aumento, así como el volumen de sus risotadas y la torpeza de sus movimientos. Nuestras pisadas resonaban por todo el empedrado, en las calles cada vez más estrechas, vacías y oscuras. Llegamos al lugar donde se había citado nuestro amigo. Se trataba de una puerta algo más pequeña de lo habitual situada en un lateral perpendicular al río y al abrigo de miradas indiscretas. Golpeó suavemente con la aldaba. Nadie salió a abrir y, antes de que volviera a golpearla, otro de mis amigos tomó la iniciativa y comenzó a golpear con todas sus fuerzas, lo que produjo la hilaridad de todos los presentes menos de nuestro guía, que le recriminó haberlo hecho, le tachó de loco y comenzó a sisear y a gesticular para que nos callásemos.

En eso, la puerta se abrió. Mejor dicho, se entreabrió. Siguiendo la diversión, la empujamos todos a una, consiguiendo que se abriera de golpe. Entramos en tropel, tropezando unos contra otros y rodamos por el suelo al no percatarnos de los dos escalones que había que descender, pues no estábamos en condiciones de afinar tanto.

Recuerdo que me puse en pie. El amasijo de jóvenes amontonados en el suelo no paraba de reír, mientras se incorporaban. Pronto pudimos apreciar que tras la puerta asomaba alguien con una extraña apariencia. Todos callaron de repente. Miraban ensimismados a la extraña joven de cabellos rubios ensortijados que cerró a toda prisa. Se volvió hacia nosotros. Miraba descaradamente al grupo. Sus ojos grandes y negros nos observaban con dureza y descaro bajo los párpados ordinariamente maquillados en un grosero azul y enmarcados por líneas negras que agrandaban exageradamente su tamaño. Las cejas, ahumadas, y la boca parecían haberse dado de sí y no poder acoplar su tamaño al rostro. Sus labios, pintados en bermellón, hacían amarillear su deficiente dentadura, destacando sobre la espesa capa de polvo de arroz del rostro, incapaces de disimular por completo los poros de su barba.

Al percatarnos de que se trataba de un muchacho vestido de

mujer y que el generoso escote que exhibía, a pesar de estar cubierto arteramente por un velo, traslucía el largo y negro vello que por él se esparcía, se armó un auténtico revuelo.

തയ

Las escenas vividas se amontonaban en la mente de Leonardo. Iba relatándolas con cuidado exquisito para no herir la sensibilidad de la mujer ni la suya propia, a pesar de que él rememoraba, para sí, en toda su crudeza.

തയ

—Pero ¿qué coño es esto? ¿Adónde nos has traído Gnido, si puede saberse? —preguntó uno de los muchachos a nuestro guía.

—¡Yo no os pedí que entrarais conmigo, sino que me acompañaseis! Vosotros, y no yo, os habéis invitado —respondió Gnido, el de las dulces maneras, con tono de reproche y añadió—: Pero, ya que estáis aquí, os presentaré a mi amigo.

Ya se había acercado a él mientras nos hablaba y ahora lo acurrucaba contra su pecho, y el otro se dejaba achuchar mimoso, al tiempo que hacía ademán con los labios de enviar besos al grupo de muchachos.

—Su nombre es Jacopo, Jacopo Saltarelli. Es mi más amado amigo y gusto de deleitarme con sus afrutados diecisiete años.

Dicho lo cual comenzó a besar apasionadamente al tal Jacopo. Todos quedaron pasmados y comenzaron a protestar airadamente. Pero aquel descarado muchacho los tranquilizó prometiéndoles una sorpresa:

—¡Eh! ¡Eh! ¡Calmaos, calmaos! Tengo algo que os gustará. Aquí hay de todo. Creo que ha llegado el momento de enseñaros esta bendita casa.

Antes de terminar de pronunciar la frase se dirigió hacia una de las paredes de la que colgaba un tapiz desde media altura hasta llegar al suelo. Lo apartó y comenzó a forcejear una puerta de pequeño tamaño, al parecer tan gruesa como pesada. Al instante, se abrió un ventanuco en la puerta y asomaron por él, una cuenca vacía y un ojo gris blanquecino.

—¡Abre, maldito tuerto! —gritó el afeminado.

—¡No voy a abrir a cualquiera! Santo y seña, venga.

—¿Serás imbécil, viejo ridículo? Soy Jacopo. ¿Es que no me ves? ¿O acaso te has quedado ciego del ojo que te queda? ¡Abre ya de una vez!

La angosta puerta se abrió con un rechinar de goznes enmohecidos y fuimos atravesándola de uno en uno, agachando la cabeza. Nos adentramos y nos vimos en medio de un inmenso local atestado de gente y de ruido. A la izquierda, se abría una zona amplia donde una alta tarima hacía las veces de escenario. Allí subidos, un enano y un tipo desgarbado realizaban piruetas y gestos obscenos que provocaban la hilaridad de la multitud que se agolpaba abajo, y que reía sin parar de beber vino caliente. Tras la tarima, telas pintadas con trazos que querían representar el lugar donde se desarrollaba la escena. Los cómicos no dejaban de saltar y de rodar por los suelos y de retarse con un lenguaje de gestos que hacía las delicias del público. Entre ellos, algunos llamaron mi atención; pues parecían comportarse de forma distinta a la habitual: hombres propiciándose caricias, incluso, besándose. Aparté la vista, azorado, pero fue peor: me hizo presenciar cómo un gordinflón sudoroso succionaba los labios de un jovencísimo muchacho, cuanto apenas un niño. Fue en ese instante cuando las risas dejaron paso a un aplauso, cuyo estruendo me hizo creer que aquel lugar se vendría abajo. Aquel fervor obedecía a la aparición en escena de una mujer gigantesca, de enormes pechos, vestida y peinada a la manera de las patricias romanas. La voluminosa túnica de color azafrán estaba cruzada por correajes de cuero marrón y, tras quitarse el ceñidor que liberaba sus descomunales senos, comenzó a dar latigazos con él a diestro y siniestro sobre el escenario, mientras los dos hombrecillos corrían y saltaban intentando esquivarlos una y otra vez. Acabaron saliendo los tres por un lateral del escenario, acompañados por los aplausos de un público entregado y entusiasta.

Tras quedar vacía la tarima comenzó a recorrer un rumor por entre la gente y se fueron apagando las voces, e incluso, se oyeron siseos que obligaban a callar a los más charlatanes. Varios mozos apagaron las luces que iluminaban la zona del público, quedando sumidos todos en una oscuridad tan sólo contestada por el reflejo en los rostros de la iluminación del escenario. Se hizo un silencio total, sólo roto por algún carraspeo inoportuno.

De algún rincón de aquel tugurio comenzó a sonar una dulce música de flauta que inundó todo el local. La expectación se podía palpar en el ambiente. Todos alargaban el cuello en un intento de ver mejor. Estaba claro que lo que todos esperaban estaba a punto de suceder. A la suave melodía se le sumaron los armoniosos acordes de un arpa. Comenzaron a deslizarse sus notas, derramándose al raspar sus cuerdas.

Por sorpresa, desde lo alto del escenario, comenzó a descender lentamente una hermosa figura alada, semejante a un ángel. La música se intensificó y el público asistía maravillado a tan distinto espectáculo del anterior. Algunos prorrumpieron en aplausos pero que fueron breves, a fin de no romper la magia del momento.

El ángel era bellísimo. Se sujetaba con gracia sin igual a una soga adornada con guirnaldas de flores. Hacíalo de tal forma y manera que parecía flotar verdaderamente en el aire y haciéndonos creer que apoyar su mano en la florida cuerda sólo constituía una pose. Vestía una túnica de gasa blanca bordada con incrustaciones de cristal, que producían continuos destellos sobre la estilizada y perfecta figura que se traslucía a través de la sutil tela. La abundante cabellera rubia encrespada del ángel estaba coronada por una dorada diadema, repujada con un espejito redondo en el centro. Su rostro, cuello, brazos y piernas estaban completamente blanqueados por los polvos de arroz. Tan sólo sus ojos estaban remarcados ligeramente en azul celeste, y sus mejillas y labios en un dulce rosa arrebolado. Al tocar el suelo del escenario, el público se volcó en aplausos y gritos entusiastas.

Acto seguido, comenzó a saltar y describir círculos perfectos al tiempo que giraba, provocando el delirio del histriónico público, a esas horas borracho de alcohol y, desde ese momento, de delicada belleza masculina.

Me encontraba absorto ante semejante despliegue de gracia y belleza. Un suave codazo a mi izquierda me sacó de mis pensamientos y me preguntó: «¿Has visto, Leonardo, qué maravilla?». Era uno de mis compañeros del taller de Verrochio, también llamado Leonardo, Leonardo Tornabuoni. Un buen muchacho de familia noble, emparentado con los Medici, que parecía mantenerse sereno en medio de todo aquel laberinto. Asentí con la cabeza y seguí pasmado observando todos los movimientos sobre la tarima, que retumbaba cada vez que el ángel caía ligero como una pluma sobre ella.

De pronto, otro personaje hizo acto de presencia con un brusco golpe sobre el escenario, acompañando su entrada con un salvaje alarido. Representaba a un demonio con tridente. Su cuerpo estaba completamente cubierto de pigmento rojo y de trazos en blanco, negro y verde, resaltando la musculatura de brazos y piernas. Toda su vestimenta se reducía al color que le cubría. Su anatomía era poderosa, y él la mostraba orgulloso, al tiempo que se agachaba y levantaba constantemente en unos movimientos supuestamente diabólicos. Sus cabellos eran totalmente oscuros y rizados, muy brillantes a causa de los aceites, de entre los que asomaban unos cortos cuernecillos. Su rostro resultaba al tiempo diabólico y violento, mostrando de vez en cuando, entre amenazadores gruñidos, una amarillenta dentadura, a la que se le habían añadido unos colmillos tan postizos como terribles.

Los dos personajes entablaron una lucha perfectamente acompasada, acompañada por la música, a la que se les habían sumado carracas y platillos insistentes en los momentos de forcejeo más encarnizado. Al parecer, el motivo de la contienda era una figura de mármol blanco que representaba a un muchacho. Ambos luchaban por poseer la estatua.

En un momento de la lucha y, entre los golpes de los desnudos pies contra la tarima de madera, el tridente del diablo arrancó de un solo golpe la ligera túnica del ángel, provocando entre el público un estupor que resultaba increíblemente ingenuo en semejante ambiente.

La maniobra del demonio dejó al descubierto una perfecta y armoniosa arquitectura humana. Aquel cuerpo blanqueado de cabeza a pies, aquella gracia y proporción, aquel donaire provocaron en mí una reacción que, aún hoy, me resulta inconfesable.

∽

Leonardo se removió incómodo en la silla y frotaba nerviosamente los extremos de los apoyabrazos del asiento con las manos, apoyándose un poco tenso contra el respaldo evitando mirar a la mujer.

Lisa escuchaba atentamente y asentía con la cabeza suavemente animándole a seguir en su doloroso exorcismo. Da Vinci encontró de nuevo la cálida y acogedora mirada de comprensión de la señora de Giocondo. Nada la asustaba. Todo le era natural, y no censuraba ni de palabra ni de mente. Le acompañaba en su tránsito solitario, con compañía generosa y desinteresada. Volvió a insistir con la cabeza, un poco ceñuda al crecer su interés y un punto preocupada por la ansiedad que comenzaba a mostrar su venerado maestro.

Cଓ

Aquella experiencia fue absolutamente reveladora de lo que hasta entonces, yo me había negado a aceptar. La visión de tanta belleza en medio de aquel lugar inmundo; aquella perfección, que por humana más divina, brillaba por sí misma en medio de aquel oscuro tugurio subterráneo; aquella pureza hacía brotar en los hombres que la contemplaban lo mejor o lo peor de sí mismos: había a quienes hacía llorar, otros la observaban embelesados. Pude comprobar nuevamente que la Naturaleza, benigna, provee de manera que en cualquier parte halles algo que aprender, incluso en aquel abyecto lugar.

Continuaron las evoluciones de ambos, ángel y demonio. Fue entonces cuando la estatua adolescente cobró vida y también se unió a la danza. El efecto me maravilló; pues nadie hubiera adivinado que aquella inmóvil figura era humana en realidad, tal era el efecto de blanco marmóreo conseguido en su piel, y la absoluta quietud en que había permanecido hasta ese momento.

Me hallaba entusiasmado por el espectáculo y absorto en él, cuando noté que tiraban de mi brazo derecho con fuerza. Era Jacopo, el amigo de mi compañero Gnido. Insistía y me hacía señas con la otra mano, para que le siguiera entre la apretada multitud. Fue abriendo camino para los dos, golpeando bruscamente a un lado y a otro sin que, sorprendentemente, nadie le reprochara sus malos modales que aún contrastaban más con su extravagante vestimenta femenina. Tras pasar por el asfixiante pasillo humano llegamos a una pequeña sala en la que quedamos a solas. Cerró la puerta que comunicaba con aquel teatro subterráneo. Se callaron todos los ruidos. La estancia estaba casi en penumbra. No era realmente una sala, sino una antesala común a varias estancias cuyas puertas no eran más que unas espesas cortinas granates adamascadas. La risa entrecortada de una mujer me llamó la atención. Miré hacia mi izquierda. Allí también había otra estancia. La cortina no había sido corrida del todo y reconocí a uno de mis compañeros, que retozaba con una muchacha que no paraba de reír en voz baja.

Me volví hacia el tal Jacopo y le pregunté por Gnido.

—Está aquí —me respondió, al mismo tiempo que me hacía señas para que me asomara a una de las estancias mientras retiraba la cortina.

Me asomé, entré y vi a Gnido profundamente dormido sobre un catre.

—Es hermoso, ¿verdad? —preguntó Jacopo mientras movía su cabeza coquetamente de un lado para otro.

—Sí, lo es —le respondí yo.

—Pero no tanto como tú. —Y aquel desvergonzado mozalbete comenzó a acariciarme con descaro, casi con agresividad. No parecía estar dispuesto a renunciar a su nuevo descubrimiento. Su actitud me resultaba repulsiva, más aún cuando no parecía importarle lo más mínimo ni mi parecer ni la presencia de Gnido, que continuaba durmiendo profundamente.

Hice por zafarme de sus abrazos y de sus caricias pero no resultaba cosa fácil pues, a pesar de ser más bajo y menudo que yo, su resolución era mayor que mis reflejos, adormecidos por el cúmulo de sensaciones. Comencé a sentirme terriblemente agobiado, y de un empellón lo aparté violentamente de mí y salí a toda prisa, encontrándome de nuevo en la antesala. Jacopo me seguía como un perro en celo tirando de mi túnica intentando detenerme. A cada instante me sentía más agobiado. Comenzamos a forcejear y caímos contra otra de las cortinas. Jacopo cayó de espaldas contra el suelo y yo prácticamente encima de él dentro de una de aquellas estancias. No sabía qué hacer; estaba paralizado de vergüenza. Levanté la vista y me encontré con un espectáculo nauseabundo. Aquel gordinflón que antes había visto, allí estaba, su seboso y blancuzco cuerpo lleno de pliegues que colgaban a su alrededor completamente al desnudo, jadeante y sudoroso con los ojos abiertos como platos al verse sorprendido sodomizando a quien apenas era un niño. Me levanté rápidamente y al salir corriendo me tropecé con mi compañero Leonardo.

—Te andaba buscando, ¿dónde te habías metido?

Ni tan siquiera le respondí. No hacía más que repetirle:

—¡Vámonos, vámonos de aquí!

—¿Te ocurre algo? ¿Qué te ha pasado? —me volvió a preguntar.

Ya no tuve ocasión de responderle, pues en ese momento se abrió la puerta que comunicaba con el escenario y entraron por ella los bailarines y el ensordecedor alboroto de la gente. Pasaron por delante de nosotros. Primero la estatua a pasitos cortos y ligeros, era el más bajo y joven del grupo. Después pasó el demonio, con paso pesado y relajado, la expresión cambiada y empeñado en deshacerse de la incómoda posticería. Tras ellos, el bello ángel. ¡Estaba tan cerca de él! Al llegar a mi altura me dedicó una lánguida mirada. Al pasar de largo grité interiormente: «¡Espera!». Se giró y se quedó mirándome, allí, tan blanco, tan real, como si hubiera oído mi grito ahogado. Hubiera deseado acariciar su rostro, rozar con las yemas de mis dedos su suave piel empolvada, acaparar con mi cuerpo su cuerpo menudo y fino y sentir el cálido abrazo de una persona que me deseaba. Ambos lo hicimos en ese instante y ambos lo supimos. Pero el instante fue tan profundamente eterno como efímero.

La magia del momento fue rota por los gritos de Gnido: pedía enfurecido e histérico una explicación. Quería saber qué diablos había ocurrido. No estaba Jacopo junto a él y se lo encontraba allí tirado en el suelo con medio cuerpo metido en otra estancia.

Jacopo no había perdido detalle de lo ocurrido y vio la ocasión de vengar su despecho. Tergiversó la historia y contó a Gnido que yo había querido conseguir sus favores aprovechando que él se encontraba dormido y que, por evitarlo, forcejeamos y caímos al suelo. Le aseguré que eso era falso pero Gnido estaba demasiado furioso para atender explicación alguna. Se abalanzó sobre mí, intentando pegarme. Me supe defender bien y le propiné un puñetazo que le partió la nariz. Al verse sangrar comenzó a dar gritos histéricos amenazándonos a mí y al otro Leonardo asegurando que se vengaría y que esto no quedaría así.

ᛒ

—¿Llegó a hacerlo? —preguntó Lisa preocupada e intrigada.

—Sí. Cumplió su promesa. Y, como bien sabéis, mi buena amiga, lo que Dios no tiene empacho en crear, la Iglesia se niega a bendecirlo. Las leyes no reconocen la atracción entre los hombres como algo natural, sino que lo interpretan como algo torcido; y, aunque tolerada en ambientes intelectuales, continúa siendo un comportamiento perseguido. Alguien aprovechó esta circunstancia. No puedo asegurar que fuera realmente él, aunque lo sospecho.

»Un desconocido, poco tiempo después, no dudó en formular en el *tamburo** una acusación de sodomía contra Jacopo Saltarelli y contra otros, entre los que nos encontrábamos Tornabuoni y yo.

Lisa se mordió los labios. Sabía lo que aquello significaba. Además de la cárcel, la vergüenza para el acusado y toda su familia.

—Fuimos arrestados —prosiguió Leonardo— pero pronto nos dejaron en libertad *cum condizione ut retamburentur*.** Así que nos absolvieron con la condición de no ser nuevamente denunciados. Volvimos nuevamente al taller de Verrochio y nuestra vida siguió igual; pero por poco tiempo. Dos meses después, en el mes de junio, volvió a recoger la maldita caja otra acusación de las mismas características y contra las mismas personas. Tanto mi padre, ilustre y respetado notario de la

---

* *Tamburo*: consistía en una caja cilíndrica que recordaba a un tambor colocada a la entrada del Palazzo Vecchio. En ella los ciudadanos florentinos podían denunciar, anónimamente y por escrito, ante la Signoria aquellas acciones o conductas no ajustadas a derecho de las que tuvieran conocimiento. La relativa a Leonardo apareció el 9 de abril de 1476 dirigida contra Jacopo Saltarelli y otros.

** Expresión latina que viene a significar «con la condición de no ser nuevamente denunciado en el *tamburo*».

Signoria y como la familia de mi amigo Tornabuoni, primo de Lorenzo *el Magnífico*, movieron hilos para acabar con aquel juicio vergonzoso que además carecía de testigos. Pero aquel suceso sólo vino a empeorar aún más, si cabe, las nefastas relaciones con mi padre, quien ahora, además, me veía como un auténtico estorbo, y que había tomado como una ofensa personal y un desagradecimiento a sus desvelos el que recayera sobre mí tal acusación.

»Si mi presencia en la casa de mi padre hasta la fecha había sido escasa, a partir de entonces, me resultaba casi insoportable. Además, su quinta esposa trataba por todos los medios de mantener los derechos de sus hijos, que eran los legítimos hijos de mi padre y mi presencia le resultaba de lo más incómoda, lo que no dejaba de demostrar siempre que tenía ocasión. Así que —dio un profundo suspiro el maduro pintor— decidí dar por terminado mi aprendizaje en casa de Verrochio y volar por mi cuenta. Esperé el momento, y llegó. Marché a Milán.

La esposa de Giocondo hizo oscilar suavemente su cabeza en un movimiento al tiempo afirmativo y de comprensión de lo relatado. Sus ojos sonrieron afectuosamente y tras dejarlos cerrados por un breve instante, casi entristecida, dijo al maestro:

—Debo marcharme. Os ruego que continuéis honrándome con vuestra confianza y me relatéis cuantas cosas maravillosas y terribles os hayan sucedido a lo largo de vuestra búsqueda.

—¿Búsqueda, decís? —preguntó el pintor.

—Sí, la de vos mismo.

Leonardo asintió mientras crecía en su interior la admiración por aquella criatura que el destino había cruzado en su camino.

235

Cg

El redondo rostro de Lisa se fue desdibujando en la memoria del anciano. Una fuerte punzada en su brazo le devolvió al momento presente. Se le escapó una mueca de dolor y volvió a ver al mirar a la ventana. Ya no estaba Lisa. La plateada Selena ocupaba su lugar con descaro y poderío. ¡Sólo habían pasado unos instantes y, sin embargo, tantos recuerdos!

El rayo de luna seguía reptando por la habitación. Al cabo de unos minutos tocaría el rostro de Francesco, aún tan bello y tan noble. Sabía que no llegaría a ser un renombrado pintor, pero no por ello había dejado de acompañarle. En ocasiones, tachábase el propio Leonardo de poco leal con su fiel amigo. Y dejarse querer por él ¡era tan fácil! De todas formas, cuando un hombre hace algo de corazón, como era el caso de Francesco Melzi, había que dejarle hacer, pues de esa forma su capacidad de amar experimenta un desarrollo que, de negársele la ocasión, no tendría oportunidad de alcanzar.

Le flaqueó el brazo que le sostenía y se dejó caer, debilitado, sobre las almohadas. Cerró los ojos y procuró dormir.

Capítulo XIV

La promesa

28 de Abril de 1512

*B*attista entró en el dormitorio de su señor con mucho cuidado de no hacer ruido para no despertarle. Se acercó a Francesco, le dio unos suaves toquecitos en el hombro y le susurró:

—Señor Francesco, ¡despierte, señor Francesco!

Francesco Melzi se removió en su silla y se despertó un poco sobresaltado.

—¿Pasa algo? ¿Qué pasa?

—No, no ocurre nada. Soy Battista, señor. Regresé anoche de Amboise.

—¡Ah, Battista! Sí, sí, dime. ¿Cómo ha ido todo? ¿Han enviado el mensaje al rey?

—No. Pero…

—¿Cómo que no? —dijo Melzi un tanto alarmado levantándose de un brinco—. ¡Cómo se atreven! El rey Francisco dejó bien claro que quería estar al tanto de su estado de salud, especialmente si empeoraba.

—¡No me habéis dejado acabar, muchacho! Sosegaos primero; todo tiene un porqué. No se ha enviado porque no ha sido necesario.

Melzi miraba desconcertado al criado, sin acabar de comprender. Battista prosiguió explicándole con voz paciente, al tiempo que le indicaba con las manos que le acompañara hasta el ventanal, a fin de hablar a media voz sin ser oídos por el enfermo.

—No lo ha sido porque el rey había enviado ya a su médico

personal hasta Amboise. Sólo hacía un par de horas que había llegado al palacio escoltado por la guardia personal del rey.

—¿Has hablado con ese médico?

—Al principio sólo conseguí hablar con uno de los aprendices que le acompañan; pero, al final, oyó que me refería a *messere* Da Vinci y él mismo vino a mi encuentro. Hizo que le contara cómo se encontraba mi *signore* Leonardo. Se mostró preocupado con lo que le relaté. Apenas pronunció palabra. Es hombre muy callado, poco expresivo. Me aseguró que esta misma mañana se acercaría a reconocer al maestro, en cuanto se recuperase del largo viaje desde Saint-Germain-en-Laye, donde se encuentra la reina a punto de dar a luz al segundo hijo del rey.

—Está bien. Entonces será mejor que tengamos todo a punto, pues de un momento a otro pueden llegar.

Comenzaron a descorrer las cortinas, inundando la habitación una luz cálida y alegre, una luz ignorante por completo de la situación y que no sabía de penas sino de pujante vida. Leonardo continuaba durmiendo. Su respiración era ahora más breve, más superficial y más continua. Pero, al menos, descansaba.

De repente, se oyeron unos fuertes ruidos en el piso inferior. Alguien golpeaba violentamente la puerta principal. Alguien muy impaciente.

Battista echó a correr tanto como pudo; bajaba desasosegado por las escaleras, mientras maldecía los modales de quien golpeaba con tanta insistencia y brusquedad. Cuando por fin llegó al portalón, comenzó a descorrer cerrojos y cerraduras y abrió la portezuela inserta en él. La cegadora luz del exterior apenas le permitía distinguir las figuras que estaban ante él. Una voz bronca le sacó de sus titubeos:

—¡Dejad paso en nombre del rey! ¡Abrid y dejad paso al enviado de Su Majestad!

El pobre criado quedó paralizado ante aquellas agresivas formas, pues no comprendía a qué respondían.

—¡Abrid y dejad paso os digo, abuelo! —insistió un alabardero uniformado a rayas moradas y amarillas.

Battista se alarmó al comprobar que la entrada a la mansión había sido ocupada por un grupo de soldados a caballo.

238

Descabalgaron a una señal del que se encontraba en el umbral. Un pulido peto metálico y una maltrecha gola blanca le distinguían como oficial del resto de la tropa, con la que sólo compartía colores y casco.

—¡Basta, capitán! —gritó con autoridad una voz varios metros más atrás, a cuyo paso se fueron apartando ordenadamente y en formación los soldados enviados por el rey de Francia—. ¡Basta! ¿Acaso creéis estar en un asalto? ¡Comportaos, en nombre de Dios y de vuestro rey! Y recordad que ésta también es su casa, que ha puesto a disposición de *messere* Da Vinci. Recordadlo muy bien —añadió dirigiéndose a todos los presentes—, tanto él como los suyos son sus más apreciados huéspedes.

Y dirigiéndose al capitán de los alabarderos, le ordenó:

—Quedaos aquí afuera vos y vuestros hombres —dijo con firmeza, clavando su pupila gris transparente en la negra pupila del miliciano—. En el interior, nada tenéis que hacer.

El capitán de los lanceros torció el morro enfurruñado al verse avergonzado delante de sus hombres. No obstante, cumplió las instrucciones y se mantuvo fuera junto con el resto de los soldados, a los que dio las órdenes oportunas para hacerse cargo de las caballerías.

Fue entonces cuando Battista vio surgir, a contraluz, de entre el fuerte resplandor que dejaba ver la apertura de la puerta, la silueta de quien había hablado de aquella contundente manera atravesando el umbral. Una vez en el interior, se giró hacia Battista, quien reconoció al surgir desde su oscura silueta aquella nariz ganchuda, destacada entre marcados pómulos; la dura barbilla partida en dos, suavizada por el gris claro de sus ojos; la corta melena rubia, prácticamente albina, que le enmarcaba el rostro. Resultaba inconfundible. Quedó mirando por unos instantes a Battista y con voz grave y seca se dirigió a él:

—Anúncieme a *messere* Leonardo da Vinci. Soy Andreas van Wesel,* médico de Su Majestad Francisco I, rey de Francia. Vengo para asistirle en lo humanamente posible por orden ex-

* Médico al servicio del rey Francisco I; posteriormente pasó al del emperador Carlos V. En su juventud conoció a Leonardo en la corte de El Moro. Wesel fue el padre del anatomista Andrés Vesalio.

presa de Su Majestad. —Y suavizando el tono de voz y la tensión de su mirada, añadió—: Y a petición propia.

Francesco Melzi había presenciado la escena desde la escalera del vestíbulo, que ahora terminaba de bajar.

—Sed bienvenido, señor Wesel. Es un honor teneros entre nosotros, y un alivio en estos momentos. Soy Francesco Melzi, discípulo, admirador y siempre amigo del maestro. Os reitero la bienvenida y espero que os sintáis como en vuestra propia casa.

—Me alegra oíros decir tal cosa, pues llevo idea, si no tenéis inconveniente, de instalarme en este castillo para estar al lado de Da Vinci y ayudarle lo mejor posible.

—Es una excelente idea. Nos sentiremos mucho mejor si así lo hacéis. ¿Habéis traído vuestro equipaje?

Wesel asintió con la cabeza. Melzi ordenó a Battista que se ocupara de todo lo referente a la instalación del médico y pidió a éste que le acompañara. Mientras los dos hombres subían hacia la habitación del artista, Battista daba instrucciones a los soldados para indicarles dónde debían dejar los bultos del equipaje. Antes de entrar a la habitación, Andreas detuvo a Melzi y le preguntó:

—¿Cómo está?

—No lo sé —le respondió Francesco Melzi—. Yo le veo muy mal. La tos apenas le abandona; no le deja descansar. Tiene muy mal aspecto. Hace tiempo que perdió el color y sus ojeras cada vez son más oscuras y profundas. Respira con mucha dificultad. Ahora duerme. Os ruego que no le despertéis, pues por las noches no descansa sino a retazos; dejad que se reponga.

—Descuidad que no lo haré. El sueño es el mejor de los remedios. Y mientras duerme, no sufre.

—Así es.

Entraron en la habitación. Leonardo seguía durmiendo. Wesel se acercó y, sin tocarle para no despertarle, le examinó superficialmente. Movió la cabeza negativamente al oír la respiración. De pronto, un golpe de tos pareció partirle el pecho, pero se calmó y no llegó a despertar. Detuvo su recorrido en el examen del rostro. El deterioro era evidente. No parecía el mismo. Era una sombra de aquel que conoció en Milán en los

tiempos del todopoderoso Ludovico Sforza, dueño y señor de
todo lo que respiraba y se movía en tierras milanesas.

—¿Cómo le encontráis? —La pregunta de Melzi devolvió a
Wesel a la habitación.

—Mal, francamente mal. De todos modos, cuando despierte le exploraré con detenimiento y auscultaré sus pulmones,
pero por su respiración sospecho que están encharcados.

Tras unos instantes de silencio pensativo, Melzi reaccionó e
invitó al doctor a sentarse con él junto al ventanal. Wesel se
quitó la ropa de abrigo y se acomodó frente al joven.

Permanecían en silencio. Era cierta la observación de Battista: Andreas van Wesel era hombre de pocas palabras. También era el médico más reputado de toda Europa, reclamado
por todas las cortes europeas, lo cual no le impedía asistir gra-
tuitamente a todo aquel que se lo pidiera, viéndose desbordado
en multitud de ocasiones. Allí lo tenía frente a él, a aquella
eminencia. ¿Cómo y dónde conoció a Leonardo? Casi sin darse
cuenta, Francesco Melzi había pronunciado la pregunta en voz
alta. Wesel, que miraba a través del ventanal, salió de su ensi-
mismamiento y respondió al joven mecánicamente, al principio, y luego tomó las riendas de lo que contestaba:

—En Milán. Le conocí en Milán, en la corte de Ludovico
Sforza.

A continuación calló. Seguía manteniendo el índice sobre el
labio superior, a modo de sello. No parecía vibrar nada en el interior de aquel gélido hombre, ni tampoco parecía estar dispuesto a continuar hablando.

Pasaron unos instantes en silencio. Cuando Francesco Melzi ya había perdido la esperanza de mantener una conversación
con él, oyó:

—Francesco, hijo. Ven, ayúdame. —Los dos hombres se
volvieron al unísono hacia la cama de Leonardo que había despertado—. Quisiera incorpo…

Da Vinci no pudo acabar la frase. La tos le asfixiaba. Melzi
de un salto se plantó junto a él, y le ayudó a incorporarse y comenzó a palmearle la espalda, lo que al parecer le aliviaba.
Una vez calmada la tos, le ajustó los almohadones de forma que
se mantuviera sentado cómodamente en la cama, de la que ya
apenas salía.

Van Wesel se limitó, mientras tanto, a levantarse y observar. No quiso acercarse hasta que Francesco acabara todas sus manipulaciones, pues no quería añadir la sorpresa de su presencia al esfuerzo de la tos. Una vez hubo acabado el joven, el ya maduro doctor, aunque menos añoso que Leonardo, se le acercó.

Leonardo entornó los ojos como no creyendo lo que ellos le trasmitían y, al punto, reconoció al afamado médico abriéndole los brazos para abrazarle emocionado. Se abrazaron con auténtico afecto y emoción. Wesel, al separarse, le tomó la mano y se la besó.

—Es un honor visitaros, maestro —dijo Wesel.

—Si vuestra visita se debe a que estoy muriendo, quizás empiece a valer la pena.

—No digáis eso, me abrumáis. Deseaba veros hace tantos años… El tiempo pasa deprisa.

Leonardo movió afirmativamente la cabeza, con conocimiento de causa. Pensó algo y le preguntó:

—Decidme, Andreas. ¿Cómo está vuestra familia?

—Bien, muy bien, gracias a Dios. Ahora ya son tres mis hijos; el pequeño pronto cumplirá los cuatro años.

Da Vinci cambió el tono de voz dulce y emocionado y viró a un tono más serio y doliente:

—¿Os ha enviado Su Majestad?

—Sí, pero yo se lo pedí. Quería ser yo quien tuviera el honor de asistiros y él lo aprobó.

Leonardo sujetaba con fuerza las manos de Van Wesel entre las suyas y de sus abotargados ojos salió una mirada inquisitiva y directa hacia el enviado del rey, espetándole:

—¿Tenéis algún mensaje para mí?

Van Wesel afirmó moviendo lentamente la cabeza y respondió:

—Veo que nada se os escapa, maestro.

Melzi asistía a la escena muy atento. No sabía de qué hablaban. Pero debía de ser algo importante. Un temor se apoderó de él. Quizá tuviera relación con el cuadro de la dama florentina.

—Si algo tenéis que decirme, hacedlo ya —le dijo Da Vinci, soltando dulcemente las manos del galeno—. Así, querido amigo, quedaréis liberado de la obligación y podréis dedicaros a vuestra profesión con más holgura.

—Tenéis razón, *messere* Da Vinci —dijo Van Wesel tras sonreír convencido de que el florentino estaba en lo cierto—. Sabed entonces lo que me encargó Su Majestad personalmente que os dijera. Su Majestad Francisco I desearía verdaderamente, y de todo corazón, acompañaros en estos momentos tan duros; vos sabéis de la admiración y el cariño que os profesa; si no está junto a vos es porque, ante la inminencia de la venida al mundo de su segundo hijo, podría suscitar recelos entre los partidarios de la reina que...

Leonardo cortó la parrafada levantando la palma de su mano izquierda, mientras suspiraba desganado.

—No os esforcéis querido amigo. Conozco muy bien la corte de Francisco y las limitaciones del rey y, sobre todo, mi verdadera importancia. Sólo soy un viejo chiflado y no merezco tanto honor. De veras. Os lo digo sinceramente. Saltad, os lo ruego, las alabanzas y disculpas y decidme, pues mi tiempo es a cada instante más escaso, cuál es el mensaje del rey.

Melzi no pudo resistir más e intervino:

—Sí, sí, decidlo.

A continuación sintió cómo los dos hombres, perplejos, le observaban, se sintió avergonzado por su entrometimiento y pidió perdón. Wesel dirigió una mirada interrogativa a Leonardo y éste supo interpretarla correctamente, ya que le contestó:

—Sí, podéis hablar delante de él como si fuera mi propio hijo.

—Desde luego, desde luego —contestó Wesel y tras una honda respiración prosiguió—: Sabed que Francisco I os recuerda el cumplimiento de la promesa que le hicisteis y que, cuando vos nos hayáis abandonado, Dios quiera que sea tarde, por su parte se procederá como vos dispusisteis se hiciera con tan preciados objetos.

Melzi, no comprendía nada. Hasta el momento había creído que se referían al extraño cuadro, pero se trataba, al menos, de dos cosas en vez de una. En el caso de que una de ellas fuera el cuadro, ¿qué demonios era la otra? ¿Qué otra cosa podría ser lo que despertara el interés del rey?

—Decidle, buen amigo —contestó Da Vinci—, que todo está dispuesto y en el lugar convenido, y que sigue siendo mi voluntad que ambos objetos estén en su poder a mi muerte.

El galeno asintió mansamente con la cabeza y tras apretar los labios, cambió a una voz más afectuosa:

—Ya me he ocupado de Su Majestad. Ahora, soy todo vuestro, maestro. Descubríos la espalda, que os voy a auscultar.

Van Wesel se hizo traer un pequeño baúl con asas metálicas donde transportaba su preciado material profesional: escalpelos, bisturís, gasas… Sacó un pequeño instrumento metálico consistente en un estrecho tubo que acababa abriéndose en un ancho borde circular. Lo aplicó sobre la espalda desnuda de Leonardo, mientras escuchaba atentamente por el extremo más fino. Fue progresivamente recorriendo con el instrumento las cuatro secciones en que mentalmente dividía la espalda, y deteniéndose a oír con suma atención en diferentes puntos. Tras esta operación, procedió de igual forma con el pecho del paciente, deteniéndose especialmente en la zona próxima al corazón. Dejó a un lado la pequeña trompa y ayudó al anciano a apoyarse sobre un costado, levantándole el camisón de nuevo y dejándole al descubierto la espalda. Apoyó la palma de la mano izquierda sobre ella y comenzó a dar pequeños golpecitos con la derecha, prestando atención al sonido que éstos devolvían. No le gustó nada lo que oyó. Miró a Francesco Melzi, que estaba justo frente a él sujetando el largo camisón de Da Vinci. Movió la cabeza a ambos lados. No podría hacer mucho por él. Prácticamente nada. Los pulmones estaban muy encharcados. El corazón palpitaba débil y con un ritmo desigual. Como médico no podía hacer nada, sólo intentar aliviarle el dolor y la fatiga con algunas drogas. Y, sobre todo, darle el consuelo de la compañía de un viejo conocido y amigo. Melzi captó inmediatamente el mensaje. Afirmó con la cabeza disimuladamente y volvió a desplegar el recogido camisón, tapando a su maestro.

—Será mejor que le pongamos más almohadones y esté más enderezado: respirará con menos dificultad —dijo Van Wesel dirigiéndose a Melzi; y volviéndose hacia Da Vinci, añadió—: Es conveniente que descanséis todo lo que podáis, procurad dormir y, sobre todo, hablad lo menos posible para evitar la tos.

Leonardo asintió cansado con la cabeza y cuando ya se volvía Melzi, le llamó y le dijo:

—Francesco, muchacho, hazme un favor.

—Decidme, Leonardo. ¿Qué deseáis?

—Tráemelo —dijo apretando afectuosamente la mano del muchacho—. Hace mucho que no lo veo. Ponlo junto a los pies de mi cama, que yo la vea.

—Claro, claro —le devolvió Francesco un cálido apretón de manos—. Ahora mismo.

Francesco sabía perfectamente cual era el deseo de su maestro y se dirigió a la pequeña y oscura habitación. Al momento, salía con el retrato de Lisa en las manos. Se detuvo. Sintió emoción y pena. Avanzó casi solemnemente hacia la silla de brazos que Van Wesel había ya colocado a los pies de la cama, de forma que, una vez se apoyara la pequeña tabla en ella, Leonardo pudiera contemplarlo sin dificultad entre los pilares del dosel. A cada paso que daba sosteniendo aquella tabla, Melzi sentía los ojos de su maestro fijos en el retrato. Miraba con una tremenda tristeza, incluso le pareció que con amargura. Allí, clavado en la cama, vestido para recibir la muerte. La melena blanca y sedosa extendida, apenas enmarañada. Francesco le observaba conforme se aproximaba a él, enmarcado por los pilares del dosel de su cama. Leonardo miraba sin ver. El joven colocó con exquisito cuidado la tabla sobre la robusta silla, apoyándola contra el respaldo y asegurándola por los reposabrazos. El labio inferior de Da Vinci asomaba prominente y tembloroso, no sabiendo interpretar Francesco si acaso iría a romper a llorar o a maldecir a la raza humana; quizá tuviera ganas de ambas cosas a un tiempo.

Le dejaron tranquilo con sus recuerdos. Van Wesel se dirigió al ventanal junto a Francesco Melzi. El cirujano aspiró con fuerza el aire y lo expelió con tristeza. Los dos miraban a través de los cristales. El valle estaba lleno de vida. Todo él era una explosión de color. Los insectos zumbaban en el aire primaveral. Un poco más allá, las laderas verdes y azuladas que rodeaban al Loira se habían teñido de la noche a la mañana de miles de gotas amarillas y violetas de las flores silvestres y de lavanda. Tanta vida resultaba insultante y dolorosa.

—No le queda mucho. Tres o cuatro días a lo sumo —dijo Van Wesel sin que se le inmutara el rostro—. No podrá aguantar mucho más.

245

«Extraño hombre éste», pensó Francesco. Estaba convencido de que el flamenco estaba herido por el dolor y, sin embargo, era capaz de no turbarse. Su rostro aún parecía más gélido que antes. A él, sin embargo, le costaba un gran esfuerzo mantenerse entero. Intentaba controlar su respiración, que se volvía más agitada por momentos. El médico se percató. Sin girar la cabeza, alzó la ceja derecha y observó de reojo a Francesco, considerando que era mejor relajarle. Quizá le interesara saber…

—Yo tendría tu edad cuando conocí al *messere* Leonardo.

La mirada de Melzi se volvió rápidamente curiosa, invitándole a seguir.

—Fue en Milán. Eran los tiempos de Ludovico *el Moro*. Ya por aquel entonces al duque le aquejaban algunos males que le daban mala vida, sobre todo, una fístula que le acarreaba unos terribles dolores. Fue con ocasión de mi llegada a la corte de Milán para tratar de aliviar al duque, cuando conocí a Leonardo. ¡Magnífico Leonardo! —Van Wesel entornaba los ojos recordándole como si lo tuviera allí mismo—. Su porte, sus maneras elegantes y distinguidas, su saber estar, siempre la frase adecuada y brillante y, sobre todo, su mente clara y siempre dispuesta al ingenio y a la invención le hacían distinguirse del resto. No era un hombre corriente. Él lo sabía; pero nunca se vanagloriaba de ello. Discutía con los pretendidos sabios de la corte de Ludovico, con todos aquellos nigromantes charlatanes, quienes no profesaban simpatía alguna por nuestro común amigo. Ludovico, en cambio, siempre le demostró su aprecio y confianza; incluso, cuando sus encargos o sus inventos no lograban el éxito esperado. Supo ver en Leonardo el hombre de talento y el sincero consejero que siempre encontró en él.

»Pronto nos hicimos buenos amigos y, no sólo me mostró las láminas anatómicas que había realizado de la observación directa de cadáveres que él mismo había diseccionado, sino que me regaló varias de ellas, que aún conservo y que me fueron de gran utilidad para ayudarme a comprender el funcionamiento de nuestro organismo.

»Entre todos aquellos aduladores, cínicos, murmuradores, cortesanas fáciles y charlatanes, el genio puro y brillante de este hombre —dijo mientras señalaba a Da Vinci con un gesto de la cabeza— parecía ennoblecerle el rostro y el alma, destacándose entre todo aquel barro el verdadero tesoro del duque de Milán…

Leonardo reposaba apoyado en los almohadones en un duermevela. Los hinchados ojos entornados volvieron a ver frente a él el retrato de la enigmática sonrisa; mientras resonaba en su cabeza el eco lejano de las palabras del galeno Van Wesel: Milán… Milán… Milán…

—Si estáis cansada podemos dejarlo por hoy, señora —dijo Da Vinci a la esposa de Giocondo, mientras se apartaba un poco del retrato para escrudiñarlo con atención.

—No estoy cansada. Podemos continuar un poco más.

—Veo que el efecto de la compañía de los músicos se hace notar. Os veo más relajada y no acusáis tanto el paso del tiempo. Sin embargo, opino que será mejor que lo dejemos por dos razones: primero, ya anochece antes y, por lo tanto, la luz no es la misma y…

—¿Y la segunda razón, *messere* Da Vinci? —preguntó curiosa Lisa.

—La segunda… —contestaba fingiendo estar distraído en agitar un par de pinceles en un cuenco con disolvente—, la segunda razón es que no tengo ninguna prisa por acabar vuestro retrato.

—¿Por qué motivo?

—¿Por qué preguntáis lo que ya sabéis? —contestó el pintor mirándola casi con furia. Lisa pudo percibir con claridad las chispas de dolor que despedía su mirada de animal herido.

Da Vinci apartó la vista rápidamente de Lisa. Por un momento, apareció de nuevo el Leonardo frío e insensible con las mujeres. La miró de nuevo. No era un ser peligroso para él. Al contrario: tenía la íntima convicción de que nunca le dañaría. Se movió algo nervioso y le contestó con el rostro y el ánimo mudados.

—Porque aún no me habéis explicado el motivo de vuestro silencio y porque no quisiera dejar de disfrutar de la compañía de tan buena amiga; de la única persona amiga.

Gioconda le devolvió una suave sonrisa con los ojos y con los labios, asintiendo con el gesto y dirigiéndole palabras que le alentaban a contar con su amistad, palabras que casi ya no oía Da Vinci pues, la dulzura de su sonrisa, la sincera amistad de la mujer, se le clavaron como un fino estilete; él no se sentía a su altura. Había sido sincero, pero no del todo. No había mentido con lo dicho, pero se sentía traidor por lo callado. Era cierto que quería seguir hablando de lo humano y de lo divino con ella, era cierto que deseaba que le explicara los motivos que la llevaron a semejante decisión, pero había callado que tenía el encargo de averiguarlo, además del encargo de entregar su retrato a otro hombre. Además, había algo en ella que le paralizaba: no sabía cómo enfocar el rostro, qué expresión, qué gesto… no podía saberlo aún. Resonaba en su interior la mil veces repetida frase de Verrochio, su gran maestro: «El rostro sólo es digno de alabanza cuando expresa, lo más posible, la pasión de su alma»; y eso quería lograr: la expresión del alma, del pensamiento de Lisa, y aún no acababa de conocerla lo suficiente, se le escurría como un pez; a él, que nadie se le había escapado del afilado bisturí de su análisis visual y anímico. Comenzaba a sentirse un poco rendido ante la dificultad del retrato. Lo mejor sería dejar pasar algo de tiempo. Sí, desde luego, sería lo mejor. Mientras tanto, seguiría con los detalles del vestido y del cabello. El paisaje estaba prácticamente acabado. El rostro ya iría viniendo solo. Tiempo al tiempo.

Dejó el maestro de agitar los pinceles y comenzó a secarlos con un paño limpio. Mientras, Salai y Fernando recogían todos los utensilios y dejaban despejado el taller. Les entregó los pinceles para que los guardasen en un lugar reservado. Los útiles que empleaba para el retrato de Gioconda no quería fuesen mezclados con los demás. Fernando los tomó y los colocó en el lugar indicado y, a continuación, Salai y él salieron del taller descendiendo por las escaleras que conducían a la planta baja de la casa.

Aquel día era demasiado frío y húmedo para estar en el patio. Ya llevaban varias sesiones en el interior del taller, más cálido y acogedor para el tiempo de invierno.

Reparó Leonardo en que la música había dejado de sonar. Ya no se oía la flauta dulce, tampoco la viola baja, ni los cascabeles, ni el laúd. Todo había quedado en silencio. Se giró hacia el grupo de músicos buscando una respuesta y la encontró: en ese preciso instante se sentaba *donna* Lisa en una silla de tijeras y se disponía a interpretar una canción con el laúd que le había pedido a uno de los músicos.

Antes de que a Leonardo le diera tiempo a reaccionar, la púa en la mano de Lisa comenzaba a rasgar las cuerdas bien templadas. Su mano izquierda, situada en el mástil del laúd, oprimía con sus dedos alternativamente las cuerdas, con aquella gracia etérea que caracterizaba sus movimientos, al tiempo que tañía arrancando sonidos armoniosos y acompasados. La dulzura de la melodía era tal, que los músicos, que habían comenzado a acompañarla con la flauta y los cascabeles, dejaron de hacerlo y se hicieron oídos para escuchar.

Leonardo se fue aproximando lentamente, paso a paso, al asiento situado frente al de la joven. Se sentó muy despacio, casi conteniendo el aliento. No quería interrumpir por nada del mundo aquel fluir de belleza; aquella cadencia larga y doliente que, como un hilo interminable, iba desenrollando cada toque de púa en las tensas y vibrantes cuerdas del laúd: uno, dos, tres…, uno, dos, tres…, lento y largo el ritmo de la melancólica música. Uno, dos, tres…, uno, dos, tres… Una nota honda y grave encabezaba el compás removiendo el pecho de los presentes; aún vibrante le siguieron obedientes dos agudas notas en contraste con la precedente. El compás se repetía una y otra vez ascendiendo y descendiendo en la escala, produciendo una curiosa sensación de oleaje en el ánimo de Leonardo y de los músicos. Un repique de cuerdas arrancó un ramillete de agudas y finas notas que anunció el comienzo de la candorosa voz de Lisa:

249

> Nace un sol cada día
> y yo cada día con él
> comienzo a andar mi camino:
> vida que he de recorrer.

> ¿Dónde conduce la vida?
> ¿Dónde el camino me lleva?
> No importa hacia donde vaya:
> sólo que sueñe y no tema.

¡Ay, qué sola me siento!
¡Ay, qué frío en la piel!
Todo es oscuro y extraño
todo me hace temer.

Si alguien tiene un secreto
bien lo ha de guardar
sólo lo entregue y confíe
a quien lo sepa soñar.

¿Dónde conduce mi vida?
¿Dónde mi camino lleva?
A poner alas a un sueño
a que los hombres no teman.

¡Ay, qué sola me siento!
¡Ay, qué frío en la piel!
Todo es oscuro y extraño
todo me hace temer.

250

Tiéndeme tu mano, amigo,
para, juntos, avanzar.
¡Ay, que ya no siento frío!
Ya no pesa el caminar.

Ahora tengo un amigo,
alguien en quien confiar.
Mi alma vuela ligera
mis labios no he de sellar.

La joven cerró la canción deslizando la púa sobre las cuerdas del laúd recorriéndolas de arriba abajo, dejando flotar la última sílaba junto a la última nota en el aire. Miró a Leonardo mientras repetía, ahora sin música, con su voz segura y serena la última estrofa.

Ahora tengo un amigo,
Alguien en quien confiar.
Mi alma vuela ligera
mis labios no he de sellar.

Le miró y vio cómo sus ojos azul celeste se volvían brillantes y acuosos. El florentino tragó el nudo que le atormentaba en la garganta y sus mejillas notaron el alivio del cálido y húmedo recorrido de las lágrimas. El pecho se le ensanchaba. ¡Qué inmensa cavidad lograba excavar en él esta criatura con su presencia! ¡Aquella melodía, aquella dulzura de la voz, aquel sentimiento sincero, puro, generoso y exquisito, hacían brotar dentro de él colores desconocidos, le hacían sentir dentro de sí el cosmos en expansión, miríadas de estrellas, constelaciones, galaxias enteras viajando en un universo interior movido por la más armoniosa de las fuerzas! Un espacio sereno en el que flotaba sin límites, le hacía ascender hacia esferas más elevadas. En su pecho estalló uno de los cometas en él atesorados, derramando su contenido caliente por todo su ser: la amaba, la amaba con mayúsculas, como no había amado a nadie; no sentía deseo alguno, no amaba su cuerpo; sólo amaba intensamente y vibraba al máximo cuando alcanzaba rozar, caunque sólo fuera, el exquisito y delicado espíritu que Lisa abrigaba. La fragancia de su esencia se derramaba al compás de aquella canción y se había extendido por aquel taller de pintor, contagiando a todos los presentes.

251

Da Vinci secó su llanto gozoso y se levantó como impulsado por un resorte, retomando su natural nervio, entró en la parte oculta del taller y volvió con algo en la mano.

Se trataba de un arpa. Un arpa de plata con forma de cabeza de caballo que él mismo había diseñado hacía ya muchos años. Volvió a sentarse frente a *donna* Lisa y comenzó a tañerla. Sus notas tan timbradas y cristalinas causaron el asombro de todos. Lisa abrió los ojos, sorprendida por el instrumento, y se le iluminó el rostro al comprobar que las notas que sonaban eran las de su canción. El maestro no sólo lo era de pintura, de escultura, de arquitectura, de ingeniería, mágico inventor, sino además, músico capaz de interpretar e improvisar cualquier pieza. Uno, dos, tres…, uno, dos, tres…, el punteado revoloteaba travieso en el arpa. Lisa esperó el compás adecuado y se sumó a la interpretación. Laúd y arpa. Arpa y laúd. Se entrelazaban sus sonidos sin anular el uno al otro, sino sumando sus fuerzas y creando belleza y armonía.

La melodía arrastró irremisiblemente a los músicos que no

podían abstraerse a tan hermoso instante. La flauta comenzó a acompañarles alcanzando bellas y agudas tonalidades. Tras ella, los concienzudos graves de la viola baja llenaron el aire de profundas vibraciones que marcaban el compás, uno, dos, tres..., uno, dos, tres..., ahora rasga insolente el laúd, le replica el arpa con su metálico sonido, los envuelve la flauta con su mágica capa y remata el resuelto cascabel.

Tocaron y tocaron hasta que la última luz de Florencia se despidió desde la ventana del taller, envolviéndoles en una atmósfera dorada y tenue.

Capítulo XV

El Baile de los Planetas

*A*l agotarse el último rayo de sol, cesó la música. Los intérpretes se despidieron hasta la próxima sesión de pintura. Al bajar por las escaleras, se cruzaron con Battista que subía un par de candelabros para que no quedaran en la penumbra su amo y la señora. Los repartió por la habitación después de multiplicar el número de velas encendidas y distribuirlas por la estancia. Tras asegurarse de que no deseaban nada los señores, se marchó discretamente.

Quedaron solos Leonardo y Lisa, en silencio. Sólo se oía el crepitar de las llamas de las velas y el hervor de la cera, que se derramaba caliente por el largo perfil de los cirios. El airecillo que entraba por la ventana, trajo el rumor de alguna calle cercana por la que pasaba una quejumbrosa carreta de bueyes. Leonardo acariciaba el arpa con forma de cabeza de caballo.

—Veo que la tenéis en gran estima —observó Lisa.

—Así es —contestó Leonardo mientras seguía acariciándola pensativo—. Ella me llevó a Milán. Y también fue ella quien me abrió las puertas de la corte de Ludovico Sforza.

—Fue entonces el duque quien os llamó a Milán para formar parte de su corte.

—¡Oh, no! Nada de eso —respondió Leonardo espantando la idea con la mano—. Por aquel entonces yo era un perfecto desconocido. No hacía mucho que me había independizado de Verrochio, a quien nunca podré agradecer lo suficiente tanto lo enseñado como el trato que me dispensó, pues se comportó conmigo como si yo fuera su verdadero hijo —añadió quedándose pensativo.

Reaccionando a la realidad, prosiguió:

—Al poco de instalarme por mi cuenta, tuve dos encargos de pintura del convento de San Donato di Scopeto —dijo Leonardo dirigiendo su mirada a Lisa—: un san Jerónimo y una Adoración. Pero no eran suficientes para mantenerme ni parecía que fuera a recibir otros encargos.

—Y ¿qué ocurrió después? —preguntó Lisa.

—Al pasar el tiempo, las presiones de los frailes del convento aumentaron ante la lentitud de mi tarea, pese a mis explicaciones, con las que intentaba hacerles entender que el arte no es una tarea manual, sino que los artistas consiguen más cuanto menos parecen trabajar: precisamente cuando conciben mentalmente su obra y se hacen una idea exacta sobre ella, de forma que después las manos solamente tengan que reproducir y ejecutar aquello que conceptualmente ya está terminado. Pero todas mis explicaciones fueron inútiles: parece que la gente, si no ve revuelo y alboroto, llega a pensar que no se consigue nada. Son unos necios. Es posible, muy posible, no dar una sola pincelada durante días a un cuadro y estar trabajando intensamente en él. En el arte, primero es el concepto, la creación mental; luego viene la ejecución que sólo es una consecuencia mecánica de la primera.

Lisa asintió comprensiva. Leonardo dirigió su mirada hacia ella y dijo:

—A ello se sumó el que Lorenzo de Medici no me tuviera en cuenta para sus encargos de arte, pues prefería otros artistas. También he de admitir que me sentí dolido al no ser llamado por el Papa a Roma como así lo hizo con el Perugino, con mi amigo Botticelli y, más tarde, con Ghirlandaio.

Leonardo suspiró mirando al cielo, al tiempo que se ponía en pie y se dirigía a la ventana. Miró a través de ella con las manos entrelazadas en la espalda. Se giró y se volvió hacia Lisa. Ella le seguía mirando atenta, sin perder detalle. Le reconfortó el interés que mostraba la mujer. Y siguió desgranando sus recuerdos.

—La paciencia de mi padre parecía haber llegado al límite. Si las cosas habían empeorado notablemente desde el asunto del *tamburo* y de Saltarelli, ahora, con el descontento de los frailes, asiduos clientes suyos, sus frases no sólo eran de reproche, sino hirientes como estiletes. Todo ello —junto con la íntima convicción de que únicamente estando solo podría dedicar mi tiempo y mi vida a lo que realmente me gustaba, inventar y experimentar—, acabó por decidir mi marcha de Florencia.

Quedó Leonardo pensativo, mirando a la lejanía. Parecía haberse quedado suspenso en un pensamiento y lo expresó en voz alta:

—Por aquel entonces comprendí que el artista ha de permanecer solitario... Si estás solo, serás todo tuyo; si tienes un compañero, te pertenecerás sólo a medias, o incluso menos. Por más que digas: «haré lo que me plazca, me quedaré aparte», yo te digo que no lo conseguirás, pues no podrás permanecer sordo a su charla, y no es posible servir a dos amos... Y, puesto que la finalidad de la vida es el conocimiento y la virtud es un medio para adquirirlo, y el amor resulta ser una virtud, es, pues, necesario conocer el amor, puesto que es virtuoso y cosa divina, pero apartando de él todo lo que en él pueda haber de vicio y envilecimiento. Era, pues, necesario, si acaso, imprescindible, que para consagrarme a la Pintura, a la Matemática, al estudio... al Arte, en definitiva —puesto que los placeres restan vitalidad—, renunciara a lo que mi naturaleza humana no es ajena. Lo que voluntariamente he mantenido en aras de un, llamémosle, «sacerdocio artístico».

Da Vinci se giró hacia Lisa sin levantar los ojos del suelo:

—Tentaciones no me han faltado. Vivo rodeado de ellas. Pero me basta con admirar la belleza y perfección de los cuerpos, como me llena admirar la belleza de un paisaje o de un atardecer. Eso es lo que veo en cada hombre, en cada mujer, en cada bestia, en cada pieza de fruta, en todas y cada una de las cosas que produce la Naturaleza: ¡Belleza! En cualquier caso, me manifiestan la perfección del Hacedor de Todas las Cosas. De todas formas, no creáis que hago un gran esfuerzo, pues he de confesaros que mi única y verdadera pasión es la pasión intelectual y ésta arrastra todas las concupiscencias. Vivo en una soledad descarnada que yo mismo he elegido para alejarme de lo que degrada el espíritu y nos aleja del conocimiento y la virtud.

Volvió a su asiento frente a Lisa, y continuó:

—Como ya os he dicho, todas las circunstancias estaban en

255

mi contra y sentía la necesidad de huir del mundo, quedar solo y pertenecerme únicamente a mí. Hubiera deseado refugiarme en un desierto. Pero lo único que podía hacer era huir del mundo que conocía, o sea, de Florencia.

»Así que recordé que, con ocasión de una visita que realizó el anterior duque de Milán, hermano mayor de Ludovico *el Moro*, a Lorenzo *el Magnífico* en Florencia, estos tres caballeros acudieron al taller de Verrochio. En aquel tiempo, el taller de Verrochio era el mayor y más importante centro de producción de arte de Florencia y prácticamente de toda Europa. El Medici lo mostraba a sus invitados lleno de orgullo y satisfacción. De allí salía la mayor parte de los encargos artísticos de la más poderosa e influyente familia florentina. Incluso habíamos recibido el encargo de los Medici de organizar festejos para celebrar la visita del joven duque y de Ludovico, quien tenía mi misma edad. Ambos, durante la visita, mostraron gran interés por las obras que se estaban realizando. Se interesaron por los trabajos en forja, los vaciados en metal y la preciosísima orfebrería que salía de las manos del *messere* Verrochio. Quedaron maravillados por la delicadeza de la estatua del *David* que él también había realizado.

»Pero fue ante el cuadro *Bautismo de Cristo* donde más tiempo se detuvieron, admirados por la maestría y perfección del ángel, aseverando que en él se distinguía fácilmente el buen hacer del maestro, pues se observaba gran diferencia con el resto de la pintura, que estaría hecha por algún alumno, sin duda. *Messere* Verrochio respondió sin inmutarse que decían verdad, pues quien había pintado ese ángel era un consumado maestro pintor y que no se trataba de él, sino de su más amado discípulo: Leonardo. Y que el resto del cuadro, sí era de su mano, superada a todas luces por el brillante aprendiz. Los milaneses quedaron francamente impresionados. Cuando ya se fueron a marchar, el joven Ludovico Sforza se acercó a mí y me animó a que, si alguna vez deseaba abandonar Florencia, le diera aviso.

»Animado por aquella posibilidad y con ocasión de un concurso de música que se iba a celebrar en Milán, logré convencer a Lorenzo *el Magnífico* para que me enviara junto al cantante Atalante Migliorotti y Masino di Peretola, al que conoceréis por el nombre de Zoroastro, a participar con la lira de plata con forma de cabeza de caballo, que poco tiempo antes le había yo construido y que le había maravillado. Puesto que tanto al Medici como al Sforza les unía su afición a la música, debió de creer Lorenzo que era una excelente ocasión para estrechar lazos con el poderoso vecino, obsequiándole con la tan preciada arpa. Y yo vi en aquella circunstancia la ocasión para cambiar de señor.

»Le escribí una carta a Ludovico Sforza, que envié para que llegara antes que yo. En ella detallaba todo cuanto podría hacer para mejorar su ejército, sus construcciones, las conducciones de agua, así como mi capacidad para inventar y solucionar cuantos problemas pudieran plantearse.

»Una vez llegado al torneo de música, me las arreglé para participar el último. El auditorio y, especialmente Ludovico *el Moro*, quedó impresionado tanto por el sonido del instrumento como por la melodía de mi voz. Pero en lo que más entusiasmo demostraron fue con las letras que improvisaba a partir de las peticiones que los invitados hacían en el momento. Desde aquel instante entré por la puerta grande en la más suntuosa corte de Europa, en aquella "segunda Atenas" que quiso crear Ludovico en un sincero intento de rodearse de los más cultivados hombres del momento.

»Sin embargo, la estima con la que me distinguía el duque no era compartida, ni mucho menos, por aquellos llamados "pensadores" que perdían el tiempo y a sí mismos en eternas discusiones sobre la duración real del Diluvio Universal, la Inmaculada Concepción de la Virgen o el sexo de los ángeles. Tanto era así, que llegaban a organizarse debates a modo de torneos que duraban días y días, y que servían de distracción y diversión a Ludovico y a Cecilia, su favorita. A esta última le divertía especialmente pedir mi opinión cuando las especulaciones de aquellos "sabios" habían llegado a los límites del absurdo, pues al darla a conocer, todos ellos, hasta ese momento enfrentados entre sí, se unían como una sola hidra contra mi criterio. En esos momentos era cuando Cecilia o el propio Ludovico calmaban los ánimos, imponían silencio e insistían en que expusiera mi punto de vista detalladamente, que gustaban de oír, pues eran conocedores de que basaba mis observaciones en la experimentación.

257

—Decidme, Leonardo ¿qué clase de hombre era el duque Ludovico Sforza? —preguntó Lisa.

—Preguntáis qué clase de hombre era; es difícil de responder. Ante todo, contradictorio. Un maestro del disimulo. Prudente y astuto. Presumía de rodearse de artistas, de repelerle la sangre y la violencia. De hecho era así: se las arreglaba para hacer que otros quitaran de en medio a aquellos que le obstaculizaban el camino hacia el poder o a aquellos que amenazaban su supervivencia en él. Extraño hombre: su mayor habilidad fue siempre evitar la guerra y, al tiempo, congraciarse con sus enemigos a los que primero aplastaba sin piedad para después, colmar de cuidados y honores a los familiares de sus víctimas. ¡Qué mayor prueba de ello que el que casara a su hija ilegítima Bianca Maria con el hijo del noble, a quien utilizó para decapitar al consejero de su propia madre y al que después acusó del crimen que él mismo le había ordenado cometer, obligándole a huir para siempre. Un hombre que no dudó en aprovechar la debilidad de su cuñada Bona de Saboya, la viuda del duque de Milán, la Regente del ducado en nombre de su hijo Gian Galeazzo, quien sólo contaba con seis años. Bona estaba locamente enamorada de uno de sus jóvenes mayordomos. Supo esperar Ludovico pacientemente a que el escándalo trascendiera y se hiciera público y notorio. Una vez que todo Milán se burlaba y mofaba de la pasión de Bona por un hombre de inferior condición que la suya, Ludovico dio el golpe maestro: en un gesto de aparente dignidad y para evitar, supuestamente, que el nombre de su cuñada y el recuerdo de su hermano fuesen arrastrados por el lodo, expulsó al arrogante mayordomo. Bona enloqueció y se revolvió contra su cuñado Ludovico, y públicamente le insultaba y gritaba. Él en todo momento conservó la calma y se mostró magnánimo con ella, permitiéndole desahogarse, a sabiendas de que cada grito la hundía más y más en lo más profundo de la indignidad y del escándalo, y sumaba partidarios a su favor. Desesperada, Bona marchó tras su amado mayordomo, dejando al pequeño duque en manos de su tío. Así las cosas, Ludovico no tuvo más que nombrarse tutor de su sobrino Gian Galeazzo, el heredero del trono de Milán.

»Tan sólo le quedaba asegurar su posición encontrando un aliado contra la poderosa República de Venecia. Y lo encontró.

Concertó su boda con Beatriz d'Este, hija del duque de Ferrara cuyo estado era fronterizo con Venecia. La joven prometida tenía sólo cinco años. —Leonardo suspiró y añadió—: En definitiva, un hombre magnánimo pero temible. Pronto aprendí que para mantener el interés de Ludovico era preciso ganar también el de las damas a las que dedicaba sus ratos de ocio. Ya me avisó el embajador florentino en Milán del modo en el que convenía tratar al duque: "No desalentarse cuando se opone a una cosa; alabarle mucho; testimoniar siempre la estima inspirada por su opinión y su poderío. Con dulzura, es posible obtener de él cuanto se quiere".

—Comprendo —contestó Lisa reforzando su respuesta asintiendo con la cabeza, y curiosa le preguntó—: ¿Qué fue lo primero que os encargó?

—El caballo.

—¿Un caballo? ¿A qué os referís? ¿Un cuadro, tal vez?

—No. No, nada de eso. Sois muy joven y puede que no hayáis oído hablar de él. Pero en aquel momento supuso que mi nombre fuese ensalzado dentro y fuera de Italia. Se trataba de una escultura ecuestre de Francesco Sforza, padre de Ludovico. El primero de los Sforza debía ser honrado como un emperador de la antigua Roma. Iba a ser la mayor y más atrevida escultura en bronce jamás realizada: sólo el caballo mediría siete metros de alzada. No dudé ni por un instante que sería capaz de llevarla a cabo, a sabiendas de las dificultades que entrañaba el proyecto. Nada más recibir el encargo, comencé a estudiar sin descanso los caballos y las distintas maneras de fundir el bronce; incluso diseñé un horno especial para hacerlo. Nada podía ser improvisado, todo habría de estar debidamente sopesado y medido. Realicé un modelo en arcilla del monumento, que planté en el patio y presenté haciéndolo coincidir con los festejos de boda del joven duque. Fue espectacular. La admiración que causaba en todo aquel que veía la obra no tenía límites. La grandeza de los Sforza había quedado plasmada y, con ella, mi arte.

»Durante diez largos años estuve esperando el bronce necesario para realizar la obra definitiva. Promesa tras promesa fueron incumplidas. Cuando ya parecía que Ludovico estaba dispuesto a sufragar el gasto, decidió ceder todo el bronce acu-

259

mulado durante tantos años al duque de Ferrara, quien lo dedicó a la fabricación de cañones. Jamás pude acabar la estatua. Su réplica en barro fue utilizada por las tropas francesas durante la invasión de Milán como diana de prácticas de tiro. Los trozos de arcilla saltaban por los aires y mis sueños se desmoronaban al mismo tiempo que caía a trozos el inmenso monumento.

»Antes de que llegaran los encargos de pintura, me nombró consejero de fortificaciones y maestro de festejos y banquetes. Sin embargo, sólo me requería para amenizar los postres cantando y tocando el laúd, planteando enigmas y acertijos o enseñando curiosos nudos a la corte. Mis diseños de fortificaciones eran ignorados unos tras otros. Viendo que mi señor se inclinaba por el placer de los sentidos, decidí construir mis maquetas con mazapán y gelatinas. Pero corrieron la misma suerte que las que había presentado a Lorenzo de Medici: acabaron en el negro saco de su estómago y en los de los aduladores que le rodeaban, pues les resultaba más atractivo su sabor que el ingenio en ellas contenido.

—¿Y erais vos quien realmente organizaba las fiestas de El Moro?

—Desde luego. Me ocupaba tanto de la música, de la decoración, de la organización de la mesa como del menú.

—¿También del menú? ¡Qué maravilla! No os creía aficionado a los fogones.

—Pues creedme que el del fogón es también verdadero arte. Pues, acaso, ¿no lo es el sacar maravillosos olores y exquisitos sabores de lo que antes era un cadáver de animal o una humilde verdura?

—Tenéis razón, maestro. Nunca lo hubiera visto así —sonrió Lisa—. ¡No sabéis cuánto me alegra, pues el cocinar es para mí un auténtico placer! Siempre que tengo ocasión gusto de cocinar personalmente los platos de mi marido y mis hijos. Disfruto preparando los alimentos y transformándolos en platos suculentos.

Lisa calló de repente, se mordió pícaramente el labio inferior y reanudó el comentario, pero deslizando lentamente las palabras:

—¿Sería mucho atrevimiento si os hago llegar uno de mis

guisos para que lo probéis y me deis vuestra opinión de experto? Por favor, no os neguéis. Para mí sería un honor.

Leonardo contestó que sí distraídamente, al tiempo que de un salto se levantaba de la silla y se dirigía hacia un estante de donde cogió una carpeta. De ella sacó una hoja y se la entregó a Lisa:

—Mirad, éste es el menú que propuse a Ludovico con ocasión de la boda Gian Galeazzo con Isabel de Nápoles, y que rechazó de plano.

Estas últimas palabras las acompañó Leonardo con un golpe de ambas manos sobre los apoyabrazos de la silla, mientras se sentaba. A continuación, de un pequeño saltito se sentó nervioso en el filo del asiento de la silla y se inclinó hacia la mujer, señalándole con el dedo dónde debía leer.

—¿Veis? Esto es lo que hubiera servido a cada comensal en una fuente individual. ¡Leed, leed!, ¿qué os parece?

Lisa comenzó a leer para sí la relación de alimentos que propuso Leonardo. Su asombro iba en aumento. A cada nueva propuesta, sus ojos iban del papel al artista y del artista al papel.

—¿Qué os parece? Decid algo —insistía impaciente Da Vinci—. Lo que sea. Lo que penséis.

—Pues… no sé. No sé qué deciros.

—¿Que no sabéis qué decir? Algo pensaréis sobre ello. ¡Soltadlo!

Lisa se encogía de hombros y repetía anonadada que no sabía qué decir, hasta que rompió su duda con una abierta carcajada.

El rostro de Da Vinci recibió la risa de la joven de mal talante. Se levantó con rapidez y comenzó a moverse inquieto de un lado para otro de la habitación.

—¿Qué es lo que os produce tanta hilaridad, si puede saberse? —preguntó en tono irritado Leonardo.

—Es que… es que… —la risa impedía a la mujer completar la frase, intentándolo a un tiempo con la gesticulación de la mano— es lo más…

—¿Lo más, qué? —preguntó enrabietado Da Vinci plantándose frente a la joven cuan grande era.

Lisa trataba de contestar mientras se secaba las lágrimas

que le había producido la risa. Ya más calmada, pero con la alegría aún en la boca, añadió:

—*Messere* Da Vinci, es lo más original, divertido, estrambótico y... no sé... extraño que haya oído nunca. Bueno —rectificó simulando el tono de un escolar al que han reprendido—, quiero decir, leído.

Y volvió a retomar la risa que a duras penas conseguía contener. Su alegría resultaba tan sincera y tan lejos de ofender ni de molestar, que el huraño rostro de Da Vinci se fue ablandando y distendiendo, terminando contagiado del buen humor de la Gioconda; ambos acabaron riendo de buena gana.

Una vez más serena, la mujer se levantó y se aproximó hasta un candelabro de varios brazos:

—Así que vos, querido maestro, teníais el propósito de que los invitados del duque se encontraran con una cena consistente en un solo plato con las siguientes delicias. Leo: una anchoa enrollada descansando sobre una rebanada de nabo tallada a semejanza de una rana; otra anchoa enroscada alrededor de un brote de col: una zanahoria, bellamente tallada; el corazón de una alcachofa; dos mitades de pepinillo sobre una hoja de lechuga; la pechuga de una curruca; el huevo de un avefría; los testículos de un cordero con crema; la pata de una rana sobre una hoja de diente de león; la pezuña de una oveja hervida, deshuesada.

Lisa se detuvo en su lectura que había llegado al final. Suspiró hondo y añadió moviendo negativamente la cabeza:

—¿Qué queréis que os diga? Tan sólo se me ocurren dos cosas.

—¿Dos cosas? ¿Qué cosas? —interrogó Da Vinci enarcando una de sus cejas y volviendo el tono un tanto hacia su anterior malestar.

—Pues..., por un lado que resulta una propuesta poco corriente y sorprendente; totalmente novedosa. Y por otro...

—¿Y por otro? —preguntó Leonardo moviendo alternativamente las rodillas evidenciando que su paciencia se iba agotando y su malhumor creciendo.

—Por otro —Lisa sonreía maliciosamente a sabiendas de la tensión que creaba la demora de su opinión en el artista, que fruncía los labios inquieto—, ¡me encantaría probarlo! Todo suena a verdadera exquisitez. Pongo mi casa, mis fogones y mis criados a vuestra entera disposición; sería un auténtico honor que lo prepararais para mi esposo Francesco, vos y yo.

El rostro de Lisa resplandecía sonriente junto al candelabro. La luz de sus velas descubrió el rostro vuelto, afable y agradecido de Leonardo, que devolvía la luz recibida desde el fondo de sus pupilas azul celeste.

—¿Lo decís de veras, señora? —preguntó Leonardo, con tono casi pueril.

Lisa le contestó con un sonidito gutural y afirmando con la cabeza.

—Pues no os digo que no —respondió el pintor—. Me agradaría mucho. En cuanto encuentre ocasión os lo haré saber.

—Eso espero. Pero, decidme, ¿qué respuesta os dio Ludovico?

—Lo debió de encontrar tan sorprendente y novedoso como vos; sólo que él, muy elegantemente por cierto, me dejó claro que aquélla no era la clase de comida que esperarían encontrar sus invitados después de viajar desde lugares tan lejanos. Y decidió que el menú estaría compuesto por, creo recordar, unas 600 salchichas de sesos de cerdo de Bolonia, 300 *zampone** de Módena, 1.200 pasteles redondos de Ferrara, 200 terneras, capones y gansos, 60 pavos reales, cisnes y garzas reales, mazapán de Siena, queso de Gorgonzola con el sello de la Cofradía de Maestros Queseros, carne picada de Monza, 2.000 ostras de Venecia, macarrones de Génova, esturión, trufas, puré de nabos, y ¡no se cuántas cosas más! Estaba muy claro: al duque y a sus invitados sólo les importaba la cantidad de comida, no la delicadeza de los aromas y sabores realzados por formas sutiles y elaboradas.

»Desde luego, no era la primera vez que me enfrentaba al apetito desaforado de los hombres. Más les valdría a muchos ser un saco con dos orificios: ¡uno para introducir la comida y otro por donde expulsarla! No dan para más. Ya tuve ocasión de comprobarlo en mi juventud. Había acabado mi aprendizaje con Verrochio y para complementar mis escasos ingresos trabajaba por las noches en la taberna Los Tres Caracoles, sirviendo comidas.

* Patas de cerdo rellenas.

—¿Os referís a la que estaba junto al Ponte Vecchio?

—Sí, esa misma. Acudía allí todas las noches y ganaba algo de dinero ayudando en la cocina y sirviendo. Una mañana vino en mi busca el dueño de la taberna: todos sus cocineros habían muerto envenenados, sin que se supiera qué demonios había sucedido. Estaba completamente desesperado. Quería que me hiciera cargo de las cenas mientras encontraba alguien que se dedicara a ello y debía empezar aquella misma tarde. Vi el cielo abierto. Lo acometí como un auténtico reto. Una verdadera oportunidad de acabar con la aborrecida polenta* y buscar nuevos sabores, nuevas texturas, nuevos colores..., en una palabra, algo distinto, divertido. Así que no me lo pensé dos veces. Me puse al frente de la cocina de la taberna y sustituí las fuentes rebosantes de polenta con tacos de todo tipo de carnes por pedacitos de polenta primorosamente tallados, sobre los que dispuse pequeñas porciones de sabrosos manjares. Y no sólo eso, sino que sobre rodajas de pan negro coloqué cuidadosamente hojas de albahaca de igual tamaño, pegadas con saliva de ternera.

—¿Gustó a la clientela? —preguntó escéptica Lisa.

—No. Para nada gustó aquella novedad. A medida que se iban sirviendo los platos las quejas iban en aumento. Quejábanse de que aquello no era suficiente para unos trabajadores. Por lo que decidí poner rodajas de salchicha de Bolonia entre el pan y las hojas de albahaca. Pero no contentos siguieron protestando y enfureciéndose cada vez más. Fue inútil colocar más y más rodajas de salchicha sobre trozos de pan negro aún más grandes. Terminé colocando entre varias rodajas de pan, una sobre la otra, varias rodajas de salchicha. Pero por más que aumentara la torre de salchicha y de pan, les seguía pareciendo insuficiente.

»El dueño intentó calmar a los enfurecidos clientes, pero no pudo evitar que invadieran la cocina con intención de "darme mi merecido". La multitud entró en tropel dispuesta a apalearme. Logré escapar por la ventana librándome, en el

* Producto básico hecho a base de trigo molido secado al sol y mezclado con agua y a la que se le añadían todo tipo de alimentos. Constituía el plato más comido en la Europa del XIV-XV.

último momento, de morir pisoteado y vapuleado. —Da Vinci suspiró resignado—. Pensé que un señor como Ludovico Sforza, un duque, tendría gustos más delicados que sus siervos, pero no era así. Tuve que aceptar la preparación de los alimentos que me indicó, pero puse mis condiciones: aceptaría la organización de los festejos y de la cena, siempre y cuando, se observaran por parte de los invitados una conducta digna en la mesa. Le leí una relación de hábitos indecorosos, basada en lo que observaba con frecuencia en la mesa de mi *signore* Sforza. La relación está detrás de lo que habéis leído antes. Adelante.

Donna Lisa dio la vuelta a la cuartilla y comenzó a leer en voz alta lo que en la otra carilla aparecía escrito:

Ningún invitado ha de sentarse sobre la mesa, ni de espaldas a la mesa, ni sobre el regazo de cualquier otro invitado. Tampoco ha de poner la pierna sobre la mesa. Tampoco ha de sentarse bajo la mesa en ningún momento. No debe poner la cabeza sobre el plato para comer. No ha de tomar comida del plato de su vecino de mesa, a menos que antes haya pedido su consentimiento. No ha de poner trozos de su propia comida de aspecto desagradable o a medio masticar sobre el plato de sus vecinos sin antes preguntárselo. No ha de enjugar su cuchillo en las vestiduras de su vecino de mesa, ni utilizar su cuchillo para hacer dibujos sobre la mesa. No ha de limpiar su armadura en la mesa. No ha de tomar la comida de la mesa y ponerla en su bolso o faltriquera para comerla más tarde. No ha de morder la fruta de la fuente de frutas y después retornar la fruta mordida a esa misma fuente. No ha de escupir frente a él. Ni tampoco de lado. No ha de pellizcar ni golpear a su vecino de mesa. No ha de hacer ruidos de bufidos ni se permitirá dar codazos. No ha de poner los ojos en blanco ni poner caras horribles. No ha de poner el dedo en la nariz o en la oreja mientras está conversando. No ha de hacer figuras modeladas, ni prender fuegos, ni adiestrarse en hacer nudos en la mesa (a menos que mi señor así lo requiera). No ha de cantar, ni hacer discursos, ni vociferar improperios ni tampoco proponer acertijos obscenos, si está sentado junto a una dama. No ha de conspirar en la mesa (a menos que lo haga con mi señor). No ha de hacer insinuaciones impúdicas a los pajes de mi señor ni juguetear con sus cuerpos. Tampoco ha de prender fuego a su compañero mientras permanezca en la mesa. No ha de golpear a los sirvientes (a menos que sea en defensa propia). Y si ha de vomitar, entonces debe abandonar la mesa.

Por otro lado, la costumbre de mi *signore* Ludovico de amarrar conejos adornados con cintas a las sillas de los convidados a su mesa, de manera que puedan limpiarse las manos impregnadas de grasa sobre los lomos de las bestias, se me antoja impropia del tiempo y la época en que vivimos. Además, cuando se recogen las bestias tras el banquete y se llevan al lavadero, su hedor impregna las demás ropas con las que se los lava.

Tampoco apruebo la costumbre de mi señor de limpiar su cuchillo en los faldones de sus vecinos de mesa. ¿Por qué no puede, como las demás personas de su corte, limpiarlo en el mantel dispuesto con ese propósito?

Lisa respiró hondo, dejó caer los brazos y la cuartilla sobre su regazo y miró a Leonardo:

—Cuando le entregasteis esta nota ¿qué os dijo el duque? ¿Se enojó con vos?

—Apenas mostró emoción alguna; se limitó a preguntarme: «Si les prohíbo comportarse así ¿acaso creéis que se divertirán?». No obstante me dio palabra de erradicar esas costumbres tan nefastas.

Leonardo se sonrió para sí y añadió:

—Recuerdo que cuando me disponía a salir de su estancia, me preguntó sinceramente extrañado: «¿De veras que no os gustan los conejos adornados?». Negué con la cabeza y salí de allí planificando en mi mente lo que estaba dispuesto fuera un festejo inolvidable.

—El duque no era hombre de traslucir sus pensamientos ¿cómo teníais la seguridad de contar con su apoyo?

—Porque me consentía los más estruendosos fracasos y los encajaba complacientemente.

—¿Fracasos? ¿A qué os referís?

—Pues a que poco tiempo después me confió el proyecto de reforma de las cocinas del Castello, el gran Palazzo Sforza sito en pleno centro de Milán. Las obras duraron aproximadamente año y medio. Durante ese tiempo el comedor, contiguo a la cocina, no pudo ser utilizado por las obras que acometí. Hice derribar tabiques y levantar otros. Mientras, el duque y su familia se trasladaron a una finca en el campo.

»Modifiqué totalmente la estructura de la cocina. Estaba decidido a construir la cocina ideal, con todo lo necesario para trabajar en ella, resolviendo los problemas que de habitual se plantean y reduciendo al mínimo los esfuerzos humanos. Tenía muy claro qué era lo necesario y elaboré una lista. En primer lugar, una fuente de fuego constante. Además una provisión continua de agua hirviente. Después, un suelo que estuviera siempre limpio. También aparatos para limpiar, moler, rebanar, pelar y cortar. Además, un ingenio para apartar de la cocina los tufos y hedores y ennoblecerla así con un ambiente dulce y fragante. Y también música, pues los hombres trabajan mejor y más alegremente allí donde hay música. Y, por último, un ingenio para alejar las ranas de los barriles de agua de beber.

—¿Y lograsteis todo eso: música, eliminar olores, suelo limpio, ahuyentar ranas, aparatos que trabajan como una persona...? Pero ¿cómo es posible Leonardo?

—Bueno, a decir verdad, lograrlo, lo que se dice lograrlo, no lo logré. Intenté dar solución a cada problema, pero siempre he de terminar dependiendo de mentecatos que no atienden las instrucciones dadas y que lo complican todo.

—Y ¿cómo era esa cocina? ¿Qué de distinto se podría hallar?

—Como ya os dije antes, en primer lugar, me preocupaba que hubiera un fuego constante. Para ello estudié la cantidad de troncos que se necesitaban. Eran cortados previamente por una sierra circular que yo diseñé, e ideé una cinta que transportaba los troncos desde el exterior hasta la cocina, arrojándolos directamente al fuego y a su debido tiempo. De esta forma ya no era necesario que una persona estuviera vigilando constantemente el fuego ni transportando la leña; aunque, a decir verdad, eran necesarios cuatro hombres y ocho caballos para

267

manejar la sierra circular fuera de las cocinas. Pero ¿acaso no era una notable mejoría?

—¡Desde luego, desde luego! —contestó Lisa casi automáticamente absorta en el relato.

—Por otro lado, uno de los trabajos más duros recae sobre el operario que durante todo el día gira y gira sin cesar la manivela del espetón sobre el fuego. Para evitar tal tormento, diseñé un asador mecánico.

—¿Queréis decir que el asador giraba sin necesidad de que hombre alguno lo moviera?

—Es exactamente lo que quiero decir.

—Pero ¿cómo?

—Pues muy sencillo. Hice instalar en el interior de la chimenea, sobre el fuego, una hélice horizontal: la corriente de aire caliente que asciende por la chimenea impulsa la hélice y ésta a su vez está conectada mediante unos engranajes al espetón, haciéndolo girar. A medida que el fuego sea mayor, el espetón girará más rápido y si el fuego disminuye, el asado girará lentamente en la misma medida. Esperad, os lo mostraré.

Leonardo entró y salió con rapidez en la parte oculta de su taller con unos papeles en la mano. Eran los diseños que hizo en su día para la cocina del duque. Los extendió sobre una mesa y aproximó un candelabro. Se acercó Lisa, quien no daba crédito a lo que veían sus ojos.

—¿Y el agua caliente? —preguntó Lisa—. ¿Qué fue lo que cambiasteis? Pues, en toda cocina siempre hay calderos con agua caliente.

—¿Os referís, acaso, al caldero que ha de estar vigilando todo el día un criado o, como en el caso del Palazzo Sforza, una pobre anciana que apenas podía tirar de los cubos de agua? —preguntó casi indignado el maduro Da Vinci frunciendo los labios enfadado—. ¿Acaso —prosiguió dando un golpe seco en la mesa y moviéndose agitado por la habitación— no ha de progresar el hombre? ¿Acaso no es lícito encontrar formas y maneras de eludir aquellas tareas ingratas y rutinarias? ¿Acaso —dirigiéndose a Lisa— no es legítimo que el hombre aspire a tareas superiores y relegue las labores que le atan a la mera supervivencia y éstas sean realizadas por mecanismos que ni sufren ni padecen?

—Sí, pero... —respondió Lisa con timidez.

—Pero ¿qué? —Y regresó a la ventana.

Lisa le miró sorprendida y un tanto molesta por el tono agrio que adoptaba Leonardo al discrepar con él y le respondió con tono decidido y seguro:

—Que vuestra intención es noble, no lo dudo; pero olvidáis que en realidad sustituís un trabajo por otro, e incluso obligáis a que se tengan que emplear más personas aún para el manejo de tales máquinas. De todas formas —Lisa se acercó despacio hasta el artista y se puso a su misma altura, ambos mirando por la ventana al patio— es maravilloso. No sé cual fue el resultado de todo lo que me contáis, pero veo en todo ello un camino nuevo, un camino de liberación del trabajo duro que ata a la Humanidad. —Lisa notó como resoplaba Leonardo por la nariz y le miró comprensiva—. ¿No vais a contarme cómo solucionasteis el problema del agua caliente?

Leonardo sonrió. Aquella joven sabía cómo atemperarle el carácter. Prosiguió:

—Para esa función diseñé un calentador de agua. Consistía en una serie de conductos metálicos enroscados que se llenarían de continuo. —Y volviendo a la mesa donde se encontraban los diseños, apartó unos cuantos hasta dar con el que buscaba—. ¿Veis? Es este dispositivo. Estaría alimentado por carbón y los tubos, en contacto con el fuego, conducirían agua hirviente. —Leonardo meneó la cabeza expresando su duda—. No sé —continuó— hasta qué punto resulta eficaz, pero considero que está más acorde a la época en que vivimos, que seguir acarreando cubos de agua como animales, y calentarla durante horas y horas.

—No salgo de mi asombro. Es increíble lo que me contáis. No acierto a deciros qué me admira más, si vuestra imaginación o vuestro atrevimiento.

Quedó Lisa pensativa y callada por unos instantes y vuelto el rostro hacia los celestes ojos de Leonardo, le dijo con sinceridad:

—Creo, Leonardo, que os habéis equivocado de época. Los hombres de esta que vivimos, no os merecen. No pueden apreciar vuestro fino ingenio y el alcance de vuestra inteligencia. Quizá no tengan ellos la culpa. Sólo es que no están prepara-

269

dos para los cambios. A la gente le asusta cambiar, temen a lo desconocido. Y vos ofrecéis cosas desconocidas. Convertís los sueños en realidad.

Leonardo se la quedó mirando pasmado. No supo ni qué decir. Era verdad. Nunca lo había visto con tanta claridad. Sabía que los demás veían en él a un individuo raro y extraño y eso, en cierto modo, halagaba su vanidad. Pero nunca había visto las cosas de ese modo. Leonardo podía suponer para los demás alguien que extraía de la nada extravagantes artefactos que cambiaban el orden acostumbrado. Y el ser humano es un animal de costumbres que se resiste a cambiarlas, aun para mejorar.

Lisa le sacó de sus elucubraciones al insistirle en que continuara con la descripción de la nueva cocina.

—Sí, sí, desde luego. —Con un gesto cortés invitó a la damita a tomar asiento y él la siguió—. Para amenizar la tarea con música, diseñé unos tambores mecánicos con manivelas de mano. En cuanto a la solución dada a los olores desagradables, ideé unos fuelles de gran tamaño que, fijados en el techo, eran accionados por un mecanismo formado por martillos conectados a una manivela.

—¿Cuántos hombres eran necesarios para mover la manivela?

—¿Hombres? Ya os dije que mi intención es que el hombre no emplee su esfuerzo en tareas mecánicas. La manivela era movida por un caballo.

Lisa no hizo comentario alguno por prudencia: su rostro contenía el asombro a duras penas para no herir al sensible maestro, pero no alcanzaba a imaginar cómo el caballo podría dar vueltas a la manivela.

—Y —continuó Leonardo— como de todos es sabido lo frecuente que resulta que se produzcan pequeños incendios en las cocinas, con el peligro de que se extienda a toda la vivienda, hice colocar un sistema de finos tubos por todo el techo con diminutas perforaciones. Tenían la finalidad de que en caso de declararse un incendio, por estos orificios saldría despedida una fina lluvia que empaparía todo el local y sofocaría los puntos que hubieren prendido.

—Me dejáis sin palabras. ¡Seguid! ¡Seguid! ¡Cuando Ludovico Sforza viera todos los cambios y todos los inventos que ideasteis quedaría boquiabierto! ¡Maravillado!

—Maravillado, no. Pero os aseguro que sí que quedó boquiabierto. Pero no porque quedara asombrado; digamos, que por la impresión que recibió.

—¿Impresión? ¿A qué os referís? ¿Acaso no le agradaron los cambios?

—Digamos que las ideas le parecieron originales, pero no celebró los resultados precisamente.

Lisa se mordió el labio inferior y arrugó la frente temiendo la respuesta de Leonardo:

—¿Acaso no fue bien?

Leonardo negó con la cabeza moviéndola lentamente, con resignación y desesperanza.

—No. Nada fue bien —respondió al tiempo que tapaba sus ojos con la palma de la mano, resbalándola por toda la cara hasta mesar la barba—, pero que nada bien. Todo fue un estruendoso y terrible fracaso. No recuerdo nada igual.

—Seguro que no fue tan terrible. Exageráis.

—¡Que exagero, decís! Juzgad vos misma: una vez acabadas las obras de la cocina, decidió Ludovico que se celebraría una cena en el salón contiguo a la misma, que también había sido reformado y redecorado para de esta forma, estrenar ambas cosas. Le advertí que apenas disponía de tiempo para rematar la instalación de varios artefactos y que no podría hacerlo personalmente, puesto que estaba enfrascado con *La Última Cena*. Pero el duque insistió sin ocasión a réplica.

»Para tan señalada ocasión, ideé un selecto menú adecuado a los gustos del duque y sus invitados, pero en el que me iba a permitir una libertad: servir a cada invitado, antes de los típicos alimentos, una remolacha en la que se tallaría el rostro de Ludovico dispuesta sobre dos hojas de lechuga. Ahí comenzaron los problemas. Los cocineros montaron en cólera ante mi propuesta y se negaron a realizar tal tarea, por lo que tuve que recurrir a todos los artistas y escultores disponibles en Milán. Eso supuso un aumento más que considerable de personas en el interior de la cocina, estorbándose unos a otros. Digamos que, si en principio la cocina estaba diseñada para que veinte cocineros pudieran moverse con holgura,

271

llegó a acoger a unos ciento veinticinco; bueno, quizás algunos más.

»La precipitación con que el duque quiso estrenar las nuevas obras impidió probar los mecanismos ideados para el funcionamiento de la cocina. Muchos de ellos fueron instalados sin mi presencia pues, dado que sobre mí recaían múltiples funciones, no siempre pude dar las instrucciones necesarias y me vi obligado a confiar tal tarea a terceras personas.

»Por fin llegó el día, la tarde y la noche del estreno. También llegaron los invitados, que esperaban animadamente en el salón contiguo junto con los anfitriones. La cena se retrasaba. Hacía un buen rato que se debería haber servido, pero al comedor no llegaba alimento alguno, aunque sí podían oírse desde allí gritos, golpes, explosiones y ensordecedores ruidos procedentes de la cocina que comenzaron a inquietar a los invitados. Ante tan inusual tardanza y menos acostumbrados sonidos, el flemático duque comenzó a ponerse nervioso. Pero su asombro comenzó a desbordarse cuando dos de los cocineros aparecieron en el comedor ante el duque y sus invitados, ligeramente chamuscados, magullados y despeinados, solicitando armaduras para continuar controlando «las máquinas de *messere* Leonardo». No es de extrañar que el propio duque, acompañado del embajador florentino, acudiera a la cocina a comprobar personalmente qué era lo que estaba ocurriendo allí.

»No he deciros más que, cuando Ludovico Sforza y el embajador abrieron de par en par las grandes puertas de la cocina, encontraron ante sus ojos el mayor de los caos: más de un centenar de personas se apiñaban en la cocina, donde sólo cabían veinte, y ninguno de ellos estaba cocinando, sino atareados con los grandes dispositivos que ocupaban todo el suelo y los muros, ninguno de los cuales se comportaba para lo que había sido creado.

»En un extremo, una gran noria que había de aprovisionar y rellenar con cubos de agua constantemente, empujada por una cascada sin control, vomitaba y rociaba con sus aguas a todos los que pasaban por debajo, convirtiendo el suelo en un lago. Los tres fuelles que pendían del techo, cada uno de tres metros y medio de largo, siseaban y rugían con el propósito de limpiar los humos de los fuegos, pero todo lo que lograban era avivar las llamas, alcanzando éstas a los que debían estar cerca del fuego. Llegaron a tal tamaño que una legión de hombres armados con cubos de agua se afanaba en intentar sofocarlas, a pesar de haberse puesto en marcha el dispositivo para apagar incendios que expelía agua en todas direcciones.

»A todo esto se paseaban por todas partes caballos y bueyes, dando vueltas y más vueltas, arrastrando los ingenios destinados a limpiar los suelos y seguidos de aquellos hombres dedicados a limpiar las suciedades de los animales.

»Al otro extremo se hallaba instalada la gran picadora de vacas. Se había atascado. Cuando hizo su aparición el duque, aún estábamos afanados intentando sacar con palancas la vaca hincada en su interior y cuya mitad asomaba patas arriba por fuera de ella.

»El ingenio destinado a alimentar el fuego constante con troncos de leña no paraba de arrojar el suministro al interior de la cocina y no podía ser detenido, por lo que hubo que emplear a diez hombres en sacar los troncos que se apilaban y rodaban por la cocina, cuando antes sólo dos se ocupaban de mantener el fuego.

»Los gritos eran constantes: los desdichados que se abrasaban con el fuego o se ahogaban con el agua que les caía por la cabeza o los que, simplemente, se resbalaban con el líquido que corría a placer por el suelo o por pisar excrementos de buey o caballo. También los había que se asustaban por las explosiones que producía la pólvora, destinada a prender el fuego sin necesidad de llama. A todo este estruendo, se le sumaba el continuo redoble de los tambores mecánicos instalados por toda la cocina para amenizar la tarea.

»Ni que decir tiene que la cara del duque y del embajador reflejaban el estupor y el horror que les había producido la escena. No pronunciaron palabra. Se limitaron a retroceder de espaldas durante unos metros hasta recobrar la compostura y volver a sus asientos. Salí contrito tras ellos. Mis cabellos y mis ropas estaban completamente empapados. El duque, ya sentado y con la cara aún desencajada, me preguntó qué había para cenar. Le respondí que sólo podía ofrecerles un cuenco de re-

273

molachas talladas y mis disculpas. Me respondió como atontado: "Bien, bien". Rápidamente, se sirvieron las remolachas ante el estupor de los comensales. El duque miró la remolacha, la cogió y la miró detenidamente. Se reconoció de inmediato. "Esta noche cenaremos arte", dijo. Me miró y añadió: "Lástima que vuestra pericia no esté a la altura de vuestro ingenio". Y dio un resignado mordisco a la remolacha.

»Al día siguiente me comunicó que había decidido que lo mejor sería que me tomara un descanso y me fuera una temporada al campo, a pintar un retrato o algo así: algo menos arriesgado.

Lisa no pudo contener por más tiempo la risa y estalló sin poder sujetarse por más que pusiera sus manos cruzadas sobre la boca para impedirlo. Las lágrimas corrían alegres por sus mejillas; apenas podía articular palabra. Sólo intentaba comunicarse con un gesto de la mano pero era inútil: aún le hacía reír más. El rostro ensombrecido de Leonardo comenzó a iluminarse y dejó ver su blanca y perfecta dentadura. Las comisuras de sus labios se estiraron, impulsadas por una fuerza contagiosa, y rieron con ganas los dos hasta sentir dolor en el estómago.

—¡No creáis que todo lo que ideo acaba tan mal! También he tenido mis logros.

—No me cabe duda —dijo Lisa secándose las lágrimas con un pequeño pañuelo de seda—. Pero nunca oí cosa igual. Sois increíble. Excesivo… y muy duro con vos mismo —añadió Lisa cambiando a un tono más íntimo—. El que vuestros artilugios no funcionaran tal y como teníais previsto no es tanto achacable a un fallo de diseño, sino a la precipitación y la falta de pruebas. Es extraordinariamente difícil trasladar una idea a un artefacto real y que, sin prueba alguna, funcione a la perfección. No os torturéis, Leonardo. Reunisteis en una cocina más ingenio que todo el que ha habido en cientos de años. ¿A qué os referís al decir que también tuvisteis éxitos?

—Me refería al Baile de los Planetas.

Lisa se puso repentinamente seria y le apremió a que se lo contara pues disponía de poco tiempo, ya era tarde y tendría que regresar a casa con sus hijos y dar instrucciones para que estuviese dispuesto todo al día siguiente, cuando regresara su marido de Venecia.

—Una de mis principales ocupaciones en la corte del Sforza era, como ya bien sabéis, organizar las fiestas y bailes que se daban en el palacio ducal.

»Con ocasión de las bodas de su sobrino Gian Galeazzo con Isabel de Aragón, Ludovico me encargó organizara unos festejos que fueran recordados largo tiempo y reflejaran la riqueza y el poderío de Milán; más aún teniendo en cuenta que asistiría, al menos, una docena de embajadores extranjeros, y que darían buena cuenta del resultado.

»Fue el 13 de enero de 1490. El espectáculo fue presentado como "El Paraíso", aunque aquellos que lo vieron le denominaron "El Baile de los Planetas". Fue obra de Ambrogio de Varese, el astrólogo-médico de Ludovico, que orientó en el tema, de Bernardo Bellincioni, el poeta, quien se encargó del libreto, y mía. Yo me encargué de los decorados, del vestuario, de la música, de la coreografía y puesta en escena, así como de los artilugios mecánicos necesarios para producir los efectos ilusorios.

—Siendo niña oí maravillas de aquella fiesta. Aún se nombra. Pero ¿qué queréis decir con «efectos ilusorios»?

275

—Pues hacer creer ver algo que no es. —Ante la cara de extrañeza de Lisa, aclaró—: Por ejemplo, hacer creer que alguien está flotando en el aire o que un elefante desaparece ante nuestra vista sin dejar rastro.

—Pero ¿cómo es posible hacer algo así? —Y tras un largo suspiro Lisa añadió—: Debió de ser un espectáculo fantástico.

—Sí que lo fue. Desde luego, la cena no me fue encargada, pero eso me permitió dedicar un mayor derroche de fantasía y medios para el espectáculo. Estaba decidido a ofrecerles el espectáculo más sorprendente, fastuoso e impresionante que jamás hubieran podido soñar. Un espectáculo que comenzara a sorprenderles y fascinarles desde el mismo instante que entrasen en el castillo de los Sforza: aquella noche se convertiría en un auténtico castillo encantado, lleno de magia y prodigios que harían dudar de qué era realidad.

Leonardo se removió inquieto en el asiento y, ayudado por su gesticulación, dibujaba en el aire con entusiasmo lo que iba describiendo:

—Imaginaos todo el brillo de la corte de Milán en una noche de fiesta de gala. Una noche especial. La boda del joven duque Gian Galeazzo con la nieta del hombre más poderoso de Italia: el rey de Nápoles. Todos los adjetivos son pobres para describiros el brillo de aquella corte, que reunió a las más altas alcurnias y a la nobleza italiana en pleno. La silueta y los alrededores del palacio estaban iluminados por potentes antorchas. La entrada al palacio estaba flanqueada por la guardia con armaduras y ropas de gala. Los invitados, a medida que iban llegando, eran anunciados con un toque de corneta y atendidos por pajes vestidos con terciopelo y seda, quienes les acompañaban al patio del palacio. Éste era enorme, y lo transformé en una selva del país de las Hadas, en la que los servidores iban disfrazados de bestias salvajes o imaginarias y otros, disfrazados de aves, volaban por el aire con ayuda de una compleja red de hilos invisibles que ideé. Allí esperaban, maravillados, rodeados de criaturas voladoras, a ser convocados al salón del banquete.

»Los invitados constituían ellos solos un verdadero espectáculo en movimiento, rivalizando en suntuosidad y elegancia, especialmente las damas, a quienes la rica luminosidad arrancaba destellos de sus alhajas, hacía resaltar los magníficos terciopelos, los ricos brocados en oro y plata, y los ostentosos tocados de perlas y piedras preciosas.

»Antes de hacer su aparición los novios y Ludovico, los invitados fueron conducidos hasta el salón donde todo estaba dispuesto para el banquete. Para ello se utilizó una gran sala donde acostumbraba Ludovico oír misa. Todo el techo lo hice recubrir de una falsa techumbre de follaje verde. Los decorados representaban hazañas de la familia Sforza. En un extremo se colocó un podio en el que Ludovico y los novios iban a sentarse. En el lado contrario, hice levantar una colina con gradas y, tras ella, unas cortinas de terciopelo.

»Al hacer su entrada los novios, las fanfarrias anunciaron su presencia y recibieron el aplauso y los vítores de los invitados. Acto seguido, todos los convidados les rindieron honores y, tras una presentación en verso, se inició un desfile de máscaras. A continuación entraron en el salón, a caballo, una cabalgata de jinetes turcos que dejaron extasiados a los invitados con sus riquísimas vestimentas orientales. Tanto fue así, que

276

Ludovico empalideció de envidia, y abandonó la fiesta y se hizo cubrir con una vestimenta turca dorada, con la que continuó toda la noche. Acto seguido comenzó el banquete, que estuvo amenizado por bailarines exóticos y por Piero da Sarano, el bufón de los Sforza.

»Al llegar la medianoche y finalizar la cena, la música y el baile pararon. Se redujo la iluminación del salón y comenzó a descorrerse el pesado telón situado en el extremo contrario a la mesa presidencial. Todos quedaron paralizados y pronto corrió un rumor de admiración por el inmenso salón. Ante los ojos de todos los presentes apareció una enorme cúpula semiesférica completamente recubierta de oro en su interior que representaba la bóveda celeste. En ella aparecían suspendidas cientos de pequeñas antorchas ocultas que imitaban estrellas y siete nichos, en los que según su rango, se situaban los siete planetas. Junto a este medio huevo, también iluminados por antorchas, los doce signos del Zodiaco ofrecían un espectáculo maravilloso: bolas de cristal llenas de agua de colores con luz en su interior producían extraños reflejos. Los planetas, representados por actores vestidos según la alegoría que empleaban para describirlos los poetas clásicos, giraban lentamente describiendo sus propias órbitas, al tiempo que sonaban dulces cantos del coro y música celestial producida por campanas de cristal accionadas por un teclado de mi invención. De esta forma, el público quedó encandilado por los cánticos y la música, al tiempo que con ello se conseguía solapar el ruido que producía el artefacto que utilicé para mover las esferas y plataformas. Todo parecía girar flotando en el espacio, tal y como sucede en el verdadero universo. Por un breve espacio de tiempo, todos pudimos vivir la magia de los planetas girando suspendidos, allí mismo, sobre nuestras cabezas; nos sentimos rodeados de algo imposible, pero que estaba ocurriendo. A mí mismo me cautivó la magia de aquel espectáculo sobrecogedor y fantástico.

»Cuando más absortos estaban los presentes, un ángel totalmente recubierto de oro y con alas de cisne apareció, desde una cámara oculta, y dirigió unos versos al duque. Nadie podía creer que era un niño real. Pero así era.

»Luego los planetas se fueron presentando uno a uno y,

277

junto con las Tres Gracias y las Siete Virtudes, fueron bajando lentamente y felicitando a los novios. Les siguieron los dioses romanos y mostraron sus respetos a la joven pareja. Después, se dirigieron hacia la colina simulada y desde ella entonaron cánticos en coro, a la vez que desde los signos del Zodiaco se elevaba música maravillosa, envolviendo a los presentes en una atmósfera celestial.

»El entusiasmo de los invitados y de los Sforza fue inmenso: estalló una salva de aplausos y vítores que nunca jamás olvidaré. La gloria que conseguía por ello era vana, pero me hacía feliz, inmensamente feliz.

»Acto seguido se hizo pasar a todos los invitados a una sala próxima. Allí les esperaba un desfile de carros alegóricos tirados por todo tipo de animales fantásticos: unicornios, dragones, leopardos, llevado por criados negros ataviados de indígenas africanos. Uno de los carros portaba una gigantesca figura de un guerrero yacente, que representaba el final del siglo que iba a terminar. Al llegar el carro al centro de la sala, del pecho del guerrero surgió el ángel dorado que había iniciado el espectáculo de los planetas y que representaba el nuevo siglo, el XVI que iba a iniciarse. Luego siguió el baile para los invitados hasta el amanecer... ¿Por qué cerráis los ojos —interrumpió Da Vinci su relato—, acaso os aburro con mis cuentos?

Lisa abrió los ojos y miró directa a Da Vinci.

—No, no me aburrís en absoluto. Al contrario, estaba imaginando todo aquello que me estáis relatando. Es sencillamente extraordinario. ¡Cuánto hubiese deseado poder presenciarlo!

La joven quedó pensativa y le preguntó:

—¿Volvisteis a organizar algún otro festejo para Ludovico?

—Sí. Muchos. Aunque de la categoría y pompa del que os he relatado sólo uno más. También fue muy renombrado, pero por motivos muy diferentes. No tuvo un final feliz.

—¿No, por qué?

—Porque no tuve en cuenta un factor..., digamos..., inesperado.

—¿A qué os referís?

—Pues a que dos años después se celebraban las bodas del propio Ludovico con Beatriz d'Este. Lógicamente traté de superarme con respecto a la boda de su sobrino. Y no tuve mejor ocurrencia que querer celebrar todos los festejos en el interior de la tarta.

—¿Habéis dicho... dentro de la tarta?

—Sí, sí, habéis oído bien. Se trataba de una réplica del castillo de los Sforza de unos sesenta metros de longitud. La levanté en el patio del castillo con bloques de polenta con nueces y uvas pasas, cubiertos con masa de mazapán de varios colores. Era una réplica perfecta: los invitados entrarían por las puertas del pastel, se sentarían en sus asientos de pastel, frente a sus mesas de pastel sobre las que se serviría...

—Pastel —se adelantó Lisa con evidente ironía.

—Pues sí, pastel. Brillante, querida Lisa, brillante deducción —respondió Leonardo con más que evidente sorna.

Lisa respondió con un gesto con la cabeza, gracioso y displicente.

—Supongo —insistió Da Vinci— que os preguntaréis, qué demonios ocurrió.

—Me lo preguntaba, sí, pero sin demonios de por medio.

—Perdonad, señora. No suelo mostrarme así y menos con una dama como vos. —Leonardo la miró, sus cejas en alto pedían disculpas.

—Si ése es el precio de la amistad, ¡cuán poco pedís por ella! —le contestó Lisa tomándole una mano.

Leonardo le sonrió agradecido, a su vez le tomó las manos a ella, y acercándose le indicó con un dedo que se acercara ella también. Cuando sus rostros se encontraron frente a frente, casi tocándose, le habló con voz confidencial como si fuera a confiarle un secreto:

—¿Sabéis qué ocurrió? —preguntó Leonardo con voz casi inaudible.

—¡No! —le contestó divertida siguiéndole la broma y empleando el mismo tono secretista.

—Pues que la víspera del banquete —dijo, al tiempo que imitaba con ágiles movimientos de dedos los pasitos de una animalillo— vino una rata desde los campos que rodean el castillo, royó algo del pastel..., la descubrimos e intentamos darle caza... ¡pero se nos escapó!

—Vaya. ¿Y qué?

—Pues debió de gustarle porque volvió. Pero no volvió

sola. —Leonardo abandonó el tono confidencial, retomó el volumen normal y recuperó la postura echándose hacia atrás en su asiento—. Le acompañaban cientos y cientos de ratas. Parientes suyos, supongo: durante toda la noche los hombres de Sforza estuvieron luchando contra ellas en una batalla desigual, os lo aseguro. Eran treinta contra uno. Absolutamente imposible acabar con ellas. Caían en cascada por las murallas hacia el patio. Aun así «mis soldados» consiguieron acabar a golpes con cientos de ellas... y con mi pastel. Cuando amaneció, la luz del alba hizo aparecer ante nuestros ojos un patio totalmente cubierto por las migas del pastel revueltas con los cadáveres de cientos de ratas. Los hombres, exhaustos, trataban de salir de aquella ruina que les cubría hasta la cintura.

—¡Dios mío, qué asco! —exclamó Lisa, acompañándose de un gesto que mostraba la repugnancia que le producía imaginar aquella situación.

—No hace falta que os diga que el banquete se celebró en la explanada sita frente al castillo y que...

Da Vinci interrumpió sus palabras porque oyó un ruido en la escalera. Alguien subía y no eran los pasos de Battista. Se puso en pie y preguntó que quién era. Al tiempo que subía el último escalón y entraba en el taller, alguien contestó:

—Soy Francesco. Francesco Giocondo.

Lisa dio un salto de alegría. No le esperaba y la sorpresa se reflejaba en su rostro resplandeciente. Francesco al verla no pudo reprimir una sonrisa de felicidad y la abrazó con ternura y la besó en la frente. Ella le correspondió encantadora.

—Bienvenido, ¿queréis sentaros? — le invitó Da Vinci.

—No, no, gracias. Nos iremos enseguida. Disculpad que me haya presentado en vuestra casa sin avisar, pero sabiendo que Lisa estaba aquí no he podido evitar la tentación de recogerla a ella y ver cuán avanzado va el retrato.

—Desde luego. Aunque no es ésta la mejor iluminación, pero si queréis verlo no hay inconveniente —respondió el artista.

Acto seguido Leonardo fue a coger la tabla y la colocó en un lugar bien iluminado. Francesco Giocondo besó cariñosamente la mano de su esposa y se dirigió junto al pintor, situándose frente a la tabla.

—¿Qué os parece? — interrogó el autor del retrato aún inacabado.

Giocondo miró y quedó impresionado por lo que vio: el suave y a un tiempo escarpado paisaje del fondo, el realismo de las telas, el escote delicadamente ribeteado, los cabellos y el velo transparente...

—Lo que habéis hecho es una auténtica maravilla. Resulta encantador. Los pliegues... ¡es increíble!, parecen reales. Aunque quizás esperase que aparecieran más pliegues en las ropas.

—No creáis que cuanto más pliegue más dignidad se añade a la figura. Más bien, por el contrario. Un ropaje no debe recargarse con demasiados pliegues: precísanse únicamente allí en donde el ropaje se halla sujeto por las manos y los brazos, y el resto ha de caer con sencillez y naturalidad. En cuanto al encanto, he de deciros que las figuras tienen mayor magnetismo cuando aparecen bañadas en una luz universal..., pues la luz que no es fuerte, sino amplia, envuelve los cuerpos, y los reviste de encanto.

—Desde luego, desde luego. Pero aún queda mucho por hacer: el rostro, las manos, sólo están esbozadas. ¿Cuánto tardareis en acabarlo, *messere* Leonardo?

—Un retrato no es cosa que pueda improvisarse ni marcar fechas. Tened paciencia, os lo ruego.

Vicenza había subido también y ayudaba a su señora a colocarse un magnífico sobretodo de intenso color azabache con capucha, rematadas las orillas por piel de visón negro a juego con el manguito. Aprovechó, entonces, Francesco Giocondo para dirigirse a Leonardo en un aparte:

—No sé cómo agradeceros lo que estáis haciendo por mi esposa, a pesar de que aún no haya recuperado el habla, es notable su mejoría: percibo en ella una alegría que hacía ya mucho tiempo había abandonado. Es algo así como, no sé..., no sé cómo deciros, como... un despertar; eso es, sí, un despertar. Sé que vuestra intervención ha influido en gran medida.

—No es mérito mío, os lo aseguro.

—¿Habéis podido averiguar por qué perdió el habla?

—No. Pero ya os advertí que quizá no os lo revele, aun en el caso de que ella me lo hiciere saber de alguna forma.

—Bien, bien. No importa. Lo dejo a vuestro juicio. —Gio-

281

condo hizo una pausa y prosiguió—. En cuanto al retrato, os ruego que lo acabéis cuanto antes. No sólo porque quiera disfrutarlo, sino porque pronto nos mudaremos a una nueva residencia y desearía hacer coincidir el estreno de la nueva casa con la entrega del retrato. Además, si os soy franco, no acabo de comprender por qué estáis necesitando tanto tiempo para realizarlo; al fin y al cabo, no es el retrato de un papa o de una reina, sólo es el de la esposa de un comerciante, de la madre de mis hijos.

Lisa había acabado de ponerse el abrigo y se acercó hacia su marido para indicarle que ya estaba lista. Cuando se aproximó y se halló detrás de su espalda, oyó las últimas palabras de aquél. Leonardo se percató de su presencia tras Giocondo y pudo observar la reacción del rostro de Lisa: cómo se truncó la sonrisa que empezaba a esbozar, trocándose en un rictus de ácida ironía y amarga impotencia. Cerró sus párpados como lentas cortinas. Era evidente que aquellas palabras la habían herido. Giocondo le seguía hablando de no sé qué, pero Leonardo contestaba maquinalmente. Estaba centrado en la pequeña mujer. Ahora. Ya. Abría los ojos y le miraba directamente a él. Era una mirada dolorida. Suplicante. Leonardo creía estar comenzando a comprender qué le ocurría. Francesco la quería con locura, pero sólo veía en ella una mujer. Lo único que cualquiera vería en ella. Pero él, el autor de su retrato, era quien la veía de otra forma. Y, desde luego, no era una mujer corriente. Era difícil de aceptar, pero era algo más de lo que suele ser una mujer. Al fin y al cabo, él tampoco era lo que se suele esperar de un hombre.

—¡Hasta pronto, maestro! —le sacó de repente de sus pensamientos la despedida cordial de Giocondo.

—¡Hasta la vista! —respondió Da Vinci—. ¡Ah!, casi lo olvidaba. ¿Tendríais algún inconveniente, señora, en que en vez de continuar el próximo miércoles lo aplacemos al jueves? Es que estoy convocado ante la Signoria para un nuevo encargo. Algo me han adelantado del asunto. Al parecer se trataría de decorar la Sala de Juntas del Palazzo Vecchio. Bueno, siempre y cuando no terminemos la conversación discutiendo Soderini y yo, claro.

Rieron juntos la ocurrencia de Leonardo, pues eran conocidas las malas relaciones entre ambos y la clara preferencia del *gonfalonieri* por Miguel Ángel Buonarroti.

—Seguro que llegaréis a un acuerdo satisfactorio para ambos —le deseó Giocondo—. Algo había oído sobre las obras de remodelación de la Sala de Juntas de la Signoria, pero nada concreto. Si mal no recuerdo me refirieron que versaría sobre la batalla de Anghiari, pero sea cual sea el tema elegido si lo dejan en vuestras manos se convertirá en una maravilla. Espero que aceptéis el encargo por el bien de Florencia.

—Me abrumáis con vuestros halagos. —Y dirigiéndose a Lisa insistió—: ¿Os parece bien, señora, que lo aplacemos al siguiente día?

Contestó Lisa afirmativamente con la cabeza.

—Buenas noches, maestro —dijo despidiéndose cortésmente Giocondo.

—Buenas noches —respondió Leonardo.

El matrimonio bajó las escaleras seguidos por Vicenza y precedidos de Battista, quien portaba un gran candelabro y les acompañó hasta la puerta.

El criado, tras cerrarla, dijo entre dientes:

283

—Para batallitas las que nos va a tocar vivir en ese Salón de Juntas, ya verás ya. ¡Qué verdad es que el interesado siempre es el último en enterarse! ¡Ay, este señor mío! Que está más en otro mundo que en éste. Es la comidilla de media ciudad y él sin saber el compañero de pinceles que le espera… maldito *gonfalonieri*, lo ha hecho con la peor de las intenciones y para despertar el morbo de toda la ciudad. ¡Maldito cebón!

Capítulo XVI

El sueño de Lisa

Mediodía del 28 de abril de 1512

Wesel agitó con suavidad el brazo de Da Vinci para despertarle. El anciano entreabrió los ojos y se sorprendió de que el sol estuviera en lo más alto. Aún era por la mañana y había llegado el mediodía.

—Debéis despertaros y tomar algún bocado —le dijo Van Wesel.

Leonardo miró y vio cómo se acercaba hacia la cama Francesco Melzi portando una bandeja con patas en tijera con un humeante tazón de sopa caliente y algunas viandas más, que no acertaba a distinguir.

El solo hecho de ver aproximarse algo de comida le arrancó un mohín de desgana y rechazo, que reforzó con un gesto de la mano.

—No es preciso que os lo toméis todo, pero debéis hacer un esfuerzo y tomar un poco de cada cosa; al menos el caldo —le razonó el médico con un tono cálido pero no exento de rigor, a fin de impedir que el anciano se abandonara y aún mermaran más sus fuerzas.

—Tiene razón —añadió Melzi—. Debéis hacer un esfuerzo y comer algo de lo que os traigo aunque os fatigue el masticar. No os conviene debilitaros. Mirad —dijo al tiempo que depositaba la bandeja por encima de los muslos del enfermo y mostrando con la mano la oferta, añadió—: fijaos en lo que os ha preparado Maturina con mucho cariño, ya sabéis cómo es ella: una sopa bien caliente de…

—De verduras, espero —acabó la frase con voz agotada el anciano.

—Sí, Leonardo; de verduras, sólo de verduras —confirmó resignado Melzi—. Huele deliciosamente. Y además, ¿veis? Queso fresco y dulce de membrillo; frutos secos, manzana asada y...

—Bien, bien —cortó la relación de alimentos ofrecidos con gestos de impaciencia y contestó en tono algo malhumorado—. Haré lo que pueda.

Le ayudaron a instalarse más cómodamente y algo más erguido, apoyando la espalda sobre los cojines. La mano, temblorosa, trataba de hacer llegar el alimento a la boca, pero apenas quedaba en ella algo cuando alcanzaba su destino. El pecho de Francesco Melzi sintió un pellizco de opresión. Se aproximó a él y con la mayor dulzura en sus claros ojos aún jóvenes le preguntó:

—¿Me permitís que lo haga por vos, maestro? Será un honor.

Da Vinci levantó sus cansados párpados hinchados y con el pecho vacilante de fatiga, contestó afirmativamente con la cabeza. Sus ojos agotados encontraron enfrente la frescura azul celeste del joven Francesco, siempre atento a sus deseos. La vida no le había resultado fácil, pero sería un ingrato si no supiera ver en ella todo lo bueno que le había ofrecido. Incluso ahora que se acababa, le dejaba gozar de la presencia de un ser generoso y desinteresado que hacía menos solitaria y dura su vejez. Abrió la boca y Francesco le fue alimentando amorosamente, disfrutando de su papel de niñera improvisada y voluntariosa. Mientras, Wesel leía un pequeño librito sentado junto al ventanal. El silencio era casi total. La calma se extendía por toda la casona. Algunos trinos sorprendían de vez en cuando, en medio de aquel mar de quietud bañado por una luz vigorosa. La placidez tan sólo era interrumpida por el zumbido de algunos insectos que zigzagueaban en el jardín.

De repente, la tos atronadora de Leonardo rompió la paz. Melzi apartó rápidamente la bandeja colocándola sobre una mesita y comenzó a palmear con intensidad la espalda del maestro. Se le pasó la convulsión con relativa rapidez, pero Leonardo, exhausto, se dejó caer sobre los almohadones y respiraba jadeante.

285

Wesel se había colocado junto a él de un salto y, viéndole en ese estado, les dio instrucciones:

—Será mejor dejar la comida para más tarde. Cuando os encontréis más sereno ingerid algo más. De momento, reposad; lo que más os conviene es descansar. Y procurad no hablar: sólo lo imprescindible.

Esto último lo dijo haciendo énfasis y mirando directamente a Melzi, quien captó de inmediato la intención.

—No os preocupéis, ya me encargo yo de ello. Cuando pase un buen rato, le ofreceré algo de comer —dijo el joven.

—Lo sé —dijo sonriéndose el galeno—. Nadie lo estaría cuidando mejor que vos; de eso estoy completamente seguro.

Y se volvió hacia su asiento junto a la ventana. Al llegar a la silla, Wesel observó que su libro estaba tirado y abierto en el suelo, sin duda resultado de su carrera hacia Leonardo. Se inclinó y recogió el librito, y al enderezarse, cayeron al suelo unas pesadas llaves y monedas, que salieron rodando por la habitación. Melzi ayudó a Wesel a recoger sus pertenencias. Éste se lo agradeció y buscó en su faltriquera el motivo de tal suceso, descubriendo que había un rasgón en el cuero.

286

—Si queréis, Battista os lo puede arreglar; se da mucha maña para estos apaños —le propuso Melzi a Wesel.

Leonardo, con la cabeza ladeada hacia ellos, presenciaba la escena procurando aminorar el jadeo que tanto le fatigaba.

—Os lo agradecería, si sois tan amable de indicárselo —respondió Wesel—. Mientras tanto, dejaré mis cosas sobre esta mesilla —y se sentó de nuevo en el asiento junto al ventanal al tiempo que dejaba sobre una mesita de madera un puñado de monedas y dos pesadas llaves de hierro—, pues no han de perderse estas llaves por nada del mundo.

—… por nada del mundo, Da Vinci, pues nos las han confiado los dominicos como un favor muy especial —le espetó con voz dura y grave el *gonfalonieri* Soderini, más desparramado que sentado, tras su enorme mesa de madera labrada del despacho principal de la Signoria mostrándole unas llaves de considerable tamaño—. Con ellas tendréis acceso a la Sala del Papa del claustro de Santa Maria Novella. Allí podréis componer y trabajar con los cartones antes de ser expuestos y aprobados. Esta llave más pequeña corresponde a un pequeño cuarto oscuro que se ha habilitado especialmente para vos, tal y como pedisteis, y que se comunica directamente con la sala. Allí podréis..., ¿cómo dijisteis?

—Meditar; dije meditar —contestó Leonardo con el rostro serio y frío.

—Sí, eso; meditar. Bien, bien. —Golpeando al unísono ambos apoyabrazos de la silla bien torneada y ampulosa, el *gonfalonieri* dio por finalizada la entrevista—. Lo dicho, *messere* Da Vinci: el Consejo de la Signoria os confía el encargo de plasmar e inmortalizar la Batalla de Anghiari en una de las grandes paredes del Salón de Juntas del Consejo. Como es obvio, gozáis del mayor prestigio como artista, y por ello el Consejo en pleno ha resuelto que seáis vos el elegido para llevar a cabo tal empresa. Pero, en mi calidad de *gonfalonieri*, me veo en la penosa tarea de velar por los intereses de la Signoria y, aunque coincido con los restantes miembros del gobierno en la excelente calidad de factura de vuestras obras, me he visto en la obligación de recordarles lo poco dado que sois a acabar aquellas tareas que emprendéis y de insistir en la conveniencia de que acordemos unas condiciones de pago que nos aseguren que finalizaréis la labor encargada y en la fecha prevista. Dichas condiciones se os comunicarán en su día, allá por el mes de mayo del año que viene, dentro de unos seis meses aproximadamente, cuando efectuemos el primer pago. Por lo pronto, ya disponéis de todo el material necesario y del lugar adecuado para acometer el inicio de los cartones.

El *gonfalonieri* se levantó arrastrando ruidosamente la pesada y maciza silla y, sacudiéndose el terciopelo de la túnica, añadió:

—Ya sabéis, os convocaré para el próximo mes de mayo y os comunicaré las condiciones de pago. Mientras tanto, tomad las llaves y empezad cuanto antes.

—Es una tarea muy complicada que me llevará muchas horas. Lo más conveniente sería trasladarme con mis ayudantes a habitar en el convento: de esa forma, podré dedicarle más tiempo.

—Está bien. Hablaré con los dominicos; no creo que pongan ninguna objeción. ¿Alguna cuestión más Da Vinci?

—Sí. Puesto que me habéis encargado la ornamentación de una de las paredes grandes de la Sala del Consejo y dado que ésta tiene forma rectangular y frente a ella existe otra pared gemela, ¿qué habéis pensado respecto a la misma?

Los groseros labios de Soderini, que esbozaron una cínica sonrisa que no se molestaba en ocultar la íntima satisfacción que le producía la pregunta, se abrieron para responder sarcásticamente:

—Ya lo sabréis a su debido tiempo, *messere* Da Vinci. Como vos mismo bien decís, la impaciencia es madre de desgracias. No seáis pues, impaciente. Id con Dios.

—Que a vos os guarde, Soderini —replicó el pintor con displicencia, tomando las llaves y dirigiéndose hacia la alta y pesada puerta para salir del despacho del *gonfalonieri*.

Las hojas de la puerta tardaban en ser abiertas por los criados que estaban al otro lado y Da Vinci se vio obligado a detenerse ante ellas. Malhumorado comenzó a carraspear para hacerse notar, abriéndose las hojas de la puerta finalmente. Al atravesar el umbral, oyó las risitas de los criados que las habían abierto y que se encontraban tras ellas. Figurándose el maestro que habían escuchado parte de su conversación y el tono de exigencia del *gonfalonieri*, Da Vinci, muy amigo de las bromas, no dudó en darles un buen susto que les quitara las ganas de burlarse de él y fingió hablar en voz alta consigo mismo:

—¡Hum…! Estas puertas deben de resultar excesivamente pesadas para ser movidas por hombres. Presentaré al Consejo mi proyecto de puertas que se abren y cierran solas; son más rápidas y ligeras, seguro que les encantará. —Observando que las risas habían dejado de oírse repentinamente y las puertas cerradas con celeridad, continuó con el fingimiento que le hacía sonreír interiormente—. Pues pensándolo mejor, ya que estoy aquí, mejor entro ahora y se le propongo. —Al hacer ademán de girarse y querer entrar, las puertas se abrieron con unos reflejos sorprendentes—. Aunque seguro que Soderini ahora está ocupado; no, no, mejor otro día. —A lo que las puertas respondieron cerrándose aún más rápidamente que cuando se abrieron—. Pero quizá no pueda volver otro día…, mejor ahora. —Al girarse hacia las puertas éstas fueron abiertas a la velocidad del rayo—. Pero, qué digo, si no he traído los bocetos, otro día. —Se cerraron las puertas al instante tras él, haciéndole volar los cabellos más finos—. Aunque bien pensado, mis puertas no son tan rápidas como estos muchachos; no creo que me aprobasen el proyecto.

Da Vinci se marchó con paso diligente, mientras los criados permanecían con una mano en el alto tirador y otra en la cadera, doblados por la cintura intentando recuperar el resuello, cuando se oyó la voz de Soderini tras las puertas cerradas:

—Pero ¿qué demonios pasa con esa puerta?

Los criados no respondieron por no poder articular palabra y por no desvelar el invento de *messere* Leonardo, que les dejaría sin empleo.

Francesco Melzi cogió de nuevo la bandeja y se la acercó a Leonardo. Apenas probó un poco de queso fresco y manzana asada. Sed. Tenía mucha sed. Le puso el vaso metálico en los labios resecos y le sostuvo la nuca para ayudarle a beber. Le devolvió a los almohadones y con la mano le indicó el enfermo que no quería nada más, tan sólo descansar. Preguntó la hora, extrañado de que el sol continuara aún tan alto. La clepsidra marcaba las dos y tres cuartos. Melzi le respondió que faltaba un cuarto para las tres de la tarde. Leonardo se sintió invadido por la extraña sensación de hallarse atrapado en el tiempo: aquel día no parecía discurrir a la velocidad de otros. No dejaba de resultar curioso que cuanto menos tiempo le quedaba de vida, aquél parecía dilatarse dando de sí más de lo habitual, abriéndose como un fuelle, permitiendo apurar los recuerdos y valorar los actos propios y ajenos. El tiempo parecía disponer de una propiedad mágica prolongándose o acortándose a su antojo y regalando, a voluntad, su cara más extensa o breve según la simpatía de la tarea. Magia. Magia como en Lisa. Toda ella era magia: la suave luz evanescente que despedía todo su ser; sus gestos lentos y dulces; su mente ágil y ocurrente; su silencio, su silencio prudente, su silencio sacrificado, su silencio inteligente, su grito callado…

Leonardo rozaba con suavidad las cerdas del pincel por el borde del pequeño cuenco de porcelana conteniendo disolvente. Muy despacio, aplicó la cantidad justa en el lugar adecuado, acariciando más que aplicando color. Cambió de pincel. Ahora tomó uno de pelo más suave y blando, lo empapó en el disolvente, lo escurrió en el borde con sumo cuidado y desdibujó los contornos del paisaje, convirtiéndolos en un lugar de ensueño.

—¿Os ha agradado mi sorpresa, Lisa? —le preguntaba Leonardo a la joven, mientras terminaba de enjuagar de nuevo el pincel.

—Desde luego, es encantador; habéis tenido una gran idea —respondió Lisa mientras acariciaba risueña el obsequio del pintor: un gracioso y pequeño conejito blanco de ojos rosados y asustadizos. Le acariciaba las orejas disfrutando de la pequeña resistencia que ofrecían sus largos cartílagos.

—La idea no es muy original —argumentó Leonardo—, pero es válida. He considerado que lo mejor para poder estudiar el movimiento de vuestras manos, sin que os resulte pesado, sería tenerlas entretenidas y repitiendo un mismo movimiento de forma reiterada. Así lo haréis sin esfuerzo.

—La verdad es, Leonardo, que hacéis de las sesiones de posar una auténtica delicia: la música, vuestra charla, tantos acertijos como sabéis, ahora este pequeño amigo…

—Puesto que os agradan los acertijos y los cuentos, os contaré lo que le dijeron a un dormilón: a un dormilón que salía de la cama dijéronle que ya el sol había salido, y él respondió: «Si yo hubiera de hacer un viaje tan largo como el suyo, y en sus mismas condiciones, tiempo va ya que anduviera levantado y listo; pero, siendo tan breve el camino que yo he de recorrer, aún no me quiero levantar».

Lisa rió la ocurrencia y continuó acariciando, relajada y serena, el animalito que permanecía inmóvil sobre sus muslos, entornando los ojos plácidamente.

—Veo que os agradan los acertijos… y los secretos —dijo Leonardo, mientras fingía estar atento a la tabla que retocaba sin necesidad.

Monna Lisa dio un pequeño respingo. No esperaba en absoluto que abordara el tema en aquel momento, ni tan directamente. Casi había llegado a olvidar qué la llevó al pintor, y se limitaba a disfrutar del goce de la compañía de alguien tan especial. Aquella frase la sacó como de un largo ensueño, la devolvió a la realidad del momento; su verdadero objetivo había quedado sumido en un letargo que no podía prolongarse mucho más.

—Tenéis razón en vuestro reproche —dijo Lisa—. Son muchas vuestras confidencias y, sin embargo, aún no he encontrado el momento de contaros el verdadero motivo que me ha traído a vos, o no he sabido cómo hacerlo, más bien —respondió Lisa.

—¿Es que no era cierto lo que me contasteis al principio sobre vuestra madre? —preguntó casi alarmado Da Vinci con las cejas apretadas y desprendiéndose definitivamente de los pinceles.

—¡Oh, no! ¡No penséis tal cosa! Todo lo que os conté es verdad, como lo era mi deseo de tener un retrato en el que pueda ver a mi madre. Todo es absolutamente cierto.

—¿Entonces? ¿Adónde queréis llegar?

Lisa dejó con sumo cuidado el conejito dentro de la cesta forrada con lana y tela que le servía de cama. Se puso en pie y algo turbada y angustiada, se dirigió hacia el ventanal. Los músicos tocaban una melodía triste como un lamento. Aquellos sones la afectaron y la colocaron en un estado de ánimo algo decaído. Leonardo se aproximó a ella.

—No tenéis que contarme nada. Hacedlo, sólo si lo deseáis —le dijo Leonardo tomándole las manos delicadamente para tranquilizarla.

—Lo sé. Lo sé. Soy yo la que desea contároslo. —Su escote subía y bajaba como el oleaje—. No lo he hecho hasta ahora… no sé, en parte… en parte porque no he sabido encontrar el momento oportuno; en parte, porque he querido esperar hasta comprobar que verdaderamente sois persona en quien confiar.

—¿Acaso no os he dado prueba de ello?

—Desde luego que sí. No os ofendáis, Leonardo. Estoy plenamente convencida que sois la persona adecuada; es más, la elegida.

—¿La persona elegida? ¿Elegida para qué?

—Para llevar a cabo algo casi imposible. —Lisa se soltó de las manos de Leonardo y miró de soslayo a los músicos, que seguían ejecutando la pieza—. No os lo he dicho antes porque creo que en el fondo de mí existe el temor de que, una vez os haya contado mis secretos, nuestra amistad se agotará y ya no podré discutir como discuto con vos sobre Aristóteles, o sobre las ideas místicas de Plotino, ni de todo lo humano y de lo divino, tal y como hacemos en tardes tan deliciosas como la de hoy. Creedme que me siento auténticamente presa dentro de mí y de mi naturaleza como mujer: en una auténtica «prisión del cuerpo», como bien decía nuestro admirado Platón. Vos os lamentáis a menudo y creedme, que cargado de razón, cuando no se os valoran vuestros conocimientos ni vuestros inventos. Pero estoy convencida, es más, completamente segura, de que las generaciones venideras sabrán reconocer lo que no son capaces de ver los que ahora os rodean.

Lisa movía inquieta las manos, una sobre otra, en un giro introvertido en el que se buscaban ambas sin encontrarse. Algo más serena y retomando la calma y el aplomo acostumbrados, prosiguió:

—Lo que os quiero decir, amigo mío, es que, de alguna forma, vuestro paso por este mundo no es vano y quedará buena huella de ello. Siempre habrá alguien que se asombre de los ingenios por vos inventados, quien aprenda de las observaciones que de técnicas de pintura vais reuniendo, quien admire embelesado vuestras pinturas... hablaréis a través de ellas incluso a gente aún no nacida; de una forma u otra, después de marcharos de este mundo, a buen seguro os recordarán; algo quedará de vos siempre: vuestras obras.

Los ojos de Lisa miraron directamente al rostro del amigo pintor:

—Leonardo, vos trascenderéis; lo sé, lo siento muy dentro de mí. Vuestro recuerdo crecerá y se expandirá como un suave manto por toda la faz de la tierra, abrazándola amoroso, como vos hacéis ahora con vuestras obras. Las obras de los hombres son el fruto de sus pensamientos y éstos van más allá de ellos mismos: quedan y perduran, para bien o para mal. Sobre todo, permanece la forma en que lo hicieron. Es como si... como si las obras quedaran impregnadas, de alguna manera que ignoro, del amor o del desprecio, de la ilusión o de la desgana con la que fueron realizadas. De esa manera, el sentimiento llega al que las contempla o las utiliza, en una eterna cadena de propósitos y actos que conforman el mundo en que vivimos y en la que cada hombre es eslabón.

Leonardo escuchaba atento y callado. Preguntábase de dónde sacaba tales conclusiones aquella joven, y no dejaba de inquietarle el que conforme la mujer volcaba su visión del mundo, se reconocía en ella, sólo que nunca se la había planteado tan crudamente. Traía a su memoria las tertulias a las que asistió en la casa de los Medici mientras fue alumno de Verrochio, y en las que tuvo oportunidad de escuchar las disertaciones de grandes pensadores y profundos conocedores del mundo clásico y de la antigüedad, como el inolvidable Marsilio Ficino, que tradujo del latín las enseñanzas del más grande de los maestros de la filosofía hermética: Hermes Trimegisto, quien —según contaba Marsilio— vivió por los tiempos de Abraham y que alcanzó la edad de ciento treinta años. En ocasiones, pudo oír hablar de él y de lo que le enseñó a Ficino: fueron suficientes para abrirle los ojos, ver el mundo de otra forma y alentarle en sus intuiciones. Ficino reunió todo lo que se conocía de la sabiduría del arcaico Hermes Trimegisto en un compendio que se perdió para siempre en las «hogueras de las vanidades» de la Florencia de Savonarola.

La pausa de Lisa coincidió con la de los músicos; se oía la respiración de la mujer, algo agitada pero controlada. Seguía mirando por la ventana. Apoyó la frente contra el cristal. Parecía buscar el frío del vidrio para aliviar su torbellino mental. Pronto se formó un halo de vaho en el cristal, a la altura de su nariz. La tarde caía y la temperatura descendía bruscamente con los últimos rayos de sol. Éste parecía querer consolar a la mujer, acariciándola con una suave luz amarillenta. Lisa suspiró entrecortadamente. Su pecho ascendía más de lo habitual, lenta y pausadamente, buscando un espacio que no le permitía la opresión de las prendas. Entonces, Leonardo sorprendió en el perfil de la Gioconda el excesivo brillo de sus ojos. La mujer elevó la frente hacia arriba en un intento vano de contener lo incontenible: dos discretas, abultadas y cálidas lágrimas le recorrieron el rostro hasta la barbilla, desde donde pasaron al pequeño pañuelo con puntillas de la esposa del rico comerciante de seda.

293

—¿Sabéis, Leonardo? —prosiguió Lisa con labios ligeramente engrosados y enrojecidos por el llanto—. De la misma forma que veo con claridad que no desapareceréis, veo con angustia como mi existencia quedará diluida como una gota en los océanos, sin forma ni recuerdo propio, ahogada en un mar de seres anónimos. —Apretó el pañuelo contra el borde de los párpados inferiores para atajar a tiempo las lágrimas que pujaban por salir.

Leonardo comenzó a sentirse afectado por la angustia de Lisa. De sobra conocía aquel estado y, hasta tal punto le hacía sentirse próximo a ella que una sobrevenida sensación de vértigo le llevaba a confundirse con ella y participar de su desconsuelo.

Mientras, Lisa ajena a los pensamientos de Leonardo, proseguía:

—Habéis podido comprobar que no ha habido tema, por elevado que fuera, en el que no os haya seguido, cuando no rebatido. ¿Acaso esos conocimientos no son tan válidos en mí como en vos? ¿Por qué en mí son mero adorno, incluso incómodo, cuando en vos o en cualquier otro hombre son tomados en consideración y en la más alta estima? ¿Por qué Leonardo? ¿Por qué?

—¿Queréis decir que os gustaría se os valorase como si fueseis un varón?

—Si queréis expresarlo así, sí.

—Pero ¿y vuestra feminidad?

—¿Mi feminidad? ¿La habéis echado en falta?

Leonardo movió la cabeza negativamente; estaba aturdido.

—¿Creéis —prosiguió Lisa— que mi naturaleza de mujer me impide pensar o alcanzar a comprender allá donde lleguéis vos o cualquier otro varón? —Lisa subió el tono de sus palabras y con la vehemencia de quien se siente ofendido preguntó—: ¿O que mi mente sólo sirve para idear formas y maneras para buscar marido? ¿Acaso albergáis semejante idea en lo más íntimo de vuestro ser? —Tras una breve pausa añadió—: El que la inmensa mayoría de mujeres lo haga, no significa que seamos criaturas incapaces de pensar en otra cosa o que sea lo único que mueva nuestro interés, sino que el matrimonio es el único camino por el que se nos permite prosperar, cuando no es el único modo de sobrevivir al hambre y a la miseria. Afortunadamente, no ha sido mi caso. Me casé enamorada de Francesco y lo sigo estando; tuve a mis hijos y los adoro, los quiero más que a mi vida, pero eso no es suficiente; no tiene por qué quedarse todo ahí, sin más... sin nada más.

Una enorme tensión atenazó la mandíbula de Lisa impidiéndole hablar o tragar saliva, creciendo dentro de ella la sensación de ahogo, pues quería articular palabra pero no le salía voz. De repente, se tapó la cara con las manos y cayó de rodillas en el suelo, negando con la cabeza. Rompió en llanto que le rasgaba el alma y sollozando repetía un quejido mientras se balanceaba hacia delante y hacia atrás con los brazos cruzados sobre el pecho:

—¡Dios mío! ¡Díos mío! ¿Por qué este infierno? ¿Por qué matarme de sed si no puedo beber? ¿Por qué Señor? ¿Por qué...?

Da Vinci se sintió espoleado. Reconoció en las palabras de Lisa las suyas; la súplica que tantas y tantas veces había gritado él en soledad. Su rostro se tensó y el rictus se volvió amargo, su frente preocupada. Conocía muy bien la intensidad del sufrimiento y de la amargura que invadían a Lisa. Nunca hubiera imaginado que pudieran albergarse en una mujer, ni que las compartiría con ella. Se le acercó, y la cogió por los brazos y la levantó en silencio. Ella permanecía con los ojos cerrados, hinchados por el llanto, de los que caían regueros de cálidas lágrimas. Una vez en pie, se las secó con su pañuelito de delicadas puntillas y dio la espalda a los músicos, quedando a unos pasos de la ventana. Sus ojos hinchados se dirigían al suelo un poco avergonzados. Volviéndose hacia Leonardo insistió:

—Sé que habéis pasado calamidades, situaciones difíciles, incluso penuria económica, pero Leonardo, querido Leonardo, ¡mil veces hubiera cambiado todas mis comodidades por verme como vos! Hay tantas cosas que a vos, por ser hombre, se os permite alcanzar... Es cierto que por ser hijo ilegítimo se os veta el ingreso en la Universidad, pero habéis aprendido directamente de los mejores maestros. Pensad que a mí nunca me llegará ese privilegio: todo conocimiento trascendente me está prácticamente vedado.

—Es algo que siempre me sorprendió, ¿cómo conocéis a los clásicos y tantas obras, incluso desaparecidas?

—Eso es un secreto. No dudéis, buen Leonardo, que os lo contaré; pero dejad que elija el momento. Ni yo misma sé cuál ha de ser, pero estoy segura que cuando llegué lo sabré.

La damita terminó de secarse las últimas lágrimas.

—Vuestro esposo no tiene noticia de que habéis decidido volver a hablar —dijo Leonardo.

—No, aún no. No sé cómo hacerlo. Más bien, no estoy segura de que deba hacerlo todavía, como tampoco lo estoy de tener ánimos para decírselo. No sé qué me ocurre, quizá sea esa música triste… remueve en mí muchos sentimientos escondidos y me hace recordar un sueño que tuve una vez. El sueño que me trajo hacia vos.

—¿Un sueño os hizo venir hacia mí? ¿Qué queréis decir? —preguntó sinceramente intrigado Leonardo.

—Bueno, no es fácil de explicar. Posiblemente ni siquiera me creáis, a no ser que hayáis experimentado algo similar.

—¿A qué os referís, Lisa?

Los ojos de Lisa permanecían mirando hacia abajo, los párpados casi cerrados, tan sólo una estrecha y fina línea mantenía la visibilidad. Los desnudos párpados se levantaron y descubrieron una intensa carga de emoción en los magnéticos ojos de Lisa.

—A los sueños que nos hablan y nos cuentan cosas. A los sueños que nos avisan y advierten. A esa clase de sueños. Esos que no parecen tener sentido, pero que encierran en ellos la clave de nuestras preocupaciones, de nuestros deseos…

—¿Pretendéis decir que los sueños nos hablan?

—Así es. Hablan a quien les escucha. No digo que todos tengan esa propiedad, pero los hay que parecen querer llamar nuestra atención sobre algo que nos preocupa, cuando no nos dan ellos mismos la solución a nuestro problema. ¿Acaso nunca habéis tenido un sueño de ese tipo?

—Bueno, ahora que lo decís… sí. En alguna ocasión he visto resuelto algún problema que me preocupaba en mi propio sueño, y así lo he aplicado después.

—Por desgracia, no todos son tan claros y evidentes. Sin embargo, sabiéndolos interpretar adecuadamente, nos muestran el camino a seguir.

—¿Y cuál fue vuestro sueño?

—Fue hace un par de años aproximadamente. Ya me había recuperado del parto de mi hija, que nació muerta como ya sabéis. Dormía hacía ya horas cuando tuve un sueño muy claro y vívido, que casi era difícil de distinguir de la realidad, si no fuese por lo absurdo. En el sueño me encontraba recostada, descansando sobre la suave, abundante y fina hierba de una llanura muy próxima a la orilla de un río que al principio se me antojaba estrecho y de aguas nerviosas y excitadas. Desperté en el sueño de mi descanso sobre la hierba y, aún recostada, vi frente a mí una niña. Aquella niña era preciosa, con dos graciosos hoyuelos en las mejillas que se le formaban al sonreír. El cabello tenía el color de la miel y estaba cortado a la altura de los hombros. Sonreía. Me invitó a seguirla sin palabras, con el gesto de sus manitas. Tomó una de mis manos y me llevó hasta el borde mismo del río, que ahora era mucho más ancho y profundo, de aguas serenas que seguían majestuosamente su curso.

»Al llegar a la orilla las dos cogidas de la mano, de una forma mágica y absurda —aunque en el sueño parecía algo natural y sin esfuerzo—, cruzamos el río volando por encima de él y nos depositamos suavemente en la otra orilla.

»Es entonces cuando la niña me pidió que le hiciera un retrato. Traté de hacerlo; comencé a dibujarla sobre un cuaderno abierto y cuando ya estaba a punto de terminarlo, se rompió por dos partes el carboncillo. Me invadió una enorme congoja y quise acabarlo, pero no pude. La niña me indicó que sabía dónde podía conseguirlo y me hizo volar de nuevo hasta llegar a lo que en principio creía que era la plaza de un pueblo, pero que luego resultó ser las afueras de Florencia; en esa plaza había una estatua de bronce dedicada a un guerrero victorioso que muestra orgulloso un huevo de águila que ha tomado del nido. La niña señaló la estatua y desapareció. Y al llegar a este punto, me desperté sobresaltada.

—Os escucho con atención, pero no acabo de comprender qué tiene este sueño que os hiciera acudir hasta mí.

—¡Oh, sí! Si os fijáis, podéis leer entre líneas: el sueño comienza mostrándome a mí misma durmiendo; es algo así como el tiempo en el que aún no he despertado al conocimiento de

297

las cosas y del mundo. Es una niña la que me despierta; creo entender que es mi niñez y al propio tiempo la hija que no conocí, que me hace reaccionar. Saltamos el río, que al principio es pequeño y al saltar es grande y profundo: tengo la impresión que alude a mi madurez y a los conocimientos, que han aumentado y son «mi caudal». ¿Me seguís, Leonardo?

—Sí, sí, desde luego —dijo el pintor algo traspuesto—. Os estoy siguiendo; es que me tenéis a un tiempo asombrado y pensativo... no es descabellado lo que decís, y lo argumentáis a la perfección, es más: reconozco que en ocasiones tras soñar he tenido en mi mente el sentido del sueño y me ha hecho comprender cosas que en la vigilia anterior no había comprendido. Sin embargo...

—No espero que me creáis, ni siquiera que lo comprendáis; tan sólo que me escuchéis y después me juzguéis como deseéis.

—Proseguid, os lo ruego.

Lisa movió afirmativamente la cabeza y retomó el relato del sueño:

—Tal y como os decía, cruzamos el río, ya «crecido» y la niña me lleva hasta un lugar: las afueras de Florencia y ante una figura, la de un guerrero que ha vencido. ¿Aún no veis la relación con vos?

Leonardo movió la cabeza negativamente e, intrigado, invitó con el gesto de la cara a continuar hasta el final. Lisa comenzaba a recuperar su natural entusiasmo y el rostro comenzaba a iluminarse:

—Pues juntad las piezas y leed, es como un acertijo de imágenes: una figura que está «en las afueras de Florencia» y que es alguien que «ha vencido», dicho de otro modo, en latín, «ha vencido» es «Vinci», vuestro apellido; alguien cuya imagen, su ser, es de fuera de Florencia pero próximo a ella: la ciudad de Vinci. La indicación no podía ser más clara: para crecer en conocimiento, para cumplir mi sueño, tenía que dirigirme a vos, Da Vinci.

Leonardo quedó impresionado, pero dubitativo. Tenía cierta lógica, pero sólo era un sueño, algo ideado por esa mujer, sin base alguna, sin nada tangible que asentase tal interpretación. Desde luego, las piezas encajaban, pero no era suficiente para creer que los sueños puedan ayudarnos o hablarnos de nosotros mismos.

—¿Y qué sentido le encontráis a que el guerrero sostenga el huevo de un águila? ¿No os parece absurdo?

Lisa miraba a través de la ventana. Al oír la pregunta de Leonardo sonrió para sí, cerrando lenta y profundamente sus párpados de terciopelo. Volvió el rostro hacia Da Vinci, exultante, triunfadora. Esperaba la pregunta. Y la respondió abriendo lenta y escrutadoramente los ojos, con la mirada que conseguía atravesar el alma al pintor:

—Sabía que lo preguntaríais. Y conocéis la respuesta, aunque no la reconozcáis.

El artista sintió tensarse su estómago y cómo se le aceleraba el pulso. No era posible. La respuesta apareció subrepticiamente en su mente. Era absurdo. Nadie sabía nada al respecto. Siempre cuidó mucho de hacer comentario alguno y nunca jamás mencionó el tema con la mujer que retrataba. Además, ¿por qué aparecía esa respuesta en su mente? Claro, porque él la había buscado. No. Que sea ella la que lo diga. No puede ser. No lo puede saber. Se referirá a cualquier otra cosa. Si fuera eso lo que espera que responda... no, no es posible. Pero si lo fuera... no tendría explicación. Ella no puede conocer...

—¿A qué os referís, Lisa? —preguntó el pintor procurando no traslucir sus pensamientos, revistiéndose de su proverbial frialdad.

—Lo sabéis muy bien: a vuestra máquina de volar.

Leonardo sintió una sacudida en la nuca. Algo explotó en su cerebro. Ahora sí que estaba tenso. Más bien petrificado. Era imposible. No lo había comentado con nadie. Ni tan siquiera con Salai, quien estaba al tanto de sus proyectos tan bien guardados y ocultos. Ya tenía cuidado de que nadie los viera y sus anotaciones hechas en escritura de espejo, a buen resguardo de miradas indiscretas. Nadie podía habérselo contado. ¿Cómo demonios...?

—«¿Cómo demonios lo ha sabido?», os estaréis preguntando ¿verdad, Leonardo?

Leonardo movió afirmativamente la cabeza sin articular palabra. Se hubiera sentado si hubiese tenido próximo un asiento, pero no quería apartarse del lado de la mujer a fin de seguir manteniendo el tono confidencial de lo que hablaban. No era conveniente que llegase a oídos de los músicos. Resultaba inquietante, e incluso peligroso, que se supiera de lo que estaban

299

hablando: por un lado, la facultad que poseía la mujer de leer los sueños y ver en ellos secretos de otros y por otro, su proyecto oculto de conseguir una máquina capaz de hacer volar al hombre.

—Sí, me lo estaba preguntando —respondió impresionado Da Vinci—. Nada puedo ocultar a vuestros ojos; al parecer, resulto transparente para vos. También me preguntaba si vuestro sueño os ha desvelado el resultado de los experimentos con la máquina cuando la construya.

—Si el sueño es cierto en su totalidad, el guerrero se mostraba orgulloso de su conquista: interpreto que sí, de algún modo, sí.

—Bien, bien. Siempre es un aliento. —Leonardo esbozó una media sonrisa y se miró distraídamente los botines; luego volvió la mirada a la Gioconda—. Desde luego, no sois una mujer corriente. ¿Y a qué clase de conocimiento esperáis llegar a través de mí?

—Ya sólo vuestra charla me enriquece, pero quisiera algo más.

—¿Algo más?

—Sí. Sé que la perfección de los cuerpos que dibujáis, en buena parte, viene del estudio y la observación. Incluso, a mis oídos llegó el rumor que de que estudiáis cadáveres, lo que casi pude confirmar con mis propios ojos al descubrir, el primer día que vine con otras damas, los tarros conteniendo vísceras no sé si humanas o de animales.

—¿Adónde queréis llegar?

—Al conocimiento. Quiero saber. Saberlo todo. Todo lo que pueda absorber. La curiosidad me empuja de forma irrefrenable y necesito satisfacerla: poder asomarme al interior de un cuerpo humano, llegar a comprender algo de su funcionamiento y de sus desarreglos... es irresistible. No me lo neguéis, por favor. Consentid mi presencia en la próxima autopsia que realicéis. No os estorbaré. Haré todo aquello que me indiquéis. Os puedo servir de ayuda. ¿Qué decís? —Tras una pausa, prosiguió—: Sois mi único maestro posible y vive Dios, que no podría tener otro más completo y admirable.

Leonardo sonrió y rendido ante la pequeña y desconcertante mujer que ante él tenía, le contestó:

—¿Acaso serviría de algo deciros que no? Estoy convencido que os presentaríais en mitad de la noche, aun con todos los elementos de la Naturaleza en contra, y os abriríais paso hasta mi más secreto rincón.

La mujer sonrió satisfecha, sabiéndose vencedora. Suspiró el artista y le preguntó sinceramente:

—¿De veras creéis que podré hacer volar al hombre?

—Estoy convencida de ello. Si creéis con fuerza, con toda vuestra fuerza, lo conseguiréis Leonardo. Aquello que con su aliento da vida a todo lo que nos rodea, y trenzándolos mueve los destinos, ofreciéndonos las situaciones que vivimos como escenario en el que mostrarnos, os ayudará si vos dejáis que lo haga.

—Os referís a las cosas y a la vida como si de entidad propia estuviesen dotadas.

—Bueno, algo así. Es lo que yo entiendo como ese «lado mágico» que tiene la vida.

—Lisa, me lleváis de sorpresa en sorpresa. ¡Qué extraña forma de ver el mundo! Ya sabéis que para mí sólo existe y es real aquello que puede ser comprobado y experimentado. Vuestra forma de sentir no es objetiva y no puede ser verificada y, aunque vuestro conocimiento intuitivo resulte válido para vos, no puede ser aplicado en general.

—Pero ¿acaso todo lo que existe es aplicable a toda la humanidad o puede ser comprendido por toda ella? Los ciegos no ven. ¿Pueden, entonces, ellos declarar como verdad universal la inexistencia de los colores? Si toda la humanidad fuera ciega y uno solo, uno, de los humanos pudiera ver los colores, ¿no estaría más en lo cierto aquel que los ha visto que legiones de ciegos? Cuántas veces vos mismo habéis tenido que luchar contra la oposición de los demás en cuestiones que a vos se os hacían claras y evidentes y que, por el contrario, vuestros antagonistas negaban, cegados por la sinrazón y el miedo.

—Eso es cierto. Sus mentes estaban cegadas como pozos ahogados con tierra.

—Lo que os quiero decir con esto, querido Leonardo, es que la búsqueda de la verdad no estará completa si no atendemos, no sólo a lo que nuestra razón nos hace ver y entender, sino también a aquello que percibe nuestra alma. Al fin y al cabo, ambas componen al hombre.

—¿Sabéis qué os digo, Lisa? Que espero que estéis en lo cierto, pero temo que no baste la fuerza del deseo para conseguir nuestros propósitos. Sin embargo, por si ello fuera así, deseémoslo con todo nuestro corazón y sintámonos ligeros como aves, capaces de surcar el cielo con sólo desearlo. No me miréis así, querida; os estoy invitando a bailar esta alegre y desenfadada pavana que está sonando —y guiñando un ojo con complicidad, añadió—: ¿no me iréis a dejar sin pareja, verdad?

—Desde luego que no —respondió alegre y sorprendida por el giro que había dado la conversación gracias al sentido del humor y de la oportunidad de Leonardo.

Lisa le siguió el juego ofreciéndole la mano con divertida grandilocuencia; Leonardo la situó en el centro de la estancia y se colocó perpendicularmente a ella y, tras saludarla con una exagerada reverencia que la hizo reír, comenzaron a danzar pausadamente. Un paso hacia delante, alto. Un paso hacia delante, alto y pequeña genuflexión. Un paso hacia delante y alto. La mano de ella sostenida por la de él en alto, a modo de eje que les hacía rotar y describir a su vez, pequeños círculos cada tantos pasos. Reían divertidos por las teatrales gesticulaciones de Leonardo, quien dejaba mostrar su cara más traviesa y chispeante, en clara muestra de transparencia y confianza, al tiempo que quedaba patente su destreza como bailarín. Se sentían arropados el uno por el otro; nunca habían estado tan desnudos como ahora y, sin embargo, experimentaban la alegría y el no encontrarse solos en su singularidad.

Los músicos parecieron contagiarse del entusiasmo de los bailarines y arremetieron con un ritmo más rápido y alegre, tocando aún con mayor energía. Hasta Battista, Margherita, Tomasso y Fernando el Spagnuolo subieron al taller atraídos por la música y, animados por ella, acompañaron con las palmas. Todos estaban contentos; todos, menos Salai. Éste se cubría con las sombras del rincón al fondo del taller, pero cualquier observador avezado hubiera detectado el desprecio y el orgullo herido en su seráfico rostro, que había adquirido una palidez aceitunada.

Acabaron la pieza algo fatigados, pero contentos. El aplauso del improvisado coro, que había disfrutado de veras con el espectáculo, puso final al ajetreado baile. Los sirvientes y los alumnos bajaron de nuevo a sus quehaceres, con la alegría de la música aún en sus oídos. Salai continuaba hundido en la profundidad de la esquina. Una siguiente pieza, más tranquila y relajada, comenzó a sonar. Esta vez era una *frotolle* cantada a cuatro voces. Los armoniosos contrastes producidos por las voces de los músicos-cantantes estremecieron a Lisa. Les devolvía a la realidad y a sus nítidos contornos. Lisa giraba lentamente alrededor de Leonardo. Él la miraba ensimismado, sintiéndose inmensamente afortunado por haber hallado una amistad desinteresada, envuelta en encanto. Ella, en su admiración, le veía crecer y en aquel momento a sus ojos aparecía aún más grande, más sublime y genial que nunca; quizás había sido un sueño loco, un atrevimiento imperdonable pretender ser alumna privilegiada de maestro tan dotado para todos los campos....

El cantor subía y bajaba escalas con soltura y armonía. Los danzantes quedaron inmóviles en mitad de la estancia; tan inmóviles como había quedado el tiempo para ellos. No podían continuar. Algo les tenía paralizados mirándose el uno al otro con crudeza, descubriéndose mutuamente; nunca se habían mirado como ahora, físicamente: siempre lo habían hecho desde el propio interior, sin que se percataran de ello. Él se preguntó qué había estado retratando hasta ahora. Ella se sintió más pequeña; él, algo más grande. Esbozaron una media sonrisa un poco boba. Él tragó saliva. Ella bajó los ojos. Con el rostro serio, hechizado por el misterio de la mujer, el artista le dijo de todo corazón:

—Tenéis la magia de la luz de la luna, señora.

Ella levantó sus párpados y contestó:

—No es mía la luz que veis en mí sino la que, venida de vos, reflejo. No hay luna sin sol.

Él se acercó a la mujer sin soltar la mano. Al llegar junto a ella, se la besó con inmensa dulzura y le dijo:

—¡Cuántos emperadores y príncipes han pasado de los cuales no queda recuerdo alguno! Una hermosa cosa mortal pasa, no así una hermosa cosa del arte. Os prometo, señora mía, que haré todo aquello que esté en mi mano para que vuestro retrato sea una obra de arte imposible de ignorar y para que de vuestra existencia se sepa en las generaciones venideras. —Y cerrando con fuerza los ojos, Leonardo rogó en voz alta—: ¡Pido a Dios que me ilumine para conseguirlo!

—Si lo deseáis de corazón, con toda vuestra alma, así será —apostilló Lisa—, pues es en ella donde residen nuestros sentimientos y la fuerza que de ellos se desprende.

Leonardo la miraba con los ojos entornados, agitando la cabeza suavemente, como si no creyera lo que vivía, y añadió:

—Decís bien y yo os diré más: todos nuestros conocimientos proceden del sentimiento. Porque es a través del sentimiento que el Hombre se conoce a sí mismo, a su espíritu y éste, si está sereno, halla el estado de gracia necesario para ser iluminado por la luz de la Inteligencia. Y puedo deciros también que la ciencia de la pintura es tan divina que transforma el espíritu del pintor en una especie de espíritu de Dios, y conforme a ello trataré de alcanzar la visión de vuestra alma y fijarla, por siempre, en esa tabla para deleite de quien la contemple. —Le soltó la mano y prosiguió razonando frente a ella—. Nada de lo que me habéis contado me resulta ajeno —confesó el pintor—, pues a muy semejantes conclusiones he llegado, aunque por distinto camino. La percepción de un mundo más complejo que el que se muestra a nuestros ojos y en el que actúan fuerzas e influjos de los que ignoramos su origen —pero que no por ello han de ser consideradas fuerzas mágicas sino desconocidas—, ha de someterse a la razón humana para su alcance y comprensión.

—Lo que decís es bien cierto; pero insisto en un punto en el que no coincidís conmigo: admitís el valor de los sentimientos como vía de conocimiento de nosotros mismos y de lo que nos rodea, pero os resistís a aceptar que adquieren un poder y una fuerza en quien los alberga capaces de llevarle hasta su sueño, actuando como imanes que atraen al individuo a través de senderos invisibles, hasta alcanzarlo.

—Lo que afirmáis sería algo así como asegurar que basta desear algo para conseguirlo.

—Sí, así es; aunque no es tan sencillo. Es preciso que se reúnan una serie de condiciones —dijo Lisa dirigiéndose hacia el asiento que ocupaba habitualmente y sentándose en él.

—¿Cuáles serían esas condiciones? —contestó Leonardo haciendo lo propio.

—Es necesario... ¿cómo os diría? Por un lado estar, llamémosle «disponible».

—¿Disponible? Explicaos, ¿disponible para qué?

—Pues en un estado anímico adecuado, en ambos sentidos: el espíritu ha de estar reposado y limpio, sin anidar malos deseos y muy atento a lo que acontece.

—Hum... tal y como se necesita para sentir el «rapto» de la pintura, la inspiración del artista.

—Eso es. Tal y como vos habéis explicado que necesitáis encontraros para concebir vuestra obra mentalmente.

—¿Hay alguna otra condición? —interrogó Leonardo.

—Sí. Desear aquello que sea objeto de nuestro interés con toda la fuerza de la que seamos capaces de generar con nuestros sentimientos más nobles. Ésta llegará allá donde la enviemos y tirará de nosotros, abriendo sendas insospechadas, hasta juntarnos nuevamente con lo que se desprendió generosamente de nosotros.

—Creo que comprendo lo que queréis decir. Dadme tiempo para que lo asimile.

Y tras una breve pausa, Leonardo inquirió:

—¿Creéis necesaria alguna otra condición para que sea efectivo el poder de nuestros deseos?

—Sí, y no menos importante que las anteriores.

—¿Y es...?

—La confianza. Confiar, con absoluto convencimiento, en que lo deseado se logrará llevar a cabo. Incluso, cuando todo parece encaminarse por derroteros equivocados o que nos alejan de nuestro objeto. Siempre, siempre hay que confiar y no desmayar.

Salai escuchaba la conversación con todos sus sentidos parapetado en la oscuridad del ángulo de la esquina y apretaba con fuerza las mandíbulas. Resolvió salir de su rincón y se dirigió con andares altaneros hacia la mesita sobre la que estaba el frutero, junto a una preciosa jarra metálica repujada conteniendo agua fresca y unos vasos de metal a juego. Las ampulosas mangas de la camisa que llevaba se hinchaban de aire al andar. El cordón del escote aflojado, como por descuido, dejaba ver un torso limpio y musculoso. Las ceñidas calzas contorneaban unas

305

piernas perfectamente formadas. El jubón resaltaba, en su abertura central, la generosidad con la que la Naturaleza le había dotado.

Al pasar a la altura de las amplias espaldas de Leonardo, sentado frente a la muchacha, no pudo ni quiso evitar mirarla con el más dolorido y patente de los desprecios. Llegó junto al frutero y cogió una gruesa y tersa manzana de color rojo brillante. Cuando se disponía a morderla con desgana se detuvo al observar un movimiento extraño en uno de los músicos. Uno de los que acompañaban con el laúd dejó su instrumento en el suelo y se dirigía despacio, pero con seguridad, hacia Lisa y el maestro. Vio la cara de sorpresa de Lisa y el asombro en la de Da Vinci. El joven se quitó la gorra que le cubría y saludó cortésmente a la Gioconda, besándole la mano y dirigiéndole algunas palabras, halagadoras sin duda, hacia la mujer. Se incorporó y se dirigió esta vez al artista y dueño de la casa. Eran palabras de disculpa, sin duda. Pero ¿quién demonios era este individuo? Desde luego, no era un músico. Pronto obtuvo su respuesta Salai: aún anonadada, Lisa, mantenía sus dos manos en libro sobre su boca; las dejó caer a su regazo al tiempo que, sin creer lo que veía, pronunció un nombre:

—¡Giuliano! Pero... ¿cómo... tú aquí? —balbuceó llena de asombro Lisa.

En la mente de Salai se hizo la luz. Esta aparición inesperada, si era lo que él suponía que era, podría resultar perfecto para poner en su sitio a esa mosquita muerta que había absorbido a Leonardo, a esa insípida a quien contaba lo que nunca le confió a él, su más íntimo, sí, íntimo amigo. ¿Quién era esa mujer para entrometerse y desplazarle? ¿Qué le daba ella que él no pudiera ofrecer a Leonardo? Belleza, no. No cabía comparación alguna entre sus perfectas proporciones masculinas y ese rostro sin gracia, ese cuerpo escaso y ligeramente regordete. ¿Conversación? Pero ¿desde cuándo gustaba a Leonardo hablar con los que le rodeaban? Siempre le había parecido una pérdida de tiempo y sólo se dirigía a los alumnos cuando algo tenía que enseñarles. Lo mismo daba. Fuera lo que fuese, intuía que aquello podría servirle para apartarla de su camino. Mordió la manzana como si de un mastín se tratara que hubiera atrapado el cuello de Lisa con sus mandíbulas en una macabra cacería. El crujido de la fruta le complació a Salai. Y, apoyado en el quicio de la puerta del taller mientras daba cuenta de la manzana, prestó atención a las palabras que se decían entre ellos.

—Tenía que volver a veros y deseaba tanto hablar con vos... —respondió Giuliano de Medici besando galantemente la mano de la Gioconda.

—Pero ¿cómo habéis podido hacer esto? —preguntó alarmado Leonardo puesto en pie como por un resorte, tras la sorpresa inicial—. Debéis de haber perdido el juicio, sin duda. ¿Acaso no os dais cuenta de que no sólo nos ponéis en peligro, sino que además podéis llegar a poner en entredicho la fama de esta mujer?

—Nadie sabe que estoy aquí —respondió Giuliano.

—¿Tampoco lo saben los músicos? ¿Queréis hacerme creer que el hecho de que hayáis estado aquí no saldrá de esta habitación? —levantó la voz enfadado el pintor.

—¡Calmaos, Leonardo! —le espetó el Medici—. ¡No exageréis! Nada dirán estos hombres, pues están a mi sueldo y saben que lo pagarán caro si de ellos escapa una sola palabra.

Leonardo resopló indignado al tiempo que se resignaba a la realidad de los hechos, mesándose la encanecida barba.

—¿Es la primera vez que venís confundido entre los músicos, Giuliano? —preguntó Lisa.

—No. Siempre he estado entre ellos.

Lisa cerró los ojos y se mordió el labio inferior. Volvió la cara hacia la ventana, con los ojos aún cerrados. No se atrevía a abrirlos; como tampoco quería ni llegar a saber si todas sus confidencias, sus conversaciones con Leonardo, habían sido escuchadas por Giuliano. Éste pareció adivinar sus pensamientos y captar su angustia.

—No ha sido mi intención espiaros ni acecharos en ningún momento, creedme. Sólo quería volveros a ver y hablar con vos. Mi sorpresa fue mayúscula cuando vi que habíais recuperado el habla y que charlabais con toda naturalidad. No pude resistirme al encanto de oíros y siempre estuve tentado de hacerme notar, pero prefería seguir contemplándoos.

—¿Sólo habéis venido a eso, a contemplarme? —le preguntó Lisa con el rostro severo.

—No. Sabéis que no. Es algo más. Necesito oírlo de vuestros propios labios. —Y tomándola por ambos brazos con suavidad prosiguió—: No me basta que me rechacéis por carta, la distancia nos hace valientes. Aquí, ahora, mirándome a los ojos. Entonces sabré si lo que decís es lo que sentís.

Lisa, con una mirada, le hizo saber a Giuliano que debía soltarla. Él reparó entonces en su gesto y algo avergonzado, se retiró unos pasos hacia atrás con los ojos bajos. Volvió a mirarla. Allí estaba, frente a él. Lo que tantas veces había soñado. Allí estaba ella, mirándole. Lo que tantas veces había deseado. Pero no como había imaginado. Le bastó mirarla para comprender que seguía siendo poco para ella. Que ella nunca podría estar enamorada de alguien a quien no pudiera admirar. Y él, sin el arropamiento de su apellido, no la merecía. Ante ella seguía siendo el cobarde al que venció su flaqueza. Ella le seguía mirando. Él tragó saliva una vez más. Quién sabe; quizá los años de matrimonio le hubieren hastiado y necesitase una nueva compañía, y él era mucho más joven, poderoso y rico que su marido. La ilusión que le llevó a casarse con Francesco Zenobio del Giocondo posiblemente estuviera ya agotada.

Ella le miraba severa y se dirigió a él:

—Francesco nunca hubiera hecho esto. Es un hombre franco y abierto: auténtico. Por eso le quise, le quiero y le querré siempre. —Hizo una pausa y continuó—: Decís que queríais mirarme a los ojos para saber si lo que os dije era lo que sentía; pues ya lo habéis hecho. En ellos no encontraréis más que esto: os guardo cariño de amigo, pues no en balde hemos pasado juntos nuestra niñez, pero nunca os podré ver con otros ojos y os ruego, si queréis mantener nuestra amistad, que sea ésta la última ocasión en la que mencionáis tal posibilidad. No lo hagáis nunca o perderéis para siempre la amiga que en mí tenéis.

Giuliano asintió obediente. Pasó la mano por su cabeza, enredando los dedos por los ahora cortos rizos, al tiempo que suspiraba resignado a perder a la amante de sus sueños y a conservar a la amiga. No quería. Era lo último que deseaba hacer en ese momento. Pero el temblor de su barbilla se escapaba a su control. Una oleada de sentimientos se agolparon en la garganta de Giuliano, ahora tensa, dura, seca y dolorida. Sin poder articular palabra alguna a pesar de sus intentos, sólo sintió alivio cuando los ojos se desbordaron y liberaron todo el caudal en ellos contenido.

Leonardo contemplaba un tanto incómodo la escena, pero no pudo dejar de conmoverle cómo afloraban en hombre tan poderoso los sentimientos más genuinos y auténticos. Pronto pasó al asombro, cuando Giuliano se arrodilló junto a Lisa, que permanecía en su asiento, se abrazó al regazo de ésta y lloró como un chiquillo, mientras Lisa lo acurrucaba entonando un suave canto que sin duda, pertenecía a la infancia de los dos. No pudo evitar Leonardo una punzada, tan breve como aguda, de leve envidia; cuántas veces cuántas, hubiera necesitado una mano amiga que le acogiera como si aún fuese un niño y le calmara el dolor de las heridas. Miró a Salai, que aún comía una manzana y parecía disfrutar extrañamente con la escena. Él no estaba dispuesto a dar, sino a recibir.

Lisa apartó con suavidad a Giuliano y le dijo:

—Os demostraré que aún os aprecio y os considero como un amigo. Tengo algo que os pertenece y creo que ha llegado el momento de devolvéroslo.

Y dirigiéndose hacia Leonardo, añadió:

—También tengo algo que quiero entregaros a vos, Leonardo.

Los dos hombres, puestos en pie, se miraban estupefactos. Lisa sonrió para sí y les espetó:

—Os espero a los dos, la víspera de Navidad a las once de la noche en la Capilla de los Españoles de Santa Maria Novella. Así todo estará resuelto antes de que regrese mi esposo Francesco el día de Navidad y quedaré liberada de mi juramento, y de un gran peso.

Los dos hombres se volvieron a mirar, sin acabar de comprender. Giuliano, intrigado, fue a preguntar pero se le adelantó Leonardo:

—¿A qué os referís, Lisa? ¿Qué momento es ese que ha llegado?

Lisa, ayudada por Vicenza, terminaba de arreglarse el velo de negra gasa que debía cubrir la cabeza de toda mujer casada y colocarse la capa con capucha que le servía de abrigo.

—¿Cuál va a ser? —contestó divertida—. El de revelar mi secreto.

Lisa giró hacia la salida y desapareció por la puerta, segui-

309

da de Vicenza, como una exhalación. Leonardo y Giuliano quedaron con la vista fija en el hueco de la puerta por donde acababa de marcharse Lisa. Tras unos segundos de estupefacción:

—¿Nochebuena? ¿A las once? —preguntó Giuliano a voz en grito.

Se oyó la voz de Gioconda que bajaba por las escaleras contestar alegre:

—Sí, a las once.

—Sí, claro; a las once. Desde luego. ¡A las once! ¡Allí estaré! —respondió el Medici.

—¡Estaremos! —concluyó Leonardo con voz firme y con una ceja levantada que dejaba entrever un ligero fastidio por el entrometimiento del joven.

Ninguno de los presentes reparó en los dorados destellos que despedían los ojos cetrinos de Salai por la pérfida satisfacción que experimentaba al poseer tan valiosa información. Nadie se percató, pero sus labios pronunciaron, sin emitir sonido, dos palabras: «Estaremos todos».

Capítulo XVII

El *David*

*B*attista bajaba las escaleras de la cocina con cuidado de no resbalar. Por la noche, al viejo criado sus ojos no le respondían con la claridad de antaño. Se sentía torpe teniendo que descender primero un escalón y luego otro, con mucho tiento. Temía que la cimbreante bandeja y todo su contenido fueran al suelo.

Los ruidos de la cocina habían cesado ya. Maturina se dedicaba a secar los últimos cacharros que había fregado. Soltó el paño y el cazo de hierro colado que estaba secando y los dejó sobre la amplia mesa central de madera. Se dirigió aprisa hacia la escalera y subió unos cuantos peldaños hasta llegar a la altura del anciano servidor, rescatando la bandeja:

—Deme la bandeja, Battista; que bastante tenéis con sujetaros vos. ¡No tenéis edad ya para estos equilibrios!

—Dices verdad, Maturina, hija. ¡Pero qué le vamos a hacer!

—Se lo ha vuelto a dejar todo —dijo Maturina meneando negativamente la cabeza mientras miraba el contenido casi intacto de los platos—. Se va a morir de hambre como siga así.

—Se va a morir de todas formas —puntualizó Battista mientas se sentaba en una banqueta de madera, sacaba su pañuelo y se sonaba la nariz.

Después de secarse las comisuras de la boca se percató de la dura mirada que le estaba dedicando la cocinera:

—¡No me mires así, mujer! —le recriminó el criado.

Y tras un hondo suspiro añadió:

—¡Si le vieras! Empeora por horas. Está muy mal; muy mal. El médico del rey no le echa más de cuatro o cinco días de vida. Y yo opino lo mismo. No llores mujer, ¡ya le llorarás!

Ponme de cenar, que luego bajará el señor Melzi y yo ocuparé su lugar para cuidarlo mientras cenan él y el señor Wesel.

Maturina terminó de secarse las espontáneas lágrimas con el extremo del delantal y remetió bajo su pañoleta de tela blanca los mechones de cabello que habían escapado al correr. Se dirigió hacia el fogón donde tenía apartada una cazuelita de barro con tapadera. La asió, sujetándola por el mango con un paño grueso y sirvió el caldo, las verduras y la carne en la escudilla del criado. Él ya se había servido en un pequeño vaso de barro un poco de vino grueso y espeso. Se sintió reconfortado al beberlo. Ese calorcillo era el único consuelo que le quedaba. Con la vida de su señor se apagaba la suya también. Sabía que cuando enterrara a su amo, enterraría con él su juventud y su madurez, y despertaría su vejez. Sin el estímulo de servir bien a quien fue siempre generoso con él comenzaría a notarse agotado. Enjugó una lágrima furtiva con su pañolón y dio otro sorbo. Revolvió el caldo con la cuchara y apenas había probado bocado cuando apartó a un lado la escudilla.

—¡Ah, no! ¡Eso sí que no! Con un enfermo ya tenemos bastante —le regañaba Maturina como si de un infante se tratara, y atacó de nuevo—: ¿No pensaréis dejaros la cena? De eso, nada. Si no os cuidáis vos, ¿cómo pensáis cuidar de *messere* Leonardo? Comed, que no hacéis daño con ello, sino bien.

Battista asintió y, con gesto resignado, continuó comiendo poco a poco. Se le veía cansado. Parecía haber envejecido en los últimos días mucho más rápidamente que en varios años. La pena y la vigilia le iban desgastando. Maturina sintió lástima.

—¿Queréis que ayude al señor Melzi a cambiar de ropa al maestro? —se ofreció la criada.

—¿De veras que no os importa, Maturina? —le respondió Battista con una súplica en los ojos.

—Claro que no, pero con una condición: debéis comeros toda la cena que os he preparado.

El criado sonrió agradecido por la ayuda y siguió cenando con mejor ánimo. Sin más preámbulos, Maturina tomó una gran jarra de porcelana en la que vertió agua muy caliente y subió las escaleras para dirigirse a la habitación del señor.

La sirvienta entró en el dormitorio de Da Vinci después de unos suaves toques en la puerta entreabierta, que empujó despacio. Para su gusto, la habitación estaba demasiado a oscuras. Los rostros surgían amarillentos desde la penumbra de la estancia. Entró y saludó en voz baja a los presentes. Todos guardaban silencio. Tan sólo se oía la pesada respiración de Leonardo y el crepitar del fuego en la chimenea. Con sumo cuidado rodeó la cama del enfermo hasta llegar a la pequeña habitación contigua destinada al aseo del maestro. Sacó de ella una pequeña mesa y colocó la jarra. Volvió a entrar y esta vez trajo una palangana, una pastilla de jabón de incienso y varios lienzos limpios.

Melzi, que se encontraba sentado junto a la cama, miró a Maturina y asintió con la cabeza para demostrarle que estaba preparado para comenzar el aseo. Wesel se frotaba los ojos, cansados de leer a la luz de una vela mortecina.

—Será mejor que encendamos unas cuantas bujías más, apenas se ve nada —dijo Maturina.

—Sí, desde luego. Ahora mismo lo hago —contestó Melzi.

—Déjelo, señor, yo me encargo —se ofreció Maturina.

A medida que la sirvienta iba prendiendo y repartiendo bujías, iban reapareciendo las paredes, los cortinajes, el dosel, recuperando así el aposento sus auténticas dimensiones. Melzi volvió a dudar:

—No sé si debiéramos hacerlo ahora...

—¿Encender las velas, señor? —preguntó la sirvienta.

—No. No. Me refiero al aseo. Ahora duerme tranquilo y...

No pudo acabar la frase Melzi, pues antes de que lo hiciera el maestro se removió y despertó.

—¿Maturina, eres tú? —preguntó Da Vinci.

—Sí, maestro. He subido a asearos, si os parece bien.

Leonardo movió la cabeza afirmativa y cansadamente, dejándose hacer. Melzi le desataba el cordón del largo camisón y lo incorporaba con la ayuda de la buena mujer. Se lo quitaron, dejando al descubierto el cuerpo desnudo de quien fue antaño un hombre atlético, y le volvieron a recostar. Respiraba fatigoso. Mientras, Wesel había tenido la precaución de añadir un leño más a la chimenea, pues por la noche refrescaba y el anciano lo notaba más aún que los demás. Cuidadosamente Maturina pasaba la esponja enjabonada por el canoso y flácido pecho. La respiración era pesada. La espuma se escapaba por los pliegues de la piel; pliegues que hablaban de la edad y de años llenos de vivencias y faltos de descanso.

Melzi detuvo la mano de Maturina sobre el pecho del maestro. La miró con dulzura. Ella comprendió y asintió con la cabeza. Se dispuso a retirarse y le dijo a Francesco:

—Si me necesitáis, llamadme, señor.

—Gracias, Maturina.

La criada cerró con cuidado la puerta tras de sí. Francesco escurrió la esponja en el agua jabonosa y la volvió a pasar suavemente por el pecho de Da Vinci. Apenas si frotaba la piel con la sedosa esponja, rezumante de resbaladiza espuma, desplazándola sobre la piel mojada. El aún poderoso pecho de Leonardo subía y bajaba como un enorme y pesado fuelle. Francesco lo recorría despacio, dolorosamente, deshilachando hebra a hebra el momento, gozando de acariciar amorosamente el cuerpo de su *messere* Leonardo. De nuevo enjuagó la esponja y comenzó a recorrer los costados frotando delicadamente. Da Vinci le miraba emocionado y un poco avergonzado por su vejez. La esponja volvió al pecho. La espuma lo recorría presurosa y coqueta, dividiéndose en afluentes y meandros por la inmensa llanura viva, escondiéndose tímida y precipitadamente por los costados.

—Estoy demasiado viejo para que me contemples. Acaba pronto con este suplicio, te lo ruego.

Melzi le devolvía la mirada más tierna de la que eran capaces sus celestes y nobles pupilas, mientras enjabonaba los muslos, las pantorrillas y los pies. Al llegar a éstos, se detuvo derramando espuma sobre ellos.

Wesel carraspeó para hacer notar su presencia que, por discreta, parecía haber olvidado el joven. Se acercó y le ayudó a completar el aseo y a vestirle de nuevo. Francesco le cepilló la larga cabellera blanca con mucha paciencia. El médico le dio a beber la cocción que le aliviaba los ahogos y el dolor.

Una vez recostado Leonardo llamó a Melzi:

—Francesco, ven. Ven a mi lado.

—Aquí estoy, Leonardo.

Leonardo tomó la mano del joven. Éste la notó extrañamente fría y huesuda. No pudo evitar sentir un poco de repelo. El maestro le indicó que se sentara al borde de su cama.

—No puedo pasar por alto la nobleza de tus sentimientos, que sólo me dan satisfacciones, y me hacen inevitable el recordar momentos amargos que contrastan con tu generosidad.

—Leonardo, lo último que yo quisiera es remover malos recuerdos.

—No, no, calla. No eres tú, sino mi mente que va cerrando capítulos de mi vida buscando los contrastes que en ella se han ido dando. Escucha...

—¡No debes fatigarte!

—¡Calla y escucha! —Leonardo le apretó la mano con insistencia—. No me queda mucho tiempo y esto te ayudará a comprender cómo era Lisa. Te lo debo a ti y se lo debo a ella.

Leonardo percibió el interés del joven y, soltando la mano, se relajó un poco más sobre la almohada y comenzó a decir:

—Antes diste muestra de que mi cuerpo aún te parecía hermoso. Lo fue. Tú lo sabes. Digno de ser esculpido. Puedo decir con orgullo que incluso mi *messere* Verrochio me eligió como modelo para su más graciosa obra en bronce: el *David*. Y durante mucho tiempo fue considerada la figura más exquisita y hermosa, en cuanto a desnudo masculino se refiere.

315

CB

Durante bastantes años fue así, hasta que Buonarroti esculpió el símbolo de la rebeldía de Florencia frente a sus enemigos Venecia y Pisa: su *David*. Salido de la misma pieza de blanco mármol que años antes había yo rechazado al *gonfalonieri* Soderini.

Fui invitado a formar parte en el comité de artistas que decidiría su emplazamiento.

Eran los años en los que yo andaba enfrascado en el desvío del Arno, los preámbulos del fresco de la *Batalla de Anghiari* y, cómo no, en el retrato de Lisa. Ya me había trasladado desde mi taller al claustro de Santa Maria Novella, con todos los que formaban mi casa, según el acuerdo al que había llegado Soderini con los dominicos, para así disponer de espacio y dedicar más tiempo a los cartones de la decoración de las paredes del Salón del Concejo.

El 25 de enero de 1504 era el día señalado para adoptar una decisión sobre el lugar que se destinaría para instalar el símbolo de Florencia. Aquel día me disponía a salir del claustro de buena mañana, engalanado con mis mejores ropas, dispuesto a reunirme con los demás artistas que formábamos el comité en el lugar de la cita: el palacio de la Signoria.

Iba a ir vestido con auténticas galas: para empezar un elegante gorro de terciopelo malva con bordes negros.

La túnica del mismo paño y color, de escote cuadrado ribeteado en el mismo negro terciopelo, dejaba asomar una blusa plisada de inmaculado blanco, con cuello rematado en fina puntilla. Las calzas de alegre rosa torneaban mis poderosas pantorrillas. Me giraba una y otra vez posando grave y crítico ante el espejo, hasta lograr la más pulida imagen de mí mismo que fuera posible. Una vez satisfecho con lo que veía, me hice poner el sobretodo, a juego con todo lo anterior. Di unos cuantos estirones para colocarlo adecuadamente y, tras mirarme complacido, salí de mi estancia hacia el patio del claustro del monasterio de Santa Maria Novella del que era huésped. Este claustro, el más antiguo de cuantos tiene el monasterio, era conocido como el Claustro Verde, por ser éste el color predominante en los frescos de Paolo Uccello que decoraban sus paredes. Atravesé, acompañado de Battista, la arcada de dovelas verdes y blancas. Me detuve en el patio verde junto a los cipreses. Miré hacia arriba. Pude observar, a través de la enorme porción cuadrada de cielo raso que se abría sobre mi cabeza, un día despejado y prometedor. Finalmente llegamos a la fachada. El criado abrió el portalón, me ayudó a subir a mi magnífico caballo blanco, que previamente había enjaezado, se despidió de mí y cerró de nuevo la pesada puerta de madera. Battista, que ya sospechaba algo del desastre que se avecinaba, rogó con todo fervor que se me nublara la vista aquel día. Desgraciadamente, Nuestro Señor desoyó su súplica.

Yo me sentía pletórico en todos los sentidos. Respiré hondo el fresco aire de la mañana antes de espolear suavemente mi montura. Sin duda, era un día especial. Formar parte de la comisión de artistas era un honor que, aunque sobradamente merecido, me resultaba especialmente gratificante: sentirse reconocido por mis compatriotas florentinos. No era fácil ser profeta en la tierra de uno. Estaba tan satisfecho que me sentía incluso más amable que de costumbre. Es más: no le había concedido demasiada importancia al hecho de que Salai se negara a acompañarme una vez más. Ya no me sorprendía su actitud esquiva, cada vez más frecuente, ni tampoco quiso insistirme, pues a la reunión no podría asistir el muchacho más que en calidad de acompañante. No podía sentirme mejor ni más pagado de mí mismo y de mi imponente estampa, digna de un príncipe. Más aún, cuando percibía sin verlas las miradas de admiración que me dirigían tanto hombres como mujeres a mi paso, se henchía aún más mi vanidad. Cuando hube recorrido a caballo unas cuantas calles, oí gritar mi nombre:

—¡Leonardo! ¡*Messere* Leonardo! ¡Cuánto me alegro de veros!

Me di la vuelta hacia la dirección de donde provenía aquella voz que me resultaba familiar.

—¡Sandro! ¡Sandro Botticelli! ¡Querido amigo! ¡Cuánto tiempo! —contesté en cuanto me di cuenta de quién se trataba—. ¡Qué alegría volver a veros!

Nos abrazamos efusiva y cariñosamente sin bajar de nuestras respectivas monturas.

—¡Veo que los años os han añadido aún más prestancia! —exclamó Botticelli con sincera admiración—. Siempre fuisteis elegante, amigo mío, ¡pero ahora parecéis un auténtico príncipe!

—No exageréis, Sandro. Son vuestros ojos que se niegan a ver mis canas y mis arrugas. Sin embargo, vos parecéis casi tan joven como antaño. ¡Apenas unas canas entre tanto pelo rojo! —observé.

Los saltones ojos grises de Botticelli sonrieron y apretó los labios:

—¡Cuánto os he echado de menos, amigo mío!

Yo asentí con la cabeza, pues compartía idéntico afecto por mi viejo camarada de juventud.

—Supuse que pasaríais por aquí al dirigiros a la Signoria —explicó Botticelli— para reuniros con todos los demás; así que he dado un pequeño rodeo por si coincidía con vos y los dioses han debido de escuchar mi deseo.

—¡Pues me alegro muy de veras de que oigan vuestras plegarias! —le aseguré con los ojos llenos de alegría—. Así podremos hacer el camino juntos. ¡Cuánto me alegra volver a veros y más en estas circunstancias! Celebro que forméis parte de la comisión —le comenté mientras espoleábamos los caballos para proseguir el camino—. Por cierto, ¿sabéis quién más ha sido convocado? Tan sólo he sabido que además de nosotros también lo ha sido mi buen amigo Filipino Lippi.

—Sí, además de Lippi vendrán Piero di Cosimo, Sangallo, Lorenzo di Credi, Perugino y un servidor. ¡La flor y nata de los artistas florentinos para decidir el emplazamiento del símbolo de Florencia!

—¿Y cuál pensáis vos, amigo Botticelli, que es el lugar idóneo para colocar la estatua?

—Bueno, en principio y considerando que se trata de un símbolo para la ciudad, pienso que debiera estar a la vista de todos los ciudadanos. Un buen lugar sería delante del palacio de la Signoria. Y así lo cree también el propio Buonarroti, el padre de la criatura.

—Pero allí está desprotegido de los elementos y sobre todo de las palomas, que se cuentan por millares en la plaza. ¿Acaso las habéis olvidado? No creo que pudiera mantener su dignidad un símbolo completamente cubierto por excrementos de palomas. Considero que es más adecuado colocarlo a cubierto; por ejemplo, en el centro de la Logia de los Lanzi, lo que sería a un tiempo un gran honor y un acierto, ya que estaría resguardado de todo mal.

Botticelli se encogió de hombros y añadió:

—Os conozco bien, Leonardo, desde que éramos casi unos niños. Sé que lo decís de corazón, pero no todos lo van a interpretar así. No faltará quien crea que deseáis que no esté a la vista de la gente por envidia o por rencor por las ofensas que os dedica ese mocoso engreído. Por otro lado, me temo que sólo Sangallo participa de vuestra opinión.

—En fin, será lo que tenga que ser. Pero de no hacerlo como opino, el tiempo me dará la razón.

—Desde luego, pero me temo que el mayor obstáculo va a ser el temperamento del artista. El joven Miguel Ángel tiene unas manos divinas, pero un carácter endemoniado. No sé si admitirá nuestra decisión sea cual sea, incluso aunque coincida con ella, pues la ira se apodera de él con una enorme facilidad. Si no fuera por su genialidad, sería para… Bueno, qué os voy a contar a vos, Leonardo, que habéis sufrido en carne propia su afición a mofarse de los demás y a mostrar en público lo peor de su personalidad.

—Sí que lo sé bien. Supongo que es demasiado joven para asumir su propia grandeza y eso le vuelve arrogante. La vida terminará esculpiéndole a él.

—Muy sabia vuestra observación. Haced caso omiso si vuelve a aprovechar la ocasión para ofenderos. Aquí todos le conocemos y nadie va a tener en cuenta su afilada lengua. —Botticelli detuvo su caballo y yo hice otro tanto. Sandro se quedó mirándome y añadió—: Sabed que soporta mal la belleza ajena, sobre todo desde que un compañero de estudios, un tal Torrigiano, le destrozó la nariz de un puñetazo. Su rostro quedó desfigurado. Debe de ser muy duro perder la belleza de la juventud bruscamente y más para un joven veinteañero y narcisista —suspiró Botticelli.

—No sabía lo de su nariz. Quizás eso explique su mal humor. ¿No castigaron al agresor?

—Al agresor le supuso el destierro de Florencia —añadió Botticelli—, pero a Buonarroti, el exilio de sí mismo. Espero que sea como vos decís: que la vida le modere.

—Dejemos por un momento a ese Buonarroti y habladme de vos. —Espoleé de nuevo el caballo y Botticelli me siguió—. Contadme: sé de vuestra fama y fortuna pero decidme cómo os va y qué proyectos tenéis…

—Os contaré antes de que lleguemos a la Signoria, pero os aseguro, buen amigo, que entre ellos no entra el volver abrir un restaurante con vos. ¡Ja, ja, ja!

—¡Ja, ja, ja,..! —me reí yo también—. Desde luego, desde luego —estuve de acuerdo—. Ya no podemos escapar corriendo de los clientes a la misma velocidad de antaño.

—¡Eso lo diréis por vos! —contestó Botticelli fingiéndose cómicamente ofendido—. Al menos a caballo sí que soy capaz de ganaros y además ¡por dos cabezas! —me retó reviviendo los tiempos de camaradería y aprendizaje en casa de Verrochio, invitándome a seguir el juego con un gracioso guiño.

—No sé si lo decís en serio o no Botticelli, pero deberíais recordar que nunca pudisteis darme alcance… ¡Y ahora tampoco!

Y dicho esto, sin previo aviso, espoleé con fuerza jaleando a mi caballo que salió disparado ante la sorpresa de mi colega. Éste reaccionó rápidamente, jurando divertido:

—¡Esta vez me no me quedaré atrás, Leonardo!

Y espoleando con energía su montura me siguió en una loca carrera por las adoquinadas calles de Florencia, obligando a los paisanos a detenerse o apartarse para no ser arrollados. Varias calles más allá, un carro que salía de una bocacalle hubo de girar bruscamente y a punto estuvo de volcar su mercancía. Los dos recibimos por ello una larga jaculatoria de improperios a lo largo del recorrido. El último tramo de la carrera era un callejón que desembocaba justo en la Piazza de la Signoria cuyos lados se estrechaban en su desembocadura y que dejaba ver al final del mismo la amplia explanada de la Piazza.

Yo experimentaba un maravilloso reverdecer adolescente y quería apurar hasta el final esa efervescencia que se desvanecería como fantasma del pasado al llegar a la plaza; allí ya me encontraría de nuevo con el momento presente y con la realidad. A la puerta de la Signoria se encontraba reunido el resto de la comisión. Esperaban a pie, acompañados de Soderini. Nos vieron venir y nos señalaron sorprendidos y atentos. A mitad de callejón estábamos casi igualados. Las cabezas de los caballos subían y bajaban, ocultándose y dejándose ver sucesivamente. El callejón se estrechaba angustiosamente. Ninguno de los dos estaba dispuesto a ceder. Era nuestro último hálito de juventud. Íbamos a gastarlo, cabalgando desesperadamente tras la frescura que se nos escapaba. Botticelli espoleó con fuerza su cabalgadura, pero el animal no avivó más la marcha, ocasión que aproveché yo para azuzar a mi caballo, que de un tirón sobrepasó al del amigo. A punto estaba de salir del callejón a la amplia y luminosa plaza, cuando quiso la fortuna que en aquel preciso instante cruzaran delante de la bocacalle unos obreros transportando una enorme viga de madera sobre los hombros. Se oyó el grito de Botticelli advirtiéndome, pero ya era tarde para frenar. El hermoso alazán blanco, ricamente enjaezado, saltó por los aires evitando, ligero y grácil, el obstáculo imprevisto. Cayó el caballo a tierra como si nada hubiera pasado y continuó su carrera por el interior de la plaza, recorriendo su perímetro varias veces hasta sosegar su corazón. Todos los presentes aplaudieron y vitorearon al caballo y a mí, su jinete, por tan hermosa estampa y por nuestra destreza. Una vez ya más sosegada la montura, lo conduje con paso tranquilo hasta el grupo siendo ya acompañado por Botticelli. Al llegar ante ellos se saludaron todos cortésmente. Botticelli y yo saludamos a Soderini, el *gonfalonieri*, y éste no pudo evitar reprendernos:

—¿No creen ustedes que ya son demasiado mayorcitos para estos juegos?

Y dirigiéndose directamente a mí, añadió:

—No sé cómo lo hacéis, Da Vinci, pero siempre os las apañáis para no pasar desapercibido. Esta mañana habéis logrado una entrada triunfal. ¡Ya veremos cómo la acabáis!

ভ

Leonardo tosió. Tenía la boca seca y pidió agua a Melzi, quien le ayudó a incorporarse y le dio de beber, devolviéndole de nuevo la cabeza a la almohada.

—¿Y allí estaba Buonarroti con los demás artistas del comité? —preguntó Melzi.

—No, no. Estaban todos menos él. Nos mandó recado a través de un criado de que nos dirigiéramos todos a su taller, que allí nos esperaba. Aquello fue tomado como una muestra de soberbia, más aún cuando en el grupo se encontraba el que hasta ese momento era considerado el mejor escultor de Italia: yo, Da Vinci. No obstante, nos dirigimos caminando hacia el taller con el *gonfalonieri* a la cabeza del grupo.

ভ

—¿No creéis, *messere* Da Vinci, que la osadía de este muchacho es intolerable? —me preguntó Sangallo, unos pasos más atrás del grupo, mientras nos dirigíamos caminando hacia el taller de Buonarroti—. ¿Acaso no es una afrenta el no comparecer ante nosotros y acompañarnos personalmente?

—Quizá no le interese demasiado nuestra opinión. Puede también que su osadía tenga el tamaño de su arte o el de su soberbia, que le lleva incluso a afirmar y a porfiar conmigo que la escultura es arte de técnica superior a la de la pintura, siendo esto del todo incierto. Y puesto que de ambas he dado muestras de entender, puedo afirmar que la escultura me desagrada grandemente por ser trabajo sucio y brusco... nada que ver con la sutileza de la pintura, que puede realizarse con ropas de buen tono y rodeado de músicos y lecturas amigables. Es una falacia considerar la pintura como arte muerto.

—Tenéis razón. Esperemos que al menos la obra esté a la altura de las circunstancias y del honor de ser el símbolo de Florencia. ¿Sabíais que no ha permitido que nadie vea la figura, ni tan siquiera Soderini? De todas formas, no podemos esperar demasiado de un trozo de mármol ya comenzado a esculpir por otro artista y que encima estaba defectuoso. No os equivocasteis al rechazar aquella pieza de mármol. ¡Ya veremos en qué ha quedado! Esperemos que no nos despache con alguna figurilla alegórica.

—El grupo se ha detenido ante aquella puerta —dije—. Creo que hemos llegado.

El *gonfalonieri* golpeó la pequeña puerta del taller inserta dentro de otra mucho mayor. Salió a abrir un ayudante del joven *messere* Buonarroti. Desde el umbral se oían los golpes del cincel sobre el mármol, tintineando los tímpanos de los que íbamos entrando uno a uno a través de la portezuela. En el interior, el aire estaba plagado de minúsculas partículas de polvo blanco que flotaban empañando el ambiente, producto del lijado de varias piezas esculpidas por los aprendices. El suelo, completamente cubierto de polvo de mármol, iba delatando por donde íbamos pisando. Apenas se podía ver con claridad qué había delante de nosotros. Me sacudí el polvo que se me depositaba en las mangas, con gesto de desagrado.

De repente, se dejó de oír el golpeteo y cayó al suelo un instrumento metálico. Un par de palmadas y unos pasos rápidos y nerviosos se dirigieron hacia nosotros. Eran los de un hombre de corta estatura y miembros bien torneados. El pelo, bajo una espesa capa de polvo blanco, se adivinaba intensamente negro y rizado. La cara, también empolvada, era la de un hombre de veintipocos años, con la barba afeitada. La nariz estaba torcida y le desfiguraba las facciones. La mirada era dura y de pocos amigos. Se limpiaba las manos sacudiéndolas contra el delantal de cuero y ayudándose con un paño, que guardó después en un bolsillo del duro delantal. Con el gesto enfadado, espetó al grupo:

—¡Llegan tarde!

Buonarroti ignoró el rumor de los comentarios indignados que provocó su imprecación y que recorrió el grupo de consolidados artistas. Se dio media vuelta, desabrochándose el delantal y arrojándolo a unos metros de él. Dio unas cuantas voces y aparecieron dos ayudantes portando una figurita inacabada entre ambos.

—¿Decís que llegamos tarde y aún estáis tallando la figura? —preguntó con sorna Lorenzo di Credi—. ¿En eso se ha quedado el mármol que se os confió para mayor gloria de Florencia?

Soderini torció el gesto, alarmado por lo que podía suponer aquello. Yo intenté no dejar traslucir emoción alguna en mi rostro. El resto del grupo reía con alborozo la ocurrencia. Pero Buonarroti les cortó la risa de golpe.

—¡No digáis memeces! No es ésa —dijo despreciando con un gesto la pequeña figura en mármol blanco, casi terminada, que resultó ser la de un joven fauno— la que he realizado para la Signoria, sino aquélla. —Señaló entonces al fondo del taller donde caían desde el techo unos largos cortinajes negros. El grupo se miraba desconcertado tratando de averiguar qué se proponía el joven Miguel Ángel.

—No vemos nada. ¿Acaso está detrás de las cortinas? —preguntó Lippi.

—Sí. Así es —respondió Miguel Ángel—. Esperad. Todo está dispuesto. Ahora la veréis.

Soderini se frotaba las manos excitado. A él tampoco le había permitido verla. Del acierto de su elección dependía buena parte de su prestigio político. Un fracaso supondría el reproche de todos sus conciudadanos y el fin de su poder.

—¡Tirad ahora! —gritó el joven escultor a sus ayudantes.

Y a su voz, uno de los aprendices tiró de una cuerda. No se movieron ni un ápice las altas cortinas negras que rozaban generosamente por el suelo, sino que se descorrió un toldo, dejando al descubierto una amplia claraboya justo encima de donde, a buen seguro, se encontraba la escultura, que aún permanecía

323

oculta por el cortinaje. Un amplio chorro de luz iluminó directamente la zona bajo aquella lucerna, aumentando notablemente la claridad del taller. Fue entonces cuando, al unísono, descorrieron pesadamente hacia ambos lados, tramo a tramo, los largos y negros cortinajes, apareciendo tras ellos, iluminado por el potente haz de luz de la claraboya, una colosal figura en purísimo mármol blanco de Carrara: la de un joven desnudo portando una honda. Representaba a David seguro de vencer al gigante Goliat.

La gracia de la gigantesca figura blanca, la extraordinaria perfección técnica, la armonía del conjunto, las bellísimas formas, la audacia, su atrevida virilidad, la serena confianza que destilaba el monumento, nos dejó boquiabiertos y profundamente impresionados a todos.

Tras un primer instante de admiración y perplejidad, el grupo pareció cobrar vida y nos dirigimos hacia la base del gigante; comenzaron a dar vueltas y a observar de cerca sus detalles, manifestando en voz alta todo tipo de elogios hacia la obra. Todos, menos yo.

Yo miraba y no creía lo que veía. No quería creer. Apenas si podía mantenerme erguido tras recibir aquella fuerte impresión. Mi estómago había acusado un duro impacto. Había chocado con la realidad más cruda. Si duro era comprobar la maestría del joven Buonarroti, que al fin y al cabo era de esperar, más lo era recibir un golpe moral de semejante calibre: me habían alcanzado donde más dolía. Me superaba la torticera maniobra, la sutil y venenosa venganza de Salai. Nada más verlo había reconocido el rostro del *David*. No me cabía ninguna duda. Ese rostro perfecto lo conocía hasta sus más insignificantes detalles. Lo reconocería entre un millón de jóvenes. Mi adorado Salai, infiel y despegado; ingrato y egoísta Salai. Maldito Salai. Maldito. Mil veces maldito. Y maldito yo por querer amar y ser querido. Maldito felino. Sin duda, se habría ofrecido como modelo a Buonarroti a sabiendas que me haría daño. Aunque pudiera ser que Buonarroti ignorara su identidad. Quizás él no supiera quién era ni por qué lo hizo.

—¿No os acercáis vos, *messere* Da Vinci? —me preguntó Miguel Ángel con acento soberbio y desafiante.

—No. Prefiero estudiarla desde aquí —le respondí procurando sobreponerme y no traslucir la tormenta interior—. Es suficiente esta distancia para apreciar que se trata de una gran obra, pero observo que también adolece de ciertos defectos de factura. —¿Ah, sí? Y ¿cuáles son esos «defectos» según vos? No parecen apreciarlos vuestros colegas —contestó Miguel Ángel mientras se limpiaba insistentemente las manos con un trapo. —El tamaño de las manos. Es desproporcionado. Ese detalle se os ha escapado.

Este comentario crítico hizo estallar en una estruendosa carcajada a Buonarroti, que cortó bruscamente. Apretó los labios y arrojó con fuerza al suelo el paño con el que se limpiaba las manos.

—Así que os parecen desproporcionadas. Vaya, vaya —contestó con cierto tono amenazante con los brazos en jarra—. Pues da la casualidad que el modelo las tiene así, ¿sabéis, *messere* Da Vinci*? Nadie es perfecto, ¿no os parece? ¿O acaso no conocéis a nadie con esta peculiaridad? ¿Estáis seguro?

Y acercándose más a mí, hizo gesto de querer hacerme una confidencia. Yo me incliné ligeramente para que lo pudiera hacer a la altura de mi oído, pues la diferencia de estatura era notable. Y paladeando las palabras, Buonarroti añadió en voz baja:

—No es que a mí se me haya escapado algo, es que a vos se os ha escapado alguien.

Sentí un mazazo en la nuca y se me hundió el estómago. Un oleaje de vergüenza, odio e indignación se apoderó de mí de pies a cabeza, invadiendo mi rostro que quedó completamente sonrojado. Antes había pasado por alto la idea de que Buonarroti estuviera al tanto y participara en la venganza de Salai. Apenas si me atrevía a mirar el rostro del joven desnudo esculpido a lo largo de cinco metros de blanco mármol, pero era inútil: tanto el torso como las piernas, las manos y los pies..., todo él era Salai. Éstas eran sus escapadas. Ésta era su venganza. Había que afrontarlo.

Levanté lentamente los párpados, pesados por la vergüenza de reconocer el inconfundible desnudo de Salai, mientras los demás se movían ignorantes del duelo emocional entre nosotros. Seguí levantándolos hasta que los clavé en el rostro del joven. Los cerré apretándolos con fuerza. Hubiera preferido no ver. Mis finos labios se fruncieron y temblaron de rabia y de dolor de saberme traicionado doblemente.

Buonarroti esperaba este momento y volvió a reír descarada y exageradamente.

No cabía duda alguna. El modelo había sido Salai. En mi mente la figura adquiría el color rosado de la piel, recuperaba el calor de la sangre que la recorre, evocaba el ligero olor a sudor y excitación que en ocasiones despedía...

Ahora se explicaban sus escapadas, sus idas y venidas. Se había vengado de lo que él interpretaba, en su egoísmo de niño mimado, como falta de atención. De la atención que prestaba a mis proyectos y a Lisa. Ahora me condenaba a verle todos los días en la plaza pública más céntrica de Florencia. Me condenaba a no poder ignorarle. Me condenaba a que Buonarroti conociera mi debilidad. Me condenaba a exponer públicamente mi intimidad. Me condenaba a que cientos de personas le admirasen diariamente y le tuvieran por un símbolo excelso. Y lo había hecho poniéndome en manos de mi mayor contrincante, de quien me escarnecía en público siempre que tenía ocasión y me ponía en evidencia como artista y como hombre.

No pude evitar que me acudieran a la mente las palabras proféticas de aquella gitana aquel día, en el mercado. Sentí que me mareaba, pero una ola de rabia me repuso y me mantuvo en pie.

Esta vez las cosas habían ido demasiado lejos. No permitiría que lo exhibieran en la Piazza della Signoria.

—Decidme, ahora —preguntó Miguel Ángel con evidente sarcasmo—. ¿Veis algún inconveniente en que se exhiba en la Piazza della Signoria?

—Por lo que a mí concierne esa estatua no se plantará frente al Palazzo Vecchio. Deberá estar a cubierto, en el interior. Ya conocéis mi opinión.

—¿A cubierto de qué? —preguntó socarronamente Buonarroti y a voz en grito continuó diciendo—: ¡¿De las miradas de los demás?! ¡No!

Y tras el grito corrió hasta un andamio próximo y se encaramó hasta lo más alto con la agilidad de un simio. Y desde allí, señalaba y gritaba:

—¡No, no y mil veces no! Esta estatua no está concebida para ser olvidada en un patio interior, ¿me oís? Ha sido creada para ser adorada, ¡adorada! ¿Me oís, Leonardo? ¡Admirada por los florentinos! ¡Admirada por todos, incluso por vos, Leonardo!

Y, girándose bruscamente hacia el comité que aún andaba a los pies de la escultura, añadió:

—¡La estatua será instalada frente al Palazzo Vecchio o no saldrá de aquí! ¿Qué tenéis que decir a esto? —gritó dirigiéndose al comité.

Un murmullo de aprobación recorrió el grupo. Tan sólo Sangallo manifestó estar de acuerdo conmigo, pero fue acallado por los demás que apelaban a la grandiosidad de la figura.

Botticelli contemplaba preocupado la escena e intuía que algo raro estaba pasando, pero no acertaba a adivinar qué podría ser. Lippi, buen amigo mío, preguntó a Botticelli qué pasaba.

—No sé por qué se muestra tan hostil con Leonardo —oí responder a Botticelli—. Nunca le dio motivo para ello. No me gusta la actitud de Buonarroti. Conozco a Leonardo y sé que está herido.

—Quizá no le resulte fácil a Da Vinci asumir la indudable maestría de un hombre mucho más joven que él —respondió Lippi.

—No, no. Leonardo no es así. Es más, si así fuera, no lo demostraría nunca públicamente. Debe de ser algo más personal.

—Quizá... —fue a decir algo Lippi y se calló por prudencia.

—¿Quizá? ¿Qué queríais decir? Si sabéis algo no calléis —insistió Botticelli.

—Bueno, me refería a que quizá no se trate de la obra en sí, sino de quién sirviera de modelo, pero olvidadlo, es sólo una idea, un pensamiento estúpido que me ha pasado por la cabeza, ¡olvidadlo! —Y acabó Lippi la frase con un gesto que quería hacer desaparecer cualquier atisbo de reflexión desafortunada.

Después de escuchar este intercambio, salí del taller, visiblemente afectado.

—Sí, seguro que es una tontería —siguió diciendo Botticelli mientras yo me marchaba.

ଔ

El viejo Da Vinci tosió y tomó nuevo aliento. Las emociones que despertaban sus recuerdos eran muy vívidas e intensas. Pero quería hacerlo. Recordar con Melzi aquellos episodios de su vida le descargaba, en cierto modo, de pesados lastres y pasaba a verlos como pasajes de la vida de un tercero. Se recordaba a sí mismo, al Leonardo maduro pero aún joven, como alguien lejano y distinto.

—¿Sabes, Francesco? En ocasiones me siento tan confuso que, si no fuese por el indeleble recuerdo de Lisa, creería que mis recuerdos se confunden con las fantasías. Pero su existencia, su contundente realidad, es la que me sirve de guía y de norte para saber salir de mis torbellinos, como sucedió en aquella ocasión.

»Battista me habló una vez de la conversación que precedió a uno de mis encuentros con Lisa.

೮ℨ

—¡Buenas tardes, Battista! —se oyó decir a Lisa bajo las arcadas del claustro de Santa Maria Novella.

—¿Cómo…? ¡Oh! Sois vos, *donna* Lisa. ¡Buenas sean, señora… y compañía! —contestó mi criado al comprobar que *donna* Lisa iba acompañada de su inseparable ama Vicenza. Dejó en el suelo del patio los dos cubos de agua caliente que acarreaba, y se frotó las manos doloridas por el esfuerzo—. ¡Cuánto tiempo sin veros por aquí!

—Sí, así es. Por eso he decidido hacer una visita al maestro. No me ha vuelto a llamar desde que os trasladasteis al monasterio. ¿No acabasteis la mudanza hace dos semanas?

—Sí. Así es. Pero es que…

—¿Tan ocupado está con el fresco que no puede continuar mi retrato? —insistió *donna* Lisa.

—No es eso, señora. Es que… el maestro no se encuentra bien.

—¿Ha enfermado? ¿Por qué no me lo habéis hecho saber? ¿Qué necesita? Sea lo que sea contad con ello, lo haré traer.

—Gracias, señora. Pero mi señor no tiene enfermedad alguna.

—¿Entonces? No os entiendo. ¿Qué es lo que le ocurre?

Battista se mordía el labio inferior y se movía indeciso de un lado para el otro. Apretaba fuertemente una mano contra otra y repentinamente las soltó, en un gesto que evidenciaba que había tomado una decisión.

—Os lo diré, señora, aun a riesgo de que mi señor se enfade conmigo. Pero es que vos debéis saberlo. No puede continuar así.

Incluso los monjes se empiezan a extrañar de no verle y preguntan por él y yo…, yo ya no sé qué decirles. No tiene enfermedad alguna, gracias a Dios. Pero está muy mal. Muy mal.

Lisa entrecerraba los ojos extrañada por lo que oía, me explicó Battista. No acababa de comprender. Con un gesto de la cabeza invitó a proseguir la explicación al criado. Éste, antes de hablar, miró a ambos lados para asegurarse de que nadie estuviese escuchando sus palabras. No obstante, indicó a las damas que regresaran bajo la penumbra de la arcada del claustro; cogió los cubos y se reunió con ellas.

—Decís que no está enfermo pero que se encuentra muy mal. ¿No es eso? —interrogó *donna* Lisa y el criado contestó afirmativamente con la cabeza, con evidente preocupación en el rostro—. Y ¿desde cuándo decís que se encuentra así?

—Mañana hará una semana.

—¿Una semana? ¡Pues para no ser nada le está durando mucho!

—Yo no he dicho que no sea nada, sino que no es enfermedad del cuerpo, pues lo que le duele a mi señor es el alma, y el dolor del alma enferma el cuerpo. ¿Y cómo no le ha de durar si apenas come y apenas duerme desde entonces?

—¿Y qué ha ocurrido para que esté tan mal?

—Está así de esa manera, que para mí que quiere morirse, desde que fue con la comisión de artistas al taller de ese Buonarroti.

—He oído hablar a la gente. Pero no he creído nada. *Messere* Leonardo no es envidioso. Puede que peque de algo vanidoso, pero no conoce la envidia. No puedo creer que abandonara el taller de Buonarroti por tal motivo ni que ésa sea la causa de que votara para que la instalasen a cubierto. Debe de haber otra razón. —Lisa se mostraba preocupada, según me dijo Battista—. Y, desde luego, eso no es motivo para encerrarse en una celda y no querer salir ni comer en una semana. Llévame con él, Battista. Quiero ver cómo se encuentra. También intentaré que coma algo. Precisamente le había traído un plato de verduras cocinadas por mí de un modo que sé le agradará; quería que lo probara. Haré que lo tome. ¡Llévame a donde se encuentre!

—Temo que se enfadará por esto. ¡No quiere que nadie le

329

vea así! Ya le conocéis, siempre tan presumido. Y no está precisamente muy presentable. —Battista, quien ya había comenzado a andar encabezando el grupo, se detuvo y vuelto hacia *donna* Lisa le advirtió—: Quizá no os resulte muy agradable lo que vais a ver, pero os ruego que no se lo tengáis en cuenta, señora. Precisamente, andaba yo acarreando estos cubos de agua caliente para ver si logro convencerle de que se asee, pues aunque siempre fue escrupuloso, parece haberse abandonado.

—No te preocupes. Nada me asusta y todo lo olvido. Vayamos aprisa.

Las dos mujeres lo seguían a paso apresurado por los pasillos del monasterio. Pronto llegaron a la parte que había sido destinada a mis aposentos y a los de mis acompañantes. Battista se detuvo ante una puerta. La golpeó con los nudillos.

—¿Eres tú, Battista? —dije desde el interior de la celda con una voz bronca y lúgubre; ni yo reconocía el sonido de mi voz.

—Sí, señor, soy yo. ¿Puedo pasar? —respondió el criado, apoyando un poco la mejilla en la puerta.

—Sí, pasa. Y cierra la puerta —respondí desde dentro.

Battista empujó un poco aquella quejumbrosa puerta y se apartó de puntillas. Lisa ocupó su lugar e hizo señas a Vicenza para que acompañara a Battista. Empujó suavemente la puerta sin abrirla del todo y pasó al interior. La cerró trás de sí y se quedó quieta. Apenas podría vislumbrar nada en aquella penumbra. La celda estaba casi completamente a oscuras a pesar de que el sol estaba en el mediodía. Una ventana en lo alto del muro frente a la puerta de poco servía, pues habían sido cerrados sus postigos de gruesa madera. La estancia hubiera resultado opaca a los ojos de Lisa, si no hubiera sido por la cortina de luz que se filtraba por un intersticio entre los dos postigos y que la dividía en dos negros compartimentos. Minúsculas partículas flotaban y se agitaban en el espectral visillo. El ambiente estaba muy cargado. No se había ventilado hacía mucho y rezumaba un olor ácido y salado. Los ojos de Lisa iban acostumbrándose a la oscuridad. Intentó localizarme en aquella estancia más bien reducida, destinada exclusivamente al descanso nocturno, pero a pesar de mi gran corpulencia no acertaba a distinguirme. Comenzó a escrutar el interior de la cámara. A su derecha, pegada a la pared, reconoció una tosca mesa de madera con un pequeño taburete debajo. Dadas las dimensiones del cuarto, el camastro se encontraba a lo largo de la pared izquierda. Probablemente creyó ver algo encima de la cama, pues se adelantó cuidadosa hacia aquel bulto. Al cruzar la habitación, la cortina de luz delató su presencia.

—¡Alto ahí! ¿Quién sois? —Yo aún no la había reconocido como a mi amiga y me enfurecí al ver un intruso en mi celda—. ¡Daos la vuelta! Que vea quién sois.

Lisa procuró controlar la agitación que trotaba en su pecho por la impresión. Fue girando muy lentamente hacia la dirección de mi voz, justo bajo la ventanuca. Los ojos, ya aclimatados a aquella penumbra, distinguieron un gran bulto pegado al muro. No podía ser. Era imposible. Se fue aproximando paso a paso hacia el bulto pegado al muro que era yo. Sentado en el suelo, apoyado contra la pared. Los cabellos, aquéllos tan sedosos y brillantes, eran mechones de lana sin desbastar. Me caían por la cara ocultándola, y tras ellos se podían entrever dos ojos acuosos, hundidos en acolchadas bolsas negras. El final de los mechones de pelo se fundía con mi barba en una enmarañada continuidad. Al acercarse, Lisa pudo comprobar que también acababa de hallar la causa del hedor que flotaba en el ambiente haciéndolo irrespirable. Vestía sólo una camisola de dormir con grandes manchas, pegada por el sudor al pecho y a los muslos.

—Soy Lisa, *messere* Leonardo.

—¿Lisa? ¿Qué hacéis aquí? ¿Por qué habéis venido? —tronó mi voz—. Nadie os ha llamado.

—Es cierto. Nadie me ha llamado. Debierais haberlo hecho. He venido porque quiero ayudaros. Porque soy vuestra amiga.

—¿Amiga? ¿Amiga mía? No sabéis lo que decís. ¡Amiga! ¡Tiene gracia! —Sonreí con sorna. Se me congeló la mueca y la amargura y desazón del corazón que sentía salieron a flor, a modo de temblores de barbilla. Di un terrible golpe a la pared con el puño, sobresaltando a Lisa que no esperaba esa reacción—. ¡Fuera! ¡Largo de aquí! ¡No quiero más amigos! ¡No quiero a nadie aquí! ¡Marchaos, maldita sea! ¿No me oís? ¡Marchaos! —grité y grité sin parar.

—¡No me iré! ¡No hasta que me digáis por qué estáis así! —contestó Lisa con firmeza, ya repuesta del sobresalto. Para reafirmar su postura se acercó a la mesa y dejó en ella su capa.

331

Sacó el taburete y colocándose frente a mí se sentó—. Ya veis que no me iré. ¡Hablad! Sabéis que podéis confiar en mí.

—¡Marchaos os digo! —Noté como mi voz se quebraba—. ¡Os lo ruego, marchaos! ¡No quiero a nadie, a nadie! ¡A na… di… e…! —Y rompí a llorar con amargura, con la desesperación de un niño perdido, recostándome contra el suelo, intentando ocultar mi llanto.

Lisa vino hacia mí, se arrodilló a mi lado y me apartó el pelo de la cara, compungida por el sufrimiento que me afligía. Yo permití sumisamente que ella me despejara la faz. Encontró el rostro de un hombre destrozado, acabado, traspasado por el dolor, así me sentía. Sollozaba y decía algo apenas inteligible. Lisa prestó atención a ver si podía entender aquello que decía, pero yo no podía articular palabra alguna con claridad; me lo impedía la rigidez que se había apoderado de mi garganta, y de la mandíbula y de los labios, de los que escapaba sin captura un fino hilo de saliva. Mi sufrimiento era tan intenso que cada músculo de la cara, cada fibra del cuerpo, estaba tenso y dolorido.

—Pero ¡por Dios, Leonardo, hablad claro!; no os entiendo. ¿Qué decís?

—¡No puedo…! ¡No puedo…!

—Pero ¿qué es lo que no podéis? ¡Decídmelo!

—¡No puedo que…! ¡Querer! ¡No puedo querer a nadie!

—¿Cómo que no podéis querer a nadie? ¿Qué tontería es ésa, Leonardo?

—No. No. ¡No! ¡Nooo! ¡No puede ser! ¡No sé amar! ¡No sé querer a nadie!

—¿Cómo no vais a saber? Todos los seres humanos podemos querer. Todos necesitamos querer y que nos quieran. Querer y ser queridos. Lo necesitamos todos. Incluso vos.

No pude evitar emitir un gemido salido de lo más profundo de mi corazón. Ella me levantó despacio, llenándome con su compasión.

—Y por lo que veo, vos aún lo necesitáis más. Entonces, ¿es eso lo que os aflige de esta forma tan espantosa? Queréis y no sois querido. —Supongo que mi gesto roto respondió por mí—. Ya veo. Y comprendo que vuestro dolor sea intenso, pero os aseguro que el objeto de vuestro cariño no se merece vuestra destrucción.

—¡Dejadme, os lo ruego! ¡Dejadme morir!

—¡No podéis morir! ¡Basta ya de compadeceros! —dijo Lisa sacudiéndome por los hombros. Yo me encontraba tan vencido que pude ser zarandeado por la pequeña dama—. No voy a preguntaros por la causa de vuestro amor, pero la imagino. Y creedme que no merece vuestro sufrimiento. Nadie debe sufrir así. ¿Amor? ¿Muerte? ¿Ingratitud? ¿Destrucción? Eso es lo que rueda por vuestra cabeza ahora porque estáis ofuscado por el dolor. Pero pensad. Pensad por un momento. ¿No es más cierto que equivocáis el objeto de vuestro amor? ¿Acaso os puede ofrecer esa persona refugio y cariño? ¿Es culpable de que vos esperéis de ella lo que no puede daros? Leonardo, ¡nadie os puede entregar lo que no tiene! No busquéis donde no hay. No esperéis amor de quien no sabe sentirlo. No le odiéis. Apiadaos de él porque ni siquiera puede sufrir, puesto que no siente nada por nadie que no sea él mismo. Vuestro sufrimiento es sentimiento, es amor, pues el dolor por la ausencia de amor es el amor mismo; creedme, que algún día, él deseará haber podido, al menos, sufrir como vos, haber vibrado alguna vez por alguien: ¡sentirse vivo!

Miré a Lisa anonadado y le dije:

—Habláis de «él». Veo que no se os escapa quien me produce este sufrimiento. Sabéis, por tanto, por qué. ¿No os importa?

Ella negó suavemente con la cabeza sonriendo con dulzura; apartó el cabello de mi rostro y acercó sus labios al centro de la frente, los posó sobre ella, imprimiendo una cálida marca de cariño que invadió de ternura a mi necesitado espíritu. Me miró cara a cara. Dos grandes lágrimas rodaban por mis mejillas. Creí que serían las últimas. Pero aquéllas trajeron más. Los ojos de Lisa frente a mí como dos negros universos me atraían hacia ella, y me hacía resbalar dulcemente hacia un mundo mullido y maternal. Sus palabras me envolvían suavemente, como la seda.

—Leonardo, vos formáis parte de las obras hermosas que Dios ha hecho, y por eso sois capaz de sentir amor por otra criatura. ¿Cómo voy a rectificarle yo? ¿Sabéis? Me recordáis a las cuerdas del arpa, pues en vos, de igual manera que en ellas, un suave toque basta para arrancar los más dulces sones, pero dejadas en manos torpes y poco dotadas, sólo se consiguen ruidos molestos e irritantes. Sois dueño de vuestra arpa: administradla bien y cuidad en qué manos la dejáis. Vuestra alma de artista es delicada y está más expuesta a recibir la música del Universo: dejad que resuene en vos y así podrá ser oída por los demás. Y si vuestra alma está hecha para ser tañida por dioses, no permitáis que los hombres la toquen con torpeza ni os dejéis invadir por sentimientos perversos y, menos aún, por el odio. Pues donde éste anida, anula todo rastro de amor que es el que conduce la música del Universo al alma del artista. El perdón hacia quien os ha hecho daño será, a un tiempo, bálsamo para vuestras heridas y os volverá a colocar en la posición exacta para recibir inspiración.

—Habláis del alma convencida de su existencia —repliqué yo, sorbiendo el llanto—, pero yo he abierto muchos cadáveres y os aseguro que no la he encontrado. ¡¿Cómo podéis estar tan segura de que existe, de que no somos puro barro viviente?!

—No es ahí donde debéis buscarla. Un cadáver es un cuerpo sin alma. No la podréis ver. Ni medir. Sabemos de su existencia porque es en ella donde anidan los sentimientos más elevados y sublimes, porque es la verdadera fuerza que mueve el mundo. Para bien y para mal, según la alimentéis. Sabed que el amor es la auténtica palanca del Universo, el material con el que todo está construido. Si llenáis vuestro espíritu con él, participaréis del Todo y de su fuerza.

—Pero ¿cómo sé que lo que decís es así? ¡¿Cómo podéis probarlo?! —pregunté yo angustiado, casi irritado.

—¿Acaso no habéis experimentado alguna vez que si respondéis con amor al odio, éste queda debilitado y en su desconcierto toca a retirarse? Si el alma se eleva a la altura del amor, pasa por encima de todo dolor y de manera mágica, los intentos del enemigo por dañar se tornan vanos, cuando no se vuelven en su contra. Es el escudo de todo mal, porque el Universo está construido con la sustancia del Amor y el Universo no puede destruirse a sí mismo. Leonardo, ¡debéis seguir amando!: amándoos a vos, a todo lo que os rodea, a todo lo que os acontece, incluso las dificultades. ¡Sólo así seguirá fluyendo hacia vos el divino rayo de la inspiración! Sólo puede acudir a aquel que prepara la morada en la que ha de reposar. Sois un artista divino, tocado por Dios. Sed lo que sois y todo irá bien. Permitíos ser vos mismo; sin más.

Volvió el llanto a mis ojos. Un llanto liberador, agradecido, gozoso. Incliné la cabeza y ella la atrajo hacia su regazo. Abrazado a su cintura y con la cabeza apoyada en el vientre, Lisa me acunaba y tarareaba una cancioncilla en tono quedo.

ᗗ

Así estuvimos, querido Melzi, no sé el tiempo. Sólo sé que me recuerdo metido en un enorme barreño con agua caliente que hizo llevar Lisa a mi celda. También hizo abrir la ventana. La luz inundaba la pequeña habitación haciéndola más amplia. Entre Battista y ella me asearon. Me dejé hacer como si de un recién nacido se tratara. En cierto modo lo era. Me gustaba especialmente cuando me arrojaba cazuelitas de agua por la cabeza y la cara. No sentía vergüenza de mi desnudez. Ante ella no me sentía desnudo. Era como si estuviese con mi propia madre y yo fuera niño otra vez. El agua, recorriéndome de arriba abajo, me renovaba; no sólo limpiaba mi cuerpo: mi espíritu también parecía desprenderse de la carroña que lo consumía. Me cubrieron con un gran lienzo para secarme y me senté en el taburete. Lisa, mientras aceitaba mis cabellos con afeite perfumado y me cepillaba la melena, me contaba los últimos cotilleos de la ciudad y reíamos. Fueron mostrándome cada prenda limpia que me iban a ayudar a poner. Las veía como por primera vez, disfrutándolas como un regalo; me las fui poniendo lentamente, sin prisas, sintiendo deslizar por la piel la suavidad y el frescor del lino, la sensualidad de la seda, la distinción del terciopelo.

Cuando estuve completamente vestido me sentí otro. Parecía, haber pasado meses, años desde el comienzo de la tarde. ¡Había sentido tantas cosas…! No existe el tiempo, Francesco, sólo nuestros cambios. Los sentimientos que los producen y nos modifican nos crean y recrean en una eterna espiral de propia producción hasta hacernos lo que realmente podemos ser. Recorremos espacios que sólo son cambios, cambios de lugar, cambios de gentes, vivimos nuestro propio cambio, hasta que no podemos hacerlo más. Entonces se acaba lo que

335

llamamos tiempo. Se acaban los cambios. Se acaba la vida. La vida es el tiempo de cambiar. Cambiar, pero ¿para qué, Melzi?, ¿para qué?

ca

—Esto ya está mejor. Ya tenéis otra cara. —Lisa miraba con orgullo maternal el resultado de su dedicación.

El cambio resultaba espectacular. Nadie hubiera podido imaginar cómo estaba yo unas horas antes. El color en las mejillas y una pequeña sonrisa eran el mejor pago.

—Bueno, he de marcharme —concluyó Lisa mientras sacudía sus ropas—. ¿Puedo regresar a casa tranquila?

—Desde luego. No temáis —respondió un sonriente y recién estrenado Leonardo. Añadí—: No sé cómo agradeceros...

—¡Psss! Es un secreto —contestó ella y reímos los dos.

—A vuestro lado proliferan los secretos. ¡Con éste ya guardamos dos!

—Pues dicen que no hay dos sin tres —respondió divertida Lisa.

Despegué los brazos en un gesto de sumisa rendición y dije:

—Estoy dispuesto a todo. Sois una nueva fuerza de la naturaleza, Lisa. ¡Hum!, debiera estudiaros a vos en vez de a los pájaros: resultáis más sorprendente.

—¿Estudiarme? ¿Y qué haréis?, ¿me meteréis en uno de vuestros tarritos de cristal y me observaréis? —bromeaba Lisa mientras caminábamos por el corredor del claustro camino hacia la salida.

—¡Muy interesante! No se me había ocurrido. Será mejor que no me deis ideas.

—¡Me alegra tanto veros de tan buen humor! Me siento feliz —dijo Lisa deteniéndose para despedirse.

—Y yo me siento muy afortunado por haberos conocido. Doy gracias a Dios y a vos. —Estreché sus menudas y carnosas manos entre las mías—. Volved pronto para continuar con el retrato. ¿El próximo miércoles? —le propuse.

Lisa asintió con la cabeza, se despidió y fue hacia su ama que la esperaba con el portón ya entreabierto. Se volvió para despedirse con la mano y cerraron la puerta. Tras oír el pesado y contundente golpe de la puerta cerrándose tras las dos mujeres, quedé solo en el patio del claustro. Los cánticos de los monjes resonaban por los corredores y adquirían una tonalidad cristalina en aquella amplitud. Me vinieron a la cabeza las palabras de san Bernardo, el gran teórico de la orden del Císter, quien afirmaba que el claustro debía ser «una imagen y anticipación del Paraíso»; es por ello que, desde su fuente central, nacen y regresan a ella cuatro pasillos, cuatro como los ríos que bañaban con sus aguas el Paraíso: Gihon, Hidekel, Pisón y Éufrates. No resultaba descabellado imaginar que el Paraíso prometido consistiera en algo muy similar a lo que podía encontrar entre aquellos muros: una congregación de personas consagradas a la meditación y, a través de ella, a la búsqueda de su perfección espiritual. Al menos, para mí lo era. Existir pensando, existir a través del pensamiento, sin ataduras carnales, pensando y creciendo... La armonía de las voces de los frailes resultaba perfecta y maravillosa: elevaba el espíritu, haciendo olvidar la humana condición. Respiré hondo. El aire me resultó de una inusual finura e inundó con él todos los recovecos de mis pulmones experimentando una deliciosa sensación de ligereza.

El cielo, ya oscurecido, derramaba generosamente plata por encima de Florencia. Me sentía a gusto. Centrado. Por primera vez mi equilibrio no era fingido. Sabía cuál había sido la causa de mi transformación: me había sentido amado, amado con mayúsculas. Amado porque sí. Amado por la Creación. Porque era yo. Por cómo era. Por cómo podría llegar a ser. Por existir. Amado por Lisa. Amado generosamente. Amado por el Amor. Arropado como un niño. Acababa de descubrir la alquimia del amor...

337

Capítulo XVIII

La hoguera de las vanidades

Wesel, con rostro circunspecto, agitaba con una cucharilla la nueva dosis de infusión de hierbas con propiedades calmantes y expectorantes. Esta vez había tenido que aumentar un poco más la cantidad de semillas de amapola, aunque poco más podría aumentarla sin poner en peligro a su paciente. Se sentía impotente ante la situación de su amigo. No podía hacer más que ser su pareja en este su último baile y acompañarle hasta el compás definitivo, haciéndole sentir lo más liviano posible el gran salto.

Se le acercó y ayudado por Melzi, le incorporaron y le dio a beber la cocción. El enfermo se la tomó y le pusieron de nuevo sobre las almohadas.

—Habláis demasiado, Leonardo. Y eso no os beneficia en nada —le riñó Wesel sin la más mínima esperanza de ser obedecido.

Leonardo le tomó la mano y la apretó dentro de la suya, diciéndole emocionado:

—Sé que estáis haciendo por mí todo lo que podéis. Os lo agradezco de veras, amigo mío. Dios os bendiga. Pero no podéis evitar lo inevitable, tan sólo aliviarlo, y ya lo hacéis únicamente con vuestra presencia.

Wesel agitó afirmativamente la cabeza y sonrió brevemente. No quería que asomase a su rostro, ni por un momento, la emoción que le invadía, pero sus ojos le traicionaban al mirar con enorme cariño a su admirado amigo.

—No es nada, de veras. Es mi profesión y sois mi amigo. Sólo hago lo que debo y debo hacer lo que me dicta el corazón, que es estar con vos ahora. —Apretó con su otra mano la de Leonardo y se volvió a su asiento.

Francesco Melzi esperó a que Wesel se sentase en su silla junto al ventanal, algo retirado de ellos y, en voz baja, preguntó con curiosidad a Leonardo:

—Maestro, le dijisteis a *donna* Lisa que ése era el segundo secreto que guardabais entre ambos, ¿a qué otro secreto anterior os referíais?

Leonardo miró con dulzura al muchacho, casi divertido, y sabiendo que con aquello premiaba la curiosidad y la paciencia del joven, le respondió paladeando las palabras:

—¿A cuál crees tú, querido Francesco? —Hizo una pausa para disfrutar contemplando el rostro del joven Melzi que reventaba de curiosidad—. ¿A cuál, si no, podría ser? Al secreto de Lisa.

ॐ

—¿No os acabáis la cena, señor? —me preguntó extrañado el dominico que compartía la mesa conmigo en el refectorio—. Os noto inquieto. ¿Acaso esta noche puede suceder algo más importante que el nacimiento de Nuestro Señor Jesucristo?

Yo le sonreí educadamente y me disculpé. No era el mejor momento para llamar la atención de los monjes con los que compartía mesa y alimentos en el convento de Santa Maria Novella, del que era huésped junto con los míos, merced a mis trabajos en los cartones de la *Batalla de Anghiari*. Miré hacia Battista y hacia mis aprendices: todos disfrutaban de aquella cena de Nochebuena, algo más lucida y suculenta que de costumbre. Seguí dando cuenta de las verduras asadas, procurando controlar mi nerviosismo. Mientras, un monje de cuerpo y rostro enjuto acabó de leer un pasaje del Nuevo Testamento referente a la Epifanía del Señor; volvió a su lugar en la mesa y le sustituyó otro más bajo y regordete, de cara redonda y rasgos amables. Se acercó apresuradamente al atril de lectura, se acomodó la capucha negra en la espalda y sonrió amablemente hacia los comensales. El prior le dirigió una mirada severa que aturrulló ligeramente al atolondrado monje quien, en su aturdimiento, pasó accidentalmente con la manga un puñado de hojas del Evangelio. El prior se removió inquieto en la silla y en silencio, con un gesto de la mano, le hizo saber que prosiguiera, estuviese por donde estuviese abierto el Libro Sagrado, y que cumpliera con su misión de leer con la mayor brevedad. El pobre monje, azorado, tosió y comenzó la lectura por donde las Sagradas Escrituras se habían abierto:

—«Al atardecer, estaba a la mesa con los doce. Y mientras estaban comiendo, les dijo: "Os aseguro que uno de vosotros me entregará". Profundamente entristecidos, comenzaron a preguntarle uno por uno: "¿Acaso soy yo, Señor?". Pero él contestó: "El que ha mojado con la mano en el plato conmigo, ése me va a entregar. El Hijo del hombre se va, conforme está escrito de él; pero ¡ay de ese hombre por quien el Hijo del hombre va a ser entregado! Más le valiera a tal hombre no haber nacido". También…»*

El monje lector dio un respingo. Le había sobresaltado, como a todos los demás, el ruido que produjo un vaso de barro al caer al suelo, repartiendo el caldo rojizo por las losas blancas y negras. El hermano prior consideró que era suficiente la lectura por aquella noche y con un gesto hizo callar y volver a su lugar al hermano dominico que había leído. Salai se puso en pie, limpiándose las salpicaduras del vaso de vino que se le había escurrido de las manos.

Yo le miré pensando que el muchacho no tenía remedio y no me extrañó demasiado que abandonara la cena en aquel punto. Tras el postre, yo hice otro tanto. Estaba inquieto y decidí salir al Claustro Verde y allí hacer tiempo hasta que se hiciera la hora señalada por *donna* Lisa, y ésta y el Medici acudieran a la cita. Hice bien en ponerme un sobretodo de lana gruesa, porque la noche era serena y fría. Me paseaba de arriba abajo por uno de los corredores del claustro, el que llevaba directamente a la Capilla de los Españoles, en el ala norte. Los monjes llamaban así a la antigua sala capitular por haber sido construida para la duquesa Eleonor de Toledo, esposa de Cósimo I, y destinada para los oficios religiosos de la española durante su estancia en el monasterio.

Aún faltaban tres cuartos para la hora señalada. Habíamos quedado a las once de la noche en la Capilla de los Españoles.

* Mateo 26, versículos 20-25.

Pensé que sería mejor que la esperase allí dentro: al fin y al cabo estaría más a resguardo y podría mientras tanto dedicarme a contemplar sus paredes, decoradas con frescos de Andrea di Buonaiuto.

Me encontraba ensimismado observando las figuras de las paredes, dedicadas a exaltar la orden dominicana en su lucha contra la herejía, cuando oí unos pasos que se acercaban hacia mí. No acertaba a precisar de dónde venían, pues la reverberación en el interior de la capilla acrecentaba el sonido de las pisadas y hacía difuso su origen. Podían provenir de cualquiera de los cuatro puntos cardinales que desembocaban en aquella capilla. Me acerqué hacia la puerta que daba al claustro principal y pude verificar que de allí no procedían; sin embargo, la sensación de una presencia cercana iba en aumento: no había duda, algo o alguien se aproximaba en silencio; sin prisa pero sin pausa los pasos sonaron ya a mi espalda: provenían del Claustro de los Muertos. Me di la vuelta con rapidez. Experimenté una ligera punzada y un respingo al mirar hacia la puerta que comunicaba con el pequeño cementerio. Me avergoncé ligeramente de mí mismo por haber sentido, siquiera por un momento, un asomo de pánico. Más aún, cuando en el umbral se detuvo, toda vestida de negro, serena y sonriente, *donna* Lisa:

—Buenas noches, Leonardo ¿os he asustado?

—No, no. Desde luego —mentí—. Es sólo que no esperaba que estuvieseis aquí tan pronto, y menos en ese claustro. ¿Qué hacíais ahí? No es un lugar agradable para pasear por la noche.

—Rezar —respondió Lisa.

—¿Rezar? ¿Y por qué no lo hacéis en la capilla?

—Porque es allí, en el claustro, donde está enterrada mi hija. Es por este motivo por el que hace tres años que vengo a rezar a esta iglesia.

—¡Oh! ¡Vaya! ¡Cuánto lo siento! Disculpad mi torpeza, no tenía ni idea de que vuestra pequeña estuviese enterrada allí...

—No os disculpéis, pues de nada de ello tenéis la culpa. Tampoco teníais por qué saber. —Lisa se adelantó unos pasos más hacia mí hasta quedar enfrente—. En cuanto al dolor, la he-

341

rida está cerrada, aunque no olvidada ¿comprendéis? —asentí—. Me gusta venir aquí a estar cerca de ella. No sé. Tal vez sea absurdo, pero le digo cosas, como si estuviese oyéndome y a veces, creo que me responde: la oigo aquí —dijo posando el puño cerrado sobre el corazón y añadió—: Pero no es el único motivo que me trae a menudo a esta iglesia, a este claustro; además, tengo dos importantes razones.

Yo la miraba con atención. Ella me indicó que me sentara en el banco corrido de madera de la capilla instalado frente al altar. Yo no podía evitar recorrer su rostro buscando una respuesta a todas las cuestiones planteadas: qué la traía a este lugar, además de su hija; qué sería aquello que iba a desvelarnos a mí y al Medici; y qué relación tenía todo aquello con fingirse muda. Ella sabía lo que yo estaba pensando y se le escapó una sonrisa breve y un tanto amarga. El cariño que sentía por aquel semejante que era yo le inducía a sonreír, pero la amargura consciente le frenaba la alegría. No se lo pensó más y comenzó su explicación:

—Francesco y yo nos casamos aquí, en Florencia, en donde estaría mi nueva casa, la de mi marido. Fue en 1495, en esta misma iglesia. Todo hacía pensar que sería una preciosa ceremonia. El día no pudo prestarse mejor a ello: un cielo azul celeste, radiante de luz, llenaba de alegría y suave calor la plaza de Santa Maria Novella. Aquel día, la fachada de mármol verde y blanco parecía tener sus colores más intensos y nítidos. Cientos de palomas me recibieron levantando el vuelo cuando bajé del palanquín en el que nos transportaron, a mi padre y a mí, hasta la puerta de la iglesia. Francesco había hecho extender una alfombra de seda verde oscuro desde el altar hasta la misma puerta de la iglesia, como si se casara con una reina. Todos los invitados, que eran muy numerosos, nos acompañaron al interior, donde se celebró la misa y nuestra unión. Los cánticos del coro de dominicos parecían bajar del propio cielo. Sólo tenía ojos para él y él, para mí.

»A punto de acabar estaba la ceremonia, cuando el padre dominico que había oficiado la misa se retiró discretamente y dejó paso a otro, más pequeño y menudo, de rostro afilado, frente estrecha y nariz aguileña. Subió al púlpito con pasos rotundos que se multiplicaron por el crucero y las naves colaterales. Tenía el cráneo rapado en su parte superior resaltándole unas cejas tan pobladas, que parecían formar una sola. Dirigió una mirada dura y terrible a todos los que allí nos encontrábamos. Apretó los labios. Su boca tenía una expresión severa que acrecentaba al tensar la mandíbula y hacer sobresalir el labio inferior, grueso y ondulado. La barbilla era puntiaguda, como la punta de un diamante, tan extremadamente duro como su corazón.

»Después de lanzar una mirada de desaprobación sobre todos los que estábamos allí, comenzó a predicar contra el pecado y la corrupción, de la que todos participábamos, según él. Y poniéndonos de ejemplo a Francesco y a mí, comenzó a sermonear contra los hipócritas que en el nombre del amor sólo piensan en fornicar y pecar contra la carne, en vez de mortificarla para alcanzar la virtud. Me impresionaron tanto la virulencia con la que lanzaba su prédica contra las familias más poderosas de Florencia —por fomentar lo que él consideraba idolatría: estatuas, cuadros, fiestas—, y las terribles frases que nos dirigía, que comencé a temblar y a punto estuve de llorar; y así hubiera sido si no hubiera intervenido Francesco con sus atenciones, tratando de tranquilizarme.

»Hasta entonces había oído algunos comentarios allá en las tierras de mi padre sobre él y su intención de implantar el reino de Dios en la tierra, pero no le conocí hasta ese día: era Savonarola, el vicario general de los dominicos, la autoridad suprema de la orden y, desde la expulsión de los Medici, la máxima autoridad en Florencia.

»Estaba recién llegada tras varios años de ausencia en la capital, e ignorante de los vientos que soplaban en ella. Regresé en una época turbulenta, de violencia y miedo a ser detenido por cualquier motivo: por si la vestimenta era considerada escandalosa, el maquillaje excesivo, la actitud sospechosa... No hace falta que os diga que la Florencia que una vez conocisteis alegre, brillante y desenfadada quedó asfixiada bajo el grueso manto del dominico. Los atuendos se modificaron, las túnicas se alargaron, los escotes fueron prohibidos, los colores desterrados: sólo el marrón y el negro vestían a Florencia. Una Florencia infectada por el miedo y el fanatis-

343

mo de la gente, que iba en aumento; una ciudad tomada por las ideas de aquel hombre siniestro con una sola obsesión: la de proclamar el Reino de Dios en la tierra. Para ello, no había dudado en nombrar a Cristo rey de Florencia, y a la Virgen, reina. Sus sermones atraían a más y más adeptos; desde el púlpito movía las conciencias y las vidas de los ciudadanos, que parecían poseídos por el espíritu atormentado de aquel dominico.

»Para colmo de males, la predicción que hizo de que los franceses invadirían la ciudad, se hizo realidad. Aquello sirvió para que la gente le atribuyera el don de la profecía, confiriéndole un carácter casi sobrenatural que le convertía en intocable. Cada vez eran más y más, hasta formar legión, los fanáticos que seguían al monje como un auténtico enviado de Cristo, sin pararse a pensar en sus métodos. Muchos artistas, tras oír sus sermones, destruían públicamente sus obras, creyéndolas ignominiosas y promovedoras de pecado.

»Nada respiraba sin que Savonarola lo ignorase. El ambiente resultaba sofocante, y era peligroso hablar de más. Siempre había quien estaba dispuesto a vender incluso a sus parientes para conseguir el favor del poder.

»Así estaban las cosas cuando quedé en estado de mi primer hijo. Nuestra felicidad era completa. Compartíamos la ilusión de la espera. Sin embargo, los negocios de Francesco le obligaban a tener que marchar a menudo a Venecia a controlar la recepción de la seda y, en ocasiones, a Milán, para vigilar la producción. En sus ausencias, me gustaba pasear por la ciudad o bien disponer la compra. Siempre procuraba hacer un alto y entrar aquí, en la iglesia donde nos casamos, recordar nuestra ceremonia y pedir a la Virgen que mi niño viniera bien y protegiera a mi esposo en su viaje. Eso pretendía hacer aquella tranquila mañana de paseo. Pero, de repente, todo cambió en mi vida.

»Eran los días en los que los partidarios de la vuelta de los Medici y de la República, los *arrabbiati*, iban ganando partidarios, hasta tal punto, que se llegó a formar una conspiración contra Savonarola. Pero fue descubierta. Las detenciones no se hicieron esperar. Los conspiradores desenmascarados eran arrestados, sus bienes confiscados, sus casas saqueadas y quemados sus enseres en la plaza pública. Habían detenido a cuatro conspiradores y se rumoreaba que el quinto no tardaría en caer.

Lisa me miró intensamente y prosiguió:

—No, ciertamente —dijo Lisa y suspiró—. No tardó en caer; pero a mis pies, en su loca carrera por huir de los soldados de Savonarola, junto a la puerta principal de esta iglesia, de donde salíamos Vicenza y yo.

—¿Qué decís? ¿Cayó junto a vos? ¿Os hizo algo? —pregunté con la intriga escrita en el rostro.

—¡Oh, no! No sufrí ningún daño. Debió de tropezar con algún adoquín sobresaliente y cayó de bruces delante de nosotras. En aquel momento no pasaba nadie por los alrededores. Al principio nos asustamos, pues en su cara estaba marcado el pánico y jadeaba sin cesar. Comprendimos que estaba siendo perseguido. Nos dio lástima y le ayudamos a levantarse, pues se dañó en la caída un tobillo y no podía mantenerse en pie sin ayuda y menos volver a correr. Nos lo agradeció muy sinceramente. Se le veía un buen hombre. Le sugerí entrarlo en la iglesia y allí pedir ayuda. El hombre aún tuvo humor para sonreír con sorna y contestarnos que para él ya no cabía ayuda, ni la de Dios. Vicenza se persignó asustada por sus palabras, pero a mí me hizo ver hasta dónde llegaba su desesperación. Y le pregunté ansiosa:

»—¿Qué puedo hacer por usted?

»Reconozco que me arriesgué sin motivo, pues no conocía de nada a ese hombre. Pero sí que conocía a los que sin duda eran sus perseguidores.

»—Por mí nada, pero sí por los que vendrán. —Y dicho esto sacó de entre su jubón un librito, me lo entregó y añadió—: Por Dios bendito, ponedlo a buen recaudo. No lo leáis, pues os pondría en peligro. Tan sólo custodiadlo hasta que podáis hacer entrega de él a quien deba saber lo que en él se enseña. Es lo único que he salvado de mi casa.

»—Pero ¿cómo sabré a quién he de entregarlo? —pregunté desorientada.

»—Llegado el momento, lo sabréis. —Leyó la confusión en

345

mi cara y añadió—: Lo sabréis por las señales. ¡Tomad! ¡Aprisa! ¡Ya les oigo! Están muy cerca. Dejadme en el suelo y apartaos de mí. Vamos. ¡Vamos! ¡Apartaos, os digo!

»Le dejamos de nuevo en el suelo. Tomé el libro y mandé a Vicenza que lo guardara bajo mis ropas, en la espalda; así quedaría sujeto por el ceñidor. Cuando Vicenza terminaba de alisar mis ropas, aparecieron los guardias y tras ellos el propio Savonarola en persona. Parecía disfrutar participando directamente en la persecución. No tuvimos tiempo de entrar en el templo y sujeté a Vicenza para que no hiciera ningún movimiento extraño que les alertara.

»Levantaron al fugitivo por los hombros sin conmiseración, como si de un fardo se tratara.

»—¿Creías que escaparías? —le gritó triunfante Savonarola—. ¡Maldito estúpido! ¡Nadie escapa del poder de Dios! ¡Y yo ostento su poder en este Reino de Cristo! ¡Seguirás el camino de tus compinches, pero antes tú y yo —y diciendo esto se acercó tanto al rostro del detenido que éste se apartó al oler su aliento— tenemos que hablar! ¡Lleváoslo!

»Le arrastraban como si ya estuviese muerto. Apenas me atrevía a respirar. Confiaba en que siguieran su camino y nos ignorasen como hasta ese momento. Pero nada escapaba a los brillantes ojos de Savonarola. Se giró hacia nosotras y preguntó desconfiado qué hacíamos ahí. El grupo de soldados se detuvo. Le contesté que nos disponíamos a entrar al templo, pero que al caer, el hombre nos cortó el paso. Entrecerró los ojos y levantó la barbilla y casi escupiéndome en el rostro me espetó con violencia:

»—¡Mentís!

Me sentí sorprendida pero procuré mantenerme entera y segura, y con todo el aplomo que fui capaz de reunir le contesté que no mentía y no comprendía por qué afirmaba tal cosa. Enarcó una ceja y contestó, simplemente:

»—Porque las mujeres siempre mienten. —Hizo un silencio y ya más tranquilo me preguntó—: ¿Os ha dicho algo?

»—No, tan sólo se quejaba.

»—Ya veo. ¿Os ha dado algo?

»—No.

»—¿Estáis… segura?

»A duras penas conseguí dominar el temblor de mis piernas, pero más me preocupaba que empezaba a oírse el castañeo de dientes de Vicenza.

»—¿Qué le ocurre a vuestra criada? —preguntó al percatarse del temblor de Vicenza.

»—Está enferma —respondí con rapidez—. En realidad nos dirigíamos a la botica de la iglesia para pedir al hermano boticario que nos proporcione algún remedio para su fiebre, está cada vez peor ¿no la veis?

»—Eso parece —repuso con tono de poco convencimiento—. ¿Qué lleváis bajo las ropas? —preguntó señalando con su índice mi vientre, lo que supuso que arreciara aún más el castañeteo de dientes de Vicenza; el temblor ya se le extendía por todo el cuerpo.

»—Estoy encinta, señor —respondí con toda la calma que pude.

»Me miró con desprecio de arriba abajo un par de veces y se retiró murmurando: *"Mulieres, habitaculum peccati in mundo estis"*.* Al oír aquellas infames palabras no pude refrenarme y le respondí: *"Benedicta inter mulieres et benedictus fructus ventris tui"*. Nunca podré olvidar el rostro de aquel endemoniado cuando se giró hacia mí, enrojecido de ira, llevando la furia de los elementos en los músculos de la cara, en las venas de su cuello, tensas, a punto de saltar.

»—¿Cómo te atreves, miserable mujer, a compararte con la Madre de Dios, nuestro Señor? ¡Loca! ¡Estúpida! ¡Sois todas iguales, unas malditas...!

»La gente había comenzado a arremolinarse en torno al grupo. Las caras no eran favorables a Savonarola, para quien ya no corrían buenos tiempos e intentaba detener lo imparable: su propia caída. Aproveché que su verborrea se detuvo para contestar que tan sólo pretendía recordarle que incluso nuestro Señor había nacido de mujer y por tanto Él lo aprobaba. Conseguí un murmullo de adhesión a mi razonamiento entre los curiosos que se agolpaban presenciando la escena.

»Savonarola, respiraba muy alterado, intentando rebajar su excitación. Pues no le convenía remover las aguas, que comen-

---

* En latín: «Mujeres, sois el receptáculo del pecado».

zaban a bajar turbias para él: el llevar a los extremos más delirantes la persecución del vicio y la corrupción, le llevó a prohi-
bir comer carne; la desnutrición y el aislamiento que sufría la
República provocaron la aparición de la peste y otras enfermedades terribles. Afortunadamente los rumores de su próxima
excomunión le iban restando adeptos día a día. Resolvió marcharse y se fue de allí con sus soldados y su detenido, no sin
antes dirigirme una frase:

»—Esto no se quedará así. Manejaos con cuidado.

»La gente se empezó a dispersar y yo ayudé a subir los escalones de la iglesia a Vicenza, visiblemente temblorosa. Al llegar al interior procuré tranquilizarla e hice avisar a uno de los
monjes para que nos acompañara hasta la botica. Una vez allí
vino enseguida a atendernos el hermano Giorgio al saber que
su madre se encontraba indispuesta.

—¿Su madre decís? —la interrumpí, asombrado.

—Sí, Leonardo, su madre es Vicenza. ¿Recordáis el pequeño Giorgio del que os hablé, mi hermano de leche? El tiempo
ha pasado para los dos; él es ahora el hermano Giorgio, el boticario.

»Estábamos las dos asustadas pero tenía algo muy claro:
que llevaría a cabo lo que había prometido. Giorgio nos preparó a las dos una infusión de tila y poleo que nos vino muy bien.
Mientras la saboreaba, vino a mi mente la posibilidad de que
aquel retorcido monje me esperase a la salida o en el camino o,
aún peor, en mi casa y me registraran. Si eso ocurría no sólo
yo, sino mi esposo y toda su fortuna se encontrarían en peligro, por no decir en peligro de muerte. Me asusté aún más, al
darme cuenta de las proporciones que podría adquirir la desgracia si me descubrían. Estaba claro. No podía llevar aquel
libro a mi casa. Por mucho que lo escondiese, los hombres de
Savonarola darían con él en un registro. Así que decidí que
de allí debía salir sin él y ¿dónde mejor para ocultar un libro
que perseguía un dominico que un monasterio de su orden?
Era justo el sitio donde nunca se le ocurriría buscarlo. Así que
participé mi idea al hermano Giorgio, doblemente hermano
para mí. Comprendiendo el peligro que corría si lo llevaba a mi

casa, consideró que lo más acertado era ocultarlo allí mismo, en uno de los muebles de la botica con doble fondo. Sólo él conocía su existencia, pues él mismo lo ideó y fabricó para ocultar en él hierbas que resultaban tóxicas y no debían caer en cualquier mano. Allí lo guardamos.

»Salí aliviada del monasterio, pero algo en mí había cambiado. Una nueva luz se había hecho en mi cerebro y veía las cosas de un modo diferente. Además, pronto empezaría a reconcomerme una extraña comezón: la curiosidad por el contenido de aquel libro. Cada día era mayor, irrefrenable; tanto que me hacía despreciar el peligro. Decidí que en la siguiente ausencia de mi esposo y en horas en las que la oscuridad me ocultara, me acercaría a la botica del monasterio al filo de la medianoche y echaría un vistazo al libro. Sólo sería para saber de qué hablaba.

»Así lo hice. Y no sólo le eché una hojeada. Cuando comencé a leerlo quedé tan fascinada por su contenido que no podía dejarlo. Acudía una y otra vez a sus páginas y a asimilar sus enseñanzas. Cuando lo acabé, volví una y otra vez a releerlo. No le dije nada a Francesco para no comprometerle y porque sabía que si se lo decía me prohibiría ir allí, por el peligro que suponía. Me sentía mal por ocultarle algo pero, a un tiempo, sabía dentro de mí que si le confesaba la verdad, aquello que estaba ocurriendo, aquello que le confería a mi vida algo diferente a lo habitual, lo que la apartaba de lo que estaba trazado, se acabaría.

»Pero no era sólo eso. Supondría contarle todo aquello que había aprendido y que me hacía ver la vida de otra manera y tuve miedo de que él no me entendiera y lo considerara peligroso para mí, y lo destruyera "por mi bien" y yo... yo tenía que mantener a salvo aquel libro hasta que pudiera entregarlo al siguiente y le iluminara, como lo hizo conmigo.

De pronto, Lisa se puso en pie y se dirigió hacia la puerta de la capilla, para comprobar que no había nadie cerca. Luego regresó junto a mí y prosiguió.

—Me debatía entre la duda de qué hacer, si contárselo o no. Pero los acontecimientos decidieron por mí: mi embarazo estaba ya muy avanzado, de unos siete meses; mis piernas se hinchaban con facilidad por el peso del niño; necesitaba pasear. Una tarde de verano, cuando el sol empezaba a retirarse, salimos a dar un paseo Francesco y yo. De regreso, pasamos por la Piazza della Signoria, próxima a nuestra casa. Allí nos encontramos con dos damas conocidas mías. Seguimos paseando los cuatro, pero mi marido se mantenía unos pasos atrás para no inmiscuirse en nuestras conversaciones. Al entrar en la plaza llamó mi atención la agitada actividad que demostraban la guardia de Savonarola y paisanos adeptos suyos. Estaban muy atareados apilando maderas y paja en varios grupos y transportando enseres. Intrigada pregunté a las damas que si sabían qué se proponían hacer.

»—¿No lo sabéis aún? —me preguntó una de ellas—. Debéis de ser, *donna* Lisa, una de las pocas personas que vivan en Florencia que aún no tengan conocimiento. Se nota que habéis estado ausente una temporada en el campo, ajena a todos estos negros acontecimientos. Contádselo, *donna* Paola —dijo animando a la otra compañera a ponerme al corriente.

»—Es ese descabellado monje, Savonarola, que se ha propuesto acabar con las buenas familias de Florencia —contestó la segunda dama—. Dicen que antes no tenía este mal talante, sino que fue a partir de verse rechazado por una hermosa muchacha que prefirió ingresar en un convento antes que ser esposa de alguien tan sombrío y repelente. ¡No me extraña!

»—¡Psss! ¡Cuidado! ¡Hablad más bajo! Pueden oírnos —advirtió la primera—, cada vez hay más gente en la plaza.

»—Pero ¿vais a contármelo o no? —le pregunté a *donna* Paola.

»—Lo haré yo —respondió tajante la primera dama—, Paola, habláis demasiado alto para los tiempos que corren. Os explico, querida. —Y prosiguió en tono confidencial—: ¿Veis toda esta multitud que llena la plaza y se agolpa en círculo? Esperan ansiosos que comience el espectáculo que últimamente organiza Savonarola para sus seguidores: el dominico sermonea a sus huestes en la misa contra los ricos y sus riquezas, y aquellos que no pueden alcanzar lo que otros poseen, asaltan casas y gozan con destruir sus pertenencias en nombre de Dios, convencidos de que purifican el mundo. Y con esa extraña mezcla de fervor descontrolado y de envidia, los conduce contra las familias adineradas que a ese maldito monje se le tropiezan en el camino. Esta vez les ha tocado a los Bizarri. ¡Cualquier día nos tocará a nosotros! ¡Esto tiene que acabar! Todos corremos un gran peligro. Si no vuelven los Medici, ¡no sé adónde iremos a parar!

»—¿Y todos esos maderos? ¿Qué se propone hacer? —pregunté, temiendo lo peor.

»—Sí, querida, sí. Es lo que te supones. Todo esos enseres y objetos que ves son, bueno, eran de los Bizarri; ahora pertenecen "al pueblo cristiano" y van a ser quemados en esas piras purificadoras.

»—¡Pero si casi todo son cuadros, figuras y libros! —exclamé, escandalizada.

»—De eso se trata —intervino Paola—. Sus adeptos se apropian de los muebles y joyas y dejan para el espectáculo las obras de arte y los libros, que según ese Girolamo Savonarola "envenenan el alma y allanan el camino del pecado". Por eso, para purificarnos quema todo lo superfluo en lo que él llama "las hogueras de las vanidades".

»—Lo más curioso, querida Lisa —explicó la primera—, es que muchos, voluntariamente, traen sus pertenencias y las suman a la "hoguera purificadora". La mayoría de sus seguidores están convencidos de su santidad y los hay de todas las clases sociales. Yo he visto arrojar de todo, desde trajes de disfraces y pelucas, a una lujosa cama, incluso, un palanquín… de todo querida, ¡de todo! Lo que más me apenan son los cuadros y tapices. ¡Qué pena! ¡Ay! No puedo evitar que se me salten las lágrimas cuando veo arder algo tan hermoso…

»—Por favor, no me contéis más, os lo ruego —les pedí a las damas, pues su relato me afectaba. Y además, con el gentío que se agolpaba en la plaza, me estaba agobiando por momentos.

»—¿Querida, te encuentras mal? ¡Oh, qué torpes hemos sido! No deberíamos haber sido tan bruscas, en tu estado… discúlpanos. ¡*Signore* Francesco! ¡*Signore* Francesco! Será mejor que Lisa vuelva a casa. Vamos, les acompañaremos.

»Mientras tanto yo no podía apartar de mi pensamiento que todo aquello que había visto amontonar sobre las piras iba a desparecer para siempre, Leonardo, ¡para siempre! Así que

351

cuando me repuse, me asomé a un balcón desde el que podía ver todo lo que estaba ocurriendo en la plaza. Francesco me abrazó: notaba mi compungimiento. Tras un exacerbado sermón de Savonarola condenando las vanidades humanas, acercaron antorchas encendidas a las piras. Prendieron rápidamente. Pronto los libros, los cuadros y, más tarde las estatuas, estuvieron envueltos en lenguas de fuego y el aire se llenó de miles de pequeñas ascuas ardientes que ascendían junto con la carbonilla perdiéndose en la negra boca de la noche que todo lo aspiraba y tragaba. Los niños hacían corro alrededor de las hogueras y cantaban y bailaban. Savonarola enardecía a sus seguidores con su vibrante oratoria, siempre amenazando con las penas del infierno. ¡Como si Florencia no lo fuera ya!, en eso se había convertido la ciudad, ¡en un puro infierno! No pude evitar el llanto contemplando cómo golpes de fuego abrían negros agujeros en los lienzos para devorarlos en segundos, y cómo las figuras ennegrecían y se partían ya carbonizadas; cómo los pergaminos traídos desde Bizancio, China, Egipto y otros lejanos países, y libros recientes eran consumidos por las llamas, tan feroces y delirantes como la mano que las había prendido. Me juré que, en la medida que me fuera posible, evitaría que esto se repitiera. No podría soportarme a mí misma si, al menos, no lo intentase. Y así lo hice.

Lisa interrumpió su narración y se me quedó mirando fijamente.

—Pero ¿qué podríais hacer vos, Lisa? —pregunté—. ¿Cómo ibais a parar semejante locura colectiva?

—Leonardo, yo no podía parar esa fiebre devoradora, pero sí intentar, al menos, que no cayeran en sus manos las pocas joyas escritas que aún se conservaban en las casas ilustres.

—¿Y lo hicisteis?

—Sí. Muy sencillo. En el tiempo que me restó de embarazo me dediqué a ir de visita. En cada visita a mis amistades y conocidos me las ingeniaba para llegar donde se encontraban ejemplares únicos o de importancia. Los cogía, los guardaba y los llevaba, al abrigo de la noche, a la botica del monasterio. Así conseguí salvar de las llamas a libros muy importantes. A la caída de Savonarola y cuando las cosas estuvieron más tranquilas, fui devolviendo con el mismo método los libros a sus bibliotecas. Pero aquellos cuyos propietarios han muerto o han sido desterrados, como es el caso de los Medici, aún los conservo.

—Por ese motivo habéis citado a Giuliano, para devolverle sus libros —deduje yo.

—Exacto —respondió Lisa—. No deseo quedarme con lo que no es mío. Mi intención ha sido la de salvarlos de una desaparición casi segura. Nada más.

—Pero ¿y a mí? ¿Por qué me habéis citado a mí? No tenéis ningún libro de mi propiedad.

—El libro que quiero entregaros no pertenece a nadie. Es el que me entregó aquel hombre antes de ser detenido. Sé que es a vos y no a otro a quien he de confiarlo. Ya lo entenderéis. Además hay otras obras que deseo que pasen a ser vuestras. Sus dueños han desaparecido y no podría explicar su existencia en mi nueva casa. Os los entregaré también. Nadie mejor que vos para custodiarlos. Venid. —Lisa se puso en pie—. Vamos a la botica y os haré entrega de los libros.

—¿No preferís que esperemos a que llegue Giuliano? —le pregunté.

—Lo cierto es que su tardanza me inquieta. Puede que se esté abriendo paso entre la multitud de la iglesia poco a poco para no hacerse notar. Quizás…

—¿Qué estáis pensando, Lisa?

—Que deberíamos subir al campanario, desde allí le veremos venir o, si ha llegado, a su hombre de confianza guardando los caballos. Seguidme.

—Veo que conocéis palmo a palmo el monasterio. Parece que hayáis crecido en él —observé al comprobar con qué naturalidad y desparpajo recorría los corredores que conducían a la puerta de acceso al campanario.

—No exageréis, amigo mío. Pero he de reconocer que el tener aquí a un pariente me confiere ciertos privilegios.

—Desde luego, no hace falta que lo juréis.

Después de recorrer pasillos y corredores Lisa anunció:

—Ya hemos llegado; es esta pequeña puerta. Tendréis que agacharos. Tened cuidado.

—Sí que es pequeña, sí. Supongo que destinarán como campanero al monje con las piernas más cortas ¿os imagináis la selección?

—¡Leonardo, por favor!

—Y al más delgado; porque esta escalera, además de empinada es muy estrecha.

—Y oscura —añadió Lisa—; subid con cuidado, los escalones ahora comienzan a ser más altos.

—¡Espero que la vista merezca el esfuerzo!

—Lo merece, ya veréis. Tengo... ¡uf!... mucho interés... ¡uf!... ¡cómo cansa hablar y subir!... en que conozcáis este lugar... este... campanario... es uno... de mis lugares... preferidos... ¡Ahf... por fin!

—¡Por fin! Creí que no llegaríamos nunca. ¡Permitidme que recobre el aliento!

—Hicisteis bien en no elegir la vida religiosa, sois demasiado grande para ser monje: no cabéis ni en el campanario. —Y dicho esto, ambos rompimos a reír—. Mirad; venid aquí Leonardo —me animó Lisa a asomarme por una de las ventanas geminadas del alto campanario—. Asomaos con cuidado y decidme si no valía la pena subir hasta aquí...

Era cierto. Desde allí se abarcaba una maravillosa y completa panorámica de la ciudad bañada por el Arno bajo la blanca e intensa luz de la luna llena. La belleza era tan sublime que los dos quedamos sumidos en un silencio reverencial ante la maravilla que percibían nuestras pupilas. El aire azotaba las vestiduras de vez en cuando. Hubiera querido eternizar aquel instante. No se necesitaba más. Aquella altura embriagaba los sentidos, produciendo una extraña mezcla de miedo al vacío, atracción, euforia y disgregación.

—Aquí me refugio siempre que tengo ocasión —aclaró Lisa—. Es el lugar donde me siento verdaderamente libre. Me gusta sentirme rodeada del contacto del viento apretando mis ropas contra mi cuerpo. Es entonces cuando abro los brazos y sueño que puedo volar, que estoy volando. Abro los ojos y veo este maravilloso espectáculo e imagino que soy un ave y sobrevuelo la ciudad, así... —Y acompañó a sus palabras con un suave movimiento de alas mientras giraba y giraba; de repente, se paró y dijo—: Pensaréis que estoy loca, ¿verdad?

Yo le respondí muy serio:

—No. No lo pienso. —Y tras hacer una pausa añadí—: No soy el más indicado para pensarlo. Ése es mi sueño: lograr una máquina que permita volar al hombre. Volar y sentirse libre. No creo que pueda haber algo más hermoso ¿lo creéis así, Lisa?

Lisa contestó afirmativamente con la cabeza y se aproximó de nuevo a la ventana junto a mí para admirar por última vez el espectacular contraste de los tejados y plazas iluminados por la blanca luz de la luna y el negro de las fachadas sobre el fondo aterciopelado lleno de estrellas.

Pronto volvió a la realidad del momento. Lisa miró hacia abajo por si distinguía ver venir al amigo de la infancia. Sí, allí venían. Sólo podía distinguirse la silueta de dos hombres a caballo, pero Lisa estaba segura de reconocer en uno de ellos a Giuliano. Bajamos las angostas escaleras, salimos por la pequeña puerta y nos dirigimos de nuevo a la Capilla de los Españoles. Cuando llegamos ya estaba en ella Giuliano, quitándose la capucha que ocultaba su rostro. Se le iluminó la cara al ver a Lisa. A mí me saludó cortésmente. Intercambiaron unas cuantas palabras y Lisa nos dijo:

—Bien, ha llegado el momento de daros a cada uno lo suyo. Acompañadme —dijo Lisa recogiéndose el vestido para comenzar a marchar, diligente.

Pero desde el umbral de la puerta que daba al Claustro Verde alguien dijo:

—Es justo lo que iba a decir yo.

Los tres miramos hacia el lugar de donde provenía la voz, que resultó ser de Soderini, el *gonfalonieri*. Antes de que nos repusiéramos de la impresión, preguntó dirigiéndose a Giuliano mientras agitaba en el aire un papel sellado:

—¿Sabéis qué es esto?

—No. No lo sé. Pero puedo deciros qué podéis hacer con él —contestó Giuliano al tono de amenaza de Soderini.

—Pues os interesa y bastante. Es vuestra orden de detención por infringir vuestro destierro. Daos preso, Giuliano de Medici.

—Y dicho esto hizo una señal y aparecieron cuatro guardias de la Signoria dispuestos a sujetar y llevarse a Giuliano.

—¡Maldito seáis, Soderini! ¡Juro por mis antepasados que

355

no os va a resultar tan fácil atraparme! —Giuliano sacó velozmente su acero para plantar cara a los cuatro mercenarios.

—¡No, Giuliano! ¡No! —gritó horrorizada Lisa por lo que iba a pasar.

—¡Alto! —ordenó Soderini a sus hombres y dirigiéndose nuevamente al Medici le dijo—: Si presentáis batalla, saldréis perdiendo; mis hombres se verán obligados a utilizar sus armas y pueden heriros, incluso mataros. Y sería una verdadera pena que os fuerais al otro mundo sin saber a quién debéis, digamos, mi visita.

—¿Qué insinuáis? ¿Que alguien me ha delatado?

—Es evidente, ¿no os parece? ¿Cómo si no habría yo sabido que os habíais citado con tan encantadora dama en este lugar y a esta hora?

—¿Y por qué vuestro interés en que yo sepa la identidad del traidor? ¿En qué os beneficia eso?

—Muy sencillo. Si esa persona os ha traicionado a vos, puede hacerlo conmigo más adelante. De esta forma queda al descubierto y seguro que vos querréis dar cuenta de él. Además, detesto los traidores; apestan.

—¡Decídmelo pues, y haré que mi familia le corte la lengua a ese delator cobarde! ¡Decídmelo!

—No hará falta que recurráis a vuestra familia. Vos mismo podéis hacerlo —repuso Soderini.

—¿Qué queréis decir? ¿A quién os referís? ¡Hablad claro, maldita sea!

—A *messere* Leonardo —afirmó calumniosamente Soderini.

Tras un instante de estupor, reaccioné:

—¡Eso es falso! —afirmé rotundamente—. ¡Soderini, siempre fuisteis una sabandija, pero nunca habíais caído tan bajo! Sabéis que no he sido yo, decidle el nombre del verdadero delator.

—¿Acaso pudo haber sido otro? Nadie más estaba al tanto de vuestra cita y os aseguro que no ha sido *donna* Lisa —respondió Soderini con una calma irritante.

—¡No la menciones, canalla! —le gritó desencajado Giuliano—. ¡No pongas su nombre en tu boca! —Y dirigiéndose a mí, añadió amenazante—: Pero eso que dice es cierto, sólo no sotros lo sabíamos, sólo uno de los dos pudo haberme traicionado y Lisa no es. ¡No quedáis más que vos, Da Vinci!

—Pero ¿cómo podéis pensar eso? ¿Cómo podéis creerle? No os dejéis envolver por sus mentiras —supliqué yo.

—¿Mentiras? Mucho me temo que, por una vez, este maldito cabrón —indicando con la cabeza a Soderini— tiene razón. —Y lanzó una estocada en mi dirección que pude esquivar de un salto—. Estáis celoso, ¿verdad? Es eso, ¿no? Así de esta magistral manera me quitabais del medio y además os congraciabais con quienes os pueden hacer magníficos encargos, ¿no es eso, Da Vinci? —afirmaba fuera de sí Giuliano mientras acercaba la punta del acero a mi garganta.

—Estáis completamente equivocado. Dejad el sable. No es cierto lo que ha dicho. No caigáis en su trampa; ¡sólo quiere utilizaros!

—¡Maldita sea! ¡Dejad de dar vueltas huyendo de mi sable como una vieja y luchad como un hombre! Si es que lo sois.

Lisa suplicaba una y otra vez a Giuliano que dejara de atacarme, que todo era una patraña de Soderini, que no se dejase engañar. Pero la sombra de los celos había cegado por completo el entendimiento del joven y no atendía a razones. Soderini hizo señas a uno de sus hombres para que me lanzara un sable. Lo alcancé en el aire por la empuñadura y le advertí al joven que no deseaba luchar, pues detestaba la violencia, pero que si me atacaba me tendría que defender. Giuliano me respondió con una estocada directa. Logré parar el golpe con mi sable y fui parando todos aquellos que me lanzaba el joven Medici. Lisa estaba angustiada por la situación y no sabía ya qué decir ni qué hacer para evitar una tragedia. El eco del choque de los aceros resonaba por las bóvedas de la capilla. Lisa gritaba «¡Basta!» una vez y otra sin que fuera escuchada por ninguno de los dos. Soderini no cabía en sí de gozo; terminara como terminara, saldría ganando y se sentía orgulloso de su jugada maestra.

De pronto, un sable salió despedido por los aires y cayó tintineando en el suelo blanco y negro. Era el sable de Giuliano. Yo siempre había practicado el arte de la esgrima aunque eso fuera prácticamente desconocido para todo el mundo, pues procuraba huir de los enfrentamientos. Humillado y enrabiado, Giuliano me preguntó:

357

—Bien, y ahora ¿qué vais a hacer?

Antes de que respondiera, el cuerpo de Soderini se desplomó y cayó redondo al suelo. Tras él apareció el hermano Giorgio, con los restos de lo que había sido una hermosa maceta de valeriana en la mano. Fue él quien golpeó al *gonfalonieri* a fin de liberar al grupo. Le miramos sorprendidos y el dominico boticario respondió:

—Nada como la valeriana para conciliar el sueño, y seguro que no me hubiera aceptado una infusión.

Reímos todos por un instante y enseguida le preguntamos qué había hecho con los guardias. Giorgio respondió que de los soldados se había encargado «él», refiriéndose y señalando al hombre de confianza de Giuliano que estaba retirando las armas a los soldados ya caídos por tierra. Éste se dirigió a su señor y le informó de que no había logrado dar alcance al delator, un joven que había acompañado a Soderini y a sus hombres hasta las puertas del claustro. Giuliano se sintió muy avergonzado por su conducta y se excusó. Yo estaba muy molesto y dolido, no obstante le perdoné y nos estrechamos la mano.

El hermano Giorgio preguntó qué harían con los cinco desmayados, pues si allí despertaban, el prior haría muchas preguntas. Al propio Giorgio se le ocurrió una idea: los rociarían con licor, y los sentarían en los últimos bancos de la iglesia, así al salir de misa todos los feligreses les verían, creerían que se habían quedado dormidos durante el oficio por culpa del alcohol y nadie creería cualquier otra historia que contasen, pues la tomarían como excusa por no haber guardado el respeto debido. Y así lo hicimos.

Una vez hubieron dejado al *gonfalonieri* y a sus hombres, aún sin conocimiento y rociados de licor, sobre los últimos bancos de la iglesia, se marcharon Giuliano y su fiel servidor a toda prisa.

Lisa, Giorgio y yo nos dirigimos a la botica, antes de que acabase la misa y hubiera más monjes por los corredores.

Llegados allí, el joven monje introdujo una llave en la cerradura de una amplia vitrina, abrió la puerta de cristales, tiró de un pequeño resorte y se descorrió un panel, dejando al descubierto un doble fondo. Allí se encontraban, perfectamente conservados, un buen número de libros, aproximadamente veinte. Los fui tomando y leyendo sus títulos, asombrándome de poder tener en mis manos libros tenidos por desaparecidos o joyas del pensamiento que siempre deseé leer: *De docta ignorancia* de Nicolás de Cues; *Oratio de homini dignitate* de Pico della Mirandola; *La Divina Comedia* de Dante; una copia del *Timeo* de Platón; otra del *Libri naturales* de Aristóteles; los poemas de Lucretius *De rerum natura*; la poesía del *messere* Petrarca en su *Bucolicum carmen* y las *Epistulae* de Marcilio Ficino, entre otros.

Dejé de lado los libros y llamaron mi atención los rollos de papel que contenían manuscritos bizantinos, judíos y árabes, todos ellos llegados a Florencia a través de los intelectuales que se refugiaron en ella huyendo desde oriente de los turcos y desde occidente de la Inquisición española. Los escritos judíos trataban de Medicina y de Kábala; los árabes de ciencia y filosofía aristotélica.

—¿De dónde habéis sacado todo esto? —pregunté admirado, refiriéndome concretamente a los pergaminos y manuscritos orientales.

—Eso era lo que iba a entregar a Giuliano —respondió Lisa—. Pero es mejor así. No creo que los conservase. Los saqué de la biblioteca de Cosme de Medici. Era bien conocida su afición a los manuscritos valiosos y no reparaba en gastos para conseguirlos, si no era posible hacerse con los originales, mandaba copiarlos. Su biblioteca era su orgullo. A su muerte la donó a lo dominicos con la condición de convertirla en pública. Con la revolución de Savonarola muchos títulos se perdieron y entre el hermano Giorgio y yo conseguimos poner a salvo estos que veis ahí.

—¡Es... asombroso! ¡Asombroso! No sé qué decir —balbuceaba yo.

—Pues decid que los leeréis poco a poco y que sacaréis provecho de sus enseñanzas —respondió Lisa y añadió—: Y éste es el que destinaba especialmente a vos. La más valiosa joya. —Y sacándolo de su lugar en la oculta estantería, lo extrajo del saquito de tela marrón que lo protegía y me lo entregó—. Prometedme que lo leeréis.

Tomé el libro y leí su título. No podía creerlo. Había oído

comentar muchos pasajes de ese libro al autor de su traducción del latín a la lengua vulgar, Marsilio Ficino, en la casa de los Medici cuando sólo era un aprendiz de Verrochio, y siempre había quedado prendado de cuanto de él oía: era el *Hermes Trimegisto*. Había sido dado por desaparecido durante la revolución de Savonarola, quien persiguió el libro con especial saña. Se había salvado. No lo podía creer. Lo apreté contra mi pecho cerrando los ojos, agradecido. Era un libro para iniciados. Para aquellos que deseaban explorar en los territorios del espíritu. Su lectura sería mi pequeño Paraíso. De mi propio talento no me cabía duda, pero el carecer de una formación completa y literaria me producía cierta inseguridad. Conocía los clásicos más por lo oído en las tertulias de los más eruditos filósofos y humanistas de la época que por lo leído. Lisa me estaba colocando a mi alcance la solidez que necesitaba mi estructura.

—No sé, Lisa, cómo agradeceros esto. No sé si podréis imaginar lo que supone este libro para mí, es algo muy especial. Yo…

—No me debéis nada. Es vuestra propia búsqueda la que ha hecho que lo encontréis. Todo está en vos mismo. —Lisa hizo una pausa y dirigiéndose tanto al hermano Giorgio como a mí, dijo—: Bien, ahora debo marcharme. Ya es muy tarde y mañana regresa mi esposo.

—Permitidme que os acompañe —me ofrecí entonces.

—Os lo agradezco, me sentiré mucho más segura —respondió Lisa, y a continuación nos marchamos.

Tan sólo me llevé el *Hermes Trimegisto*, el resto ya lo recogería en otro momento y me lo llevaría a mi propia celda.

Íbamos por calles apenas iluminadas por los débiles hilos de luz de los fanales. Yo me sentía emocionado por el regalo. Apenas podía pensar en otra cosa y no hablamos por el camino a la casa de Lisa durante un buen rato. De repente, me vino a la mente que no me había explicado el motivo de fingirse muda. Y no dudé en preguntárselo:

—¿Por qué os fingisteis muda tras el parto de la niña?

—Bueno, no fue algo intencionado ni premeditado —me contestó Lisa—. En realidad, los primeros días sí que tenía verdadera dificultad para hablar, pues había estado inconsciente una semana y tenía mis labios y mi garganta resecos y dañados. Durante el tiempo que estuve inconsciente o al menos durante buena parte, tuve horrendas pesadillas en las que me veía perseguida por Savonarola y sus seguidores, en las que el monje me amenazaba una y otra vez. Aquello me recordó el peligro que seguía corriendo, no sólo yo, sino toda mi familia. También podía oír en ocasiones comentarios de los que estaban a mi alrededor. Gracias a ello, pude descubrir que varias de mis amigas se disputaban a mi marido, en vistas a lo que entonces parecía su evidente próxima viudez. Pero, sobre todo, cuando desperté alguien me comentó que había hablado en mi delirio. Aquello me aterrorizó. Tuve pánico al pensar que pudiera haber descubierto algo durante mi inconsciencia y los enemigos estaban por todas partes, incluso entraban en la casa en calidad de amistades. Decidí que hasta que todo estuviera resuelto y el peligro lejos, no debía escapar una sola palabra de mis labios, así mi marido quedaría absuelto de toda culpa, pues una mujer muda no podría contarle nada y además me libraba de las que se hacían pasar por amigas y de su conversación intrascendente y dedicaría ese tiempo a leer cuanto se me antojase en la botica.

—Pero ¿cómo podíais aguantar sin hablar ni una palabra? ¿Cómo no traicionaros vos misma?

—Eso no era exactamente así. Sí que hablaba, a escondidas claro, con Vicenza y con mi hijo, naturalmente. Esto fue lo más difícil, hacerle creer al niño que se trataba de un juego para que no me delatase sin querer. Con el pequeño no ha sido necesario, aún no tiene edad para hablar con claridad.

—¿Le diréis a vuestro marido que habéis recuperado la voz? ¿Cómo se lo justificaréis?

—Tendré que decírselo. —Lisa suspiró profundamente—. No sé ciertamente cómo lo haré. —Sonrió un poco—. ¡Quizá le diga que ha sido un milagro de la Nochebuena! Creo que en el fondo a él eso le da igual; lo que anhela es que yo recupere la voz. Yo también lo deseo. Deseo hablar con él. No puedo estar así mucho más tiempo, sin contarle cosas de nuestros hijos, sin preguntarle por sus asuntos, sin decirle que le quiero. Pero he de reconocer que me he acostumbrado a la libertad que me procuraba mi falta de habla. ¡En fin! Todo tiene un precio. Estáis en lo cierto, maestro: el vivir con los demás, incluso con tu propia familia, se cobra un alto precio: la propiedad de nuestro tiempo. Y como toda propiedad, hay que administrarla sabiamente. —Lisa se detuvo de improviso y mirándome frente por frente, me aconsejó—: No os entreguéis a nadie, Leonardo; vos tenéis mucho que dar y el tiempo es breve.

Proseguimos paseando tranquilamente, complacidos en oír nuestros propios pasos resonando en las calles adoquinadas. Llegamos a la puerta de la mansión de Lisa. Un criado abrió la puerta. Nos despedimos, no sin antes quedar para la siguiente sesión. Esta vez, yo sería quien la sorprendería.

Capítulo XIX

Rondando a la muerte

$\mathcal{A}$quella mañana de abril, Lisa se dirigía a Santa Maria Novella acompañada de su inseparable Vicenza. Sin apresurarse en exceso y manteniendo la dignidad que le correspondía por su posición social, conseguía acelerar su marcha dando pasos cortos y rápidos bajo su largo vestido. La capa de seda negra la seguía vaporosa, ondulando despegada de ella. La anciana soportaba el dolor de sus juanetes y el ritmo de su señora lo mejor que podía, evitando apoyar directamente la planta de los pies, confiriéndole un gracioso y característico vaivén.

Al llegar a la iglesia, dejaron de lado la puerta principal y se dirigieron a la arcada situada a la izquierda de la fachada, para así entrar directamente al Claustro Verde sin necesidad de entrar al interior del templo. Desde el patio ya podían escucharse las voces de los alumnos de Da Vinci, el trajín del traslado de los cartones de un lado para el otro, las instrucciones de Leonardo a los suyos sobre la distribución del trabajo y a algún aprendiz canturreando.

Toda decidida se encaminó hacia el interior de la nave de donde provenía el sonido. Sonrió al entrar y contemplar la escena. La estancia que habían cedido los dominicos era de planta rectangular, espaciosa, de altos techos abovedados y de gruesos muros. En ella se afanaban en mil tareas los aprendices. Los había que estaban ocupados en hacer estudios sobre imágenes de la batalla para, más tarde, pasarlos al cartón. Algunos de ellos trasladaban los diseños del papel a los cartones, bajo la supervisión del maestro; otros punzaban pacientemente el contorno de los dibujos en el cartón. Salai preparaba saquitos con polvo de carbón para espolvorear sobre las perforaciones y así trasladar los dibujos al muro. Leonardo en aquel momento reprendía a uno de ellos por desparramar por el suelo un sinfín de hojas con diseños de las figuras.

—Veo que estáis muy ocupado. Si lo preferís, podría venir en otro momento —le dijo Lisa acercándosele despacio.

—No, no. Prefiero que sea esta mañana cuando retomemos el retrato. Ha pasado mucho tiempo sin que haya podido ocuparme de él. —Leonardo rompió el hielo de su rostro y le dedicó una suave sonrisa que dejó entrever su blanca y elegante dentadura—. Hace demasiado tiempo que no hablamos, Lisa. Vamos. Acompañadme a esta sala contigua: la Sala del Papa le llaman los monjes; es el lugar que me he reservado para mí —dijo abriendo la puerta.

—¿Es vuestro refugio? —inquirió Lisa al entrar en la estancia seguida del artista.

—Exacto. Gusto de recogerme en ella para meditar, pintar o dejar volar mi imaginación. Es mi pequeño paraíso de intimidad —puntualizó mientras cerraba la puerta tras él.

—Os agradezco que me permitáis entrar.

—No hay de qué. Sentaos, por favor.

—¿Habéis avanzado algo en el retrato en estos meses, Leonardo?

—No. Ni siquiera he levantado el lienzo que lo cubre desde la última vez. No he tenido ocasión —suspiró profundamente—. Últimamente las cosas no van demasiado bien.

—¿A qué os referís?

Leonardo se removió inquieto en su asiento, con su característico vaivén nervioso que tan magistralmente sabía controlar en público.

—Pues, a todo en general. Demasiadas cosas a un tiempo… todos reclamando su encargo ¡y eso lleva su tiempo! Y después de acabar con lo que debo hacer, rebusco en las horas de sueño el hueco para destinarlo a lo que verdaderamente deseo: inventar.

—Debéis tomaros las cosas con más calma y no aceptar más encargos de los que podáis abarcar.

—No es tan fácil como suponéis. Además, tened en cuenta que tengo a mi cargo a varias personas: comer, vestir… todas sus necesidades han de ser cubiertas dignamente.

—Comprendo. Pero eso no es nuevo. Algo ha debido de ocurrir que os tiene tan alterado, nunca os había visto tan enfadado como con ese pobre muchacho.

—Es cierto. Lo reconozco. He sido excesivamente duro en mi reprimenda. Pero, comprended… —y a continuación se puso de pie a andar de un lado para otro de la sala—, ¡por si todo lo que llevo a cuestas fuese poco, además, me veo obligado a tomar un nuevo encargo!

—¿Un nuevo encargo? —preguntó Lisa.

—Sí. Lo he estado esquivando de continuo pero me veo obligado a aceptarlo por el compromiso tan fuerte que para mí supone. Se trata del retrato de Isabel d'Este, hermana de Beatriz, la difunta esposa de Ludovico *el Moro*. Lleva insistiendo un par de años y ahora me presiona a través de los dominicos… No me queda más remedio. Os confieso que me siento agobiado.

—No os preocupéis. Por mi parte no hay prisa. Mi retrato podéis dejarlo y retomarlo según os convenga.

—Os los agradezco, Lisa, pero vuestro retrato es la única pintura que deseo realizar en estos momentos. No lo dejaré; quizás haya que espaciarlo más, pero no lo dejaré. No podría. Así que si os parece bien, vamos a ello. Colocaos allí, junto a la ventana; eso es. He dispuesto esta tela delante del cristal para que tamice la luz, y ésta para que suavice vuestros rasgos. Muy bien. Manteneos lo más quieta posible.

—¿Cómo lleváis la tarea de los cartones de la *Batalla de Anghiari*? —preguntó Lisa mientras posaba inmóvil.

—Pues prácticamente estamos al principio. Los preparativos y los primeros dibujos siempre son lo más laborioso. Precisamente el pasado día veinte me entrevisté con ese maldito Soderini. Se trataba de puntualizar las condiciones del trabajo. No pueden ser más duras. —Sonrió con ironía—. Imaginaos, me ingresarán quince florines al mes a cambio del compromiso de acabar el cartón en el mes de febrero de 1505.

—¿El próximo año? —preguntó Lisa.

—Sí, así es. Y caso de no cumplir con lo prometido, tendré que restituir todas las cantidades percibidas y la Signoria se quedaría con el cartón.

—Han sido muy severos. Quizá por vuestra fama de no

acabar los trabajos. Eso también debéis comprenderlo. Sólo han querido asegurarse de que acabaréis la obra… algún día.

—Ya sé, ya sé —respondió Leonardo algo malhumorado desde detrás de la tabla—. Sé que no soy ni constante ni cumplo muchas de mis promesas; lo sé, no es necesario que me recuerden mis defectos. ¡Pero soy un artista, no un artesano como ellos me consideran! No fabrico nada: lo creo. Y la creación es la operación más delicada y frágil y no puede exigirse en un tiempo determinado ni con una fecha de finalización.

—No quisiera contradeciros, amigo mío; pero os recuerdo que aún no habéis cumplido la promesa que me hicisteis.

—Os equivocáis. Os he hecho llamar para que vinierais precisamente hoy por ese mismo motivo.

—¿De veras? —Lisa no pudo evitar mover la cabeza en su sorpresa—. ¿Cuándo?

—¡No os mováis, manteneos en la misma posición! Esta misma noche. Si aún lo deseáis.

—¿Que si lo deseo, Leonardo? Por supuesto que sí. No me lo perdería por nada del mundo. Fijaos, ¡mirad mis manos!, tiemblan de la emoción de pensar que por fin esta noche podré escudriñar el interior de un cuerpo humano.

Leonardo alzó una ceja y asomó la cabeza por detrás de la tabla y miró a Lisa:

—No os hagáis ilusiones, no os dejaré tocar nada. Tan sólo mirar.

Ante la cara de decepción de la joven, añadió una explicación puesto ya en pie frente a ella:

—No es mi intención coartaros ni decepcionaros, Lisa. Es que resulta peligroso. Hay que guardar un especial cuidado por no sufrir ninguna herida o corte. Si ocurriese, la infección sería mortal —dijo Da Vinci y acercándose a Lisa le acarició el contorno del rostro en una demostración espontánea de cariño que a él mismo sorprendió—. No me perdonaría si os pasara algo. —A continuación dio una palmada en el aire como para romper los sentimientos que flotaban en la habitación y regresó junto al lienzo—. Bueno; entonces os espero a las ocho en el depósito mortuorio del hospital de la iglesia; aquí a la vuelta, vos ya lo conocéis.

—No faltaré. Gracias por recordar vuestra promesa. —Y se levantó de la silla y se puso su capa.

—¿Os marcháis ya? —preguntó extrañado Leonardo.

—Sí. Estáis muy ocupado y no quiero entreteneros más de lo preciso. De todas formas, esta noche volveremos a hablar. Adiós.

—Permitid, entonces, que os acompañe —se ofreció Leonardo, siempre elegante y cortés.

—No, no es necesario. Conozco el camino perfectamente. Id con vuestros alumnos, os necesitan. Hasta luego.

—Hasta la noche, Lisa.

Battista esperaba sentado en un largo banco del pasillo del hospital, frente a la puerta del depósito. El campanario de Santa María extendía en el aire sus tañidos, marcando las ocho de una tarde que se adormecía. Antes de que acabasen las campanadas, Lisa y Vicenza aparecieron al final del largo y amplio corredor. El criado se levantó de un salto y dio aviso a su señor.

Da Vinci salió desde una sala al pasillo y la esperó allí. Vio como Lisa hacía sentar a su vieja ama de cría en el banco y tras los saludos, le advirtió:

367

—¿Estáis completamente segura? Aún estáis a tiempo de… —le dijo inquieto Leonardo.

—Lo estoy. No me echaré atrás.

—Os advierto que resulta muy desagradable el aspecto y el olor. Si definitivamente entráis, no tengáis empacho en saliros fuera; no resistáis más de lo que podáis; peor sería que os desmayaseis y os golpearais en la cabeza.

—Quedad tranquilo. Todo irá bien. —Y dirigiéndose a Battista, Lisa añadió—: No comentéis nada de esto a Vicenza; ella ignora a lo que he venido. Si lo supiera, nada ni nadie le haría aguantar sentada en este frío pasillo: se moriría de miedo.

—No podrá decirle nada porque él nos acompañará y ayudará en la disección —dijo Da Vinci, y entrando al interior de la sala que se utilizaba de depósito añadió, tras cerrar la puerta—: Battista, te encargarás de moverlo, como en las otras ocasiones, y de sostener el candelabro.

Lisa observó la sala: no era muy grande. No tenía ni ventanas ni iluminación alguna, motivo, quizá, por el cual era indiferente practicar la disección de día que de noche; en cualquier caso, era imprescindible utilizar velas. Un tanto descentrada se encontraba una enorme mesa de mármol, que en su tiempo debió de servir de altar y en la que yacía, cubierto por una sábana, un cuerpo rígido.

—Poneos esto —le indicó Da Vinci ofreciéndole un amplio delantal que él mismo ayudó a anudar—. Os protegerá la ropa de posibles salpicaduras.

—¿Salpicaduras? —preguntó Lisa un tanto remisa.

—Sí, salpicaduras. El cuerpo contiene fluidos. No es extraño que al sajar o punzar salga despedido con fuerza algún líquido o papilla. —La miró con paternalismo—. Es sólo una precaución.

—Entiendo —asintió Lisa.

Battista había encendido varios candelabros. La luminosidad era bastante buena. La pequeñez de la habitación ayudaba a reflectar la luz y a multiplicarla. Da Vinci desenrolló un grueso paño que llevaba atado y lo desplegó en una pequeña mesa auxiliar. En su interior iban sujetos diferentes instrumentos que utilizaba en las disecciones y que él mismo había diseñado y mandado fabricar: afilados bisturíes, escalpelos de diferente grosor y longitud, pinzas y tijeras. Después preparó su cuaderno de dibujo y los lápices. Mientras, Battista dejaba dispuestas varias jofainas en el suelo, cerca del difunto.

Una vez todo dispuesto, se acercó al cuerpo y lo destapó. Se trataba de un anciano de pequeña estatura, delgado y sin dentadura. Lisa se acercó sobreponiendo su curiosidad a su inevitable rechazo.

—¡Qué expresión tan dulce y serena hay en su rostro! —exclamó sorprendida la joven—. Parece estar feliz.

—Ciertamente. Es por ese motivo que le he escogido para el estudio —explicó Da Vinci—. En la tarde de ayer pasé por el hospital y tomé unos cuantos apuntes para *La Batalla*, entre ellos uno de sus manos. El hombre estaba vivo. Aún conservaba plena lucidez y me dijo tener más de cien años y que no sentía ningún achaque, excepto debilidad; y así, sentado en su cama, en el hospital, se iba de la vida, sin más emoción o señal de algún acontecimiento. Es por lo que quiero hacerle la autopsia, para comprobar la causa de muerte tan suave. De todas formas, es habitual en los cadáveres de quienes han muerto de forma no violenta que su expresión se dulcifique una vez han expirado. Eso se debe a la relajación de los músculos de la cara. Bien, empecemos.

Dicho esto, Leonardo se desprendió de la túnica abierta y se remangó hasta el codo las mangas de la desahogada camisa. Battista le ayudó a sujetarlas con cintas para mantenerlas en alto. Lisa tragó saliva. No pudo evitar que se le acelerara el pulso cuando vio que Da Vinci se disponía a abrir el cuerpo con un bisturí. Posó el extremo afilado en la garganta, a la altura de la tráquea y se detuvo. Miró a Lisa y ésta sintió una oleada de admiración por la entereza y rigor con el que se conducía el artista investigador e hizo un gesto de aprobación con la cabeza. Entonces, éste procedió. Hincó el bisturí en la carne. Brotó un poco de sangre. Siguió rasgando en línea recta hacia abajo la apergaminada piel del anciano, casi pegada al hueso. Se detuvo en la línea del pubis. Allí hizo otro corte, perpendicular al primero. Luego otro a la altura de las clavículas, de hombro a hombro. Introdujo sus dedos con delicadeza entre la hendidura abdominal y abrió de par en par la piel, como si de las hojas de un libro se tratara. Ayudado por el bisturí fue cortando las adherencias que presentaba la piel en los músculos y membranas, hasta quedar el cadáver con todas sus vísceras intactas al aire. Se lavó las manos y cogió su cuaderno e hizo unos apuntes rápidos y unas anotaciones. El tiempo contaba y mucho.

A medida que abría cavidades mostraba los órganos en ellas alojados y explicaba a Lisa los conocimientos que de ellos había ido adquiriendo en sus anteriores experiencias.

El hígado impresionó especialmente a Lisa quien no imaginaba pudiera haber órgano de tal tamaño en el cuerpo, ni de tan gelatinosa textura y menos aún, que fuese mucho más grande que el corazón. Éste, el corazón, era el objetivo que se había marcado para aquella ocasión Leonardo. Tenía especial interés en seccionarlo y dibujar sus correspondientes láminas anatómicas, pues le atraía el estudio del funcionamiento de la circulación sanguínea. Serró con paciencia y meticulosidad las costillas del lado izquierdo del cadáver e hizo que Battista le remangara aún más alto las mangas de la camisola. Separó las costillas serradas, introdujo sus manos en la cavidad cardiaca y extrajo el músculo de la vida: el corazón, envuelto en grasa y

369

rodeado de un bosque de raíces venosas y arteriales que se resistía a ser arrancado de su hoquedad.

—Mirad, aquí está. El órgano que nos da vida e impulsa nuestra sangre —le explicaba a Lisa mientras sostenía con orgullo y admiración la pieza cardiaca, aún unida al cuerpo, entre sus dos manos—. ¿Veis? Por estos conductos —dijo señalando las grandes venas que conectan con los ventrículos— es por donde nuestra sangre entra al corazón y dentro de él recorre sus compartimentos y vuelve a salir por estos otros —dijo mostrándole las grandes arterias que arrancan de las aurículas.*

—¿Y cómo sabéis que es así y no al revés? —preguntó Lisa.

—Por las válvulas que tienen dichos conductos donde conectan con el corazón. Ahora lo abriremos, lo podréis ver vos misma y yo aprovecharé para dibujarlo. —Leonardo fue cortando todo lo que rodeaba al corazón hasta liberarlo y lo extrajo—. Aquí está. Acercadme una jofaina. Eso es. Sujetadla con fuerza y no la soltéis, Lisa.

Y volviéndose hacia Battista, Leonardo ordenó:

—Acércanos un candelabro aquí, quiero más luz para dibujarlo.

La joven se mantenía todo lo entera posible sujetando una jofaina mientras Da Vinci depositaba en su interior la pieza grasienta y sanguinolenta recién arrancada. Al soltarla, de sus orificios salieron algunos coágulos ennegrecidos. Lisa sujetaba la palangana algo temblorosa. A continuación, Da Vinci, de espaldas a la joven, se lavaba las manos una vez más y le explicaba que ya había recopilado un número importante de láminas. Y que con ellas, junto con las notas explicativas que las acompañaban, tenía pensado editar un tratado de anatomía y…

Un golpe sordo cortó el discurso de Leonardo. No había duda, era el sonido de un cuerpo contra el suelo. «No tendría que haberle hecho sujetar la palangana»; se dio la vuelta y vio a Lisa en pie, buscando con la mirada un sitio donde dejar la jofaina e ir en ayuda de Battista que estaba en el suelo desmayado y junto a él, el candelabro que sostenía. En esta ocasión, había

370

* La deducción de Da Vinci era errónea, pero aproximada. La sangre venosa ingresa en el corazón a través de la aurícula y no del ventrículo, volviendo a retornar al torrente sanguíneo por la otra aurícula.

sido demasiado para él. Le reanimaron, le sacaron al pasillo y le ayudaron a sentarse en el banco, y ellos dos entraron de nuevo para proseguir.

—Me hablabais antes de un tratado de anatomía. Nunca oí que hubiera alguno —le comentó Lisa.

—No, no lo hay. Y quisiera ser el primero; para ello debo revisar mis notas y manuscritos. El día que acabe de hacerlo, los ordenaré y los haré publicar. Tengo pensado ordenarlos de la siguiente forma: en primer lugar, el estudio del feto dentro de la matriz; seguidamente, el niño; después, el hombre y la mujer en sus diversas etapas de crecimiento: desarrollo, madurez y senectud; luego un estudio detallado del esqueleto, órganos y vísceras; el estudio de los órganos donde residen los sentidos y una explicación del mecanismo de su funcionamiento, por último, el proceso del cuerpo hasta su completa desintegración.

—Hay algo que no comprendo, Leonardo —repuso Lisa mientras se lavaba y secaba las manos con un lienzo limpio—. Si ya tenéis tan detallado estudio del cuerpo humano, ¿qué es lo que seguís buscando en él? ¿Qué esperáis encontrar?

—Nada se os escapa. Vuestra observación es muy aguda. Es cierto. No sólo me mueve el conocimiento del cuerpo y su aplicación a la pintura o averiguar las causas de ciertas enfermedades. Hay algo que me obsesiona y que quisiera satisfacer, aunque me temo que en vano: es el porqué de la vida. ¿Dónde está la chispa de vida que alienta y mantiene vivo un organismo? ¿Qué hace que un cuerpo esté vivo o que esté inerte e inicie su destrucción?

—¿Acaso buscáis el alma en el hombre? ¿El espíritu de Dios? —preguntó Lisa un tanto alarmada.

—Si queréis llamarle así, sí —afirmó rotundo Leonardo.

—Pues no la busquéis donde no está. Un cadáver carece de alma. Buscadla en los vivos, que son quienes la contienen.

—Ya me lo advertisteis en otra ocasión. Me temo que soy demasiado testarudo para rendirme. Siempre tengo la esperanza de que algo me indique... —dijo apesadumbrado Da Vinci—. Poseo un talento especial para malgastar mis energías y mis capacidades.

—Eso no es cierto. Todo ese conocimiento es un tesoro y

debéis hacerlo público para que otros continúen el camino que habéis iniciado. Pero vuestra búsqueda no está bien orientada —y tras una pausa Lisa prosiguió—. Hay algo en vos que no acabo de comprender: me habéis repetido hasta la saciedad que no existe lo que no puede ser experimentado. ¿Cómo es posible que os empeñéis en buscar el alma si vos no creéis que pueda ser una realidad?

—¿Por qué decís que no creo en el alma? —inquirió Leonardo.

—Pues porque nunca ha sido probada su existencia; no es posible experimentar con ella, al menos, con la de los demás; y ni siquiera vos mismo habéis hallado rastro alguno de su paso por el cuerpo —argumentó Lisa—. Es sólo una cuestión de fe.

—En mi caso no es una cuestión de fe. Puedo afirmar que existe; pero no puedo probarlo.

—¿Queréis decir que habéis experimentado algo que permite afirmar que existe el alma pero que no podéis probarlo?

—Sí, así es.

—Pero ¿qué hicisteis?

—No hice nada. Fue algo totalmente involuntario, pero que cambió por completo mi percepción de las cosas y de la realidad.

—Corría el año 1496. Era el tiempo en el que me hallaba al servicio de El Moro, mal pagado y sobrecargado por mil trabajos dispares que no hacían más que retrasar el final del fresco encargado para decorar el refectorio de Nuestra Señora de las Gracias. Elegí para aquel comedor el tema de *La Última Cena.* Además, en la pared de enfrente, por expreso deseo de la duquesa Beatriz y para que quedara constancia de quienes promovieron la decoración del refectorio, tenía que realizar los retratos del duque, de la propia duquesa y de los hijos que ambos tenían en común.

»Llevaba ya tres años enfrascado en la confección de *La Cena* y ya la tenía prácticamente ultimada. Sólo quedaba un detalle: el rostro de Jesús. En mi afán por representar en los de los Apóstoles el estado de ánimo de cada uno de ellos, fui estudiando rostros en mis paseos por Milán, y cuando encontraba el adecuado lo apuntaba para luego, transformado y depurado, trasladarlo al original. De todos fui encontrando ejemplo; de todos menos de Cristo. Ansiaba, más que un rostro digno de Él, una expresión que tradujera un espíritu sereno y divino, más allá del bien y del mal, de quien sabe superado todo sufrimiento.

»Pasaba el tiempo y por más pruebas que realizaba no lograba dar con la expresión que me dejase plenamente satisfecho. La duquesa Beatriz me apremiaba a que lo acabase, pues decía una y otra vez que nada le alegraría más que conocer el rostro con el que iba a representar al Salvador.

»A finales de año la desgracia quiso cebarse en la familia de Ludovico. Su primogénita Bianca, habida con una famosa cortesana, murió repentinamente con sólo quince años de edad. El dolor de Ludovico fue inmenso. La duquesa Beatriz, ya encinta, también la lloró sinceramente y visitaba la tumba de su hijastra a menudo en la iglesia de Santa María de las Gracias, donde me hallaba trabajando. Ella aprovechaba las visitas para ver los avances del fresco y seguir insistiendo en que diera por fin rostro a Jesucristo, pues ver acabada la obra era su mayor deseo. Dos meses después, a primeros de enero, Beatriz fue a visitar una vez más la tumba de su hijastra. Se encontró algo indispuesta y regresó al castillo. Aquella noche se celebraba un baile de máscaras. En mitad de la fiesta Beatriz cayó al suelo. Creyeron todos que se trataba de una de sus bromas, pues era muy dada a ellas, y le reían a coro la gracia. Pero, en esta ocasión, no lo era. Se había desmayado. Se encontraba realmente mal. Comenzaron las contracciones del parto. A las once de la noche dio a luz un niño muerto, y a las doce y media ella moría también. Sobre aquellos invitados cubiertos de máscaras, disfraces y maquillaje chillones se extendió un manto de luto. Ludovico no daba crédito a lo sucedido. Su sufrimiento llegó a extremos insoportables. Poco faltó para que enloqueciera de dolor. En apenas dos meses había perdido lo que más quería en este mundo. Hizo cubrir sus habitaciones con telas negras y allí se encerró a llorar a su esposa y a su hija, apartado de todo y de todos. Salió por primera vez de la estancia enlutada para asistir a los funerales por la duquesa. Se celebraron en Santa María de las Gracias, que aún estaba siendo construida. Cuando Ludovico hizo su aparición en la misa en honor a su esposa, quedé impresionado. Su rostro expresaba el estado de quien había traspasado la barrera del dolor para instalarse en una paz y un sosiego inalcanzables por el acontecer externo: más allá del bien y del mal.

»Lo vi claro. Debía aprovechar la oportunidad que se me ofrecía, ese estado de ánimo que, pasajeramente, había alcanzado Ludovico. Memoricé sus rasgos y, antes de que acabaran los oficios, me dirigí a toda prisa al refectorio. Me desprendí de toda prenda que me agobiara y sin pensármelo trasladé los rasgos de divina paz interior que había captado, al rostro de Jesucristo. Me aparté y observé el resultado. Ahora sí. Esto era lo que buscaba. Respiré satisfecho. Fue entonces cuando noté la presencia de alguien que se encontraba tras de mí. Al principio descarté la idea por descabellada: sabía a ciencia cierta que me encontraba completamente solo en el refectorio. Sin embargo, la sensación persistía y comencé a preguntarme por qué no me volvía y lo averiguaba por mí mismo. Tragué saliva. Era ridículo pero sentía miedo. Pero ¿a qué? Me armé de sensatez y me dije que debía dejarme de estupideces y volverme para acabar con aquella sensación. Lo hice. Me di la vuelta. El corazón me dio un vuelco. Por un momento detuvo sus latidos. Allí estaba, luminosa y bellísima la mismísima duquesa Beatriz. Apenas si tocaba el suelo y sonreía dulcemente, envuelta en ropas de luz. Llevó su dedo índice hacia los labios en señal de silencio, para que no gritara. Ella no habló ni hizo ruido alguno: nada. Pero oí su pensamiento en mi mente: no quería marcharse sin ver el rostro de Jesucristo. Aquello duró apenas unos instantes. Salí corriendo aterrorizado y no volví en varios días.

»Como ahora ya sabéis, tengo una prueba de que existe el espíritu, puesto que yo lo vi. Pero es algo que no puedo demostrar, ni siquiera contar pues me tomarían por loco o hechizado.

—Me habéis impresionado —afirmó Lisa—. La verdad, no sé qué deciros. Tan sólo que os creo. —Tras una pausa agregó—: Pero si no dudáis de la existencia del alma, puesto que la habéis visto con vuestros propios ojos, ¿por qué os angustia tanto la muerte?

—No dudo de la veracidad de lo que vieron mis sentidos, aunque éstos nos puedan engañar. No, de la realidad de aquella experiencia no me cabe ninguna duda. Es acerca de si realmente el alma es inmortal. Su existencia no implica, necesariamente, que ésta siga existiendo por tiempo ilimitado ni en qué lugar. ¿Comprendéis?

—Sí, os comprendo y también veo que en vos una respuesta sólo es el comienzo de una nueva pregunta. —Lisa se preparó para marcharse—. Estoy convencida de que si perseveráis en vuestro empeño por encontrar la respuesta, ésta vendrá a vuestro encuentro de una forma u otra. Confiad, Leonardo, confiad.

375

Capítulo XX

Monte Ceceri

Noche del 28 de abril de 1512

*L*a puerta de la habitación de Da Vinci chirrió al ser abierta, despacio. Melzi miró y vio la cabeza de Battista asomando por la abertura que había quedado. El criado tenía una interrogación en su rostro. Francesco Melzi respondió con la cabeza afirmativamente, por lo que el anciano entró cojeando ligeramente hasta ocupar el lugar de Francesco, quien se marchó a cenar junto con el médico.

Antes de sentarse en la silla alta junto a su señor, quiso cerciorarse de que éste dormía. Se asomó y acercando el rostro al de su amo comprobó que éste se encontraba en un estado de duermevela. Se retiró con cuidado de no desvelarle y colocó un mullido cojín en el respaldo de la silla, pues sus huesos se resentían en semejante postura. Al sentarse arrastró involuntariamente la silla y el ruido sacó a Da Vinci de su ensueño.

—¿Francesco? ¿Francesco, estás ahí? —preguntó un tanto desorientado mientras se desprendía de sus ensoñaciones.

—Soy Battista, señor. El señor Melzi y el señor Wesel han bajado a cenar algo. Vendrán enseguida.

—Bien, bien. De acuerdo. Mejor así.

—¿Sí? ¿Por qué señor?

—Sí, mi buen Battista. Porque quiero hablar a solas contigo. Ahora es un buen momento. Supongo que ya sabes qué es.

—Lo supongo, señor. No tengáis cuidado.

—Eso espero. Confío plenamente en ti. —Da Vinci hizo una pausa y respiró muy hondo—. No es que desconfíe de Francesco, pero un juramento es un juramento. Por eso te pido que tú también lo mantengas, como yo lo he hecho.

—Entonces, ¿no le habéis hablado al joven Melzi de aquello... lo de Castellnuovo?

—No. Y no lo haré. Juramos que nunca, nunca lo revelaríamos, ¿recuerdas? Por mucho que le quiera, y por eso mismo, no debo contárselo. Y tú tampoco, por mucho que te insis...

Un fuerte golpe de tos le impidió continuar. Battista le ayudó a incorporarse hasta que calmó la desgarradora tos y lo devolvió sobre la almohada, frágil, quebradizo, amarillento como hoja seca. El viejo criado y fiel amigo le hizo señas con el índice sobre los labios de que no continuara hablando, dejándose caer en la silla. Sacó con discreción su pañuelo y se secó a escondidas las dos gruesas lágrimas que le asaltaron de improviso. No era necesario que hablara. ¡Vaya que no! ¿Cómo podría él, y nadie, olvidar lo que vieron sus ojos y guardaban sus labios?

Lisa jugaba a chocar palmas con Andrea, su hijito mayor, en el amplio salón de su nueva y señorial casa. La intensa luz del mes de marzo entraba a raudales por los espléndidos ventanales del salón, tamizada por visillos de rico encaje veneciano. Una soberbia librería recorría dos altas y largas paredes formando un ángulo recto. Las paredes estaban decoradas en un cálido granate, oculto en gran parte por tapices y lienzos magníficos. Una regia vitrina mostraba la elegante vajilla y la estilizada cristalería que poseían los dueños de la casa. La boca de la chimenea había sido recubierta por mármol de intenso color negro. Sobre ella, un espacio había sido reservado para colocar el retrato de la anfitriona cuando estuviese terminado. El menor de los Giocondo, Carlo, de apenas tres años, repetía una y otra vez los mismos gestos intentando asustar a Vicenza. La anciana fingía espantarse mucho con gran alharaca y gestos exagerados, lo que al niño hacía reír sin freno.

Francesco Giocondo entró al salón y sonrió satisfecho complacido con la hogareña escena. Desde la pasada Navidad ¡todo había cambiado tanto! Por fin la alegría se había posado en su casa. No haría preguntas. Le bastaba con tener a su Lisa de nuevo entera y verla sonreír satisfecha.

Ahora cantaba, acompañándose del laúd, una cancioncilla que los niños celebraron mucho y que bailaban dando saltitos que hacían las delicias de los mayores.

—¡Mamá, baila conmigo! —dijo el mayor.

—¡No, mami! —se negó el pequeño colocándose en medio de su hermano y su madre y aferrándose a las faldas de ésta—. ¡Mami, mami! ¡Conmigo, mami!

—¡No! ¡Contigo, no! ¡Conmigo! —repuso enfadado el mayor intentando apartar al pequeño de la madre.

—¡Ninguno de los dos! —sentenció el padre—: Bailará conmigo.

Lisa inclinó la cabeza concediendo el baile al padre de los niños y danzaron al son de las palmas del pequeño y de Vicenza, mientras el mayor demostraba su enfado cruzándose de brazos y frunciendo las cejas y los labios.

Acabado el simpático y casero baile, decidieron salir a dar un paseo con los pequeños, pues hacía un día espléndido.

—Había pensado que nos pasáramos por el palacio de la Signoria —propuso Francesco Giocondo—. Hace ya un par de días que Da Vinci y Buonarroti han expuesto sus respectivos cartones de la *Batalla de Anghiari*. Podríamos ir a verlos; dicen que son magníficos.

—Es una excelente idea. Debe de ser maravilloso: en un muro Da Vinci y en el de enfrente Buonarroti. —El rostro de Lisa se ensombreció ligeramente—. ¿No crees que Soderini lo ha hecho intencionadamente?

—¿Intencionadamente, el qué? —preguntó Giocondo.

—Pues asignarles a cada uno una pared de la Sala del Consejo. Podría haber encargado el trabajo sólo a uno de ellos. Habría evitado ese duelo sordo entre ambos.

—No tan sordo, querida. ¡Los improperios de Buonarroti se oían a veces desde el patio de la Signoria! Yo los he escuchado. Le encanta provocar a Da Vinci.

—Ha debido sufrir mucho con todo esto. ¡Es tan sensible y delicado!

—Si no fuera tan sensible y delicado, en muchas ocasiones creo que me moriría de celos.

—¡No digas eso! Eres injusto con él y conmigo.

—Lo sé. Sólo era una broma. —Tras una pausa añadió—:

Es probable que alguno de los dos esté allí. Espero que veamos a Da Vinci, pues quisiera que continuase con tu retrato y ¡que lo acabara de una vez!

—Vamos, pues.

Entraron Giocondo y su familia al palacio de la Signoria. Llegaron hasta la Sala del Consejo. No fue fácil entrar, pues eran muchos los florentinos que acudían, curiosos, a admirar la calidad de los cartones e inevitablemente, a comparar a ambos artistas. Una vez dentro de la sala, Lisa advirtió a los pequeños que debían comportarse adecuadamente, no tocar nada y procurar mantenerse en silencio. Dos pequeñas cabecitas asintieron obedientes y se sujetaron a la mano de la madre.

Las escenas eran magníficas. Verdaderamente apabullados por la calidad extrema de ambas composiciones, los florentinos exclamaban asombrados y señalaban constantemente detalles que llamaban su atención. Si la armonía, el movimiento, la atmósfera y la grandiosidad se manifestaban en las figuras de Leonardo, no eran menos atrayentes la fuerza, la monumentalidad y el vigor de Buonarroti. Eran tantos los partidarios de Miguel Ángel como los de Leonardo. Pero todos coincidían en algo: el acierto de Soderini al encargar a cada uno un muro, concentrando en una sola estancia lo mejor del arte florentino.

Allí encontraron Francesco y su esposa a *messere* Da Vinci, que era constantemente felicitado por los visitantes. Pudieron acercarse a él no sin dificultad, por lo abarrotado que se encontraba el salón.

—¡*Messere* Da Vinci, cuánto gusto! —saludó Francesco Giocondo al artista que en esos momentos charlaba animadamente con un joven—. Permitidme que os felicite en mi nombre y en el de mi esposa por la maravilla que habéis creado. Es impresionante. Sois verdaderamente un genio, amigo mío.

—No exageréis, Giocondo; pero agradezco vuestro homenaje. —Y dirigiéndose a Lisa añadió—: Señora, me alegro de volver a veros. Supongo que estos encantadores pequeñines son vuestros hijos. ¿No es así?

—Sí, así es —contestó orgullosa y sonriente de presentar a hombre tan sublime a sus dos joyas—. Éste es Andrea, el mayor, que tiene siete años y éste, Carlo, el pequeño; este mes cumplirá tres años.

379

—Son muy guapos y risueños —y acarició la naricita del pequeño que le estaba dedicando mohines para hacer gracia—, y por lo que veo muy simpáticos. Permitidme que les presente a este joven artista, muy pronto oirán hablar de él: Rafael Sanzio. Cuenta con todo mi afecto como persona y con mi admiración como artista.

—Señora… caballero… —saludó cortésmente el joven pintor al matrimonio Giocondo.

—Ha acudido acompañado con otros jóvenes artistas para estudiar mis dibujos, aunque ya no precisa maestro, puesto que él ya lo es —apostilló Da Vinci.

—Resulta tranquilizador saber que el arte de Florencia tiene cantera propia y cuenta con jóvenes tan prometedores —dijo Francesco Giocondo—. *Messere* Da Vinci —terció Giocondo—, quisiera aprovechar la ocasión para pediros que terminéis el retrato de Lisa; ya sé que sois hombre de múltiples obligaciones, pero ya son dos años de espera y no comprendo por qué lo dilatáis tanto.

380

A Leonardo se le escapó una mirada severa hacia su interlocutor. No podía obviar que bajo la exquisita educación con la que se conducía Giocondo para exigirle que acabase el encargo, se percibía un punto de impaciencia y de incomodo. Se controló y, para quitar hierro a la impresión que había recibido, decidió dar un giro a la situación:

—Acompañadme a mi estudio —dijo dirigiéndose a los Giocondo—, y vos también, Rafael, os interesará ver esto. Os enseñaré cómo va el retrato. No lo he abandonado —puntualizó el artista y, llegados a un tranquilo y apartado refugio, cerró la puerta, descorrió las cortinas y levantó el lienzo que protegía el retrato.

—¡Es maravilloso! —exclamó Giocondo—. ¡Es increíble! Parece que respire. ¡Es tan… tan real! ¡Eres tú, Lisa! Tal y como eres tú. —Algo más calmado preguntó—: ¿Por qué no le habéis acabado la boca? Aún está a medias.

—No sé. Hay algo en vuestra esposa que se me escapa y no quiero falsear su expresión. Es cuestión de esperar el día apropiado, el momento adecuado y surgirá de forma espontánea. —Y explicó Leonardo dirigiéndose especialmente al joven pintor—: El arte no puede ser forzado. Soy un artista, no un artesano.

El joven Rafael observaba admirado el retrato en el que había logrado plasmar la mayor naturalidad y, a un tiempo, desprender un cierto aire de misterio. También le llamaba poderosamente la atención la dama menuda. Había algo en ella.

—Disculpad, maestro —dijo Francesco Giocondo dirigiéndose a Da Vinci y rompiendo los pensamientos de Rafael; con aire resignado añadió—: No quisiera haberos molestado. Bien, tomaos vuestro tiempo. De todas formas, ¿ahora qué haréis?

—He de continuar con el fresco de la *Batalla de Anghiari*. Pasaremos el cartón* a la pared con los calcos. Luego prepararemos la pared con el mortero y aplicaremos el color. Todo esto me llevará hasta, aproximadamente, mediados de marzo. Después dejaremos secar la mezcla un mes.

—Entonces, habréis acabado, poco más o menos, dentro de dos semanas —calculó Giocondo.

—Eso es. Luego habré de volver cuando esté seco para dar algunos retoques.

—¿Qué os parece —le propuso Francesco Giocondo—, si no distorsiona vuestros planes, que nos acompañéis a nuestra villa en Fiésole? Nosotros saldremos para allá dentro de unos días para pasar varios meses allí, incluso puede que el verano. Allí podríais continuar el retrato de Lisa sin que nada os perturbe ni moleste.

Leonardo se mostró sinceramente sorprendido por la propuesta y la encontró realmente acertada; sin dudarlo, aceptó. Sería el invitado de los Giocondo en Fiésole, un excelente lugar para completar otros de sus ansiados proyectos: su estudio sobre el vuelo de los pájaros. Una vez hubieron abandonado el pequeño refugio los Giocondo, Da Vinci se dirigió al joven artista mostrándole el retrato:

—¿Qué opinión os merece, Rafael?

—Creo que yo también emplearía no años, sino una vida, en deleitarme añadiendo pequeñas y delicadas pinceladas a este retrato. —Rafael hizo una pausa y añadió—: Disculpad mi

---

* Reproducción a tamaño real del tema que va a ser pintado en el mural o tejido en el tapiz. En la técnica del fresco, el muro se cubre de cartones y se pinta realmente encima, a modo de ensayo general.

atrevimiento, maestro, pero tengo la impresión de que cada una de vuestras pinceladas no la pinta, sino que la acaricia.

Da Vinci se emocionó ligeramente y se sonrió. Pasó su brazo por el hombro del muchacho mientras salían de la pequeña estancia.

—No pasará mucho tiempo, querido Rafael, antes de que seas aún más reconocido y admirado que yo.

El joven, aún pensativo, le preguntó:

—Maestro, ¿y quién decís que es esa mujer? ¿La esposa de Giocondo, el comerciante de sedas?

—No, querido Rafael. Lisa, no es una mujer: es un filósofo.

Una vez acabadas, varias semanas después, las labores del fresco de la Signoria y dejando tras de sí una de las más hermosas obras realizadas con esa técnica —tan sólo comparable a su malograda *Última Cena*—, Leonardo organizó su marcha a Fiésole, acompañado de Battista; Salai permanecería en Florencia.

Al llegar a la villa de los Giocondo el recibimiento no pudo ser más caluroso y sincero, especialmente por parte de los pequeños de la casa, que estaban muy excitados con la llegada del maestro pintor del que todos hablaban maravillas.

Fueron días deliciosos en los que el artista se sintió plenamente integrado en aquella familia acogedora, de modos y costumbres sencillos, pese a su elevada posición social. Tanto fue así que Leonardo, poco acostumbrado al revuelo de la chiquillería, no se sintió perturbado por ella, sino que se mostró accesible y predispuesto a contarles historias y fábulas de las que no parecían tener hartura los pequeños.

—Cuéntanos la fábula del agua, la del agua, ¡por favor! —pedía Andrea, coreado por su hermanito.

—¡No seáis pesados! —reprendió Lisa a los pequeños—. Ya se la habéis hecho contar hoy tres veces. Si abusáis de él, *messere* Leonardo no va a querer estar más con nosotros.

—¡Por favor, sólo una vez y ya está! —pedía el mayor tirando de la manga al pintor y el pequeño juntaba las manitas en forma de súplica, lo que hizo reír a todos los mayores.

—Reconozco que no me canso de oírosla contar —intervino Francesco Giocondo—. Si no os resulta penoso, hacedlo de nuevo.

—¡Francesco! —reprendió Lisa a su esposo—. ¡Aún eres peor que los niños! No canséis al maestro.

Giocondo se encogió de hombros con gesto divertido.

—No me cansa —dijo Leonardo—, al contrario. Es un placer tener un auditorio tan rendido. Escuchad, niños: «Érase el Agua que, encontrándose en el soberbio Mar, tuvo el deseo de subir por el Aire y ayudada por el Fuego elevose en forma de sutil vapor, pareciendo tan ligera como el aire mismo. Subiendo, subiendo, llegó adonde la atmósfera es más fría y menos densa, y allí fue abandonada por el fuego. Las pequeñas partículas, se unieron asustadas, condensándose y se volvieron pesadas, pesadas y su soberbia se convirtió en rápido descenso.

»Cayeron del cielo y fueron bebidas por la seca tierra, en la cual quedaron encarceladas por mucho, mucho tiempo, hasta penar su pecado.

El entusiasmo por la historia y por la gracia sin par del decir de Leonardo fue común a grandes y pequeños. Lisa decidió que ya era hora de que los pequeños se acostaran y les hizo despedirse de su padre y de Da Vinci, acompañándoles después a sus habitaciones. La criada marchó con su señora a ayudarla y a preparar la habitación de sus señores.

Quedaron solos Francesco Giocondo y Leonardo. Battista permanecía apartado, en un discreto segundo plano. El silencio entre el anfitrión y el invitado empezaba a prolongarse demasiado.

—Tiene algo especial ¿verdad? —preguntó Giocondo refiriéndose a su esposa.

—Sí. Sí que lo tiene —respondió contundente Leonardo.

—¿Y sabéis en qué consiste? —preguntó retóricamente Giocondo.

—No. La verdad es que aún no lo he sabido discriminar.

—Pues os lo diré, amigo Leonardo. —Se inclinó hacia delante para que la confidencia no traspasara los muros de la sala—. Ella, ante todo, es ella misma. Auténtica. Sin impurezas. Sin engaños ni fingimientos. Tal y como es. Transparente. —Se reclinó de nuevo en el alto y confortable sillón—. Es curioso —añadió más para sí mismo que para Leonardo—.

383

Esa transparencia consigo misma y con los demás, la hace a un tiempo misteriosa.

Hizo una pausa y prosiguió Giocondo:

—¿Sabéis? En ocasiones tengo la sensación que Lisa está ligada, de alguna forma, con algún insondable pozo del que saca todo lo que necesita: fuerza, entereza, paciencia. ¡En fin! No quiero cansaros con mis historias.

—No me cansáis en absoluto y comprendo lo que decís; es más, lo comparto. Creo que Lisa ha logrado, con el tiempo, lo que muy pocos consiguen: conocerse a sí misma y aceptar lo que encuentra cuando se ve; vivir serena en ella misma y con todo lo que la rodea.

—Es posible que sea así.

Y apartando el tema de su mente, Giocondo le anunció a Leonardo:

—Mañana por la mañana temprano me marcharé de nuevo. Esta vez el viaje será largo pero le he prometido a Lisa que será el último. A partir de ahora mandaré enviados en mi nombre. ¡Ya es hora de que disfrute de mi familia y del fruto de mis esfuerzos! —Leonardo asintió comprensivo con la cabeza—. Os ruego que en mi ausencia continuéis en mi casa, que podéis considerar como vuestra, y dispongáis de todo lo que en ella hay si os vale para vuestros estudios y experimentos, y contad con la obediencia de mis criados, que están a vuestra disposición.

—Os lo agradezco, sois muy generoso —respondió Leonardo.

—No lo creáis. En el fondo me mueve el interés de que finalicéis el retrato de mi esposa. —Sonrió y estrechó por los brazos a Da Vinci sinceramente—. Es un honor que seáis amigo y huésped en mi casa. Buenas noches.

—Buenas noches y buen viaje. Cuidaos. —Y dirigiéndose a Battista—: Vamos, retirémonos.

—¡Buenos días, Leonardo y compañía! —saludó Lisa a la mañana siguiente desde el pórtico de entrada de la villa—. ¿Habéis descansado bien?

—Maravillosamente bien —respondió Leonardo, sentado

y apoyado en el tronco de un olivo centenario, jugando con una ramita—. En el campo todo sabe mejor, incluso el sueño resulta más reparador.

—Y vos, Battista, ¿qué tal habéis dormido? —interesó Lisa.

—Como un tronco, señora.

—Me alegra oíros eso —respondió Lisa con la mano formando techo sobre sus ojos para protegerlos de la fuerte luminosidad de la mañana—: ¿Qué os parece, Leonardo, una excursión al Monte Ceceri? No está lejos de aquí y es lugar muy bonito para pasar el día y que los niños corran y jueguen por allí. Ya hemos ido en otras ocasiones; a ellos les encanta. ¿Os venís?

—¿Por qué no? Tenía pensado continuar estos días con la observación del vuelo de los pájaros. Seguro que es un lugar ideal para hacerlo.

—Desde luego, si algo no faltará allí serán aves para mirar. Dentro de una hora nos marcharemos; voy a dar instrucciones para que preparen todo lo necesario para comer y merendar allí.

—Vale. Muy bien. Esperaremos aquí —respondió Da Vinci.

Y cuando Lisa se hubo alejado lo suficiente como para no poder oírle, dijo a Battista:

—Battista, ¿quieres explicarme, ahora que no nos oye nadie, por qué motivo visitas tan frecuentemente las cocinas?

Battista se sintió sorprendido por lo acertado de la observación de su amo y procuró controlar su tribulación, para que se notara lo menos posible.

—Bueno, señor, yo… ya sabéis… me gusta ayudar. Eso es. Me gusta ayudar en lo que pueda y… en las cocinas siempre hay cosas que hacer y…

—Y una bonita cocinera, también, ¿verdad? —apuntó Leonardo.

—También… digo, no sé. No sé. No me he fijado. No sé de quién me habláis —mintió Battista.

Leonardo miró a Battista enarcando una ceja sin dejar lugar a que pudiera pensar que podía engañarle ni por un instante.

—Entonces, supongo que tampoco te habrás fijado en que tiene…

El criado no le dejó terminar la frase, entusiasmado, la completó él:

—¡Un magnífico par de tetas! ¿Os habéis fijado vos también, señor? —le explicaba Battista pletórico y ayudándose de la mímica para redondear el sentido de la frase.

Leonardo le miró francamente indignado y terminó de completar lo que quería decir:

—¡En que tiene un marido! Pero ¡qué animal eres, Battista! —le reprochó Da Vinci sintiendo vergüenza y repulsa por el comportamiento de su criado.

—¿Marido? ¿Ah? ¿Tiene marido? Ya. No lo sabía. No sabía que estuviese casada. No me lo ha dicho —confesó todo apurado Battista, apretando los labios, sintiéndose pillado.

—Bien, pues ¡ahora ya lo sabes! No es mi intención entrometerme en tus asuntos; pero no quiero líos y menos, en una casa en la que estamos en calidad de invitados. ¿Me has entendido, Battista? Pues no hablemos más del asunto. —Y suavizando el tono de voz dando el tema por cerrado añadió—: Ve y prepara nuestras cosas, pronto nos avisarán para marcharnos.

Todo había estado realmente apetitoso, especialmente las tortitas de polenta y queso de Vicenza, que tuvieron mucho éxito. Ahora disfrutaban de una relajada sobremesa sentados sobre la hierba, alrededor de un rústico mantel extendido en el suelo junto a un frondoso abedul. Pero lo que provocó el entusiasmo de todos, especialmente el de los pequeños, fue un plato que sugirió Leonardo y que él mismo solía preparar para sus invitados: consistía en colocar una loncha de carne asada o frita entre dos rodajas de pan.

—¡Está realmente bueno, *messere* Leonardo! —le felicitó la buena de Vicenza, sorprendida de que un hombre de su categoría gustase de meterse en cocinas e inventara nuevos platos.

—Está muy sabroso, Leonardo. A los niños les divierte y comen mejor —añadió Lisa—. ¿Cómo llamáis a este plato que se come en el aire, con las dos manos?

—No lo sé; aún no le he puesto nombre. En realidad, lo primero que se me ocurrió fue colocar dos trozos de carne y en medio un trozo de pan. Pero aquello resultaba muy incómodo y sucio de comer; así que, al poco tiempo, llegué a la conclusión que sería más adecuado hacerlo del revés y puse un trozo de carne entre dos de pan.

—Pues es un *boccatta* delicioso. Una idea excelente para ir de excursión. Lo repetiremos más veces ¿verdad, Vicenza?

Vicenza asintió con la cabeza pues tenía la boca aún llena del último bocado. Battista daba buena cuenta del tercero, pues los paseos por el campo le abrían el apetito. Al acabar, Lisa y Vicenza recogieron el mantel que colocaron sobre la hierba para comer. Lo doblaron y guardaron en una cesta, junto a los utensilios de la comida.

—Leonardo —dijo Lisa—, aún no os he dado las gracias por la bonita fiesta de cumpleaños que organizasteis para mi pequeño.

—¡Oh, no es nada! No tiene ninguna importancia. Lo hice muy a gusto —respondió modestamente Leonardo.

—Vos no le dais importancia, pero os aseguro que mis hijos no olvidarán mientras vivan esos graciosos peces voladores que construisteis con cera. Pero ¿cómo pudisteis hacer que volaran por toda la habitación sin hilos ni sujeción alguna? ¡Fue increíble!

—Bueno, bueno... todo tiene su explicación. Sencillamente, al cuerpo hueco de cera se le insufla aire caliente y... ¡Ah! ya no os cuento más, ¡yo también tengo mis secretos! —Los dos rieron—. Por cierto, hablando de juguetes: llamó poderosamente mi atención un juguete con el que se distraían vuestros hijos esta mañana: lo he estado observando y resulta muy curioso. ¿De dónde lo han sacado?

—¿A cuál os referís? ¿A ese que es una hélice sujeta a un palito que hacen girar frotando con las manos? —preguntó Lisa.

—Sí, el mismo.

—Lo trajo mi marido de uno de sus viajes. Al parecer se lo compró a un mercader de seda que venía en una expedición desde Catay.* Les trajo a los niños un juguete de ésos a cada uno y a mí un precioso pañuelo de seda pintado.

—Pues ese juguete me ha dado qué pensar. Fijaos en que si

387

* Nombre que recibía China durante la Edad Media y parte de la Moderna.

la mano de un niño puede hacer salir despedida hacia arriba una pequeña hélice, un mecanismo apropiado podría lanzar a un hombre que estuviese sujeto a ella.

—¿No resultaría peligroso?

—No, si se toman las precauciones debidas. Además en un futuro experimento, al voluntario que se prestase, le proporcionaría un lienzo sujeto con cuerdas a su cuerpo, que evitaría que se precipitara al vacío y le amortiguaría la caída.

—Veo que todo lo tenéis previsto. ¿Cómo os han ido vuestras observaciones esta mañana? ¿Habéis encontrado aves para vuestro propósito? —preguntó Lisa a Leonardo mientras terminaba la labor de recogida.

—Sí. Ha sido realmente interesante. He podido tomar numerosos apuntes y ya estoy en disposición de completar mi estudio.

—¿Dónde habéis estado? —preguntó Lisa.

—Allí arriba, en la cima del Ceceri. No es muy alto y, sin embargo, permite la observación de las aves en pleno vuelo, y la vista es realmente magnífica. ¿Os apetece subir y verlo? Merece la pena y no resulta cansado, la ladera es muy suave —invitó Leonardo.

388

—Sí, un buen paseo me vendrá bien —aceptó Lisa y dirigiéndose a Vicenza—: Ahora venimos; quédate al cuidado de los niños, Vicenza.

—Yo también tendré cuidado de ellos, id tranquila —se ofreció Battista.

Leonardo le dedicó a Battista un gesto de aprobación por su espontáneo ofrecimiento.

La subida al Ceceri no resultó pesada. Más bien, al contrario. La ascensión resultaba reconfortante: un largo y bonito paseo por aquella titánica espalda. La silueta del monte recordaba al suave lomo de un cisne y su cima no era tal, sino un extremo truncado por un corto precipicio.

—¿Me engaña la vista o percibo en vuestros ojos un brillo especial? —preguntó Lisa al artista florentino.

—Es muy probable que no os engañe vuestra vista — respondió Leonardo.

—Os noto… cómo diría, pletórico. Sí, eso es: lleno de energía, más relajado y sereno, pero más entusiasmado que de costumbre…

—Bueno, hay un par de razones que pueden ser la causa —se explicaba el artista mientras ofrecía su mano a Lisa para ayudarla a subir un pequeño desnivel—. La primera es que con lo que he recopilado hasta la fecha ya puedo dar por concluido mi estudio sobre el arte del vuelo de las aves. ¿Sabéis?, al principio, me centré en la observación del movimiento de las alas durante el vuelo; luego, estudié el vuelo cuando no hay movimiento de alas; más tarde pasé a observar el vuelo de los murciélagos, peces voladores e insectos y desde hace un tiempo, me he centrado en el estudio del vuelo mecánico. Considero que las anotaciones y apuntes que hoy he realizado son las últimas y que ya estoy en disposición de corroborar mis conclusiones y rematar mi diseño de máquina voladora. Si alguna vez construyo la máquina de volar, la probaré aquí, en este monte; es ideal para lanzarse y levantar el vuelo.

»Algún día ordenaré todos mis apuntes y publicaré un tratado sobre mis experimentos y observaciones. ¡Buf...! ¡Hemos llegado! ¡Abrid los ojos y el espíritu y ved qué maravilla! —Y con su brazo extendido y la palma de la mano hacia arriba ofrecía y mostraba orgulloso el paisaje a Gioconda, como si de un dominio propio se tratara.

Asomados en lo alto del pequeño monte, el aire soplaba con genio alegre y decidido, sacudiendo las ropas y los cabellos de los improvisados alpinistas. Permanecieron un rato así, en silencio, observando los múltiples verdes y azules de los campos de olivos y colinas que se solapaban entre sí; el ocre de la tierra arañada por el hombre; la explosión de amarillo de las extensiones de aulaga; la luz del sol rota en mil espejuelos en los arroyos y el vértigo de la vista, perdida en la inalcanzable curva del horizonte.

Arreciaron las sacudidas del ropaje contra el cuerpo, convirtiéndoseles las telas en una segunda piel. Tanta belleza saturaba y golpeaba la vista, haciendo insoportable mantener los ojos abiertos por más rato; ambos, con los ojos cerrados aspiraron profundamente el aire que les plantaba cara; partíanlo en dos como vigorosas proas de carabelas aventureras. Inspiraron fuerte y hondo. Aspiraron naturaleza. La Naturaleza penetró en ellos, uniéndose a ellos, confundiéndolos en un solo pulso. Comenzaron a percibir el latido de la Tierra, del Universo, del

Todo Glorioso. Se notaban el uno al otro sin verse. Se sentían envueltos, girando dentro de un Todo Absoluto y, a un tiempo, el Todo estaba dentro de ellos y dentro de aquello que les rodeaba. Todo era Uno. Y ellos, uno con el Todo. Despegaron los brazos del cuerpo, lentamente; desplegando alas, dejándose envolver por el viento y los cruzaron sobre el pecho en un abrazo universal. Sabían que el otro hacía exactamente igual: no eran dos, eran uno con todo. Un águila observaba desde la vertiginosa altura, en su señorial vuelo, aquellas dos oscuras cruces que se habían clavado en lo más alto del Ceceri. Giró sobre el eje de sus alas con su extremo hundido en el aire para retroceder. Sobrevoló las dos extrañas figuras. El ave se sintió traspasada sin herida, cerró sus ojos amarillos y los abrió: se sintió más despierta y distinta. Algo se había instalado dentro de su ser: no era sólo ella, ahora también veía para ellos, a través de ella las lomas y los frondosos bosquecillos, las tierras lejanas y cordones de agua. Ella veía, a través de ellos, lo que ellos veían. Sentía a través de ellos, lo que ellos sentían. Supo que ya nada sería igual. Había cedido algo de ella y también algo nuevo e incomprensible se llevaba a ella lejos de allí, en su interior, en su vuelo hacia el sol poniente.

El viento cesó. El sol insistía en continuar su camino hacia el mar. Leonardo y Lisa, algo mareados, se sentaron en la hierba, a unos metros del extremo final del Ceceri.

—¿Lo habéis leído, verdad? —preguntó Lisa.

—Sí —respondió él.

Lisa meneó la cabeza asintiendo. Y volvió a mirar al vacío del precipicio que se iniciaba a pocos metros frente a ellos.

—¿Sabéis que no os lo podréis quedar, verdad? *El Kybalión* no es un libro para un solo hombre. —Lisa miró directamente a Leonardo—. Ha de ir en busca de quien lo busca. Es para todos los hombres que buscan la respuesta a la gran pregunta.

—Y «cuando el oído es capaz de oír, entonces vienen los labios que han de llenarlos con sabiduría» —rememoró Da Vinci uno de los párrafos.

—«Anhelo, padre, oírlo y quiero comprender todo» —le siguió Lisa con otro párrafo memorizado.

—«No digas más nada, hijo mío, escucha la alabanza armoniosa, el himno de regeneración, que consideré que no era conveniente manifestarlo abiertamente sino a ti, al fin de todo. Porque no es algo que se enseña, sino que se oculta en silencio. Así entonces, hijito, de pie, al aire libre, vuelto reverente hacia el viento del sur, hacia la puesta del sol en su camino, adora. Y hazlo también al amanecer, vuelto hacia el viento de Levante. En silencio, hijito mío» —recitó Leonardo.

—Viejas palabras, tan viejas como la verdad que encierran —aseveró Lisa—. Los Padres de la Sabiduría conservaron durante cientos y cientos de años el Secreto del Universo, transmitiéndolo oralmente, de generación en generación, a aquellos que estuvieran preparados para participar de los conocimientos transmitidos por Hermes Trimegisto. Estos principios de la doctrina secreta fueron compilados en *El Kybalión*. Pero, a pesar del secretismo, siempre hubo enemigos del conocimiento y se persiguió al libro y a todo aquel que lo poseyera. Durante siglos se dio por destruido. Pero no era así. Sólo ha estado latente, siempre llegando allí donde era buscado.

—¿Queréis decir que todo aquel que necesita las respuestas que en él se contienen, de alguna forma, lo atrae para sí?

—Sí. Porque todo es una misma cosa, y esa cosa se compensa a sí misma, allá donde hay falta acude lo que en otro lado sobra. Lo mismo ocurre con nuestros deseos, están en nuestra mente y, por lo tanto, en la Mente Universal, y puesto que en ella está todo contenido, el objeto de nuestro deseo también. Si nuestro deseo tiene la fuerza suficiente, su objeto recorrerá todos los vericuetos que hicieren falta para llegar a la mente individual que lo desea.

—¿No creéis que si eso fuera así no habría dolor, ni miseria ni guerras?

—Hay lo que hay porque es lo que queremos que haya. Nada ocurre contra la voluntad del hombre. Si todas las voluntades fueran como la vuestra, que desea prosperidad para todos, no tendría cabida en el mundo la miseria; pero ved que son más las voluntades egoístas que quitan al de al lado lo poco que tiene para aumentar sus propiedades. Para que la Mente pueda ser cómplice de los deseos, éstos han de ser albergados por un espíritu que palpite con el latido del Universo y no contravenga sus leyes.

—Pero ¿qué entendéis cuando afirma que la naturaleza del

Universo es mental? ¿Coincidís conmigo en interpretar que todo el Universo es una creación mental del Sumo Hacedor y que nos hallamos en ella, o sea, en su mente? —preguntó Leonardo.

—Exacto. Yo entiendo lo mismo que vos —respondió Lisa—. Además, considero que si la Creación es un producto mental, todo es una misma sustancia; pero que se manifiesta con diferentes aspectos: orgánico, mineral, vegetal, etc. Y si todo es una misma cosa, los opuestos sólo son aparentes: extremos de la misma cosa.

—Por ejemplo, la vida y la muerte —añadió Leonardo—, o el bien y el mal, o…

—… O el amor y el odio, o el egoísmo y la generosidad… —prosiguió Lisa—. También entiendo que si mis pensamientos son conocidos por mí y los vuestros por vos, también los conoce el Todo; pues estamos inmersos en él y hechos de él. ¿No es así? —preguntó Lisa.

—Eso parece.

—Pues corregidme si me equivoco, Leonardo: puesto que el Todo es infinito y nosotros no, después de irnos de este mundo, nuestros pensamientos permanecen. Ignoro la forma, pero permanecerán suspendidos en alguno de los múltiples planos del Todo.

—Considero que es correcto lo que decís. Pero ¿adónde queréis llegar, Lisa?

—A que nuestros pensamientos, nuestros deseos, permanecen aquí aunque no estemos presentes. ¡Quién sabe Leonardo! Quizá dentro de cien, quinientos, mil o diez mil años alguien, en algún lugar remoto de la tierra o aquí mismo, alguien «recuerde» nuestra conversación o nuestros anhelos o todo. Si el Universo es producto de una Mente y de ella todo nace y en ella todo muere, nada escapa; quizá la Mente recuerde, quizás el Universo «nos recuerde» y con esos recuerdos nosotros, de alguna forma, volveremos a la vida, a esta vida.

—Creo que os entiendo. Puede que no estéis muy desencaminada. Todo tiene un ritmo constante. Nada permanece con el mismo aspecto. Todo cambia. Y sin embargo, se repite una y otra vez idéntico proceso. El cambio es ficticio, apariencias diferentes del mismo poder que se oculta debajo de todas las cosas. La desaparición es ficticia. Al parecer nacemos del Misterio y al morir, volvemos a él. Pero ¿para qué? ¿Por qué existir? ¿Por qué la Mente Viviente nos ha creado? ¿Vos, Lisa, qué creéis?

—No lo sé. Pero no creo que haya una razón que lo justifique. Puede que ésa sea la razón: que no hay razón. Es... la voluntad de esa mente.

—Pero ¿por qué iba a hacer una cosa así? Prestarse a ser parte de algo inferior, infinitamente inferior, a él mismo; rebajarse a la sustancia material cuando es más sutil que el espíritu...

—No sé. Supongo... intuyo que por Amor. Creo entender que Él mismo es sustancia de Amor, y el Amor necesita Amar. Y se derrama y dispersa para animar con su espíritu toda existencia posible. —Lisa dejó de mirar a la lejanía y clavó los ojos en Leonardo—: Somos los sueños de Dios. Tan reales como Él mismo, sólo que de materia grosera que ha de lograr elevarse a formas más sutiles, hasta poder reintegrarse de nuevo a su origen: Él —concluyó Lisa.

—Si eso es así, esta existencia no sería más que un primer escalón de una larga escalera —dedujo Leonardo.

—Supongo. Sólo podremos estar seguros cuando vivamos nuestra propia muerte. Que no sería un final en ese caso, sino un puente hacia otra vida, un cambio de estado. Como el paso del agua a vapor.

—Pero de todos modos —apostilló Leonardo—, los hombres seguimos siendo esclavos de nuestras emociones y necesidades, del mundo que nos rodea, de los avatares que nos toca vivir... apenas nos queda un estrecho margen para el libre albedrío.

—Es cierto, pero observad que tal y como enseña *El Kybalión*, toda realidad es una semiverdad, pues necesita de su opuesto para ser completa. Puede que el espacio de libertad en el que se mueve la persona sea pequeño, pero la libertad se desarrolla, independientemente de las limitaciones que le han tocado vivir, en el espacio que se crea con su pensamiento, con sus decisiones, con todo acto realizado o pensado, en definitiva, con la esencia de sí mismo, que no es lo que ven los demás ni siquiera lo que ha hecho; pues en los dos casos sólo son visiones parciales de un ser. El verdadero, el auténtico ser, es el que

393

nadie ve, el que se va creando uno mismo con sus pensamientos, deseos, actos y omisiones. Al final de nuestra vida, por fin, somos lo que hemos sido y cómo nos hemos ido haciendo: somos nuestra propia obra.

—Tal y como lo interpretáis —dedujo Leonardo—, las limitaciones que sufrimos en nuestra vida no son más que ocasiones para desarrollar nuestra libertad interna, la libertad de escoger cómo somos.

—Así es. ¿Qué os dicen a vos las enseñanzas de *El Kybalión?* —preguntó Lisa.

—Coincido con vos, Lisa. Debemos aplicarnos, al menos, uno de sus más sabios axiomas: «El conocimiento, lo mismo que la fortuna, deben emplearse». Sería lamentable poseer semejante tesoro y enterrarlo para olvidarnos de él.

Lisa asintió con la cabeza y siguió admirando el ocaso.

El sol, convertido en una enorme esfera anaranjada, tiñó con rojizos reflejos dorados los rostros de Leonardo y Lisa y el cortado abismo del Ceceri, hasta ser finalmente engullido por un mar bermellón y añil.

Capítulo XXI

El salto del ángel

*D*onna Lisa observaba intrigada desde una de las ventanas de la alcoba de su villa de Fiésole, el ir y venir incesante del criado de Da Vinci. Había llamado su atención el constante trasiego de todo tipo de utensilios y herramientas en el que venía ocupado hacía ya varios días: ahora cuerda, después clavos, tela, maderas…

—Battista, ¿no vais demasiado cargado? —preguntó Lisa desde lo alto—. ¿Adónde lleváis esas maderas?

—Voy al cobertizo que hay junto al establo, señora —respondió alzando la voz el criado con los ojos entornados por la potente claridad de la mañana y los brazos en jarras cargados de finos listones—. Allí está atareado mi *signore* Leonardo con sus cosas y me ha pedido que le lleve, ya cortadas y lijadas por donde él me ha marcado, estas maderitas.

—¿Y qué es lo que tanto le absorbe? Lleva al menos tres días en ese cobertizo sin salir nada más que para comer algún bocado; y ayer, ni siquiera quiso probar nada.

—Ya sabéis cómo es, señora: cuando algo le interesa, para él ya no existe nada más en el mundo —repuso Battista—. Esto es —dijo sacudiendo lo que llevaba apilado debajo del brazo— para las alas de su máquina de volar. Esta vez parece que está decidido a construirla y a probarla.

—¿A probarla, decís? ¿No pensará hacerlo él? —preguntó algo alarmada.

—No, no creo. Mi señor para esas cosas… Ya le conocéis: es muy bueno y muy sabio, pero valiente, lo que se dice valiente, no es. Y mejor así, pues no deseo ir a recoger a mi amo con una cuchara y meterle en un cucurucho.

Lisa se echó a reír con la ocurrencia del criado y le dijo:

—Avisad a vuestro amo que más tarde me pasaré a ver los progresos que ha hecho.

—Así lo haré, señora.

Unas horas más tarde Gioconda cumplió su advertencia:

—¿Se puede pasar? —preguntó Lisa golpeando suavemente con los nudillos la rústica puerta del cobertizo, que permanecía abierta de par en par.

—¡Adelante, Lisa! No necesitáis permiso alguno, estáis en vuestra propia casa —contestó Leonardo.

—Sabéis que tengo una especial reverencia por todo aquello que hacéis y dónde lo hacéis y no quiero interrumpiros ni importunaros.

—¡Nada de eso! Al contrario, pasad y decidme qué os parece. —Lisa avanzó por el interior del cobertizo y pronto se encontró con una grácil y extraña estructura con alas similares a las de un murciélago, que se alzaba y ocupaba buena parte de la cochera.

—¡Oh! Bendito sea... —exclamó *donna* Lisa llevándose las manos a la boca—. ¿Cómo es posible? ¡Si ya está acabada! ¿Cómo habéis podido construirla en tan pocos días?

—¿Qué os parece mi ornitóptero? —le preguntó henchido de satisfacción Da Vinci.

—¡Es... es... maravillosa! ¡Es tan... tan... poderosa, tan delicada y hermosa a un tiempo!

—Estoy realmente orgulloso de ella y de cómo ha quedado. La he denominado ornitóptero. Permitidme que os explique: la estructura de la máquina reproduce el esqueleto de un ave, ¿veis?: alas, cola y cabeza. De esta forma el ser humano, aprovechando la ciencia de las aves, podrá surcar el cielo junto a ellas.

Gioconda seguía la explicación completamente absorta.

—¿Puedo tocarla? —preguntó respetuosa.

—¡Desde luego! Acercaos y veréis: fijaos en el extremo de las alas, esto es muy importante: no son alas de pájaro, sino de murciélago. Estas varillas reproducen el esqueleto de las alas de un murciélago, con sus largos dedos interconectados por la membrana que recubre el ala. Estos dedos son los que pliegan y despliegan el ala, que yo he sustituido por lienzo, naturalmente.

Lisa seguía la explicación con los cinco sentidos y profundamente impresionada, mientras acariciaba la estructura llena de sincera admiración.

—¿Veis? —le indicó Leonardo sacándola de su estado absorto—: El piloto irá en posición vertical y estará sujeto a la máquina voladora por estos engarces que lo sostienen seguro.

—Y estas correas ¿para qué sirven? —pidió Lisa que le explicara.

—Estas que están a ambos lados sirven para dirigir las alas con los brazos, mediante estas poleas; a su vez, están conectadas a la dirección de la cola, que hace las funciones de timón, como en las propias aves.

—Y ¿de dónde sacará fuerza para mover las alas?

—Muy sencillo, de aquí —dijo Da Vinci señalando un dispositivo con pedales—. El piloto irá de pie y girará con la fuerza de sus piernas los pedales; ese movimiento hará girar la rueda dentada, que a su vez afectará a este eje que pone en marcha el mecanismo y hará que las alas se abatan elevando al piloto, haciéndole avanzar en el aire a medida que pedalea.

—Y para descender y volver al suelo, ¿qué habrá de hacer? —preguntó la dama.

397

—Pues, al igual que las aves, reducir velocidad y perder altura; para ello habrá de extender las extremidades de las alas. ¿Veis cómo se abren y cierran las articulaciones de dedos de murciélago con esta palanca? Además, tal como lo haría un ave, habrá de bajar la cola, batir las alas y cambiar el centro de gravedad moviendo la cabeza hacia delante y el resto del cuerpo hacia atrás, hasta quedar horizontal.

—¿Estáis seguro de que funciona? —preguntó Lisa.

—No estoy completamente seguro, pero es muy probable que sí. El problema para su experimentación es que ha de hacerse con un ser humano. Las alas han de ser batidas con mucha fuerza y para ello ha de llevarlas un hombre vigoroso… y muy valiente, desde luego.

—¿Ya habéis encontrado algún voluntario dispuesto a probar?

—Battista está tratando de convencer a un muchacho de aquí, de Fiésole, que es hijo de una parienta lejana suya. Espero que diga que sí.

—¿Aquella otra máquina? —preguntó Lisa extrañada señalando hacia el fondo del cobertizo.

—¡Ah, aquélla! Es una réplica exacta; pero a ésa no le he colocado el sistema de pedales y rotor puesto que la he construido de repuesto, por si la original se estropease tener así otra a la que recurrir. De momento no es utilizable: tan sólo tiene instalado el sistema de extensión de los extremos interdigitales de las alas. —En su recorrido explicativo Da Vinci cayó en la cuenta de que para la construcción de su artilugio, había prácticamente invadido el cobertizo donde se guardaban el coche de caballos de los señores y el carro de carga—. Espero que no os estemos ocupando demasiado espacio de este cobertizo —dijo a Lisa a modo de disculpa.

—En absoluto; sólo utilizamos esta pequeña nave para guardar nuestro carruaje y el carro con el que los criados van por avituallamiento a Fiésole o al campo. Hay sitio más que sobrado. Disponed de él como gustéis: si os estorban el carro o el caballo, decidlo y los pondremos en otro sitio.

—No os preocupéis, hay espacio más que suficiente para lo que necesito. Gracias.

—Hasta luego. No tardéis. Pronto estará servida la cena.

—Estas verduras están deliciosas. En su punto exacto de cocción —homenajeó Leonardo a su anfitriona.

—Margherita es una cocinera excelente —puntualizó Lisa—. Lleva a mi servicio dos años, y os puedo asegurar que no hay plato que guise que no resulte gustoso, por complicado o sencillo que sea. Estoy muy satisfecha con ella; todo lo hace bien.

A Battista se le atragantó el bocado. Hubo de intervenir Leonardo golpeándole con fuerza en la espalda, hasta que encontró alivio a su asfixia.

—¿Se te ha pasado ya? —preguntó Leonardo con cierto retintín, pues aquello no le olía bien. El criado contestaba que sí a duras penas; más ayudado de la cabeza que de la palabra, mientras se tapaba la boca con la servilleta.

—¿Os encontráis mejor, Battista? —suspiró aliviada Lisa al comprobar que el criado ya respiraba—. ¡Qué susto nos habéis dado!

—¿Podré dormir esta noche tranquilo, Battista? —le preguntó Leonardo con evidente segunda intención.

—Sí, sí, desde luego, señor; desde luego. —Battista sabía muy bien a qué se refería el tono de voz de su señor. Afortunadamente, estaba tan enrojecido por el ahogo que nadie se percató del rubor añadido.

—Bien, vale. —Y cambiando el tono severo con el que se había dirigido a Battista y que Lisa no comprendía, le dijo a ésta—: Ya tengo voluntario.

—¿De veras? ¿Cómo ha sido eso? Sólo hace una semana que empezasteis a buscar; os felicito. ¿Cuándo haréis la prueba?

—Bueno, primero habrá que instruir al muchacho en el manejo de la máquina y entrenar sus piernas, para que tenga fuerza suficiente para impulsarla.

—Angelo es un mozo muy fuerte —intervino Battista—, ya veréis.

El alboroto llamó la atención de Vicenza. Se asomó por la ventana y vio que el ruido provenía de la estructura que habían levantado junto al cobertizo. Llamó a su señora para que se asomase y pudiera ver cómo se lanzaba desde el improvisado andamio, por vigésima vez esa mañana, un joven sujeto al artefacto diseñado por Da Vinci y volvía a caer sobre las balas de paja.

—¡Cuidado! No, no. ¡No! ¡Válgame el cielo! ¡Battista, dile al idiota de tu sobrino que tiene que tirar de las correas, así…, así…, para que las alas se abran como las de un pájaro; ¿es que no sabe lo que es un pájaro? Pues así…, así…, y pedalear, pedalear fuerte para batirlas… ¡Oh, no! ¡Va a hacer trizas la máquina! —gritaba Leonardo, agitándose desesperado, mientras iba de un lado para el otro, como un león enjaulado.

—Tened paciencia, señor; dadle tiempo al muchacho —medió Battista no muy convencido.

—¿Tiempo? ¿Tiempo? ¿Cómo puedes decir eso? Llevamos ensayando dos semanas y no ha progresado absolutamente nada, ¡nada! —gruñó Leonardo manoteando en el aire su crispación—. Ese Angelo, ese medio sobrino tuyo, es un completo idiota incapaz de mover al mismo tiempo los dos brazos: o mueve uno o mueve otro, ¡nunca los dos al mismo tiempo!; y los pedales, ¡Dios mío, los pedales! Nunca recuerda que ha de pedalear, ¿cómo pretende sostenerse y avanzar en el aire? Si se lanza al vacío, lo único que conseguirá es caer como una piedra. ¡Estamos apañados!

—Pero ¿qué pretendéis, señor? —dijo Battista profundamente irritado, cortando el paso a su señor para sobresalto de éste—. ¿Que el muchacho coja vuestra máquina y vuele con ella como si lo hubiere hecho toda la vida o que a fuerza de lanzarse una y otra vez de ese andamio le salgan plumas para mayor gloria vuestra?

—¡Battista! —contestó Leonardo desconcertado y sinceramente afectado por las sensatas palabras de su criado.

—¡Angelo está haciendo todo lo que puede! ¡Todo lo que puede hacer un ser humano con una máquina para volar!

Battista tragó saliva porque lo que iba a decir era muy duro, pero necesario:

—Sabéis que os admiro, señor, que os considero uno de los hombres más inteligentes que haya parido mujer, pero en ocasiones, señor, no aplicáis el sentido común —dijo golpeándose la sien con los dedos—. Vos tenéis las cosas en la cabeza y allí todo es posible, pero la realidad... ¡Esto es la realidad!, es cosa muy distinta. Está bien que lo intentéis, pero si el resultado no es lo que esperáis, no lo forcéis. Y más aún, cuando ni vos mismo sois capaz de reunir el valor para probar su resultado. Admitidlo, señor, vuestra máquina no es capaz de volar: ni ha volado ni volará jamás, ¡porque ningún hombre la puede poner en marcha!

Da Vinci permanecía inmóvil, con la mirada perdida en algún punto por encima del hombro de su criado, con la dentadura apretada y el labio inferior rígido y tembloroso.

Battista, menos soliviantado, prosiguió pese a lo embarazoso que le resultaba hacerlo:

—Lo siento —se disculpó con verdadera tristeza, le había partido el corazón tener que decirlo—; no sé si alguna vez podréis perdonar mi franqueza, señor; pero no voy a permitir que se ponga en peligro la vida de Angelo. Además —añadió relajando el rostro—, el muchacho lo está haciendo a escondidas de su madre, y si le pasara algo... ella me mataría a mí y puede que a vos también. No la conocéis, es muy capaz.

Leonardo dirigió una mirada huérfana a Battista. Notó cómo si un chorro de agua helada le recorriera la espalda y cómo caían a pedazos los trozos de su sueño. Quedó abatido por el baño de sensatez que le había vertido Battista. Anonadado, incapaz de pensar, ni siquiera de organizar los pensamientos que se agolpaban de forma caótica, Da Vinci tampoco se había percatado de que Lisa presenciaba la escena tras él, un tanto compungida.

De repente, Lisa gritó. Y los dos, amo y criado, miraron hacia donde señalaba la mujer con el dedo, casi sin poder articular palabra. Era Angelo. Había seguido intentándolo tozudamente. Cogió una vez más carrerilla por el largo tablón de madera inclinado y, al llegar a la parte apoyada en lo alto del andamio, saltó. El muchacho, ayudado por una racha de viento se elevó por encima de la altura del tejado de la casa y gritaba exaltado y aterrorizado a un tiempo. Todos pudieron ver cómo se elevaba sujeto a las majestuosas alas y quedaba suspendido en el aire mientras intentaba retomar el control de los pedales.

—¡Pedalea! ¡Pedalea con fuerza! —le gritaba Battista.

El joven se esforzaba en pedalear. Las nervudas alas del gigantesco murciélago blanco comenzaron a agitarse torpemente por el efecto del pedaleo. Batían en un denodado duelo con el aire, prolongando su suspensión por unos instantes.

A continuación, cayó como un plomo a tierra. El crujido estremeció a los tres testigos; no sabían a ciencia cierta si correspondía a las varillas de madera o a los huesos del muchacho. Corrieron los tres en dirección al mozo que se quejaba y aullaba de dolor. Le apartaron todos los trozos rotos de la máquina y le desataron de los correajes. Milagrosamente estaba entero, tan sólo se había dislocado un tobillo. El criado se persignó y agradeció al cielo el pequeño milagro:

—Al menos —ironizó Battista—, podremos contarle a tu madre que te has caído desde lo alto de las escaleras.

A raíz de lo sucedido, Da Vinci cayó en una melancolía profunda. Perdió la ilusión por el proyecto y no deseaba volver a retomar el asunto ni hacer nuevos cálculos y, menos aún, nuevos experimentos.

Lisa había intentado charlar con él en varias ocasiones sobre el tema, pero no quería hablar de ello. Aprovechando un paseo por las ruinas del anfiteatro romano, a las afueras de Fiésole, la joven volvió a insistir:

—No debéis dar todo por perdido —le alentaba Lisa—. Al menos, ahora sabéis qué no se debe hacer. —Leonardo seguía bajando gradas por delante de ella como si no la oyera—. Habéis comprobado que la fuerza de un hombre, por fornido que sea, no es suficiente.

Él seguía ignorando su conversación; ella, no se rendía:

—También ha quedado demostrado que la fuerza del aire ha sido suficiente para levantar y suspender un cuerpo sujeto a unas alas como las que vos habéis diseñado. —Él seguía dándole la espalda; Lisa se mordió el labio inferior, respiró hondo y se lo soltó—: Quizás a la máquina no le falta nada; sino más bien, le sobre. Me refiero a que…

La reacción de Leonardo fue fulminante.

—¿Acaso vais a enseñarme cómo se construye una máquina? —Se volvió furibundo hacia ella.

Lisa se asustó un poco; nunca le había visto así. Él siguió arremetiendo e incluso subió hacia ella varios escalones aproximando su rostro al de la mujer.

—¿Acaso vuestros conocimientos de cálculo matemático, de física, de ingeniería, de balística son superiores a los míos? ¿Pretendéis darme lecciones, Lisa? —Los ojos de Da Vinci lanzaban verdaderos destellos de ira azul.

—No, no, no era ésa mi intención —repuso humilde y algo temerosa—. Os lo aseguro.

—Entonces, ¿es que poseéis la fórmula mágica que permite volar? ¿La habéis hallado en algún libro de esos que vos vais requisando por ahí en el nombre de la salvación? —estalló Leonardo vertiendo toda la rabia que llevaba dentro.

Lisa se sintió herida. Se temía una reacción fuerte pero no esperaba que se pusiera de ese modo. Contuvo el llanto con un gran esfuerzo. No quería demostrarle debilidad. Pensó en las enseñanzas de *El Kybalión*, en la transmutación de la mente: era el momento de poner en marcha la alquimia de los sentimientos, de comprender que toda aquella ira era dolor, que no era a ella a quien quería atacar sino a sí mismo, a quien no se perdonaba, y de convertir su furia en calma. Lisa se serenó todo lo que pudo y comenzó a generar en su interior los más hermosos y sosegados sentimientos. A pesar de estar de espaldas a ella, notó en su forma de respirar que el artista comenzaba a sosegarse, a derretirse. Se volvió Da Vinci con una interrogación en el rostro y una pregunta en los labios:

—Sois vos, ¿verdad, Lisa? —preguntó colocándose la mano sobre el pecho y ella asintió despacio con la cabeza—. Gracias, no merezco vuestro bálsamo. No sé qué deciros. Mi comportamiento… Cuando las cosas no salen como yo quiero, mi humor se trueca en ira…, me domina un torbellino destructor de todo lo que me rodea y de mí mismo… Será mejor que os alejéis de mí. No soy compañía para nadie.

Lisa comenzó a bajar los escalones de las gradas hasta llegar a los restos de lo que fue el escenario, allá abajo. Desde allí la acústica era perfecta. Los romanos conocían bien todos los secretos de la construcción. Lisa sabía que cualquier palabra dicha desde allí reverberaría por toda la extensión del anfiteatro. Miró a Leonardo. Estaba sentado, con la cabeza hundida entre los brazos apoyados en las rodillas.

403

Leonardo se sobresaltó. No reconoció aquella voz grave y de tonos terribles que resonaba por las vacías gradas como un trueno. Miró y sólo vio a Lisa, allá abajo. Sólo podría ser ella. Estaban completamente solos en aquellas calurosas ruinas. Agudizó la vista y comprobó que Lisa se tapaba el rostro con una mano extendida, simulando una careta de teatro romano. Y volvió a oír la voz:

—¡Leonaaardo! ¡Leonaaardo!

El inventor sonrió sin querer. Resultaba gracioso verla gesticular de aquella forma y fingir aquella voz.

—Leonaaardo, escuuucha la voz de los dioooses, ¡oh, mortal! ¿Quién eres tú para romper nuestros desiiignios? Si te heeemos enviaaado a buscar un tesoooro, has de volver con él. Si nos convooocas, nos tendrás a tu lado dándote fueeerza y valor. Pero has de ser tú, tú Leonaaardo, quien arañe la tierra para sacarlo de su lugar secreeeto, aunque ello te hiera. No te rindas con las dificultades. Son escalones de tu escaleeera. Sigue adelaaante o, de lo contraaario, ¡provocarás nuestra iiiira!

Da Vinci rió rendido. Cogió una piedrecita minúscula, se la arrojó y gritó poniendo sus manos como bocina:

—¡Allá va! ¡No tengo flores!

Lisa subió junto al inventor y éste le dijo:

—Deberíais haber esperado a que se llenara más el teatro; al menos, os hubieran aplaudido.

—No esperaba aplausos ni ganancias; tan sólo que escucharais cuando se os quiere ayudar —contestó ella.

—Tenéis razón. Mi carácter es difícil de soportar. Cambio demasiado bruscamente. Perdonadme.

Tras una pausa en silencio añadió Da Vinci:

—Sentaos aquí, a mi lado, desearía oír aquello que me queríais decir.

—Lo que pretendía haceros ver —le explicó Lisa— es que donde vos veis error y fallo, puede que esté el comienzo del camino acertado. ¿Recordáis las enseñanzas de *El Kybalión*, aquello de que todo es doble, que los opuestos son idénticos? Aplicadlo y veréis con claridad: no ha funcionado porque así no puede funcionar; por lo tanto, podrá hacerlo pero en la forma contraria. —Da Vinci miraba extrañado sin acertar a adivinar adónde querría llegar—. Recordad: fue la fuerza del aire y no el batir de alas lo que elevó a Angelo y a vuestra máquina. Cuando cesó el aire, cayó. Su pedaleo no lo elevó ni lo sostuvo, fue el viento.

—Pero eso no es factible. Si la máquina sólo depende de la fuerza del viento, el hombre no la domina. Necesita propulsarla de forma consciente y deliberada. Sin dependencia de los elementos. Aunque así fuera, no podría dirigirla hacia donde quisiera, estaría a merced de las corrientes de aire. ¡No! ¡No puede ser!

—¡Sí, es posible!

—¡No, no lo es!

—¡Sí! —respondió irritada por la cerrazón del inventor—. ¡Sí, que lo es! ¡Lo es, porque ya ha ocurrido! Hace mucho, muchísimo tiempo antes de que vos lo intentarais ni ningún otro.

—¿De qué habláis? ¿Qué es lo que sabéis? —Casi con temor Leonardo preguntó—: ¿No será algún otro nuevo secreto, verdad?

—Si queréis llamarlo así.

404

—¡Válgame el cielo! ¡Esto... esto es increíble! —exclamó Da Vinci verdaderamente alarmado—. Debieron poneros Pandora por nombre y no Lisa. ¡Siempre me gustaron las sorpresas, pero esto es demasiado!

—Calmaos, esperad a que os lo enseñe y luego juzgad vos mismo. —Y tras ese baño de tranquilidad, a la propia Lisa le brillaron los ojos y con el rostro resplandeciente comenzó a sacar del interior de su escote un largo pañuelo de seda—. ¡No miréis! —le riñó coqueta.

—Descuidad, que no lo haré —repuso Leonardo, ligeramente fastidiado, moviéndose impaciente en su asiento de piedra y volviendo la cara hacia otro lado—. ¿Ya puedo mirar?

—Sí, vedlo vos mismo. ¿Qué os parece? —preguntó Lisa mostrándole desplegado un pañuelo de seda cuadrado.

—Un pañuelo muy vistoso. Pero ¿qué queréis decirme con eso? ¿Que utilice seda en vez de lienzo? La seda se rompería en cuanto...

—No, no es eso. Fijaos en el dibujo. ¿Veis? Una serie de figuras que ilustran una historia que está contada aquí —dijo señalando Lisa unos signos ordenados en columnas—. Es la historia de un hombre que voló con una máquina. ¡Una máquina voladora! ¿Comprendéis?

—¿Que si comprendo? Pero ¿os habéis vuelto completamente loca? —explosionó de nuevo Da Vinci— ¿Pretendéis que siga las instrucciones de construcción de una máquina voladora cuyo diseño sirve de decoración de un pañuelo de seda y, por si fuera poco, las instrucciones fueron escritas en idioma oriental? ¡Perfecto! —Leonardo se golpeó las rodillas con las palmas de la mano y se puso en pie como levantado por un resorte dando por acabada la conversación—. Si ésta es vuestra idea de cómo perfeccionar la máquina, será mejor que lo olvidemos.

—¡Oh, pero qué impaciente sois! No sólo es ese pañuelo, mirad. —Lisa comenzó a sacar de su escote más y más pañuelos que le había regalado su marido a lo largo de los años. Leonardo se tapaba los ojos con las manos, no por pudor sino porque estaba al borde de sufrir un mareo—. ¡Mirad! Todos relatan lo mismo, siempre la misma máquina, el mismo hombre, la misma ropa, diferentes viñetas para contar lo mismo y

405

se repite la misma historia en cada uno de los pañuelos. ¿Veis? Aquí pone algo y en este otro pone casi exactamente lo mismo: son prácticamente los mismos signos.

—¿Entendéis los signos? —preguntó extrañado Leonardo.

—No. En absoluto. Pero he observado que muchos de ellos se repiten. Coged de los extremos. —Ambos estiraron de las cuatro esquinas y se abrió por completo uno de los pañuelos revelando su historia—: Fijaos: en realidad no es necesario comprender lo escrito para entender la historia que cuenta. Empieza aquí —dijo señalando con el dedo la esquina inferior izquierda.

Las figuras se hallaban trazadas formando un eje diagonal, de abajo arriba y de izquierda a derecha, por el que discurría plácidamente la historia con anotaciones de signos a ambos lados del eje de las figuras.

—¿Veis? Aquí se aprecia claramente un grupo de hombres armados, con trajes reforzados, algún tipo de armadura; sin duda, deben ser militares. Y éste, más grande y de petos más ricos y cubrientes, debe ser un general o un príncipe.* —Lisa miró a Da Vinci para comprobar si la seguía.

Éste le animó con la cabeza a que siguiera. Ya había prendido la curiosidad en él.

—Pues, si seguimos las ilustraciones —continuó Lisa—, este grupo de hombres con su jefe entra en una construcción amurallada, un castillo o algo así, y son traicionados por este soldado, que recibe regalos por abrir la puerta al ejército enemigo. —Volvió a mirarlo.

—Seguid, seguid —insistió Da Vinci.

—En el siguiente dibujo se aprecia que tuvo lugar una matanza terrible y que el general se vio rodeado por sus enemi-

* Existen manuscritos chinos de extraordinaria antigüedad que hacen referencia a un tal general Han-Sin, a quien se le atribuye la construcción de globos y cometas de papel para realizar operaciones militares. Además, en *El libro de las montañas y los mares*, época de Han (2000 a.C.), se menciona un fantástico imperio de Ki Kovang cuyos habitantes tenían un solo brazo y tres ojos y disponían de carros capaces de volar. En el siglo XVIII a.C., un tal Ki-Kung-Shi inventó una carroza voladora reproducida en diversos grabados chinos.

gos. En su desesperación por huir se agarró a esta especie de palio que había instalado en las murallas y cayó con él. Pero el viento le empujó (¿veis en la ilustración cómo le empuja el viento?), posándose suavemente sobre el suelo.

—No deja de ser curioso. Pero nada tiene que ver con mi máquina.

—Seguid y veréis. La siguiente ilustración muestra a este militar afanado en la construcción de un mecanismo. Y ¡mirad, mirad la siguiente ilustración! ¿Qué veis?

—¡Válgame el cielo! Cientos de hombres volando cada uno con una máquina voladora —exclamó asombrado Da Vinci.

—Y ahora, lo mejor, lo más importante: en la siguiente muestra de cerca a nuestro héroe, volando con su máquina. ¿Qué os recuerda? —Lisa hizo una pausa para poder contemplar el cejo fruncido de Da Vinci—. ¡Leonardo, es idéntica a la vuestra! ¡Absolutamente idéntica! Salvo en un detalle.

—Es cierto. Es increíble, pero es cierto. ¿Cómo es posible? ¡Dejadme ver! —Leonardo se sentó junto a la mujer y sus ojos recorrían ansiosos la imagen intentando dar con la diferencia, pero estaba demasiado excitado—. ¿Cuál decís que es la diferencia?

—Fijaos aquí. No lleva ningún tipo de pedales o mecanismo que la mueva: se sostiene y se mueve por efecto del aire. Y fijaos también: las alas no se mueven. Por eso las sostiene el aire; si se moviesen, caerían las alas hacia abajo por su propio peso. Nadie tiene fuerza suficiente para batirlas. Es el aire el que impulsa las alas rígidas hacia arriba y sostiene la estructura.

—No, no, Lisa. Esto es sólo una leyenda. La observación de las aves no me deja lugar a dudas: las alas han de moverse; si los pájaros las mueven, la máquina también ha de hacerlo.

—Ya veo que no os he convencido. Creía que lo lograría.

—Pues será porque no me conocéis lo suficiente. Nunca abandonaría unas conclusiones sacadas de la observación y de la experimentación por una leyenda impresa, aunque sea en mil pañuelos de seda. —Consciente de que sus palabras habían desilusionado a Lisa fingió interés por cómo acababa la historia del pañuelo—: ¿Qué ocurre en la última imagen?

—Nada que pueda haceros cambiar de opinión. La gente recibe al general y le cubren de honores y regalos. Supongo

407

que debió de convertirse en una especie de héroe legendario o que le considerarían un semidiós.

—Os lo agradezco, Lisa. Lo digo de veras. —Se alzó y ayudó a Lisa a levantarse—. Prometo que volveré a revisar mis cálculos, ¿de acuerdo?

Lisa movió la cabeza asintiendo y esbozó una sonrisa que se truncó, dejándole un cierto rictus amargo.

Aquello no escapó a la pupila de Leonardo. Le levantó la barbilla y le dijo muy en serio:

—Lo volveré a intentar.

Las comisuras de sus labios hicieron un esfuerzo y por fin llegó un atisbo de alegría, en un esfuerzo por creer a Leonardo.

Cuando regresaron a la villa, era ya la hora de comer.

La tarde transcurrió plácida y serena. Battista aprovechó para hacer siesta. Vicenza no pudo descansar, ayudando a su señora que tenía que salir de viaje, pues había recibido un aviso de su marido para que acudiera a su encuentro en Rávena. Leonardo optó por reposar y dar largos paseos, en un intento de ahuyentar su pésimo estado de ánimo.

Tras la cena se despidieron para retirarse cada uno a sus respectivas habitaciones. Lisa acompañó a los pequeños para acostarlos.

Da Vinci se quedó un poco más en el salón, pero se sentía inquieto por lo sucedido aquella mañana y deseaba expresar a Lisa su pesar por lo ocurrido. Aún estaría arropando a sus hijos y estaba a tiempo de mostrarle sus disculpas. Se dirigió a la habitación de los niños. La puerta estaba abierta. Se apoyó en la jamba y desde la penumbra del pasillo vio cómo Lisa iba apagando las velas de los candelabros del dormitorio. Los pequeños le pedían que dejara una bujía encendida. Así lo hizo, perdonando una de las llamitas. Les dio un beso a cada uno después de dejar bien colocadas las mantas. Cuando ya se disponía a salir, el mayor le cogió de la mano:

—Mamá, una canción. Es que así me duermo mejor. Como cuando era pequeñito…

—De acuerdo, pero tenéis que cerrar los ojos y dormiros enseguida.

—¡Sí! —contestaron al unísono los dos pequeños.

Lisa se sentó en el borde de la cama del mayor sin percatarse aún de la presencia de Leonardo en el umbral de la puerta. Y a ritmo de villancico improvisó una letrilla:

A la lunita, madre,
le han salido en la cara
un par de ojos grandes
y una boca de plata.

A la lunita, madre,
le ha salido también
una mata de pelo.
¡Ay, qué negra que es!
¡Ay, qué negra que es!
¡Ay, qué negra que es!
Que parece de noche
y de noche no es.

Las estrellitas del cielo
a mis niños quieren ver.
Se asoman por la ventana
una, una y otra vez.

A la lunita, madre,
le ha salido también
una mata de pelo.
¡Ay, qué negra que es!
¡Ay, qué negra que es!
¡Ay, qué negra que es!
Que parece de noche
y de noche no es.

Los párpados de los pequeños fueron cayendo pesadamente. Leonardo se esforzó para que no le afectara la ternura de la escena. Al acabar la nana, aplaudió con sordina, delatando su presencia. Lisa miró hacia la puerta y le vio. Se levantó, salió de la habitación y cerró la puerta.

—¿Queríais algo? —preguntó Lisa.

—Sí, quería disculparme por lo de esta mañana en el anfiteatro. No quería desilusionaros. Sé que estos temas os agradan. Perdonad si he sido brusco.

—No temáis, que no me siento molesta. Descansad, mañana veréis las cosas de otra manera. —Y cambiando de tema Lisa añadió—: Ya que os habéis acercado hasta aquí aprovecharé para despedirme de vos. Mañana al amanecer saldré hacia Rávena. Allí me espera Francesco. Continuad vos en la villa cuanto os plazca. Estáis en vuestra casa. —Tomó las manos de Leonardo y las apretó con afecto—. Prometedme que en mi ausencia seguiréis perfeccionando la máquina.

—Está bien, os lo prometo —sonrió rendido Da Vinci—. Que tengáis buen viaje.

—Gracias, eso espero.

—Hasta la vista.

Lisa, que ya se dirigía hacia su habitación, se dio la vuelta y con una extraña mueca en su rostro se despidió:

—Hasta la vista. —Y fuéronse acostando todos.

410

—¡Psss! ¡Battista! ¡Psss! ¡Despierta, bobo!

—¿Eh? ¿Cómo? ¿Eh? ¡Voy, señor, voy enseguida! Esperad, que no encuentro mis zapatos en la oscuridad —respondió Battista aún apartando atolondrado las telarañas del sueño bruscamente interrumpido—. ¿Qué ocurre? ¿Qué pasa?

—¡Mira que eres bobo! ¡Chiquitín mío! ¿Mira que confundirme con tu amo? ¿En qué me parezco yo a él, a ver? —decía contoneándose la coqueta Margherita.

—¡Margherita! ¡Por todos los demonios! —exclamó Battista saltando del catre de un brinco—. ¿Se puede saber qué haces aquí, mujer, en mi habitación, a las tantas de la madrugada?

—¿Para qué va a ser, bobín? —respondió Margherita empujando a Battista contra la cama.

—¡No me líes! ¡No me líes! —exclamaba Battista asustado—. Si nos sorprende tu marido, ¡nos mata a los dos! Bueno, a los dos no sé, pero a mí, seguro.

—Pero ¿tú te crees que soy idiota? —replicó enfadada la cocinera—. Si he venido es porque mi marido no está —dijo chasqueando las yemas de sus dedos pegados.

—¿Que no está? ¿Cómo que no está? ¿Qué quiere decir eso de que no está? Si ha salido, volverá ¡digo yo! ¿O es que no piensa volver? —dijo Battista agitando las manos con vehemencia.

—Sí que volverá, pero no antes de mañana por la tarde.

—¿Estás segura, mujer?

—¡Pues claro que lo estoy! Si yo misma le he visto salir con el carro acompañando a la señora.

—¿A la señora? ¿Te refieres a *donna* Lisa?

—Claro, a quién si no. ¿Por qué te extraña? No tiene nada de particular. Él siempre conduce el carruaje de los señores.

—Ya, ya, por eso, por ir señora tan principal en el carro en vez de carruaje. En fin, a mí eso me da igual. —Y sonriendo picaronamente tomó de repente por la cintura a la casquivana cocinera—. Lo que no me da igual es esto... ¡Psss! ¡No te rías tan fuerte mujer, que nos van a oír! Mira, será mejor que lo dejemos, que si me pilla mi amo, no sé...

—Espera, tengo una idea. Ven, vamos al cobertizo —propuso Margherita—, allí estaremos solitos y es un sitio calentito. ¡Vamos, vamos!

411

El bufido de los caballos del cobertizo despertó a Battista. Por un instante no supo dónde estaba. Fue adaptando sus entornados ojos a la luz del día y empezó a apartar hebras de paja seca de encima. El sol estaba más alto de lo que debía. Se puso nervioso y empezó a vestirse atropelladamente, pues no quería que su amo lo echara en falta.

—Pero ¿qué pasa? —dijo una voz espesa saliendo de entre la paja seca—. ¿Adónde vas?

—¿Que adónde voy? ¿Que adónde voy? —respondía Battista mientras trataba de calzarse dando saltitos a la pata coja—. ¿Adónde va a ser, desgraciada? A mi habitación, antes de que mi señor me reclame y no me encuentre. O lo que es peor, me encuentre aquí. —Terminó de subirse el calzón y de meter los pies en los zapatos y salió disparado hacia la salida del cobertizo, pero antes de atravesar la puerta se volvió hacia Margherita y, señalándole con el dedo índice, le aconsejó—: Si tú fueras yo, digo, si yo fuera yo y tú, digo, si yo fuera tú... Mira, ¡vístete y sal de...!

Battista se quedó con la palabra en la boca. Entrecerró los ojos. No. Seguro que no. Serían los nervios que le estaban jugando una mala pasada. Abrió mucho los ojos, parpadeó varias veces y se los frotó. Finalmente, gritó:

—¡Ah, ah, ah...! ¡Virgen Santísima! ¡Por todos los santos...! —Battista aullaba como un poseso.

Margherita se cubrió como pudo, y fue a calmarlo y averiguar qué le pasaba:

—Pero ¿qué te ocurre? ¡Cálmate o te va dar algo malo...!

—¿Que me calme? ¿Cómo diablos me voy a calmar? ¡Mira allí!

—¿Dónde? Si allí no hay nada.

—Exacto. No hay nada y tendría que haber algo.

—Pues no sé... falta el carro, pero ya te he dicho que se lo ha llevado mi marido.

—¡Ah, ahora lo entiendo! Mientras tu marido robaba la máquina de mi señor, para venderla por las ferias, tú me entretenías, ¿verdad, zorra?

—¡Pero qué dices! ¿Te has vuelto loco o qué? ¡Déjame en paz! ¡He debido de estar loca! Todos sois iguales: hasta que conseguís lo que queréis todo son arrumacos, luego os arrepentís y a disimular. ¡Venga, ya! ¡Fuera, fuera de aquí! ¡Socorro! ¡Socorro!

—¿Qué está ocurriendo ahí dentro? ¿Quién grita? —se oyó preguntar a Leonardo, que se aproximaba.

Al reconocer la voz de su amo, Battista hizo señas a la mujer para que dejara de gritar.

—¡Aquí, señor! —gritó Battista—. ¡No os preocupéis, que ya estoy yo aquí!

—¿Y qué haces tú aquí? Te andaba buscando —preguntó extrañado Leonardo al entrar al cobertizo.

—Pues, nada, que he oído gritar. Y eso... pues he venido a ver.

—Ya. ¿Y por qué gritabas? —preguntó el maestro dirigiéndose a la mujer.

—Porque se ha asustado —se adelantó en contestar Battista, haciendo fruncir el ceño al florentino.

—¿Y qué es lo que te ha asustado? —dirigiéndose nuevamente a ella.

—El carro. Que se han llevado el carro —volvió a interferir Battista.

—¿Es que no sabe hablar que has de hacerlo tú por ella? —replicó irritado Da Vinci al criado—. Déjala hablar. ¿Es por el carro?

—No, no señor —contestó la mujer—. El carro se lo ha llevado mi marido para acompañar a la señora. Me he asustado al ver que vuestra máquina no está. Ha desaparecido... Han debido de robarla.

Leonardo miró como una flecha hacia el sitio. No lo podía creer. Se habían llevado su invento: la máquina que había construido de repuesto y único ejemplar que quedaba. Pero ¿quién podría haber hecho una cosa así? No tenía ningún sentido. Ninguno. Cientos de imágenes y frases empezaron a cruzarse por su mente en un delirio vertiginoso. De repente, con claridad meridiana aparecieron recuerdos no muy lejanos.

Da Vinci se tapó la cara con las dos manos. Era una locura, pero estaba seguro. ¡Había sido Lisa! ¡Ella! Ella iba a intentar repetir la hazaña de aquel general oriental. Todo esto era demasiado. Pero ¿cómo iba a cometer semejante locura?

—¿Adónde han ido? ¿Adónde iba a llevar tu marido a la señora? —preguntó desasosegado Leonardo.

—Él me dijo que tenía que llevarla a Castellnuovo di Garfagnana —contestó la cocinera.

—Pero *donna* Lisa dijo que el señor Giocondo le pidió que fuera a reunirse con él a Rávena —pensó en voz alta Battista.

—Es evidente que ha mentido para que no sospecháramos el lugar hacia donde se dirige realmente —dedujo Da Vinci—. Mujer, ¿cuándo dijo tu esposo que volvería?

—Hoy por la tarde.

—Ya está claro. Si se dirigiera a Rávena, no podría volver esta tarde —dijo Leonardo—. ¡Rápido, Battista! Ensilla nuestros caballos, tenemos que darles alcance.

—Pero ¿adónde vamos, señor? —preguntó el criado desconcertado.

—A Castellnuovo di Garfagnana. A intentar impedir una locura. —Y antes de salir del cobertizo, Da Vinci ya en el umbral se giró hacia el criado—: Y tú, Battista, procura la próxima vez que acudas a «socorrer» a una dama en apuros, que tengas la braguera del calzón delante y no detrás.

Battista comprobó, mientras se palpaba turbado, la exactitud de la observación.

413

Margherita desistió de su intento de contener la risa con sus manos, dando rienda suelta a las carcajadas que le producía aquel aturdido hombrecillo.

—¡Pues no sé de que te ríes…! —le reprochó Battista.

Llevaban tres horas cabalgando Da Vinci y Battista a toda prisa y aunque en el camino había huellas de un carro, aún no habían conseguido distinguirlo en el horizonte. Comenzaban a dudar si realmente se habían dirigido a ese pueblo o había sido otra pista falsa de Lisa. Los caballos empezaban a notar el cansancio. Se detuvieron a un margen del camino; mientras las monturas bebían en un estrecho riachuelo, ellos descansaban un poco sentados bajo la sombra de una frondosa encina.

—Es extraño que no hayamos visto aún el carro —dijo preocupado Leonardo.

—No tan raro, señor; nos llevan muchas horas de ventaja; al menos, cinco —dijo Battista.

—¿Tantas? ¿Y tú cómo sabes eso? —preguntó Da Vinci y, acto seguido, se arrepintió—. Déjalo, prefiero que no me lo expliques. Subamos de nuevo a los caballos. Si cuando lleguemos al pueblo no los vemos, no sé qué vamos a hacer, Battista. No lo sé.

—Quizá, señor, no se hayan dirigido al pueblo y por eso no los vemos por aquella dirección.

—Tienes razón. En realidad no creo que Lisa quiera ir al pueblo. Si realmente su intención es probar la máquina, se habrá dirigido a algún monte cortado o algo parecido —dijo Da Vinci.

—Ahora que lo decís, ¡hace tantos años que no venía por esta zona que no lo recordaba! —rememoró Battista—. No muy lejos de aquí está el Valle de Turrite Secca, en los Alpi Apuane, un lugar precioso, bosques espesos, un lago pequeño pero muy bonito; le dicen el lago di Vagli y…

—Y ¿qué? —interrumpió impaciente Da Vinci—. ¿Qué tiene eso que ver ahora?

—Pues que el lago lo preside un monte cortado muy curioso que se yergue desde la propia orilla y parece una torre abandonada, de ahí su nombre: el Turrite Secca.

—Un cortado con forma de torre. Seguro que han ido allí. ¡Vamos, aprisa!

Los dos hombres avanzaban por un desfiladero que se estrechaba a cada paso y a cuyos lados se levantaban altos muros de arenisca amarillenta. Los cascos de los caballos resonaban en aquella angostura, que parecía engullirles conforme se adentraban en ella.

—Battista, llevamos más de una hora cabalgando en esta dirección y no los hemos visto.

—Al menos hemos reencontrado las huellas del carro —repuso el criado.

—Sí, es cierto, es lo único que mantiene la esperanza. —Tras una pausa, añadió—: ¿Cuándo dices que llegaremos a ese valle?

—Ya estamos en él hace unos minutos; ¿veis aquel recodo, donde los peñascos grises? Cuando giremos ahí, tendremos frente a nosotros el Turrite Secca.

Acabó la garganta que conducía al valle, allí donde le indicó el criado. Al rodear los peñascos, se abrió de par en par ante ellos un espacio inabarcable para la vista, ofreciendo un espectáculo natural que les hizo enmudecer. Un espeso bosque azulverdoso de altísimas y frondosas coníferas lo cubría todo. Al fondo, el magnífico y escalofriante Turrite Secca se erguía orgulloso, al borde de un lago amplio y sereno. La cadena de los Alpe Alpuani dibujaba con sus dientes de sierra, el perfil del lejano horizonte. Siguieron avanzando despacio, silenciosos, impresionados por la inmensidad del valle y la presencia viril y autoritaria del cortado de roca blanquecina. Cabalgaron flanqueados por el envolvente y fragante bosque, hasta la propia orilla del lago. El lugar inspiraba el respeto propio de un lugar sagrado. La solemnidad del Turrite Secca imponía silencio y veneración a toda criatura que penetrase en sus dominios.

Llegaron a los pies del lago. Descabalgaron. Miraron por todos lados. No vieron a nadie. Ni rastro. Parecía habérselos tragado la tierra. Un chasquido les puso en alerta. Retiraron los caballos, los escondieron en el interior de bosque y se mantuvieron agazapados. El ruido se aproximaba. Parecía el sonido de un carro. El carro de Lisa. En él sólo iba el cochero, ya de regreso. Al llegar a la altura donde ambos estaban ocultos, salieron de improviso de su escondite y se lanzaron contra el vehículo, asustando al conductor y al caballo. Battista se hizo con el animal y lo detuvo. Leonardo subió al pescante de un salto.

—¿Dónde está *donna* Lisa? —preguntó Da Vinci casi desquiciado—. ¡Responde, rápido!

—Pues... pues donde ella... ella misma me ha mandado que la dejara... ¡No me hagáis daño, señor! —contestó asustado el conductor sintiéndose sujeto por el escote de la camisa.

—Perdonad, no sé ya lo que me hago —respondió cariacontecido Leonardo, soltando al pobre hombre—. ¿Dónde os ha hecho llevarla? ¿Y mi máquina? ¿Habéis traído hasta aquí mi máquina?

—Sí, sí. Están arriba, en el monte.

—Está bien. Márchate. ¡Pronto! —le ordenó con amargura Leonardo.

—¿Qué hacemos, señor? —preguntó apenado Battista—. Hace horas que debieron de llegar a la cima.

—No sé si ya llegaremos a tiempo, pero hay que intentarlo. Subiremos con los caballos por ese monte hasta donde nos puedan llevar. El resto lo haremos andando.

Se internaron en el bosque para retomar sus monturas. Se subieron a los caballos y salieron al claro junto a la orilla del lago dispuestos a subir por donde el cochero había bajado. De repente, aún junto al lago, antes de que iniciaran la marcha hacia el pie del monte cortado, Da Vinci se sintió indispuesto. Soltó las riendas y colocó sus manos sobre el estómago, como quien recibe un fuerte golpe.

—Señor, ¿os pasa algo? Tenéis mala cara. —Battista se agitaba nervioso encima del caballo—. Dejemos esto señor; regresemos, todo esto es una locura. ¿Qué os pasa? ¿Qué os ocurre? ¡Diantre, decid algo señor!

Leonardo estaba como paralizado sobre su caballo, encorvado, respiraba muy agitado. Había empalidecido y sudaba frío, los dientes le castañeteaban. Jadeaba con rapidez, como en una loca carrera y, tras una larga inspiración, emitió un sonido gutural y sus ojos y su boca se abrieron exageradamente, llenos de pánico...

—¡Por el amor de Dios! ¡¿Qué os está pasando?! —gritaba el fiel criado asustado mientras trataba de bajar a su señor del caballo apoyándoselo en el pecho y sacudiéndole para que reaccionara—. ¿No me oís? ¡Decid algo! ¡Por Dios, decid algo! ¿Es que no me... —Battista no pudo acabar la frase. Él también se quedó con la boca abierta. Su señor no podía ver lo que estaban viendo sus ojos, porque le tenía apoyado sobre sí, de espaldas al lago y al monte. Pero aunque lo viera, le costaría creerlo: ¡la máquina! Había despegado del borde del Turrite Secca y flotaba en el aire con elegancia avanzando ligera y vaporosa por las alturas, sobrevolando las aguas del lago. ¡La máquina de su *signore* Da Vinci podía volar!

—¡La máquina! ¡Vuestra máquina, maestro! ¡Vuela! ¡Vuela! ¡Bravo, bravísimo! —gritaba entusiasmado Battista y con sus brincos a punto estuvo de caérsele el maestro, que aún estaba apoyado en él.

Los respingos de Battista hicieron que Leonardo retomara la suficiente conciencia como para mantenerse en pie, aún inmerso en un estado de ausencia. Podía sentir en su rostro la brisa rozando fuerte como rozaba en el de Lisa, el vértigo de la altura, el pulso alocado, el cosquilleo que ella experimentaba al deslizarse sobre pequeños baches de aire, cómo la pausada velocidad iba transformando paulatinamente el pánico en sensación de plenitud y felicidad incomparables. Se sabía enajenado, llevado a otra realidad que no deseaba abandonar. Quería prolongar aquella visión inenarrable de extensas alfombras de verdes bosques que cubrían los contornos del lago, los infinitos tonos de marrón, ocre y verde que cuadriculaban el valle. Reía y lloraba. Se sentía en los límites de la realidad. «Todo sueño es una realidad. Somos los sueños del Hacedor, somos realidad por su voluntad. Nuestros sueños necesitan nuestra voluntad de ser reales.» Se sentía ascender y elevarse.

Como si despertara, Da Vinci volvió al instante presente. Se giró y miró hacia arriba, donde le indicaba el criado con sus brincos y con su brazo extendido insistentemente.

Era una realidad. Su sueño era realidad. Allí estaba. Blanca como una paloma, con sus alas de murciélago blanco extendidas, rígidas, poderosas, de largos y finos dedos curvos desplegados; empujada por la brisa, con sus membranas delicadamente traspasadas por los rayos del sol, sostenida por columnas de aire, girando dulcemente, dejándose ver por todos los ángulos… ya era una realidad su sueño y el de Lisa.

La suave brisa le envolvía con sus propias ropas y se iba embraveciendo y despuntando en ráfagas pujantes. Leonardo

417

seguía llorando y riendo a un tiempo, se abrazó a sí mismo, emocionado, inmensamente feliz y agradecido. Una fuerte racha de aire empujó la máquina como a una hoja seca, impulsándola hacia el frente. Dio un vuelco el corazón de Leonardo. La máquina perdía altura sin control. Sintió en él el vacío de la caída. Volvió a ser completamente él y estar en su realidad. Contempló horrorizado cómo caía en un retorcido tirabuzón directamente hacia el lago de aguas algo agitadas por el viento que arreciaba. El ornitóptero osciló hacia un lado y hacia otro; en un intento de retomar su posición horizontal recorrió buena parte del lago a ras del agua. Finalmente, chocó contra la superficie del lago y comenzó a hundirse.

Da Vinci subió al caballo, lo espoleó con rabia internándose en las aguas del lago con él. La máquina permanecía con un ala clavada en el agua. Podía distinguir la cabeza de Lisa aún fuera del agua, mientras intentaba desesperadamente desasirse de las correas. Si no lo lograba pronto, el lago la engulliría. El rebelde oleaje contribuía a acelerar aún más el hundimiento del murciélago gigante. Leonardo dejó el caballo atrás, que regresó a la orilla con ojos de espanto, y él continuó a nado intentando lograr llegar a tiempo. Cuanto más nadaba, más lejos se le antojaban Lisa y la máquina. No lo lograría. El pecho le reventaba del esfuerzo y respiraba con dificultad. Paró un instante y recobró el aliento. Continuó braceando desesperadamente. Ya estaba cerca.

—¡Lisa! ¡Lisa!

Siguió braceando con furia, medio asfixiado. El oleaje se volvió desafiante. Una pequeña ola le golpeó en el rostro con violencia. Se liberó del agua de la cara y ya no vio la máquina que hacía unos instantes estaba a punto de alcanzar. Tan sólo unas burbujas en la superficie le indicaban dónde habían estado Lisa y la máquina hasta unos segundos antes. Se sumergió en las aguas y vio a la mujer que aún luchaba denodadamente por librarse de una correa. Avanzó con toda la fuerza que fue capaz de sacar de su enorme corpachón, llegó hasta ella arrancando la ligadura de la madera y subieron a la superficie.

Llenaron los pulmones de aire. Lisa tosía y tosía. La sujetó contra él para que pudiera hacerlo y respirara mejor y la ayudó a nadar hasta la orilla.

Cuando llegaron, agotados, se dejaron caer en tierra hasta recuperar la respiración normal.

El criado acudió rápido con mantas para que recuperaran algo de calor y les ayudó a incorporarse. Mientras, fue reuniendo ramas y follaje para hacer un buen fuego para que se calentaran y secaran, no les fuera a matar el frío, ya que no pudo matarles el agua.

Cuando las estrellas se anunciaban en el cielo, ya estaban prácticamente secos y las ropas, colgadas cerca del fuego, apenas tenían trazas de humedad pero, de vez en cuando, Lisa aún sufría escalofríos. Pegados al fuego, cubiertos por mantas, llevaban sin decirse nada durante todo el día, los dos soñadores. Battista continuamente iba recogiendo ramas y ramitas y las añadía a la fogata. Pensó que sería mejor ir buscando unos buenos troncos para la noche, pues no parecía que hubieran de marcharse y menos ahora, que había empezado a oscurecer. «Será mejor que nos quedemos a pasar aquí la noche. Después de todo lo ocurrido, no tenemos el cuerpo para cabalgar cuatro o cinco horas», pensó. Preparó unos jergones y los fue rellenando con hojarasca seca.

Lisa arrojaba de vez en cuando alguna hojita seca a la hoguera. Le gustaba el chisporroteo del fuego al consumirla y las virutas encendidas que ascendían anaranjadas hacia el cielo.

—¿Por qué? —preguntó Da Vinci pronunciando la primera palabra en todo el día, mientras seguía mirando el fuego fijamente.

Lisa echó otra crujiente hojita al fuego.

—¿Por qué lo habéis hecho? —insistió Leonardo, dirigiéndole el rostro.

Ella lo miró con insistencia, esperando que él mismo se contestara. Supo que no lo haría y le respondió sosteniéndole la mirada:

—¿Lo hubierais hecho vos?

Él le devolvía la mirada debatiéndose entre el reproche, la admiración y la incomprensión:

—No. Nunca lo hubiera hecho —respondió Da Vinci convencido—. ¡Es una locura!

419

—Por eso lo he hecho yo.

—¡La verdad es que no os entiendo! —exclamó irritado Leonardo.

—¡No me entendéis porque no creéis! No creéis en la fuerza del deseo: en vuestra fuerza interior. No creéis que la realidad sea un sueño por soñar. Y lo que es peor: ¡no creéis en vos mismo!

Leonardo la miraba algo angustiado. Hubiera deseado tener creencias tan definidas y tan firmemente arraigadas y no tener que estar navegando continuamente por mares de deducción y de dudas.

—Por eso lo he hecho —añadió Lisa con firmeza—: porque creo en vos más que vos mismo; creo en vuestro sueño; creo que vuestro deseo es una realidad, sólo había que cumplir con la realidad.

—Pero habéis hecho modificaciones en mi máquina; no es enteramente como yo la concebí.

—¡Sólo sujeté las alas para que no pudieran abatirse! Pero eso también os pertenece a vos: tan sólo necesitabais un poco más de paciencia para ver y algo menos de vanidad para saber escuchar.

—Verdaderamente habéis conseguido lo que os propusisteis. —La voz de Da Vinci adquirió un velo de tristeza—. Os admiro, sinceramente os lo digo: jamás hubiera reunido vuestro valor, ni hubiera expuesto todo como vos lo habéis hecho, por un ideal, por un sueño.

—Gracias, pero no penséis en ello. Pensad más bien en qué haréis ahora con vuestra máquina.

Tras un silencio, Leonardo respondió confundido:

—No lo sé. Aún no lo sé.

Lisa dirigió una dura mirada a Da Vinci. El reflejo del fuego destacaba los pómulos en su rostro:

—Pues yo os lo diré: ¡destruidla! —sentenció Lisa mientras le sujetaba del brazo—. No lo dudéis. Deshaceros de todos vuestros planos y diseños. O bien, negad que haya volado alguna vez. Más bien presentadla como inoperante y falta de muchos perfeccionamientos.

Da Vinci apartó la vista anonadado.

—¿Por qué? —inquirió Leonardo—. ¿Por qué habría de hacer eso?

—Sí, eso: ¿por qué? —intervino Battista que en aquel instante regresaba cargado de ramas secas—. Mi señor se haría inmensamente rico con su invento.

—Porque es un terrible peligro. —Y dirigiéndose a los dos explicó—: No os dais cuenta que todo aquello que inventa el hombre puede ser utilizado para el bien o para el mal. A vos, Leonardo, os mueve el deseo de libertad, el afán de progreso; pero no faltarán los que vean en vuestro invento un arma mortífera de incalculable capacidad destructiva. En el pañuelo que os mostré se representaba cómo había sido utilizada para transportar soldados. ¿Y quién sabe lo que podrían arrojar sobre pueblos y ciudades desde máquinas capaces de volar? Piedras, fuego… No quiero ni imaginar. No habría defensa alguna para la población así atacada.

—No creáis que no lo había pensado. Estáis cargada de razón. —Hizo una pausa Leonardo y prosiguió—: No es la primera vez que me ocurre que una de mis invenciones es utilizada con tan malas artes, que me niego a difundir su existencia o modo de fabricación. En Venecia, ocurrió otro tanto con el traje de buzo y con el barco capaz de navegar bajo el mar… ¡hubieran causado tanto dolor!

—¿Estáis, pues, de acuerdo en que no salga de nosotros el secreto? —preguntó Lisa interrogando con la mirada a los dos.

—De acuerdo; de aquí no saldrá —respondió convencido Leonardo y dirigiéndose a Battista preguntó—: ¿Ya están secas?

—Sí, sí. Aquí las tenéis —afirmó mostrando las ropas—. Las de la señora apenas conservan ya humedad.

El criado repartió las vestimentas y con ellas en la mano, cada cual se internó en un rincón del bosque y se fue vistiendo. Lisa fue la primera en regresar, ya vestida, junto al fuego. Battista se calentaba las manos sentado ante la fogata. Lisa, sonriente, se sentó sobre el saliente de una roca, frente a él. Al momento, salió Da Vinci con algo en la mano que emitió un destello metálico: la hoja de un fino estilete.

Lisa y Battista quedaron enmudecidos ante la gravedad del rostro de Da Vinci. Avanzó hacia ellos. La dama y el criado se levantaron llenos de estupor y con mucha precaución. Sin ocultar el arma que portaba, Leonardo sentenció:

—Sólo existe una forma para sepultar este secreto.

421

Battista y *donna* Lisa se miraron alarmados. Da Vinci levantó el puñal en alto y prosiguió:

—¡Haremos un juramento de sangre! —determinó en voz alta, solemnemente.

La dama y el criado respiraron aliviados.

—Prestemos solemne juramento —prosiguió Leonardo al tiempo que practicaba con suma delicadeza un sutil corte en el envés de las muñecas de los tres— de no quebrantar el secreto de que existe una máquina capaz de hacer volar al hombre, y el que lo hiciere, sobre su conciencia caiga todo el daño que de su traición se derive.¡Juro!

—¡Lo juro! —afirmó Lisa

—¡Lo juro! —afirmó Battista.

Tras un breve silencio, el criado se dirigió de nuevo al fuego y ensartó unas setas en palitos y las puso a asar. Luego las repartió y cenaron en paz. La noche serena y tranquila cubrió con un manto de estrellas y sumergió en el olvido todo lo que ocurrió sobre las aguas del lago di Vagli.

Capítulo XXII

Adiós, Lisa

*B*attista se enjugó las lágrimas preguntándose por qué cuanto más viejo se hace uno más vívidos son los recuerdos y más capaces de emocionar. Sorbió, se secó la nariz y guardó el pañuelo, no fueran a venir el señor Melzi y el señor Wesel y lo sorprendieran llorando. O lo que sería peor, que su amo se despertara y lo viera así, con sus arrugados párpados anegados. El *signore* Da Vinci se removía algo inquieto. Se acercó a ver qué le ocurría. Respiraba constantemente por la boca. Le tocó la frente. No tenía fiebre, al contrario, estaba muy frío, casi húmedo. El enfermo entreabrió los ojos.

—¿Tenéis frío, señor? —le preguntó el fámulo.

Leonardo asintió con la cabeza, un tanto rígida y volvió a toser. Solícito, el criado, le puso un par de gruesas mantas encima.

—Hace frío, ¿verdad? —preguntó el enfermo.

—Sí, ha bajado mucho la temperatura, señor —le mintió el criado.

—No te olvidarás... de enviarla, ¿verdad? —le recordó Da Vinci mirándole con ojos grises y acuosos.

—No, no me olvidaré de eso tampoco. Quedad tranquilo: ni mis labios se abrirán, ni olvidaré enviar vuestra carta; es más, si es preciso la llevaré yo, personalmente, a Florencia. Y, en cuanto, al destino del retrato de *donna* Lisa, todo estará dispuesto tal y como me ordenasteis.

Leonardo respiró aliviado y cabeceó hacia el otro lado, buscando descanso en medio de su fatigosa respiración cada vez más agotadora y apagada. Quedó dormido.

Al poco, aparecieron Wesel y Melzi. Habían terminado de cenar y regresaban a su puesto junto al enfermo. Battista se ofreció para pasar aquella noche velándolo, pues el señorito Francesco ya llevaba varias y tenía mal color.

—Aunque sois joven, no debéis abusar de vuestra fortaleza; id a dormir, que ya me quedo yo.

—Gracias, Battista. No estaba seguro de poder resistir esta noche —respondió Melzi—. De todas formas, al mínimo contratiempo…

—Sí, sí os avisaré a vos y al señor Wesel; descuidad, que lo haré.

—Buenas noches, Battista —le desearon Francesco Melzi y Wesel.

—Buenas noches, tengan los señores —respondió el criado.

La noche fue dura para Battista. Las constantes ensoñaciones en voz alta de su señor se intercalaban con periodos de escalofríos o de sofoco, en los que tenía que cuidar de que no se destapara totalmente y agravara su situación. Los ahogos iban siendo cada vez más frecuentes y prolongados; la tos, aferrada al pecho, cada vez le atormentaba y doblegaba más despiadadamente.

Amaneció más tarde que de costumbre. Al menos, es lo que le pareció a Battista, a pesar de que en realidad era todo lo contrario. Cuando vio aparecer al joven Melzi, le pareció ver a un ángel rubio que venía a relevarle en la dura tarea de velar.

—¿Cómo ha pasado la noche? —preguntó el joven clavando sus pupilas celestes en el rostro del criado—. Veo que mal, pues tienes aspecto de haber dormido poco o, más bien, nada.

—Algo he dormido, pero ha estado muy inquieto… —Cogió del brazo al joven señor y le llevó aparte—. Empeora por momentos. Se ahoga. Está muy mal, muy mal.

—Crees que…

—Él también lo cree —contestó Battista moviendo resignadamente la cabeza—. Me ha pedido que demos aviso a la abadía de Amboise para que vengan a darle la extremaunción.

—¿La extremaunción? —se extrañó Melzi—. ¿Estás seguro que lo ha pedido?

—¿De qué se extraña tanto?

—Pues... de que Leonardo nunca ha sido hombre de oficios religiosos, ni de liturgias.

—Señor Melzi —le respondió Battista con indulgencia—, mi *signore* Leonardo nunca ha sido de liturgias; tampoco nunca había estado a punto de morir. Es usted demasiado joven y ve la muerte como algo lejano, pero él ya nota su aliento.

—No se hable más; me acercaré esta misma mañana al monasterio de Amboise y daré aviso. ¿Cuándo les digo que vengan?

El fiel criado echó una mirada hacia su señor postrado en la cama arrancándole aire al aire:

—Cuanto antes, señor, cuanto antes. Se nos está yendo —afirmó el criado moviendo tristemente la cabeza—. Mi señor se nos está yendo.

—*In nomine Patrii et Filii et Spiritus Sanctus...*

Los labios del capellán, investido con casulla de blanco inmaculado y estola morada, susurraban una interminable letanía latina, mientras dibujaba reducidas crucecitas sobre la frente, los labios y el pecho del enfermo.

—Me acuso de pecar de vanidad... —inició el anciano la confesión.

El sacerdote asentía comprensivo a la purificación de la conciencia del enfermo.

—Y del pecado de la impaciencia...

El capellán le reconfortaba y exhortaba a continuar con el lavado del alma.

—Y del de la ira... —proseguía apagadamente Da Vinci— y también de no cumplir con mi palabra; rara vez cumplí mis compromisos con quienes confiaron a mí sus encargos; de todas mis huidas me arrepiento, de mis cobardías, lo lamento... muy de veras... —el oficiante asentía— y de todas mis mentiras; de todas, menos de una...

El capellán despertó de su retahíla de jaculatorias y advirtió al enfermo:

—Os recuerdo, hijo mío, que estáis bajo el sagrado sacramento de la confesión y es la hora de arrepentiros de vuestros pecados y faltas; no debéis decir tal cosa —advirtió el páter al moribundo en voz baja, con el rostro sudado por el calor que le imprimían los ropajes eclesiásticos.

—Por eso, padre… por eso: porque es la hora de la verdad.

—¿Estáis seguro de que os queréis marchar de Fiésole? —preguntó Francesco Giocondo a Da Vinci—. ¿Acaso no os encontráis a gusto entre nosotros? ¿Algo no es de vuestro completo agrado?

—Nada de eso. Me he sentido como en mi propia casa y os agradezco vuestra hospitalidad y la de toda vuestra familia; han sido unos días inolvidables; podéis creerme —le respondía Leonardo con maneras elegantes pero con una expresión gélida que afloraba sin poder evitarlo.

—¿No podéis encargar a vuestros discípulos que lo hagan por vos? —preguntó Giocondo.

—Podría hacerlo, pero prefiero encargarme personalmente del acabado de la *Batalla* y del proceso de secado. Tengo intención de probar un nuevo método para acelerarlo y deseo probarlo yo mismo.

—Veo que ya no puedo reteneros más —suspiró resignadamente Giocondo—. Creedme que lamentaré muy de veras vuestra marcha.

Francesco Giocondo le ofreció un vaso de chianti; lo sirvió de una botella que guardaba en un pequeño mueble del salón de la Villa de Fiésole. Da Vinci rehusó beber, agradeciendo el ofrecimiento; Giocondo se sirvió y se mojó ligeramente los labios con él.

—Sé que lo lamentáis —dijo Da Vinci—, pero también sé que lo lamentáis aún más por no haberos entregado el retrato de *donna* Lisa acabado.

Francesco Giocondo dio otro pequeño sorbo del vasito de vino. Y tras unos instantes en silencio, repuso:

—Ya que lo decís vos, os contestaré: sí, lamento que no hayáis terminado y no acierto a comprender por qué no me lo entregáis.

—Porque aún está inacabado —respondió Leonardo.

Giocondo volvió a poner el borde del vaso en los labios, pero esta vez no llegó a beber:

—Mentís, Da Vinci. —Francesco Giocondo le miró desafiante, con dolor y frialdad—. Estáis mintiendo. Los dos lo sabemos. El retrato está acabado. —Calló por un instante y se puso frente a Leonardo—. Lo sé porque lo he visto.

Leonardo se mantuvo estático; ni un solo músculo de su rostro dejaba traslucir su pensamiento, mostrándose gloriosamente invulnerable. El silencio se transmutó en tensión. Avanzó sus labios, apretados, en un característico gesto suyo de autocontrol.

—Os repito que no está acabado —insistió con calma Da Vinci.

—Pero ¿cómo podéis decirme tal cosa? ¡Y yo os repito que he visto el retrato! Yo mismo he ido a verlo y el rostro de Lisa ya está completo. Dijisteis la última vez que estaba pendiente de determinar su sonrisa, que era el rasgo más auténtico y profundo y, por lo tanto, necesitabais tiempo para captarlo y reproducirlo. Bien, ¡ya lo habéis hecho! ¿Podéis decirme qué es lo que falta ahora para que ya me lo entreguéis de una maldita vez?

—Ese retrato nunca estará acabado —respondió tajante Leonardo.

—¿Qué? —Francesco Giocondo no podía dar crédito a lo que acababa de oír—. ¿Cómo? ¿Qué... habéis dicho?

Dejó abandonado el vaso sobre un escritorio cercano e insistió sin poder salir de su sorpresa:

—¿Acaso os habéis propuesto volverme loco? ¿Pero... pero... qué es esto? ¿A qué viene eso de que «nunca estará acabado»? Pero ¿qué demonios...? —Giocondo respiraba agitado, realmente irritado y confundido—. Me habían advertido sobre vos; de vuestra falta de formalidad, de cómo habéis dejado inacabados un sinfín de encargos... ¡pero confié en vos! Creí que no me fallaríais, y encontrarme con esto, después de tres años de espera, ¡tres años! y ahora ¡nada!

—Ahora sois vos quien miente. No es cierto que os hayáis encontrado con las manos vacías tras estos años de espera. —Las pupilas celestes de Da Vinci se tornaron grises clavadas en Giocondo—: Habéis recuperado a vuestra esposa, vuestra vida de familia..., vuestro hogar. Quedaos, pues, con lo más importante para vos, con lo que os pertenece, que es ella, Lisa. Dejad que

427

yo me quede con lo que me pertenece: el alma que en ella veo. Os recuerdo que si vinisteis a mí, no sólo fue por la pintura, pues disponíais en Florencia de tantos artistas como estrellas en el cielo. ¡Vos mismo lo dijisteis!: queríais que volviera a hablar. Bien, ella ya recuperó el habla y vos, vuestra esposa. Quedaos el uno con el otro. Yo, con mi obra. Conocer lo que dentro de ella bullía, qué era aquello que le impedía hablar ha sido también obra mía, por lo tanto, me pertenece.

Francesco Giocondo suspiró y miró hacia el techo intentando controlar sus lágrimas.

—¡Está bien! —Suspiró resignado y cabizbajo Giocondo, sinceramente afectado por las palabras del pintor—. Lleváoslo. ¿Sabéis, Da Vinci? —añadió el marido de Lisa con la mandíbula tensa—. En el fondo no me sorprende tanto. —Se humedeció los labios angustiado—. No es extraño que os la queráis llevar con vos, ni que me arrebatéis lo más puro que hay en ella. Me consta que también lo ha sido vuestro afecto. Es justo pues, que os llevéis el alma, vos que la habéis hallado. Os envidio, Da Vinci —y luchando por contener la emoción que le embargaba, prosiguió—, pero sabed una cosa: el amor que siento por ella es tan sublime, que no dudé, ni por un instante, en ponerla en vuestras manos; porque supe desde que vi lo divino de vuestro arte, que en contacto con vos, ella florecería.

Francesco Giocondo apartó la mirada y se dirigió hacia los ventanales en los que los visillos ondulaban por el suave aire que se filtraba a través de ellos. Apartó uno y mirando distraídamente al exterior le siguió diciendo:

—Siempre la tengo en mi mente. Siempre. Y cada vez que la evoco la veo como la primera vez, en aquel valle, vestida de blanco, luminosa, flotando entre flores amarillas de largos tallos.

Giocondo soltó el visillo. Se mantuvo de espaldas a Da Vinci y resolvió:

—Marchaos y lleváoslo. Hacedlo pronto.

Las campanas de Duomo de Florencia tocaban a muerto. Un lujoso carruaje transportaba el féretro del finado hasta la catedral. El cortejo estaba compuesto de muy relevantes personalidades y los familiares más directos del fallecido.

Varios hombres cargaron con el féretro del ilustre notario de Florencia *ser* Piero da Vinci. Sus hijos legítimos les seguían en primer lugar. En la segunda fila, su hermano Antonio y el hijo ilegítimo, Leonardo. Tras ellos, parientes lejanos y conocidos.

Terminada la misa de funeral, los asistentes expresaron uno a uno sus condolencias a los hijos legítimos, acomodados en el lado opuesto de Leonardo. Éste, decidió que era el momento de retirarse. Todo estaba hecho. Nada hacía allí.

Comenzó a caminar entre las filas de bancos del templo. Cuando se hallaba próximo a la salida, reconoció una pequeña silueta oscura a contraluz junto al umbral. Era *donna* Lisa. No pudo evitar un vuelco del corazón. Se acercó a ella.

—He sabido lo de vuestro padre. Lo lamento —le dijo Lisa.

—Gracias por venir —contestó él lacónicamente.

—¿Os retiráis ya?

—Sí, aquí nada hago —afirmó echando una última mirada hacia atrás—. ¿Os apetece un paseo? Me vendrá bien airearme un poco.

—Sí, pero os advierto que hace mucho calor. Vayamos por la sombra. No recuerdo un mes de julio tan rabioso como éste.

—Yo tampoco. Vayámonos de aquí.

Paseaban en silencio, sin importar el rumbo, por las calles del centro de Florencia.

—Estáis muy callado, Leonardo. La muerte de vuestro padre os ha afectado más de lo que creéis.

—Puede ser, pero no lo creo. Más me afecta el futuro que el pasado.

—¿Vuestro futuro, acaso? —preguntó Lisa.

Leonardo se detuvo y la contempló en silencio, con rostro de quien está decepcionado de la vida.

—Supe lo que ocurrió con el fresco de Anghiari —le dijo apenada Lisa —. Ha sido una verdadera desgracia. Una lástima que todo se haya perdido.

Siguieron unos pasos más en silencio. Leonardo lo rompió:

—Parece que no tengo escarmiento. Mi padre tenía razón: soy incapaz de acabar algo. Todo lo comienzo y nada termino. El que arriesga mucho, pierde demasiado; y eso es lo que me ocurre. No debí haberlo hecho. Pero siempre puede más el afán de innovar, la esperanza de hallar un camino más corto, más fá-

429

cil, diferente… y sólo encuentro que mis pinturas se derriten en la pared y se escurren como lágrimas por el muro, encharcando el suelo con fantasmones de color… —Suspiró angustiado, con el corazón oprimido—. Además, eso no es todo.

Lisa apretó los labios y esperó con paciencia a que él dijera lo que a ella ya le habían contado.

—Además —siguió Leonardo con un terrible puño dentro de la garganta—, la desviación del Arno ha sido un fracaso. Las mediciones eran inexactas y los cálculos han fallado. Ha sido un desastre. Han muerto varios hombres. Me siento embutido en mis propias ruinas. —Detuvo la marcha y quedó quieto, como dejando pasar un leve mareo y prosiguió—: Me voy de Florencia. No soporto ni una sola discusión más con esa rata de Soderini. No soporto este ambiente asfixiante de Florencia. No me soporto a mí. Tengo que marcharme.

—¿Adónde iréis, Leonardo?

—He recibido una oferta del rey de Francia a través de Carlos de Amboise; regresaré a Milán.

—¿Y Soderini estará dispuesto a dejaros marchar?

—He solicitado una licencia por tres meses. Tendré que prestar una fianza de ciento cincuenta florines de oro.

—¿Ciento cincuenta? ¡Qué barbaridad! Aunque bien pensado, es todo un halago. Soderini, aunque mezquino, aprecia vuestro arte y no os quiere perder tan fácilmente.

Llegaron a la Piazza della Signoria. Allí se encontraba el carruaje que devolvería a Lisa a Fiésole, donde seguía pasando el verano. Pasearon bajo la amplia arcada de la Loggia dei Lanzi, junto al Palazzo Vecchio. El recorrido se acababa. El tiempo también. La última ocasión en la que se verían había transcurrido con naturalidad. Al detenerse, algo les dijo que sus caminos se separaban. Un vientecillo refrescante revolvió la pulida y gris melena de Da Vinci y agitó el velo de gasa negra de Lisa.

—¿Volvéis a Fiésole? —preguntó Leonardo.

—Sí. Así es.

—No creo que volvamos a vernos, señora mía. Yo, no sé…

—¡Psss! —Con el índice sobre los labios Lisa invitó al artista a que callara y escuchara—. Os escribiré todas las semanas. En mis cartas os animaré y os acompañaré, allá donde estéis. Espero que las escuchéis.

—¿Escuchar? Querréis decir, leer —rectificó Leonardo con una mueca irónica.

—No —dijo la florentina y se sonrió—. Mis cartas no las leeréis, porque no las enviaré. Las escribiré y conforme las escriba, será mi corazón quien os las envíe. Confío en que el vuestro las lea.

El rostro de Lisa se ensombreció ligeramente. A continuación se dirigió al coche y se subió en él ayudada por su criado:

—Adiós, *messere* Da Vinci —dijo Lisa.

—Adiós, señora. —El artista se despidió sin moverse bajo la última arcada del soportal de la Loggia.

El carruaje arrancó, describió un pequeño círculo y desapareció con rapidez por una de las calles que abrían sus bocas en la plaza. El aire sopló de nuevo. Removió las ropas y el cabello de Da Vinci. El ocaso del sol quedaba oculto por la imponente fachada y el campanario del Palazzo Vecchio. Las nubes, allá en lo alto, empezaron a empujarse unas a otras con prisas. Un ligero escalofrío sacudió a Leonardo. Al igual que las serpientes que tantas veces observó, sentía cómo una vieja piel se había desprendido de su ser y estaba allí, a sus pies, invisible, muerta. Una nueva etapa de su vida había comenzado. Pero no podía obviar la sensación de que lo mejor de su existencia se quedaba definitivamente atrás.

431

—… *Oremus, agamus gratias, Pater noster omnipotens qui per nos et salutem nostram nusisti Filium tuum in mundum.*

El celebrante destapó la botellita de metal repujado que contenía el óleo que había sido santificado por el obispo de Amboise el anterior Jueves Santo. Impregnó su pulgar con el santo óleo y ungió al enfermo en la frente, en la boca y en los pies.

—Por esta Santa Unción y por su bondadosa misericordia, te ayude el Señor con la gracia del Espíritu Santo.

—Amén —respondieron al unísono los presentes.

—Para que, libre de tus pecados, te conceda la salvación eterna y te conforte en tu enfermedad.

—Amén. —Esta vez les acompañó Leonardo con su voz agotada.

El párroco bendijo en el aire al enfermo y, puesto en pie, a los asistentes. Tras limpiarse las manos en un paño limpio, recogió el breviario, el crucifijo y la preciosa botellita, se despidió y Melzi le acompañó hasta la puerta.

Regresó Melzi a la habitación del moribundo. Se unió al silencioso grupo. Los estertores de Da Vinci daban idea de la gravedad de su situación.

Sus fatigas se prologaron durante días y días.

Aquel mes de mayo quiso estrenarse con un día de primavera eterna. La vida explosionaba en los alrededores del palacio de Cloux. El aroma de la hierbabuena que se había apoderado de buena parte de los setos ascendía penetrando en el dormitorio de Leonardo.

Melzi despertó de la última cabezada con la bienvenida olorosa. Battista andaba hacía un rato por la habitación, colocando cosas en su sitio, descorriendo cortinajes y abriendo ventanales.

Se levantó de un salto y fue a comprobar cómo se encontraba Leonardo. Se sorprendió al verlo. Aún dormía, pero lo hacía relajado y tranquilo, sin grandes esfuerzos para respirar. De repente, se asustó al pensar que quizá lo que ocurría era que no respiraba. Puso la mano delante de la nariz y la boca del enfermo. Sí, respiraba. Pudo notar la pequeña nube de aire que movía. Se fijó en el rostro. Mostraba un inusual color rosa en las mejillas y la piel se la veía esclarecida: parecía más joven.

El muchacho sintió una incontenible alegría y llamó a Battista para que viera la indudable mejoría del maestro y comprobara que no le engañaban los ojos.

—¿Verdad que está mejor, verdad que sí? —preguntó ansioso Melzi—. ¡Parece un milagro!

—Sí, sí que está mejor —respondió el criado sin entusiasmo.

—¿Cómo es posible? Battista, ¿será que Dios ha hecho un milagro?

—No creo, *signore* Melzi. Más bien, que el Señor se lo quiere llevar esta noche o mañana, o esta tarde.

—Pero ¿no ves que está mejor?

—Sí, pero en mi opinión, señor, sólo se trata de la mejoría de la muerte y lo que anuncia no es la curación, sino el final.

432

Melzi se dejó caer pesadamente, en la silla alta de cuero.
—¿No os hacéis a la idea, verdad? —preguntó Battista.
—No. No creo que pueda —respondió el joven completamente abatido.

Leonardo pasó la mañana durmiendo. No probó bocado. Al atardecer sus ojos se abrieron con una energía que ya hacía tiempo no experimentaba. Se encontraba extrañamente sereno y lúcido. Los ahogos volvían lentamente a apoderarse de él, pero de forma más distanciada que en los últimos días. Las horas devoraban la noche en silencio. Da Vinci las pasaba en un duermevela, interrumpido por jadeos intermitentes y la fatiga que volvía a pesarle en mitad del pecho.

Dos campanadas desde la abadía de Amboise atravesaron rítmicas la distancia y el silencio de la noche. Abrió de nuevo los ojos, se sentía despejado. Vio a Melzi sentado junto a él, pendiente de sus movimientos. Le sonrió, pero el joven no respondió a su gesto. No pareció percatarse y seguía mirándole atentamente. Se sentía extrañamente ligero, apenas notaba peso sobre el pecho. Pese a estar iluminada la habitación tan sólo con una vela, conseguía distinguir con gran nitidez cada uno de los objetos que en ella se encontraban.

De repente, percibió la presencia de una tercera persona. No vio a nadie. Estaban solos Melzi y él. Aquella sensación se volvió aún más intensa. No le resultaba desconocida, pero no acertaba a reconocerla. Unos pasos delante de los pies de su cama, una suave luminiscencia le llamó la atención. Se mantenía inexplicablemente suspendida en el aire frente a él. Aguzó la vista. Aquella fosforescencia lejos de ser un deslumbramiento aumentaba a cada instante, suave y gradualmente su tamaño hasta adquirir la forma de un ser humano. Los ojos de Leonardo se encontraban enganchados al fenómeno, al que no podía dar crédito. Su corazón se aceleró enormemente. Aquella maravillosa nube de luz iridiscente iba conformándose lenta y pausadamente, hasta adquirir plenos rasgos y formas humanas. Se trataba sin lugar a dudas de una mujer. Una mujer de luz, de dulcísima belleza, con vestiduras resplandecientes. Le sonreía mientras avanzaba hacia él ligera, sin tocar el suelo con sus pies desnudos.

433

Sobresaltado, quiso avisar a Melzi. Pero a pesar de llamarle a gritos, el joven permanecía recostado, mirando sin reaccionar. Leonardo, entonces, comprendió que sus gritos no salían de él mismo y optó por mover el brazo para llamar su atención, pero le fue imposible; tanto como si tratara de mover el brazo de otra persona. Se sintió extrañamente perdido dentro de su propio cuerpo. El pánico se apoderó de él. Miró de nuevo a la figura luminosa. Había avanzado hasta los pies de su cama y le seguía sonriendo. Aquella belleza extrema le inundó de delicadeza, de ternura y consuelo, alejando todo temor. Dejó de sentir miedo. La figura abrió los brazos, como si fuera a recibir a alguien.

—No tengas miedo, Leonardo —le dijo la figura sin despegar los labios más que para sonreír mansamente—. Nada has de temer.

El artista se sorprendió de que en su mente apareciera lo que le transmitía la figura sin hablar. De la misma forma, aunque involuntariamente, él le contestó.

—¿Quién eres tú? ¿Eres, acaso, la Muerte que en mi busca acude? —preguntó Leonardo con más curiosidad que miedo, pues éste se había desvanecido.

—No soy la Muerte, Leonardo. Soy un enviado de la Vida. ¿No me reconoces, hijo?

—¿Catherina...? ¡¿Catherina, eres tú?! —se sorprendió Leonardo.

La brillante dama extendió lentamente su brazo hacia Leonardo, mientras sus etéreas vestiduras eran agitadas por una brisa que sólo parecía afectarle a ella. Bajó los grandes y rasgados párpados, y abrió de nuevo los celestiales ojos al tiempo que le ofrecía una mano refulgente:

—Ven, Leonardo. Hoy, por fin, volarás. Volaremos juntos, Lionardo.

Da Vinci pudo, por fin, moverse. Se incorporó, con enorme trabajo agotando las escasas energías que le restaban, absolutamente entregado a aquella visión, lleno de congoja y emoción.

Al verle sentado y medio ahogado por el esfuerzo, Melzi se levantó y se apresuró a recostarlo, pero el anciano se resistió con una fuerza extraordinaria.

—Leonardo, ¿qué os ocurre? ¡No os levantéis, echaros hacia atrás! ¡No, no! ¡Hacia atrás! ¿Con quién habláis? Si no hay nadie aquí…, estamos solos en la habitación…, ¡no os agitéis de esta manera, que os fatigáis aún más! ¡Dios mío! ¡Se está ahogando! ¡Calmaos, yo os sostengo! ¡Wesel! ¡Wesel! ¡Battista! ¡Venid, aprisa! Pero ¿qué decís que veis…? ¿La vida? Pero ¿qué es lo que queréis alcanzar a tocar…? ¡Wesel!

El médico del rey entró corriendo en la habitación seguido de Battista, jadeante por la carrera y el sobresalto. En aquel instante, la cabeza de Da Vinci cayó agotada sobre el pecho de Melzi. No hizo falta preguntar nada. Era evidente lo que estaba pasando. Melzi estaba demasiado asustado al ver morir a su maestro en sus brazos y no alcanzaba a comprender qué decía. Wesel ayudó a Melzi a sostenerlo por debajo de los brazos.

Leonardo les miró a ambos, exhausto pero deslumbrado, y les dijo:

—Creía estar viviendo, cuando en realidad sólo estaba preparándome para la muerte.

El cuerpo sin vida del anciano quedó laxo en los brazos de los dos hombres. Con respeto y cariño le apoyaron contra los almohadones, reposando sereno y sencillo. Los lamentos de Melzi velaron el cadáver toda la madrugada, hasta el amanecer.

435

Capítulo XXIII

El último secreto

*E*l lúgubre cortejo avanzaba por el estrecho camino de tierra que unía el palacio de Cloux con Amboise. Los preparativos de las exequias habían ocupado el día anterior, toda la mañana de aquel día y buena parte de la tarde. Todo debía ser como había dispuesto el difunto maestro. El ataúd, cubierto por una enorme pieza de tela morada con flecos dorados, era transportado por un sencillo carro, tirado por dos caballos. Tras él iban, desconsolados, su leal Melzi y su fiel Battista junto con su amigo Wesel. Maturina les seguía gimoteando, mientras secaba sus sentidas lagrimitas con su pañuelito tosco y sencillo. A continuación, iban el vicario de la iglesia de San Dionisio, los dos monjes italianos testigos en su testamento y las autoridades de Amboise. Tras ellos, tal y como dejó previsto Leonardo, sesenta pobres portando sesenta antorchas en fila de a dos, sesenta centellas de la cola que seguía tortuosamente a su cometa por el descenso de la colina titilando en el paisaje azul y negro del anochecer. Una luz por cada año consumido.

Tras la misa, la pesada losa fue arrastrada con esfuerzo por los sepultureros, hasta ser encajada y dejar sellado el lugar del eterno descanso de Da Vinci. Un sencillo lugar en aquella capilla de San Florentino que se había reservado el artista-inventor, hijastro, que no hijo, de Florencia. Tan sólo hizo constar su identidad: Leonardus Vinci. No había más que decir. No había más que hacer. Todo estaba dicho. Todo estaba hecho. Tan sólo quedaba cumplir su voluntad en las demás disposiciones que había dejado por escrito y que también había dejado dichas.

Al día siguiente, el sol salió de nuevo, como si nada hubiera pasado. Melzi se levantó a media mañana, aturdido, como si saliera de una borrachera seca y dura. Echó agua en la palangana y se enjuagó la cara. No era suficiente. Se recogió la larga y rizada melena rubia y se la levantó como para hacer una cola. El agua fría en la nuca quizá le despejara. Parpadeó rápidamente por la impresión. Había dormido con la ropa del funeral. Se cambió de camisa. Todo parecía un mal sueño. Fue a la habitación del maestro a comprobarlo.

Llamó a la puerta con los nudillos, como de costumbre. Se dio cuenta de lo absurdo de su llamada y entró directamente. Sus pasos resonaron algo más huecos que antes. La cama estaba impecablemente hecha. Todos los objetos, tal y como quedaron antes de que se le amortajara. Sólo había pasado una jornada y parecía lejano e incierto todo lo ocurrido. Sería mejor que se pusiera en marcha. Cuanto antes lo hiciera, antes quedaría en paz con su maestro; repartiría el dinero entre los pobres de San Lázaro y del Hospital, tal y como le dejó encargado que hiciera a su muerte.

Melzi se dirigió hacia un alto secreter de roble macizo, pegado a la pared entre las dos habitaciones contiguas al dormitorio. Iba a coger las cantidades que tenía señaladas. Abrió el cajón donde se encontraban las monedas y comenzó a contarlas para hacer el reparto. Entonces observó que la puerta de la estancia que destinaba Leonardo para su retiro y contemplar su obra favorita estaba entreabierta. No recordaba haberla dejado así. Se aproximó a la ranura de la puerta y notó una corriente de aire. La puerta se cerró de golpe. Melzi se sobresaltó un tanto y, tras dudar un instante, giró el pomo y la abrió.

La cámara estaba completamente a oscuras, como de costumbre. Pero así y todo, la claridad que llegaba a penetrar en la estancia le permitió advertir que algo no estaba como siempre. Percibió un fuerte olor a humedad que le desconcertó. Se dirigió a la mesita sobre la que se dejaba el candelabro y encendió las velas. Lo cogió y, sosteniéndolo en alto, se dirigió hacia el inquietante retrato de la mujer. O, por mejor decir, al lugar donde siempre estuvo el retrato, porque ya no estaba allí.

437

Melzi no daba crédito a sus ojos. Fue pasando con desesperación el candelabro por todas las paredes y rincones y no lo halló. Con quien sí se topó de improviso fue con Battista.

—¡Demonios, Battista! ¡Qué susto me has dado! —gritó sobresaltado Melzi—. ¿Cómo has entrado aquí, si puede saberse? Estoy frente a la puerta y por ella no has entrado. ¿Y el retrato? ¡Dios mío! ¡El retrato de *donna* Lisa no está! ¿Qué está pasando y tú... tú que tienes que ver con todo esto? ¡Habla, deprisa!

—Sosegaos, señor Melzi, sosegaos. No es menester que os enfurezcáis conmigo, pues yo también andaba cumpliendo la voluntad de mi señor.

—¿Llamas la voluntad de tu señor a que desaparezca su obra más amada antes de que su cuerpo se enfríe? —gritó Melzi visiblemente agitado.

—No ha desaparecido. Me preguntabais que por dónde había entrado os diré que por el mismo lugar que por donde *donna* Lisa se ha ido.

Battista observando el estupor que dejaban ver las velas en el rostro de Melzi, se dirigió hacia los ventanales cerrados y los abrió de par en par, invadiendo la luz con furia de avalancha aquella obtusa estancia.

—Mirad. —Indicó hacia la parte inferior del muro izquierdo en donde se podía apreciar parte del mismo abierto a modo de pequeña puerta—. ¿Veis?

—¡No lo puedo creer, Battista! ¿Has sacado el retrato por ese pasadizo secreto? —Melzi no lograba salir de su asombro—. Pero... ¿a... quién..., a quién se lo has dado?

—Se lo he entregado a su legítimo dueño, al rey Francisco. No a él, sino a su representante, en presencia de Wesel, que actuaba de testigo. —Battista sostenía con dignidad y seguridad la mirada alarmada de Melzi—: Así lo dispuso mi *signore* Leonardo.

—Pero... ¿por qué? ¿Por qué al rey? ¿Por qué decís que es su legítimo dueño?

—Porque mi señor Da Vinci le vendió el retrato hace un año al rey, tras mucho insistirle y rogarle para que lo hiciera. Siempre fue su intención que quedara en manos de un rey, pero gustó de hacerse de rogar para que valorara más lo que algún día habría de ser suyo. Es más, le pidió 4.000 ducados de oro para que aún lo apreciara más y lo custodiara mejor.

Battista suspiró y prosiguió:

—Mi señor se lo hubiera regalado al rey, pero me confesó que no lo hacía porque aquello que no nos cuesta esfuerzo ganarlo, aún nos cuesta menos perderlo. Y su intención era que quedara en manos poderosas, en los castillos mejor guardados, para que sus sucesivos propietarios lo conservaran intacto durante siglos, y añadió algo que nunca logré entender; algo así como… «hasta que el Universo recuerde y haga memoria de los dos».

Melzi arrugó el ceño sin comprender muy bien qué podría significar aquello. De todos modos, no parecía tener excesiva importancia en aquellos momentos. Un pensamiento cruzó su mente y una aguda punzada añadió dolor al dolor:

—Battista, ¿por qué te lo encargó a ti y no mí? ¿Por qué no me confió a mí la misión?

Los vidriosos ojos del fiel criado se lo quedaron mirando con sabiduría y le preguntó:

—*Signore* Melzi, ¿usted lo hubiera entregado?

El joven calló. Era cierto. Su amor por el maestro, su admiración y fascinación por aquel retrato, posiblemente hubieran pesado más en su ánimo que el cumplir la voluntad del difunto. O, caso de hacerlo, le hubiera producido tal desgarro que podría haber llegado a enfermar. Leonardo, conocedor de su auténtica naturaleza indecisa, le ahorró la angustia.

439

Salieron los dos hombres de la estancia, no sin antes cerrar definitivamente la apertura del pasadizo, la puerta del cuarto y la del dormitorio. Ya en el pasillo, cuando se disponían a bajar por las escaleras, a Melzi le asaltó una duda:

—Battista, ¿Leonardo te dejó algún… otro encargo? —preguntó Melzi intrigado.

—No —mintió el criado—. Ninguno.

—Está bien, gracias.

Comenzaron a bajar los escalones para dirigirse a la planta baja cuando a Melzi le asaltó otra duda:

—Battista, ¿a qué otro objeto se refirió Wesel que debía ser entregado al rey?

—¿Cuál va a ser? La máquina de hacer *spaghetti*; su plato favorito.

—¿De veras? —preguntó estupefacto el joven.

—Os lo juro —respondió con firmeza el criado.

—¿Sabes? Cuando pasen unos días y me encuentre con fuerzas para hacerlo, escribiré a los hermanastros de Leonardo para comunicarles su fallecimiento.

Francesco Melzi releyó para sí varias veces la carta que enviaría a los hermanastros de Leonardo. La leyó una vez más; siempre le asaltaba el temor de olvidar algo importante o emplear un tratamiento incorrecto:

> Supongo que ya sabéis de la muerte de *messere* Leonardo, vuestro hermano, y para mí el mejor de los padres. Me sería imposible expresar el dolor que me ha causado, y mientras mis miembros se mantengan juntos, me ha de ser un sufrimiento perpetuo, y esto con harta razón, pues me demostró cada día un amor muy abnegado y muy ardiente. Todos han deplorado la pérdida de hombre semejante, que ya no posee la vida. Que Dios Todopoderoso le otorgue el descanso eterno. Salió de la vida presente el segundo día de mayo, con todos los Sacramentos de la Santa Madre Iglesia, y perfectamente preparado.
>
> Poseía cartas del rey Cristianísimo, que le permitían testar y legar cuanto le pertenecía a quien quisiere, y ello sin que *credes supplicantis sin regnicolae*. Sin esas cartas no podría haber hecho un testamento válido, y todo se hubiera perdido, cual es aquí costumbre, siquiera por lo que se posee en este país. *Messere* Leonardo ha otorgado un testamento que yo os hubiera enviado, de haber tenido una persona segura. Espero la llegada aquí de mi tío, quien se volverá después a Milán; a él se lo daré y será un buen intermediario, y además no hay otro medio.
>
> En cuanto a lo que a vos se refiere en este testamento, si no es que hay otro, Leonardo poseía en Santa Maria Nuova, en manos del camarlengo, quien ha firmado y numerado los reconocimientos, cuatrocientos escudos constantes, que están al cinco por ciento; el 16 de octubre próximo habrán transcurrido seis años. También trata el testamento de

una propiedad en Fiésole, que quiere sea repartida entre vos. El testamento nada más encierra que os concierne. *Nec plura*, si no es que os ofrezco todo cuanto valgo y todo cuanto puedo, poniendo todo mi celo y todo mi deseo a disposición de vuestras voluntades, con la continuidad de mis respetos.

Escrito en Amboise el primer día de junio de 1519.

Envíeme respuesta por los Gondi.
Tanquam fratri vestro.

Franciscus Meltius

Se convenció de que era correcta, la dobló y la lacró. Tendría que darse prisa si quería encargar a su tío el hacerla llegar a su destino, pues aquél ya tenía todo su equipaje cargado en el carruaje. Nadie mejor que su tío para tan delicada cuestión. El pariente le había venido a visitar dos días antes, pues le venía de paso, y tras su estancia se marchaba de regreso a Milán.

Por su parte, el viejo criado estaba al cuidado mientras se despedían Melzi y su tío. El joven le confió la carta y le encargó la hiciera llegar a Florencia. El pariente de Melzi prometió hacerlo y se subió a su carruaje dispuesto a marcharse, saludando a su sobrino con la mano por última vez antes de partir. Mientras por la otra ventanilla alguien siseaba con insistencia.

—¿Qué quieres? —le preguntó el tío de Melzi a Battista, que asomaba la cabeza por la ventanilla el carruaje.

—Pediros un favor —respondió en voz baja el criado—; puesto que vais a hacer llegar la carta de vuestro sobrino a Florencia, ¿podríais mandar allí ésta también?

—Sí, desde luego… a ver… —Mientras observaba el pliego doblado cuidadosamente y sellado con lacre rojo—. ¿No es tuya, verdad?

—No. Era de mi señor; me dejó encargo de que llegara a su destino.

—Está bien. Descuida, que la haré llegar —contestó complaciente el tío de Melzi.

441

—Gracias, señor, que Dios os bendiga.
El chasquido del látigo puso en marcha el carruaje hacia Italia.

Como todos los domingos, Lisa se sentó delante de su pequeño y austero escritorio junto a la ventana. Sentada, con el papel extendido y la pluma presta, se dejó acariciar por el dorado sol poniente que disfrutaba desde el generoso ventanal. Si no fuera por las incipientes canas y por la piel del rostro, ahora más laxa y marchita, no sería consciente del paso del tiempo. El pasado vivía presente en cada tarde de domingo, junto al ventanal, sentada frente a su escritorio, escribiendo a Leonardo cartas en tinta rojo-sepia que nunca llegaría a leer. Nunca pudo leerlas porque, tras ser escritas y releídas por Lisa, eran invariablemente arrojadas a la chimenea. No las escribía para que las leyera, sino para que las sintiera.

Aquella tarde quiso escribirle de nuevo. Traspuesta, contemplando la hermosa puesta del sol entre las colinas de Florencia, esperaba el momento en que su espíritu escribiera la primera línea. Mojó delicadamente el extremo de la pluma en el tintero, escurrió la tinta sobrante y cuando se disponía a iniciar la escritura una gruesa gota de tinta roja cayó en el pliego.

Lisa se quedó inmóvil por un momento, pues estaba segura de que había escurrido suficientemente la punta de la pluma para que eso no ocurriera. Fue a arrugar la hoja para iniciarse con otra, cuando observó que la gota se deslizaba por la rugosidad del papel; al principio, torpemente, pero pronto adquirió cierto desenvolvimiento describiendo curvas, caprichosas en principio, pero que al acabar la extraña trayectoria, formaban la inimitable e inconfundible firma de Leonardo.

La mujer no pudo menos que emitir un grito ahogado. No podía significar más que una cosa: Leonardo había muerto. Hubiera llorado su muerte serena y dolorosamente, pero no dio ocasión a ello, pues el mayor de sus hijos, ya un joven caballero, irrumpió en el saloncito y le entregó una carta que acababan de traer en mano para ella.

Rompió temblorosa el lacre. Lo deseaba y lo temía a un tiempo. Era la respuesta de Leonardo. Su primera carta. Ella

sabía que eso significaría que estaba muerto. Estaba angustiada y decidió sentarse junto al ventanal, desplegarla y leerla:

Inolvidable Lisa:
Cuando este pliego llegue a vuestras manos, yo estaré
en las del Sumo Hacedor, dando cuenta como Obrero de su
Infinita Inteligencia de todo aquello que hice y de lo que
dejé por hacer. Y entre estas últimas cosas no quería que estuviese el disponer del destino de vuestro retrato. No temáis. Lo he dejado en buenas manos, en las mejores: en las
de un rey. He procurado con ello asegurar la existencia y la
continuidad de vuestro recuerdo más allá de la frontera del
tiempo que nos ha sido dado vivir.
Modifiqué en él ciertos detalles del paisaje que os rodea;
introduje el Turrite Secca de imborrable recuerdo, por el
que una estrecha escalera permite ascender hacia la sabiduría y el conocimiento de la propia esencia; y el lago di Vagli
que se extiende a sus pies en honor a vuestro valor y al sueño que unió nuestros destinos.
Además, he añadido camuflado y suavemente *sfumatto*
el apunte que dibujé sobre el rostro de vuestra pequeña y
que fue tan de vuestro agrado. Naturalmente, está a la derecha del retrato y envuelta por las nubes, como le corresponde a tan dulce ángel.
Pero, me vais a permitir, señora mía, que sea yo quien
posea y os revele un último secreto. Un secreto que morirá
con los dos: en vuestro retrato no estáis sola. Nunca más
estaréis sola. Os acompaño en él. No podía permitir que
vuestra alma permaneciera sumida en un letargo solitario,
en espera del transcurrir de los siglos hasta que la Memoria del Universo despierte, puede que en forma de varios
individuos o de uno solo, y nos recuerde en ellos tal como
fuimos, al resonar nuestras palabras en sus mentes, revivir
nuestras vivencias, reconocer los lugares… puesto que todo ello está contenido en la Gran Mente Creadora, atrapado en su interior y puesto que todo permanece, aflorará
de nuevo a la superficie de la existencia. A esa existencia
esférica y total de cuya superficie nada escapa, como no lo
hace el mar de la esfera de la Tierra. Y puesto que vuestro

443

deseo era que vuestra existencia fuera conocida, no abrigo duda alguna de que ese auténtico deseo irá más allá de la propia vida y permanecerá aun después de que os hayáis ido de este mundo. Sólo habréis de esperar paciente.

En cuanto a mí, estoy muy cerca de vos, acompañándoos en vuestro retrato: os contemplo y nos hablamos sin decir; me respondéis sin preguntaros. Si la Memoria despierta, me hallarán a vuestro lado, a la altura de vuestro hombro, en las montañas que se extienden hacia la izquierda. Tumbado, durmiendo junto a vos el dulce sueño de la muerte, a la espera de que nos despierten. Allí me encontrarán, reviviendo mi juventud, viviendo mi madurez y temiendo mi senectud. Tres rostros encadenados, en los que de menor a mayor, uno genera al otro: porque el hombre se pare a sí mismo, su presente es el fruto de su pasado. Cada etapa es engullida por la siguiente. Nada desaparece, sólo cambia su apariencia. El pasado tampoco desaparece, sigue en la mente; es más, es la mente misma. Por eso, cada rostro pasa a constituir la frente del siguiente, y así hasta completar los tres rostros, las tres etapas del hombre: juventud, madurez y vejez.

Un camino sinuoso arranca desde mis cabellos hasta vuestra figura. Nadie lo ve, pero os atraviesa y continúa trasmutado en puente sobre el río de la vida y de vuestro sueño. Vos, Lisa, me enseñasteis a atravesarlo y ver en mí mismo.

Deseo que sepáis que las cartas que me habéis estado escribiendo todo este tiempo y que nunca llegasteis a enviar, llegaron a su destino. Sólo tenía que ir a un pequeño estudio a oscuras junto a mi dormitorio y allí, alejado de todo y próximo a vos, podía sentir el rasgar de la pluma sobre el pliego, la suma delicadeza de vuestra escritura y los hermosos deseos que generabais para mí junto a un ventanal con amplias vistas de Florencia. Nunca falté al encuentro de los domingos.

Todo está hecho. Ahora, sólo nos queda esperar que la Memoria despierte y nos reúna de nuevo.

LEONARDO

Ad infinitum

La escuela de Atenas

El ruido de las calles de Roma siempre cohibió el tímido espíritu de Melzi. El bullicio y la multitud nunca fueron de su agrado, motivo por el que procuró evitar, tantas veces como pudo, su estancia en esa ciudad donde reinaban por todas partes. Tener que estar pendiente de tantas carretas y carruajes, de esquivar baldaquinos de ricas cortesanas romanas y zigzaguear entre la espesa muchedumbre que inundaba en riada las calles, evitando algún que otro empellón maleducado, resultaba excesivamente violento para su apocado carácter.

No acababa de acostumbrarse, pese a llevar casi una semana en la ciudad. Le consolaba el pensar que sólo era por unos días y, que una vez resueltos los asuntos que le habían llevado a la Ciudad Papal, regresaría a su tranquila finca milanesa.

Envuelto en sus pensamientos, Francesco Melzi había cruzado el puente del castillo de Sant'Angelo por quinto día consecutivo y llegado hasta las proximidades del Palazzo Belvedere, junto a las estancias vaticanas, en donde debía tramitar unos permisos y licencias, asuntos de herencia de sus padres.

No era el único que necesitaba los permisos oportunos, a juzgar por el ingente número de personas que esperaban en el amplio corredor ante las puertas del secretario cardenalicio.

Tras cuatro horas de desmoralizadora espera, Francesco Melzi quedó abatido cuando oyó gritar al escribano del secretario de Monseñor que por aquel día ya no recibiría a nadie más. Muchos de los que allí aguardaban se abalanzaron sobre el funcionario insistiendo y suplicando ser recibidos. Aquello no iba con él. Prefería volver otro día más a tener que verse envuelto en aquel torbellino iracundo y desesperado.

El escribano se deshizo del pegajoso enjambre y, sacudiéndose las ropas y a la gente, se alejó de la puerta cruzando el corredor, visiblemente agobiado y disgustado. Al pasar a la altura de Melzi, éste se atrevió a preguntarle en un súbito arranque de valor, que le sorprendió a él mismo, que si sería recibido el próximo lunes.

Aquél dirigió una punzante y despectiva mirada a Francesco. Le fue a responder algo poco agradable; pero la dulzura del rostro del joven y la limpieza de su mirada parecieron modificar la naturaleza de sus pensamientos y le contestó apretadamente:

—¡Volved el lunes como los demás! Se os atenderá a su debido tiempo, señor Melzi.

Éste se colocó su gorro de terciopelo y la capa con resignación. Se disponía a marchar de allí cuando alguien le detuvo poniéndole la mano sobre el hombro.

—¿Melzi? ¿He oído bien? ¿Sois vos Francesco Melzi, el discípulo de Da Vinci? —preguntó una dulce voz de varón a sus espaldas.

Se giró y contempló sorprendido a quién correspondía aquella voz melodiosa y extremadamente educada; no sabía quién era aquel hombre, unos diez años mayor que él, quien sí parecía conocerle.

—Sí, lo soy. Disculpad, pero no sé quién sois vos —respondió Melzi mientras escrutaba el rostro del desconocido, por si adivinaba algún trazo en él que le hiciera memoria.

—Soy Rafael, Rafael Sanzio, el pintor. No, no os esforcéis en recordarme, puesto que no nos hemos visto.

—¿Sois *messere* Rafael? —preguntó a su vez admirado Melzi—. ¡Qué agradable sorpresa! Es un honor para mí conoceros, señor. Pero ¿de qué conocéis mi nombre, maestro?

—No olvido fácilmente todo aquello relacionado con mi admirado y querido *messere* Leonardo, que Dios tenga en su gloria —respondió el joven y genial pintor.

Melzi asintió compungido con la cabeza.

—He oído hablar mucho y muy bien de vos —prosiguió Rafael—; tanto de la gracia de vuestra obra, como de vuestro trato. También he tenido ocasión de contemplar algunas de vuestras tablas y son francamente buenas: recuerdan fielmente a Leonardo. Él fue quien me habló con inmenso cariño de vos durante su estancia aquí en Roma, en este Palazzo Belvedere.

No escapó a la mirada atenta del de Urbino la dolorosa herida que aún conservaba en su ánimo el alumno de Da Vinci. Procuró dirigir la conversación hacia otros derroteros:

—¿Qué os ha traído hasta el Belvedere, señor Melzi? —dijo Rafael.

—Pues asuntos de herencia; ya sabéis cómo son esas cosas: parecen eternas —respondió Melzi.

—Como la propia Roma —ironizó el florentino.

—Esperemos que no me hagan esperar tanto —contestó divertido Francesco—. Aunque, de seguir así un día tras otro, no creáis que vais demasiado desatinado en vuestra observación, pues hoy es el quinto día que intento ser recibido, teniendo promesa de serlo. ¡Pero ya veis, cuánto vale hoy en día la palabra de un príncipe de la Iglesia!

De repente, Melzi cayó en la cuenta de su descortesía al no preguntarle por su labor en el Vaticano tan celebrada por todos los que habían tenido ocasión de admirarla.

—He oído hablar de los frescos que estáis realizando para el Papa. Leonardo me habló maravillas de ellos, pues tuvo la fortuna de poder contemplarlos durante su estancia en este mismo palacio —dijo el alumno.

—Sois muy amable, Melzi —respondió Rafael—. Guardo un entrañable recuerdo de su estancia aquí en Roma y de su sincera admiración por mis frescos. Se sintió especialmente conmovido por uno de ellos. —Y añadió con absoluta sinceridad—: Para mí sería un honor podéroslos mostrar. ¿Queréis acompañarme?

—¡Será un placer! ¡No imagináis cuánto deseo contemplarlos!

—Pues, seguidme y os los enseñaré. Por aquí.

Tras cruzar laberínticos y entrecruzados pasillos y escaleras

447

llegaron a unos amplios corredores profusamente decorados, desde los que se podía oler aún el frescor del yeso.

—Por aquí, entrad —invitó a pasar Rafael a Melzi—. ¿Qué os parece?

Éste tardó un poco en contestar, pues había quedado impresionado por la espléndida luminosidad, la viveza del color y la divina factura de los frescos.

Rafael señaló para una de las paredes más amplias y dijo:

—Como podéis observar, aquí —explicaba el joven maestro reverberando su voz en la vacía cámara—, en la Stanza della Signatura, he dedicado cada muro a una rama de la ciencia: Literatura, Jurisprudencia, Teología y Filosofía. Mirad, ése es el dedicado a la Filosofía; hay quien le llama *La escuela de Atenas* y no me disgusta la idea. Para mí, es una obra muy querida. —Y añadió apesadumbrado—: Es mi homenaje a *messere* Leonardo.

Melzi le dedicó una mirada inquisitiva.

—Sí, así es —prosiguió explicándose Rafael—. No sólo a él, sino a otros muchos hombres notables y sabios que ha dado la historia del pensamiento.

Francesco Melzi animó a Rafael a proseguir con su explicación asintiendo vehementemente con la cabeza.

—Fijaos —explicaba Rafael—: las dos figuras principales, aquellos dos hombres que avanzan hacia los escalones mientras debaten serenamente sus puntos de vista, son Platón y Aristóteles…

—¡Dios mío! ¡Pero si es…! —exclamó Melzi impresionado sin poder acabar la frase.

— *Messere* Leonardo —la concluyó Rafael—. Sí, efectivamente, he representado a Platón con el rostro y la figura de Leonardo; nadie más digno de representarle que él, pues, vivió fiel al espíritu de sus enseñanzas filosóficas. Además, fue para mí el más grande entre los maestros.

Francesco Melzi cabeceaba asintiendo y preguntó:

—Y las restantes figuras ¿quiénes son y a quiénes representan?

—Como ya dije, junto a Platón está Aristóteles, el otro gran padre del pensamiento europeo y ambos se hallan rodeados por los más famosos pensadores de la Antigüedad: los especulativos, situados en la zona izquierda, junto a Platón y aquellos que se basan en hechos reales, a la derecha, junto a Aristóteles.

—¿Y este que parece dar la espalda a ambos grandes filósofos, a quien representa?

Rafael sonrió y contestó:

—Buena observación, Melzi. Este que parece estar enfadado con todos y con el mundo es Heráclito, convencido de que todo cambia continuamente y la base de ese cambio es la lucha de los contrarios y su síntesis; ¿y quién mejor para representar su rostro que el de *messere* Buonarroti?

Melzi enarcó las cejas sorprendido y añadió:

—Por lo que me contáis vuestra obra está plena de rostros conocidos.

—Sí, así es. *Messere* Leonardo los localizó a todos rápidamente, incluidos a Bramante y mí mismo, ¿veis?, soy el segundo por la derecha.

—¡Es cierto! —exclamó divertido Melzi—. Os felicito nuevamente, es una maravilla; nada puede reprochársele a vuestra obra.

—Da Vinci no opinó lo mismo que vos —sonreía indulgente Rafael evocando aquel momento.

El rostro de Melzi no daba crédito a lo que oía.

—Pero, no... es posible. Él siempre me dijo... —respondía el joven desconcertado.

—No fue ningún reproche hacia mi calidad como artista —repuso Rafael—. Fue... ¿cómo os lo expresaría? Digamos... un pensamiento en voz alta. Sí, eso es, una reflexión.

—Pero ¿qué fue aquello que os dijo?

—Cuando *messere* Leonardo me hizo el honor de visitar esta estancia, que ya tenía acabada, alabó mucho mi obra y me dedicó cariñosos y estimulantes elogios. Quiso contemplarla un buen rato con detalle e hice traer una silla para que no se fatigara.

Melzi invitó con la mirada a proseguir.

—Aquí, donde ahora nos encontramos nosotros, estuvo sentado largo rato y cuando dio por acabada la contemplación, me aproximé a él. Tomó cariñosamente mi mano entre las suyas y me las apretó afectuosamente, y con la mirada emocionada perdida en el mural, dijo: «Lástima que os falte uno». Y dicho esto se marchó despacio.

—¿A qué se refería? ¿Lo sabéis? —inquirió intrigado Melzi.

—En aquel momento no comprendí qué quiso decir. Era más que evidente que le había halagado representar a Platón, también lo era que valoró la factura de la obra... —Rafael suspiró—. Por lo tanto, llegué a la conclusión de que se trataba del contenido. Da Vinci echó en falta a un gran pensador. Y yo no sabía quién podría ser.

—¿Lo averiguasteis?

—Durante días estuve tentado de preguntarle a quién se refería, al final opté por no hacerlo. Pero su aprobación me resultaba tan valiosa, que pesaba en mi alma aquel comentario suyo más de lo que hubiera imaginado. No lograba apartar de mi pensamiento la pregunta de quién sería, ni de día ni de noche. Al parecer, en mis sueños también seguía dando vueltas aquella idea. Una noche me desperté en plena madrugada sobresaltado con la respuesta impresa en mi mente con una claridad meridiana: no debía buscar entre los hombres más ilustres, pues no se refería a hombre alguno; se refería a una mujer.

—¿Una mujer? —preguntó extrañado Melzi, al tiempo que en su mente la respuesta correcta cruzó como un trallazo—. ¿Lisa? ¿Lisa de Giocondo?

—Exacto. Recordé mi encuentro con el maestro y con aquella dama y su familia en el Palazzo Vecchio, durante la exposición de los cartones de la *Batalla de Anghiari*. Hice memoria de todo lo observado y de cómo aquella dama silenciosa atrajo mi atención, no por su belleza, cualidad en la que no destacaba especialmente, sino por la serenidad que desprendía todo su ser. Pude contemplar el retrato que Da Vinci tenía en el pequeño taller anejo a la Sala del Concejo, pues allí seguía recibiendo a la dama para avanzar en su realización. No se necesitaba ser un gran experto para comprender que al retrato apenas le faltaban pequeños retoques para ser acabado y la expresión final de la boca. Conociendo a Leonardo, nada de lo que restaba para su remate resultaba problemático. Comprendí al instante que el pintor estaba retrasando al máximo la entrega. —Rafael suspiró—. Cuando Giocondo y su familia se hubieron marchado del taller, pregunté a Leonardo que quién era aquella mujer.

—¿Y qué os respondió? —preguntó Melzi.

—Me contestó que no era una mujer.

—¿Qué? Pero ¿qué decís? —preguntó Francesco Melzi escandalizado.

—Sus palabras fueron: «No es una mujer; sino un filósofo». Nunca le pedí que me explicara sus razones para afirmar semejante cosa, ni él dio muestras de querérmelas dar. Pero estoy absolutamente convencido de que sus palabras y su sentimiento iban dirigidos a su persona.

—¡Caramba! ¡Caramba! Creo que habéis acertado plenamente pues Leonardo me contó, días antes de morir, la historia de esa dama y encaja con vuestra deducción —afirmó Melzi, y despertando de sus ensoñaciones preguntó sobresaltado—: Al comprender que era *donna* Lisa, ¿qué hicisteis? ¿Se lo comunicasteis a Leonardo?

—No. Sin pérdida de tiempo, me puse manos a la obra. Transformé una de las figuras cambiando el rostro por el que recordaba de Lisa y el de su maravilloso retrato.

—¿Queréis decir que ella..., que *donna* Lisa... está en este fresco?

Rafael respondió con una elegante caída de ojos y de cabeza. Melzi se movió inquieto hacia un lado y hacia otro, buscando ansiosamente entre las figuras aquella de *donna* Lisa.

—No la veo —exclamaba una y otra vez un tanto angustiado el fiel alumno de Leonardo.

—Sosegaos. No busquéis sin ton ni son —le aconsejó Rafael—. ¿Dónde creéis que corresponde estar a *donna* Lisa? Deducid por lo que os haya contado Leonardo.

Melzi pronto llegó a la convicción de que estaría en el lado de los filósofos platónicos como Leonardo, es decir, a la izquierda. De repente, exclamó:

—¡Ahí, es ella! ¡La figura de blanco! —Y volviéndose hacia el autor preguntó—: ¿Es ella, verdad?

Rafael sonrió satisfecho.

—Pero ¿por qué no me ha dicho nada Leonardo de todo esto? —preguntó Melzi intrigado.

—Por la sencilla razón de que él lo ignoraba. Las modifica-

451

ciones las realicé en secreto, con mucha discreción, mientras atendía otras estancias. Cuando lo hube acabado, Leonardo se había marchado de improviso de Roma.

—¡Vaya! —exclamó Melzi.

—Sí, me he quedado con esa pena y arrepentido de no habérselo hecho saber de alguna forma.

—¿Y la dama? ¿Ella sabe algo de todo esto? —preguntó Melzi.

—No. En absoluto. Nadie lo sabe: sólo nosotros dos.

Melzi se estremeció.

—Lo pongo en vuestras manos —dijo Rafael—. No tengo inconveniente en que pongáis en conocimiento de la dama esta circunstancia; siempre y cuando la juzguéis suficientemente prudente para mantener el secreto. No creo que sea del agrado de Su Santidad el incluir a una mujer desconocida entre los grandes.

—Me hago cargo. No sé. No sé qué haré —respondió Melzi.

—No es necesario que me respondáis ahora. Ni siquiera que me respondáis. Tomaos tiempo y decidid. Ahora, el secreto de Leonardo está en vuestras manos.

Melzi tragó saliva. Contempló por última vez aquella escena deslumbrante. Se recolocó el gorro en su sitio, se despidió de *messere* Rafael y salió de allí.

Una vez en el exterior del Palazzo Belvedere, bajó las altas escalinatas y de nuevo cruzó el puente de Sant'Angelo, rumbo a su alojamiento. Se detuvo, apoyándose en el balaustre del puente. Se sentía aturdido. La visión de las aguas del Tíber siendo engullidas por los ojos del puente le clarificaba las ideas y refrescaba el ánimo. No estaba seguro de si debía poner en conocimiento de aquella dama lo que acababa de saber o, por el contrario, debía callar y seguir guardando el secreto. Meditó largo rato. Las verdes aguas del Tíber comenzaban a recoger los reflejos dorados del atardecer romano. Una sacudida de aire fresco removió sus ropas y su ánimo. Lo había decidido. No llevaría a nada el que ella lo supiera. Era mejor así.

Emprendió la marcha hacia su alojamiento. Antes de inmiscuirse en las calles de Roma, echó una última ojeada al atardecer sobre el río.

En verdad, acudió al Belvedere a por una herencia y no se fue con las manos vacías. Apenas podía ocultarse a sí mismo la satisfacción que le producía custodiar el que bien pudiera ser el último secreto de Leonardo; aunque con *messere* Da Vinci eso nunca se sabía.

Agradecimientos

Desde estas líneas desearía expresar mi gratitud a cuantos, sin tener más motivos que su afecto o simpatía, han creído en mí.

A mi cuñada Mayte, muy especialmente, por su apoyo y colaboración entusiasta, que para mí han sido inestimables y a Nieves, mi suegra, por su impagable labor de atención a mis hijos.

A todos aquellos cuya cooperación desinteresada ha contribuido a enriquecer esta obra: el profesor D. Joaquín Beltrán Serra, doctor en Filología Clásica de la Universidad de Valencia por la corrección de los textos en latín; doña Asunción Alejos, catedrática de Historia del Arte de la Facultad de Valencia, por su asesoramiento; y el párroco de la iglesia de Santo Tomás Apóstol y San Felipe Neri de Valencia, por sus detalladas explicaciones.

No quisiera dejar pasar la ocasión de recordar a mi señorita Angelita, la maestra que me enseñó a leer y a escribir y en cuyo colegio se gestó, por una curiosa casualidad, lo que treinta años después se convirtió en novela. Y a mi querida y admirada tita Celia; ella sabe por qué.

Y de forma especialmente entrañable, a Cecilio, mi padre (q.e.p.d), por inculcarme, con su ejemplo, el amor a la lectura.

Gracias a todos.

Papá, un beso

Bibliografía

Deseo hacer una breve reseña de aquellas obras, de entre las consultadas, que más han influido en la construcción de la presente novela:

FRED BERENCE: *Leonardo Da Vinci*, 4.ª edición, Ediciones Grijalbo, S.A., 1971.

EMIL LUDWIG: *Genio y carácter*, 2.ª edición, Editorial Juventud, 1985.

THOMAS DAVID: *Leonardo Da Vinci. Mona Lisa*, Loguez Joven Arte.

CARLOS A. RODRÍGUEZ GESUALDI: *Diario privado de Leonardo da Vinci*, Editora Nacional, Madrid, 1984.

LUIS ANTONIO DE VILLENA: *Leonardo da Vinci (una biografía)*, Planeta De Agostini, 1996.

BERTRAND RUSSELL: *ABC de la Relatividad*, Ediciones Orbis, S.A., 1986.

ELKE LINDA BUCHHOLZ: *Leonardo da Vinci. Vida y Obra*, Könemann, 2000.

LINDA DOESER: *La Vida y Obras de Leonardo da Vinci*, Ed. El Sello, 1997.

NATHANIEL HARRIS: *El arte del Renacimiento*, Ed. El Sello, 1998.

JOAN F. MIRA: *Los Borja, Familia y Mito*, Ed. Bromera.

MARIO SATZ: *El Dador Alegre. Ensayos de Kábala*, Ed. Heptada, 1991.

SHELAGH Y JONATHAN ROUTH: *Notas de cocina de Leonardo da Vinci*, Ediciones Temas de Hoy, S.A., 1999.

ERNESTO NAVARRO: *Historia de la Navegación Aérea*, Alianza Editorial.

LUIS SANTALO: *Historia de la Aeronáutica*, Espasa-Calpe.
ARTHUR GORDON: *Historia de la Navegación Aérea*, Editorial Labor, S.A.

De todas aquellas obras que se ha extraído algún fragmento no se hace mención expresa al pie de página para no entorpecer la lectura de la novela.

A todas ellas soy deudora en la construcción de mi exposición fabulada de la vida de Leonardo.

Este libro utiliza el tipo Aldus, que toma su nombre

del vanguardista impresor del Renacimiento

italiano, Aldus Manutius. Hermann Zapf

diseñó el tipo Aldus para la imprenta

Stempel en 1954, como una réplica

más ligera y elegante del

popular tipo

Palatino

* * *

* *

*

El secreto de monna *Lisa* se acabó

de imprimir en un día de verano

de 2004, en los talleres de

Industria Gráfica Domingo,

calle Industria, 1,

Sant Joan Despí

(Barcelona)

* * *

* *

*